JN411712

나는 고양이로소이다

吾輩は猫である

吾輩は猫である

夏目漱石

나는 고양이로소이다

吾輩は猫である

나쓰메 소세키 — 김영식 옮김

문예출판사

일러두기

옮긴이가 추가한 설명은 〔 〕나 각주로 표시했습니다.

차례

1

나는 고양이, 이름은 아직 없다.

어디서 태어났는지 전혀 기억나지 않는다. 어디선가 어두컴컴하고 축축한 곳에서 야옹야옹 울던 기억만 남아 있다. 나는 그곳에서 처음으로 사람이라는 동물을 보았다. 그리고 나중에 들었지만, 그자는 사람 중에서도 가장 영악한 서생書生〔남의 집 가사를 도와주고 기식하면서 공부하는 사람〕이라는 종족이었다. 서생이라는 자는 때때로 우리를 잡아서 삶아 먹는다고 한다. 그러나 당시에는 아무것도 몰랐기 때문에 별로 무섭다는 생각은 들지 않았다.

단지 그자가 손 위에 나를 올려놓고 들어 올렸을 때 왠지 불안한 느낌이 있었을 뿐이다. 손 위에 가만히 앉아 서생의 얼굴을 본 것이 소위 사람이라는 동물을 처음 본 때였으리라. 그때 참 묘하게 생겼다고 느꼈는데, 그 느낌이 지금도 남아 있다. 우선 털로 장식되어야 할 얼굴이 반들반들하여 마치 주전자처럼 생겼다. 그 후 많은 고양이를 만났지만 그렇게 생긴 불구자는 한 번도 본 적이 없다. 그뿐만 아니라 얼굴 한가운데가 너무 돌출되었다. 그리고 그 구멍으로 때때로 연기를 푹푹 내뿜는다. 숨이 막혀서 정말 괴롭다. 이것이 사람이 피우는 담배라는 것은 최근에야 알게 되었다.

서생의 손 안에서 얼마간 편한 기분으로 앉아 있었으나, 잠시 후 매우 빠른 속도로 빙빙 돌기 시작했다. 서생이 움직이는 것인지 나 혼자 움직이는 것인지 모르겠지만 아주 눈이 어지럽다. 가슴이 답답해진다. 더는 못 견디겠다고 느껴질 때, 쿵 소리가 나며 눈에서 불꽃이 튀었다. 그때까지는 기억하지만, 그 뒤로는 뭐가 뭔지 전혀 기억이 나지 않는다.

문득 정신이 들어 눈을 떠보니 서생은 보이지 않았다. 함께 있던 형제들이 한 마리도 보이지 않았다. 내 소중한 어머니조차 모습을 감추어버렸다. 게다가 예전의 장소와는 달리 아주 환하다. 눈을 뜨고 있을 수 없을 정도다. 아이고, 아무래도 뭔가 이상하다고 생각하며 천천히 걸음을 옮겨보는데 통증이 심하다. 짚 위에 있던 내가 돌연 조릿대 밭으로 버려진 것이었다.

간신히 조릿대 밭에서 기어 나와 보니 저쪽에 큰 연못이 있다. 나는 연못 앞에 앉아 어떻게 하면 좋을까 생각해보았다. 달리 뾰족한 방법이 떠오르지 않았다. 그냥 잠시 울고 있으면 서생이 다시 데리러 오지 않을까 생각했다. 혹시나 하고 야옹야옹 울어봤으나 아무도 오지 않았다.

그러던 중에 어느덧 연못 위로 살랑살랑 바람이 불어오고 날이 저물기 시작했다. 배가 아주 고팠다. 울고 싶어도 소리가 나오지 않았다. 어쩔 수 없다, 뭐든지 상관없으니 먹을 것이 있는 곳까지 걸어가려고 천천히 연못 왼쪽으로 돌아가기 시작했다. 몸이 너무 괴롭다. 그래도 참으며 억지로 걸어가자 잠시 후 어딘가 사람 냄새가 나는 곳에 이르렀다. 이곳으로 들어가면 어떻게 되겠지 생각하며 대나무 울타리의 구멍을 통해 집 안으로 기어 들어갔다.

운명이란 참 희한한 것으로, 만약 대나무 울타리에 터진 구멍이 없었다면 나는 결국 길바닥에서 굶어 죽었을지도 모른다.

우연히 한 나무의 그늘에 찾아드는 것도 전생의 인연이라더니, 참으로 말 그대로다. 이 울타리 구멍은 오늘까지 내가 이웃집 고양이 얼룩이를 방문할 때의 통로로 사용되고 있다.

어쨌든 남의 집에 들어오기는 했지만 이제 앞으로 뭘 어떻게 해야 할지 모르겠다. 그사이에 날은 저물고 배는 고프고 춥기도 한 데다 비까지 내리는 상황이니 일분일초가 다급해졌다. 도리가 없으니 어쨌든 밝고 따스하게 보이는 곳으로 찾아갔다. 지금 생각하니 그때 이미 집 안에 들어왔던 것이다.

여기서 나는 서생 이외의 사람을 볼 기회를 얻었다. 처음으로 만난 사람이 오상〔에도 시대 하녀의 별칭〕이라는 하녀였다. 이 여자는 서생보다 더 난폭해서 나를 보자마자 덥석 목덜미를 붙들고 집 밖으로 던져버렸다. 아이고, 이거 어쩌지 하는 생각에 그저 눈을 질끈 감고 하늘에 운을 맡겼다. 그러나 배도 고프고 춥기도 해서 도저히 견딜 수가 없었다. 나는 다시 오상이 안 보는 틈을 타서 부엌으로 기어올랐다. 그러나 다시 곧바로 내팽개쳐졌다. 나는 내팽개쳐져도 다시 기어오르고, 기어올랐다가 다시 내팽개쳐지기를 아마 네다섯 번쯤 반복했던 것으로 기억한다.

그때 나는 오상이라는 인간이 지지리도 미워졌다. 얼마 전에 부엌의 꽁치를 훔쳐 그때의 복수를 한 뒤로 겨우 가슴의 원한이 풀렸다. 내가 마지막으로 붙들려 던져지려고 할 때, 이 집 주인아저씨가 "뭐가 그리 시끄럽냐?" 하며 밖으로 나왔다. 오상은 손에 나를 들고 아저씨에게 "집 없는 새끼 고양이가 아무리 쫓아내도 부엌으로 자꾸 기어올라 미치겠어요!"라고 말했다. 아저씨는 코밑의 검은 수염을 만지작거리면서 내 얼굴을 잠시 바라보고는, "그냥 안에 들여놓아라" 하고 안으로 들어가버렸다. 아저씨는 별로 말이 없는 사람으로 보였다. 오상은 분한 듯이 나를 부엌에 내던졌다. 이렇게 하여 나는 결국 이 집을 거처로 삼게 되었다.

주인아저씨는 나와 거의 얼굴을 마주친 적이 없다. 직업은 교사라고 한다. 학교에서 돌아오면 종일 서재에 틀어박혀 거의 나오지 않는다. 집안사람들은 대단한 면학가라고 생각한다. 자신도 면학가인 양 행세한다. 그러나 사실 집안사람들이 말하는 것처럼 면학가는 아니다. 나는 때때로 몰래 서재로 들어가 엿보기도 하는데, 그는 걸핏하면 낮잠만 자는 사람이다. 때때로 읽던 책 위에 머리를 처박고 침을 흘리기도 한다. 그는 위가 나빠 피부색이 누렇게 뜨고 탄력과 생기가 없어 보인다. 그런데도 밥은 아주 많이 먹는다. 밥을 많이 먹고 나서 소화제를 먹는다. 그리고 책을 편다. 두세 쪽 읽다 곧 졸기 시작한다. 책 위로 침을 질질 흘린다. 이것이 그가 매일 밤 반복하는 일과다.

나는 고양이지만 때때로 생각한다. 교사란 정말 편한 직업이다. 사람으로 태어난다면 교사가 최고다. 이렇게 자면서 시간을 보내는 직업이라면 고양이라도 못할 이유가 없으니까 말이다. 그런데도 아저씨는 교사처럼 고된 직업이 없다며 친구들이 찾아올 때마다 이러쿵저러쿵 투덜대기만 한다.

내가 이 집에 살기 시작했을 때 아저씨 이외의 사람들은 정말 인정이 없었다. 어디를 가도 발로 걷어차기만 하지 상대해주는 사람이 없었다. 지금까지 내게 이름 하나 지어주지 않은 것만 봐도 내가 얼마나 냉대를 받았는지 충분히 알 수 있으리라.

나는 어쩔 수 없이 되도록 나를 집에 들여놓아준 아저씨 옆에 붙어 있으려고 했다. 아침에 아저씨가 신문을 읽을 때는 아저씨 무릎 위로 올라갔다. 아저씨가 낮잠을 잘 때는 등 위에 올라탔다. 그것은 뭐 아저씨가 좋다기보다는 달리 날 받아줄 사람이 없었기 때문이다.

그 후 여러모로 경험해본 결과 아침에는 밥통 위, 밤에는 고타쓰(방 안 나무틀에 화로를 넣고 그 위에 이불을 씌운 난방 장치) 위, 날씨가 좋은 낮에는 마루에서 자기로 했다. 그중에서도 밤에 이 집 아이들 이부자리에 살며시 끼어들어 같이 자는 것이 가장 기분이 좋다.

아이들은 다섯 살과 세 살로 밤이 되면 둘이 한 이부자리에서 잔다. 나는 항상 아이들 사이에 내가 들어갈 틈을 찾아내어 요리조리 간신히 비집고 들어가는데, 운 나쁘게 한 아이가 잠을 깨면 큰일이 난다. 아이는, 특히 작은아이가 질이 나쁜데, "고양이다! 고양이!" 하고 한밤중에도 큰 소리로 울어댄다. 그러면 그때마다 신경성 위약증인 주인아저씨는 잠이 깨어 옆방에서 뛰어온다. 실제로 얼마 전에는 자로 엉덩이를 엄청 맞기도 했다.

사람과 동거하며 그들을 관찰하면 할수록 나는 그들이 제멋대로인 존재라고 단언하게 되었다. 특히 내가 때때로 함께 자는 아이들의 경우는 이루 말할 수 없을 정도다. 심할 때는 나를 거꾸로 매달거나 머리에 봉지를 씌우거나 내던지거나 부뚜막 안에 밀어 넣기도 한다.

게다가 내가 조금이라도 뭘 손대면 집안사람 모두 출동하여 나를 쫓아다니며 박해를 가한다. 얼마 전에도 다다미 바닥에 발톱을 좀 갈았더니 주인아줌마가 몹시 화를 냈고, 그 후로 웬만해서는 방 안에 들어오지 못하게 한다. 부엌에서 떨고 있어도 전혀 관심이 없다.

내가 존경하는 길 건넛집의 흰둥이는 나를 만날 때마다 사람만큼 인정 없는 동물은 없다고 말한다. 흰둥이는 며칠 전 귀여운 새끼를 네 마리 낳았는데, 사흘 후 그 집 서생이 네 마리 모두 들고 나가 집 뒤 연못에 버리고 왔다고 한다. 흰둥이는 눈물을 흘리면서 자초지종을 이야기하고, 우리 고양이족이 부모 자식 간의 사랑을 잃지 않고 아름다운 가족생활을 영위하려면 사람들과 싸워 그들을 멸망시켜야 한다고 말했다. 한 마디 한 마디가 옳은 말이라고 생각한다.

또 이웃집 얼룩이는 사람들이 소유권이라는 것의 의미를 알지 못한다며 크게 분개했다. 우리 동족 사이에서는 정어리 머리건 숭어 배꼽이건 가장 먼저 발견한 자가 이를 먹을 권리가 있다. 만약 상대가 이 규약을 지키지 않으면 완력으로 제지해도 무방하다. 그런데 인간들은 이런 관념이 전혀 없는 듯, 우리가 먼저 발견한 음식을 약탈해간다. 그들은 우리보다 강력한 힘에 의지하여 정당하게 내가 먹어야 할 것을 빼앗고도 태연한 표정을 짓는다.

흰둥이는 군인 집에 있고 얼룩이는 변호사 집에 있다. 나는 선생 집에 살고 있으므로 이런 것에 관해서는 두 고양이보다 낙천적이다. 단지 그날그날 그럭저럭 보낼 수만 있다면 그것으로 충분하다. 아무리 사람이라고 해도 그렇게 언제까지나 번영을 누리지는 못할 것이다. 그저 마음을 느긋하게 먹고 고양이 시대가 오기를 기다리는 게 낫지 않을까.

'제멋대로'라는 말이 나온 김에 잠시 우리 주인아저씨가 '제멋대로' 때문에 실패한 이야기를 하나 하자. 아저씨는 남보다 잘하는 것도 없으면서 뭐든지 손을 대고 싶어 한다. 하이쿠를 지어 《호토토기스》(하이쿠 전문 문학잡지. 《나는 고양이로소이다》는 이 잡지에 연재되었다)에 투고하기도 하고 신체시를 《묘조》(현대시 전문 문학잡지)에 투고하거나 오류투성이 영문을 쓰는가 하면, 때로는 활쏘기에 빠지고 소리를 배우고, 또 어느 때는 바이올린 같은 악기를 깡깡 켜는데, 불쌍하게도 무엇 하나 제대로 하는 것이 없다.

그런 주제에 뭔가 시작하면 만성위염인데도 꽤 열성이다. 변소 안에서 소리를 하여 이웃들에게 변소선생이라는 별명으로 불리는데도 도무지 태평스런 사람으로, 여전히 "나는…… 다이라 가문의…… 무네모리이니라……"만 되풀이한다. 모두가 "야, 무네모리 나왔다!" 하고 웃음을 터뜨릴 정도다.

내가 살기 시작한 지 한 달쯤 지난 어느 달의 월급날, 아저씨는 무슨 생각에선지 커다란 보퉁이를 들고 서둘러 집으로 들어왔다. 사온 물건은 수채화 물감과 붓 그리고 와트만이라는 종이로, 오늘 당장 소리와 하이쿠를 그만두고 그림을 그릴 생각인 듯했다. 과연 다음 날부터 한동안 매일 서재에서 낮잠도 자지 않고 그림만 그렸다. 그러나 그려놓은 것을 보면 무엇을 그렸는지 아무도 감정할 수가 없다. 자신도 그림이 별로 마음에 안 들었는지, 어느 날 '미학'이라든가 뭔가를 전공한 친구가 찾아왔을 때 다음과 같은 말을 하는 것을 들었다.

"아무래도 잘 안 그려지네. 남의 것을 보면 별것 아닌 듯한데, 새삼스럽지만 직접 붓을 잡아보니 어렵게 느껴지는군" 하고 아저씨는 술회했다. 과연 거짓이 없는 말이다. 아저씨 친구는 금테 안경 너머로 아저씨 얼굴을 보면서, "그렇게 처음부터 잘 그릴 수는 없지. 우선 실내에서 상상만 해서는 그림이 그려질 리가 없네. 옛날 이탈리아 대화가 안드레아 델 사르토(1486~1531년. 이탈리아 화가)가 이런 말을 한 적이 있네. '그림을 그리려면 뭐든 자연 그 자체를 옮겨라. 하늘에 별이 있고 땅에 이슬이 있다. 날아가는 새가 있고 달리는 짐승이 있다. 연못에 금붕어가 있고 고목에 까마귀가 있다. 자연은 이렇게 살아 있는 한 폭의 그림이다'라고. 어떤가? 자네도 그림다운 그림을 그리려면 자연으로 나가 사생을 하는 게……."

"뭐? 안드레아 델 사르토가 그런 말을 했다고? 처음 듣는 말이네. 과연 명언이로군. 실로 말 그대로야" 하고 아저씨는 엄청나게 감동한 모양인데, 친구의 금테 안경 뒤로는 사람 놀리는 듯한 웃음이 엿보였다.

다음 날, 평소처럼 마루로 나가 기분 좋게 낮잠을 즐기고 있는데 아저씨가 평소와 달리 서재에서 나와 내 뒤에서 뭔가 부석거린다. 문득 잠이 깨서 뭘 하는지 살짝 실눈을 뜨고 보니 그는 안드레아 델 사르토를 흉내 내느라 여념이 없었다. 나는 이 모습을 보고 무의식중에 웃음이 터지는 것을 참을 수 없었다. 그는 친구에게 비웃음을 당하고 나서 맨 처음으로 나를 사생하고 있었던 것이다.

나는 이미 충분히 잠을 잤다. 하품을 마음껏 하고 싶었다. 그러나 모처럼 열심히 붓을 놀리고 있는데 내가 움직이면 아저씨가 불쌍해진다는 생각이 들어 꾹 참았다. 그는 지금 내 윤곽을 다 그리고 얼굴 부분을 색칠하고 있다. 나는 고백한다. 나는 고양이 중에 결코 잘생긴 놈이 아니다. 등도 그렇고 털 모양도 그렇고 얼굴 생김새도 감히 다른 고양이보다 뛰어나다고 생각지 않는다. 그러나 아무리 못생긴 나지만 지금 아저씨가 그리는 희한한 모습은 나하고 영 딴판이다.

우선 색깔이 다르다. 나는 페르시아고양이처럼 노란색을 띤 담회색에 까만 반점이 있는 피부를 가졌다. 이것만큼은 누가 보아도 의심할 수 없는 사실이라 생각한다. 그런데 지금 아저씨가 채색한 것을 보니 노랑도 아니고 검은색도 아니다. 회색도 아니며 갈색도 아닌, 그렇다고 해서 이것들을 섞은 색도 아니다. 단지 일종의 색이라고 말할 수밖에 없는, 달리 평할 도리가 없는 색이다. 더욱이 이상한 것은 눈이 없다. 당연히 자는 모습을 사생한 것이니 그럴 수 있으나, 눈 비슷한 것조차 보이지 않으니 눈먼 고양이인지 자는 고양이인지 구별이 되지 않는다.

나는 마음속으로 제아무리 안드레아 델 사르토라고 해도 이건 아니라고 생각했다. 그러나 열심히 하는 모습에는 감동하지 않을 수 없었다. 가급적 움직이지 않고 있으려고 했으나, 아까부터 소변이 마려웠다. 온몸의 근육이 근질근질하다. 이제 1분도 참을 수 없는 상태가 되었으므로 실례지만 할 수 없이 양발을 앞으로 쭉 뻗으며 머리를 쑥 내밀고 아아 하고 크게 하품을 했다. 자, 이렇게 돼버린 이상 이제는 얌전히 있어봤자 소용없다. 어차피 아저씨의 예정된 작업을 깨버렸으니 이참에 뒤뜰로 가서 용변을 보려고 느릿느릿 걸어갔다. 그러자 아저씨는 방 안에서 실망과 분노가 뒤섞인 소리로 "이 바보 고양이야!" 하고 소리쳤다. 아저씨는 남을 욕할 때 반드시 '바보'라고 하는 습관이 있다. 다른 욕을 모르니 어쩔 수 없지만, 지금까지 꾹 참은 남의 마음도 몰라주고 무턱대고 바보라고 소리치는 것은 실례라고 생각한다. 그래도 평소에 내가 그의 등에 오를 때 조금이라도 좋은 얼굴로 대해줬다면 이러한 매도도 감수하겠지만, 내가 좀 편해지는 것은 뭐 하나 기꺼이 받아준 적도 없으면서 소변 때문에 일어났는데 바보라고 욕하는 것은 좀 심하다.

원래 사람이라는 동물은 자기 역량을 자만하여 우쭐댄다. 사람보다 강한 동물이 나타나서 그 코를 납작 눌러버리지 않으면 앞으로도 어디까지 우쭐댈지 모른다.

'제멋대로'도 이 정도면 참을 만하나 나는 사람의 부도덕에 관하여 이보다도 몇 배 슬픈 소식을 접한 적이 있다.

우리 집 뒤에는 열 평 정도 되는 차밭이 있다. 넓지는 않으나 기분 좋게 햇볕이 내리쬐는 곳이다. 우리 집 아이들이 하도 시끄럽게 굴어 낮잠을 편히 잘 수 없을 때나 너무 심심하거나 배가 더부룩할 때, 나는 항상 이곳으로 와서 호연지기를 기르곤 한다.

초봄 어느 따스한 날의 2시경, 나는 점심을 먹고 기분 좋게 한바탕 낮잠을 자고 나서 운동을 겸해 차밭으로 걸음을 옮겼다. 차나무 뿌리 냄새를 하나둘 맡으면서 서쪽 삼나무 울타리 옆에 이르자, 어떤 커다란 고양이가 마른 국화 덤불 위에 배를 깔고 곤히 자고 있다.

그는 내가 다가가는 것도 전혀 눈치채지 못한 듯, 또 알아도 상관없다는 듯 큰 소리로 코를 골며 몸을 축 늘어뜨리고 자고 있다. '남의 집 뜰로 몰래 들어온 놈이 이렇게 태연히 잘 수 있는가?' 하고 나는 속으로 그 대담한 강심장에 놀라지 않을 수 없었다.

그는 온몸이 검은 고양이다. 정오를 조금 지난 태양의 투명한 광선이 그의 피부 위로 쏟아져 내려, 반짝이는 솜털 사이로 눈에 보이지 않는 불꽃이 타오르는 듯했다. 그는 고양이 중 대왕이라고 불려도 좋을 만큼 거대한 체격을 가졌다. 분명히 내 몸집의 두 배는 될 것이다. 내가 감탄과 호기심에 휩싸여 그 앞에 멈춰 서서 멍하니 바라보고 있는데, 조용한 봄바람이 삼나무 울타리 위로 솟은 오동나무 가지를 가볍게 흔들자 팔랑팔랑 이파리 두세 장이 국화 덤불 위로 떨어졌다. 대왕은 순간 눈을 크게 부릅떴다. 지금도 기억한다. 그 눈은 사람이 보물로 애지중지하는 호박이라는 보석보다 훨씬 아름답게 반짝였다.

그는 꿈쩍도 하지 않고 두 눈알에서 쏘는 듯한 빛을 내 왜소한 이마 위로 집중시키며, "넌 뭐야?" 하고 말했다. 대왕치고는 말투가 좀 천박하다고 생각했으나, 어쨌든 그 소리의 저변에는 개도 압도할 만한 힘이 있었으므로 나는 적잖이 두려움을 품었다. 그래서 인사를 하지 않으면 위험하다고 생각해, "나는 고양이다. 이름은 아직 없다" 하고 가급적 태연함을 가장해 냉담하게 대답했다. 그러나 이때 내 심장은 확실히 평소보다 격하게 고동쳤다. 그는 심히 경멸하는 어조로, "뭐? 고양이라고? 그럼 고양이가 고양이지, 사람이냐? 참 웃긴 놈이군. 도대체 어디 살아?"

꽤 방약무인한 놈이다.

"나는 여기 선생 집에 있다."

"대충 짐작이 갔지. 엄청 말랐잖아" 하고 대왕다운 기염을 토한다. 말투로 보건대 아무래도 좋은 집 고양이 같지는 않다. 그러나 기름지게 비만한 몸을 보면 좋은 음식을 먹으며 부유하게 지내는 듯하다. 나는 묻지 않을 수 없었다.

"그러는 너는 도대체 누구냐?"

"나는 차부車夫〔인력거꾼〕 집 검둥이야."

거만한 놈이다. 차부 집 검둥이라면 이 동네에서 모르는 자가 없는 깡패 고양이다. 그러나 차부라서 힘만 셌지 전혀 교양이 없으므로 교제하려는 이가 거의 없다. 교양 있는 고양이끼리 동맹하여 멀리 따돌리는 놈이다. 나는 그 이름을 듣고 좀 꼬리가 간지러운 느낌이 일어남과 동시에 한편으로는 다소 경멸감도 생겼다. 나는 우선 그가 어느 정도 무식한지 시험해보려고 다음과 같은 문답을 해보았다.

"차부와 선생 중에 누가 더 훌륭할까?"

"차부가 당연히 힘이 더 세지. 네 집주인을 봐라. 뼈와 가죽뿐이잖아."

"너도 차부 집 고양이니 꽤 힘이 센 거 같네. 차부 집에 사니 잘 먹는 거 같아."

"나는 어느 곳에 가도 음식은 잘 찾아 먹지. 네놈도 차밭만 빙빙 돌아다니지 말고 내 꽁무니를 따라다녀봐. 한 달 안에 몰라보게 살이 찔걸."

"다음에 그리 해보지. 그런데 집은 선생 집이 차부 집보다 더 큰 것 같은데."

"등신아, 집이 아무리 커봤자 배 채우는 데는 도움이 안 돼."

그는 짜증이 난 모습으로 대나무를 뾰족이 깎은 듯한 귀를 계속 쫑긋거리면서 사나운 몸짓을 하며 떠나갔다. 내가 차부 집 검둥이와 친구가 된 것은 이때부터다.

그 후 나는 때때로 검둥이와 만났다. 만날 때마다 그는 차부다운 기염을 토한다. 아까 내가 접했다는 부도덕 사건도 실은 검둥이에게 들은 것이다.

평소처럼 검둥이와 내가 따스한 차밭에서 뒹굴면서 이런저런 잡담을 나누던 어느 날, 그는 몇 번이나 했던 자기 자랑을 마치 처음 말하는 것처럼 다시 반복하고 나서 나에게 다음과 같이 질문했다.

"너는 지금까지 쥐를 몇 마리나 잡아봤느냐?"

지식은 검둥이보다 훨씬 발달했지만 완력과 용기에 관해서는 도저히 검둥이와 비교가 되지 않는다고 각오를 하고 있었는데도 이 질문을 들었을 때는 정말 난감했다. 그렇지만 사실은 사실이니 거짓말을 할 수는 없어서 이렇게 대답했다.

"실은 잡으려고 생각만 하고 아직 잡아본 적은 없어."

검둥이는 코끝에 삐죽 뻗은 긴 콧수염을 흔들거리면서 크게 웃었다. 검둥이는 거만하지만 좀 모자란 구석이 있어서 그가 기염을 토할 때 내가 감동했다는 듯 목을 그렁그렁 울리며 근청해주기만 하면 매우 다루기 쉽다. 그와 사귀면서 곧 이런 방식을 체득한 나는 이번에도 괜히 나를 변호하다가 더욱 형세를 나쁘게 하는 것은 어리석으니 아예 그에게 자신의 공훈담을 지껄이게 하여 대충 넘어가는 것이 낫겠다고 생각했다. 그래서 부드러운 말투로 부추겨보았다.

"자네는 나이도 나이인 만큼 꽤 많이 잡았겠지?"

과연 그는 장벽의 빈틈을 치고 들어왔다.

"그리 많지는 않지만 30, 40마리는 잡았을걸" 하며 그는 자랑스럽게 대답했다. 그리고 다시 말을 이어서, "쥐새끼 1, 2백 마리는 나 혼자 처리할 수 있지만 족제비란 놈은 감당이 안 돼. 한 번은 족제비를 만나 크게 당했지."

"아, 그랬어?" 하고 맞장구를 친다. 검둥이는 큰 눈을 깜박거리며 말했다.

"작년 대청소 때야. 주인아저씨가 석탄 자루를 들고 마루 밑에 들어가자 커다란 족제비 놈이 후다닥 튀어나왔어."

"호오……" 하고 감동하는 척했다.

"족제비라는 놈도 뭐 쥐보다 좀 큰 거지. '이 자식이!' 하며 쫓아가 결국 하수구로 몰아넣었지."

"멋지게 해치웠군" 하고 손뼉을 쳐주었다.

"그런데 그놈, 도망갈 구멍이 없어지자 최후의 발악으로 방귀를 뀌더라고. 냄새가 얼마나 지독하던지 그다음부터는 족제비만 보면 토할 것 같아."

그는 이쯤에서 마치 작년의 냄새를 지금 다시 느끼는 듯 앞발을 들고 콧등을 두세 번 쓰다듬었다. 나는 좀 안쓰러운 기분이 들었다. 기분을 좀 띄워주려고 생각해, "하지만 쥐 정도야 네가 노려보기만 하면 운명 끝이잖아. 쥐 잡기의 명인인 너는 쥐만 먹어서 그렇게 살찌고 피부도 반들반들한 거겠지?"

검둥이의 기분을 맞춰주기 위한 이 질문은 이상하게도 반대의 결과를 초래했다. 그는 탄식의 한숨을 쉬고 말했다.

"생각만 하면 어이가 없어. 사람처럼 나쁜 놈은 세상에 없을 걸? 내가 아무리 부지런히 쥐를 잡아도 잡은 쥐를 모두 빼앗아 파출소에 가져가버려. 파출소에서는 누가 잡았는지 알 바 없고 가져온 사람에게 5전씩 주잖아. 우리 주인아저씨는 내 덕분에 벌써 1원 50전은 벌었는데도 내게 뭐 하나 좋은 음식을 준 적도 없어. 사람이란 겉만 번드르르한 도둑놈이야."

아무리 무식한 검둥이도 이 정도 이치는 안다는 듯 몹시 화난 모습으로 등의 털을 쭈뼛 세웠다. 나는 기분이 좀 언짢아져서 적당히 그 자리를 마무리하고 집으로 돌아왔다.

이때부터 나는 결코 쥐를 잡지 않겠다고 결심했다. 그러나 검둥이의 졸개가 되어 쥐 외의 음식을 찾아 돌아다니는 것도 하지 않았다. 먹는 것보다 자는 게 편하고 좋다. 선생 집에 있으면 고양이도 교사와 같은 성질이 되는 것 같다. 주의하지 않으면 조만간 위장병에 걸릴지도 모른다.

교사인 우리 주인아저씨도 최근에는 도저히 수채화에 전망이 없다는 걸 깨달은 듯 12월 1일 일기에 이런 내용을 썼다.

○○이라는 사람을 오늘 모임에서 처음 만났다. 그자는 꽤 방탕한 사람이라는 소문이 들리는데 과연 한량다운 풍채다. 이런 부류의 사람이 여자에게 인기가 있으므로 ○○이 원래 방탕하다고

말하기보다 주위 상황이 그를 방탕하게 만들었다고 말하는 게 적당하리라. 그 사람 부인은 원래 기생이었다고 한다. 솔직히 부럽다. 자고로 방탕가를 나쁘게 말하는 사람은 대부분 방탕할 자격이 없는 경우가 많다. 또 방탕가라고 자임하는 무리 중에도 방탕할 자격이 없는 자가 많다. 이들은 방탕을 요구받지 않아도 무리하게 그 방향으로 나가는 것이다. 마치 나와 수채화의 관계 같은 것으로 도저히 경지에 이를 가능성은 없다. 그런데도 혼자서 달인인 체 무게 잡고 있다. 기생집에서 술을 마시거나 사창가에 다니면 한량이 될 수 있다는 논리가 바르다면 나도 어엿한 수채화가가 될 수 있다는 말이다. 내가 수채화 같은 것은 그만두는 게 나은 것처럼 우매한 한량이 되기보다는 무식한 촌놈으로 남는 게 훨씬 낫다.

아저씨의 한량론은 좀 수긍하기 어렵다. 또 부인이 기생 출신이라 부럽다는 말은 교사로서는 입에 담을 수 없는 졸렬한 생각이나, 자기 수채화에 대한 평가는 맞는 말이다. 아저씨는 이렇게 자기를 잘 알고 있는데도 자기도취 성향은 좀체 없어지지 않는다. 이틀 지나서 12월 4일 일기에는 이런 글이 쓰여 있다.

어젯밤에 수채화를 그렸지만 도저히 난 안 되겠다고 생각했다. 그런데 꿈속에서 내가 팽개쳐둔 그림을 누군가 멋진 액자에 넣어서 벽에 걸어주었다. 액자에 든 그림을 보니 내가 봐도 정말 멋졌다. 대단히 기뻤다. 이 정도면 훌륭하다고 혼자 바라보며 시간 가는 줄 모르고 있는데 날이 밝아 잠을 깨어 보니 여전히 원래대로 괴발개발인 것이 아침 해와 함께 명료해졌다.

아저씨는 꿈속에서도 수채화에 대한 미련을 등에 짊어지고 걸어 다녔나 보다. 이래서는 수채화가는 물론 아저씨가 말하는 한량도 될 수 없는 체질이 아닌가.

아저씨가 수채화를 꿈에서 본 다음 날, 금테 안경 미학자 친구가 오랜만에 찾아왔다. 그는 자리에 앉자 맨 먼저 "그림은 잘 돼가나?" 하고 말을 꺼냈다. 아저씨는 태연스런 얼굴로, "자네 충고에 따라 사생을 열심히 하고 있는데 과연 사생을 하니 지금까지 미처 알지 못했던 사물의 형태와 색의 정묘한 변화가 눈에 들어오는 듯하네. 서양에서는 옛날부터 사생을 주장한 결과 오늘날의 발전을 이루었다고 생각되네. 역시 안드레아 델 사르토는 대단해" 하고 일기 내용은 전혀 말하지 않고, 다시금 안드레아 델 사르토에 감동했다. 미학자는 웃으면서 머리를 긁적였다.

"실은 말일세, 그 이야기는 엉터리야."

"뭐가?"

아저씨는 아직 놀림을 당한 사실을 모른다.

"뭐라니, 자네가 매우 격찬하는 안드레아 델 사르토 말이야. 그건 내가 좀 날조한 이야기야. 자네가 이렇게 진지하게 믿으리라고는 생각하지 않았네. 하하하" 하고 아주 기뻐하는 모습이다. 나는 마루에서 이 대화를 듣고 아저씨의 오늘 일기에는 어떤 말이 적힐까 미리 상상해보았다.

이 미학자는 이렇게 말도 안 되는 걸 지껄이면서 사람을 놀리는 것을 유일한 낙으로 삼는 사람이다. 그는 안드레아 델 사르토 사건이 주인의 감정에 어떤 영향을 주었는지 전혀 고려할 바 없다는 듯 우쭐대며 다음과 같은 말을 지껄였다.

"때때로 농담을 하면 사람들이 그걸 그대로 받아들이니, 그런

골계적 미감을 도발하는 게 재밌네. 저번에는 어떤 학생에게 니컬러스 니클비〔찰스 디킨스의 소설《니컬러스 니클비의 생애와 모험》의 주인공〕가 에드워드 기번〔영국의 역사가로《로마제국쇠망사》저자〕에게 충고하여 그 일생의 대저술인《프랑스혁명사》〔기번의 저술이 아님〕를 프랑스어로 쓰지 말고 영문으로 출판하게 했다고 말했는데, 그 학생이 또 엄청 기억력이 좋아서 일본문학회의 연설회에서 진지하게 내 말을 그대로 옮겼다네. 한 편의 희극이 아닌가. 그때 방청객은 약 백 명 정도였는데 모두 열심히 그 말을 경청했지.

그리고 또 재미있는 이야기가 하나 있어. 지난번에 어떤 문학가가 있는 자리에서 해리슨〔영국의 법률가이자 문학자 겸 철학자〕의 역사소설《테오파노》이야기가 나왔는데, 내가 '그것은 역사소설 중에서도 백미다. 특히 여주인공이 죽는 장면은 소름 끼치게 무섭더라'〔책에 그런 내용은 없음〕 평하니, 내 맞은편에 앉은, 평소 모르는 게 없다고 떠드는 작자가 '맞아, 맞아. 그 장면은 실로 명문이지'라고 말했어. 그래서 나는 이 작자도 역시 나처럼 그 소설을 읽지 않았다는 걸 알았지."

신경성 위염인 아저씨는 눈을 동그랗게 뜨고 물었다.

"그런 거짓말을 해서 혹시나 상대가 읽었다면 어떻게 할 셈인가?"

마치 남을 속이는 것은 문제가 되지 않으나 단지 거짓의 껍질이 드러나면 곤란할 것이라는 말투다. 미학자는 전혀 동요하지 않았다.

"뭐, 그때는 다른 책과 혼동했다든가 하며 대충 둘러대면 되지" 하고 말하며 껄껄 웃었다.

미학자는 금테 안경을 걸치고 있으나 성격이 차부 집 검둥이와 닮은 구석이 있다. 아저씨는 잠자코 담배 연기를 동그랗게 뽐어대며 자신은 그런 용기가 없다는 표정을 지었다. 미학자는 그러니까 자네는 그림을 그려봤자 소용없다는 눈빛으로, "그런데 농담은 농담이고, 그림이라는 것은 정말로 어려운 거지. 레오나르도 다 빈치는 문하생에게 성당 벽의 얼룩을 그대로 사생하라고 가르친 적이 있다고 하네. 하긴 변소 같은 곳에 들어가 빗물이 스민 벽을 골똘히 바라보면 꽤 자연스럽게 훌륭한 모양으로 보이기도 하니 말이야. 자네도 변소에서 열심히 사생해보게. 반드시 멋진 그림이 나올 테니."

"또 날 속이는 게 아닌가?"

"아냐, 이건 사실이야. 정말로 기발하지 않은가? 다 빈치가 하기에 어울리는 말이지."

"과연 기발한 것은 틀림없네."

아저씨는 반신반의하며 끄덕였다. 그러나 아저씨는 아직 변소에서의 사생은 시작하지 않은 듯하다.

차부 집 검둥이는 그 후 절름발이가 되었다. 그의 광택 있는 털은 점점 색이 바래고 빠지기 시작했다. 내가 호박보다도 아름답다고 평한 그의 눈에는 눈곱이 잔뜩 끼었다. 특히 현저하게 내 주의를 끈 것은 의기소침과 허약해진 체격이었다. 내가 차밭에서 그를 마지막으로 만난 날, 어떻게 지내느냐고 물으니 이렇게 말했다.

"족제비 최후의 방귀와 생선 장수 멜대는 못 당하겠어."

적송 사이로 붉게 물들었던 단풍은 과거의 꿈처럼 흩어져버리고, 다실 입구에 놓인 돌그릇에 하나둘 꽃잎을 떨어뜨리던 홍백의 동백꽃도 남김없이 다 져버렸다. 5미터 정도의 남향 마루에 비치던 겨울 햇살은 일찍 물러나고 겨울바람은 거의 매일 불어오니 내 오후의 낮잠 시간도 줄어들었다.

주인아저씨는 매일 학교에 나간다. 돌아오면 서재에 틀어박힌다. 손님이 오면 교사 생활이 지겹다고 말한다. 수채화도 거의 그리지 않는다. 소화제도 효능이 없다며 복용을 중지했다. 아이들은 기특하게도 하루도 빠지지 않고 유치원에 다닌다. 돌아오면 노래를 부르고, 공을 차고, 때때로 내 꼬리를 잡고 들어올린다.

나는 맛있는 음식을 먹지 못하니 별로 살도 찌지 않았으나, 그래도 절름발이도 되지 않고 건강하게 그럭저럭 잘 지내고 있다. 쥐는 결코 잡지 않는다. 하녀 오상은 여전히 싫다. 내 이름은 아직 붙여주지 않았으나 욕심을 내면 한이 없으니 평생 여기 선생 집에서 무명 고양이로 생을 마칠 생각이다.

2

나는 새해 들어 다소 유명해졌다. 그래서 고양이지만 코가 좀 높아져서 기분이 좋다.

새해 아침 일찍 아저씨 앞으로 엽서 한 장이 도착했다. 그의 친구 모 화가에게서 온 연하장인데, 윗부분을 빨강, 아랫부분을 진초록으로 칠하고 한가운데에 동물 한 마리가 웅크린 모습을 파스텔로 그린 것이다.

아저씨는 서재에서 이 그림을 가로로 보고 세로로 보면서 색깔이 좋다고 한다. 감동했으니 그만할 법도 한데 또다시 옆으로 보고 세워서 본다. 몸을 비틀어서 쳐다보았다가 손을 멀리 뻗어 노인이 책을 보는 것처럼 보고, 또 창 쪽으로 돌아앉아 눈앞에 바싹 갖다 대고 본다. 빨리 그만두지 않으면 무릎이 흔들려 내가 떨어질 것 같다.

간신히 요동이 좀 가라앉았다고 느껴질 때 아저씨는 작은 소리로 "도대체 뭘 그린 거야?" 하고 말했다. 아저씨는 그림엽서의 색에는 감동하였으나 그려진 동물의 정체를 알 수 없어 아까부터 고심한 것이었다.

나는 그렇게 헷갈리는 그림엽서인가 싶어 자던 눈을 품위 있게 반만 뜨고 침착하게 쳐다보니, 틀림없는 나의 초상이다. 아저씨처럼 안드레아 델 사르토를 흉내 낸 것은 아니겠지만 역시 화가라서 형체와 색채가 확실히 정돈되어 있다.

누가 보더라도 고양이가 틀림없다. 조금이라도 안목이 있는 사람이라면 고양이 중에서도 다른 고양이가 아닌 나라는 것을 확연히 알 수 있게 멋지게 그려졌다. 이 정도 명료한 것을 모르고 그렇게 고심하는가 하는 생각이 들자 인간이 좀 한심해 보였다.

가능하다면 그 그림이 나라고 말해주고 싶었다. 아니, 나라는 것은 모른다고 쳐도 적어도 고양이라는 것은 알려주고 싶었다. 그러나 사람이라는 동물은 도저히 우리 고양이의 말을 이해할 정도로 하늘의 은혜를 받지 못했으므로 유감스럽지만 그냥 놔두기로 했다.

잠시 독자에게 말해두는데, 자고로 인간은 걸핏하면 '고양이가 뭐뭐 하다'며 좋지 않은 표현에 우리를 등장시켜 아무렇지도 않게 경멸의 어조로 우리를 평가하는 나쁜 습관이 있다.

인간의 찌꺼기에서 소와 말이 생기고 소와 말의 똥에서 고양이가 만들어지는 양 생각하는 것은 자신의 무지를 모르고 거만을 떠는 교사 같은 사람에게 흔히 있을 수 있는 일이지만, 옆에서 볼 때 그리 보기 좋은 모습은 아니다.

아무리 고양이라고 해도 그렇게 대충 간단히 만들어진 게 아니다. 겉으로는 똑같은 무리로 평등하고 무차별하며 어느 고양이도 자기 고유의 특색이 없는 것처럼 보이나, 고양이 사회도 들어가보면 꽤 복잡하여 십인십색이라는 인간 세상의 말을 그대로 응용할 수 있다.

눈이나 코 생김새, 털과 발 생김새도 모두 다르다. 수염 모양과 귀가 선 정도, 꼬리가 늘어진 각도에 이르기까지 같은 것은 하나도 없다. 잘생기고 못나고, 둔감하고 예민하고 등 모든 고양이가 천차만별이라고 해도 과언이 아니다. 그렇듯 확연한 구별이 존재하는데도 인간의 눈은 단지 향상이라든가 뭐라든가 하면서 하늘만 바라보니, 우리의 성질은 물론 눈에 보이는 용모조차 도저히 식별 못하는 것은 참으로 안타깝다.

예로부터 유유상종이라는 말이 있었다고 한다. 말 그대로 떡장수는 떡장수끼리 고양이는 고양이끼리 어울리니, 고양이에 관해서는 역시 고양이가 아니면 알 수 없다. 아무리 인간이 발달해도 이것만은 불가능하다.

더군다나 실제로 그들은 스스로 믿는 것처럼 전혀 훌륭하지도 않으므로 더욱 어렵다. 또 하물며 동정심이 적은 우리 아저씨 같은 사람은 서로 속속들이 안다는 것이 사랑의 첫 번째 덕목이라는 사실조차 모르는 자니 구제불능이다.

그는 갯바위에 붙은 못난 굴딱지처럼 서재에 달라붙어 지금껏 외부에 입을 연 적이 없다. 그래서 자기만 매우 달관한 표정을 짓는 것은 좀 가소롭다. 달관하지 못한 증거로, 실제로 우리 초상이 눈앞에 있는데도 전혀 알아채지 못하고 올해가 러일전쟁이 끝나고 2년째이므로 아마 곰〔당시 러시아를 곰, 일본을 원숭이로 빗댐〕 그림일 것이라고 답답한 말을 하고 있다.

내가 아저씨 무릎 위에서 눈을 감고 이렇게 생각하고 있는데, 하녀가 두 번째 엽서를 가지고 왔다. 보니 인쇄판으로 외국 고양이가 네다섯 마리 나란히 열을 지어 펜을 들고 있거나 책을 펴고 있거나 공부를 하고 있다.

그중 한 마리는 자리를 벗어나 책상 모서리에서 서양 노래 〈고양이, 고양이〉를 부르며 춤추고 있다. 그 위에 먹으로 '나는 고양이로소이다'라고 검게 쓰고, 오른쪽에는 '책을 읽도다 / 춤추도다 / 고양이의 화창한 봄날'이라는 하이쿠도 적혀 있다.

이것은 아저씨의 옛 제자한테서 온 엽서이므로 누가 봐도 한

눈에 의미를 알 수 있을 터인데도, 멍청한 아저씨는 아직 모르겠다는 듯 묘하게 머리를 비틀더니 결국 "올해가 고양이 해인가?" 하고 혼잣말을 했다. 내가 이렇게 유명해진 것을 아직 눈치채지 못했단 말인가.

그때 하녀가 다시 세 번째 엽서를 가지고 왔다. 이번에는 그림엽서가 아니다. '근하신년'이라고 쓰고 옆에 '황송하오나 고양이에게도 안부를 전해주시기 바라옵나이다'라고 적혀 있다.

아무리 둔감한 아저씨지만 이렇게 분명하게 써놓으니 뭔 말인지 알아챈 듯 "흥!" 하며 내 얼굴을 보았다. 그 눈빛에는 예전과 달리 다소 존경의 뜻이 포함된 듯했다. 지금까지 세상에서 존재를 인정받지 못했던 아저씨가 갑자기 이름을 알리게 된 것도 모두 내 덕분이라고 생각하면 이 정도 눈빛은 지당하리라.

마침 그때 문에서 '찡찡 찌르릉' 초인종이 울렸다. 아마 손님이 온 것이리라. 손님이 오면 하녀가 마중 나간다. 나는 생선 장수가 올 때 말고는 나가지 않으므로 그대로 태연하게 아저씨 무릎에 앉아 있었다.

그러자 아저씨는 빚쟁이라도 쳐들어오는 것처럼 불안한 표정을 하고 현관 쪽을 보았다. 아무래도 정초에 손님을 받아 술 상대를 하는 게 싫은 듯하다. 인간이란 이렇게 비뚤어진 성격이다. 그렇다면 일찌감치 외출이라도 하면 될 텐데 그런 용기도 없다. 굴딱지 근성이 더욱 드러난다.

잠시 후에 하녀가 와서 간게쓰 씨가 오셨다고 한다. 간게쓰라는 남자도 아저씨의 제자였는데, 지금은 학교를 졸업하고 아저씨보다 훌륭한 사람이 되었다고 한다.

이 남자가 어떤 사정인지 자주 아저씨 집에 놀러 온다. 집에 오기만 하면 자기를 사모하는 여자가 있다는 둥 없다는 둥, 속세가 재미있다는 둥 따분하다는 둥, 으스스한 듯 야한 듯한 말만 하다 돌아간다. 아저씨처럼 시들어가는 중년 남자를 찾아와 일부러 이런 이야기를 하는 게 이해되지 않으나, 굴딱지 같은 아저씨가 그런 이야기를 듣고 때때로 맞장구를 치는 것은 더욱 웃긴다.

"오랫동안 뵙지 못했습니다. 실은 작년 말부터 바쁜 일이 아주 많아서요. 찾아뵙겠다고 생각하면서도 매번 이 방향으로 발길이 오지 않았네요" 하고 하오리(일본옷 위에 입는 짧은 겉옷) 띠를 만지작거리면서 수수께끼 비슷한 말을 한다.

"어느 방향으로 발길이 가는고?" 하고 아저씨는 진지한 얼굴로 검은 무명에 무늬가 있는 하오리의 소매를 잡아당긴다. 이 하오리는 소매가 짧아서 내피가 좌우로 2센티미터 정도 삐져나와 있다.

"헤헤헤, 좀 다른 방향으로요" 하고 간게쓰 군이 웃는다. 보니까 오늘은 앞니가 하나 빠져 있다.

"자네 이는 어떻게 된 거야?"

아저씨는 화제를 돌렸다.

"예, 사실은 어느 곳에서 표고버섯을 먹었는데요……."

"뭘 먹었다고?"

"표고버섯을 좀 먹었다고요. 버섯 윗부분을 앞니로 물어서 자르려다가 톡 하고 이가 빠져버렸습니다."

"버섯 먹다 앞니가 빠지다니, 왠지 노인네 이야기 같군. 하이쿠는 될지 모르나 사랑은 되지 않겠는걸" 하며 손바닥으로 내 머리를 가볍게 두드린다.

"아아, 이게 그 고양이입니까? 꽤 살쪘네요. 이제 차부 집 검둥이에게도 지지 않겠어요. 멋진 놈이군요."

간게쓰 군은 나를 크게 칭찬한다.

"요즘 많이 컸지."

아저씨는 자랑스럽다는 듯 내 머리를 톡톡 친다. 칭찬을 받는 것은 좋지만 머리가 좀 아프다.

"그제 밤에도 합주회를 열었습니다."

간게쓰 군은 다시 원래 이야기로 돌아간다.

"어디서?"

"어디서 했는지 굳이 아실 것까지는 없고요, 바이올린 셋과 피아노 반주로 꽤 재미있었죠. 바이올린도 셋 정도 되면 서툴러도 멋지게 들리던걸요. 두 사람은 여자고 거기 제가 끼였는데 제 생각에도 연주를 잘한 것 같습니다."

"흠, 그런데 그 여자들은 누군가?"

아저씨는 부러운 듯이 묻는다. 아저씨가 평소에는 고목이나 바위 같은 표정을 하지만 실은 결코 여자에게 냉담한 사람이 아니다.

예전에 아저씨가 서양의 어느 소설을 읽으니, 그곳에 나오는 어떤 인물이 거의 모든 여자에게 반했는데 그 수를 헤아려보니 거리를 지나는 여자의 거의 7할에게 사랑을 느꼈다고 풍자적으로 쓰여 있는 것을 보고, 이것은 진리라고 감동까지 한 사람이다.

그런 바람기 있는 남자가 왜 굴딱지 같은 생애를 보내는지 나로서는 도저히 이해가 되지 않는다. 어떤 사람은 실연 때문이라고 하고, 어떤 사람은 위장병 때문이라고도 하며, 또 어떤 사람은 돈이 없고 소심한 성격이기 때문이라고 한다. 어느 쪽이라도 메이지 역사에 영향을 줄 정도의 인물이 아니므로 상관없다.

그러나 간게쓰 군의 여자 동료를 부러운 마음에 물은 것은 사실이다. 간게쓰 군은 재미있는 듯 접시의 어묵을 젓가락으로 집어 앞니로 반을 잘랐다. 나는 또 이가 빠지지 않을까 걱정했으나 이번에는 괜찮았다.

"뭐, 둘 다 모처의 규수입니다요. 선생님이 아시는 여자는 아닙니다" 하고 냉담한 대답을 한다.

"아……" 하고 아저씨는 말을 늘이다가 '그런가?'를 생략하고 생각에 빠졌다. 간게쓰 군은 이제 적당한 때라고 생각했는지, "날씨가 참 좋네요. 시간이 되시면 같이 산책이라도 하실까요? 뤼순이 함락되어서 시내는 요즘 경기가 좋더군요" 하고 유혹해 본다. 아저씨는 뤼순 함락 이야기보다는 여자 동료가 누군지 듣고 싶다는 얼굴을 하고 잠시 생각에 빠져 있었으나, 얼마 후 마음을 정한 듯, "그럼 나가볼까?" 하고 과감히 일어났다. 외출복은 역시 집에서 입던 하오리에 형님이 물려줬다는 20년도 더 된 낡은 솜옷 그대로다. 아무리 질기기로 유명한 솜옷이라고 해도 이렇게 계속 입을 수는 없다. 곳곳이 해져서 해에 비추면 안에서 헝겊을 덧대고 꿰맨 흔적이 보인다.

아저씨의 복장에는 그믐달도 없고 정월도 없다. 집 안에서 입는 옷과 외출복의 구별도 없다. 나갈 때는 소매에 양팔을 끼고 훌쩍 나간다. 밖에서 입는 옷이 없어서인지, 있어도 귀찮아서 갈아입지 않는 것인지 나는 모른다. 단지 이것만큼은 실연 때문이 아닌 것 같다.

두 사람이 나가고 나서 나는 간게쓰 군이 먹다 만 어묵을 실례했다. 나도 요즘은 보통의 일반 고양이가 아니다. 우선 모모카와 조엔(일본의 만담가. 군담 등을 낭독하는 예능인. 고양이 이야기를 많이 했음) 이후의 고양이나, 토머스 그레이(18세기 영국의 시인)의 금붕어를 훔친 고양이〔그레이의 시 〈금붕어 어항에서 익사한 귀여워했던 고양이를 애도하는 시〉에 나옴〕 정도의 자격은 충분히 있다고 생각한다.

차부 집 검둥이 따위는 애초부터 안중에 없다. 어묵 한 조각 정도 훔쳐 먹는다고 누가 뭐라 하지 않을 것이다. 게다가 이렇게 남몰래 간식을 먹는 습관은 결코 우리 고양이족에 국한된 것이 아니다. 우리 집 하녀도 주인아줌마가 안 계실 때 종종 과자를 슬쩍 훔쳐 먹는다. 하녀뿐 아니라 실제로 고상한 예절을 배우느라 아줌마에게 매번 잔소리를 듣는 아이들조차 이런 경향이 있다.

4, 5일 전의 일인데, 두 아이가 아주 일찍 잠을 깨서 아직 주인 부부가 자는 동안 식탁에 마주 앉았다. 아이들은 매일 아침 아저씨가 먹는 빵을 조금 얻어서 설탕에 찍어 먹는 습관이 있는데, 이날은 마침 설탕 병이 식탁에 놓여 있고 숟가락도 옆에 있었다.

여느 때처럼 설탕을 분배해주는 사람이 없으니 큰아이가 대충 병 안에서 설탕 한 숟갈을 퍼서 자기 접시에 놓았다. 그러자 작은아이도 언니가 한 대로 같은 분량의 설탕을 같은 방법으로 자기 접시에 퍼놓았다.

둘은 잠시 노려보다가 큰아이가 다시 한 숟갈을 자기 접시에 추가했다. 작은아이도 곧 숟갈을 들고 자기 분량을 언니와 같게 했다. 그러자 언니가 다시 한 숟갈을 펐다. 동생도 지지 않고 한 숟갈을 추가했다. 언니가 다시 병에 손을 댄다. 동생이 다시 숟갈을 든다. 어느새 한 숟갈 두 숟갈 거듭하여 이윽고 둘의 접시에는 산처럼 설탕이 쌓이고 병 안에는 한 숟갈의 설탕도 남지 않게 되었을 때, 아저씨가 잠이 덜 깬 눈을 비비면서 침실에서 나와 모처럼 퍼낸 설탕을 원래대로 병 안에 넣어버렸다.

이런 장면을 보니, 인간이 이기주의를 극복하고자 만들어낸 공평이라는 개념은 고양이보다 나을지 모르나 지혜는 오히려 고양이보다 못한 듯하다. 그렇게 산처럼 쌓이기 전에 빨리 핥아먹으면 좋지 않았나 생각했으나, 여전히 내 말은 통하지 않으므로 안타깝지만 밥통 위에서 잠자코 구경만 했다.

간게쓰 군과 외출했던 아저씨가 어디를 어떻게 걸어 다녔는지, 그날 밤늦게 돌아와 다음 날 식탁에 앉은 것은 9시 무렵이었다.

그날도 밥통 위에서 구경을 하는데, 아저씨는 묵묵히 떡국을 먹고 있다. 또 한 그릇을 먹고 다시 또 한 그릇을 먹는다. 떡이 작기는 하나 예닐곱 개를 먹고 마지막 한 개는 그릇에 남기며 이제 다 먹었다는 듯 젓가락을 놓았다.

남들이 그런 행동을 하면 가만두지 않으나 집안의 가장으로서 권력을 부리며 우쭐거리는 그는, 탁한 국물 안에 눌어붙은 떡 시체를 보고 아무렇지도 않다는 표정을 지었다. 아줌마가 벽장 안에서 소화제를 꺼내 식탁에 놓자, 아저씨는 이렇게 말한다.

"그건 효과가 없으니 안 먹어."

"그래도 당신, 녹말 음식에는 아주 효과가 좋다고 하니 드시면 좋을 거예요" 하고 먹이려고 하는데, 아저씨는 계속 고집을 부린다.

"녹말이건 뭐건 안 듣는다니까."

"당신은 정말 뭐든 오래가지 못해" 하고 아줌마가 혼잣말하듯이 말한다.

"오래가지 못하는 게 아니라 약이 듣지 않는다니까."

"저번에는 아주 잘 듣는다고 하시면서 매일 드셨잖아요."

"예전에는 들었지. 요즘은 듣지 않아."

"그렇게 먹다 말다 하면 아무리 효능이 좋은 약이라도 듣지 않아요. 위장병은 다른 병과 달라서 좀 더 인내를 기르지 않으면 잘 낫지 않아요."

아줌마는 접시를 들고 기다리던 오상을 돌아본다.

"그건 정말이에요. 좀 더 드셔보지 않으면 아주 좋은 약인지 나쁜 약인지 알 수 없잖아요."

오상은 무조건 아줌마 편을 든다.

"상관없어. 안 먹겠다면 안 먹는 거야. 여자가 뭘 알아. 입 다물라고."

"그래요, 여자예요. 흥."

아줌마가 소화제를 아저씨 앞에 갖다 대고 배 째라는 식으로 나섰다.

아저씨는 입을 다물고 자리에서 일어나 서재로 들어갔다. 아줌마와 오상은 얼굴을 마주 보고 히죽 웃었다. 이럴 때 뒤를 따라가 무릎 위에 올라타면 얻어맞을지 몰라 살며시 정원을 돌아가 서재 마루에 올라 장지문 틈으로 엿보니, 아저씨는 에픽테토스(로마 시대의 철학자)라는 사람의 책을 펴서 보고 있다.

만약 그 책이 무난히 이해가 된다면 아저씨도 좀 훌륭한 편이라고 생각한다. 그러나 아저씨는 5, 6분 지나자 그 책을 내려치듯이 책상에 팽개쳤다. '그럼 그렇지!' 하고 계속 쳐다보니 이번에는 일기장을 꺼내 다음과 같은 말을 썼다.

간게쓰와 네즈, 우에노, 이케노하타, 간다 근처를 산책. 이케노하타의 요정 앞에서 기생이 설빔을 입고 하네츠키(배드민턴과 비슷한 설날 놀이)를 하고 있었다. 옷차림은 아름다우나 얼굴은 몹시 못났다. 어딘가 우리 고양이와 닮은 데가 있다.

아니, 못난 얼굴에 굳이 나를 예로 들 필요는 없지 않은가. 나도 이발소에 가서 면도하면 그렇게 인간과 다를 바 없다. 인간은 이렇게 자기도취에 빠져 있으니 문제다.

호탄약국 모서리를 돌아가니 또 한 기생이 보였다. 키가 늘씬하고 몸매가 좋은 여자로, 연보라 기모노도 얌전히 잘 차려입어 고상하게 보였다. 흰 이를 드러내고 웃으면서 "겐 짱, 어젯밤에는…… 너무 바빴다니까요" 하고 말했다. 그런데 그 목소리가 까마귀처럼 쉬어서 모처럼의 이미지가 크게 하락한 듯 느껴지는 바람에 겐 짱이라는 자가 어떤 사람인지 돌아보는 것도 싫어져 팔짱을 낀 채 큰길로 나왔다. 간게쓰는 왠지 들떠 있는 듯했다.

인간의 심리만큼 이해하기 어려운 것이 없다. 아저씨의 지금 마음은 화가 나 있는지 들떠 있는지, 또는 철학가의 저서에서 하나의 위안을 구하고 있는지 전혀 알 수 없다. 세상을 냉소하는 것인지, 세상에 섞이고 싶은 것인지, 쓸데없는 데 신경질을 내는 것인지, 속세를 떠나 초연한 것인지 도무지 판단할 수가 없다.

고양이는 차라리 단순하다. 먹고 싶으면 먹고, 자고 싶으면 자고, 화날 때는 열심히 화내고, 울 때는 이보다 더 슬픈 일이 없다는 듯 운다. 우선 일기 따위 쓸데없는 것은 절대 쓰지 않는다. 쓸 필요가 없기 때문이다.

아저씨처럼 겉과 속이 다른 사람은 일기라도 써서 세상에 드러나지 않은 자기의 참모습을 암실 내에서 발산할 필요가 있을지 모르나, 우리 고양이족은 사사로운 일상생활 그 자체가 거짓 없는 일기이니 달리 귀찮은 수고를 하며 자기의 참모습을 보존할 이유가 없다. 일기를 쓸 틈이 있으면 마루에서 자는 게 훨씬 낫다.

간다의 요정에서 저녁을 먹었다. 오랜만에 정종을 두세 잔 마시니 오늘 아침은 위 상태가 아주 좋다. 만성위염에는 저녁 반주가 제일 좋다고 생각한다. 소화제는 물론 효과가 없다. 누가 뭐라 해도 아니다. 아무래도 듣지 않는 것은 듣지 않는다.

마구 소화제를 공격한다. 혼자서 싸우는 듯하다. 오늘 아침의 신경질이 조금 여기에 남아 있다. 사람이 쓰는 일기의 목적은 여기에 있는지도 모른다.

일전에 ○○가 아침식사를 안 하니 위가 좋아졌다고 해서 2, 3일 아침을 먹지 않아보았으나 배에서 꾸룩꾸룩 소리만 나지 효과가 없다.

△△은 김치(채소를 절인 일본식 김치)를 끊으라고 충고한다. 그의 설에 따르면 모든 위장병의 원인은 김치에 있다. 김치만 끊으면 위장병의 근원을 고갈시키게 되니 쾌유는 틀림없다는 논법이었다. 그래서 일주일 정도 김치에 젓가락을 대지 않았으나 별로 효험이 보이지 않았으므로 최근 다시 먹기 시작했다.

××에 물으니 복부안마요법이 즉효라 한다. 단, 보통으로 해서는 되지 않고, 미나카와皆川 식이라는 고풍 안마법을 한두 번 받으면 대부분 위장병은 근본적 치료가 된다는 것이다. 야스이 소쿠켄(에도 말기의 유학자)도 이 안마술을 매우 좋아했고 사카모토 료

마〔에도 말기의 무사로, 메이지 유신의 주역〕 같은 호걸도 때때로 치료를 받았다고 하기에 곧바로 가미네기 시까지 가서 안마를 받아보았다. 그런데 뼈를 문질러주어야 낫는다든가, 내장의 위치를 한번 뒤집어야 근본적으로 치료된다든가 하며 아주 잔혹한 방법으로 안마를 했다. 나중에 온몸이 솜처럼 되어 혼수병에 걸린 기분이 들어서 단 한 번에 질려버렸다.

A군은 절대 고형체를 먹지 말라고 한다. 그래서 하루는 우유만 먹고 지내보았으나 이때는 위장에서 쿨렁쿨렁하는 소리가 나서 홍수라도 난 듯 밤새 잠을 이루지 못했다.

B씨는 횡격막으로 호흡해서 내장을 운동시키면 자연히 위의 움직임이 건전해지니 시험해보라고 한다. 이것도 조금 해보았지만 왠지 배 안이 불안하여 곤혹스럽다. 게다가 때때로 생각나면 일심불란하게 시도는 하지만 5, 6분 지나면 잊어버린다. 잊지 않으려고 하면 횡격막이 신경 쓰여 책을 읽을 수도 글을 쓸 수도 없다. 미학자 메이테이〔도쿄대 교수였던 친구 오쓰카 야스지를 모델로 함〕가 나를 보고 출산이 임박한 부인네도 아닌데 그만두라고 놀리므로 요즘 그만두었다.

C선생이 메밀국수를 먹으면 좋아질 거라고 해서, 곧바로 온메밀과 냉메밀을 연이어 먹었으나 설사만 나지 전혀 효과가 없었다.

나는 오랜 위장병을 고치려고 가능한 모든 수단을 취해보았으나 모두 실패했다. 단지 어젯밤 간게쓰와 마신 정종 석 잔은 확실히 효과가 있다. 앞으로는 매일 저녁 두세 잔씩 마셔야지.

이것도 결코 오래갈 리 없다. 아저씨의 마음은 내 눈알처럼 끝없이 변화한다. 무엇을 해도 오래가지 않는 남자다. 게다가 일기에서는 위장병을 그렇게 걱정하면서도 겉으로는 억지로 태연한 척하니 웃기는 일이다.

일전에도 아무개라는 학자 친구가 찾아와, 자기 의견으로는 모든 병이 조상의 죄악과 자기 죄악의 결과일 뿐이라는 학설을 폈다. 꽤 연구를 한 듯 조리가 명료하고 질서가 정연하여 훌륭한 학설이었다. 가련하게도 우리 아저씨는 도저히 이를 반박할 정도의 두뇌도 학문도 없다. 그러나 자기가 위장병으로 고통을 당하고 있으니 무슨 말이든 변명을 하여 자기 체면을 유지하려고 생각한 듯, "자네 설은 흥미롭지만 칼라일(영국의 철학가 겸 역사가)은 만성위염이었어" 하고 마치 칼라일이 만성위염이니까 자기 위장병도 명예라는 듯 엉뚱한 대꾸를 하였다. 그러자 친구는, "칼라일이 만성위염이라고 해도 위장병 환자가 반드시 칼라일처럼 훌륭해지는 건 아니지" 하고 몰아붙였기 때문에 아저씨는 아무 말도 못했다.

이처럼 허영심이 가득하기는 하지만 현실적으로는 역시 만성위염이 아닌 쪽이 좋다고 생각한 듯 오늘 밤부터 저녁 반주를 시작한다고 하니 웃지 않을 수 없다. 생각해보면 오늘 아침 떡국을 그렇게 많이 먹은 것도 어젯밤 간게쓰 군과 정종을 마신 영향인지도 모른다. 나는 갑자기 떡국이 먹고 싶어졌다.

나는 고양이지만 거의 모든 음식을 다 먹는다. 차부 집 검둥이처럼 뒷골목 생선 가게까지 원정할 기력은 없고, 골목의 이현금(두 줄 현악기) 사범 집의 얼룩 양 같은 사치는 물론 말할 처지도 아니다.

따라서 싫어하는 것은 의외로 적은 편이다. 아이들이 먹다 남긴 빵도 먹고 찹쌀떡의 속도 핥아먹는다. 김치는 아주 싫어하지만 경험을 위해 노란 무 두 조각은 먹은 적이 있다. 먹어보니 묘하게도 음식 대부분은 먹을 수 있다. 이것도 싫고 저것도 싫다고 하는 것은 사치스런 방자함으로 도저히 선생 집에 있는 고양이가 입에 담을 말이 아니다.

아저씨 말에 따르면, 프랑스에 발자크라는 소설가가 있다고 한다. 이 남자가 아주 사치스러운 사람인데, 소설가니 당연히 입의 사치가 아니라 문장의 사치를 했다는 것이다. 발자크가 어느 날 자기가 쓴 소설의 등장인물에게 이름을 붙이려고 생각하여 이것저것 지어보았으나 아무래도 마음에 들지 않았다.

그때 친구가 놀러 왔으므로 같이 산책하러 나갔다. 친구는 애초에 아무것도 모르고 따라나선 것이나, 발자크는 계속 자기가 고민하는 이름을 찾아내려는 생각뿐이므로 거리에 나오자 아무것도 하지 않고 점포의 간판만 보고 걸어갔다. 그런데 어지간히도 마음에 드는 이름이 없었다. 친구를 데리고 한참 걸었다. 친구는 무슨 사정인지도 모르고 따라갔다.

그들은 결국 아침부터 밤까지 파리를 탐험했다. 돌아오는 길에 문득 어떤 의상실 간판이 발자크의 눈에 띄었다. 보니까 그 간판에 마커스라는 이름이 쓰여 있다. 발자크는 손뼉을 치고, "이거다, 이거야. 이거 말고 없어. 마커스는 멋진 이름이군. 마커스 위에 Z라는 머리글자를 붙인다. 그러면 완벽한 이름이 돼. Z여야 한다. Z. Marcus는 실로 멋지군. 내가 지은 이름은 아무래도 고의성이 보여 이상했는데, 순간적으로 마음에 드는 이름이 생겼어" 하고 친구의 고생은 싹 잊어버리고 혼자 기뻐했다고 하는데, 소설 속의 사람 이름을 붙이려고 종일 파리를 탐험했다면 꽤 공이 많이 든 작품이다. 사치도 이 정도 할 수 있으면 좋으련만, 나처럼 굴딱지 주인을 가진 처지로서는 도저히 그럴 마음이 생기지 않는다.

먹을 것만 있으면 뭐든 좋다는 생각을 하게 된 것도 상황에서 비롯된 일이리라. 그러므로 지금 떡국이 먹고 싶어진 것도 결코 사치의 결과가 아닌, 뭐든지 먹을 수 있을 때 먹어두자는 마음에서 아저씨가 먹다 남긴 떡국이 혹시나 부엌에 남아 있지나 않을까 하는 생각이 들어서다. …… 부엌을 뒤져봐야지.

오늘 아침 본 떡이 그대로의 빛깔로 그릇 바닥에 달라붙어 있다. 자백하건대 떡이라는 것은 지금까지 한 번도 입에 넣은 적이 없다. 맛있어 보이기도 하고 또 조금은 기분이 역겹기도 하다.

앞발로 떡 위에 덮인 이파리를 긁어 당겼다. 발톱을 보니 떡의 껍질이 걸려서 끈적거린다. 냄새를 맡아보니 솥의 밥을 밥통에 옮길 때와 같은 냄새가 난다. 먹을까 말까 주위를 둘러보았다. 다행인지 불행인지 아무도 없다. 오상은 연말이나 정초나 변함없는 표정으로 하네츠키를 하고 있다. 아이들은 안방에서 〈무슨 말이세요, 토끼님〉을 부르고 있다.

먹으려면 지금이다. 만약 이 기회를 놓치면 내년까지 떡이라는 것의 맛도 모른 채 살아야 한다. 나는 고양이지만 이 찰나에 하나의 진리를 깨달았다.

'얻기 어려운 기회는 모든 동물로 하여금 좋아하지 않는 일도 감히 하게 만든다.'

나는 솔직히 말해 그렇게 떡국이 먹고 싶지는 않다. 아니, 그릇 안의 모양을 보면 볼수록 기분이 역겨워져 먹기가 싫어졌다. 이때 혹시 오상이라도 부엌 문을 열었다면, 안의 아이들 발소리가 이쪽으로 다가오는 것을 들었다면, 나는 아쉬워하지 않고 그릇을 놔둔 채 떠났을 것이다. 게다가 떡국은 내년까지 머리에 떠오르지도 않았을 것이다. 그런데 아무도 오지 않는다. 아무리 주저하고 있어도 아무도 오지 않는다. '빨리 먹어라, 빨리 먹어'라고 재촉당하는 기분이 든다.

나는 그릇 안을 들여다보면서 '어서 아무나 와줬으면 좋겠는데'라고 생각했다. 그러나 여전히 아무도 오지 않는다. 나는 결국 떡국을 먹지 않을 수 없다. 마지막으로 몸 전체의 중량을 그릇 바닥으로 떨어뜨리듯 하여 덥석 떡의 끝을 조금 물었다.

이 정도 힘을 주어 물어뜯었으니 대부분 뜯어질 텐데, 아니 세상에! 이젠 됐다 싶어서 입을 벌려 이빨을 빼려고 해도 빠지지 않는다. 다시 새로 물려고 하자 움직일 수 없다. 떡이 요괴라고 느꼈을 때는 이미 늦었다. 늪에 빠진 사람이 발을 빼려고 허둥댈 때마다 푹푹 더 깊이 빠져들듯 물면 물수록 입이 무거워진다. 이를 움직일 수 없다. 씹히는 감촉이 있을 뿐 아무래도 처리를 할 수가 없다.

미학자 메이테이 선생이 예전에 우리 아저씨에 대해 '자네는 맺고 끊는 게 부족한 남자'라고 평한 적이 있는데, 과연 적절한 말이 아닐 수 없다. 이 떡도 아저씨처럼 아무리 해도 끊을 수가 없다. 아무리 씹어도 3으로 10을 나누는 것처럼 영원히 해결되지 않으리라 생각했다. 이러한 번민의 순간 나는 문득 제2의 진리에 봉착했다.

'모든 동물은 직관적으로 사물의 적합과 부적합을 예지한다.'

이렇듯 진리는 이미 두 개까지 발명했지만 떡은 달라붙어 있으므로 전혀 유쾌할 수가 없다. 떡 속으로 흡수된 이가 빠질 듯 아프다. 빨리 뜯고 도망가지 않으면 오상이 온다. 아이들 노래도 끝난 듯하다. 필시 부엌으로 달려올 것이다. 번민 끝에 꼬리를 빙글빙글 흔들어보았으나 아무런 효과도 없다. 귀를 세우기도 하고 눕히기도 하였으나 소용없다.

생각해보니 귀와 꼬리는 떡과 전혀 관계없다. 즉 쓸데없이 흔들고 세우고 눕혔다는 걸 깨달아 그만두었다. 잠시 후 앞발의 힘을 빌려 떡을 떼내면 되리라는 생각이 들었다.

먼저 오른발을 들고 입 주위를 문지른다. 문지른다고 떨어질 리는 없다. 이번에는 왼발을 뻗어서 입을 중심으로 과격하게 원을 그려본다. 그런 주술로도 악마는 떨어지지 않는다. 인내가 중요하다고 생각하여 좌우 교대로 움직였으나 여전히 이는 떡 속에 매달려 있다. 에이, 귀찮아! 양발을 동시에 사용한다. 그러자 이상하게도 이때만은 뒤의 두 발로 설 수가 있다. 왠지나 자신이 고양이가 아닌 느낌이다. 고양이인지 아닌지 이렇게 된 날에는 상관없다. 어쨌든 떡 괴물이 떨어질 때까지 해야 한다는 의지로 마구 온 얼굴을 긁어댔다.

앞발의 운동이 맹렬하므로 자칫 중심을 잃고 쓰러지려 한다. 쓰러지려 할 때마다 뒷발로 균형을 잡아야 해서 한곳에 있지도 못하고 온 부엌을 여기저기 돌아다닌다. 나로서도 참 잘도 이렇게 서 있을 수 있다고 생각했다. 제3의 진리가 별안간 눈앞에 떠올랐다.

'위험에 처하면 평소 못하는 것을 할 수 있다. 이를 천우天佑(하늘의 도움)라 한다.'

다행히 천우를 받은 내가 열심히 떡괴물과 싸우고 있으려니 어떤 발소리가 나며 안에서 사람이 나오는 기척이 들린다. 여기서 들키면 큰일이라 생각해 더욱 분발하여 부엌을 뛰어다녔다. 발소리는 점점 다가온다. 아아, 유감스러우나 천우가 조금 부족하다. 이윽고 아이들에게 발각되었다.

"어머, 고양이가 떡국을 먹고 춤을 추네" 하고 크게 소리를 질렀다. 이 소리를 제일 먼저 들은 사람은 오상이었다. 공과 판자때기를 내팽개치고 부엌에서 "어머, 어머" 하며 뛰어온다.

아줌마는 "참 못 말리는 고양이네" 하고 말한다. 아저씨도 서재에서 나와 "이 바보 자식" 하고 말한다. 재미있다고 말하는 것은 아이들뿐이다.

그리고 모두 약속이나 한 듯이 깔깔 웃는다. 화가 나고 괴롭기는 하고 춤은 그만둘 수도 없어 완전 낭패다. 잠시 웃음이 그칠 듯하다가 다섯 살 된 여자 아이가, "엄마, 고양이도 보통이 아니네" 하고 말하니 다시 와락 웃음이 터졌다.

인간의 동정심 부족한 행동도 꽤 견문하였으나 이때만큼 원망스럽게 느낀 적은 없다. 이윽고 천우도 어딘가로 사라지고, 원래처럼 네 발로 서서 눈을 희번덕거리며 추태를 연출할 지경에 이르렀다.

과연 죽는 꼴을 보고 있기에는 불쌍했는지, "그만 떡을 빼줘라" 하고 아저씨가 오상에게 명령했다.

오상은 더 춤추게 놔두자는 눈빛으로 아줌마를 보았다. 아줌마는 춤은 보고 싶으나 죽을 때까지 볼 마음은 없으므로 잠자코 있다.

"빼주지 않으면 죽어버려. 빨리 빼줘라" 하고 아저씨는 다시 하녀를 돌아보았다. 오상은 맛있는 음식을 반 정도 먹다가 꿈에서 깼을 때처럼 내키지 않는 얼굴로 떡을 잡고 확 당겼다. 간게쓰 군은 아니지만 앞니가 모두 부러지지 않았나 생각했다. 너무나 아프다. 떡 속에 세게 박힌 이를 인정사정없이 당기니까 이를 어찌 견디나.

'모든 안락은 인고忍苦를 통과해야 한다'라는 제4의 진리를 경험하고 멀뚱멀뚱 주위를 돌아본 순간, 가족은 이미 방 안으로 들어가 보이지 않았다.

이런 실패를 했을 때는 집에 있으면 오상 등에게 얼굴을 보이는 것도 왠지 낯간지럽다. 아예 기분 전환 겸 골목의 이현금 사범 집 얼룩 양이라도 방문하자고 부엌 뒷문으로 나갔다.

얼룩 양은 이 근처에서도 유명한 미모의 고양이다. 나는 고양이기는 하지만 애정, 동정, 배려 등 세상의 인정은 웬만큼 터득하고 있다. 집에서 아저씨의 괴로운 얼굴을 보거나 오상의 심한 꾸지람을 들어 기분이 울적할 때는 반드시 이성 친구를 방문하여 이런저런 이야기를 한다. 그러면 어느새 유쾌해져 지금까지의 걱정도 고생도 모두 잊고 다시 태어난 기분이 된다. 여성의 영향이라는 것은 실로 막대하다.

집에 있나 하고 삼나무 울타리 틈으로 들여다보니 얼룩 양은 새해라고 새 목걸이를 하고 얌전하게 마루에 앉아 있다. 등의 부드러운 곡선이 말할 나위 없이 아름답다. 곡선미의 극치다. 꼬리가 휜 모양, 발의 굽어짐, 나른하게 귀를 쫑긋 흔드는 모양도 도저히 형용할 수가 없다. 특히 자주 해가 비치는 곳에 따스하고 품위 있게 웅크리고 있으니, 신체는 정숙 단정한 태도를 보이지만 비로드를 능가할 정도로 매끈한 전신 털은 봄빛을 반사하여 바람도 없는데 살랑살랑 미동하는 것처럼 보인다.

나는 잠시 황홀하게 바라보다가 이윽고 제정신을 차림과 동시에 작은 소리로 "얼룩 양, 얼룩 양" 하고 부르면서 앞발을 흔들었다. 얼룩 양은 "어머나, 선생님" 하고 마루에서 내려온다. 빨간 목걸이에 달린 방울이 딸랑딸랑 울린다. '아니, 정월이라고 방울까지 달았나? 아주 좋은 소리네'라고 감동하는 사이에, 얼룩 양은 내 옆으로 와서, "어머, 선생님, 새해 복 많이 받으세요" 하고 꼬리를 왼쪽으로 흔든다. 우리 고양이끼리도 서로 인사할 때는 꼬리를 막대기처럼 세워서 왼쪽으로 빙글 돌린다.

동네에서 나를 선생님이라고 불러주는 이는 얼룩 양뿐이다.

나는 전에 말한 대로 아직 이름이 없지만, 선생 집에 있으므로 얼룩 양만은 존경하여 "선생님, 선생님" 불러준다. 나도 선생님이라고 불러서 그리 나쁜 기분은 들지 않으므로 "예, 예" 대답한다.

"아아, 새해 복 많이 받아요. 아주 멋지게 꾸미셨네요."

"예, 연말에 주인아줌마가 사주셨어요. 좋지요?" 하고 딸랑딸랑 울려 보인다.

"그렇군요. 좋은 소리네요. 나는 태어나서 그렇게 멋진 건 처음 봐요."

"어머, 세상에. 모두 걸고 다니는걸요" 하고 다시 딸랑딸랑 울린다.

"좋은 소리죠? 전 행복해요" 하고 딸랑딸랑 계속 울린다.

"당신 집 주인은 당신을 무척 귀여워해주시나 봐요" 하고 내 처지에 비교하여 아주 부럽다는 뜻을 비쳤다. 얼룩 양은 순진한 고양이다.

"정말 그래요. 마치 자기 자식처럼요" 하고 천진난만하게 웃는다. 고양이라고 해서 웃지 못하는 것은 아니다. 인간은 자기 외에는 웃는 동물이 없다고 생각하는데, 그것은 오해다. 내 웃음은 콧구멍을 세모로 하고 목젖을 진동시켜 웃는 것이므로 인간은 알 리가 없다.

"도대체 당신 주인은 어떤 사람입니까?"

"어머, 주인이 어떤 사람이라뇨? 이상한 질문이네요. 이현금 사범님이에요."

"그건 나도 알고 있는데요, 원래 신분이 어떤 분이냐는 거죠. 아무래도 옛날에는 신분이 훌륭한 분이었겠지요?"

"예, 그렇죠."

당신을 기다리는 사이, 작은 섬잣나무…….

문 안에서 사범님이 이현금을 연주하기 시작한다. "좋죠?" 하고 얼룩 양은 자랑한다.

"좋은 것 같은데 나는 잘 모르겠네요. 도대체 뭐라고 하는 겁니까?"

"어머? 저건 뭐뭐라고 하는 거예요. 사범님은 저거를 아주 좋아해요. 사범님 연세는 이제 예순둘이에요. 꽤 건강하시죠?"

62세에 살아 있을 정도니 건강하다고 할 수 있다. 나는 "예……" 하고 대답했다. 좀 김빠진 대답이 되었으나 달리 명답도 생각나지 않으니 할 수 없다.

"그래도 원래는 신분이 아주 높았다고 해요. 항상 그렇게 말씀하세요."

"에? 원래 어떤 분인데요?"

"글쎄, 덴쇼인〔도쿠가와 13대 장군 이에사다에게 시집갔으나 사별 후 비구니가 되어 덴쇼인이라 불림〕 님 비서의 여동생이 시집간 집의 어머니의 조카의 딸이라고 해요."

"뭐라고요?"

"덴쇼인 님 비서의 여동생이 시집간……."

"오호, 그런가요. 그러니까 덴쇼인 님 여동생의 비서의……."

"어머, 그게 아니고요, 덴쇼인 님 비서의 여동생의……."

"잘 알았습니다. 덴쇼인 님이죠?"

"예."

"비서죠?"

"그래요."

"시집간?"

"아니, 여동생이 시집간, 이지요."

"맞다, 맞다. 여동생이 시집간 곳의……."

"어머니의 조카의 딸이라니까요."

"어머니의 조카의 딸인가요?"

"예. 이제 아시겠죠?"

"아뇨, 복잡해서 뭐가 뭔지 모르겠어요. 그러니까 덴쇼인 님과 무슨 관계가 되는 겁니까?"

"당신도 참 머리가 둔하네요. 그러니까 덴쇼인 님 비서의 여동생이 시집간 집의 어머니의 조카의 딸이라고 아까부터 말했잖아요."

"그건 잘 알았는데요……."

"그것만 알면 되죠."

"그렇군요."

나는 할 수 없이 항복했다. 우리는 때로 이치와 논리가 맞지 않는 말을 해야 할 때가 있다.

문 안에서 이현금 소리가 뚝 끊어지고 사범님이 부르는 소리가 들린다.

"얼룩아, 얼룩아, 밥 먹어라."

얼룩 양은 기쁜 듯이, "어머, 사범님이 부르시니 전 돌아갈게요. 괜찮죠?" 하고 말한다.

괜찮지 않다고 말해봤자 소용없다.

"그럼, 또 놀러 오세요" 하고 방울을 짤랑짤랑 울리고 정원 끝까지 뛰어가다가 갑자기 멈추고 돌아오더니, "당신 얼굴색이 아주 안 좋아졌어요. 어디 아파요?" 하고 걱정스럽게 묻는다. 차마 떡국을 먹고 춤을 추었다고는 말하지 못하니, "뭐, 별일 없는데요, 좀 생각을 많이 해서 두통이 생겼나 봐요. 실은 당신과

이야기라도 하면 나아지리라고 생각해서 찾아온 거죠" 했다.

"그래요, 건강 주의하시고요. 그럼 안녕."

얼룩 양도 좀 아쉬워하는 모습이다. 이것으로 떡국 사건의 후유증도 완전히 사라졌다. 기분이 좋아졌다.

돌아가는 길에 차밭을 지나가려고 서리가 녹기 시작한 길을 밟고 가 대나무 울타리의 구멍으로 얼굴을 내미니, 이번에도 차부 집 검둥이가 마른 국화 위에 등을 바싹 세우고 하품을 하고 있다.

요즘은 검둥이를 두려워하는 내가 아니지만, 말을 걸어오면 귀찮으니 모르는 체하고 지나가려고 했다. 검둥이는 남이 자기를 무시했다고 느껴지면 절대 잠자코 있는 성격이 아니다.

"어이, 이름도 없는 촌뜨기, 요즘 되게 잘난 체하네. 아무리 선생 집 밥을 먹는다고 해도 그렇게 거만한 얼굴 하는 게 아니지. 무시하면 재미없어."

검둥이는 내가 유명해진 것을 아직 모르는 듯하다. 설명해주고 싶으나 도저히 이해할 능력이 없는 놈이니, 우선 그저 인사나 하고 될 수 있으면 빨리 실례하는 게 상책이라고 생각했다.

"어이, 검둥 군. 정월일세. 복 많이. 여전히 건강하군" 하고 꼬리를 세워 왼쪽으로 빙글빙글 돌렸다. 검둥이는 꼬리를 세운 채로 응답도 하지 않는다.

"뭐? 복 많이? 정월에 복 많이 받으라고 하면 넌 1년 내내 복을 받겠다는 거냐? 말조심해! 풀무 뒷구멍놈."

'풀무 뒷구멍놈'(풀무 뒷구멍으로 들어오는 공기가 헉헉대는 숨소리와 비슷함)이라는 말은 욕 같기는 한데, 나는 이해가 되지 않았다.

"좀 묻겠는데, 풀무 뒷구멍놈이라는 것은 무슨 뜻이지?"

"흥, 욕이나 얻어먹는 주제에 그 이유까지 내가 설명해야 되냐? 그러니 정월 바보(정초에 들떠서 난리 치는 사람)라는 거야."

정월 바보는 좀 시적인 표현이나 풀무 뭐라는 것보다 의미가 한층 불명료한 문구다. 참고로 묻고 싶으나 물어봤자 명료한 답변은 얻을 수 없을 게 뻔하니 얼굴을 마주한 채 묵묵히 서 있었다. 좀 난처한 상황이다. 그러자 돌연 검둥이 집 아줌마가 큰 소리로 말하는 게 들렸다.

"어, 찬장에 올려놓은 연어가 없어졌네. 큰일이야. 또 검둥이 놈이 훔쳐갔어. 정말 못 말리는 고양이야. 돌아오기만 해봐라, 본때를 보여주지."

정초의 한가한 공기를 사정없이 진동시켜, '바람이 자서 가지도 흔들리지 않는 천하태평의 시대'를 크게 속되게 하였다.

검둥이는 야단을 치든지 말든지 하는 뻔뻔스런 얼굴을 하고 네모난 턱을 앞으로 내밀면서 '저 소리 들리느냐'라는 눈짓을 한다.

지금까지는 미처 눈치채지 못했으나, 보니까 그의 발아래에는 한 토막에 2전 3리나 하는 연어가 뼈만 남아 땅바닥에 나뒹굴고 있었다.

"자네, 여전히 활약이 대단하군."

나는 지금까지 욕먹던 것도 잊어버리고 불쑥 감탄사를 내뱉었다. 검둥이는 이 정도로는 좀체 기분이 누그러지지 않는다.

"무슨 활약? 이놈아, 연어 한 토막이나 두 토막으로 활약이라니, 뭔 말이냐! 깔보는 말 하지 마. 이래 봬도 차부 집 검둥이야" 하고 팔을 치키는 대신에 오른쪽 앞다리를 거꾸로 어깨 근처까지 쳐들었다.

"자네가 검둥 군이라는 건 예전부터 알고 있어."

"알고 있는데 여전히 활약이 대단하다는 건 무슨 뜻이야?" 하고 기염을 토한다. 인간이라면 목덜미가 잡히고 밀쳐질 상황이다. 다소 질려서 내심 이거 참 난처하다고 생각하고 있는데, 다시 검둥이 집 아줌마가 큰 소리로 하는 말이 들려온다.

"이봐요, 니시카와 씨. 여기요, 니시카와 씨, 용무가 있다니까요. 소고기 한 근 어서 갖다줘요. 알았어요? 소고기, 질기지 않은 거로 한 근이에요" 하고 소고기를 주문하는 소리가 사방의 적막을 깬다.

"흥, 1년에 한 번 소고기를 주문한다고 엄청나게 큰 소리 내잖아. 소고기 한 근이 동네 자랑이니, 쩨쩨한 여편네야."

검둥이는 비웃으면서 네 발을 벌리고 버티고 있다. 나는 응답할 말이 없어 잠자코 바라본다.

"한 근 정도에 만족은 못하지만 할 수 없네. 가져오면 내가 곧 해치워주지."

마치 자기를 위해 주문한 것처럼 말한다.

"이번에는 아주 맛있는 음식이군. 좋겠네."

나는 가능하면 그를 집으로 돌려보내려고 한다.

"네가 상관할 바 아니니 입 닥쳐. 시끄럽기는" 하고 말하면서 돌연 뒷다리로 서리가 쌓인 흙을 긁어 내 머리에 확 끼얹는다. 내가 놀라서 몸의 흙먼지를 터는 사이에 검둥이는 담 밑으로 기어 들어가 어디론가 모습을 감췄다. 아마 니시카와의 소고기를 사냥하러 간 것이리라.

집에 돌아오니 평소와 달리 집 안에서 봄기운이 느껴지며 아저씨의 웃음소리도 유쾌하게 들린다. 활짝 열린 문을 통해 마루로 올라가 아저씨 옆으로 다가가니 처음 보는 손님이 와 있다. 머리에 깔끔하게 가르마를 타고, 무명 하오리에 두터운 하카마〔겉에 입는 아래옷〕를 입은 지극히 성실한 서생 스타일의 남자다.

아저씨 앞에 놓인 작은 화로 옆에 칠기 잎담뱃갑과 나란히 '오치 도후 군을 소개합니다. 미즈시마 간게쓰'라고 쓰인 명함이 있으므로, 손님이 간게쓰의 친구라는 것도 알 수 있었다. 주인과 손님의 대화는 중간부터 들어 전후 사정을 잘 알 수 없으나 아무래도 내가 저번에 소개한 미학자 메이테이에 관한 이야기 같다.

"그래서 재미있는 유희가 있으니 꼭 같이 오라고 하시기에……" 하고 손님은 침착하게 말한다.

"뭐라고? 서양요릿집에 가서 점심 먹는 일이 재미있다고 하는 건가?" 하고 아저씨는 찻잔에 차를 더 따라서 손님 앞에 내민다.

"예. 그 유희라는 것을 그때 저는 잘 몰랐습니다만, 어차피 그분이 하시는 일이니 뭔가 재미있겠지 생각해서……."

"그래서 같이 갔던가?"

"그런데 가서 놀랐습니다."

아저씨는 '그럼 그렇지'라는 듯 무릎 위에 앉은 내 머리를 탁 때렸다. 조금 아프다.

"또 쓸데없는 코미디 같은 것이겠지. 그 친구는 그게 버릇이니"라며 아저씨는 갑자기 안드레아 델 사르토 사건을 떠올린다.

"헤헤. 저한테 뭔가 색다른 걸 먹어보지 않겠느냐고 말씀하셔서……."

"뭘 먹었는데?"

"우선 메뉴를 보면서 여러 요리에 관한 이야기를 했습니다."

"주문하기 전에?"

"예."

"그리고?"

"그리고 머리를 돌려서 보이를 쳐다보고, 아무래도 색다른 것이 없는 듯하다고 말씀하시니 보이가 이에 질세라 오리 로스라든가 송아지 갈빗살은 어떠냐고 했고, 선생님이 그런 진부한 걸 먹으러 일부러 여기까지 온 게 아니라고 말씀하시자 보이는 '진부'라는 말을 알아듣지 못해서 묘한 얼굴을 하고 잠자코 있었습니다."

"그랬겠지."

"그리고 내 쪽을 향해서, 프랑스나 영국에 가면 덴메이초〔하이쿠의 한 유파〕나 만요초〔가집 《만요슈》에 나타난 웅장한 가풍〕를 먹을 수 있는데 일본에서는 어딜 가도 판에 박은 듯해서 아무래도 서양 요릿집에 갈 마음이 생기지 않는다며 대연설이 시작되었는데요…… 참, 그런데 그분은 외국에 다녀온 적이 있나요?"

"뭐? 메이테이가 외국에 어떻게 가. 그야 돈도 있고 시간도 있으니 가려고 하면 언제든지 갈 수 있지만. 아마 장래에 가서 경험할 것을 과거로 바꾸어서 익살을 부려본 것이겠지."

아저씨는 스스로 멋진 말을 했다고 생각했는지 상대의 웃음을 유도하는 웃음을 터뜨렸다. 그러나 손님은 그렇게 감동한 모습이 아니다.

"그런가요? 저는 또 언제 해외여행을 다녀오셨나 생각해서, 끝내 진지하게 경청하였습니다. 게다가 직접 보고 온 것처럼 달팽이 수프 이야기와 개구리 스튜를 설명하시니까……."

"그거야 누군가에게 들었겠지. 거짓말에는 명인이니까."

"아무래도 그런 것 같군요" 하고 화병의 수선화를 바라본다. 좀 유감스럽다는 기색으로도 보인다.

"그럼 유희라는 게 바로 그거였군."

아저씨가 확인차 묻는다.

"아뇨, 그것은 시작에 불과하고요, 본론은 지금부터입니다."

"흠……" 하고 아저씨는 호기심 어린 감탄사를 집어 넣는다.

"그래서 '달팽이와 개구리는 먹고 싶어도 없으니 도치멘보(하이쿠 시인 이름)쯤으로 정하지 않겠나, 자네?' 하고 물으시니 저는 그저 아무 생각 없이 '그렇게 하시지요'라고 대답했습니다."

"허어, 도치멘보라니, 희한하군."

"예. 아주 희한한 것인데, 선생님이 너무 진지한 모습이니까 얼떨결에 그냥 넘어갔지요."

마치 아저씨를 향해 실수를 사과하는 듯하다.

"그래서 어떻게 되었나?"

아저씨는 아랑곳하지 않고 묻는다. 손님의 사죄에는 전혀 동정을 표시하지 않는다.

"그리고 보이에게 '어이, 도치멘보 2인분 가져다주게'라고 하자, 보이가 '멘치보(미트볼) 말입니까?'라고 다시 물었으나, 선생님은 더욱 정색을 하고 '멘치보가 아니고 도치멘보'라고 정정하셨습니다."

"그렇군. 그 도치멘보라는 요리는 도대체 있는 것인가?"

"글쎄요, 저도 좀 이상하다고는 생각했습니다만, 너무도 선생님이 침착하신 데다 나름대로 서양통이시지, 더구나 그때는 외국에 갔다 왔다고 굳게 믿었으니까, 저도 함께 '도치멘보, 도치멘보'라고 보이에게 알려주었습니다."

"보이는 뭐라 했는데?"

"보이가 말이죠, 지금 생각해보니 정말 웃깁니다만, 잠시 생각하더니 '대단히 죄송합니다만 오늘 도치멘보는 마침 떨어졌고, 멘치보라면 2인분 곧 됩니다'라고 말하자, 선생님은 매우 유감스런 모습으로 '그럼 모처럼 여기까지 온 보람이 없네. 모쪼록 도치멘보를 만들어주지 않겠는가' 하고 보이에게 20전 은화를 주니, 보이는 그럼 어쨌든 주방장과 상의하고 오겠다는 말을 남기고 안으로 들어갔습니다."

"대단히 도치멘보가 먹고 싶었나 보지."

"잠시 후 보이가 나와서, '대단히 죄송합니다만 주문하신다면 만들어드리겠지만 좀 시간이 오래 걸립니다' 하고 말하자, 메이테이 선생님은 여전히 침착하게, 어차피 우리는 정월에 시간이 많으니 기다리더라도 먹고 가자고 하시며 품에서 담배를 꺼내 피우시기 시작했으므로 저도 할 수 없이 품에서 신문을 꺼내 읽기 시작했습니다. 그러자 보이는 다시 안으로 문의하러 들어갔습니다."

"아주 절차가 복잡하군."

아저씨는 전쟁 소식을 읽는 정도의 적극성으로 다가앉는다.

"그러자 보이가 다시 나와서, 최근에는 도치멘보 재료가 동나서 가메야에 가도, 요코하마 15번지에 가도 살 수 없으니 당분간은 죄송하오나 못해드린다고 유감스럽게 말하자, 선생님은 '거참 곤란하군. 모처럼 왔는데' 하며 자꾸 저를 보시고 거듭 말씀하시기에 저도 잠자코 있을 수 없어 '매우 유감이군요, 유감천만입니다' 하고 장단을 맞추었죠."

"지당하지" 하고 아저씨는 찬성한다. 뭐가 지당하다는 건지 나는 모르겠다.

"그러자 보이도 유감이라는 듯, 조만간 재료가 들어오면 그때 잘해드리겠다고 하대요. 선생님이 재료는 무엇을 사용하느냐고 묻자, 보이는 헤헤 웃기만 하고 대답을 하지 않았습니다.

그러자 선생님은 '재료는 닛폰파〔신문 《닛폰》에서 마사오카 시키를 중심으로 하이쿠 혁신을 목적으로 한 일파〕의 하이진俳人〔하이쿠 시인을 일컫는 말)들이겠지?' 하고 되물었고, 보이는 '에, 그러하오나 요즘은 요코하마에 가도 못 사니 정말로 죄송합니다'라고 하더군요."

"아하하, 그게 대단원이로군. 거참 재밌네."

아저씨는 평소와 달리 큰 소리로 웃는다. 무릎이 흔들려서 내가 떨어질 뻔하였는데도 아저씨는 무신경하게 웃는다. 안드레아 델 사르토에 속은 것이 자기 혼자가 아니라는 사실을 알게 되어 갑자기 유쾌해진 듯하다.

"그래서 둘이 밖에 나오자 '어떤가? 자네, 잘 놀았지? 도치멘보를 재료로 사용한 것이 재밌지?' 하고 자랑이 대단하더군요. 그래서 대단히 존경한다고 말하고 헤어졌지만, 정작 점심때는 지나가버렸으니 아주 배가 고파 죽을 뻔했습니다."

"그것 참 괴로웠겠네."

아저씨는 비로소 동정을 표한다. 여기에는 나도 이의가 없다. 잠시 이야기가 끊겨서 내 목구멍이 울려 나는 소리가 주객의 귀에 들어갔다.

도후 군은 식은 차를 한 번에 다 마시고, "사실 오늘 찾아온 이유는요, 선생님에게 부탁드릴 일이 좀 있어서입니다" 하고 자세를 바로잡는다.

"어, 무슨 용건인데?"

아저씨도 정색하고 대답한다.

"잘 아시다시피 저는 문학과 미술을 좋아하는데……."

"그거 좋지" 하고 기름을 붓는다.

"동료끼리 모여 요전번부터 낭독회라는 것을 조직해서 매달 한 번 모여 이 방면의 연구를 앞으로 계속할 생각인데요, 이미 제1회는 작년 말에 열었습니다."

"좀 묻겠는데, 낭독회라는 건 뭔가? 가락이라도 붙여 시 같은 걸 읽는 것처럼 들리는데, 도대체 어떤 식으로 하나?"

"예, 처음은 옛사람 작품부터 시작하고 나중에는 동인의 창작 같은 것도 할 생각입니다."

"옛사람의 작품이란 백낙천〔당나라의 시인 백거이〕의 〈비파행〉〔인생무상을 노래한 7언시〕 같은 것인가?"

"아뇨."

"그럼, 부손〔에도 중기의 하이쿠 시인 겸 화가〕의 〈춘풍마제곡〉〔하이쿠·한시·장구長句를 섞은 독특한 자유시〕 종류인가?"

"아닙니다."

"그럼 어떤 것을 하지?"

"지난번에는 지카마쓰〔에도 중기의 희곡가〕의 〈신주모노〉〔연인이 봉건제의 압력 때문에 동반자살을 하는 비극을 그린 정사물情死物〕를 했습니다."

"지카마쓰? 조루리淨瑠璃〔샤미센 반주에 맞춰 가락을 붙여 엮는 이야기〕의 지카마쓰 말인가?"

다른 지카마쓰는 없다. 지카마쓰라고 하면 희곡가 지카마쓰 외에는 없다. 그것을 다시 묻는 아저씨가 참 한심하다고 생각하고 있는데, 아저씨는 아무것도 모르고 내 머리를 부드럽게도 쓰다듬는다. 사팔뜨기가 자기한테 반해 쳐다본다고 착각하는 인간도 있는 세상이니 이 정도 잘못은 결코 놀랄 만한 것이 아니라고 생각하며 쓰다듬는 대로 가만히 내버려둔다.

"예" 하고 대답하며 도후 군은 아저씨의 안색을 살핀다.

"그럼 한 사람이 낭독하는 것인가, 아니면 역할을 정해서 하는 것인가?"

"배역을 맡아서 주고받으며 해보았습니다. 기본 의도는 가급적 작중인물에 동화되어 그 성격을 잘 표현하는 것을 우선으로 하고, 거기에 손짓이나 몸짓을 붙입니다. 대사는 가급적 그 시대 사람을 그대로 묘사하고, 아씨든 하인이든 그 인물이 살아 있는 것처럼 표현합니다."

"그럼 연극 같은 것이겠네."

"예. 의상과 배경 막만 없을 뿐입니다."

"실례지만 잘되고 있는가?"

"아, 예. 제1회로서는 성공한 편이라고 생각합니다."

"그런데 저번에 했다고 하는 〈신주모노〉라는 건?"

"그러니까 뱃사공이 손님을 태우고 요시와라(아사쿠사 소재의 유곽)에 가는 장면으로……."

"대단한 막幕을 했군."

점잖은 교사랍시고 좀 머리를 갸우뚱한다. 코에서 뿜어진 담배 연기가 내 귀를 스쳐 얼굴 옆을 떠돈다.

"뭐, 그렇게 대단한 것도 아닙니다. 등장인물은 손님과 오이랑花魁(상위 창녀)과 나카이仲居(요릿집 등의 하녀)와 야리테遣手(창녀와 손님 사이를 주선하거나 창녀를 감독하는 사람)와 겐반見番(권번에 소속된 기생)뿐이었으니까요."

도후 군은 태연하게 말한다. 아저씨는 오이랑이라는 이름을 듣고 좀 쓴 얼굴을 했으나, 나카이나 야리테나 겐반이라는 낱말에 대해서는 명료한 지식이 없는 듯 우선 질문부터 한다.

"나카이라는 것은 유곽의 하녀에 해당되는 것이었나?"

"아직 확실히 조사해보지 않았으나 나카이는 찻집의 하녀고, 야리테는 여자 방의 시중을 드는 사람인 듯합니다."

도후 군은 아까 인물이 실제로 등장한 것처럼 목소리도 흉내 낸다고 말했으면서도 야리테와 나카이의 성격을 잘 이해하지 못한 듯하다.

"그렇군. 나카이는 찻집에 예속된 자고, 야리테는 유곽에 기거하는 자로군. 다음에 겐반이란 사람인가, 아니면 일종의 장소를 말하는가? 사람이라면 남자인가, 여자인가?"

"겐반은 아무래도 남자라고 생각합니다."

"무얼 담당하지?"

"글쎄요. 거기까지는 아직 조사가 되지 못했습니다. 조만간에 조사하도록 하죠."

이런 식으로 낭송회를 하면 뚱딴지같은 내용이 될 것으로 생각해 나는 아저씨 얼굴을 슬쩍 올려다보았다. 아저씨는 의외로 진지하다.

"그래서 낭독가는 자네 말고 또 누가 있는데?"

"여럿이 있습니다. 오이랑은 법학사 K군이었으나, 콧수염을 기른 채 여자가 애교를 떠는 대사를 하니 좀 이상했죠. 게다가 그 오이랑이 발작을 하는 부분이 있으므로……."

"낭독에서도 발작을 해야 하는가?"

아저씨는 걱정스러운 듯 묻는다.

"예. 어쨌든 표정이 중요하므로……."

도후 군은 어디까지나 문예가 기질이다.

"발작하는 건 잘되었나?"

"다른 건 몰라도 처음이라 발작만은 좀 무리였습니다."

"그런데 자네는 어떤 역할이었지?"

"저는 뱃사공이었습니다."

"에? 자네가 뱃사공?"

도후가 뱃사공 역할을 했다면 자기도 겐반 정도는 할 수 있다는 말투다.

"뱃사공은 무리가 아니었나?"

공치사도 없이 솔직히 말했다. 도후 군은 별로 화난 기색도 없다. 여전히 침착한 말투로, "뱃사공 때문에 모처럼의 행사도 용두사미로 끝났습니다. 실은 낭독회장 이웃에 네다섯 명의 여학생이 하숙하고 있는데, 그들이 어떻게 들었는지 그날 낭독회가 있다는 것을 탐지하고 낭독회장 창밖에서 방청을 한 것 같습니다. 제가 뱃사공 목소리를 흉내 내어 막 궤도에 올라 이제 문제없겠거니 자신만만하고 있는데…… 내 몸짓이 너무 지나쳤는지, 지금까지 참고 견디던 여학생들이 갑자기 '왁!' 하고 웃음을 터뜨리니 놀라기도 하였지만 분위기도 깨져버려 아무리 해도 다음 대사가 나오지 않아 결국 그것으로 해산했습니다."

제1회로서는 성공적이라고 평한 낭독회가 이렇다면 실패는 어떤 것일까 상상하자 웃음이 절로 나온다. 갑자기 목울대가 그렁그렁 울렸다. 그러자 아저씨는 부드럽게 머리까지 쓰다듬어준다. 남을 비웃으면서도 귀여움까지 받는 것은 고마우나 어쩐지 좀 기분이 찜찜하다.

"거참, 얼마나 황당한 일인가."

아저씨는 정초부터 애도의 말을 건넨다.

"제2회부터는 더욱 분발하여 성대하게 열 계획인데, 오늘 찾아온 것도 오로지 그 때문입니다. 실은 선생님도 모쪼록 입회하시어 힘을 써주셨으면 해서……."

"나는 아무래도 발작 같은 건 할 자신이 없는데……."

소극적인 아저씨는 곧 거절하려 한다.

"아뇨, 발작 같은 건 하지 않으셔도 됩니다. 여기 찬조원 명부가……" 하고 말하면서 보랏빛 보자기에서 소중한 물건인 양 공손히 장부를 꺼낸다.

"모쪼록 여기에 서명하시고 날인해주시길 부탁드립니다" 하고 장부를 아저씨 무릎 앞에 펼쳐놓는다. 보니까 요즘의 저명한 문학박사, 문학사들의 이름이 모두 나열되어 있다.

"아, 찬조원이 되는 건 무방하나 무슨 의무가 있는가?"

굴딱지 선생은 걱정스러운 모습이다.

"의무라 하면 별반 부탁할 것도 없고, 단지 이름만 기재해주시어 찬성의 뜻만 나타내주시면 그것으로 됩니다."

"그렇다면 가입하지."

의무가 없는 것을 알자마자 아저씨는 갑자기 마음이 가벼워진다. 책임이 없다는 걸 알면 모반의 연판장에도 이름을 써넣겠다는 표정이다. 그뿐만 아니라 이렇게 저명한 학자가 많이 가입한 곳에 자기 이름을 입적시키는 것은 지금까지 이런 경험이 없는 아저씨에게는 무한한 영광이므로 대답에 힘이 들어간 것도 무리는 아니다.

"잠시 실례."

아저씨는 서재로 도장을 가지러 갔다. 순간 나는 꽈당하고 다다미 위로 떨어졌다. 도후 군은 과자 접시 안의 카스텔라를 집어 들고 한입에 넣는다. 우물우물 잠시 목이 메는 듯하다. 나는 오늘 아침의 떡국 사건을 잠시 떠올렸다. 아저씨가 서재에서 도장을 가지고 왔을 때 카스텔라는 이미 도후 군의 위 안에 자리 잡았다. 아저씨는 과자 접시의 카스텔라가 한 조각 없어진 것을 모르는 듯했다. 혹시 알았다면 나부터 의심을 받았을 것이다.

도후 군이 돌아가고 나서 아저씨가 서재에 들어가 책상 위를 보니, 언제 왔는지 메이테이 선생의 편지가 놓여 있다.

신년을 맞이하여 귀하의 가정에 만복이 깃들기를 기원하며…….

메이테이답지 않게 시작이 진지하다고 아저씨는 생각했다. 원래 메이테이 선생의 편지에는 진지한 구식이라곤 거의 없다. 요전번에는 "그 후 별로 만나는 여자도 없어서 연애편지도 오지 않아 별일 없이 그럭저럭 잘 지내고 있으니 걱정하지 마시길……" 하는 편지가 온 정도다. 그것에 비하면 이 연하장은 뜻밖에 극히 평범하다.

> 귀하를 방문코자 생각은 하면서도 귀하의 소극주의에 반해 되도록 적극적 방침을 가지고 천고 미증유의 신년을 맞을 계획이므로 매일같이 정신없이 다망하니 그 점 양해 바라며…….

역시 이 친구, 정월에 돌아다니며 놀기에 바쁜 게 틀림없다고 아저씨는 속으로 메이테이 군의 말에 동의한다.

> 어제는 잠시 틈을 내어, 도후 군에게 도치멘보를 맛보게 해주어야겠다고 생각하였으나, 공교롭게 재료 소진으로 그 뜻을 이루지 못하여 유감천만으로 생각하는 바이오…….

내용이 슬슬 원래의 그다운 상태로 돌아왔다고 아저씨는 잠자코 웃는다.

> 내일은 모 남작 댁에서의 트럼프 놀이, 모레는 심미학협회의 신년회, 그 이튿날은 도리베 교수 환영회, 다다다음날은…….

"거참, 말 많군" 하고 아저씨는 건너뛴다.

위와 같이 요코쿠회, 하이쿠회, 단카회, 신체시회 등 모임의 연속으로 당분간 쉴 새 없이 나가야 하므로, 어쩔 수 없이 연하장으로 방문의 예를 대신하고자 하니 양해해주길 바라며…….

"뭐, 찾아와도 별로 안 반가운데" 하고 아저씨는 편지에게 대답한다.

이렇게 날씨가 좋은 설은 오랜만이라 만찬이라도 함께하고자 생각하여 집에 진미는 없지만 적어도 도치멘보 정도는 대접하고자 생각하니…….

아직 도치멘보 이야기다. "무례하긴" 하고 아저씨는 좀 화가 난다.

그러나 도치멘보는 최근 재료 소진으로 어쩌면 수배가 되기 어려우니 그때는 공작의 혀라도 먹고자 하네…….

"이제는 공작 혀까지 꺼내 들고 양다리를 걸치는군" 하고 아저씨는 계속 읽고 싶어졌다.

잘 알다시피 공작 한 마리당 혀의 분량은 새끼손가락 반도 안 될 정도이므로 귀형의 위를 채우기에는…….

"또 거짓말하기는" 하고 아저씨는 내뱉듯이 말했다.

반드시 20, 30마리의 공작을 포획해야 할 것이네. 그러나 공작은 동물원이나 아사쿠사 유원지 등에서 이따금 보이지만, 보통 새 가게에서는 전혀 볼 수가 없어 고심 중이라네.

"혼자 제멋대로 고심하는군" 하고 아저씨는 전혀 감사의 뜻을 표하지 않는다.

이 공작의 혀 요리는 자고로 로마 전성기 때 매우 유행한 것으로 호사 풍류의 극치인즉 평소 나도 매우 탐해온바 귀하도 헤아려주기 바라며…….

"헤아리긴 뭘 헤아려!" 하고 아저씨는 매우 냉담하다.

시기를 내려와 16, 17세기 때까지 공작은 전 유럽을 통해 연회에서 뺄 수 없는 진미가 되었다네. 레스터 백작〔16세기 영국의 정치가〕이 엘리자베스 여왕〔엘리자베스 1세〕을 자신의 영지에 초청했을 때도 분명히 공작을 내놓았다고 기억하네. 유명한 화가 렘브란트가 그린 향연의 그림에도 공작이 꼬리를 편 채 식탁에 누워 있었고…….

"공작 요리사를 쓰는 걸 보아 그리 다망한 것도 아니군" 하고 아저씨는 불평을 터뜨린다.

어쨌든 요즘처럼 진미를 계속 먹으면 나도 머지않아 귀형처럼 위장병에 걸릴 게 뻔하고…….

"귀형처럼은 도가 지나치군. 굳이 나를 위장병의 상징으로 하지 않아도 되잖아" 하고 아저씨는 투덜거렸다.

역사가의 설에 따르면 로마인은 하루에 두세 번이나 연회를 열었다고 하네. 하루에 두세 번씩이나 진미가 가득한 식탁을 마주하면 아무리 위가 좋은 사람이라도 소화 기능 불량이 될 터인즉, 따라서 자연히 귀형처럼…….

"또 귀형인가…… 무례한 놈."

그럼에도 사치와 위생을 양립시키기 위해 연구를 하던 그들은 다량의 진미를 탐함과 동시에 위장을 평소 상태로 유지할 필요를 인정하여, 이에 하나의 비법을 창안하였다네…….

"뭐라고?" 아저씨는 갑자기 열중한다.

그들은 식후에 반드시 입욕을 하였다네. 입욕 후 어떤 방법을 써서 입욕 전에 먹은 것을 모두 토하여 위 안을 청소하네. 위 내 청소에 공을 다하고 다시 식탁에 앉아 질릴 때까지 진미를 먹고, 다 먹으면 다시 탕에 들어가 이를 토하네. 이렇게 하면 좋은 것은 마음껏 먹어도 모든 내장기관에 전혀 장애를 일으키지 않으니, 일거양득이라는 것은 이런 경우를 두고 하는 말로 생각하네…….

"과연 일거양득이 틀림없군" 하며 아저씨는 부러운 듯한 얼굴을 한다.

20세기 오늘날의 교통 혼잡이나 연회의 증가는 말할 것도 없고,

군국軍國〔일본을 가리킴〕의 러일전쟁 승리 후 2년이 지난 때이므로 우리 전승국 국민은 꼭 로마인을 귀감으로 삼아 입욕 구토의 기술을 연구할 기회에 봉착하였다는 것을 자신하네. 그렇지 않으면 모처럼의 대국민도 가까운 장래에 모두 귀형처럼 위장병 환자가 될 테니 그 점을 내심 가슴 아프게 생각하네.

"또 귀형인가"라며 아저씨는 정말 깐죽거리는 사람이라고 생각한다.

이때 우리처럼 서양 사정에 밝은 사람들이 고사 전설을 연구하고 이미 끊어진 비법을 발견하여 이를 메이지 사회에 응용케 하면, 소위 화를 미연에 방지하는 공덕도 되어 평소 놀고 즐김을 마음껏 한 보은도 된다고 생각하네…….

아저씨는 왠지 뭔가 이상하다고 머리를 갸웃한다.

따라서 요전부터 기번, 몬젠, 스미스 등 많은 학자의 저술을 섭렵하였지만 아직 발견의 단서도 보이지 않는 것은 지극히 유감스럽게 생각하네. 그러나 잘 알다시피 나는 한번 생각한 것은 성공할 때까지 절대로 그만두지 않는 성질인바 구토법을 다시 유행시키는 것도 머지않았다고 믿고 있네. 위의 사실은 발견하는 대로 보고하려고 하니 그렇게 알아주게. 따라서 아까 말한 도치멘보 및 공작 혀의 진미도 가능하다면 위의 발견 후에 베풀고자 하니, 그리 하면 소생의 스케줄은 물론 이미 위장병으로 고민하는 귀형을 위해서도 좋으리라 생각하는 바이네. 두서없기는 하나 그럼 이만 총총.

"뭐야, 결국 속은 건가?" 내용이 너무 진지하기에 결국 끝까지 열심히 읽고 말았다.

"정초부터 이런 장난을 하는 메이테이는 꽤 한가한 놈이로군" 하며 아저씨는 웃었다.

그 후 4, 5일은 별로 특별한 일 없이 지나갔다. 백자 꽃병의 수선화가 점점 시들고 녹색 매화가 점점 벌어지는 것을 바라보며 그냥 지내는 것도 재미없어서 얼룩 양을 한번 방문해보았으나 만나지 못했다. 처음에는 외출했나 생각했으나, 두 번째는 병으로 누웠다는 것을 알게 되었다. 물그릇의 난초 그늘에 숨어서 방 안에서 사범님과 하녀가 나누는 이야기를 들으니 이러했다.

"얼룩이는 밥 먹었느냐?"

"아뇨, 오늘 아침부터 아직까지 아무것도 먹지 않네요. 따뜻하게 해서 고타쓰에 뉘어놓았습니다."

왠지 고양이답지 않다. 마치 사람 취급을 받는 듯하다.

내 경우와 비교해보면 부럽기도 하나, 또 한편으로는 내가 사랑하는 고양이가 이렇게 후한 대접을 받는다는 생각에 기쁘기도 하다.

"아주 큰일이네. 밥을 먹지 않으면 몸이 처지기만 하지."

"그렇고말고요. 우리도 하루만 밥을 안 먹으면 다음 날 일을 못하니까요."

하녀는 자기보다 고양이가 상등 동물인 듯한 대답을 한다. 실제 이 집에서는 하녀보다 고양이가 더 소중한지도 모른다.

"의사 선생님에게 데려갔었느냐?"

"예. 의사 선생님은 꽤 이상한 분이에요. 내가 얼룩이를 안고 진찰실에 들어가자 감기라도 걸렸느냐며 내 손을 진맥하려고 하잖아요. '아뇨, 환자는 내가 아니에요. 얘예요' 하고 얼룩이를 무릎에 올려놓으니, 빙그레 웃으면서 '고양이 병은 나는 잘 모른다. 그냥 놔두면 곧 낫겠지' 하는 거예요. 말도 안 되잖아요. 화가 나서 '그럼 필요 없어요. 이래 봬도 이 고양이는 소중한 고양이예요' 하고 말하고 얼룩이를 품에 안고 집으로 돌아왔어요."

"정녕 그러한가?"

'정녕 그러한가'는 도저히 우리 집에서는 들을 수 있는 단어가 아니다. 나는 역시 덴쇼인 님의 뭔가의 뭔가가 아니라면 사용할 수 없는 매우 우아한 말이라고 감동했다.

"어째 쿨럭쿨럭하는 것 같은데……."

"예. 필시 감기에 걸려서 목이 아픈 것이옵니다. 감기에 걸리오면 누구라도 기침이 나오기 마련이니까요……."

덴쇼인 님의 뭔가의 뭔가의 하녀랍시고 아주 정중한 말을 사용한다.

"게다가 요즘은 폐병이라든가 하는 것이 생겼지?"

"정말로 요즘처럼 폐병입네 페스트입네 하고 새로운 병이 늘어난 때는 주의해야겠어요."

"막부 시대에 없다가 요즘 새로 생긴 것 중에는 변변한 게 없으니 너도 주의하도록 하거라."

"그러합지요."

하녀는 크게 감동한다.

"그다지 돌아다니지도 않았던 거 같은데 어찌 감기에 걸렸을까……."

"아뇨, 선생님, 그게 말이죠, 요즘 못된 친구가 생겨서 그런 것 같사옵니다."

하녀는 국사의 비밀이라도 밝히는 듯 아주 심각한 표정이다.

"못된 친구?"

"예. 저 대로변의 선생 집에 있는 지저분한 수고양이 있습지요?"

"선생이라 함은 그…… 매일 아침 되지도 않는 엉터리 소리를 하는 사람 말인가?"

"예. 얼굴을 씻을 때마다 거위가 목 졸려 죽는 소리를 내는 사람이옵니다."

거위가 목 졸려 죽는 소리라는 표현은 아주 적절한 형용이다. 우리 아저씨는 매일 아침 욕실에서 양치질할 때 칫솔로 쿡쿡 목을 찌르며 이상한 소리를 거리낌 없이 내는 습관이 있다. 기분이 나쁠 때는 더욱 꺽꺽댄다. 기분이 좋을 때는 원기 좋게 더욱 꺽꺽댄다. 즉 기분이 좋을 때도 나쁠 때도 쉼 없이 힘 좋게 꺽꺽거린다.

아줌마 말로는 이곳으로 이사하기 전에는 그런 습관이 없었는데 어느 날 갑자기 시작되어 오늘까지 하루도 빠진 적이 없다고 한다.

좀 역겨운 습관인데 왜 그런 짓을 끈덕지게 지속하는지 우리 고양이로서는 도저히 이해가 되지 않는다. 그것도 우선 어쩔 수 없다고 치고, '지저분한 수고양이'라니 꽤 심한 혹평이라고 생각하며 더욱 귀를 세워 다음 말을 듣는다.

"그런 소리를 내면 도대체 무슨 주문이라도 된다는 건지 모르겠구나. 유신 이전에는 짚신지기(주인의 짚신을 들고 따라다니던 하인)라도 상응의 예의범절을 갖추었는데, 무사 동네에서 그런 양치법을 사용한 자는 한 사람도 없었단다."

"당연히 그렇고말고요" 하녀는 매우 감동하여 자꾸 '그렇고

말고요'를 사용한다.

"그런 주인이 키우는 고양이니 어차피 들고양이나 다름없다. 다음에 오면 좀 때려주거라."

"때리고말고요. 얼룩이가 병에 걸린 것도 전적으로 그놈 탓이 틀림없으니까요, 반드시 원수를 갚아주겠사옵니다."

억울한 누명을 뒤집어썼다. 이거, 감히 가까이 다가가지 못하겠다고 생각해 결국 얼룩 양은 만나지도 못하고 돌아왔다.

돌아와서 보니 아저씨는 서재 안에서 뭔가 웅얼웅얼하며 펜을 들고 있다. 이현금 선생님 집에서 들은 평판을 말하면 아마 화를 낼 것이다. 모르는 게 약이리라. 아저씨는 웅얼웅얼하면서 신성한 시인인 체한다.

그때 당분간 다망하여 오지 못하겠다며 일부러 연하장을 보낸 메이테이 군이 표연히 찾아왔다.

"뭐야, 신체시라도 쓰고 있는가? 재미있겠군. 완성되면 보여주게."

"응, 좀 명문이라고 생각해 지금 번역해보려고 생각하네."

메이테이의 말에 아저씨는 무겁게 입을 연다.

"명문? 누구의 명문이지?"

"누군지 몰라."

"무명씨인가? 무명씨의 작품에도 꽤 좋은 것이 있으니 함부로 무시할 수 없지. 도대체 어디에 있는데?"

"제2독본(영어 교과서)."

아저씨는 태연자약하게 대답한다.

"제2독본? 제2독본이 어쨌다는 거지?"

"내가 번역하는 명문이라는 것은 제2독본 안에 있다는 말이지."

"농담하지 말게. 공작 혀 요리에 대한 복수를 하려는 속셈이지?"

"난 자네 같은 허풍쟁이와는 다르지" 하고 콧수염을 태연하게 비비 꼰다.

그러자 메이테이 선생은 심미안의 권위자 같은 말을 한다.

"옛날 어느 사람이 산요(에도 후기의 유학자로 문인 겸 사학가)에게 '선생님, 요즘 명문은 없습니까?' 하고 묻자, 산요는 마부가 쓴 차용금 독촉장을 보여주며 근래의 명문이라고 말했다는 이야기가 있으므로, 자네의 심미안도 의외로 확실한 것인지 몰라. 어디 읽어보게, 내가 비평해줄 테니."

아저씨는 선승이 다이토 국사(가마쿠라 시대의 고승으로, 다이토쿠지大德寺 창건자)의 훈계를 읽는 듯한 목소리로 읽기 시작한다.

"거인巨人, 인력人力."

"뭐야? 거인, 인력이라는 말은?"

"'거인 인력'이라는 제목이지."

"희한한 제목이군. 무슨 의미인지 모르겠는걸."

"인력이라는 이름을 가진 거인이라는 말이지."

"좀 무리한 조합이지만 제목이니 일단 넘어가기로 하지. 그럼 어서 본문을 읽게. 자네는 목소리가 좋으니 들을 만하겠네."

"중간에 참견하면 안 돼" 하고 미리 다짐을 받고 아저씨가 읽기 시작한다.

케이트는 창에서 밖을 내다보았다. 어린아이가 공을 던지며 놀고 있다. 그들은 높이 공을 공중으로 던진다. 공은 계속 위로 올라간다. 잠시 후 떨어진다. 그들은 다시 공을 높이 던진다. 두 번, 세 번. 던지기 위해 공은 떨어진다. 왜 떨어지는지, 왜 위로는 올라가지 않는지 케이트는 묻는다. "거인이 땅속에 살고 있으니까." 어머니가 대답한다. "그는 거인 인력이야. 그는 강하지. 그는 만물을 자기 쪽으로 당겨. 그는 집을 지상으로 당기지. 당기지 않으면 날아가버려. 어린아이도 날아가버리지. 잎이 떨어지는 것을 봤지? 그것은 거인 인력이 부르는 거야. 책을 떨어뜨리게 되지? 거인 인력이 오라고 하기 때문이야. 공이 공중으로 올라가면 거인 인력이 불러. 부르면 떨어지는 것이란다."

"그게 다야?"

"음, 멋지지 않은가?"

"오호, 이거 정말 대단하군. 엉뚱한 걸로 도치멘보의 답례를 받았군."

"답례고 뭐고 아무것도 아니야. 글이 아주 좋아서 번역해보았지. 자네는 그리 생각지 않나?" 하고 금테 안경 안을 들여다본다.

"대단히 놀랐네. 자네에게 이런 기량이 있을 줄은. 이번에는 완전히 당했네. 항복이야, 항복."

혼자서 인정하고 혼자서 지껄인다. 아저씨에게는 전혀 통하지 않는다.

"자네를 항복시킬 생각은 없네. 단지 재미있는 글이라고 생각해서 번역해본 것뿐이야."

"아냐, 정말로 재미있군. 그럴듯해. 굉장하군. 황송할 정도야."

"그리 황송할 것까지는 없지. 나도 요즘 수채화를 그만두었으니 그 대신 글을 써보려고 생각해서 말이야."

"어찌 원근 무차별, 흑백 평등의 수채화에 비할 수 있는가?

감동 그 자체네."

"그렇게 칭찬해주니 나도 분발할 마음이 생기네."

아저씨는 끝내 착각에서 벗어나지 못한다.

그때 간게쓰 군이 "지난번에는 실례가 많았습니다" 하며 들어온다.

"어, 자넨가? 지금 대단한 명문을 듣고 도치멘보의 망령이 퇴치된 참이야."

메이테이 선생은 종잡을 수 없는 말을 한다.

"아, 예, 그렇습니까?"

이자도 종잡을 수 없는 응답을 한다. 아저씨만 별로 들뜬 기색이 없다.

"지난번에는 자네 소개로 오치 도후라는 친구가 왔었지."

"아아, 왔던가요? 그 오치 고치라는 친구는 아주 순진한 사람이라 조금 이상한 데가 있어서 혹시나 폐를 끼칠지 모르겠다고 생각했습니다만, 꼭 소개해달라고 해서……."

"별로 폐 같은 건 없었는데……."

"집에 찾아와서 자기 이름에 관해 뭔가 설명이 없었나요?"

"아니, 그런 말은 없었던 거 같은데."

"그런가요? 어디를 가도 초면인 사람에게 자기 이름을 강의하는 버릇이 있으니까요."

"어떤 강의를 하는데?"

이때를 기다렸다는 듯 메이테이 군이 끼어든다.

"고치東風(훈독)라는 것이 음독(즉 도후)으로 불리는 걸 싫어해서……."

"그래서?" 하고 메이테이 선생은 금박 가죽 담뱃갑에서 담배를 꺼낸다.

"'제 이름은 오치 도후가 아닙니다. 오치 고치입니다'라고 늘 주장합니다."

"묘하군" 하고 메이테이 선생은 담배를 뱃속까지 들이삼킨다.

"그게 어디까지나 문학열에서 나온 것으로, 고치라고 읽으면 오치 고치遠近라는 말이 될 뿐 아니라 운율을 띠었다는 걸 자랑합니다. 그러니 '고치'를 음으로 '도후'라고 읽으면 자기가 애써 고심한 이름을 사람들이 불러주지 않는다고 불평을 하지요."

"거참, 별스럽기는 하군" 하고 메이테이 선생은 끼어들며 뱃속 담배 연기를 콧구멍으로 뿜어낸다. 그러다가 연기가 잘못 들어가 목구멍에 걸렸다. 선생은 담뱃대를 잡고 컥컥 기침을 한다.

"저번에 왔을 때는 낭독회에서 뱃사공이 되어 여학생의 웃음거리가 되었다고 하더라고" 하고 주인아저씨는 웃으며 말했다.

"음, 그래, 그래."

메이테이 선생이 담뱃대로 무릎 위를 친다. 나는 좀 위험해졌다 싶어 몸을 살짝 옆으로 비켰다.

"그 낭독회 말이야, 지난번에 도치멘보를 사줄 때 말이지, 그 이야기가 나왔지. 글쎄 제2회에는 저명 문사를 초대하여 대회를 열 작정이니까 나보고도 꼭 참석을 부탁한다고 해서, 내가 '이번에도 지카마쓰의 풍속물을 할 셈인가?' 물으니, '아뇨, 다음에는 아주 최신 작품을 선정해《곤지키야샤》〔오자키 고요의 장편소설. 신파극의 고전으로, 우리나라에서《장한몽(이수일과 심순애)》으로 번안됨〕를 하기로 하였습니다'라고 말하기에, '그럼 자네는 어떤 역을 맡을 생각인가?' 물으니, '저는 여주인공 오미야입니다'라고 하더라고. 도후의 오미야는 재미있겠지? 나는 꼭 참석하여 박수를 쳐주려고 생각하네."

"재미있겠군요" 하고 간게쓰 군이 묘하게 웃는다.

"그런데 그 남자는 아주 성실하고 경박한 면이 없어 좋아. 메이테이와는 전혀 딴판이지."

아저씨는 안드레아 델 사르토와 공작의 혀와 도치멘보를 한꺼번에 복수한다.

메이테이 군은 아무렇지도 않다는 모습으로, "어차피 나는 교토쿠行德의 도마〔교토쿠 지방에 바보조개(바카가이)가 많이 잡혀 조개 때문에 도마가 잘 마모된다는 뜻에서, 바보지만 닳고 닳아 교활한 사람을 일컫는 말〕니까" 하고 웃는다.

"대충 그런 것이겠지" 하고 아저씨가 말한다.

사실 교토쿠의 도마라는 말을 아저씨는 알지 못하나, 과연 오랫동안 교사 노릇을 하여 슬쩍 넘어가는 속임수에 능하므로 이런 때에는 교단의 경험을 사교에도 응용한다.

"교토쿠의 도마라는 게 뭔 뜻입니까?" 하고 간게쓰가 솔직히 묻는다. 아저씨는 방바닥을 보고, "저 수선화는 연말에 내가 목욕탕에서 돌아올 때 사다가 꽂아두었는데, 잘 견디고 있군" 하고 교토쿠의 도마를 억지로 덮어버린다.

"연말이라 하면, 작년 연말에 나는 실로 희한한 경험을 했지."

메이테이는 담뱃대를 곡예사처럼 손끝으로 돌린다.

"어떤 경험인지 들려주게."

아저씨는 교토쿠의 도마를 멀리 뒤로 팽개쳐버리고 안도의 숨을 쉰다.

메이테이 선생의 희한한 경험이라는 것은 다음과 같다.

"아마 연말 27일로 기억하는데…… 도후 군이 '집에 찾아가 모쪼록 문예 관계의 말씀을 듣고자 하니 집에 있어주기를 부탁한다'는 내용의 편지가 왔기에, 아침부터 기대하고 기다리는데 아무리 기다려도 도후 군은 오지 않더라고.

점심을 먹고 스토브 앞에서 배리 페인(영국의 유머 작가)의 코미디물을 읽고 있는데, 시즈오카의 어머니한테 편지가 와서 펼쳐 보니, 노인네라 아직도 나를 아이처럼 생각해서 말이야, 추울 때는 밤중에 외출하지 마라는 둥 냉수욕도 좋으나 스토브를 켜고 방을 따뜻하게 하지 않으면 감기 걸린다는 둥 걱정하시는 말씀이 가득 쓰여 있었지.

역시 부모님은 고마운 존재야. 남들은 아무래도 이런 말은 해 주지 않는다고 불효자인 나도 그때만큼은 크게 감동하였네. 그걸 생각하더라도 내가 이렇게 빈둥거려서는 죄스럽다, 뭔가 대작이라도 지어 가문의 이름을 빛내야 할 텐데, 어머니가 살아 계시는 동안 메이지 문단에 메이테이 선생이 있음을 알리고 싶다는 마음이 들었어.

그리고 다음을 읽어 내려가는데, '너는 실로 행복한 줄 알거라. 러시아와 전쟁이 시작되어 젊은이들은 나라를 위해 큰 고생을 하고 있는데 그믐달에도 정월처럼 마음 편히 놀고 있으니' 라고 쓰여 있지 않겠나. 나는 이래 봬도 어머니가 생각하는 것처럼 놀고 있지는 않은데 말이야. 그다음으로는 내 초등학교 친구로 이번 전쟁에 나가 죽거나 다친 이들의 이름이 열거되어 있잖아. 그 이름을 하나하나 읽었을 때에는 왠지 세상이 싫고 인간도 하잘것없다는 생각이 들었지.

맨 마지막에는 말이야, '나도 나이를 먹어 정초의 떡국을 먹는 것도 이번이 마지막일지도……' 등등 자식이 불안해할 말을 써놓았으니, 더욱 마음이 울적해져 어서 도후 군이 왔으면 좋겠다고 생각했으나 아무래도 오지 않는 거야.

그러던 중에 이윽고 저녁이 되어서 어머니에게 편지라도 쓸까 생각하여 열두세 줄 썼네. 어머니 편지는 두루마기로 여섯 자 이상이나 되지만 나는 아무래도 그런 기술이 없으니까 늘 열 줄 내외로 쓰지. 그런데 온종일 움직이지 않았으니 위 상태가 묘하게 괴로워서 도후 군이 오면 좀 기다리라는 말을 남기고, 편지도 부칠 겸 산책하러 나갔네.

평소와 달리 후지미초 쪽이 아니라 도테 3번지 쪽으로 나도 모르게 발길이 갔네. 마침 그날 밤은 좀 흐린 날씨에 강바람이 강 건너편에서 불어와 몹시 추웠지. 가구라자카 쪽에서 기차가 빠앙 소리를 내며 제방 밑을 지나갔어. 아주 쓸쓸한 느낌이 들었지. 연말, 전사戰死, 노쇠, 무상, 신속 같은 놈들이 머릿속을 빙빙 돌아다니더군. 사람이 목을 매고 자살한다고 하는 건 바로 이런 분위기에 자기도 모르게 휩싸여 죽고 싶어지는 게 아닌가 하는 생각이 들었어. 문득 머리를 들어 제방 위를 보니 어느새 바로 그 소나무 밑에 와 있는 거야."

"바로 그 소나무라니, 뭔 소나무?" 하고 아저씨는 이야기를 자른다.

"목매기 소나무지" 하고 메이테이는 목을 움츠린다.

"목매기 소나무는 고노다이〔지바 현 이치카와 시 에도 강의 언덕〕에 있죠?"

간게쓰가 파문을 더 넓힌다.

"고노다이의 것은 종을 매다는 소나무고, 도테 3번지의 것은 목매기 소나무야. 왜 이런 이름이 붙었는가 하면, 옛날부터 내려오는 전설에 누구든 이 소나무 밑으로 가면 목을 매고 싶어진다고 하네. 제방 위에 소나무는 몇십 그루나 있지만, 누가 목 매달았다고 해서 가보면 반드시 이 소나무에 매달려 있어. 1년에 꼭 두세 명은 자살하지. 아무래도 다른 소나무는 죽고 싶은 마음이 생기지 않나 봐.

올려다보니까, 가지가 멋진 형태로 길 쪽으로 뻗어 있어. 아아 멋진 가지다, 그대로 놔두는 게 아깝다, 저 가지에 누군가의 목을 매달고 싶어진다…… 누가 오지 않을까 하고 사방을 둘러보니 마침 아무도 오지 않아. 그럼 할 수 없군. 내가 직접 목을 매달아볼까? 아냐, 아냐. 내가 매달리면 죽어. 위험하니 그만두자고 생각했지.

그런데 옛날 그리스인들은 연회석에서 목매는 시늉을 하며 여흥을 즐겼다는 이야기가 있어. 한 명이 받침대 위로 올라가 밧줄에 목을 넣는 순간 다른 사람이 받침대를 치워버리고, 머리를 집어 넣은 사람은 받침대가 치워질 때 밧줄을 느슨하게 풀고 뛰어내리는 놀이야.

과연 그것이 사실이라면 별로 두려울 것도 없어. 나도 한번 시도해보자고 가지에 손을 걸치자 가지가 멋진 모양으로 휘어져. 휜 모양이 실로 미적이야. 목이 매달려 흔들거리는 모습을 상상해보니 짜릿해서 견딜 수가 없어. 꼭 해야지 생각했으나, 혹시 도후 군이 와서 기다리고 있으면 불쌍하다는 생각이 들었어. 그래서 먼저 도후 군을 만나 약속대로 이야기를 나누고 그 후에 다시 나오자고 생각하여 결국 집으로 돌아왔지."

"그리하여 행복하게 잘살았던 것입니다, 인가?" 하고 아저씨가 묻는다.

"재밌네요."

간게쓰가 히죽거리며 말한다.

"집에 돌아와보니 도후 군은 아직 오지 않았어. 그 대신 '오늘 부득이하게 사정이 생겨 찾아뵐 수 없고, 조만간 얼굴을 뵐 날을 기약합니다'라는 엽서가 와 있었으므로, 마음이 가라앉아

이제부터 마음껏 목을 맬 수 있으니 좋다고 생각했어. 그래서 곧바로 게다를 신고 서둘러 원래 장소로 돌아가 보니…….”

여기까지 말하고 메이테이는 아저씨와 간게쓰의 얼굴을 바라보며 시치미를 뗀다.

“돌아가 보니 어떻게 되었단 말인가?”

아저씨는 좀 애가 탄다.

“마침내 클라이맥스에 들어갔네요.”

간게쓰는 하오리의 끈을 만지작거린다.

“보니까, 이미 누가 먼저 와서 매달려 있어. 단지 한 발 차이로. 유감스럽지 않은가? 지금 생각하니 아무래도 그때는 죽음의 신에 씌었던 것 같아. 제임스(미국 철학자)에 따르면 잠재의식 속의 저승계와 내가 존재한 현실계가 일종의 인과법에 의해 서로 감응한 것이겠지. 실로 이상한 일이 아닌가?”

메이테이는 아주 태연한 척한다.

아저씨는 또 당했다고 생각하면서도 아무 말 하지 않고 찹쌀떡을 입에 가득히 넣고 우물우물 먹는다.

간게쓰는 화로의 재를 정성스럽게 저어서 정리하며 고개를 숙이고 히죽히죽 웃다가 이윽고 입을 열었다. 극히 조용한 말투다.

“과연 듣고 보니 희한한 일이군요. 정말 그럴까 하는 생각도 들 수 있지만, 저 또한 비슷한 경험을 최근에 하였으므로 전혀 의심하지 않습니다.”

“어? 자네도 목을 매고 싶어졌던가?”

“아뇨, 제 이야기는 목이 아니고요. 이 사건도 마침 지난해 말에 생겼는데, 더군다나 선생님과 같은 날 비슷한 시각에 일어난 사건이므로 더욱 이상하다고 생각합니다.”

"그것참 재밌겠군."

메이테이도 찹쌀떡을 입에 넣었다.

"그날은 무코지마의 지인 집에서 송년회 겸 합주회가 있어서 저도 그곳에 바이올린을 들고 갔습니다. 열대여섯 명의 규수와 영부인이 참석한 꽤 성대한 모임으로 오랜만에 유쾌한 시간이라고 생각될 정도로 만사가 잘 진행되었습니다.

만찬도 끝나고 합주도 끝나고 잡담으로 꽃을 피우다 너무 시간이 늦어져 이제 실례하고 돌아가려고 하는데, 모 박사의 부인이 내 옆으로 와서 ○○양이 병에 걸린 것을 알고 있느냐고 귓속말로 묻는 겁니다. 실은 사흘 전에 그녀를 만났을 때 평소대로 어디 나쁜 데가 보이지 않았으므로 저도 놀라서 자세히 상태를 물어보니, 그녀가 저를 만난 그날 밤부터 갑자기 열병에 걸려 이런저런 헛소리를 계속 내뱉었다고 합니다만, 그것뿐이라면 다행인데 그 헛소리 중에 제 이름이 때때로 나왔다는 겁니다."

아저씨는 물론 메이테이 선생도 '흥미진진한데' 등의 진부한 추임새를 넣지 않고 정숙하게 경청한다.

"의사를 불러 보이자 병명은 뭔지 모르지만 어쨌든 열이 심해 뇌를 상하게 할 수 있으니 만약 수면제가 생각대로 효과를 발휘하지 않으면 위험하다는 진단이 나왔다는데, 저는 그 말을 듣자마자 왠지 불쾌한 생각이 들었습니다. 꼭 꿈에서 가위눌릴 때와 같은 답답한 느낌으로 주위의 공기가 급히 고형체로 변해 사방에서 내 몸을 조이는 듯했습니다. 돌아가는 길에도 그 일만 머릿속에서 뱅뱅 돌아 괴로워 견딜 수가 없었죠. 그리 아름답고 쾌활하고 건강한 ○○양이……."

"실례지만 잠깐만. 아까부터 듣고 있자니 ○○양이라는 여자가 두 번 정도 나온 듯한데, 혹시 괜찮다면 이름을 말해주겠나?" 하고 말하며 메이테이가 아저씨를 돌아보자, 아저씨도 "그려" 하고 건성으로 대답한다.

"아뇨, 그건 본인에게 폐가 될지 모르니 삼가도록 하죠."

"그렇게 애매모호 아리송하게 말을 이어갈 셈인가?"

"비웃으시면 곤란합니다. 아주 진지한 이야기니까요……. 어쨌든 그 여자가 갑자기 그런 병에 걸린 것을 생각하면, 실로 꽃 지고 낙엽 떨어지는 인생무상의 감개로 가슴이 벅차올라 온몸의 활기가 한꺼번에 스트라이크를 일으킨 듯 기운이 쏙 빠져서 그저 비틀거리며 아즈마 교에 다가갔습니다.

난간에 기대어 밑을 보니, 만조인지 간조인지 모르겠으나 검은 물이 한데 모여 출렁이는 것 같았습니다. 하나카와도 쪽에서 인력거가 한 대 달려와 다리 위를 지나갔습니다. 인력거의 초롱불이 멀어지는 것을 쳐다보니 점점 작아져서 삿포로 맥주 공장 근처에서 사라졌습니다.

저는 다시 강물을 보았습니다. 그러자 멀리 상류 쪽에서 제 이름을 부르는 소리가 들렸습니다. '지금 시각에 누가 부를 리 없는데 누굴까?' 하고 강물을 내려다보았으나 어두워서 아무것도 보이지 않았습니다. 착각이라고 생각해 어서 돌아가려고 한 발 두 발 걷기 시작하자, 또 희미한 목소리가 멀리서 제 이름을 불렀습니다. 저는 다시 멈춰 서 귀를 기울였습니다.

세 번째로 들렸을 때는 난간에 기대고 있었지만 무릎이 덜덜 떨렸습니다. 그 소리는 먼 쪽이나 강물 속에서 나오는 듯했으나, 틀림없이 ○○양의 소리였습니다.

저는 저도 모르게 '예!' 하고 대답을 했죠. 그 대답 소리가 얼마나 컸는지 조용한 강물에 메아리쳐 저도 제 소리에 놀라 확

주위를 둘러보았습니다. 사람도 개도 달도 아무것도 보이지 않았습니다. 그때 저는 그 '밤' 속으로 끌려들어 소리가 나는 곳으로 가고 싶다는 생각이 왈칵 치솟았습니다.

○○양의 목소리가 다시 괴로운 듯, 호소하듯, 구원을 요청하듯 제 귀를 파고들었으므로, 이번에는 '지금 곧 가요'라고 대답한 뒤에 난간에 상반신을 내밀고 검은 강물을 바라보았습니다. 저를 부르는 목소리가 수면 아래에서 힘들게 새어 나오는 것처럼 보였습니다. 물속이구나 생각하면서 저는 결국 난간 위에 올라탔습니다. 다시 나를 부르면 뛰어내리려고 결심하고 흐르는 물을 바라보고 있는데 다시 애처로운 목소리가 실낱처럼 가느다랗게 떠올랐습니다. 바로 그때라고 생각해 힘차게 몸을 던져 마치 조약돌처럼 미련 없이 떨어져버렸습니다."

"결국 뛰어내렸나?"

아저씨가 눈을 깜박이며 묻는다.

"차마 뛰어내릴지는 몰랐군."

메이테이가 자기 콧등을 살짝 어루만진다.

"뛰어내리고 나서 정신이 멍해져 한동안 꿈속에 있는 느낌이었습니다. 잠시 후 눈을 떠보니 으슬으슬 추운데, 몸이 젖지는 않았고 물을 들이마신 것 같지도 않았습니다. 분명히 물로 뛰어내렸는데 '이상하다, 거참 이상하다'는 생각에 주위를 둘러보고 깜짝 놀랐습니다. 물속으로 뛰어들었다고 생각했으나, 유감스럽게도 사실은 잘못해서 다리 한가운데로 뛰어내렸던 것입니다. 앞과 뒤를 착각하는 바람에 목소리가 나는 곳으로 가지 못했던 것이지요."

간게쓰는 실실 웃으며 버릇처럼 하오리 끈을 만지작거린다.

"하하하, 거참 재밌군. 내 경험과 아주 비슷한 데가 있어 기이하군. 역시 제임스 교수의 재료가 되네. 인간의 감응이라는 제목으로 사생문을 쓰면 필시 문단을 놀라게 할 걸세. ……그리고 ○○양의 병은 어떻게 되었는가?"

메이테이 선생이 추궁한다.

"2, 3일 전 정초에 갔을 때 집 뜰에서 하녀와 하네츠키를 하고 있는 것으로 보아 완쾌된 것 같습니다."

아저씨는 조금 전부터 깊은 생각에 빠진 모습이었으나, 이때 슬며시 입을 열고 "나도 할 이야기가 있네" 하고 분발하는 모습이다.

"있다니, 뭐가 있단 말인가?"

물론 메이테이의 안중에 아저씨의 존재는 없다.

"나도 작년 말의 사건이지."

"모두 작년 말이라니, 우연의 일치네요."

간게쓰가 웃는다. 앞니가 빠진 틈새에 찹쌀떡이 붙어 있다.

"역시 같은 날 같은 시각이겠지?"

메이테이가 끼어든다.

"아냐, 날은 다른 듯하네. 어쨌든 20일경이야. 마누라가 연말 선물 대신에 셋쓰다이조(메이지 시대 인형극의 명인) 공연에 데려가 달라고 해서, 못 데려갈 것도 없지만 오늘 이야기는 뭐냐고 물었지. 마누라가 신문을 들춰보고 오늘은 〈우나기다니〉 편이라고 하더라고. 〈우나기다니〉는 싫으니 오늘은 가지 말자고 해서 그날은 가지 않았지.

다음 날이 되자 마누라가 또 신문을 가져와서 오늘은 〈호리카와〉 편이니까 어떠냐고 해. 〈호리카와〉는 샤미센 반주로 시끄럽기만 하지 내용이 없으니 관두자고 하니, 마누라는 불만스런 얼굴로 방을 나가버렸지.

그 이튿날 마누라가 말하길, '오늘은 〈산주산겐도〉에요. 저는 꼭 이걸 듣고 싶어요. 당신은 〈산주산겐도〉가 싫을지 모르겠지만 날 위해서라도 같이 가줄 수 있죠?' 하고 몰아세우더라고.

'당신이 그리 가고 싶으면 가도 좋아. 그러나 당대의 명인이라 사람들이 아주 많을 테니 예약 없이 자리가 날 리 없어. 원래 그런 장소에 가려면 찻집이라는 곳이 있어 그곳과 교섭하여 필요한 자리를 예약하는 것이 바른 절차이니, 그것을 밟지 않고 규칙을 벗어난 짓을 하는 것은 좋지 않아. 유감스럽지만 오늘은 관두자고'라고 말하니, 마누라는 분한 눈매를 하고 '나는 여자니까 그런 어려운 절차 같은 거 몰라요. 하지만 오하라네 어머니랑 스즈키네 기미요도 그런 절차를 밟지 않고 잘도 보러 갔다 왔다는데, 제아무리 당신이 선생이라고 해도 그렇게 번잡스런 절차를 밟을 것까지는 없잖아요. 당신, 너무해요' 하고 울음을 터뜨릴 듯한 목소리야.

'그러면 못 들어가는 한이 있더라도 한번 가보지. 저녁을 먹고 전차 타고 가자고'라고 항복하니, '가려면 4시까지 그곳에 도착해야 해요. 그렇게 우물쭈물하고 있을 시간이 없다고요' 하고 갑자기 활기가 넘쳐. 왜 4시까지 가야 하는가 물으니, 그 정도로 일찍 가서 자리를 잡지 못하면 들어가지 못한다고 스즈키네 기미요가 가르쳐주었다고 하더군.

'그럼 4시를 넘기면 안 되겠군' 하고 다시 확인을 해보니, '예, 안 되고말고요' 대답해. 그런데 이상하게도 바로 그때부터 갑자기 오한이 나기 시작하는 거야."

"사모님이 말인가요?" 하고 간게쓰가 물었다.

"천만에, 마누라는 팔딱팔딱 생생하고, 내가 말일세. 왠지 구멍 난 풍선처럼 한번에 위축되는 느낌이 일어나는가 싶더니 곧 눈앞이 어지러워져서 몸을 움직이지 못하겠더라고."

"급병이네" 하고 메이테이가 주석을 붙인다.

"아아, 큰일 났군. 마누라가 1년 단 한 번의 소원이라는데 꼭 들어줘야 해. 항상 야단만 치고, 말도 안 하고, 일만 시키고, 아이들을 키우느라 고생만 시키고, 뭐 하나 보답을 한 적이 없어.

오늘은 다행히 시간도 있어. 주머니에는 돈도 있어. 데려가려면 갈 수 있어. 마누라도 가고 싶을 거야. 나도 데리고 가고 싶어. 꼭 데려가고 싶으나 이렇게 오한이 나고 눈이 어질어질해서는 전차를 타기는커녕 마루를 내려가지도 못해.

아아, 참으로 안됐구나 생각하니 더욱 오한이 나고 어지러워. 빨리 병원에 가서 약이라도 먹으면 4시 전에는 다 낫겠지 생각해 마누라와 의논하여 아마키 의사에게 왕진을 부탁하러 하녀를 보냈는데, 공교롭게도 지난밤이 당번이어서 아직 대학에서 돌아오지 않았다고 해. 2시경에는 오는데 돌아오는 대로 곧 방문하겠다는 회신이야.

큰일이군. 지금 진정제라도 먹으면 4시 전에 꼭 나을 것이나, 운 나쁜 때에는 무슨 일이건 생각대로 진행되지 않는 법이라, 모처럼 마누라가 기뻐하며 웃는 얼굴을 보면서 즐기려는 계획도 완전히 빗나가려고 해.

마누라는 원망스러운 표정으로 '도저히 못 가시는가요?' 하고 묻는 거야. '가야지, 반드시 가고말고. 4시까지는 꼭 나을 테니 안심하고 있으라고. 어서 세수하고 옷도 갈아입고 기다리고 있어' 하고 입으로 말은 했지만 가슴은 아주 답답했어.

오한은 더욱 심해지고 현기증도 더 심해져. 만약 4시까지 완쾌되지 못해 약속을 이행하지 못하면, 속 좁은 게 여자이므로 무슨 짓을 할지도 몰라. 한심한 결과가 되었네. 어찌 하면 좋을까. 만일의 경우를 생각해서 지금 곧 인생무상, 생자필멸의 도를 설명하여 혹시나 변이 생겼을 때 흐트러지지 않을 각오를 하게 만드는 것도 아내에 대한 남편의 의무가 아닐까 하는 생각이 들었네.

나는 곧 마누라를 서재로 불렀지. 불러서 '당신은 여자지만 many a slip 'twixt the cup and the lip〔컵과 입술 사이에도 많은 실패가 있을 수 있다는 뜻으로, 그리스신화의 안카이오스가 포도주를 잔에 따라놓은 채 멧돼지 사냥을 나갔다가 죽어 결국 잔에 입술을 대지도 못했다는 일화에서 유래한 말〕이라는 서양 속담 정도는 알고 있겠지?' 하고 물으니, '그런 꼬부랑 글자를 어찌 알겠어요. 당신은 내가 영어를 모르는 걸 알면서도 일부러 영어를 써서 남을 놀리려고 하는군요. 맘대로 해요. 어차피 전 영어 같은 거 못하니까요. 그렇게 영어가 좋으면 예수교 학교 졸업한 여자를 얻지 그랬어요? 당신처럼 냉혹한 사람은 없어요' 하며 굉장한 서슬이라, 나도 모처럼의 계획이 꺾였지.

자네들에게도 변명하지만 내 영어는 결코 악의로 사용한 것이 아니야. 오로지 마누라를 지극히 사랑하는 마음에서 나온 것인데, 그걸 마누라가 오해하니 나도 답답하지. 게다가 그전부터의 오한과 현기증으로 좀 머리가 멍멍해진 참에 인생무상과 생자필멸의 도리를 이해시키려고 좀 안달했으므로, 결국 마누라가 영어를 모르는 것도 잊고 무심결에 뱉어버린 것이지.

생각하면 그건 내 잘못이야. 완전한 내 실수였지. 이 실패로 오한은 더욱 심해지고 눈은 더욱 어지러워. 마누라는 내가 말한 대로 화장을 하고 장롱에서 옷을 꺼내 갈아입고, 이제 언제든지 나갈 수 있어요 하는 자세로 기다리고 있어.

나는 제정신이 아니야. 빨리 의사가 오면 좋으련만 생각하여 시계를 보니 벌써 3시야. 4시까지는 이제 한 시간밖에 남지 않았어. 마누라가 서재 문을 열고 얼굴을 들이밀고 '이제 슬슬 나갈까요?' 하네.

내 마누라를 칭찬하는 것은 창피하지만 나는 이때만큼 마누라가 아름답다고 생각한 적이 없었어. 비누로 깨끗이 씻은 양어깨의 피부가 화사하게 검정 주름 하오리와 어울렸어. 그 얼굴이 비누와 공연 관람의 희망이라는 두 가지로 유형무형의 양방면에서 빛났어. 무슨 일이 있더라도 마누라의 희망을 만족시키기 위해 같이 나가줘야겠다고 생각했지.

그럼 기운을 내서 나가야지 하고 담배 한 대를 피고 있으려니 잠시 후 아마키 선생이 왔네. 생각대로 된 거지. 그런데 몸의 상태를 말하자 아마키 선생은 내 혀를 보고, 진맥을 잡고, 가슴을 두드리고, 등을 쓰다듬고, 눈꺼풀을 뒤집고, 두개골을 만지고 나서 잠시 생각에 잠겼어.

'아무래도 큰 병 같습니다'라고 내가 말하자, 선생은 침착하게 '아니라오. 특별한 증상은 없소이다' 하더군. '저, 잠시 외출해도 지장은 없겠는지요?' 마누라가 물었어. '그렇습니다'라고 말한 선생은 다시 생각에 잠겼지. '기분만 나쁘지 않으면…….' '기분이 나쁜데요.' 내가 말했어. '그럼 어쨌든 해열제와 물약을 드릴 테니…….' '에? 어쩐지 좀 심각한 것 같습니다만.' '아뇨, 결코 걱정하실 정도는 아닙니다. 오히려 너무 신경 쓰면 좋지 않습니다' 하고 의사 선생이 말하고 돌아갔지.

3시 30분이 됐어. 하녀를 보내 약을 타오게 했지. 마누라의 엄명으로 뛰어서 갔다 오라고 했지. 돌아온 게 4시 15분 전이야. 아직 15분 남았어. 그러자 이제껏 아무렇지도 않았는데 바로 그때부터 갑자기 구역질이 나려고 해. 마누라가 물약을 그릇에 부어 내 앞에 놓아주어서 그릇을 들고 마시려고 하니까 위 안에서 왝 하며 뭔가 치밀고 올라와. 할 수 없이 그릇을 내려놓았지.

마누라는 '어서 드시면 될 텐데' 독촉하지. 어서 마시고 빨리 나가지 않으면 면목이 없어. 과감히 마시려고 다시 그릇을 입에 대니 또 구역질이 집요하게 방해하네. 마시려고 하다 그릇을 놓고, 다시 마시려다 그릇을 놓다 보니 거실 벽시계가 뎅뎅뎅뎅 하고 4시를 치네. 자, 4시다 우물쭈물하면 안 돼 하고 그릇을 다시 들자 이상하게도, 자네, 실로 이상하다는 건 이런 경우를 두고 하는 말이겠지? 4시 소리와 함께 구토기가 완전히 사라져 물약을 아무런 고통도 없이 마실 수 있었어.

그리고 4시 10분경이 되니 아마키 선생이 명의라는 것도 비로소 이해하게 되었는데, 등이 오싹오싹하는 것도 머리가 어지러운 것도 꿈처럼 사라져 당분간 서지도 못할 것으로 생각했던 병이 싹 완쾌되어 기쁘기 그지없었다네."

"그래서 가부키 극장에 같이 갔는가?"

메이테이가 무슨 말인지 모르겠다는 표정으로 묻는다.

"가고 싶었으나 4시가 지났으니 자리가 없어 들어갈 수 없다는 게 마누라의 의견이므로 할 수 없이 그만두었지. 15분 정도만 일찍 아마키 선생이 와주었다면 내 체면도 서고 마누라도 만족했을 텐데, 불과 15분의 차이로 말이야. 실로 유감스러운 일이 되었네. 되돌아보면 위험한 순간이었다고 지금도 생각하지."

이야기를 마친 주인아저씨는 한동안 자기 의무를 다했다는 표정이다. 이것으로 두 사람에 대해 체면이 섰다는 생각인지 모른다.

간게쓰는 여느 때처럼 빠진 이를 내밀고 웃으면서 "거참, 안 됐네요" 한다.

메이테이는 얼빠진 얼굴을 하고, "자네처럼 친절한 남편을 둔 제수씨는 실로 행복하겠군" 하며 혼잣말하듯이 말한다.

문밖에서 "에헴" 하고 아줌마의 기침 소리가 들린다.

나는 얌전히 세 사람의 이야기를 차례로 들었으나 웃기지도 슬프지도 않았다. 인간이라는 동물은 시간을 보내기 위해 억지로 입을 운동시키며 웃기지도 않은 말에 웃거나 재밌지도 않은 말에 기뻐하는 것 말고는 능력이 없다고 생각했다.

아저씨가 고집불통에 편협한 것은 전부터 알았으나, 평소에는 말을 잘 하지 않으므로 왠지 이해하기 어려운 구석이 있다고 생각했다. 그 이해하기 어려운 점에 조금은 두렵다는 느낌도 있었으나 지금의 이야기를 듣고 나서 갑자기 경멸하고 싶어졌다. 그는 왜 두 사람의 이야기를 침묵으로 듣지 못했을까? 지지 않으려는 마음으로 어리석기 그지없는 잡담을 해봐야 무슨 소득이 있는가?

에픽테토스 책에 그렇게 하라고 쓰여 있는지도 모른다. 즉 아저씨나 간게쓰나 메이테이도 태평스런 야인으로, 수세미 꽃처럼 바람에 날리며 초연하게 점잖은 척하는 존재로, 그 속에는 역시 속기俗氣도 있고 욕심도 있다. 경쟁의 마음, 이기려는 마음은 그들 일상의 담화 중에도 언뜻언뜻 엿보이며, 한 발 더 나아가면 그들이 평소 대면하는 속물들과 한통속이 되어버리는 것은 나 고양이가 보아도 지극히 안쓰럽다. 단지 그 언어 동작이 보통의 흔한 허풍쟁이와 같은 역겨움을 띠지 않은 것은 그나마 좋게 봐줄 수 있으리라.

이렇게 생각하니 갑자기 세 사람의 담화가 재미없어져서, 얼룩 양의 얼굴이라도 보고 오자는 생각에 이현금 사범 집 정원으로 갔다.

새해에 문 앞에 꾸며진 소나무 장식은 이미 철거되어 정월도 벌써 10일이 되었으나, 화창한 봄볕이 한 점 구름도 없는 높은 하늘에서 쏟아져 내려 사해천하를 비추니 열 평이 되지 않는 정원도 새해 첫날의 서광을 받았을 때보다 선명한 활기를 띠고 있다.

마루에 방석이 하나 있고 사람은 보이지 않으며 문도 닫혀 있으니, 사범님이 목욕탕에라도 간 듯하다. 사범님은 없어도 상관없으나 얼룩 양이 좀 나아졌는지 그것이 마음에 걸린다. 휑하니 사람 기척도 없으므로 흙발로 마루에 올라가 방석 한가운데 나뒹굴어보니 좋은 기분이다. 그만 꾸벅꾸벅 졸려서 얼룩 양도 잊고 선잠을 자고 있는데 갑자기 문 안에서 사람 소리가 들렸다.

"수고 많았다. 잘되었느냐?"

사범님은 역시 외출한 것이 아니었다.

"예, 좀 늦었습니다만, 불상 집에 가니 그때 막 완성되었다고 하셔서."

"어디 보자. 아아, 예쁘게 만들어졌구나. 이것으로 얼룩이도 성불하겠지. 금박은 벗겨질 리도 없고."

"예, 재삼 부탁을 해놓았었죠. 좋은 것을 썼으니 앞으로 인간의 위패보다도 오래갈 것이라고 하셨습니다. ……그리고 묘예신녀猫譽信女('예신녀'는 불교에서 여자 고인에게 붙는 계명)의 예譽 자는 흘려 쓰는 게 모양이 좋다고 획을 좀 바꾸었답니다."

"자, 자, 빨리 불단에 올리고 향이라도 올리자꾸나."

얼룩 양이 어떻게라도 된 것인가? 왠지 분위기가 이상해 방석 위에 섰다.

"칭…… 나무묘예신녀, 나무아미타불, 나무아미타불."

사범님의 목소리가 들린다.

"너도 명복을 빌거라."

"칭…… 나무묘예신녀, 나무아미타불, 나무아미타불."

이번에는 하녀 목소리가 들린다. 나는 갑자기 가슴이 두근거리기 시작했다. 방석 위에 선 채로 목각 고양이처럼 눈도 움직이지 않았다.

"정말로 안타깝습니다. 처음에는 그저 가벼운 감기에 걸렸었는데요."

"아마키 선생이 약이라도 주셨으면 나았을지도 모를 텐데."

"아마키 선생님이 나쁩니다요. 얼룩이를 너무 무시했어요."

"그렇게 남의 욕을 하는 게 아니다. 이것도 다 운명이니."

얼룩 양도 아마키 선생에게 진찰을 받은 것으로 보인다.

"결국 큰길의 선생 집 고양이 놈이 감히 우리 얼룩이를 유혹했기 때문이라고 나는 생각해."

"그렇고말고요. 그 고양이 새끼가 얼룩이의 원수이옵니다."

좀 변명을 하고 싶었으나 지금은 참을 때라고 생각해 침을 삼키며 듣고 있었다. 이야기는 잠시 끊어졌다.

"세상은 마음대로 되지 않는 것이야. 얼룩이처럼 예쁜 아이는 일찍 죽고, 못생긴 고양이 놈은 팔팔하게 난리 치고 돌아다니지……."

"그러하옵니다. 얼룩이처럼 예쁜 고양이는 종과 북을 치며 찾아다녀도(에도 시대에는 미아를 찾을 때 종이나 북을 사용했음) 두 사람은 보기 어려우니까요."

'두 마리'라고 하는 대신에 '두 사람'이라고 말했다. 하녀는 고양이와 인간은 같은 종족이라고 생각하는 듯하다. 그런 말을 들으니 이 하녀 얼굴은 우리 고양이족과 매우 흡사해 보인다.

"할 수만 있다면 얼룩이 대신에……."

"선생 집 고양이 놈이 죽었으면 딱 좋았을 텐데요."

'딱 좋았을 텐데'라니, 그건 곤란하지. 죽는다는 게 어떤 것인지 아직 경험한 적이 없으므로 좋다고도 싫다고도 말할 수 없으나, 얼마 전에 너무 추워서 뜬숯항아리〔등걸불을 넣어 끄는 항아리〕에 들어가 있을 때 하녀가 내가 있는지도 모르고 위에서 뚜껑을 덮은 적이 있다. 그때의 괴로움은 지금 생각해도 몸서리쳐질 정도다.

흰둥이의 설명에 따르면, 그 괴로움이 조금만 지속되면 죽는다고 한다. 얼룩 양 대신에 죽는 것은 불만이 없으나, 그런 고통을 겪어야 죽을 수 있는 것이라면 누구를 위해서도 죽고 싶지 않다.

"하지만 고양이긴 해도 스님의 독경을 들려주고 계명도 만들어 주었으니 여한은 없을 것이야."

"그렇고말고요. 아주 행운아지요. 단지 욕심을 내자면 스님의 독경이 너무 약소했던 것 같습니다요."

"좀 너무 짧은 듯하여 '금방 끝났네요' 하고 물으니, 스님은 '에에, 효험이 있는 부분을 충분히 했습니다. 뭐 고양이니까 그 정도로 충분히 극락에 갈 수 있다오'라고 하지 않겠니."

"그래요? 그런데 그놈은……."

나는 이름이 없다고 종종 말해두었음에도 이 하녀는 '그놈, 그놈' 하고 나를 부른다. 예의 없는 계집이다.

"죄가 크니까 아무리 훌륭한 독경을 해줘도 성불하지는 못할 거예요."

그 후로도 '그놈'이 몇백 번 반복되었는지 모른다. 나는 이 한없는 담화를 도중에 그만 듣고 방석에서 미끄러져 마루에서 뛰어내렸을 때, 8만 8천880 가닥의 털을 동시에 세워서 몸을 부르르 떨었다. 그 후 이현금 사범 집 근처에는 다가간 적이 없다. 이제는 사범님 자신이 스님에게서 약소한 독경을 듣고 있겠지.

요즘은 외출할 용기가 나지 않는다. 왠지 세상이 따분하게만 느껴진다. 우리 아저씨 못지않은 게으른 고양이가 되었다. 아저씨가 서재에만 틀어박혀 있는 것을 남들이 '실연 때문에 그렇다'고 평하는 것도 무리는 아니라고 생각하게 되었다.

쥐는 아직 잡은 적이 없으므로 한때는 오상에게서 방출론까지 제기된 적도 있으나, 내가 보통 일반의 고양이가 아니라는 것을 알아주는 아저씨 덕분에 나는 여전히 빈둥빈둥 이 집에서 기거한다. 이 점에 관해서는 아저씨의 은혜에 깊이 감사함과 동시에 그 혜안에 대하여 주저 없이 존경의 뜻을 표하고 싶다.

오상이 나를 모르고 학대하는 것은 별로 화가 나지 않는다. 곧 히다리 진고로(《잠자는 고양이》로 유명한 조각가)가 나와서 나의 초상을 문기둥에 새기고, 일본의 스탱랑(고양이를 주로 그린 프랑스 화가 테오필 스탱랑)이 내 얼굴을 캔버스 위에 즐겨 그리게 된다면 눈먼 그들은 비로소 자기의 불명不明을 부끄러워하게 되리라.

3

얼룩 양은 저세상으로 갔고, 검둥이는 상대가 되지 않아 다소 적막한 감은 있으나, 다행히 인간 중에 지기가 생겼으니 그리 심심하지는 않다. 지난번에는 어떤 남자가 아저씨에게 편지를 보내 내 사진을 보내달라고 했다. 또 최근에는 오카야마의 명물 수수경단을 일부러 내 앞으로 보내온 사람도 있다.

인간에게 동정을 받으면서 내가 고양이라는 것을 차차 망각하게 된다. 고양이보다는 어느새 인간 쪽으로 접근한 기분이 들어, 동족을 규합하여 두 다리 인간들과 자웅을 겨루려던 생각은 요즘 전혀 없다.

그뿐만 아니라 때때로 나도 인간계의 한 사람이라고 착각할 정도로 진화한 것은 뿌듯하기도 하다. 감히 동족을 경멸한다는 뜻이 아니다. 단지 심정이 향하는 쪽으로 몸이 가야 평안이 얻어지는 게 자연스러운 이치이므로, 변심이라든가 경박이라든가 배반이라든가 하는 평을 받는 것은 좀 곤란하다. 입을 놀려 그와 같은 말을 내뱉으며 남을 매도하는 자는 대개 융통성이 없고 궁상맞은 이들이다.

이렇게 고양이의 습벽을 벗어나다보니 얼룩 양이나 검둥 군만 상대할 수는 없다. 역시 인간과 동등한 기품으로 그들의 사상과 언행을 비평하고 싶어지는 것도 무리는 아니다.

단지 그 정도 견식을 가진 나를 여전히 털이 난 일반 고양이

새끼로 간주한 아저씨가 내게 한마디 말도 없이 경단을 제 것인 양 다 먹어치운 것은 유감스럽다. 사진도 아직 찍어 보내지 않은 듯하다. 이것도 불만이라면 불만이라 할 수 있으나, 아저씨는 아저씨고 나는 나인지라 상호 견해가 다른 것은 어쩔 수 없다.

나는 이제 인간이 된 것과 다름없으므로 교제를 하지 않는 고양이의 행동은 아무래도 좀 쓰기가 어렵다. 메이테이와 간게쓰, 두 선생의 평판을 올리는 것으로 용서해주기 바란다.

오늘은 아주 화창한 일요일이므로 느긋한 아저씨는 서재에서 나와 내 옆에 붓과 벼루, 원고지를 늘어놓고 배를 깔고 엎드려 계속 뭔가 웅얼댄다.

아마 새로 초고를 쓰는 서막으로 묘한 소리를 내는 것이겠지 하며 주목하니, 잠시 후 굵은 글씨로 '향일주香一炷'〔향 한 개를 태움〕라고 썼다. 자, 과연 시가 될 것인가, 하이쿠가 될 것인가?

'향일주'가 아저씨로서는 좀 너무 멋을 부린 말이 아닌가 생각하고 있는데, 곧 향일주는 그냥 놔두고 새로이 줄을 바꾸어 '아까부터 천연거사天然居士에 대해 쓰려고 생각하였다'라고 써나갔다. 그러나 붓은 그 문장 끝에 딱 멈춘 채 움직이지 않는다.

아저씨는 붓을 들고 머리를 갸우뚱했으나 별로 명안이 떠오르지 않는 듯 붓 끝을 핥기 시작했다. 입술이 새카맣게 되는 것을 보고 있으려니, 이번에는 그 밑에 동그라미를 그렸다. 동그라미 안에 점을 두 개 찍어 눈을 만든다. 한가운데 콧방울이 벌어진 코를 그리고 한 일一 자로 옆으로 그어 입을 만든다. 이래서는 글도 아니고 하이쿠도 아니다.

아저씨도 스스로 정나미가 떨어진 듯 쓱쓱 얼굴을 온통 검게 칠해버렸다. 아저씨는 다시 줄을 바꾼다. 줄만 새로 바꾸면 시나 산문이 되리라는 근거 없는 생각을 하는 것 같다.

이윽고 '천연거사는 공간을 연구하고, 《논어》를 읽고, 군고구마를 먹고, 콧물을 흘리는 사람이다'라고 언문일치체로 단숨에 써내려가는데 왠지 어수선한 문장이다. 그리고 아저씨는 이것을 거침없이 낭독하고 평소와 달리 "하하하, 재밌군" 하고 웃었으나, "콧물을 흘린다는 말은 좀 심하니 지워야지" 하며 그 부분에 굵은 선을 긋는다. 한 선만 그으면 될 것을 두세 개나 선을 긋고 공들여 평행선을 만든다. 선이 다른 줄까지 닿아도 관계치 않고 긋는다.

선이 여덟 개가 그어져도 다음 말이 생각나지 않는 듯 이번에는 붓을 던지고 콧수염을 비틀어본다. 마치 수염을 비틀어 글을 짜내겠다는 기세로 맹렬하게 비틀어 올리고 내리고 할 때, 거실에서 아줌마가 나와서 아저씨 코앞에 털썩 앉는다.

"여보, 잠깐 말 좀 해요."

"무슨 말?"

아저씨는 물속에서 징을 치는 듯한 탁한 소리를 낸다. 대답이 마음에 들지 않는 듯 아줌마는 다시 말한다.

"잠깐요."

"뭔데?"

이번에는 콧구멍에 엄지와 검지를 넣어 코털을 쑥 뽑는다.

"이번 달은 돈이 좀 부족하겠는데요……."

"부족할 리 있나? 의사 약값도 치렀고, 책방 빚도 전달에 갚지 않았나? 이번 달은 오히려 남아야지" 하고 태연하게 뽑은 코털을 천하의 기이한 광경처럼 바라본다.

"그래도 당신이 밥은 잘 안 드시고 빵을 드시고 잼도 많이 드시니까."

"도대체 잼을 몇 통이나 먹었는데?"

"이 달에는 여덟 통이나 샀어요."

"여덟 통? 그렇게 먹은 기억은 없어."

"당신만이 아니에요. 아이들도 먹어요."

"아무리 먹어도 5, 6엔이면 되잖아?"

아저씨는 태연한 얼굴로 코털을 하나하나 정성스럽게 원고지 위에 심는다. 굵은 털이라 바늘을 세운 것처럼 우뚝 선다. 아저씨는 뜻밖의 발견을 하여 감동한 표정으로, 훅하고 불어본다. 점착력이 강하므로 절대 날아가지 않는다.

"엄청 튼튼하군" 하고 아저씨는 열심히 분다.

"잼만이 아니잖아요. 그 밖에 사야 하는 것도 있어요."

아줌마는 매우 불만스런 기색을 양 볼에 가득 나타낸다.

"있을지도 모르지."

아저씨는 다시 손가락을 집어넣어 쑥 하고 코털을 뽑는다. 붉은 것과 검은 것, 여러 종류의 색이 섞인 가운데 새하얀 털이 하나 있다. 몹시 놀란 모습으로 뚫어지게 바라보던 아저씨는 손가락으로 털을 집고 아줌마 얼굴 앞에 내민다.

"어머, 지저분해."

아줌마는 얼굴을 찡그리고 아저씨 손을 내친다.

"좀 봐봐. 콧구멍의 새치야."

아저씨는 매우 감동한 표정이다. 어이없다는 듯 아줌마도 웃으면서 거실로 나간다. 경제문제는 단념한 듯하다. 아저씨는 다시 천연거사에 매달린다.

코털로 부인을 내쫓은 아저씨는 우선 이것으로 한숨 놓았다는 듯 코털을 뽑으며 원고를 쓰려고 안달하는 모습이나 붓은 잘 움직이지 않는다.

"군고구마를 먹는다는 건 사족이야. 생략하자" 하고 결국 이 구절도 말살한다.

"향일주는 너무 당돌하니 그만두자" 하고 가차없이 지워버린다. 남은 부분은 '천연거사는 공간을 연구하고 《논어》를 읽는 사람이다'라는 한 구절뿐이다.

아저씨는 이래서는 뭔가 너무 간단하다고 생각했으나, "에이, 귀찮아. 글은 관두고 비명碑銘만 적자"고 하며 붓을 십자로 휘둘러 원고지에 조악한 문인화의 난을 힘차게 그린다. 모처럼의 고심이 한 글자도 남지 않고 없어져버렸다.

그리고 뒤집어서 '공간에 태어나 공간을 연구하고 공간에 죽다. 공空이요 간間이로다, 오호라 천연거사' 하고 의미가 불분명한 글을 늘어놓고 있을 때, 메이테이가 들어왔다.

메이테이는 남의 집도 자기 집이라고 생각하는지 기척도 없이 척척 올라온다. 그뿐만 아니라 때로는 부엌으로 불쑥 나타난 적도 있으므로 걱정, 꺼림, 배려, 고생을 태어날 때부터 어딘가에 떨쳐버린 남자다.

"또 '거인 인력'인가?"

선 채로 아저씨에게 묻는다.

"항상 '거인 인력'만 쓸 수는 없지. 천연거사의 묘비명을 찬撰하는 중이네" 하고 거창한 말을 한다.

"천연거사라 하면 '우연동자偶然童子' 비슷한 계명인가?" 하고 메이테이는 또 엉뚱한 말을 한다.

"우연동자라는 것도 있는가?"

"뭐, 있지는 않으나 대충 그 방향이라고 생각했네."

"우연동자라는 자는 내가 모르는 사람인 듯한데 천연거사는 자네도 아는 사람이지."

"도대체 누가 천연거사 같은 계명을 붙여 잘난 체하는가?"

"소로사키야. 졸업하고 대학원에 들어가 공간론이라는 제목으로 연구했는데 너무 공부를 열심히 하다 복막염으로 죽어버렸지. 소로사키는 내 절친한 친구야."

"친구는 좋지, 절대 나쁘다고 하는 게 아니야. 그런데 소로사키를 천연거사로 변화시킨 건 도대체 누구 수작인가?"

"나야. 내가 지어주었지. 스님이 붙여준 계명 같은 것이 없었으니까" 하고 천연거사가 꽤 고상한 이름인 듯 자랑한다.

메이테이는 웃으면서, "그래? 그 묘비명이라는 걸 보여주게" 하고 원고지를 들고, "뭐야? ……공간에 태어나 공간을 연구하고 공간에 죽다. 공이요 간이로다, 오호라 천연거사?"

큰 소리로 읽는다.

"오호라, 이건 좋군. 천연거사에 어울려."

아저씨는 기쁜 듯이 "좋지?" 한다.

"이 비명을 돌에 새겨서 본당 뒤에 모셔두는 것이로군. 우아하고 좋아. 천연거사도 성불하겠군."

"나도 그럴 생각이네."

아저씨는 아주 진지하게 대답하고는, "나 좀 나갔다 오겠네. 금방 돌아올 테니 고양이와 놀면서 좀 기다리게" 하고 메이테이의 대답도 기다리지 않고 휙 밖으로 나간다.

예상치 않게 메이테이 선생의 접대역으로 명을 받아 무뚝뚝한 얼굴을 하고 있을 수 없으니, 야옹야옹하고 애교를 부리며 무릎 위로 기어올라가 봤다. 그러자 메이테이는 "야아, 아주 살쪘군. 어디 보자" 하고 덥석 내 목덜미를 붙잡고 번쩍 위로 든다.

"뒷발을 이렇게 늘어뜨리는 걸 보니 쥐 잡기는 글렀군. 제수씨, 어떻습니까? 이 고양이는 쥐를 잡나요?"

나 혼자만으로는 심심하다는 듯 옆방 아줌마에게 말을 건다.

"쥐 잡는 건 어림도 없고요, 글쎄 떡국을 먹고 춤을 춘다니까요."

아줌마는 엉뚱한 곳에서 내 아픈 기억을 폭로한다. 나는 공중에 떠 있으면서도 좀 겸연쩍었다. 메이테이는 여전히 나를 내려놓지 않는다.

"그래, 춤이라도 출 듯한 얼굴이군. 제수씨, 이 고양이는 방심 못할 관상이네요. 옛날 그림책에 나오는 귀신 고양이랑 닮았어요" 하고 당치도 않은 말을 하면서 자꾸 아줌마에게 말을 건다. 아줌마는 어쩔 수 없이 바느질을 그만두고 방으로 들어온다.

"아주 심심하시겠네요. 금방 돌아오겠죠" 하고 차를 다시 따라주고 메이테이 앞으로 내민다.

"어디로 갔을까요?"

"어딜 가도 말하고 간 적이 없는 사람이니, 잘 모르겠지만 아마 병원에라도 갔겠죠."

"아마키 선생입니까? 아마키 씨도 저런 환자에게 붙잡히면 재난이겠군요."

"에에."

아줌마는 뭐라 응답할 수 없는 듯 간단한 대답을 한다. 메이테이는 전혀 개의치 않고, "요즘 어떻습니까? 위는 좀 좋아졌나요?" 하고 묻는다.

"좋은지 나쁜지 전혀 모르겠어요. 아무리 아마키 선생이 봐준다 해도 잼을 너무 먹으니 위장병이 나을 리가 있겠어요?"

아줌마는 아까의 불만을 넌지시 메이테이에게 흘린다.

"그리 잼을 많이 먹다니, 꼭 애들 같군요."

"잼만이 아니고요, 요즘은 위에 좋다고 무즙(간 무)을 마구 먹어대니…….”

“놀랍군요.”

메이테이는 감탄한다.

“글쎄, 무즙에는 디아스타제〔소화효소〕가 있다던가 하는 말을 신문에서 읽고 나서예요.”

“그렇군요. 그래서 잼의 피해를 보상하려는 생각이군요. 머리는 꽤 쓰네요, 하하하.”

메이테이는 아줌마의 하소연을 듣고 매우 유쾌한 기색이다.

“요즘은 어린 아기한테까지 먹여서…….”

“잼을 말입니까?”

“아뇨, 무즙 말이에요. ‘아기야, 아빠가 맛있는 걸 줄 테니 이리 온’ 하고. 평소와 달리 아이를 귀여워해주는가 했더니 그런 엉뚱한 행동만 한다니까요. 2, 3일 전에는 둘째 딸을 안아 옷장 위에 올려놓고는요…….”

“무슨 놀이라도 할 생각으로?”

메이테이는 무엇을 들어도 모두 놀이처럼 해석한다.

“아뇨, 생각이고 자시고 없어요. 단지 그 위에서 뛰어내려보라고 말하잖아요. 서너 살 먹은 여자애보고 말이에요. 그런 말괄량이 같은 행동이 가능할 리 없잖아요.”

“허허. 그것참, 전혀 놀이가 아니네요. 그렇지만 뱃속에 독이 없는 호인입니다요.”

“뱃속에 독까지 있으면 못 견디죠” 하고 아줌마는 큰 소리로 기염을 토한다.

“뭐, 그리 불만스러울 것도 없죠. 이렇게 부족 없이 그날그날을 지낼 수 있으면 더 바랄 게 없어요. 구샤미〔아저씨의 이름. ‘재채기’라는 말과 발음이 같음〕 군은 주색잡기도 하지 않고 사치스런 옷도 입지 않고 수수하게 가정적인 사람이죠" 하고 메이테이는 주제넘게 설교를 늘어놓는다.

"그렇지만 메이테이 씨, 큰 오해예요."

"뭔가 몰래 합니까? 방심할 수 없는 게 세상사니" 하고 갑자기 들뜬 대답을 한다.

"주색잡기는 아니지만요, 읽지도 않는 책을 마구 사대서요. 그것도 적당히 예산을 세워서 사면 좋은데, 걸핏하면 마루젠(당시 외서 전문 책방)에 가서 책을 수북이 사가지고 와서, 월말이 되면 자기는 돈은 모르겠다는 얼굴을 하니까요. 작년 말에도 월부금이 쌓여서 고생했어요."

"뭐, 책 같은 건 마음껏 가져와도 괜찮아요. 돈 받으러 오면 다음에 줄게, 다음에 줄게 하고 말하면 돌아가버리니까."

"그래도 그렇게 언제까지나 미룰 수도 없으니까요."

아줌마는 낙담한 표정이다.

"그럼 사정을 얘기해서 책 살 돈을 줄이면 어떤가요?"

"그런 말 한다고 들을 사람인가요. 요전에도 저한테 학자 부인 자격이 없다, 전혀 책의 가치를 모른다, 옛날 로마에 이런 이야기가 있으니 공부 삼아 들어보라고 하는 거예요."

"그것참, 재미있네요. 어떤 이야깁니까?"

메이테이는 흥미진진해한다. 아줌마에게 동정을 표한다기보다는 오히려 호기심에 애타는 모습이다.

"글쎄, 옛날 로마에 다루킨인가 뭔가 하는 왕이 있었는데……."

"다루킨? 다루킨은 좀 이상한데요."

"저는 외국 사람 이름은 어려워서 기억 못해요. 뭐 7대째라든가 해요."

"여전히 7대 다루킨은 이상하군요. 흠, 7대 다루킨이 뭘 했다는 겁니까?"

"어머, 메이테이 씨도 놀리시면 곤란해요. 알고 계시면 알려주시면 좋잖아요. 심술궂은 분이네요" 하고 아줌마는 메이테이를 공격한다.

"뭐, 놀린다거나 그런 심술궂은 짓을 하는 제가 아닙니다. 단지 7대 다루킨은 생소해서요. ……음, 그러니까 잠깐만요, 로마의 7대 왕이죠 ……. 확실히 기억은 못하지만, 아마 타르퀴니우스(고대 로마의 마지막 왕)일 거예요. 뭐 누구면 어떻습니까, 그 왕이 뭘 했나요?"

"그 왕에게 한 여자(예언자 시빌레 또는 시빌)가 책을 아홉 권 가져와 사달라고 했다 합니다."

"그리고요?"

"왕이 얼마면 팔겠느냐고 물으니 아주 비싼 값을 부르더래요. 그래서 너무 비싸니 좀 깎아달라고 하자 그 여자가 갑자기 아홉 권 중 세 권을 불에 태워버렸다고 해요."

"아깝군요."

"그 책에는 예언인지 뭔지 딴 책에서는 볼 수 없는 것이 쓰여 있었다고 해요."

"그래요?"

"왕은 아홉 권이 여섯 권이 되었으니 가격도 조금 떨어졌겠지 생각해서 여섯 권에 얼마냐고 물었는데, 여전히 처음 가격에서 한 푼도 깎아주지 않았다고 해요. 그래서 왕이 너무하다고 하니, 그녀는 다시 세 권을 빼서 불에 태웠대요. 왕은 아직 미련이 남은 듯 남은 세 권을 얼마에 팔겠느냐고 물었는데 여전히 한 푼도 깎지 못한다고 하니, 그걸 깎으려고 하면 남은 세 권도 태워버릴지 모른다고 생각해 왕은 결국 비싼 돈을 내고 남은 세 권(로마의 운명이 기록되어 있었다고 함)을 샀다고 하네요. ……남편은 '어때? 이 이야기로 조금은 책의 고마움을 알겠는가?' 하며 자신만만해하는데, 나는 뭐가 고마운지 도무지 모르겠더라고요." 하고 아줌마는 자신의 견해를 덧붙이며 메이테이의 대답을 유도한다. 박학다식의 대명사 메이테이도 대답이 좀 궁한 듯하다. 소매에서 손수건을 꺼내 들고 내가 갖고 놀도록 하더니, "그런데 제수씨……" 하고 갑자기 뭔가 생각난 듯이 큰 소리를 지른다.

"그렇게 책을 사서 마구 쌓아두니 남들에게 학자라든가 하는 소리라도 듣는 거죠. 요전에 어떤 문학잡지를 보니 구샤미 군에 대한 평이 났더군요."

"정말로요?" 하고 아줌마는 메이테이를 향해 돌아앉는다. 아저씨의 평판이 걱정되니 역시 부부인가 보다.

"뭐라고 났는데요?"

"뭐, 두세 줄밖에 안 되지만요, 구샤미 군의 글은 행운유수行雲流水와 같다고 합디다."

아줌마는 좀 생글생글 웃으면서, "그뿐인가요?"

"그다음에는 에…… 나오는가 생각하면 곧 사라지고, 가면 영원히 돌아오는 것을 잊는다고 합디다."

"칭찬하는 건가요?"

아줌마는 의아스런 표정에 불안한 말투다.

"뭐, 칭찬이라 볼 수 있지요" 하고 메이테이는 태연하게 손수건을 내 눈앞에 늘어뜨린다.

"책은 장사 도구니 어쩔 수 없습니다만 아주 사람이 괴팍스러워서요."

메이테이는 다시 다른 방면으로 공격이 들어왔다고 생각해, "다소 괴팍스럽기는 하지요, 학문을 하는 사람은 어차피 그렇죠."

장단을 맞추는 것인지 변호를 하는 것인지 이도 저도 아닌 묘한 대답이다.

"요전번에는 학교에서 돌아와 곧 근처에 나간다며 옷 갈아입는 게 귀찮다고 외투도 벗지 않은 채 상에 앉아 밥을 먹는 거예요. 상을 화로 위에 올려놓고…… 저는 밥통을 끼고 앉아서 보고 있는데 웃겨서……."

"왠지 하이칼라의 머리 검사〔적의 머리가 든 상자를 대장이 의자에 앉아 확인하는 장면이 떠올랐다는 의미〕 같군요. 그러나 그런 점이 구샤미 군다운 점으로…… 어쨌든 진부하지는 않습니다" 하고 빈약한 칭찬을 한다.

"진부한지 어떤지 여자가 뭘 알겠습니까만 아무리 그래도 너무 괴팍해요."

"그렇지만 진부한 것보다 낫지요" 하고 계속 힘을 실어주니 아줌마는 불만스런 표정으로, "도대체 진부, 진부 하고 모두 잘도 말씀하시는데 어떤 걸 진부하다고 하나요?"

아줌마는 정색하고 진부의 정의를 질문한다.

"진부요? 진부라 함은…… 그게 좀 설명하기 어렵습니다만……."

"그렇게 애매한 거라면 진부라는 것도 좋은 게 아니네요?" 하고 아줌마는 여자 특유의 논리로 쳐들어온다.

"애매하지 않습니다. 확실히 압니다. 단지 설명하기 어려울 뿐입니다."

"글쎄 자기가 싫어하는 것을 진부라고 말하는 거겠지요."

아줌마는 자기도 모르게 정곡 찌른 말을 한다. 메이테이도 이렇게 되자 어떻게 해서든 진부를 처치해야 하는 사태가 되었다.

"제수씨, 진부라는 건요, 일단 열여섯에서 열여덟 살의 꽃다운 여자들에게 둘러싸여 술과 도락에 빠진 무리를 말하는 겁니다."

"그런가요?"

아줌마는 무슨 말인지 잘 모르니 적당한 응답을 한다.

"왠지 복잡해서 저는 잘 모르겠어요" 하며 이윽고 자기를 꺾는다.

"그럼 이렇게 설명하죠. 바킨(18세기의 작가 다키자와 바킨)의 몸에 펜더니스 소령(영국의 소설가 윌리엄 새커리의 소설《펜더니스 이야기》에 나오는 인물로, 세속적 지식이 풍부한 속물)의 머리를 붙여서 1, 2년 유럽의 공기로 포장해놓은 것이라 할 수 있죠."

"그렇게 하면 진부가 되는 것인가요?"

메이테이는 대답을 하지 않고 웃는다.

"뭐, 그런 번거로운 일은 하지 않아도 됩니다. 중학교 학생에게 시로키야(1662년 창립한 포목점으로 1999년 폐점)의 지배인을 섞어서 둘로 나누면 훌륭한 진부가 됩니다."

"그런가요?"

아줌마는 머리를 갸우뚱하며 납득하기 어렵다는 표정이다.

"자네 아직 있었나?"

주인아저씨가 어느새 돌아와서 메이테이 옆에 앉는다.

"아직 있었냐니, 좀 심하군. 금세 돌아올 테니 기다리라고 하지 않았나?"

"만사가 저렇다니까요."

아줌마는 메이테이를 돌아본다.

"지금 자네가 없는 동안 자네의 일화를 남김없이 들어버렸지."

"여자는 어쨌든 다변이라 안 돼. 인간도 이 고양이처럼 침묵을 지키면 좋을 텐데" 하며 아저씨는 내 머리를 쓰다듬어준다.

"자네는 아기에게 무즙을 먹였다고 하던데."

"그래" 하고 아저씨는 웃고 나서, "아기라도 요즘 아기는 꽤 영리하지. 그다음부터 '아가야, 어디가 매워?' 하고 물을 때마다 혀를 내미니까 재미있어."

"마치 개에게 재주를 가르치는 셈이니 잔혹하군. 그런데 간게쓰가 이제 올 때가 됐는데……."

"간게쓰가 온다고 했나?"

아저씨는 무슨 말인지 모르겠다는 표정이다.

"온다네. 오후 1시까지 구샤미 집으로 오라고 엽서를 보내놓았으니까."

"남의 형편도 묻지 않고 제멋대로 하는 사람이군. 간게쓰를 불러 뭘 하려고?"

"뭐, 오늘은 내 생각이 아니라 간게쓰 군의 요구야. 간게쓰 군이 이학협회에서 연설을 한다고 해서 말이지. 그 연습을 할 테니 나보고 들어달라고 하기에, '그거 잘됐군. 구샤미 군에게도 들려주자'고 했지. 그래서 자네 집으로 오라고 한 건데…… 어차피 자네는 한가한 사람이니 마침 잘되지 않았나? ……일에 지장 있을 사람이 아니니 듣는 게 좋지, 뭐."

메이테이는 혼자서 일을 다 처리한다.

"물리학 연설 같은 거 나는 모르네."

아저씨는 메이테이의 독재에 좀 화난 듯 말한다.

"그런데 그 문제가 자기체화磁氣體化된 노즐에 관해서라든가 하는 건조무미한 것이 아니야. '목매기의 역학'〔영국의 과학자 새뮤얼 호턴의 논문 〈역학적 및 생리학적으로 본 목매기에 관해〉를 참조한 것〕이라는 탈속초범脫俗超凡한 제목이니 경청할 가치가 있네."

"자네는 목 매달기에 실패한 사람이니 경청하는 게 좋으나 나는 좀……."

"가부키 극장 때문에 오한이 날 정도의 인간이니 듣는 게 나을 걸세" 하고 농담을 한다. 아줌마는 호호 웃으며 아저씨를 돌아보고 옆방으로 물러난다. 아저씨는 입을 다문 채 내 머리를 쓰다듬는다. 이때만은 아저씨의 손길이 아주 부드러웠다.

그 후 약 7분 정도 지나자 예정대로 간게쓰 군이 왔다. 오늘은 저녁에 연설한답시고 평소와 달리 멋진 프록코트를 입고 갓 세탁한 칼라를 세워 남자다운 풍모를 20퍼센트 정도 올려서, "좀 늦었습니다" 하고 점잖게 인사를 한다.

"아까부터 둘이 오래 기다리던 참이네. 곧바로 시작하지. 그렇지, 구샤미?" 하고 메이테이는 아저씨를 쳐다본다.

아저씨도 어쩔 수 없이 "음" 하고 건성으로 대답한다. 간게쓰 군은 서두르지 않는다. "컵에 물 한잔 주시겠어요?"라고 말한다. "좋군. 본격적으로 하는 건가? 다음에는 박수 요청이 나오겠지?" 하고 메이테이는 혼자서 야단법석이다.

간게쓰 군은 품에서 원고를 꺼내 천천히 "연습이니까 기꺼운 비평을 부탁합니다" 하고 서론을 말한 다음, 이윽고 연설을 시작한다.

"죄인을 교수형에 처하는 것은 주로 앵글로색슨 민족에서 행해진 방법으로, 고대로 거슬러 생각하면 목매기는 주로 자살 방법으로 사용되었습니다. 유대인들에겐 죄인을 돌로 쳐서 죽이는 관습이 있었다고 합니다. 구약성서를 연구해보면 소위 '행잉hanging'이라는 말은 죄인의 시체를 매달아 야수 또는 육식조肉食鳥의 먹이로 준다는 뜻으로 풀이됩니다.

헤로도토스(기원전 5세기 그리스의 역사가)의 설에 따르면, 유대인은 이집트를 떠나기 전부터 한밤중에 시체를 내다버리는 것을 몹시 꺼린 듯합니다. 이집트인은 죄인의 목을 쳐서 몸통만 십자가에 못 박아 밤새 내걸었다고 합니다. 페르시아인은……."

"간게쓰 군, 목매기와 점점 멀어지는 듯한데, 괜찮나?"

메이테이가 도중에 끼어든다.

"이제부터 본론으로 들어갈 참이니 잠시 참아주시길…… 페르시아인은 어떤가 말씀드리면, 역시 처형에는 책형磔刑(기둥이나 판자에 묶고 못이나 창으로 죽임)을 사용했다 합니다. 단 살아 있는 동안에 책형을 행했는지 죽고 나서 못을 박았는지 그 점은 확실히 알기 어렵습니다……."

"그런 거는 몰라도 되잖아."

아저씨는 따분하다는 듯이 하품을 한다.

"아직 할 이야기가 많지만 따분하실 것으로 사료되오니……."

"'따분하실 것으로 사료되오니'보다는 '따분하시리라 생각하니' 쪽이 듣기 좋네. 그렇지, 구샤미 군?"

메이테이가 응원을 요청하자 아저씨는 "둘 다 같아" 하고 건성으로 대답한다.

"그럼 드디어 본론에 들어가 변辯하겠습니다."

"'변하겠습니다'는 강담사의 말투야. 연설가는 좀 더 고상한 말을 사용했으면 하네" 하고 메이테이 선생이 다시 훼방을 놓는다.

"'변하겠습니다'가 품위 없다면 뭐라고 하면 좋을까요?" 하고 간게쓰 군은 다소 기분이 상한 어조로 묻는다.

"메이테이는 듣는 건지 훼방을 놓는 건지 모르겠군. 간게쓰 군, 이런 방해꾼에 신경 쓰지 말고 후딱후딱 진행하지."

아저씨는 가급적 빨리 난관을 돌파하려고 한다.

"'화가 치밀어 / 변론을 해대는 / 버드나무인가'(하이쿠 '화가 치밀어 / 돌아온 정원에는 / 버드나무 한 그루'의 패러디)로군."

메이테이는 여전히 태평스런 말을 한다. 간게쓰는 갑자기 웃음을 터뜨린다.

"실제 처형으로 교살絞殺을 사용한 것은 제가 조사한 바로 《오디세이》 제22권에 나옵니다. 즉 텔레마코스(오디세우스와 페넬로페의 아들)가 페넬로페의 12인의 시녀를 교살한다는 대목입니다. 그리스어로 본문을 낭독해도 좋겠지만, 제 자랑 같아서 그만두도록 하겠습니다. 465행부터 473행을 보시면 됩니다."

"그리스어 운운은 빼는 것이 좋아. 마치 그리스어를 안다고 뻐기는 것 같아. 그렇지, 구샤미 군?"

"그건 나도 찬성이야. 그런 우쭐거리는 말은 하지 않는 편이 품위가 있고 좋네."

아저씨는 평소와 달리 곧바로 메이테이에게 가담한다. 두 사람은 전혀 그리스어를 모르기 때문이리라.

"그럼 요 두세 문장은 오늘 저녁 연설 때 빼도록 하고요, 다음을 변하겠…… 아니, 말씀드리겠습니다.

이 교살을 지금 상상해보면 이를 집행하는 데 두 가지 방법이 있습니다. 하나는 텔레마코스가 하인 에우마이오스와 필로이티오스의 도움을 받아 밧줄 한끝을 기둥에 동여맵니다. 그리고 그 밧줄 곳곳에 매듭을 지어 구멍을 만들고 그 구멍에 여자의 머리를 하나씩 집어넣게 한 뒤에 한쪽 끝을 홱 당겨서 목을 매달았던 것 같습니다."

"즉 세탁소 셔츠처럼 여자가 매달렸다고 보면 되겠지?"

"그렇지요. 또 하나의 방법은 밧줄 한끝을 아까처럼 기둥에 동여매고 다른 한쪽도 처음부터 천장에 높이 겁니다. 그리고 그 높은 밧줄에서 다른 밧줄을 몇 개 정도 내리고, 그것에 둥근 고리로 된 것을 매달아 여자 목을 집어넣고 집행 때 발 받침대를 치워버린다는 것입니다."

"예를 들어 가게 입구에 드리운 밧줄 포렴 끝에 등을 매단 것과 같은 모습이라 생각하면 틀림없는가?"

"대충 그렇다고 생각합니다. 그럼 지금부터 역학적으로 첫 번째 경우는 도저히 성립되지 못한다는 사실을 증거를 들어 보여드리겠습니다."

"흥미롭군" 하고 메이테이가 말하자, "음, 재밌군" 하고 아저씨도 동의한다.

"우선 여자가 같은 간격으로 매달린다고 가정합니다. 또 가장 지면에 가까운 두 여자의 머리와 머리를 연결한 밧줄은 수평이라고 가정합니다. 그래서 α1, α2, …… α6을 밧줄이 지평선과 형태를 만드는 각도로 하고, T1, T2, …… T6을 밧줄의 각 부분이 받는 힘으로 간주하고, T7=X는 밧줄의 가장 낮은 부분이 받는 힘으로 합니다. W는 물론 여자의 체중입니다. 어떻습니까, 이해가 되십니까?"

메이테이와 아저씨는 얼굴을 마주 보고 "대충 알겠군" 한다. 단 이 '대충'이라는 것의 정도는 두 사람이 제멋대로 정한 것이므로 타인에게는 응용할 수 있을지 모르겠다.

"그럼 다각형에 관해 잘 아시는 평균성 이론에 의하면, 아래와 같이 12개의 방정식이 성립됩니다. $T1\cos\alpha1 = T2\cos\alpha2$ —(1),

$T2\cos\alpha 2 = T3\cos\alpha 3$ —(2) …….”

“방정식은 그 정도로 충분하네.”

아저씨는 뚱딴지같은 말을 한다.

“실은 이 방정식이 연설의 핵심입니다만” 하고 간게쓰 군은 매우 유감스럽다는 표정이다.

“그럼 핵심만 나중에 듣도록 하는 게 어떤가?”

메이테이도 다소 질린 모습이다.

“이 식을 생략해버리면 모처럼의 역학적 연구가 완전히 불가능해집니다만…….”

“뭐, 그런 염려는 필요 없으니 과감히 생략하지.”

아저씨는 태연하게 말한다.

“그럼 말씀에 따라서, 무리하지만 생략하기로 하죠.”

“그게 좋겠어.”

메이테이가 분위기에 맞지 않게 손뼉을 짝짝 친다.

“그리고 영국으로 옮아가 논하자면, 〈베어울프〉〔8세기 전반에 발표된 영국의 영웅서사시〕의 내용에 교수대, 즉 ‘갈가Galga’라는 글자가 보이므로, 교수형은 이 시대부터 행해진 것이 틀림없다고 생각됩니다.

블랙스톤〔18세기 영국의 법률가〕의 설에 따르면 만약 교수형에 처하는 죄인이 밧줄 불량으로 완전히 죽지 않았을 경우 다시 같은 형벌을 받아야 한다고 하나, 묘한 것은 〈농부 피어스의 환상〉〔14세기 후반 영국에서 발표된 풍자시〕 중에는 설령 흉악범이라도 두 번 목을 매다는 법은 없다는 구절이 있습니다.

글쎄 어느 쪽이 정말인지 모르겠으나, 잘못하면 한 번으로 죽지 않는 경우가 실제로 종종 있었습니다. 1786년에 악명 높은 피츠제럴드라는 범인을 교수형에 처한 적이 있습니다. 그런데 공교롭게도 첫 번째는 받침대에서 뛰어내릴 때 줄이 끊어져버렸습니다. 또다시 시도하자 이번에는 줄이 너무 길어서 발이 지면에 닿아 역시 죽지 못했습니다. 결국 세 번째에 참관인이 도와서 성공했다고 합니다."

"그것참!" 하고 메이테이는 이런 장면에 갑자기 기운이 난다.

"정말 죽기도 어렵군" 하고 아저씨까지 들뜨기 시작한다.

"아직 재미있는 이야기가 남아 있습니다. 목을 매면 키가 3센티미터 정도 늘어난다 합니다. 이것은 확실히 의사가 재어본 것이니 틀림없습니다."

"그것은 새로운 연구로군. 어떤가? 구샤미 군을 좀 매달아야겠군. 3센티미터 정도 늘면 보통 사람 키가 될지 모르지" 하고 메이테이가 아저씨 쪽을 바라보자, 아저씨는 의외로 진지하게 묻는다.

"간게쓰 군, 3센티미터 정도 키가 크고 다시 살아날 수는 있는가?"

"그건 불가능할 게 뻔합니다. 매달아서 척추가 늘어나는 것으로, 단적으로 말해 키가 커지는 게 아니라 부러지는 것이니까요."

"그럼 그만둬야겠군" 하고 아저씨는 단념한다.

연설은 아직 꽤 길게 남아서 간게쓰 군은 목매기의 생리작용까지 언급할 터였으나, 메이테이가 자꾸 변덕쟁이처럼 별말을 하며 훼방을 놓고 아저씨가 때때로 거리낌 없이 하품을 하므로, 결국 간게쓰는 중도에 그만두고 돌아가버렸다. 그날 저녁 간게쓰 군이 어떤 식으로 어떤 웅변을 했는지 먼 곳에서 벌어진 일이므로 나는 알 수가 없다.

2, 3일 별일 없이 지나갔으나, 어느 날 오후 2시경 또다시 메

이테이 선생이 여느 때처럼 홀연히 우연동자와 같은 모습으로 나타났다. 자리에 앉자마자, "자네, 도후 군의 다카나와 사건을 들었는가?" 하고 뤼순 함락의 호외를 알리러 온 정도의 기세를 보인다.

"모르네. 요즘 만나지 못했는걸."

아저씨는 여느 때처럼 음울한 표정이다.

"오늘은 도후 군의 실수담을 보도하고자 바쁜 와중에도 일부러 왔네."

"또 무슨 허풍을 떨려고 하나. 자네는 정말 주제넘은 사람이야."

"하하하, 주제넘다기보다 오히려 주제 없다고 해야겠지. 그것만은 좀 구별해주게. 명예에 관계되니까."

"그게 그거 아닌가!"라고 아저씨는 포효했다. 온전한 천연거사의 재림이다.

"요전 일요일에 도후 군이 다카나와 센가쿠지〔도쿄 미나토 구 소재의 절로, 주군의 복수를 하고 죽은 47인의 무사 묘가 있어 유명함〕에 갔다고 해. 이 추운 날에 가지 않아도 될 텐데…… 요때 센가쿠지에 가는 것은 마치 도쿄를 모르는 시골뜨기와 같지 않은가?"

"그건 도후 군 마음이지. 자네가 그걸 막을 권리는 없어."

"그렇군. 권리는 사실 없지. 권리는 아무래도 상관없는데, 그 절 안에 의사義士유물보존회라는 전시관이 있어. 자네, 아는가?"

"아니."

"모른다고? 센가쿠지에 간 적은 있겠지?"

"아니."

"없다고? 이것 참 놀랍군. 어쩐지 대단히 도후 군을 변호한다고 생각했지. 도쿄 사람이 센가쿠지를 모르다니 한심하군."

"몰라도 학교 선생은 할 수 있네."

아저씨는 더욱 천연거사다워진다.

"어쨌든 그 전시관에 도후 군이 들어가 구경을 하였다네. 그곳에 독일인 부부가 들어왔어. 처음에는 그들이 일본어로 도후에게 뭔가 질문을 하였지. 그런데 도후 군은 독일어를 쓰고 싶어서 근질근질한 사람인 걸 자네도 알잖나. 두세 마디 지껄여 보았지. 그러자 의외로 말이 잘 나왔는데, 나중에 생각하니 그것이 재난의 시작이었다네."

"그래서?" 하고 아저씨는 결국 낚시에 걸려버린다.

"독일인이 오다카 겐고(47인 중의 1인)의 칠도장집을 보고, 그걸 사고 싶은데 파느냐고 물었어. 그때 도후 군 대답이 재밌지 않은가. 일본인은 청렴 군자뿐이므로 도저히 안 된다고 했다네. 거기까지는 대체로 좋았는데, 그 뒤로 독일인은 훌륭한 통역사를 얻었다고 생각해 자꾸 물어대."

"뭘?"

"그게 말이야, 아는 말이라면 걱정 없으나 빠른 말로 마구 물어대니 전혀 알 수가 없어. 아는 말은 가끔 나오고, 도비구치(떡갈나무 자루 끝에 솔개 부리 모양의 쇠갈고리를 달아놓은 것으로, 화재 때 집을 부수거나 재목을 운반할 때 사용함)나 가케야(말뚝 등을 박는 큰 나무 메)에 관해 물어. 서양의 도비구치와 가케야를 도후 군은 뭐라 번역해야 좋을지 배운 적이 없으므로 당황스럽지."

"당연하지" 하고 아저씨는 선생인 자신의 경험을 떠올리며 동정을 표한다.

"그곳에 한가한 사람들이 신기한 듯 하나둘 모여들었지. 마지막에는 도후와 독일인을 사방에서 둘러싸고 구경해. 도후는 얼굴을 붉히고 쩔쩔매. 처음의 기세와 반대로 도후 군은 완전히 난처한 모습이었지."

"결국 어떻게 되었는가?"

"결국에는 도후가 견딜 수가 없어서 '사이나라'〔일본어로 '안녕'을 뜻하는 사요나라さよなら의 사투리〕 하고 일본어로 말하고 서둘러 돌아갔다고 해. '사이나라는 좀 이상하군. 자네 고향에서는 사요나라를 사이나라라고 하는가' 물어보니, 고향에서도 사요나라라고 하지만 상대가 서양인이니 조화를 꾀하려고 사이나라라고 했다고 하니, 도후 군이 곤란할 때도 조화를 잊지 않은 점에 나는 감동했네."

"사이나라는 어쨌든, 서양인은 어떻게 되었나?"

"서양인은 어안이 벙벙해서 망연히 보고 있었다고 하네. 하하하, 재밌지 않은가?"

"별로 재미있지도 않네. 그것을 일부러 보고하러 온 자네가 훨씬 재밌군" 하고 아저씨는 담뱃재를 재떨이에 턴다. 그때 문의 벨 소리가 튀어오르듯 울리더니 "실례합니다" 하고 카랑카랑한 여자 목소리가 들린다. 메이테이와 아저씨는 무심코 얼굴을 마주 보고 입을 다문다.

아저씨 집에 여자 손님은 드문데 하고 쳐다보니, 카랑카랑한 목소리의 주인공은 긴 치맛자락을 다다미에 스치면서 들어온다. 나이는 마흔을 좀 넘은 듯하다. 머리가 빠져 넓어진 이마 위로 앞머리를 제방 공사를 한 듯 높이 올렸는데 하늘로 솟은 그 높이가 얼굴의 반 정도나 된다.

두 눈은 산을 깎아 만든 비탈길처럼 직선으로 치솟아 좌우로 대립한다. 직선이라 함은 어디까지나 비유이며, 눈은 고래 눈보다 더 가늘다.

코는 엄청 크다. 남의 코를 훔쳐다 얼굴 한가운데 붙인 듯하다. 세 평 정도의 작은 정원에 신사의 석등을 옮겨놓은 듯 혼자서 떡하니 자리를 차지하고 있으나, 왠지 안정감이 없다. 소위 매부리코로 일단 최대한 높아져보았으나 이래서는 너무 심하다고 도중에 겸손해져 끝 쪽으로 가며 처음의 기세에 어울리지 않게 처지기 시작해, 아래에 있는 입술을 들여다보고 있다.

이렇게 눈에 띄는 코이므로 이 여자가 뭔가 말을 할 때는 입이 말을 한다기보다 코가 말을 하는 것처럼 보인다. 나는 이 위대한 코에 경의를 표하기 위해 앞으로 이 여자를 '코줌마'라고 부를 생각이다. '코 아줌마'의 준말이다.

코줌마는 먼저 초대면 인사를 마치고 "아주 깔끔한 집이네요." 하고 방 안을 훔쳐본다.

아저씨는 '거짓말은……' 하고 속으로 말하고 뻑뻑 담배를 피운다. 메이테이는 천장을 보면서, "자네, 저것은 비가 샌 건가, 나무판 무늬인가? 묘한 모양이 그려졌군" 하고 은근히 아저씨의 대답을 재촉한다.

"물론 비가 새서 그렇지."

아저씨가 대답하자, "멋지군" 하고 메이테이가 태연하게 말한다.

코줌마는 사교를 모르는 사람들이라고 속으로 화낸다. 잠시 세 사람은 마주 앉아 말이 없다.

"좀 여쭤볼 것이 있어 찾아왔습니다만" 하고 코줌마는 다시 말을 꺼낸다.

"아, 예."

아저씨가 극히 냉담하게 대응한다.

코줌마는 이래서는 진전이 없다고 생각해 더욱 분발하여 말을 잇는다.

"사실 저는 바로 요 근처, 그러니까 건너 골목 모퉁이 집입니다만."

"아, 큰 양옥에다가 창고도 있는 집입니까? 아마 그곳에 '가네다金田'라는 문패가 붙어 있죠?" 하고 아저씨는 가네다의 양옥과 가네다의 창고를 인식한 듯하나, 가네다 부인에 대한 존경의 수위는 전과 다름이 없다.

"당연히 남편이 찾아뵙고 말씀을 드려야 하는데요, 요즘 회사 일이 아주 바빠서요" 하고 이번에는 조금 효과가 나겠지 하는 눈빛이다. 아저씨는 전혀 동요가 없다. 아까부터 코줌마의 말투가 초대면치고는 너무 무례하여 불만스러운 것이다.

"회사도 하나가 아닙니다. 두 개, 세 개도 겸하고 있어요. 게다가 모든 회사에서 중역을 맡고 있어서…… 아마 아시겠지만……."

이래도 기죽지 않느냐는 표정이다. 그러나 우리 아저씨는 박사라든가 대학교수라든가 하면 매우 황송해하는 사람이나, 이상하게도 실업가에 대한 존경의 수위는 매우 낮다. 실업가보다도 중학교 선생 쪽이 훌륭하다고 믿는다. 아니, 믿지 않는다 해도 융통성이 없는 성격이므로 도저히 실업가나 재산가에게 신세를 질 일은 없을 것이라고 체념하고 있다. 아무리 상대가 세력가건 재산가건 자기가 신세를 질 가능성이 없다고 간주한 사람과의 이해관계에는 아주 무관심하다. 그러므로 학자 사회를 제외한 다른 방면에는 극히 어둡고, 특히 실업계에는 어디에서 누가 무엇을 하는지 전혀 모른다. 알아도 존경심은 전혀 일어나지 않는다.

코줌마는 세상 한구석에 이런 기인이 햇볕을 쬐며 살고 있으리라고는 꿈에도 몰랐다. 지금까지 세상 사람을 꽤 접해봤으나, '가네다 부인입니다'라고 이름을 대서 상대의 태도가 돌연 바뀌지 않는 경우는 없었다. 어느 모임에 나가도, 어떤 신분이 높은 사람 앞에서도 훌륭히 가네다 부인으로 통할 수 있었다. 하물며 찌들고 퀴퀴한 노서생에게는, '우리 집은 건너 골목 모퉁이 집입니다'라고 한마디만 하면 직업을 묻기도 전에 놀랄 거라고 예측했던 것이다.

"가네다라는 사람을 자네 아는가?"

아저씨는 메이테이에게 무관심하게 묻는다.

"잘 알고말고. 가네다 씨는 내 큰아버지와 잘 알지. 요전에 야유회에 오셨어" 하고 메이테이는 진지한 대답을 한다.

"에? 자네 백부는 어떤 분이지?"

"마키야마 남작이야" 하고 메이테이는 더욱 진지하다. 아저씨가 뭐라고 말을 꺼내기 전에 코줌마는 갑자기 돌아앉아 메이테이 쪽을 본다. 메이테이는 점잔을 빼고 앉아 있다.

"어머, 선생님이 마키야마 남작의…… 뭐가 되신다고요? 전혀 몰라뵈어 매우 실례했습니다. 마키야마 남작에게는 평소 신세가 많다고 남편이 자주 말합니다" 하고 갑자기 정중한 말투를 쓰며 꾸벅 고개까지 숙인다. 메이테이는, "허허, 천만에요. 허허허" 하고 웃는다.

아저씨는 어안이 벙벙해져 말없이 두 사람을 바라본다.

"필시 저희 딸 혼인 문제에 관해서도 여러모로 마키야마 님에게 부탁을 드렸다고 하는데요……."

"에? 그렇습니까?" 하고 이 말은 메이테이에게도 너무 돌발적인 듯 몹시 놀란 소리를 낸다.

"실은 여기저기에서 혼담은 답지하고 있사오나 저희 신분도 있으므로 아무 데나 시집보낼 수 없사오니……."

"당연하시죠."

메이테이도 간신히 안심한다.

"그래서 이에 관해 당신에게 좀 물어보려고 왔는데요" 하고 코줌마는 아저씨 쪽을 바라보고 갑자기 무례한 말투로 돌아간다.

"댁에 미즈시마 간게쓰라는 남자가 종종 찾아온다고 하는데, 그는 도대체 어떤 사람인가요?"

"간게쓰에 관해 들어서 뭣에 쓰려고요?"

아저씨는 씁쓰레한 말투로 대답한다.

"따님 혼인 관계로 간게쓰 군에 대해 이것저것 알고 싶은 것이겠죠?"

메이테이가 임기응변을 발휘한다.

"좀 말씀을 들려주시면 매우 고맙겠습니다만……."

"그럼 따님을 간게쓰에게 시집보내겠다는 말씀인가요?"

"시집보내겠다는 말은 아니고요" 하고 코줌마는 급히 아저씨를 꺾는다.

"여기저기 원하는 곳도 많으니 억지로 시집보내지 않아도 괜찮아요."

"그럼 간게쓰에 관해 안 들어도 되지 않습니까?"

아저씨도 역정을 낸다.

"그렇지만 감추실 것까지는 없겠죠?"

코줌마는 다소 싸울 기세다. 메이테이는 두 사람 사이에 앉아 곰방대를 마치 씨름판의 심판 부채처럼 들고 마음속으로 '싸워라, 싸워' 하고 소리친다.

"그럼 간게쓰가 결혼하고 싶다는 말이라도 했나요?"

아저씨는 정면으로 밀어치기(스모에서 손바닥으로 상대를 밀치는 것)

를 한다.

"결혼하고 싶다는 말은 하지 않았지만……."

"장가들고 싶어 할 것이라고 생각하십니까?" 하고 아저씨는 이 여자는 밀어치기로 나가면 그만이라고 깨달은 듯하다.

"이야기가 그리 진전되지는 않았습니다만, 간게쓰 씨도 전혀 기분 나쁜 일은 아니겠지요?" 하고 코줌마는 모래판 밖으로 밀쳐지려다가 다시 자세를 바로잡는다.

"간게쓰가 따님에게 연심을 품었다는 그런 말이라도 있나요?"

있다면 말해보라는 기세로 아저씨는 몸을 뒤로 젖힌다.

"뭐, 그런 방향일걸요."

이번에는 아저씨의 밀어치기가 조금도 효과를 내지 못한다.

그때까지 흥미롭게 심판 기분으로 구경하던 메이테이도 코줌마의 이 말에 호기심이 동한 듯, 곰방대를 놓고 앞으로 끼어든다.

"간게쓰가 따님에게 연애편지라도 보냈나요? 그것참, 유쾌하군. 새해에 에피소드가 또 하나 늘어 이야기의 호재가 되겠군" 하고 혼자서 기뻐한다.

"연애편지가 아닙니다. 더 열렬한 것이에요. 두 분 다 잘 알고 계시지 않나요?" 하고 코줌마는 묘하게 엉겨 붙는다.

"자네, 알고 있나?" 하고 아저씨는 여우에 홀린 얼굴로 메이테이에게 묻는다. 메이테이도 멍한 어투로, "난 몰라. 알면 자네가 더 잘 알겠지" 하고 쓸데없을 때 겸손해한다.

"아뇨, 두 분 다 알고 있을 거예요" 하고 코줌마는 자신만만하다.

"에?" 하고 '두 분'은 동시에 놀란다.

"잊으셨다면 제가 말씀드리지요. 지난해 말 무코지마의 아베 씨 집에서 연주회가 있어서 간게쓰 씨도 나왔는데요, 그날 밤 돌아가는 길에 아즈마 교에서 뭔가 사건이 일어났죠? ……자세한 말은 하지 않겠습니다. 본인에게 폐가 될지도 모르니……그 정도 증거가 있으면 충분하다고 생각합니다만, 어떻습니까?" 하고 다이아몬드 박힌 반지를 낀 손가락을 무릎에 나란히 놓고 새침하게 자세를 고쳐 앉는다. 위대한 코가 더욱 이채를 발하니 그 빛에 가려 메이테이와 아저씨는 있어도 없는 듯하다.

아저씨는 물론 뻔뻔한 메이테이도 이 불의의 일격에는 매우 놀란 듯 잠시 얼떨떨하게 학질이 떨어진 병자처럼 앉아 있었으나, 경악의 테두리가 느슨해져 점점 원래 상태로 돌아옴과 동시에 코미디라는 느낌이 갑자기 밀려왔다.

두 사람은 입을 맞춘 듯 "하하하" 하고 웃으며 쓰러진다.

코줌마만은 다소 예상 밖이라 이런 때 웃는 것은 큰 실례라고 생각하며 두 사람을 노려본다.

"그 여자가 바로 따님이었습니까? 오호라, 그렇군. 말씀하신 대로네요. 그렇지, 구샤미 군? 간게쓰가 그 따님을 연모하는 게 틀림없네…… 이제 숨겨봤자 소용없으니 자백해야겠네."

"으흠" 하고 아저씨는 묵묵부답이다.

"정말로 감추시면 안 됩니다. 확실히 증거를 보였으니까요" 하고 코줌마는 다시 자신만만해진다.

"이리되었으니 할 수 없네. 뭐든 간게쓰 군에 관한 사실은 참고가 되도록 진술해드리게. 어이, 구샤미 군, 자네가 집주인인데 그렇게 히죽히죽 웃고만 있으면 어떻게 하는가? 정말 비밀은 무서운 것이네. 아무리 감추어도 어디선가 드러나니까 말이야. 그런데 이상하긴 이상하네. 가네다 부인, 어떻게 이 비밀을 탐지하셨나요? 실로 놀랍군요."

메이테이는 혼자 떠든다.

"우리도 빈틈이 없으니까요."

코줌마는 의기양양한 얼굴을 한다.

"너무 빈틈이 없는 듯합니다. 도대체 누구에게 들으셨나요?"

"바로 요 뒤에 있는 차부 집 아줌마에게 들었죠."

"검은 고양이가 있는 차부 집 말입니까?"

아저씨는 눈이 휘둥그레졌다.

"예, 간게쓰 씨 문제로 많이 이용했죠. 간게쓰 씨가 여기에 올 때마다 어떤 이야기를 하는지 궁금해 차부 집 아줌마에게 부탁해서 일일이 전해 들었죠."

"그건 심하군!"

아저씨는 큰 소리를 지른다.

"뭐, 댁이 무슨 행동을 하든 무슨 말을 하든 그런 데 관심을 두는 건 아닙니다. 간게쓰 씨에 관한 문제뿐인걸요."

"간게쓰든 누구든…… 저 차부 집 마누라는 괘씸한 여자로군."

아저씨는 혼자 화를 낸다.

"그렇지만 댁의 담 밖에 와 서 있는 것은 그쪽 마음대로 아닌가요? 이야기가 들리는 게 싫으면 좀 작은 소리로 하든가, 더 큰 집으로 이사 가는 게 낫겠지요."

코줌마는 조금도 부끄러워하는 기색이 없다.

"차부 집만이 아니에요. 큰길의 이현금 사범님한테도 대충 이런저런 말을 듣고 있습니다."

"간게쓰에 대해서요?"

"간게쓰 씨만이 아닙니다" 하고 조금 무시무시한 말을 한다.

아저씨는 기가 막히는 듯, "그 사범은 아주 고상한 척 자기만 인간이라는 얼굴을 한 바보 놈이죠."

"죄송하지만 여자입니다. '놈'은 틀렸습니다" 하고 코줌마의 언어 사용은 더욱 본색을 드러낸다. 이래서는 꼭 싸움을 하러 온 듯한데, 메이테이는 역시 그답게 이 담판을 재미있게 듣는다. 철괴선인鐵枴仙人〔수나라 선인〕이 싸움닭의 대결을 보는 얼굴로 태연하게 듣는다.

욕설 대결로는 도저히 코줌마의 적이 못 된다고 자각한 아저씨는 잠시 침묵을 지켰으나, 이윽고 생각이 떠올랐는지, "부인은 간게쓰가 따님에게 마음을 품었다고 말씀하시나, 내가 들은 바는 좀 다릅니다. 그렇지, 메이테이 군?" 하고 메이테이의 도움을 청한다.

"음, 그때 이야기로는 따님이 처음에 병에 걸려서 무언가 헛소리를 했다고 하던데……."

"뭐라고요? 그런 적은 없네요."

가네다 부인은 단정적이고 직선적인 말투다.

"그렇지만 간게쓰는 분명히 모 박사의 부인에게 들었다고 했습니다."

"우리가 손을 쓴 거예요. 모 박사의 부인에게 부탁해서 간게쓰 씨의 속마음을 탐색해본 것이죠."

"모 박사의 부인은 그걸 알면서도 승낙했나요?"

"예. 승낙해주셔도 그냥은 안 되니까 이것저것 선물이 들어갔죠."

"꼭 간게쓰 군에 관해 미주알고주알 하나에서 열까지 죄다 들어야 돌아가겠다는 말인가요?"

메이테이도 좀 기분이 상한 듯 평소에 쓰지 않던 거친 말을 사용한다.

"좋아, 이야기해봤자 손해날 것은 없으니 말해드리지, 구샤미 군. 부인, 저도 구샤미도 간게쓰 군에 관해 알고 있는 사실대로 모두 말해드릴 테니…… 아, 그렇지, 순서대로 하나씩 물어주시면 좋겠네요."

코줌마는 그제야 납득한 듯 천천히 질문을 꺼낸다. 잠시 거칠었던 말투도 메이테이에게는 다시 아까처럼 정중해졌다.

"간게쓰 씨도 이학사라고 합니다만, 도대체 어떤 것을 전공하고 있나요?"

"대학원에서는 '지구의 자기磁氣'를 연구하고 있습니다."

아저씨가 진지하게 대답한다.

불행히도 코줌마는 그 의미를 모르므로 "아, 예"라고는 했지만 의아스런 얼굴이다.

"그것을 공부하면 박사가 될 수 있나요?"

"박사가 되지 않으면 시집보내지 못한다는 말씀입니까?" 하고 아저씨는 불쾌한 듯 묻는다.

"예. 단지 학사 정도야 아주 흔하니까요" 하고 코줌마는 태연하게 대답한다.

아저씨는 메이테이를 보고 더욱 불쾌한 얼굴을 한다.

"박사가 될지 못 될지 우리도 보증할 수가 없으니 다른 것을 물어봐주시죠" 하고 메이테이도 그다지 좋은 기분은 아니다.

"요즘도 그 지구의…… 뭐라고 하는 걸 공부하고 있습니까?"

"2, 3일 전에는 '목매기의 역학'이라는 연구 결과를 이학협회에서 연설했습니다" 하고 아저씨는 아무 생각 없이 말했다.

"어머, 징그러워. 목매기라니, 아주 기인이네요. 그런 목매기인가 뭔가를 한다면 박사는 되기 어렵겠네요."

"본인이 목을 매는 거야 어렵지만 '목매기의 역학'으로 박사가 되지 못한다고는 할 수 없죠."

"그렇습니까?" 하고 이번에는 아저씨를 쳐다보고 안색을 엿본다.

슬프게도 '역학'이라는 말의 뜻을 모르므로 침착할 수가 없다. 그러나 이 정도를 질문하는 것은 가네다 부인의 체면에 관계된다고 생각했는지 단지 상대의 안색으로 점을 친다.

아저씨 얼굴은 씁쓸하다.

"그 밖에 뭔가 알기 쉬운 것을 공부하고 있지 않은가요?"

"글쎄요, 지난번에 '도토리의 스터빌러티stability〔안정성〕를 논함과 동시에 천체의 운행에 미치는 영향'이라는 논문을 쓴 적이 있습니다."

"도토리 같은 것도 대학에서 공부합니까?"

"글쎄요, 저도 문외한이라 잘 모르지만 어쨌든 간게쓰 군이 할 정도니 연구할 가치는 있다고 생각합니다만" 하고 메이테이는 태연하게 빈정거린다.

코즘마는 학문상 질문은 능력 부족으로 단념한 듯 이번에는 화제를 바꾼다.

"화제가 바뀝니다만, 이번 정월에 표고버섯을 먹다가 앞니가 두 개 빠졌다고 합니다만."

"예, 그 빠진 곳에 찹쌀떡이 달라붙어서요."

메이테이는 이 질문이야말로 자기 영역이라고 갑자기 들뜨기 시작한다.

"칠칠치 못한 사람이네요. 왜 이쑤시개를 사용하지 않나요?"

"이번에 만나면 주의를 주겠습니다."

아저씨가 크크 웃는다.

"표고버섯으로 이가 빠질 정도라면 매우 이가 약한 듯한데, 어떤지요?"

"좋다고는 할 수 없겠지요. 그렇지, 메이테이?"

"좋지는 않지만 좀 애교가 있지. 그 상태로 아직 이를 해 넣지 않는 것이 묘하지. 아직 찹쌀떡 정거장으로 되어 있으니 가관이야."

"이빨을 새로 할 돈이 없어서 그대로 두는 것인가요, 그냥 취향으로 빠진 채로 두는 것인가요?"

"뭐, 영원히 '앞니 빠진 사람'으로 행세하지는 않을 테니 안심하세요."

메이테이의 기분은 점점 회복되어간다. 코줌마는 다시 새로운 문제를 꺼낸다.

"뭔가 댁에 편지 같은 거라도 그 사람이 쓴 것이 있으면 좀 보여주실 수 없겠습니까?"

"엽서라면 많이 있습니다. 보시죠."

아저씨는 서재에서 30, 40장을 가져왔다.

"그렇게 많이 보지 않아도…… 그중 서너 장만……."

"자, 자, 내가 좋은 것을 골라주죠" 하고 메이테이 선생은 "이게 재미있겠군" 하며 그림엽서를 한 장 꺼낸다.

"어머, 그림도 그리나요? 꽤 솜씨가 좋네요. 자, 좀 보겠습니다" 하고 바라보았으나, "어머, 징그러. 족제비네요. 어째서 고르고 골라 하필이면 족제비를 그렸을까요? 그래도 족제비와 똑같이 그리니 신기하네요" 하고 좀 감탄한다.

"그 글을 읽어보세요."

아저씨가 웃으며 말한다. 코줌마는 하녀가 신문을 읽듯 읽기 시작한다.

음력 그믐밤 산족제비가 야유회를 열고 마구 춤을 춥니다. 그 노래에 말하길, 오늘 그믐밤 산지기도 오지 않네. 방귀 뿡뿡 풍풍.

"이게 뭐죠? 사람을 놀리는 게 아닌가요?" 하고 코줌마는 불만스런 얼굴이다.

"이 선녀는 맘에 드시지 않는지요?" 하고 메이테이가 다시 한 장을 꺼낸다. 보니 선녀가 선녀 옷을 입고 비파를 타고 있다.

"이 선녀는 코가 좀 작은 듯하네요."

"뭐, 그게 보통 사람 크기죠. 코보다 글을 읽어보시죠."

글은 이러하다.

옛날 어느 곳에 천문학자가 있었습니다. 어느 밤 평소처럼 높은 곳에 올라 열심히 별을 보고 있는데, 하늘에 아름다운 선녀가 나타나 이 세상에서는 듣지 못한 정도의 미묘한 곡을 연주하기 시작했으므로, 천문학자는 몸에 스미는 추위도 잊고 홀려서 들었습니다. 아침에 보니 그 천문학자의 시체에 서리가 하얗게 내려 있었습니다. 이것은 실제 이야기라고 거짓말쟁이 할아범이 말했습니다.

"이건 뭐라는 말이죠? 의미도 뭐도 없지 않습니까? 이래도 이학사로 통하고 있나요? 문예잡지라도 좀 읽으면 좋을 텐데요" 하고 간게쓰 군은 마구 당한다.

메이테이는 반 재미로 "이건 어떻습니까?" 하고 세 장째 꺼내는데, 돛단배가 인쇄되어 있고 역시 그 밑에 뭔가 쓰여 있다.

간밤에 묵은 16세 소녀

부모가 없다고 하네
거친 바닷가의 물새 떼
밤잠을 깨우는 물새 소리에 울었네
아비는 뱃사공
파도 밑에 잠들었네.

"잘 썼죠? 감동이라고 할 정도네요."

"그런가요?"

"예. 이 정도면 샤미센 반주에 어울려요."

"샤미센에 맞으면 훌륭한 거죠. 이건 어떻습니까?" 하고 메이테이는 다른 것을 계속 꺼낸다.

"아뇨. 이제 이만큼 보았으니 더는 안 보아도 됩니다. 그렇게 촌스런 사람이 아니라는 건 알았으니까요" 하고 혼자서 판정한다. 코줌마는 이것으로 간게쓰에 관한 대강의 질문을 마친 듯, "이것 참 대단히 실례가 많았습니다. 모쪼록 제가 찾아온 것은 간게쓰 씨에게 비밀로 해주시기 바랍니다" 하고 제멋대로 요구를 한다. 간게쓰에 관해서는 뭐든지 들어야 하지만, 자기에 관해서는 일체 간게쓰에게 알리면 안 된다는 방침으로 보인다.

메이테이와 아저씨가 "예" 하고 마음에도 없는 대답을 하자, "어차피 조만간 보답을 하겠사오니……" 하고 다시 다짐의 말을 하면서 일어선다.

배웅하러 나간 두 사람이 자리에 돌아오자마자 메이테이가 "저 사람 뭐야?" 하고 말하고, 아저씨도 "저 여자, 뭐 하는 여자야?" 하고 서로 같은 질문을 한다.

안쪽 방에서 아줌마가 꾹 참던 웃음을 터뜨리는 듯 킄킄거리는 소리가 들린다. 메이테이는 큰 소리로, "제수씨, 제수씨, 진부의 표본이 왔었네요. 진부도 저 정도가 되면 꽤 색다른 것입니다만. 자, 꺼릴 것 없으니 마음껏 웃으세요."

아저씨는 불만스런 말투로, "일단 얼굴부터가 마음에 들지 않아" 하고 밉살스럽다는 듯 말하자, 메이테이는 곧장 받아, "코가 얼굴 한가운데 진을 치고 요상하게 자리 잡았네" 하고 뒤를 잇는다.

"게다가 삐뚤어지고."

"조금 굽었지. 기발하게 생긴 매부리코야" 하고 재미있다며 웃는다.

"남편을 잡아먹을 인상이야."

아저씨는 아직도 분이 풀리지 않은 듯하다.

"19세기에 팔리지 못해 20세기에 가게 선반 구석에 처박혀 있는 인상이야" 하고 메이테이는 기발한 말만 한다.

그때 아줌마가 안방에서 나와 조신한 여자답게 주의를 준다.

"너무 욕을 하시면 또 차부 집 아낙에게 고자질을 당해요."

"고자질하게 놔두는 편이 약입니다, 제수씨."

"그렇지만 얼굴 험담을 하는 것은 점잖지 못해요. 누군 좋아서 그런 코를 가지게 됐나요? 게다가 상대가 여자인데, 그건 너무 심하죠" 하고 코줌마의 코를 변호하는 동시에 자기의 용모도 간접적으로 변호해둔다.

"뭐가 심하다고! 저런 사람은 여자가 아니야, 미련퉁이지. 그렇지, 메이테이 군?"

"미련퉁이인지도 모르나 아주 대단한 사람이야. 자네도 꽤 당하지 않았나?"

"도대체 학교 선생을 뭘로 보는 거야?"

"뒷골목 차부 정도로 취급하는 거지. 그런 인물에게 존경을 받으려면 박사는 돼야 해. 박사가 되지 않은 자네 잘못이야. 제수씨, 그렇죠?" 하고 메이테이는 웃으면서 아줌마를 돌아본다.

"박사는 도저히 못 되죠" 하고 아저씨는 부인에게까지 버림받는다.

"이래도 조만간에 될지도 몰라. 경멸하지 말게. 자네는 잘 모르겠지만 옛날에 이소크라테스(기원전 5세기 그리스의 변론가, 수사가)라는 사람은 94세에 대저작을 남겼지. 소포클레스(기원전 5세기 그리스의 비극시인)는 거의 백 세에 가까운 고령에 걸작을 내놓아 천하를 놀라게 했어. 시모니데스(기원전 6세기 그리스의 서정시인)는 80세에 훌륭한 시를 지었고. 그러니 나도……."

"아이고, 터무니없는 말 마세요. 당신같이 위장병 걸린 사람이 그렇게 오래 살 수 있나요?" 하고 아줌마는 이미 아저씨의 수명을 가늠하고 있다.

"무례하기는…… 아마키 씨한테 가서 물어봐. 당신이 이런 주름투성이 하오리와 더덕더덕 기운 옷을 입혀놓으니까 저런 여자에게 무시당하는 거야. 내일부터 메이테이가 입은 옷 같은 걸 입을 테니 꺼내놔."

"꺼내놓으라뇨? 그렇게 좋은 옷은 없어요. 가네다 부인이 메이테이 씨에게 정중해진 것은 백부님 이름을 듣고 나서예요. 옷 탓이 아니라고요" 하고 아줌마는 용케 책임을 회피한다.

아저씨는 '백부님'이라는 말을 듣고 갑자기 생각난 듯, "자네에게 백부가 있다는 건 오늘 처음 들었네. 지금까지 한 번도 입에 올린 적이 없지 않은가? 정말인가?" 하고 메이테이에게 묻는다. 메이테이는 기다렸다는 듯, "응. 그 백부님 말이야, 백부님이 아주 완고하신 분인데…… 19세기부터 면면히 지금까지 아직 살아 계시네" 하고 아저씨 부부를 반반씩 돌아본다.

"호호호, 재미있는 말만 하시네요. 어디 사시나요?"

"시즈오카에 계신데요, 그게 단지 살아 계신 것만이 아닙니다. 머리에 턱하니 상투를 틀고 계시니 대단하시지요. 모자를 쓰시라고 하면, '나는 이 나이가 되었지만 아직 모자를 쓸 정도로 추위를 느낀 적이 없다'고 자신만만해하십니다…….

추우니까 더 주무시라고 말하면, '사람은 네 시간 자면 충분해. 네 시간 이상 자는 건 사치의 극한이다'라며 날도 밝기 전에 일어나십니다. 그리고 '나는 수면 시간을 네 시간으로 줄이려고 오랜 수련을 했다. 젊었을 때는 아무래도 졸려서 안 되었지만 요즘 와서는 비로소 내 의지대로 할 수 있는 경지에 들어서 매우 기쁘다'라고 자랑하십니다. 67세가 되어 잠이 잘 오지 않는 것은 당연하죠. 수련이고 뭐고 필요 없는데도 본인은 마치 극기의 힘으로 성공했다고 생각하고 계시니까요. 그래서 외출할 때는 꼭 쇠부채를 들고 나가십니다."

"뭐에 쓰게?"

"뭐에 쓰는지 몰라. 그냥 갖고 나가시지. 뭐, 지팡이 대신 정도로 생각하시는지도 모르네. 그런데 저번에 이상한 일이 생겼어요."

이번에는 아줌마 쪽으로 말을 건다.

"에?" 하고 아줌마가 삼가는 기색도 없이 대답을 한다.

"지난봄에 돌연 편지를 보내 중산모와 프록코트를 급히 보내라고 하시더군요. 좀 놀라서 편지를 보내 다시 물었는데, 노인이 직접 입겠다는 회신이 왔습니다. 23일에 시즈오카에서 축첩회祝捷會〔러일전쟁 뤼순 함락 축하회〕가 있으니 그때까지 늦지 않게 급히 조달하라는 명령이었습니다. 그런데 황당한 것은 명령 안에 이런 말이 있었습니다. 모자는 적당한 크기의 것을 사주고,

양복도 치수를 대략 가늠하여 다이마루〔백화점〕에 주문하거라……."

"요즘은 다이마루에서도 양복을 만드는가?"

"아니, 선생님, 시로키야랑 착각한 거겠죠."

"치수를 가늠하여 만들라니, 무리가 아닌가?"

"그게 백부님다운 행동이야."

"그래서 어떻게 했는데?"

"할 수 없으니 대략 가늠하여 보내드렸지."

"자네도 터무니없군. 그래, 늦지는 않았는가?"

"글쎄, 어쨌든 간에 늦지는 않은 것 같아. 고향 신문을 보니, 당일 마키야마 옹은 드물게도 프록코트에 쇠부채를 들고……."

"쇠부채는 절대 놓지 않으시는군."

"응. 돌아가시면 관 안에 쇠부채만은 꼭 넣어드릴 생각이네."

"그래도 모자랑 양복을 무사히 입을 수 있어 다행이었군."

"그게 큰 착오였지. 나도 무사히 끝나서 다행이라고 생각했는데, 얼마 후 고향에서 소포가 도착하여 뭔가 선물이라도 보내주셨나 하며 열어보니 중산모야. 편지가 동봉되었는데, '모처럼 고생해주었지만 모자가 좀 크니 모자 집에 건네주어 줄여주기 바란다. 줄이는 값은 소액우편환으로 내가 보내도록 하겠다'라고 쓰여 있질 않겠나."

"참 별나시군" 하고 아저씨는 자기보다 별난 사람이 천하에 있다는 것을 발견하여 크게 만족한 표정이다.

"그래서 어찌했는가?"

"어찌했냐니? 할 수 없이 내가 썼지."

"그 모자인가?" 하고 아저씨가 빙긋이 웃는다.

"그분이 남작이신가요?" 하고 아줌마가 의아스럽다는 듯이 묻는다.
"누가요?"
"그 쇠부채 백부님이요."
"웬걸요, 한학자이십니다. 젊을 때 주자학인가 뭔가에 몰두하셔서 요즘 같은 전기등 시대에도 점잖게 상투를 틀고 계시니 못 말리는 분입니다" 하고 쓱쓱 턱을 문지른다.
"그래도 자네는 아까 그 여자에게 마키야마 남작이라고 말하지 않았나?"
"그렇게 말씀하셨죠. 저도 거실에서 들었는데요."
아줌마도 이 말에는 아저씨 의견에 동의한다.
"그랬던가요? 아하하하."
메이테이는 대수롭지 않다는 듯 웃는다.
"그건 거짓말이죠. 제게 남작 백부님이 있었다면 지금쯤 전국장 정도는 되었을 겁니다" 하고 태평스럽다.
"어쩐지 이상하다 생각했지."
아저씨는 기쁘기도 하고 걱정스럽기도 한 표정이다.
"어머나, 어쩜 그렇게 시치미 뚝 떼고 그런 거짓말을 할 수 있나요. 메이테이 씨는 아주 허풍을 잘 떠시네요" 하고 아줌마는 매우 감탄한다.
"나보다 그 여자가 한 수 위더라고요."
"메이테이 씨도 뒤떨어지지 않아요."
"그렇지만 제수씨, 제 허풍은 단순한 허풍입니다. 그 여자는 모두가 책략이 있는 교묘한 거짓말입니다. 질이 나쁘죠. 원숭이 지혜에서 나온 술수와 천성적 코미디 취미를 혼동하시면 코미디 신도 안목 있는 사람이 없음을 한탄하실 것입니다."
아저씨는 눈을 내리깔고 "그럴까?" 한다.

아줌마는 웃으면서 "똑같은 말이죠" 하고 웃는다.

나는 지금까지 건너편 골목에 발을 들인 적이 없다. 모퉁이 가네다 댁은 어떤 집인지 본 적도 물론 없다. 들은 것도 이번이 처음이다. 아저씨 집에서 실업가가 화제에 오른 적은 한 번도 없으므로 아저씨네 밥을 먹는 나도 이 방면에는 관계가 없을 뿐 아니라 매우 냉담하였다.

그런데 아까 불쑥 코줌마의 방문을 받아, 옆에서지만 그 담화를 경청하며 따님의 미모를 상상하고, 또 부귀와 권세를 떠올리다 보니 고양이지만 한가하게 마루에 나뒹굴고 있을 수는 없었다.

그뿐 아니라 나는 간게쓰 군에게 깊은 동정을 금할 수 없었다. 가네다 댁에서는 박사 부인에, 차부 집 아낙네에, 이현금 사범까지 매수하여 우리가 모르는 사이에 앞니가 빠진 사실까지 탐지하였는데도 간게쓰 군은 단지 싱글싱글 하오리 끈만 만지작거린다는 것은, 아무리 갓 졸업한 이학사라지만 너무 무능해 보인다.

그렇지만 그리 위대한 코를 얼굴 한가운데 안치한 여자이므로, 보통 사람 중에는 근접할 수 있는 자가 없다. 이런 사건에 관해 아저씨는 전혀 무관심하고, 또 돈이 너무 없다. 메이테이는 돈 여유는 있으나 아무 생각 없는 좌충우돌 우연동자이므로 간게쓰에게 별로 도움이 되지 않는다. 그렇다면 목매기 역학을 연설하는 간게쓰만 불쌍할 따름이다. 나라도 분발해 적의 성에 잠입하여 동정을 정찰해주지 않으면 너무 불공평하리라.

나는 고양이지만, 에픽테토스를 읽다가 책상에 팽개칠 정도인 학자 집에 신세를 지고 있는 고양이로, 세상의 일반 바보 고양이나 우둔한 고양이와는 조금 종자가 다르다. 이 모험을 감행할 정도의 의협심은 일찍이 꼬리 끝에 접어 넣어 간직하고 있다.

간게쓰 군에게 은혜를 입은 것은 아니나, 이 일은 단지 개인을 위한 혈기왕성한 거사가 아니다. 크게 말하면 공평을 숭상하고 중용을 사랑하는 천의天意를 현실에 드러내는 의거다. 남의 허락을 받지 않고 아즈마 교 사건을 곳곳에 퍼뜨리는 이상, 남의 처마 밑에 첩자를 숨겨놓고 얻은 정보를 거침없이 만나는 사람마다 퍼뜨리는 이상, 차부, 마부, 무뢰한, 백수 서생, 파출부, 산파, 요파妖婆, 장님, 멍청이까지 이용하여 국가에 유용한 인재에게 번뇌를 주고 돌보지 않는 이상…… 고양이에게도 각오가 있다.

다행히 날씨도 좋다. 서리가 녹아 땅이 질척거리는 것은 좀 난감하지만, 정의를 위해서라면 내 한목숨 못 바치겠는가. 발바닥에 진흙이 묻어 마루에 매화 도장을 찍는 것은 단지 하녀 오상에게 폐가 될지 모르나 내겐 고통이라고 할 수 없다. 내일로 미루지 않고 곧 나가려고 용맹정진의 대결심으로 부엌까지 뛰어가다가 '아차! 잠깐만'이라는 생각이 들었다.

나는 고양이로서 진화의 극도極度를 이루었을 뿐 아니라 뇌력 발달에서는 감히 중학교 3학년에 뒤떨어지지 않는다고 생각하나, 오호 슬프도다, 목의 구조만은 어디까지나 고양이이므로 인간의 언어를 말할 수 없다. 순조롭게 가네다 댁에 잠입하여 충분히 적의 정세를 파악한다 해도 당사자인 간게쓰 군에게 알려줄 수가 없다. 아저씨에게도 메이테이 선생에게도 말할 수 없다. 말할 수 없다는 것은 흙 속 다이아몬드가 햇빛을 받아 빛나지 않는 것과 같은 이치로, 모처럼의 지식도 무용지물이 된다. 이것은 어리석다. 그만둘까 하고 마루 밑에서 우두커니 서 있었다.

그러나 한번 결심한 것을 중도에 그만두는 것은 소나기가 올까 기다리다 검은 구름이 모두 저 산 너머로 가버린 것처럼 왠지 모르게 아쉽다. 그것도 잘못이 이쪽에 있다면 몰라도 소위 정의를 위해, 인도人道를 위해서라면 설령 개죽음을 당하더라도 앞으로 나아가는 것이 의무를 아는 남아의 기개일 것이다.

헛고생을 하고 헛되이 발을 더럽히는 것쯤 고양이로서 늘 있는 일이다. 고양이로 태어난 인연인지라 간게쓰, 메이테이, 구샤미 등 여러 선생과 세 치 혀로 서로의 사상을 교환할 기량은 없지만, 고양이니까 잠입 기술은 선생들보다 낫다. 남들이 할 수 없는 일을 성취하는 것 자체가 유쾌하다. 나 하나라도 가네다의 내막을 아는 것은 아무도 모르는 것보다 유쾌하다. 남에게 전하지는 못한다 해도 비밀이 남에게 알려졌다는 자각을 가네다 댁에 주는 것이 유쾌하다. 이렇게 유쾌함이 줄줄이 이어지니 가지 않을 수 없다. 역시 가는 것으로 하자.

건너편 골목으로 와보니, 들은 그대로 양옥이 모퉁이 땅을 제 것인 양 점령하고 있다. 이 집 주인도 이 양옥처럼 오만하게 폼 잡고 있겠지 하며 문으로 들어가 건물을 바라보았으나, 단지 사람을 위압하려고 2층 건물이 무의미하게 우뚝 서 있는 것 말고 달리 자랑할 것도 없는 구조였다.

메이테이가 말하는 '진부'란 바로 이런 것일까? 오른쪽 현관을 보고, 정원을 빠져나가 부엌으로 들어갔다. 과연 부엌이 넓다. 구샤미 선생 집 부엌의 열 배는 확실하다. 지난번 신문에 상세히 쓰인 오쿠마 백작(와세다 대학을 창립하고 두 차례에 걸쳐 총리대신을 역임한 오쿠마 시게노부)의 서양식 부엌에 못지않을 정도로 정연하게 번쩍거린다. '모범 부엌이군' 하고 나는 생각하며 안으로 들어갔다.

보니까 석회로 만든 두 평 정도의 봉당에 차부 집 아줌마가 서서 식모와 차부를 상대로 계속 뭔가 떠든다. 이것 참 위험하다고 생각해 물통 뒤로 숨었다.

"그 선생은 우리 주인아저씨 이름을 모르던가?" 하고 식모가 말한다.

"모를 리가 있나. 이 동네에서 가네다 댁을 모르면 눈도 귀도 없는 병신이지."

이것은 이 집 전속 차부의 말이다.

"말도 마. 그 선생은 책 말고는 달리 아무것도 모르는 변태니까. 주인어른을 조금이라도 알면 황송해할지 모르지만, 글렀어. 자기 아이들 나이도 잘 모른다니까" 하고 차부 집 아줌마가 말한다.

"가네다 어르신이 두렵지도 않나? 답답한 벽창호야. 상관할 것 없어. 우리 모두 놀려주자고."

"그게 좋겠네. 사모님 코가 너무 크다는 둥 얼굴이 마음에 들지 않는다는 둥 그렇게 심한 말을 하는 거야. 제 얼굴은 새카만 너구리 같은 주제에. 그 얼굴로 사람 구실을 한다고 생각하니 한심하군."

"얼굴뿐이 아니야. 수건을 들고 목욕탕에 가는 것부터 해서, 되게 거만한 놈이야. 자기만큼 훌륭한 사람이 없다고 행세를 하지" 하고 구샤미 선생은 식모에게도 크게 인망을 잃었다.

"모두 다 몰려가서 그 집 담 밖에서 욕지거리를 막 해버리자고."

"그렇게 하면 반드시 겁먹을 거야."

"근데 우리 모습을 보이면 재미없으니까, 목소리만 들리게 해서 공부를 방해하며 될 수 있는 한 약을 올려주라고 아까 사모님이 분부하셨잖아."

"그야 알고 있지."

차부 집 아줌마는 욕의 3분의 1을 맡겠다는 뜻을 나타낸다. 오호라, 이들이 구샤미 선생을 놀리러 오겠군 하고 생각하면서 세 사람의 옆을 슥 지나가 안으로 들어갔다.

고양이 발은 없는 것과 같아 어디를 걸어도 서툰 소리가 나지 않는다. 하늘을 걷는 듯, 구름을 가는 듯, 물속에서 편경을 치는 듯, 동굴 안에서 슬瑟(중국 현악기)을 타는 듯, 진미를 맛보고 말없이 깨닫는 듯하다.

진부한 양옥도 없고 모범 부엌도 없다. 차부 집 아줌마도 하인도 식모도 따님도 집사도 코줌마도, 코줌마의 남편도 내게는 없는 것과 다름없다. 가고 싶은 곳에 가서 듣고 싶은 것을 듣고 혀를 내밀고 꼬리를 흔들고 수염을 바싹 세우고 유유하게 돌아갈 뿐이다.

특히 나는 이 분야에서 일본 제일의 달인이다. 옛날 그림책에 나온 요술 고양이 네코마타의 혈통을 이어받지 않았나 스스로 의심할 정도다. 두꺼비 이마에는 야광 구슬이 있다는데, 내 꼬리에는 인생사 모든 것은 물론 만천하의 인간을 제압할 수 있는 가문 대대로 내려오는 묘약이 들어 있다. 가네다 집의 복도를 남이 모르는 사이에 지나가는 것쯤은 천하장사가 두부를 밟아 뭉개기보다 쉽다.

이때 나는 내심 내 역량에 감탄하여 이것도 평소 소중히 간직한 꼬리 덕분이라 생각하니 그대로 있을 수 없었다. 내가 존경하는 꼬리 신에게 예배하여 무운장구武運長久를 빌어야지 하고 살짝 머리를 숙여 보았으나 아무래도 조금 방향이 빗나간 듯하다. 가급적 꼬리 쪽을 보고 삼배를 해야 한다. 꼬리 쪽을 보려고 몸을 돌리면 꼬리도 자연히 돌아간다. 따라가려고 머리를 비틀면 꼬리도 같은 간격으로 멀리 가버린다. 역시 천지를 세 치 안에 넣은 영물이므로 도저히 내가 따라갈 수 없다. 꼬리 돌리기를 일곱 번 반 하고 지쳐서 그만두었다.

좀 눈이 어찔하다. 어디에 있는지 방향을 알 수 없게 되었다. 그러면 어때 하고 아무 데나 돌아다녔다. 방문 안에서 코줌마 소리가 난다. 여기로군 하고 멈춰 서서 좌우의 귀를 기울이고 숨을 죽였다.

"가난뱅이 선생인 주제에 건방지지 않나요?" 하고 예의 새된 목소리를 지른다.

"응, 건방진 자식이군. 좀 응징하기 위해 혼내줘야겠군. 그 학교에는 고향 사람도 있으니까."

"누가 있어요?"

"쓰키 핀스케와 후쿠치 기샤고가 있으니까 부탁해서 혼내줘야지."

나는 가네다 군의 고향이 어딘지 모르나, 묘한 이름의 인간만 모아놓은 곳이라 다소 놀랐다. 가네다 군은 계속 말을 이어서 묻는다.

"그놈은 영어 교사던가?"

"예. 차부 집 아줌마 말로는 영어 독해인가 뭔가를 전문으로 가르친다고 합니다."

"어차피 변변한 꼰대는 아니겠지."

'꼰대'라는 상스런 말에 적잖이 놀랐다.

"요전에 핀스케가 '우리 학교에 별스런 놈이 있습니다. 학생이 반차番茶(따고 남은 거친 잎으로 만든 질 낮은 엽차)는 영어로 뭐라고 하냐고 질문하자, 반차는 '새비지 티savage tea'(savage는 (사람이) 거칠다는 의미고, coarse tea가 바른 표현임)라고 진지하게 대답해서 교사들 사이에서 웃음거리가 되었습니다. 아무래도 그런 선생이 있으니까 다른 교사 체면도 깎여서 곤란합니다' 하고 말한 적이 있는데, 아마 그 자식이겠지?"

"그놈이 맞아요. 그런 말을 할 만한 면상이에요. 지저분하게 콧수염이나 기르고."

"건방진 놈이군."

수염을 길러서 건방지다면 고양이는 모두가 건방지다는 말이다.

"게다가 글쎄 메이테이라든가 메주뗑이라든가 하는 놈은 말이에요, 천방지축이라니까요. 백부가 마키야마 남작이라니, 그런 상판대기에 남작 백부가 있을 리 없다고 생각했지만요."

"당신이 어느 말 뼈다귀인지 모르는 놈이 하는 말을 그대로 받아들인 것도 나빠."

"나쁘다뇨, 그렇게 사람을 놀리니 도리가 있나요?" 하고 분을 참지 못한다.

이상하게도 간게쓰 군에 대해서는 일언반구도 나오지 않는다. 내가 숨어서 들어오기 전에 평판이 끝난 것인지 이미 낙제라고 결정해 염두에 없는지 그 점이 염려스럽지만 할 수 없다. 잠시 우두커니 서 있으니 복도 건너 저쪽 방에서 벨 소리가 난다. 어? 저곳에 무슨 일이 있나? 늦기 전에 가봐야지 하며 그 방향으로 걸음을 옮겼다.

가보니 여자가 혼자 뭔가 큰 소리로 떠들고 있다. 그 목소리가 코줌마와 아주 닮은 점으로 미루어 추측하건대 이 여자가 바로 이 집의 따님이고 간게쓰 군으로 하여금 감히 투신을 하게 만든 원인일 것이다. 아쉽도다! 문 너머 백옥 같은 모습을 볼 수가 없다.

따라서 얼굴 한가운데 큰 코를 안치하였는지 어떤지 알 수가 없다. 그러나 담화의 모양에서 콧김의 거친 정도 등을 종합해서 생각해보건대 남의 주의를 끌지 못하는 납작코는 아닌 것 같다.

여자는 뭔가 계속 떠들고 있으나 상대의 목소리가 전혀 들리지 않는데, 소문에 듣던 전화라는 것이리라.

"야마토 극장 맞지? 내일 말이야, 갈 테니까 특석을 잡아놔라. 알았지? ……뭐, 모르겠다고? 무슨 말이야, 특석을 잡으라니까. ……뭐라고? ……자리가 없다고? 없을 리가 없지, 잡아두라니까. ……헤헤헤, 농담하시지 말라고? ……뭐가 농담이야? ……더럽게 사람 놀리네. 도대체 너 이름 뭐니? 조키치? 너 같은 게 뭘 알겠니, 지배인보고 전화 받으라고 해. ……뭐라고? 네가 다 알아서 한다고? 너는 버릇도 없구나. 내가 누군지 알기나 해? 가네다야. ……헤헤헤, 잘 안다고? 정말로 바보네, 넌. ……가네다라니까. ……뭐? ……매번 찾아주셔서 감사하다고? ……뭐가 감사해, 인사 따위 듣고 싶지 않아. ……어어, 또 웃어? 너 아주 멍청이로구나. ……말씀하신 대로라고? ……사람을 놀리면 전화 끊어버린다, 알았어? 그래도 괜찮아? ……잠자코 있으면 모르잖아. 뭐라고 말 좀 해봐."

전화는 조키치 쪽에서 끊었는지 아무런 대답도 없는 듯하다. 따님은 신경질을 내며 마구 전화를 드륵드륵 돌린다. 발밑에서 강아지가 놀라 갑자기 짖기 시작한다. 나는 이것 큰일 났군 하고 급히 뛰어 내려와 마루 밑으로 기어들어갔다.

마침 그때 복도를 걸어 다가오는 발소리와 방문 여는 소리가 났다. 누가 왔나 하고 열심히 듣자 하니, "아가씨, 주인 나리와 마님이 부르세요" 하고 하녀 같은 여자의 목소리가 났다.

"몰라" 하고 따님은 매정하게 칼을 날린다.

"용무가 좀 있으니 아가씨를 불러오라고 말씀하셨습니다."

"귀찮아. 몰라" 하고 따님은 다시 두 번째 칼을 찌른다.

"……미즈시마 간게쓰 씨에 관한 용무가 있다고 합니다" 하고 하녀는 머리를 써서 기분을 풀어주려고 한다.

"간게쓰건 미즈시마건 모른다니까! 지긋지긋해. 당황스런 수세미 얼굴을 하고."

세 번째 찌르기 공격은 가련한 간게쓰 군이 부재중에 당했다.

"어? 너 언제 서양식으로 머리 묶었어?"

하녀는 길게 한숨을 쉬고, "오늘"이라고 가급적 간단한 대답을 한다.

"건방지네. 하녀인 주제에" 하고 네 번째 검을 다른 방면으로 찌른다.

"그리고 너 속옷에 새 동정 했네?"

"예, 저번에 아가씨한테 받은 것인데요, 아주 좋아서 아깝다고 생각해 옷장 안에 보관하고 있었는데요, 옛날 게 아주 더러워져서 바꿔 달았습니다."

"내가 언제 그런 걸 주었지?"

"이번 정월에 시로키야에 가셔서 사신 것인데…… 녹갈색에 스모 일람표를 염색한 것이에요. 아가씨가 너무 평범해 싫으시다면서 제게 주신 그것입니다."

"어머, 잘 어울리네. 얄밉구나."

"황송합니다."

"칭찬한 게 아니야. 밉다니까."

"예?"

"그렇게 잘 어울리는 것을 왜 잠자코 받았지?"

"예에?"

"너한테 그렇게 잘 어울린다면 나한테도 어울릴 거잖아."

"꼭 잘 어울리실 겁니다."

"어울리는 걸 알면서 왜 잠자코 있었어? 그렇게 태연하게 단 거야? 나쁜 계집이네."

공격은 멈추지 않고 연발된다.

사태가 앞으로 어떻게 진전될 것인지 근청하고 있는데, 저쪽 방에서, "도미코야, 도미코" 하고 큰 소리로 가네다 군이 딸을 부른다. 따님은 할 수 없이 "예……" 하고 전화실을 나온다. 나보다 좀 큰 강아지가 얼굴 중심에 눈과 입을 모은 듯한 얼굴을 하고 따라간다. 나는 조용한 발걸음으로 다시 부엌에서 거리로 나와 서둘러 아저씨 집으로 돌아간다. 탐험은 이 정도면 일단 충분한 성적을 거두었다.

돌아오니 깨끗한 집에서 갑자기 더러운 곳으로 왔으므로 왠지 양지바른 산 위에서 어두컴컴한 동굴 안으로 들어온 느낌이다. 탐험 중에는 다른 데 마음을 빼앗겨 방의 장식, 벽지, 문의 모양 등에 눈이 머물지 않았으나, 우리 집의 하등한 것을 느낌과 동시에 이른바 '진부'가 그리워진다. 선생보다 역시 실업가가 훌륭하게 느껴진다. 나도 좀 이상해졌다고 생각해 내 꼬리에게 문의를 해보니, '맞다, 맞아' 하고 꼬리 끝에서 신탁이 내려온다.

방으로 들어가 보니 놀랍게도 메이테이 선생이 아직 돌아가지 않고 담뱃재를 벌집처럼 재떨이 안에 쌓아놓고 책상다리를 한 채 뭔가 이야기를 하고 있다. 언제 왔는지 간게쓰 군도 있다.

아저씨는 팔베개를 하고 천장의 빗자국을 여념 없이 바라본다. 여전히 한가로운 서민의 모임이다.

“간게쓰 군, 자네 이름을 헛소리로 부른 그 여자 이름은 그때 비밀이라고 한 것 같은데, 이제 이야기해도 좋겠지?” 하고 메이테이가 놀리기 시작한다.

“이야기를 해도 내게만 관련되면 지장 없으나 상대방에게 폐가 되니까요.”

“아직 말 못한다는 건가?”

“게다가 모 박사의 부인과 약속을 해버렸으니까요.”

“남에게 말을 하지 않겠다는 약속인가?”

“예” 하며 간게쓰 군은 습관처럼 하오리의 끈을 매만진다. 그 끈은 요즘 판매품 같지 않은 보라색이다.

“그 끈의 색은 좀 유행에 뒤떨어졌군” 하고 아저씨가 누워서 말한다. 아저씨는 가네다 사건에는 관심이 없다.

“그래, 도저히 러일전쟁 시대의 물건이라고는 할 수 없군. 벙거지에 무사 하오리라도 입어야 어울리는 끈이야. 오다 노부나가가 장가갈 때 머리칼을 뒤로 묶었다던데, 그때 사용한 것은 분명히 그런 끈이야” 하고 메이테이의 말은 여전히 길다.

“실제로 이것은 할아버님이 조슈長州 정벌〔1864년 에도 막부가 조슈 번을 상대로 일으킨 전쟁〕 때 사용한 것입니다” 하고 간게쓰 군은 진지하다.

“이제 슬슬 박물관에라도 헌납하는 게 어떤가? 목매기 역학의 연사, 이학사 미즈시마 간게쓰 군이라는 자가 구시대의 무사와 같은 모습을 하는 것은 좀 체면과 관련이 있으니까.”

“충고대로 해도 좋습니다만, 이 끈이 매우 잘 어울린다고 말해준 사람도 있으니…….”

"누구야, 그런 정취 없는 말을 한 자는?" 하고 아저씨는 몸을 뒤척이며 큰 소리로 말했다.

"아시는 분은 아닌데요……."

"아는 사람 아니라도 상관없어. 도대체 누구야?"

"어떤 여자입니다."

"하하하, 대단한 풍류인이로군. 맞혀볼까? 역시 스미다 강 속에서 자네 이름을 부른 여자겠지? 그 하오리에 그 끈을 하고 한 번 더 강물에 빠지는 건 어떤가?" 하고 메이테이가 옆에서 끼어든다.

"하하하, 이제는 강 속에서 부르지 않습니다. 여기서 북서 방향에 있는 청정한 세계에서……."

"그리 청정하지도 않은 듯하네. 독살스러운 코야."

"예?" 하고 간게쓰는 의아스런 표정이다.

"건너 골목의 '코'가 아까 쳐들어왔어, 여기로. 정말 우리 둘은 놀랐네. 그렇지, 구샤미 군?"

"응" 하고 아저씨는 누워서 차를 마신다.

"코라니, 누구를 말합니까?"

"자네가 친애하는 영원한 여성의 모친이다."

"예?"

"가네다의 처라는 여자가 자네에 대해 물으러 왔었네."

아저씨가 진지하게 설명해준다.

간게쓰 군이 과연 놀랄지, 기뻐할지, 혹은 부끄러워할지, 모습을 엿보니 별로 달라진 것도 없다. 평소처럼 조용한 어투로, "내게 자기 딸과 결혼해달라는 의뢰겠지요?" 하고 다시 보라색 끈을 만지작거린다.

"그런데 큰 착각이야. 그 모친이라는 사람이 위대한 코의 소유주로……."

메이테이가 막 말을 꺼내기 시작하는데, 아저씨가 갑자기, "어이, 자네, 나는 아까부터 그 코에 관해 신체시를 생각하고 있다네" 하고 엉뚱한 말을 한다. 옆방에서 아줌마가 쿡쿡 웃는다.

"자네도 꽤 무사태평이군. 좀 썼나?"

"좀 썼네. 첫 번째 구가 '이 얼굴에 코 잔치'라네."

"다음은?"

"다음이 '이 코에 술잔 올려라'야."

"다음 구는?"

"아직 그것밖에 안 되었네."

"재미있네요" 하고 간게쓰 군이 싱글싱글 웃는다.

"다음으로 '구멍 두 개 희미하다'라고 붙이면 어떤가?" 하고 메이테이는 금세 짓는다.

그러자 간게쓰가 "'속 깊어 털도 보이지 않아'는 어떻습니까?" 한다.

이렇게 각자가 아무렇게나 뱉어내자, 담 너머 가까운 길에서, "새카만 너구리, 새카만 너구리" 하고 네다섯 명이 왁자지껄 떠드는 소리가 난다.

아저씨도 메이테이도 놀라서 울타리 틈으로 밖을 쳐다보니, "와하하하……" 하고 웃는 소리가 나더니 멀리 사라지는 발소리가 들린다.

"새카만 너구리라는 건 뭐야?"

메이테이가 의아스럽다는 듯 아저씨에게 묻는다.

"뭔지 모르겠는걸."

"꽤 기발하네요" 하고 간게쓰 군이 비평을 가한다.

메이테이는 뭔가 생각났는지 갑자기 일어나서 연설 흉내를 낸다.

"나는 오랫동안 미학자의 견지에서 이 코에 관하여 연구한 적이 있으므로, 그 일부를 피력하여 두 선생의 경청을 바라고자 합니다."

아저씨는 너무나 돌연한 행동에 멍해 잠자코 메이테이를 바라본다. 간게쓰는 "꼭 듣고자 합니다" 하고 작은 소리로 말한다.

"여러모로 조사해보았으나 코의 기원은 아무래도 확실히 알 수 없습니다. 첫 번째로 이것을 실용상의 도구로 가정할 경우 구멍 두 개만 뚫려 있으면 충분합니다. 굳이 이토록 건방지게 한가운데 튀어나올 필요가 없습니다. 그런데 왜 보는 바와 같이 그렇게 튀어나왔나요?" 하고 자기 코를 잡는다.

"그리 튀어나오지도 않았군그래" 하고 아저씨는 솔직하게 말한다.

"어쨌든 들어가 있지는 않으니까요. 단지 두 개의 구멍이 나란히 있는 상태라고 다 똑같은 것이 아니라는 점, 오해 마시기 바랍니다. 그래서 제 우견愚見에 따르자면, 코의 발달은 우리 인간이 콧물을 푼다는 미세한 행위의 결과가 자연히 축적되어 이렇게 현저한 현상으로 나타난 것입니다."

"정말 '우견'이로군."

다시 아저씨가 촌평을 삽입한다.

"아시다시피 코를 풀 때는 반드시 코를 붙잡습니다. 코를 잡고 특히 이 부위에 자극을 가하면 진화론의 대원칙에 따라 이 부분은 이 자극에 응하기 때문에 다른 곳에 비례하여 부적당한 발달을 합니다. 피부도 자연히 딱딱해집니다. 살도 점차 딱딱해집니다. 결국 응고하여 뼈가 됩니다."

"그것은 좀…… 그렇게 자유롭게 살이 뼈로 단번에 뛰어넘어

변화할 수는 없겠죠."

역시 이학사 간게쓰 군이 항의를 제기한다. 메이테이는 아무렇지도 않은 얼굴로 진술을 계속한다.

"아니, 의심은 당연하다 생각하오나, 이론보다 증거로 이처럼 뼈가 있으므로 할 수 없었습니다. 이미 뼈가 생겼습니다. 뼈는 생겨도 콧물은 나오죠. 나오면 풀어야 합니다. 이 작용으로 뼈의 좌우가 깎이어 좁고 높은 융기로 변화했습니다. 실로 무서운 작용입니다. 물방울이 돌을 뚫는 것처럼 빈두루(석가모니의 16제자 가운데 1인)의 머리가 스스로 광명을 발함과 같이 그렇게 콧날이 우뚝 서서 굳어집니다."

"그래도 자네 것은 흐물흐물하기만 하네."

"연사 자신의 부분은 변호할 우려가 있으므로 굳이 논하지 않겠습니다. 가네다 양 모친의 코와 같은 것은 가장 발달한, 가장 위대한 천하의 진품으로 두 선생에게 소개해두고자 생각합니다."

간게쓰 군은 불쑥 "히어, 히어hear(근청)" 한다.

"그러나 사물도 극도로 발달하면 멋있기는 합니다만 왠지 무서워져 다가가기 어려워지기도 합니다. 그 콧대가 멋진 것은 틀림없으나 다소 험하지 않나 생각됩니다.

옛사람 중에서도 소크라테스, 골드스미스(18세기 영국의 소설가이자 시인 겸 극작가 올리버 골드스미스) 혹은 새커리(19세기 영국의 소설가 윌리엄 새커리)의 코는 구조상으로 꽤 부족한 점이 있기는 합니다만, 그 부족한 점에 애교가 있습니다. '코는 높아서 귀하지 않고 기이하므로 귀하다'라는 말은 이런 까닭도 있기 때문이겠지요.

속설에도 코보다 경단(원래 '꽃보다 경단'이라는 말이 있는데, 금강산도 식후경이라는 뜻. 꽃과 코의 발음은 '하나はな'로 똑같음)이라고 하며, 미적

가치에서 말하면 메이테이 정도의 것이 적당하다고 생각합니다."

간게쓰와 아저씨는 "후후후" 하고 웃는다. 메이테이 자신도 유쾌하게 웃는다.

"자, 그럼 지금까지 변한 것은……."

"선생님, '변하다'는 좀 강담사 같아 천박하니 피하도록 하시죠" 하고 간게쓰 군은 지난날의 복수를 한다.

"그러하군. 그렇다면 고쳐서 다시 하죠. 에, 그리고 코와 눈의 균형에 대해 한마디 언급하고자 합니다. 다른 것에 관계없이 단독으로 코론을 펼치자면, 그 모친은 어디에 내놔도 부끄럽지 않을 코, 즉 전시회가 열려도 아마 1등 상을 타지 않을까 생각될 정도의 코를 소유하고 계십니다만, 슬프게도 그것은 눈이나 입 등의 다른 것들과 전혀 상의 없이 생겨버린 코입니다.

줄리어스 시저의 코는 대단한 것임에 틀림없습니다. 그러나 시저의 코를 가위로 싹둑 잘라서 이 집 고양이 얼굴에 붙이면 어떤 모양이 될까요? 우리가 '좁다'는 표현으로 고양이 이마 같다고 하는데, 그 이마에 영웅의 코가 우뚝 솟아 있다면 바둑판 위에 불상을 얹은 것과 같으니, 극히 비례를 잃어 그 미적 가치를 떨어뜨리는 것이 되리라 생각합니다.

모친의 코는 시저의 그것과 같이 실로 당당하고 시원한 융기임에 틀림없습니다. 그러나 그 주위를 둘러싼 안면의 조건은 어떠할까요? 물론 이 집 고양이처럼 열등하지는 않습니다. 그러나 지랄병 걸린 납작한 얼굴의 여자처럼 눈썹 아래 팔자를 그리며 가느다란 눈이 치켜 올라간 것은 사실입니다. 여러분, 이런 얼굴에 이런 코가 있음을 한탄하지 않을 수 없습니다."

메이테이의 말이 잠시 끊어진 순간, 뒤뜰 쪽에서 말소리가 들려온다.

"아직 코 이야기를 하고 있어. 얼마나 끈덕져……."

"차부 집 여편네다" 하고 아저씨가 메이테이에게 알려준다. 메이테이는 다시 계속한다.

"생각지도 않게 뒤에 새로운 이성의 방청자가 있음을 발견한 것은 연사의 깊은 명예라고 생각합니다. 특히 매끄러운 교성으로써 건조한 강당에 한 점 요염함을 더해준 것은 실로 뜻밖의 행복입니다. 가급적 통속적으로 설명하여 숙녀의 격려를 배신하지 않도록 하겠습니다만, 이제부터 잠시 역학상의 문제로 들어가므로 부인들께서는 알기 어려울지 모르겠습니다만 모쪼록 참아주시기 바랍니다."

간게쓰 군은 역학이라는 말을 듣고 다시 히죽거린다.

"저는 이 코와 이 얼굴이 도저히 조화되지 않는다는 증거를 내세우려고 합니다. 차이징〔19세기 독일의 미학자 아돌프 차이징〕의 황금률을 잃어버렸다는 말로, 그것을 엄격하게 역학상의 공식으로 연역하여 보여드리려고 합니다. 우선 H를 코의 높이로 합니다. α는 코와 얼굴의 평면 교차에서 생기는 각도입니다. W는 물론 코의 중량입니다. 어떻습니까? 대략 아시겠습니까?"

"어떻게 알아?" 아저씨가 말한다.

"간게쓰 군은 어떤가?"

"저도 전혀 모르겠습니다."

"그것참, 낭패로군. 구샤미 군은 그렇다 치고 자네는 이학사니까 이해할 것으로 생각했는데. 이 식이 연설의 핵심이니까, 이것을 생략하면 지금까지 설명한 보람이 없는데…… 뭐, 할 수 없지. 공식은 생략하고 결론만 말하지."

"결론은 있나 보지?" 하고 아저씨가 의심스러운 듯 묻는다.

"당연하지. 결론 없는 연설은 디저트 없는 서양요리와 같다… 자, 두 선생, 잘 듣게. 이제부터가 결론이야. 자, 이상의 공식에다가 피르호〔19세기 독일의 의학자 겸 인류학자 루돌프 피르호〕와 바이스만〔17세기 영국의 외과의〕 등 여러 사람의 설을 참조하여 생각해보면, 선천적 형체의 유전은 물론 인정해야 합니다. 또 이 형체를 추종하여 생기는 심적 상황은 설령 후천성이 유전되지 않는다는 유력한 설이 있음에도 어느 정도 필연의 결과로 인정해야 합니다.

따라서 이처럼 신분에 어울리지 않는 코의 소유주가 낳은 자식의 코에도 뭔가 이상이 있을 것으로 추정됩니다. 간게쓰 군은 아직 나이가 젊으니 가네다 따님의 코 구조에서 특별한 이상을 발견하지 못했을 수 있지만, 이러한 유전은 잠복기가 긴 것이므로 결국 언젠가 기후의 급변과 동시에 갑자기 발달하여 모친의 그것처럼 순식간에 팽창할지도 모릅니다.

그러므로 메이테이의 학리적 논증에 따르면, 이 혼담은 지금 곧 단념하는 편이 안전하다고 생각됩니다. 이 의견에는 이 집의 주인은 물론 저기 자는 고양이님도 이의가 없을 줄 압니다."

"그야 물론이지. 그런 작자의 딸을 누가 데려가겠나? 간게쓰 군, 그 여자는 안 돼."

아저씨는 이윽고 일어나 아주 열띠게 주장한다. 나도 찬성의 뜻을 표하기 위해 야옹, 야옹 두 번 소리를 질렀다. 간게쓰 군은 별로 들뜬 표정도 없이 말한다.

"선생님 의향이 그러시다면 저는 단념해도 좋습니다만, 혹시 그래서 그 여자가 병에 걸리기라도 하면 죄가 되니까……."

"하하하, 염죄艶罪라는 것이네."

하지만 아저씨는 크게 정색을 하며 화를 낸다.

"쓸데없는 농담 말게. 그 여자 딸이라면 변변치 못한 게 틀림없어. 남의 집에 처음 찾아와서 나를 모욕한 여자야. 오만한 계집이라고."

그러자 다시 담 옆에서 서너 명이 "와하하하" 하는 소리가 들린다. 한 사람이 "거만하고 답답한 벽창호야" 하자, 다른 한 사람이 "더 큰 집으로 이사 가고 싶은 게지" 한다. 또 한 사람이 "불쌍하지만 아무리 잘난 체해도 안에서만 큰소리치는 놈이야" 하고 소리를 지른다.

아저씨는 마루에 나가서 그에 못지않은 소리로 외친다.

"시끄러워! 뭐 하는 놈들이야? 담 밑에까지 와서!"

"와하하하, 새비지 티다, 새비지 티야" 하고 입을 모아 욕을 한다.

아저씨는 크게 노한 모습으로 불쑥 일어나 지팡이를 들고 길로 뛰어나간다.

메이테이는 손뼉을 치며 "재미있군. 혼내줘라, 혼내줘" 한다.

간게쓰는 하오리 끈을 만지작거리며 웃는다.

내가 아저씨 뒤를 좇아 담 구멍에서 거리로 나와보니, 길 가운데 아저씨가 하릴없이 지팡이를 짚고 서 있다. 길에는 한 사람도 보이지 않는다. 어째 여우에 홀린 표정이다.

4

여느 때처럼 가네다 댁에 잠입하였다.

'여느 때처럼'이라는 것은 지금 새삼스레 해석할 필요도 없이 '자주'를 두제곱한 정도를 나타내는 말이다. 한 번 한 것은 두 번 하고 싶어지고 두 번 시도한 것을 세 번 시도하고픈 호기심은 인간에게만 있는 것이 아니며, 고양이도 이런 심리적 특권을 가지고 세상에 태어났다는 것을 알아주었으면 한다. 세 번 이상 반복할 때 비로소 습관이라는 말이 붙고, 그 행위가 생활상의 필요로 진화하는 것 또한 인간과 다를 바 없다.

무엇 때문에 이렇게까지 빈번하게 가네다 댁에 다니는지 의아해한다면, 대답하기 전에 잠시 인간에게 반문하고 싶은 것이 있다. 왜 인간은 입으로 연기를 삼키고 코로 뿜어내는가. 배고픔을 덜어주거나 피의 흐름을 좋게 하는 약도 되지 않는 것을 부끄러운 마음도 없이 거침없이 마시고 뱉어내는 이상 내가 가네다 댁에 출입하는 것을 너무 큰 소리로 꾸짖지 말아주었으면 한다. 가네다 댁은 내 담배인 것이다.

'잠입'이라 하면 어폐가 있다. 왠지 도둑이나 샛서방 같아 듣기 좋지 않다. 초대는 받지 않았지만, 내가 가네다 댁에 가는 것은 결코 가다랑어 토막을 훔치거나 눈코가 얼굴 중심에 경련적으로 밀착한 삽살개 찐 군 등과 밀담하기 위함도 아니다.

……뭐라고, 탐정? ……당치도 않다. 무릇 세상에서 천한 직

업으로 탐정과 고리대금업자만큼 하등한 것은 없다고 생각한다. 나와 관계없는 일이긴 해도 간게쓰 군을 위해 고양이의 의협심을 일으켜 가네다 댁의 동정을 엿본 적이 단 한 번 있지만, 그 후로는 결코 고양이 양심에 꺼릴 비겁한 행동을 한 적이 없다. 그렇다면 왜 '잠입'이라는 괴이한 문자를 사용했나? 이것은 매우 의미 깊다.

원래 내 생각에 의하면 하늘은 만물을 덮기 위해, 땅은 만물을 얹기 위해 생겼다……. 아무리 치열한 토론을 즐기는 인간이라도 이 사실을 부정할 리는 없을 것이다. 그럼 이 천지를 제조하기 위해 그들 인류는 어느 정도 노력을 했는가 하면, 전혀 도움을 주지 않았던 것이다.

자기가 제조하지 않은 것을 자기 소유로 하는 법은 없다. 자기 소유로 정해도 지장은 없으나 남의 출입을 금할 이유는 없다. 이 망망한 대지에 간교하게 담을 둘러치고 말뚝을 세워 아무개 소유지라고 선을 긋는 것은 마치 저 푸른 하늘에 줄을 치고 '이 부분은 내 하늘, 저 부분은 네 하늘' 하며 신고하는 것과 같다.

토지를 잘라서 한 평 얼마의 소유권을 매매한다면 우리가 호흡하는 공기를 사방 한 자로 잘라서 판매해도 좋을 터이다. 공기를 잘라 파는 것이 불가능하고 하늘의 구획이 부당하다면 토지 사유도 불합리하지 않은가.

이러한 철학을 가진 나는 그러므로 어디에도 들어간다. 물론 가고 싶지 않은 곳에는 가지 않으나, 지향하는 방향에 동서남북 차별은 필요 없다. 태연한 얼굴을 하고 어슬렁어슬렁 걸어간다. 가네다 댁이라도 꺼릴 것 뭐 있는가.

……그러나 슬프게도 완력으로는 고양이가 도저히 인간을

당할 수 없다. 힘은 권력이라는 격언도 있는 이 속세에 존재하는 이상, 아무리 내게 정의가 있어도 고양이의 논리는 통하지 않는다. 무리하게 관철하려고 하면 차부 집 검둥이처럼 불의에 생선 장수 멜대에 맞을 우려가 있다.

정의는 이쪽에 있지만 권력은 저쪽에 있는 경우 정의를 굽히고 무조건 굴종할지 또는 권력의 눈을 속이고 내 정의를 관철할지 묻는다면, 나는 물론 후자를 선택한다. 생선 장수의 멜대는 피해야 하므로 잠입해야 한다. 남의 집에 들어가도 무방하기에 들어가야 한다. 이런 이유로 나는 가네다 댁에 잠입하는 것이다.

잠입하는 횟수가 거듭됨에 따라 탐정을 할 마음은 없으나 자연스레 가네다 군 일가의 사정이 보고 싶지 않은 내 눈에 비치고, 외우고 싶지 않은 내 뇌리에 인상을 남기기에 이른 것은 어쩔 수 없다.

코줌마가 세수를 할 때마다 정성스럽게 코만 닦는 것과 따님 도미코가 찹쌀떡을 마구 먹어치우는 것, 그리고 가네다 군 자신이 (가네다 군은 부인과 달리 코가 납작한 남자다. 단지 코뿐 아니라 얼굴 전체가 넓적하다. 어릴 때 싸움을 하다 골목대장에게 목덜미를 잡혀서 힘껏 흙벽에 처박힌 얼굴이 40년이 지난 오늘까지 이어지지 않았는지 의심될 정도로 평탄한 얼굴이다. 지극히 온화하고 무섭지 않은 얼굴인 것은 틀림없으나, 왠지 변화가 부족하다. 아무리 화내도 평평한 얼굴이다.) 참치회를 먹고 자기 대머리를 탁탁 두드리는 것이나, 얼굴이 납작할 뿐 아니라 키도 작으므로 아주 높은 모자와 높은 게다를 신는 것이나, 그것을 차부가 웃기다며 서생에게 이야기하는 것이나, 서생이 '그래, 자네 관찰은 기민하군' 하고 감동하는 것이나…… 하나하나 이루 다 헤아릴 수가 없다.

요즘은 부엌문 옆을 지나 정원의 동산 뒤에서 건너편을 지켜보며 기다리다가 문이 닫혀 조용한 것이 확인되면 슬슬 올라간다. 혹시 사람 소리가 왁자지껄하거나 방에서 보일 염려가 있는 경우에는 동쪽으로 연못을 돌아 변소 옆에서 슬쩍 마루 밑으로 나온다.

나쁜 일을 한 기억이 없으므로 숨을 것도 두려워할 것도 없지만, 인간이라는 무법자를 만나면 불운하다고 체념하는 것 말고 방법이 없으므로, 세상이 만약 악한이 날뛰는 천지가 된다면 제아무리 성인군자도 역시 나와 같은 태도로 나올 것이다.

가네다 군은 어엿한 실업가이므로 애초부터 도둑놈처럼 칼을 휘두를 염려는 없으나, 듣건대 사람을 사람으로 생각하지 않는 병이 있다고 한다. 사람을 사람으로 생각하지 않을 정도라면 고양이를 고양이라고 생각하지 않을 것이다. 그렇다면 고양이인 자는 제아무리 덕스런 고양이라도 그의 집에서 결코 방심할 수 없을 터이다.

그러나 나는 그 방심할 수 없는 점이 재미있으므로 이렇게까지 가네다 댁을 출입하는 것도 단지 그 위험을 즐겨보기 위함일 뿐일지 모른다. 이런 나의 심리에 대해서는 앞으로 곰곰이 생각하여 고양이의 뇌를 남김없이 분석하게 되었을 때 다시 말하기로 한다.

오늘은 어떤 일이 있나 하고 동산 잔디에 턱을 대고 앞을 바라보니, 화창한 봄 날씨에 활짝 열린 여덟 평 정도 거실에서 가네다 부부와 한 손님이 대화를 나누고 있다. 공교롭게도 코줌마의 코가 이쪽을 향해 연못 너머로 내 이마를 정면으로 노려보고 있다. 코가 나를 노려본 것은 태어나서 오늘이 처음이다.

가네다 군은 다행히 옆얼굴을 보이고 손님과 상대하고 있으므로 그 납작한 얼굴은 반 정도 가려져 보이지 않으나, 대신 코의 위치가 분명치 않다. 단지 희끗희끗한 콧수염이 여기저기 난잡하게 무성하므로, 그 위에 구멍이 두 개 있을 것이라는 결론만은 확실하다.

봄바람도 저렇게 매끈한 얼굴에만 불어대면 필시 편할 것이라고 이참에 상상의 날개를 펴보았다. 손님은 세 사람 중에 가장 보통의 용모를 가졌다. 단 보통인 만큼, 특히 이렇다고 소개할 만한 생김새는 하나도 없다. 보통이라고 하면 좋을 듯하나 보통 중에서도 극평범의 부류에 속해 오히려 지극히 가여울 정도다. 이렇게 무의미한 얼굴을 가져야 할 숙명을 띠고 메이지의 태평성대에 태어난 것은 누구인가? 여느 때처럼 마루 밑까지 가서 그 담화를 듣지 않을 수 없다.

"……그래서 마누라가 일부러 그 남자 집까지 가서 상황을 엿들었는데……" 하고 가네다 군은 여느 때처럼 거만한 말투다. 거만하기는 하나 전혀 날카로운 구석은 없다. 언어도 그의 얼굴처럼 평탄 방대하다.

"그렇군요. 그자가 미즈시마 간게쓰를 가르친 적이 있으니…… 그렇군요. 좋은 생각이네요…… 그렇군요" 하고 손님은 '그렇군요'를 연발한다.

"그런데 어째 요령부득하단 말이야?"

"예. 구샤미는 원래 요령부득한 사람입니다. ……그자는 내가 같이 하숙하던 때부터 물에 술을 탄 것인지 술에 술을 탄 것인지 모를…… 그야 얼마나 곤란하셨겠습니까?" 하고 손님은 코줌마 쪽을 바라본다.

"곤란도 정도가 있죠. 저는 이 나이가 되도록 남의 집에 가서 그렇게 무례한 대접을 받은 적이 없어요" 하고 코줌마는 여느 때처럼 콧방귀를 뀐다.

"무언가 무례한 말이라도 했습니까? 옛날부터 고집불통 성격이라…… 어쨌든 10년을 하루처럼 영어 독해 전문 교사를 하므로 대략 아시리라 생각합니다" 하고 손님은 적당히 맞장구를 친다.

"아니, 도저히 말이 통하지 않을 정도야. 마누라가 뭘 물으면 아주 쌀쌀맞게 응답하고……."

"그것참, 괘씸하군요. 조금 배웠다면 하여튼 자만이 싹트고, 게다가 가난하면 괜히 억지를 부리게 되니…… 아뇨, 세상에는 꽤 무도한 놈들이 있죠. 자기가 열심히 일하지 않은 것은 깨닫지 못하고 무턱대고 재산이 있는 사람에게 덤벼드는 놈들이요. 마치 자기네 재산이라도 갈취했다는 생각이니 놀랍지 않습니까? 아하하하."

손님은 아주 유쾌한 모습이다.

"정말 언어도단이야. 그런 짓들도 필경 세상 물정을 모르는 외고집에서 비롯되는 일이니, 징벌을 위해서도 골려주는 것이 좋으리라 생각해 손을 좀 봤지."

"그렇군요. 그럼 꽤 효과가 있었을 겁니다. 본인을 위해서도 도움이 될 터이니" 하고 손님은 어떻게 손을 봤는지 듣기도 전부터 벌써 가네다 군에게 동의한다.

"그런데 스즈키 씨, 얼마나 꽉 막힌 사람인지요. 학교에 나와도 후쿠치 씨나 쓰키 씨와는 말도 하지 않는다고 하네요. 두려워서 입을 다물고 있는가 생각했더니, 저번에는 글쎄 지팡이를 들고 죄도 없는 우리 집 서생을 뒤쫓아 왔더랍니다. 나이 서른이나 된 자가 글쎄 그런 망나니짓을 한단 말인가요? 완전히 자포자기해서 조금 머리가 이상해졌나 봐요."

"예? 왜 또 그런 난폭한 짓을……" 하고 이것에는 손님도 좀 의아스럽게 생각하는 듯하다.

"글쎄요, 우리 집 서생이 그저 그 집 앞에서 뭐라고 말하고 지나갔다고 해요. 그러자 갑자기 지팡이를 들고 맨발로 뛰어나왔대요. 설사 조금 뭐라고 했다 한들, 어린애인가요? 수염 난 어른 주제에, 게다가 선생이 아닙니까?"

"그렇죠, 선생이니까요" 하고 손님이 말하자, 가네다 군도 "선생이면서" 하고 말한다. 선생이라면 어떠한 모욕을 받아도 목석처럼 얌전히 있어야 한다는 것은 이들 세 사람의 예기치 않게 일치된 논점으로 보인다.

"게다가 그 메이테이라는 남자는 아주 별난 사람이에요. 도움도 되지 않는 거짓말만 늘어놓고, 그런 괴상한 사람은 처음 봤어요."

"아아, 메이테이 말입니까? 여전히 허풍을 떨고 다니는군요. 역시 구샤미 집에서 만났던가요? 그자에게 걸리면 괴롭습니다. 그자도 옛날 자취하던 시절의 친구였는데, 너무 사람을 놀리니까 자주 싸웠죠."

"누구라도 화가 날 거예요, 그런 사람한테는. 거짓말은 할 수도 있겠지요. 예의상이라든가, 장단을 맞추어야 한다든가, 그런 때는 누구나 마음에도 없는 말을 하잖아요. 그런데 그 남자는 하지 않아도 될 말을 마구 지껄이니까 감당 못하지 않습니까? 무슨 욕심으로 그런 엉터리를…… 잘도 뻔뻔하게 떠드냐는 말이에요."

"맞는 말씀입니다. 완전히 취미로 해대는 거짓말이니 문제입니다."

"모처럼 진지하게 질문하러 간 미즈시마 간게쓰 건도 엉망이 되어버렸어요. 화가 나고 분해서…… 그래도 예의는 예의죠. 남의 집에 뭘 물으러 가서 모른 척하는 것도 뭐해서 나중에 차부를 통해 맥주를 한 다스 보내주었어요. 그런데 어떻게 되었는지 아세요? 그런 것을 받을 이유가 없으니 도로 가져가라고 했대요. 예의니까 모쪼록 받아달라고 차부가 말했는데도 말이에요. 밉지 않나요? 자기는 잼을 매일 먹으니까 맥주같이 쓴 것은 마시지 않는다면서 홱 안으로 들어가버렸다고 해요. 참, 기가 막혀서. 어떻게 생각하세요? 무례하지 않나요?"

"그것참, 심하군" 하고 손님도 이것은 정말로 심하다고 느낀 듯하다.

"그래서 오늘 일부러 자네를 불렀는데 말이야……" 하고 잠시 말이 끊어졌다가 다시 가네다 군의 소리가 들린다.

"그런 바보는 뒤에서 놀려주기만 하면 되겠지만, 그래도 곤란한 문제가 있어서……" 하고 참치회를 먹을 때처럼 대머리를 짝짝 친다. 당연히 나는 마루 밑에 있으므로 실제 쳤는지 볼 수는 없으나, 이 대머리 소리는 근래 꽤 익숙해졌다. 스님이 목탁 소리를 구별하듯이 마루 밑에서도 소리만 확실하면 곧 대머리라고 출처를 감정할 수 있다.

"그래서 자네에게 부탁 좀 하고자 생각해서……."

"제가 할 수 있는 일이라면 뭐든지 꺼리지 마시고…… 이번에 도쿄 근무를 하게 된 것도 모두 여러모로 염려를 끼친 결과니까요."

손님은 기꺼이 가네다 군의 의뢰를 승낙한다. 이 말투로 보면 손님은 역시 가네다 군의 도움을 받는 사람인 듯하다. 점점 사건이 재미있게 발전한다. 오늘은 너무 날씨가 좋아 사실 올 생각도 없었는데 막상 찾아와 이러한 호재를 얻으리라고는 전혀 생각지 못했다. 절에 왔다가 우연히 승방에서 경단을 얻어먹은 것이나 다름없다. 가네다 군은 무엇을 손님에게 의뢰할 것인가? 마루 밑에서 귀를 기울이고 들었다.

“그 구샤미라는 괴짜가 어떤 속셈인지 미즈시마 간게쓰에게 가네다 딸과 결혼하지 말라고 꼬드긴다고 하네. 그렇지? 여보, 그렇지?”

“꼬드기는 정도가 아니랍니다. 그런 년 딸과 결혼하는 바보가 세상에 어디 있느냐며, 간게쓰 군보고 절대 결혼하면 안 된다고 합디다.”

“그런 년이라니…… 뭐야, 건방지게. 그런 상스런 말을 했는가?”

“했고말고요. 차부 집 아낙이 전해주었어요.”

“스즈키 군, 어떤가? 들은 바와 같은 사정이야. 꽤 골치 아프지?”

“골치 아프군요. 다른 경우와 달리 이런 일에는 남이 감히 참견하는 게 아니니까요. 그 정도는 제아무리 구샤미라도 알고 있을 텐데, 도대체 어찌된 영문일까요?”

“그래서…… 자네는 학생 때부터 구샤미와 동숙했다니, 지금은 어쨌든 옛날에는 친밀한 사이였다니 부탁하는 건데, 자네가 그자를 만나서 이해득실을 잘 말해주지 않겠나? 무엇 때문에 화가 났는지 모르지만, 화내는 것은 그쪽이 나빠서이니, 그쪽이 얌전하게만 있으면 일신상의 편의도 충분히 도모해주고 신경 건드리는 일도 그만두도록 하지. 그러나 그쪽이 계속 그런다면 이쪽도 생각이 없지 않으니까…… 즉 그렇게 자기 고집을 부리는 것은 자신의 손해니까.”

“예. 말씀대로 어리석은 저항을 하는 것은 자신에게 손해가 될 뿐 아무런 이익이 되지 않으니까요, 알아듣도록 말하겠습니다."

"그리고 우리 딸은 여기저기서 혼담이 들어오니 꼭 미즈시마에게 보내겠다고 결정한 것은 아니나, 들어보니 학문도 인물도 나쁘지 않은 듯하니, 혹시 자기가 공부해서 조만간에 박사라도 되면 우리 딸과 결혼할 가능성도 없지 않다는 것 정도는 넌지시 비추어도 상관없네."

"그렇게 말해주면 자기도 힘을 내서 공부하겠지요. 잘 알겠습니다."

"그리고 좀 이상하긴 한데…… 미즈시마에게도 어울리지 않다고 생각하는데, 그 괴짜 구샤미를 선생님이라고 따르며 구샤미가 하는 말은 대개 듣는 모양이니 곤란해. 글쎄 뭐 우리가 미즈시마로 결정한 것은 물론 아니니까, 구샤미가 뭐라 말하며 방해하더라도 나는 별로 상관하지 않지만……."

"미즈시마 씨가 불쌍해서 그래요." 코줌마가 말을 꺼낸다.

"미즈시마라는 사람은 만난 적도 없습니다만, 어쨌든 이쪽과 혼인하면 생애의 행복으로, 본인은 물론 이의가 없겠지요."

"예. 미즈시마 씨는 결혼하고 싶어 하지만, 구샤미나 메이테이라는 괴짜들이 이러쿵저러쿵 말을 하니까요."

"그것참, 좋지 않은 행동이네요. 상당한 교육을 받은 자에 어울리지 않는 행동이에요. 제가 구샤미 집에 가서 잘 말해보죠."

"번거롭겠지만 모쪼록 부탁하네. 그리고 아무래도 미즈시마에 대해서는 구샤미가 가장 자세히 알 테니, 저번에 마누라가 갔을 때는 이런 사정으로 별로 듣지도 못했으니 자네가 좀 더 본인의 성행性行이나 능력 등을 잘 알아봐주게."

"잘 알겠습니다. 오늘은 토요일이니 지금 가면 집에 돌아와 있겠지요. 최근에는 어디 사는지 모르겠습니다만."

"요 앞에서 오른쪽으로 끝까지 가서 왼쪽으로 백 미터 정도 가면 다 쓰러져가는 검은 담이 있는 집입니다" 하고 코줌마가 가르쳐준다.

"그러면 요 근처네요. 어렵지 않군요. 돌아가는 길에 잠시 들러보죠. 뭐, 대충 알겠지요, 문패를 보면."

"문패는 있을 때와 없을 때가 있어요. 명함을 밥풀로 문에 붙여놓거든요. 비가 내리면 떨어져버리죠. 그러면 날씨 좋은 날에 다시 붙이는 거예요. 그러니 문패는 찾아봤자 없어요. 그런 귀찮은 일을 하느니 싸구려 나무 문패라도 걸어놓으면 좋을 텐데 말이에요. 정말로 도저히 이해가 되지 않는 사람이에요."

"참으로 놀랍네요. 하지만 무너진 검은 담 집이라고 하셨으니 대충 알겠죠."

"예. 그런 지저분한 집은 이 동네에 한 집밖에 없으니 금세 알아봐요. 아, 그렇다. 잘 모르면 좋은 수가 있어요. 지붕에 풀이 자란 집을 찾아가면 틀림없어요."

"아주 특색 있는 집이네요. 하하하."

스즈키 군이 왕림하기 전에 돌아가야 한다. 담화도 이만큼 들었으면 충분하다. 마루 밑을 죽 따라가서 변소를 서쪽으로 돌아 동산 뒤로 하여 거리로 나온 뒤에 빠른 걸음으로 지붕에 풀이 자란 집으로 돌아와서 태연한 얼굴을 하고 마루로 갔다.

아저씨는 마루에 흰 모포를 깔고 엎드려서 화창한 봄 햇볕을 쬐고 있다. 태양 광선은 세상 모든 것에 공평하게 내리쬐어 지붕에 냉이풀이 자란 누옥에도 가네다 군의 거실처럼 밝고 따뜻하게 비치나, 안타깝게도 모포만이 봄답지 않다.

제조업체가 흰색 제품으로 짜서 이불 가게에서도 흰색으로 팔았을 뿐 아니라 아저씨도 흰색이라고 사온 것이긴 한데, 어쨌든 12, 13년 전의 일이므로 흰색 시대는 오래전에 지나고 지금은 진회색으로 변색 시기를 맞고 있다.

이 시기를 경과하여 다시 암흑색으로 바뀔 때까지 모포의 생명이 이어질지 여부는 의문이다. 지금도 이미 구석구석 닳고 해져서 날줄과 씨줄이 분명히 보일 정도이니, 모포라고 칭하는 것은 이미 과장된 표현이라는 판단으로 '모毛' 자는 생략하고 단지 '포布'라고 하는 것이 적당하다.

그러나 아저씨 생각에는 구입하고서 1년이 지나고 2년이 지나 5년, 10년이 지난 이상 평생 갖고 있어야 한다고 생각하는 듯하다. 퍽이나 태평하다. 그렇게 인연이 깊은 모포 위에서 앞에서 말한 대로 엎드려서 무엇을 하는가 보니, 양손으로 돌출된 턱을 받치고 오른손 손가락 사이에 담배를 끼고 있다. 단지 그것뿐이다. 어쩌면 그 비듬투성이 머리에서는 우주의 대진리가 불수레처럼 회전하고 있을지도 모르나, 외부에서 본 바로는 전혀 그런 것 같지 않다.

담뱃불이 점점 타들어가며 한 치(3센티미터) 정도 타버린 재가 톡 하고 모포에 떨어져도 신경을 쓰지 않고 아저씨는 담배에서 피어나는 연기가 날아가는 것을 열심히 바라본다. 그 연기는 봄바람에 떴다 가라앉았다 하며 원을 몇 겹이나 그리며 흘러가, 아줌마의 갓 감은 머리 밑으로 다가간다. 참 그렇지, 아줌마에 대해 이야기하려 했는데 잊고 있었다.

아줌마는 아저씨에게 엉덩이를 들이대고 앉아…… 어? 예의 없는 부인인가? 별로 실례한 것도 아니지. 예와 무례는 상호 해석에 따라 달라진다. 아저씨는 태연하게 아줌마 엉덩이 뒤에서 턱에 팔을 괴고, 아줌마는 태연하게 아저씨 얼굴 앞에 장엄한 엉덩이를 고정한 것뿐으로 무례도 뭐도 아닌 것이다.

두 분은 결혼 후 1년이 지나지 않아 예의작법 등의 거추장스러운 것들에서 초탈한 초연적超然的 부부다. 그럼 이처럼 아저씨에게 엉덩이를 들이댄 아줌마는 어떠한 생각인지, 오늘 날씨를 빌려 길고 윤택 있는 검은 머리를 청각채青角菜와 날달걀로 쓱쓱 감은 듯 찰랑거리며 보란 듯이 어깨에서 등으로 늘어뜨린 채 말없이 아이의 민소매 옷을 열심히 꿰매고 있다.

실은 그 감은 머리를 말리려고 이불과 반짇고리를 마루에 내어놓고 공손하게 남편에게 엉덩이를 갖다 댄 것이다. 아니면 아저씨 쪽에서 엉덩이가 있는 방향으로 얼굴을 갖다 댄 것인지도 모른다. 그곳에 아까 이야기한 담배 연기가 풍성하게 나부끼는 검은 머리 사이로 흘러들어 때 아닌 아지랑이가 피어오르는 것을 아저씨는 여념 없이 바라본다.

그러나 연기는 원래 한곳에 머물지 않고 그 성질대로 계속 위로 올라가므로, 아저씨도 연기가 머리칼과 서로 얽히는 광경을 빠짐없이 보려고 하면 반드시 눈을 움직여야만 한다.

아저씨는 우선 허리 부근에서 관찰을 시작하여 연기가 서서히 등을 타고 어깨에서 목덜미를 거쳐 이윽고 정수리에 닿았을 때, 불현듯 '앗!' 하고 놀랐다. 아저씨가 백년해로를 약속한 부인의 정수리 한가운데에는 동그랗고 큰 탈모 자리가 보였다. 게다가 그 자리가 따뜻한 햇빛을 받아 지금에야 때를 얻었다는 듯 빛나고 있다.

생각지도 않은 곳에서 이런 대발견을 한 아저씨의 눈은 눈부신 가운데 커다란 놀람을 나타내, 강한 광선으로 동공이 열리는 것도 상관치 않고 일심불란하게 바라본다. 아저씨가 이 탈모를 본 순간 맨 처음 그의 뇌리에 떠오른 것은 그 집안에 전해

내려오는 불단에 오랫동안 장식되어온 등명접시다.

그의 일가는 정토진종淨土眞宗으로, 그 종파에서는 불단에 과하게 돈을 들여 장식하는 것이 오래된 관례다. 아저씨는 어렸을 때 집 창고 안에 두터운 금박으로 장식된 어두컴컴한 상자가 있고, 그 안에 항상 놋쇠 등명접시가 걸려 있으며, 등명접시에는 낮에도 흐릿하게 불이 켜져 있던 것을 기억한다.

주위가 컴컴한 가운데 등명접시가 비교적 명료하게 빛났으므로 어린 마음에 이 등을 자주 쳐다보던 시절의 인상이 부인의 대머리에 의해 환기되어 돌연 떠오른 것이리라. 등명접시는 1분이 지나지 않은 사이에 꺼졌다.

이번에는 관음상의 비둘기가 떠오른다. 관음상의 비둘기와 부인의 대머리는 전혀 관계가 없는 듯하나, 아저씨 머릿속에서는 그 둘 사이에 밀접한 연관이 있다. 어릴 때 아사쿠사에 가면 콩을 사서 비둘기에게 준 적이 있는데, 한 접시에 엽전 두 냥 하던 콩은 빨간 질그릇에 들어 있었다. 그 질그릇이 색과 크기에서 아줌마의 탈모 자리와 아주 비슷한 것이다.

"꼭 닮았군."

아저씨가 자못 감동했다는 듯 말하자, 아줌마는 뒤도 돌아보지 않고 대답한다.

"뭐가요?"

"당신 머리에 큰 탈모 자리가 있어. 알고 있나?"

"예" 하고 부인은 여전히 일손을 멈추지 않고 대답한다. 별로 탄로 난 것을 두려워하는 모습도 없다. 초연한 모범 부인이다.

"시집올 때부터 있었나? 결혼 후 새로 생긴 건가?" 하고 아저씨가 묻는다. 혹시 시집오기 전부터 대머리였다면 '속았군' 하고 입 밖으로는 내지 않지만 속으로 말한다.

"언제 생겼는지 기억이 없어요. 대머리건 뭐건 아무려면 어때요" 하고 크게 깨달음을 얻은 사람 같다.

"'아무려면 어때요'라니, 자기 머리 아닌가?" 하고 아저씨는 좀 화가 난 듯하다.

"내 머리니까 아무래도 괜찮아요" 하고 말했으나 그래도 좀 마음에 걸리는 듯, 오른손을 머리에 올리고 쓱쓱 대머리를 쓰다듬어본다.

"어머, 아주 커졌네. 이런 줄 몰랐네" 하고 말하는 것을 보니, 나이에 비해 대머리 자리가 너무 커졌다는 것을 이윽고 자각한 듯하다.

"여자는 머리를 묶으면 여기가 당겨지니까 누구라도 대머리가 돼요" 하고 변호하기 시작한다.

"그런 속도로 벗겨지면 마흔 살쯤 되었을 때는 완전 대머리가 될지도 몰라. 그거 병이 틀림없어. 전염될지도 몰라. 빨리 아마키 선생에게 가보지" 하며 아저씨는 자꾸 자기 머리를 만져본다.

"그렇게 남 말 하지만 당신도 콧구멍에 흰 털이 났잖아요. 대머리가 전염된다면 백발도 전염되죠."

아줌마도 좀 성을 낸다.

"코 안의 흰 털은 안 보이니까 해가 되지 않지만 정수리가, 특히 젊은 여자의 정수리가 그렇게 대머리가 되면 보기 괴롭지. 불구야."

"불구라면 왜 나랑 결혼했어요? 자기가 좋아서 결혼해놓고 이제 와서 불구라니……."

"몰랐잖아. 지금까지 전혀 몰랐어. 그렇게 자신이 있다면 왜 시집올 때 머리를 보여주지 않았지?"

"바보 같은 소리 마세요! 머리를 검사하고 합격하면 시집가는 사람이 어디 있어요?"

"대머리는 뭐 참을 수 있지만 당신은 키가 보통 사람보다 작아. 아주 보기 안 좋아."

"키는 보면 금방 알잖아요. 키가 작은 건 처음부터 알고 결혼했잖아요."

"그건 알았지. 알긴 알았지만 좀 더 크겠거니 생각해서 결혼했지."

"스무 살이나 먹고 키가 더 크다니요…… 당신도 참, 사람 놀리네요" 하고 아줌마는 아이들 옷을 팽개치고 아저씨 쪽으로 돌아앉는다. 대답에 따라 가만두지 않겠다는 기세다.

"스무 살이라도 키가 크지 않는다는 법은 없어. 시집오고 나서 밥을 많이 먹이면 조금이라도 클 전망이 있다고 생각했지" 하고 진지한 얼굴로 묘한 이론을 늘어놓는데, 문의 초인종이 크게 울리며 "계세요?" 하는 소리가 들린다. 드디어 스즈키 군이 지붕의 냉이풀을 표적으로 하여 구샤미 선생의 와룡굴臥龍窟〔제갈공명의 거소로, 알려지지 않은 영웅의 거소를 일컬음〕을 찾아온 것으로 보인다.

아줌마는 싸움을 후일로 미루고 서둘러 반짇고리와 아이들 옷을 껴안고 거실로 피난한다. 아저씨는 쥐색 모포를 말아 서재로 던져 넣는다. 이윽고 하녀가 가져온 명함을 보고, 아저씨는 좀 놀란 얼굴이었으나 이쪽으로 모셔오라고 말하고 명함을 쥔 채 화장실로 들어간다. 왜 화장실로 급히 들어가는지 알 수가 없다. 무엇 때문에 스즈키 도주로의 명함을 화장실까지 갖고 간 것인지 더욱 설명하기 어렵다. 어쨌든 불쌍한 것은 냄새 나는 곳까지 수행을 명받은 명함 군이다.

하녀가 방석을 도코노마(다다미방 정면에 바닥을 한층 높여 족자나 도자기 등을 두는 곳) 쪽으로 펴고 "자, 이쪽에 앉으시죠" 하고 물러났다. 스즈키 군은 일단 실내를 둘러본다. 벽에 걸린 '화개만국춘花開萬國春'이라 쓰인 모쿠안(1654년 일본에 들어온 명나라 출신의 선승)의 모작품과 교토산 싸구려 청자에 꽂은 벚꽃 등을 하나하나 차례로 점검하고 나서, 문득 하녀가 권한 방석을 쳐다보니 어느새 고양이 한 마리가 태연하게 앉아 있다. 말할 것도 없이 그 고양이는 바로 나다.

이때 스즈키 군의 가슴속에는 잠시 안색에 나타나지 않을 정도로 풍파가 일었다. 이 방석은 틀림없이 스즈키 군을 위해 내준 것이다. 자기를 위해 놓인 방석 위에 자기가 앉기 전에 말도 없이 묘한 동물이 태연하게 웅크리고 앉아 있다. 이것이 스즈키 군 마음의 평정을 깨는 첫 번째 조건이다.

만약 이 방석이 앉는 이 없이 봄바람을 맞으며 그냥 놓여 있었다면, 스즈키 군은 일부러 겸손의 뜻을 표하며 아저씨가 앉기를 권할 때까지 딱딱한 다다미 위에서 참았을지도 모른다. 그런데 자기가 소유해야 할 방석에 인사도 없이 앉은 것은 누구인가? 인간이라면 양보할 수도 있을 터이나 고양이라면 건방지다. 고양이가 앉았다는 것이 더 불쾌하다. 이것이 스즈키 군 마음의 평정을 깨는 두 번째 조건이다.

마지막으로 고양이의 태도가 매우 거슬린다. 귀여움을 받고 자라서인지, 앉을 권리도 없는 방석에 오만하게 앉아 애교 없는 둥근 눈을 깜박이면서 '자네는 누구인가?'라고 묻는 듯 스즈키 군의 눈을 노려본다. 이것이 평정을 깨는 세 번째 조건이다.

그렇게 불만스럽다면 내 목덜미를 붙잡고 끌어내리면 좋을 텐데, 스즈키 군은 잠자코 본다. 당당한 인간이 고양이를 두려워하여 손을 대지 않는다는 것은 있을 리가 없는 일인데도 왜 빨리 나를 처분하여 자기의 불만을 해소하지 않는가 하면, 그것은 오로지 스즈키 군이 하나의 인간으로서 자기 체면을 유지하려는 자존심 때문이라고 나는 생각한다.

만약 완력에 호소한다면 삼척동자라도 나를 가볍게 들어 올릴 수 있을 것이나, 체면을 소중히 하는 점에서 생각하면 아무리 가네다 군의 심복인 스즈키 도주로도 방석 한가운데 진을 친 고양이를 어찌할 수가 없는 것이다.

아무리 남이 보지 않는 장소라도 고양이와 좌석 쟁탈을 벌였다는 것은 다소 인간의 위엄에 관계된다. 정색을 하고 고양이를 상대로 옳고 그름을 다투는 것은 아무래도 점잖지 못하다. 웃긴다. 이 불명예를 피하려면 다소 불편을 참아야 한다. 그러나 참을수록 고양이에 대한 증오는 늘어나니, 스즈키 군은 때때로 내 얼굴을 보고 인상을 찌푸린다. 나는 스즈키 군의 불만스런 얼굴을 보는 것이 재미있으므로 웃긴 생각을 억누르고 가급적 태연한 얼굴을 한다.

나와 스즈키 군 사이에 이렇게 무언극이 진행되는 사이에 아저씨가 옷을 가다듬고 변소에서 나와 "어이" 하고 자리에 앉았으나, 손에 든 명함의 자취가 보이지 않으니 스즈키 도주로 군의 이름은 냄새 나는 곳에서 무기징역에 처해진 것 같다. 명함이 엉뚱한 액운을 만났군 하고 생각할 때, 아저씨는 "이놈이" 하고 내 목덜미를 잡고 휙 마루로 던져버렸다.

"자, 앉게나. 오랜만이군. 언제 도쿄로 왔나?"

아저씨는 옛날 친구에게 방석을 권한다. 스즈키 군은 방석을 뒤집고 나서 그곳에 앉는다.

"지금껏 바빠서 보고도 하지 못했네만, 실은 얼마 전부터 도쿄 본사에 돌아오게 되어서…….”

“그것참, 잘됐군. 꽤 오랫동안 못 봤지? 자네가 지방에 가고 난 후 처음 아닌가?”

“응, 벌써 10년 가까이 되는군. 뭐, 그 후 때때로 도쿄에 나온 적도 있지만 일이 많아서 항상 그냥 돌아갔지. 나쁘게 생각지 말게. 회사라는 게 자네 직업과는 달리 꽤 바쁘니까…….”

“10년이 지나는 동안 꽤 변했군” 하고 아저씨는 스즈키 군을 위아래로 쳐다본다. 스즈키 군은 머리를 깔끔하게 가르마 타고, 영국제 트위드를 입고 화려한 넥타이를 하고 가슴에 금시곗줄까지 번쩍거리는 차림이라 아무래도 구샤미 군의 옛 친구로 보이지 않는다.

“응, 이런 것까지 매달아야 하는 신세가 되었네” 하고 스즈키 군은 자꾸 금시곗줄을 의식하는 듯하다.

“그거 진짜 금인가?”

아저씨는 무례한 질문을 던진다.

“18케이 금이야.”

스즈키 군은 웃으면서 대답하고, “자네도 꽤 나이를 먹었군. 그렇지, 자네 자식이 있지? 하나든가?”

“아니.”

“둘?”

“아니.”

“또 있나? 셋인가?”

“응, 셋이야. 조만간에 몇 더 생길지도 모르네.”

“여전히 태평스런 말을 하는군. 제일 큰 애는 몇 살인가, 벌써 꽤 컸겠지?”

“응, 잘 모르지만 아마 여섯인가 일곱 살일걸.”

“하하하, 선생은 아무 생각 없어 좋군. 나도 선생이 되면 좋았을 텐데.”

“돼봐라. 사흘 만에 질릴걸.”

“그럴까? 왠지 고상하고 편하고 한가하고, 하고 싶은 공부도 할 수 있고, 좋지 않은가? 실업가도 나쁘지 않으나, 나는 아직 멀었어. 실업가로 행세하려면 아주 위로 올라가야 해. 밑에서 일하면 쓸데없는 아첨을 떨기도 하고 억지로 술도 먹으러 다녀야 하지. 꽤 어리석은 짓이야.”

“나는 학생 때부터 실업가가 아주 싫었지. 돈을 벌려고 뭐든지 하는, 옛날로 치면 장사치니까 말이야” 하고 실업가를 앞에 두고 태평가를 부른다.

“설마…… 그렇지만은 않네. 조금 천박한 면이 있기는 하지만 어쨌든 돈과 죽음을 함께한다는 각오가 있어야 하니까. 그런데 돈을 버는 것도 삼결술三缺術을 사용해야 한다고 하네. 의리를 결하고 인정을 결하고 수치를 결하면 삼결이 된다고 하니, 재밌지 않은가? 아하하하.”

“누구야, 그런 소리를 한 바보는?”

“바보가 아닐세. 꽤 영리한 사람이야. 실업계에서 좀 유명하지. 자네, 모르는가? 바로 요 앞 골목에 있는데.”

“가네다 말인가? 뭐야, 그런 자식.”

“화를 많이 내는군. 뭐, 그야 농담이지만, 그 정도로 해야 돈이 모인다는 비유지. 자네처럼 그렇게 진지하게 해석하면 곤란해.”

“삼결술은 농담으로 받아들이겠지만, 거기 여자 코는 뭐야? 자네, 가봤으면 봤겠지, 그 코를?”

“사모님 말인가? 사모님은 꽤 세상 물정에 밝은 사람이지.”

"코 말이야, 큰 코를 말하는 거야. 아까 나는 그 코에 관해 신체시를 지었다네."

"뭐라고? 신체시라는 게 뭔데?"

"신체시 모르는가? 자네도 꽤 유행에 어둡군."

"아아, 나처럼 바쁘면 문학 같은 건 도저히 못해. 게다가 이전부터 그리 좋아하지도 않았으니."

"자네, 카를 대제(8세기 서로마의 황제 샤를마뉴)의 코 모양을 아는가?"

"아하하하, 꽤 한가하군. 모르네."

"웰링턴(워털루 전투에서 나폴레옹을 격파한 영국의 아서 웰링턴 장군)은 부하들이 '코코'라는 별명으로 불렀지. 자네 아는가?"

"코에만 신경 써서 어쩌자는 건가? 상관없지 않은가, 코가 둥글든 모나든 말이야."

"결코 그렇지 않네. 자네 파스칼(17세기 프랑스의 철학자이자 수학자)을 아는가?"

"또 '아는가'인가. 마치 시험 치러 온 듯하군. 파스칼이 어떻다는 건데?"

"파스칼이 이런 말을 했지."

"어떤 말을?"

"만약 클레오파트라의 코가 조금만 낮았다면 지구의 표면에 대변화를 초래했을 거라고."

"그렇군."

"그러므로 자네처럼 그리 쉽게 코를 무시해서는 아니 되네."

"알았네, 알았어. 앞으로 소중히 할 테니. 그건 그렇고, 오늘 온 것은 좀 자네에게 용무가 있어서네. 그러니까 자네가 옛날에 가르쳤다는 미즈시마…… 미즈시마 뭐더라, 잘 생각이 나지 않는군. 거, 자네 집에 자주 온다고 하지 않나?"

"간게쓰 말인가?"

"그래, 그래, 간게쓰다, 간게쓰. 그자에 관해 좀 묻고 싶은 것이 있어서 찾아왔네."

"결혼 사건이지?"

"뭐, 다소 그와 유사한 것이지. 오늘 가네다 댁에 가니……."

"요전번에 코가 스스로 찾아왔지."

"그런가? 부인도 그리 말하더군. 구샤미 씨에게 여쭤보려고 갔는데 마침 메이테이가 나타나 방해를 놓아 엉망진창이 되어 버렸다고."

"그런 코를 붙이고 오니 안 되지."

"아니, 자네를 탓하는 게 아닐세. 메이테이 군이 있었기 때문에 그렇게 자세한 것을 물을 수도 없어서 유감이었으니 다시 한 번 나보고 가서 잘 들어봐달라고 하더군. 나도 지금까지 이런 일을 한 적은 없네만, 뭐, 당사자끼리 싫지 않다면 가운데 끼여서 중매를 서는 것도 결코 나쁜 일은 아니니까 말이야. 그래서 온 것이야."

"수고가 많군" 하고 아저씨는 냉담하게 대답했으나, 속으로는 '당사자끼리'라는 말을 듣고 어떤 사정인지 모르지만 좀 마음이 움직였던 것이다. 무더운 여름밤에 한줄기 찬바람이 소매를 타고 들어오는 듯한 기분이다. 원래 아저씨는 무뚝뚝하고 완고하며 무광택을 특색으로 제조된 사람이나, 그렇다고 해도 냉혹 몰인정한 문명의 산물과는 스스로 격을 달리한다. 그가 무슨 말에 버럭 화를 내고 풀풀거리는 것을 보아도 그 점을 잘 알 수 있다.

전일 코줌마와 싸운 것은 코줌마가 마음에 들지 않았기 때문이지, 코줌마의 딸은 아무런 죄도 없다. 실업가를 싫어하니 실업가의 한 사람인 가네다 아무개도 싫은 게 틀림없으나, 이것도 딸과는 직접 교섭이 없는 결과라고 해야 한다.

딸에게는 은혜도 원한도 없으며, 간게쓰는 자기가 친동생처럼 사랑하는 제자다. 만약 스즈키 군의 말처럼 당사자끼리 좋아하는 사이라면, 간접적으로나마 이를 방해하는 것은 군자가 할 도리가 아니다. 구샤미 선생은 이래 봬도 자기를 군자라고 생각한다. 만약 당사자끼리 좋아하는 사이라면…… 바로 이것이 문제다. 이 사건에 대한 자기의 태도를 바꾸기 위해서는 먼저 그 진상부터 확인해야 한다.

"자네, 그 딸은 간게쓰와 결혼하고 싶어 하는가? 가네다나 코줌마는 아무래도 상관없지만, 딸 자신의 의향은 어떤가?"

"그거야 그…… 뭐랄까…… 그러니까…… 음…… 마음이 없지는 않지 않을까?"

스즈키 군의 대답은 좀 애매하다. 실은 간게쓰 군에 대한 것만 들어서 보고할 생각이었으므로, 딸의 의향까지는 확인하지 않고 왔던 것이다. 따라서 유연한 스즈키 군도 좀 난처한 기색이다.

"'없지는 않지 않을까'는 애매하군."

아저씨는 뭐든지 정면으로 까발리지 않으면 마음이 편치 않다.

"아니, 내 말이 좀 잘못됐네. 따님도 아마 마음이 있네. 아니, 분명하네. ……에? 부인이 내게 그리 말했네. 글쎄 때때로 간게쓰 군 욕을 하는 적도 있다지만."

"딸이 말인가?"

"응."

"건방진 계집이군. 욕을 한다고? 그렇다면 일단 간게쓰에게 마음이 없는 게 아닌가?"

"그게 말이야, 세상은 묘한 것이라, 자기가 좋아하는 사람에게는 욕을 더 하는 경우도 있으니까 말이야."

"그런 어리석은 계집이 어디 있나?"

아저씨는 이처럼 사람 마음의 이상야릇한 부분에 관한 것은 들어도 전혀 느낌이 오지 않는다.

"그런 어리석은 계집이 실제로 세상에 있으니 할 수 없네. 실제로 가네다 부인도 그렇게 해석하지. 당황한 수세미 같다던가 하며 때때로 간게쓰 씨 욕을 하니까, 마음속으로 꽤 생각하는 게 틀림없다고."

아저씨는 이런 이상한 해석을 듣고 너무 뜻밖이라 눈을 동그랗게 뜨고 대답도 하지 않은 채 스즈키 군의 얼굴을 거리의 점쟁이처럼 가만히 쳐다본다. 스즈키 군은 '이키, 이 상태로는 어쩌면 일을 그르칠지도 모른다'고 느낀 듯 아저씨도 쉽게 판단할 수 있는 방면으로 화제를 옮긴다.

"자네, 생각해봐도 알잖나. 그만큼 재산이 있고 그만한 미모라면, 어디라도 훌륭한 집안에 시집보낼 수가 있지 않은가. 간게쓰 군도 훌륭할지 모르지만 신분으로 말하면…… 아니, 신분이라고 하면 실례가 될지 모르지. ……재산이라는 점에서 말하면, 뭐 누가 보더라도 한쪽이 기울지 않는가. 내가 일부러 출장 올 정도로 양친이 애를 태우는 것은 본인이 간게쓰 군에게 마음이 있기 때문이 아닌가?" 하고 스즈키 군은 꽤 그럴듯한 논리를 붙여 설명한다. 이번에는 아저씨도 납득한 듯 보이므로 스즈키 군은 좀 안심이 됐으나, 이때 우물쭈물하면 다시 공격을 받을 위험이 있으니 어서 이야기를 진행하여 한시라도 빨리 사명을 완수하는 게 최상이라고 생각했다.

"그래서 말이야, 지금 말한 대로의 형편이니 그쪽에서 하는 말은, 뭐 금전이나 재산은 필요 없으니까 그 대신 본인에게 딸린 자격을 원하는데…… 자격이라 함은, 말하자면 지위지. 박사가 되어야 시집보내겠다고 고집하는 게 아니고…… 오해하지 말게. 저번에 부인이 왔을 때는 메이테이 군이 이상한 말만 해서 그런 거지…… 아니, 자네가 나쁘다는 게 아니네. 부인도 자네가 아첨을 모르는 정직하고 훌륭한 사람이라고 칭찬하네. 전적으로 메이테이 군이 나쁜 거지. 그래서 말이야, 본인이 박사가 된다면 그쪽도 세상 사람 앞에 위신이 선다, 체면이 선다 이 말이지. 어떤가? 조만간에 미즈시마 군은 논문을 제출하고 박사 학위를 받는 길로 가지 않겠나? ……뭐, 가네다만이라면 박사도 필요 없지. 단지 남의 이목이라는 게 있으니까 말이야. 세상은 그렇게 간단히 받아들여주지 않으니까 말일세."

이렇게 듣고 보니 그쪽에서 박사를 요구하는 것도 반드시 무리는 아니라고 생각되었다. 무리는 아니라고 생각되었다면, 스즈키 군의 의뢰대로 해주고 싶어진다. 아저씨를 살리는 것도 죽이는 것도 스즈키 군 마음대로다. 과연 아저씨는 단순하고 정직한 사람이다.

"그럼 다음에 간게쓰가 오면 박사 논문을 쓰도록 내가 권해보지. 그러나 본인이 가네다 딸을 얻을 생각인지 어떤지 먼저 추궁해봐야 할 듯하네."

"추궁하다니? 자네, 그런 딱딱한 말을 해서는 일이 정리되지 않네. 그저 말을 나누면서 은근히 마음을 떠보는 것이 최상책이야."

"마음을 떠본다고?"

"응, 마음을 떠본다고 하면 어폐가 있을지 모르네. 뭐, 떠보지 않아도 대화를 하면 자연히 알게 되겠지."

"자네야 알지 모르지만 나는 확실히 듣지 않으면 모르네."

"몰라도 되네. 하지만 메이테이처럼 쓸데없는 방해를 해서 판을 깨뜨리는 것은 좋지 않다고 보네. 설령 권장하지는 않더라도 이런 일은 본인 뜻에 맡겨야 할 테니 말이야. 다음에 간게쓰 군이 오면 가급적 방해하지 않도록 해주게. 아니, 자네를 말하는 게 아니야. 메이테이 군 말이야, 그 친구 입에 걸리면 도저히 구제받지 못하니까" 하고 아저씨가 대신하여 메이테이의 욕을 듣고 있는데, 그 사람 말을 하면 그 사람이 나타난다는 속담 그대로 메이테이 선생이 여느 때처럼 부엌 쪽에서 표연히 춘풍을 타고 날아든다.

"야, 진객이로군. 구샤미는 나 같은 단골에게는 접대가 소홀하지. 아무래도 구샤미 집에는 10년에 한 번 정도 와야겠어. 이 과자는 평소보다 고급이 아닌가?" 하고 후지무라 상점의 팥묵(양갱)을 마구 입에 집어넣는다. 스즈키 군은 머뭇거린다. 아저씨는 빙그레 웃는다. 메이테이는 입을 우물거린다. 나는 이 광경을 마루에서 보고 무언극이라는 것이 족히 성립할 수 있다고 생각했다. 절에서 무언의 문답을 하는 것이 이심전심이라면, 이 무언의 연극도 분명 이심전심의 막이다. 매우 짧지만 아주 날카로운 막이다.

"자네는 평생 철새 같은 방랑자인가 생각했는데 어느새 돌아왔군그래. 오래 살고 볼 일일세. 어떤 요행을 만날지 모르니 말이야" 하고 메이테이는 스즈키 군에 대해서도 아저씨를 대하는 것처럼 전혀 거리낌이 없다. 아무리 자취 생활 동료라 해도 10년이나 만나지 않았으면 왠지 어색할 텐데, 메이테이 군에게 그런 모습이 보이지 않는 것은 훌륭함인지 바보스러움인지 짐작이 가지 않는다.

"가련한 몸, 그리 놀리는 게 아니네" 하고 스즈키 군은 이도 저도 아닌 무난한 대답을 하였으나, 왠지 마음의 평정을 찾기 어려운 듯 가슴의 금시곗줄을 초조하게 만지작거린다.

"자네, 전차를 타보았나?"

아저씨는 돌연 스즈키 군에게 기이한 질문을 한다.

"오늘은 자네들에게 놀림을 받으러 온 듯하군. 아무리 시골뜨기라고 해도…… 이래 봬도 전철회사 주식을 60주 갖고 있네."

"그것 무시 못하겠군. 나는 888주 반을 갖고 있는데 아깝게도 거의 다 벌레가 먹어버려서 지금은 반 주밖에 없네. 좀 일찍 자네가 도쿄에 왔다면 벌레 먹지 않은 것을 열 주 정도 줄 참이었는데 아쉽게 되었네."

"여전히 입이 거칠군. 하지만 농담은 농담이고, 그런 주식을 가지고 있으면 손해는 보지 않아. 해마다 주가가 올라가니까."

"그렇군. 설령 반 주라도 천 년이나 보유한다면 창고가 세 개 정도 서겠지. 자네도 나도 그런 데는 실수가 없는 당대의 재인이나, 그 점에 관해서 구샤미는 불쌍한 사람이야. 주식이라고 말하면 무의 형제 정도로 생각하니까" 하고 또 팥묵을 집고 아저씨 쪽을 본다. 아저씨는 메이테이의 식욕에 전염되어 저절로 과자 접시로 손이 간다. 세상에서는 만사 적극적인 자가 남을 따라오게 할 권리를 가진다.

"주식 같은 것은 아무래도 상관없는데, 나는 소로사키를 한 번이라도 좋으니 전차에 태워주고 싶었네" 하고 아저씨는 먹다 만 팥묵의 잇자국을 멍하니 바라본다.

"소로사키가 전차를 탄다면, 탈 때마다 시나가와 종점까지

가버려. 그보다 역시 천연거사라고 비석에 새기고 잠자는 편이 무사해서 좋네."

"소로사키라면 죽은 소로사키 말인가? 불쌍하게도, 머리가 좋았는데 아깝군" 하고 스즈키 군이 말하자 메이테이가 곧바로 받는다.

"머리는 좋았는데, 밥을 지을 때는 가장 못했지. 소로사키가 밥 당번일 때 나는 항상 외출해서 메밀국수로 때웠지."

"정말 소로사키가 지은 밥은 너무 타고 설어서 나도 괴로웠네. 더구나 반찬은 꼭 생두부를 내니까 차가워서 먹지도 못하고" 하고 스즈키 군도 10년 전의 불만을 기억 속에서 환기한다.

"구샤미는 그때부터 소로사키의 절친한 친구로 매일 밤 단팥죽을 먹으러 나갔는데, 그 재앙으로 지금 만성위염에 걸려 고생하고 있지. 사실 구샤미가 단팥죽을 더 먹었으니 소로사키보다 먼저 죽어도 당연한데……."

"그런 논리가 세상 어디에 있는가? 내 단팥죽은 아무것도 아니야. 자네는 운동이랍시고 매일 밤 죽도를 가지고 뒷동산 묘지에 가서 석탑을 내려치다가 스님에게 들켜서 혼나지 않았나?" 하고 아저씨도 지지 않을 기세로 메이테이의 과거 악행을 폭로한다.

"아하하하, 그렇지, 그래. 스님이 불상 머리를 때리면 수면 방해가 되므로 하지 말라고 했던가. 그러나 내 것은 죽도였지만, 이 스즈키 장군은 맨손이었지. 석탑과 씨름을 하여 크고 작은 거 세 개 정도 무너뜨렸으니까."

"그때 스님의 분노는 실로 대단했지. 꼭 원래대로 세워놓으라고 하기에, 인부를 구할 때까지 기다려달라고 했지. 그러자 '남의 손을 빌리면 안 돼. 참회의 뜻을 표하기 위해서 너 자신이 일으켜야 부처님 뜻에 어긋나지 않는다'고 해서 말이야."

"그때 자네 참 꼴불견이었지. 옥양목 셔츠에 팬티 차림으로 빗물 고인 웅덩이 안에서 끙끙대면서……."

"그걸 자네가 그때 태연한 얼굴로 그리고 있었으니 어이가 없었지. 나는 그리 화를 잘 내는 사람이 아닌데, 그때는 정말 자네가 무례하다고 생각했네. 그때 자네가 한 말을 아직 기억하고 있는데, 자네는 기억하나?"

"10년 전 말을 어떻게 기억하나. 석탑에 '귀천원전歸泉院殿 황학대거사黃鶴大居士 안영오년安永五年 진辰 정월正月'이라고 새겨진 것만은 아직 기억하네. 석탑은 고아하게 만들어졌지. 이사 갈 때 훔쳐가고 싶을 정도였어. 실로 미학상의 원리에 따른 고딕 양식 석탑이었지" 하고 메이테이는 다시 엉터리 미학을 내뱉는다.

"그건 그렇다 치고, 자네가 한 말 말이야. 이렇게 말했지. '나는 미학을 전공할 셈이므로 세상의 재미있는 사건은 가급적 사생해놓아 장래에 참고해야 한다. 불쌍하다거나, 안쓰럽다거나 하는 사적인 정은 학문에 충실한 나 같은 사람이 입에 담을 바가 아니다'라고. 나는 정말 인정 없는 놈이라고 생각해서 진흙투성이 손으로 자네 사생첩을 찢어버렸지."

"내 유망한 미술적 재능이 좌절되어 전혀 발휘되지 못한 것도 바로 그때부터야. 자네에게 예봉이 꺾였지. 나는 자네에게 원한이 있다네."

"웃기는 소리 말게. 내가 더 원한이 깊네."

"메이테이는 그때부터 허풍쟁이였지" 하고 아저씨는 팥묵을 다 먹고 나서 다시 두 사람 이야기에 끼어들었다.

"약속은 지킨 적이 없지. 왜 그랬냐고 물으면 결코 사죄하지 않고 이러쿵저러쿵 변명만 했어. 절의 경내에 백일홍이 피었을 때 그 백일홍이 질 때까지 《미학원론》이라는 책을 저술하겠다고 하기에, 그건 무리고 도저히 가능성 없는 일이라고 했지.

그러자 메이테이가 대답하길, '나는 이래 봬도 겉모습과 달리 의지가 강한 남자야. 그렇게 의심스러우면 내기를 해도 좋다'고 하기에, 나는 진지하게 받아들여 아마 간다에서 서양요리를 한턱내는 것으로 정했을걸. 분명히 책을 쓸 가능성은 없다고 생각해서 내기를 하긴 했지만 내심 조금 두렵기는 했어. 난 서양요리를 살 돈이 없었으니까.

그런데 메이테이는 전혀 원고를 쓰는 기색이 없어. 7일 지나도 20일이 지나도 한 장도 쓰지 않아. 이윽고 백일홍이 다 떨어져도 본인이 태연하게 있기에, 결국 서양요리를 얻어먹는구나 생각하고 계약 이행을 독촉하자, 메이테이는 태연하게 오리발을 내미는 거야."

"또 무슨 궤변을 대던가?"

스즈키 군이 장단을 맞춘다.

"응, 실로 뻔뻔한 놈이지. '나는 달리 재능은 없지만 의지만은 결코 자네에게 지지 않는다'고 버티는 거야."

"한 장도 쓰지 않고 말인가?"

이번에는 메이테이 군 자신이 질문한다.

"물론이지. 그때 자네는 이렇게 말했어. '나는 의지 하나는 감히 누구에게도 한발도 양보 못 한다. 그러나 유감스러운 것은 기억력이 남보다 훨씬 떨어진다. 《미학원론》을 쓰려는 의지는 충분하였으나, 그 의지를 자네에게 선언한 다음 날부터 잊어버렸다. 그러므로 백일홍이 질 때까지 저서가 완성되지 않은 것은 기억의 죄이지 의지의 죄가 아니다. 의지의 죄가 아닌 이상

서양요리를 살 이유가 없다'고 버티는 거야."

"그렇군. 메이테이 군 특유의 장기를 발휘했네. 재밌어."

스즈키 군은 왜 그런지 아주 재미있다는 표정이다. 메이테이가 없을 때의 말투와는 아주 다르다. 이것이 영리한 사람의 특색인지도 모른다.

"뭐가 재미있나?"

아저씨는 지금도 분하다는 표정이다.

"그것참, 안됐군. 그래서 그 보충을 하기 위해 공작 혓바닥을 수소문하여 찾고 있지 않은가. 그리 화내지 말고 기다리게. 그러나 저서라고 하니 생각났는데, 오늘은 내가 빅뉴스를 가지고 왔네."

"자네는 올 때마다 빅뉴스를 가져오는 사람이니 믿음이 안 가네."

"오늘은 진짜 빅뉴스야. 정찰가에서 한 푼도 깎지 않은 뉴스라고. 자네, 간게쓰 군이 박사 논문을 쓰기 시작한 것을 알고 있는가? 간게쓰는 아주 견식 있는 사람이니 박사 논문 같은 몰취미한 일은 안 할 것 같았는데, 그에게도 세속의 끼가 있으니 웃기지 않은가. 자네, 코부인에게 꼭 알려주는 게 좋을 걸세. 요즘은 도토리 박사 꿈이라도 꾸고 있는지 몰라."

스즈키 군은 간게쓰의 이름을 듣고, 아저씨에게 턱으로 신호를 보내 말하지 말라고 한다. 그러나 아저씨에게는 전혀 의미가 통하지 않는다.

아까 스즈키 군에게 설법을 들었을 때는 가네다 딸이 불쌍하게 느껴졌으나, 지금 메이테이에게 '코부인'을 듣자 다시 지난날의 싸움이 생각났다. 생각나자 웃기기도 하고, 또 미워지기도 한다. 그러나 간게쓰가 박사 논문을 쓰기 시작했다는 것은 무엇보다 좋은 선물로, 이것만은 메이테이의 자화자찬처럼 일단은 최근의 빅뉴스가 틀림없다. 단지 빅뉴스가 아니라 기쁘고 유쾌한 뉴스다. 가네다 딸과 결혼할지 말지는 지금 아무래도 상관없다. 어쨌든 간게쓰가 박사가 되는 것은 좋은 일이다.

자기처럼 만들다가 그만둔 목상은 불상 집 구석에서 벌레가 먹을 때까지 겉칠도 없이 민나무로 썩더라도 유감스럽지 않으나, 참 잘 만들어졌다고 생각되는 조각에는 하루라도 빨리 금박을 칠해주고 싶다.

"정말로 논문을 쓰기 시작했는가?"

스즈키 군의 신호에는 아랑곳없이 열심히 묻는다.

"남의 말을 꽤 의심하는 작자로군. 다만 논제는 도토리인지 목매기의 역학인지 확실히 모르겠네. 어쨌든 착실한 간게쓰니까 코부인이 황송해할 만한 것임이 틀림없어."

아까부터 메이테이가 '코부인'이라고 거리낌 없이 말하는 것을 들을 때마다 스즈키 군은 안절부절못하는 모습이다. 메이테이는 조금도 눈치를 채지 못하니 태연스럽기만 하다.

"그 후 코에 관해 다시 연구를 했는데, 요즘 스턴(18세기 영국의 목사 겸 소설가 로렌스 스턴)이 쓴 《트리스트럼 섄디》에 코론(鼻論)이 있는 것을 발견했네. 가네다의 코도 스턴에게 보이면 좋은 재료가 되었을 텐데 유감스럽군. 비명鼻名을 천년만년 남길 자격은 충분한데 그대로 썩어 없어지는 것은 안타깝네. 다음에 이 집에 찾아오면 미학상의 참고를 위해 사생을 할 참이네."

여전히 입에서 나오는 대로 마구 지껄인다.

"그런데 그 딸은 간게쓰한테 시집오고 싶어 한다고 하네."

아저씨가 스즈키 군에게 들은 대로 말하자, 스즈키 군은 이것 참 큰일 났다는 표정으로 자꾸 아저씨에게 눈짓을 하는데, 아저씨는 부도체처럼 전혀 전기에 감염되지 않는다.

"좀 별스럽군, 그런 자의 딸도 사랑을 한다는 것이. 그러나 대단한 사랑은 아니겠지. 아마 코 사랑 정도일 거야."

"코 사랑이라도 간게쓰가 결혼하면 좋을 텐데."

"'결혼하면 좋을 텐데'라니. 자네는 저번에 극구 반대하지 않았나. 오늘은 아주 약해졌군."

"약해지기는, 나는 결코 약해지지 않았어. 그러나……."

"'그러나'가 어떻게 되었단 말인가? 스즈키, 자네도 실업가의 말석을 차지한 사람이니 참고로 말해주겠네만, 가네다 아무개라는 자, 그 아무개인 자의 딸을 천하의 수재 미즈시마 간게쓰의 영부인으로 받들어 모시는 것은 마치 제등提燈과 범종梵鐘이 조합된 꼴불견이니, 친구인 우리가 냉정하게 묵과할 수는 없다고 생각하는데, 실업가인 자네도 이의는 없겠지?"

"여전히 원기 왕성하군. 좋네, 좋아. 자네는 10년 전과 모습이 조금도 바뀌지 않았으니 대단하네."

스즈키 군은 부드럽게 받아서 넘기려고 한다.

"대단하다고 칭찬해주니 좀 더 박학한 면을 보여주지. 옛날 그리스인은 체육을 매우 중시하여 모든 경기에 큰 상을 내걸고 장려했지. 그런데도 이상한 것은 학자의 지식에 대해서만은 아무런 상을 주었다는 기록이 없어서, 실은 오늘까지 그걸 매우 의아스럽게 생각하던 참이네."

"그렇군, 좀 의아스럽군."

스즈키 군은 어디까지나 장단만 맞추어준다.

"그런데 최근 2, 3일 전에, 미학 연구 때 문득 그 이유를 발견했으므로 다년간의 의문이 한번에 풀리니 마치 어둠에서 빠져나와 통쾌한 깨달음을 얻은 듯 환천희지歡天喜地 지경에 달했던 것이야."

메이테이 말이 너무도 과장되므로 붙임성 있는 스즈키 군도 이것 참 못 당하겠다는 표정을 짓는다. 아저씨는 또 시작이라고 생각하면서 상아 젓가락으로 과자 접시의 테두리를 깡깡 두드리며 고개를 숙이고 있다. 메이테이만 우쭐거리면서 변설을 계속한다.

"그래서 이 모순된 현상에 대한 설명을 글로 남겨 암흑의 심연에서 우리의 의심을 천 년 만에 풀어준 자는 누구라고 생각하나? 학문이 생긴 이래 진정한 학자라고 일컬어지는 그리스의 철인, 소요파의 원조 아리스토텔레스가 바로 그 사람이야.

그의 설명에 따르면…… 어이! 접시 두드리지 말고 경청해야지. 그들 그리스인이 경기에서 얻는 상은 그들이 연기하는 기예 그 자체보다 귀중하다는 거야. 그러므로 칭찬도 되고 장려하는 도구도 되지. 그러나 지식 그 자체는 어떤가? 만약 지식에 대한 보수로 무언가를 주려면, 지식 이상의 가치 있는 것을 주어야 하지. 그러나 지식 이상의 보물이 세상에 어디 있는가? 물론 있을 턱이 없어. 잘못 주면 지식의 위엄을 해치게 될 뿐이야.

그들은 지식에 대하여 돈을 올림포스 산만큼 쌓아 크로이소스(기원전 6세기 리디아 최후의 왕으로, 부자로 유명함)의 부를 다 주는 한이 있더라도 응분의 보수를 주려고 하였으나, 아무리 생각해도 도저히 미치지 못한다는 것을 간파하여, 그 후 아예 깨끗하게 아무것도 주지 않기로 했지. 이로써 금전이 지식에 필적하지 못한다는 것은 충분히 이해될 거야.

자, 이 원리를 염두에 두고 시사 문제에 임해보도록 하지. 가네다 아무개 씨는, 그 뭐냐, 지폐에 눈코를 갖다 붙인 사람에 불과한 것이 아닌가? 기발한 말로 형용하자면, 그는 한낱 활동지폐에 불과한 것이야. 활동지폐의 딸이라면 활동우표 정도겠지.

그에 반하여 간게쓰 군은 어떤가? 존경스럽게도 최고 학부를 수석으로 졸업하여 전혀 권태롭다는 생각도 없이 조슈 정벌 시대의 하오리 끈을 매달고, 밤낮 도토리의 스터빌러티를 연구하고, 그런데도 아직 만족하는 모습도 없이 조만간 켈빈 경(19세기 영국의 물리학자 배런 켈빈)을 압도할 정도의 대논문을 발표하려고 준비하고 있지 않은가?

어쩌다 아즈마 교를 건너다가 몸을 던져 입수入水의 재주를 부리려다 미수에 그친 적은 있으나, 이 또한 열성적인 청년에게 있을 수 있는 발작적 행위로, 그가 훌륭한 지식인이라는 데 누를 끼칠 정도의 사건은 전혀 아니라네.

내 특유의 비유로 간게쓰 군을 평하자면, 그는 활동도서관이네. 지식으로 반죽한 28센티미터(러일전쟁 때 활약한 28센티미터 곡사포) 탄환이야. 이 탄환이 한번 때를 얻어 학계에 폭발한다면…… 만약 폭발한다고 생각해보게. 폭발하겠지?"

여기에 이르러 메이테이 특유의 형용사가 생각대로 나오지 않으므로 흔히 말하는 용두사미가 된 듯 다소 주춤거렸으나, 그는 다시 곧바로 "활동우표 같은 것은 몇천 장 있어봤자 산산이 흩어지고 말아. 그러므로 간게쓰에게 그런 어울리지 않는 여성은 안 돼. 내가 승낙 못 하지. 동물 중에서도 가장 총명한 코끼리와 가장 탐욕스런 돼지가 결혼하는 것 같네. 그렇지, 구샤미 군?" 하고 말하고 물러나자, 아저씨는 다시 잠자코 접시를 두드리기 시작한다. 스즈키 군은 잠시 기가 꺾인 듯, "그런 일은 없겠지" 하고 도리 없이 대답한다. 아까까지 메이테이의 욕을 꽤 했으니, 여기서 말을 함부로 하면 아저씨 같은 무법자가 어떤 말을 누설할지 모른다. 가급적 여기서는 적당히 메이테이의 예봉에 대응하고 무사히 넘어가는 것이 상책이다.

스즈키 군은 영리한 사람이다. 필요 없는 저항은 최대한 피하는 것이 요즘 세상의 방식이고 쓸데없는 언쟁은 봉건시대의 유물이라는 것을 터득하였다. 인생의 목적은 변설이 아닌 실행에 있다. 자기 생각대로 착착 사건이 진척되면 그것으로 인생의 목적은 달성된다. 고생과 걱정과 논쟁 없이 사건이 진척되면 인생의 목적은 극락에 이를 수 있다.

스즈키 군은 졸업 후 이 극락주의에 의해 성공하여, 이 극락주의에 의해 금시계를 차고, 이 극락주의로 가네다 부부의 의뢰를 받아, 이 극락주의로 감쪽같이 구샤미 군을 설득하여 해당 사건이 십중팔구까지 성취된 때, 메이테이라는 상식으로 다루어지지 않는, 보통 인간과는 다른 심리 작용을 가진 것으로 의심되는 변덕쟁이가 뛰어들었으므로, 다소 그 돌연함에 당황하던 참이다. 극락주의를 발명한 자는 메이지의 신사며, 극락주의를 실행하는 자는 스즈키 도주로 군으로, 지금 이 극락주의로 곤란해진 자 또한 스즈키 도주로 군이다.

"자네는 아무것도 모르니 '그런 일은 없겠지' 하고 태연한 척 평소와 달리 말수도 적고 고상하게 겸양을 떨고 있으나, 저번에 코부인이 왔을 때의 모습을 보면 아무리 같은 실업가인 자네도 질려버렸을 게 틀림없네. 구샤미 군, 그렇지? 자네, 대단히 분투하지 않았는가?"

"그래도 자네보다 내가 평판이 좋은 듯하네."

"아하하하, 꽤 자신감이 강한 작자군. 그러니 '새비지 티' 따위로 학생과 선생에게 놀림을 받아도 태연하게 학교에 나갈 수 있지. 나도 의지는 결코 남에게 떨어지지 않으나, 그렇게 뻔뻔하지는 못하네. 극히 존경하옵나이다."

"학생이나 선생이 다소 칭얼거린다고 뭐가 무서운가. 생트뵈브(19세기 프랑스의 비평가 샤를 생트뵈브)는 고금을 통틀어 독자적인 평론가인데, 그도 파리 대학에서 강의할 때는 매우 평판이 좋지 않아서 학생의 공격에 대응하기 위해 외출 때 반드시 비수를 소매 밑에 숨기고 방어 도구로 삼은 적이 있어. 브륀티에르(19세기 프랑스의 문학사가 페르디낭 브륀티에르)가 역시 파리 대학에서 졸라(19세기 프랑스의 소설가 에밀 졸라)의 소설을 공격했을 때는……."

"하지만 자네는 대학교수도 아무것도 아니잖은가. 기껏해야 영어 독해 선생으로 그런 대가를 예로 드는 것은 송사리가 고래를 예로 드는 것과 같지. 그런 말을 하면 더욱 놀림을 받네."

"입 다물게. 생트뵈브도 나도 같은 수준의 학자야."

"대단한 자존심이군. 그러나 비수를 가지고 돌아다니는 것만큼은 위험하니 흉내 내지 않는 게 좋아. 대학교수가 비수라면 영어 교사는 글쎄, 은장도 정도인가? 그렇다 해도 칼은 위험하니 가게에 가서 장난감 공기총을 사다 메고 다니는 게 좋겠지. 애교가 있어 좋아. 그렇지, 스즈키 군?" 하고 말하자 스즈키 군은 이윽고 이야기가 가네다 사건을 떠났으므로 한숨을 놓으면서, "여전히 순수해서 유쾌하군. 10년 만에 자네들을 만나니 왠지 답답한 골목에서 넓은 들판으로 나온 기분이네. 아무래도 우리 업계 사람들의 대화는 조금도 마음을 놓을 수 없어서 말이야. 무엇을 말해도 마음이 놓이지 않으니 걱정이 돼서 답답하고 실로 괴롭지. 말은 책임이 없는 것이 좋네. 그리고 옛날 학생 시절의 친구들과 이야기하는 것이 가장 거리낌이 없어 좋아. 아아, 오늘은 뜻밖에 메이테이 군을 만나 유쾌했네. 나는 용무가 좀 있으니 이제 그만 실례하겠네."

스즈키 군이 일어나려 하자, 메이테이도 "나도 가겠네. 나는 이제 니혼바시의 연예교풍회演藝矯風會〔1888년 발족한 연극 개량 단체〕에 가야 하는데 그곳까지 같이 가지."

"마침 잘됐군. 오랜만에 같이 산책이나 하지" 하고 두 사람은 손을 맞잡고 돌아간다.

5

하루의 사건을 빠짐없이 쓰고 빠짐없이 읽으려면 꼬박 하루가 걸릴 것이다. 아무리 사생문을 장려하는 나라도 이것은 도저히 역부족이라고 자백하지 않을 수 없다.

따라서 아무리 우리 아저씨가 하루 내내 자세한 묘사를 할 가치가 있는 기언기행을 부린다고 해도 하나하나 모두 독자에게 보고할 능력과 끈기가 없는 것은 매우 유감이다. 유감이기는 하지만 할 수 없다. 휴식은 고양이에게도 필요하다.

스즈키 군과 메이테이 군이 돌아가자 마치 매서운 바람이 뚝 그치고 눈이 펄펄 내리는 겨울밤처럼 사방은 조용해졌다. 아저씨는 여느 때와 마찬가지로 서재에 처박혀 있다. 아이들은 6조의 방에 베개를 나란히 하고 잔다. 한 간 반짜리 맹장지를 사이에 두고 남향 방에는 아줌마가 세 살이 된 멘코에게 젖을 물리고 누워 있다.

봄날의 흐린 날씨에 저녁 해는 일찍 저물고, 밖을 지나는 사람의 게다 소리가 또렷하게 들려온다. 이웃 하숙집에서 나는 피리 소리가 들려오다 끊어지기를 반복하며 졸린 귀에 간간이 희미한 자극을 준다. 밖은 어스레한 달밤이리라. 저녁 식사로 국물이 담긴 반 그릇 밥을 다 비운 배로는 아무래도 휴식이 필요하다.

어렴풋이 들은 바로 세상에는 '고양이의 사랑'이라고 불리는 웃긴 현상이 있어 초봄에 온 동네 동족이 꿈자리가 편치 않을 정도로 마음이 들떠서 돌아다니는 밤이 있다고 하는데, 나는 아직 그러한 심적 변화를 겪은 적이 없다.

무릇 사랑은 우주적인 활력이다. 위로는 하늘에 계신 제우스부터 아래로는 땅속에서 우는 지렁이나 땅강아지에 이르기까지 사랑에 몸을 불태우는 것이 만물의 관례이므로, 우리 고양이들이 '밤이 이슥하니 좋군' 하고 풍류의 기를 발산하는 것도 무리가 아니다.

회고하자면, 이런 나도 얼룩 양 생각에 애가 탄 적이 있다. 의리, 인정, 수치를 결缺해야 돈을 번다는 삼결주의의 장본인 가네다 군의 따님, 먹순이 도미코 또한 간게쓰 군을 연모한다는 소문이다. 그러므로 천금과 같은 봄밤에 마음이 들떠 만천하의 암수고양이가 미쳐 날뛰는 것을 번뇌나 방황이라고 하며 경멸할 생각은 전혀 없으나, 어찌하랴, 나는 유혹을 당해도 그런 마음이 생기지 않으니 말이다. 지금의 내 상태는 단지 휴식을 바랄 뿐이다. 이렇게 졸려서는 사랑도 할 맘이 생기지 않는다. 살금살금 아이들 이불 속으로 들어가 기분 좋게 잠이나 자야지…….

문득 눈을 떠보니 아저씨는 어느새 서재에서 침실로 와서 부인 옆에 깔린 이불 속에 들어가 있다. 아저씨는 잘 때 습관적으로 꼬부랑글자로 된 작은 책을 서재에서 가져온다. 그러나 누워서 이 책을 두 쪽 이상 읽은 적이 없다. 어느 때는 가져와서 머리맡에 둔 채 전혀 손도 안 댄다. 한 줄도 읽지 않으려면 일부러 들고 올 필요도 없을 터이나, 그것이 아저씨다운 면으로 아무리 아줌마가 비웃고 그만두라고 말해도 결코 듣지 않는다.

매일 밤 읽지 않는 책을 수고스럽게도 침실까지 운반한다. 욕심을 부려 서너 권이나 품고 올 때도 있다. 지난번에는 웹스터 대사전까지 가져왔을 정도다. 생각건대 이것은 아저씨의 병으로, 사치스런 사람이 명품 쇠주전자에서 나는 솔바람 소리를 들어야 잠이 들 듯 아저씨도 책을 머리맡에 두어야 잠이 드는 것이리라. 그렇다면 아저씨에게 책은 읽는 것이 아니라 잠을 부르는 도구다. 인쇄된 수면제다.

오늘 밤도 어떤지 들여다보니, 붉고 얇은 책이 아저씨의 콧수염 끝에 닿을 만한 위치에 펼쳐져 뒹굴고 있다. 아저씨의 왼손 엄지가 책 사이에 끼여 있는 상태를 보건대 기특하게도 오늘 밤에는 대여섯 줄은 읽은 듯하다. 빨간 책 옆에는 니켈 회중시계가 봄철에 어울리지 않는 차가운 빛을 발하고 있다.

아줌마는 젖먹이를 옆에다 팽개친 채 입을 벌리고 코를 곤다. 머리는 베개에서 벗어나 있다. 무엇이 인간의 가장 추한 모습이냐고 묻는다면, 입을 벌리고 자는 모습이라고 대답하고 싶다. 고양이는 평생 이런 창피스런 모습을 보이지 않는다. 입은 소리를 내기 위한, 코는 공기를 호흡하기 위한 도구다. 그렇지만 인간은 북방으로 갈수록 게을러져 가급적 입을 벌리지 않으려고 절약한 결과 입 대신에 코로 '흥' 하며 의사 표시를 하는 수도 있으나, 코를 막고 입으로만 호흡하는 것은 '흥'보다 꼴불견이라고 생각한다. 천장에서 쥐똥이라도 떨어지면 위험하다.

아이들은 어떤 모습인가 보니, 이들도 부모에 못지않은 꼬락서니로 자빠져 있다. 언니 돈코는 언니의 권리란 이런 것인 양 오른팔을 쭉 뻗어 동생 귀 위에 올려놓았다. 동생 슨코는 그에 대한 복수로 언니 배 위에 한 발을 거만하게 올려놓았다. 둘 다 처음 누웠을 때의 자세에서 90도는 확실히 회전하였다. 게다가 그런 부자연스러운 자세를 유지하면서 둘 다 투덜거리지도 않고 얌전하게 잔다.

역시 봄날의 등불은 각별한 정취가 있다. 천진난만하면서 지극히 풍류 없는 이러한 광경 속에서 이 좋은 밤이 아쉽다는 듯 그윽하게 빛난다. '이제 몇 시지?' 하고 방 안을 돌아보니 사방은 조용하여 들리는 것이라곤 벽시계와 아줌마의 코 고는 소리, 그리고 멀리 하녀의 이 가는 소리뿐이다.

하녀는 남들이 이를 간다고 말해주면 항상 부정한다. 자신은 태어나서 오늘까지 이를 간 기억이 없다고 고집을 부리며, 결코 앞으로 고치겠다거나 죄송하다고 하지 않고 단지 그런 기억은 없다고 주장한다. 역시 자면서 부리는 기예이니 기억하지 못하는 것은 틀림없다.

그러나 사실이라는 것은 기억하지 못해도 존재할 수 있다. 세상에는 나쁜 짓을 하면서 자기는 끝내 착한 사람이라고 생각하는 사람이 있다. 자기한테 죄가 없다고 믿기 때문이니 순진하여 좋기는 하나, 남에게 폐를 끼친 사실은 아무리 순진해도 없어지지 않는다. 이런 신사 숙녀는 이 하녀의 계통에 속한다고 생각한다…….

밤이 꽤 깊어진 듯하다. 부엌 창문을 톡톡 두 번 가볍게 건드리는 자가 있다. 지금 시각에 사람이 올 리 없다. 아마 쥐새끼겠지. 쥐야 내가 잡지 않으니 마음대로 뛰어놀아도 좋다. ……또 다시 톡톡 소리가 난다. 아무래도 쥐새끼는 아닌 듯하다. 쥐새끼라도 아주 주의 깊은 쥐새끼다. 아저씨 집의 쥐는 아저씨가 나가는 학교의 학생처럼 대낮에도 밤중에도 난폭광란의 수련에 여념 없이 가련한 아저씨의 꿈을 파괴하는 것을 천직처럼 아는 무리이므로 이처럼 조심스럽게 행동할 필요가 없다. 지금은 분명히 쥐새끼가 아니다. 저번에 아저씨 침실까지 침입하여 높지도 않은 아저씨 코끝을 물어 개가를 올리고 퇴각했을 정도의 쥐치고는 너무 소심하다. 결코 쥐는 아니다.

이번에는 '끼익' 하고 창문을 밑에서 위로 들어 올리는 소리가 난다. 그리고 미닫이를 최대한 천천히 연다. 확실히 쥐가 아니다. 사람이다. 이 심야에 기척도 없이 문의 빗장을 열고 왕림하는 사람이라면 메이테이 선생이나 스즈키 군은 아닌 게 틀림없다. 예전부터 익히 듣던 그 유명한 도둑 선생일지 모른다. 도둑이라면 빨리 얼굴을 보고 싶다.

도둑은 지금 부엌 위에 큰 흙발을 올리고 두 발쯤 나아간 모양이다. 세 발째라고 생각할 즈음 판자에 걸렸는지 덜커덩 하는 소리가 울려 퍼졌다. 내 등의 털이 구둣솔로 거꾸로 빗겨진 기분이다.

잠시 발소리가 나지 않는다. 아줌마를 보니 여전히 입을 벌리고 꿈속에서 태평한 공기를 호흡하고 있다. 아저씨는 빨간 책에 엄지가 끼인 꿈이라도 꾸고 있을 것이다. 이윽고 부엌에서 성냥을 켜는 소리가 들린다. 도둑이라도 한밤중이라 나처럼 앞을 볼 수는 없는 듯하다. 부엌이 좁아서 필시 불편할 것이다.

이때 나는 웅크린 채 생각했다. 도둑이 부엌에서 거실 쪽으로 출현할 것인지, 아니면 왼쪽으로 꺾어 현관을 통과하여 서재로 들어갈 것인지……. 발소리는 맹장지 소리와 함께 마루 쪽으로 나갔다. 도둑은 이윽고 서재로 들어갔다. 이제 소리도 기별도 없다.

나는 이때 어서 아저씨와 아줌마를 깨워야겠다고 생각했으나, 어떻게 하면 깨울 수 있을까 하는 생각이 머릿속에서 물레방아처럼 회전할 뿐 전혀 방법이 떠오르지 않았다. 이불자락을 물고 흔들어 볼까 해서 두세 번 시도해보았으나 전혀 효과가 없다.

차가운 코를 볼에 문지르면 어떨까 생각해 아저씨 얼굴에 대자 아저씨는 잠결에 손을 쭉 뻗어 내 콧등을 밀쳤다. 고양이는 코가 급소다. 매우 아프다. 이번에는 할 수 없이 '야옹, 야옹' 하고 두 번 정도 울어서 깨우려고 했으나, 어찌된 영문인지 이때는 소리가 목에 걸려 나오지 않는다.

간신히 우물거리면서 낮은 목소리를 조금씩 내다가 깜짝 놀랐다. 깨야 할 아저씨는 깰 기척도 없는데 돌연 도둑 발소리가 들리기 시작한 것이다. 저벅저벅 마루를 따라 다가온다. 왔구나. 이렇게 되면 이제는 할 수 없다고 체념하고 맹장지와 옷장 사이로 잠시 몸을 숨기고 동정을 엿보기로 한다.

도둑의 발소리는 침실 문 앞에 와서 딱 멈춘다. 나는 숨을 죽이고, 요다음에 무엇을 할 것인지 열심히 주목한다. 나중에 생각했으나, 쥐를 잡을 때 이런 마음가짐이면 쥐 잡기가 식은 죽 먹기일 것이다. 혼이 양 눈에서 튀어나오려는 기세다. 도둑 덕분에 다시없는 깨달음을 얻은 것이 실로 고맙긴 하다.

곧바로 장지문 창호지의 세 번째 칸이 비에 젖는 것처럼 한가운데만 색이 변한다. 그것을 통해서 연분홍 물체가 점점 짙게 보이는가 싶더니 창호지는 어느새 찢어져 빨간 혀가 날름하고 보인다. 혀는 곧 어둠 속으로 사라진다.

교대로 뭔가 무섭게 빛나는 것이 찢어진 구멍 저쪽에 하나 나타난다. 의심할 것도 없이 도둑의 눈이다. 묘한 것은 그 눈이 방 안에 있는 뭔가를 보지 않고 단지 옷장 뒤에 숨어 있는 나만을 노려보는 것 같다.

1분도 안 되는 시간이었으나 그렇게 노려보면 내 수명이 줄어들지 않을까 생각될 정도다. 이제 더는 참을 수 없게 되어 옷장 뒤에서 뛰쳐나가려고 결심했을 때, 침실 문이 스윽 열리더니 기다리고 기다리던 도둑이 이윽고 눈앞에 나타났다.

나는 서술 순서상 불시의 진객인 도둑을 지금 여러분에게 소개하는 영광을 가졌으나, 그전에 잠시 참고해주시기를 바라는 소견을 개진하고자 한다.

고대의 신은 전지전능하다고 숭상받는다. 특히 예수교의 신은 20세기 현재까지도 이 전지전능의 가면을 쓰고 있다. 그러나 속인이 생각할 수 있는 전지전능은 때에 따라 무지무능이라고도 해석할 수 있다.

이것은 분명히 모순이다. 그런데도 이 모순을 설파한 자는 천지개벽 이래 나 혼자일 것으로 생각하니, 나로서도 보통 고양이가 아니라는 허영심이 생긴다. 그러므로 모쪼록 여기에 그 이유를 밝혀, 고양이도 결코 무시할 수 없다는 것을 거만한 인간 여러분 뇌리에 각인시키고자 한다.

천지 만물은 신이 만들었다고 한다. 그렇다면 인간도 신의 제작물이다. 실제로 성서인가 하는 책에는 그렇게 명기되어 있다고 한다. 그런데 이 인간에 관해 인간 스스로 몇천 년 동안 관찰을 축적한 결과, 인간 자체가 매우 오묘하고 불가사의하다는 생각에 이른 동시에 더욱 신의 전지전능을 승인하게끔 한 사실이 하나 있다.

사실인즉 인간은 우글우글 많이 있으나 같은 얼굴을 한 자는 세계에 한 사람도 없다는 점이다. 얼굴의 용도는 물론 일정하고 크기도 대개 비슷하다. 환언하면 그들은 모두 같은 재료로 만들어졌다. 같은 재료로 만들어졌는데 한 사람도 같은 결과로 나타나지 않았다. 그 정도 간단한 재료로 이렇게까지 서로 다른 얼굴을 고안했다고 생각하면, 제조가의 기량에 감동하지 않을 수 없다.

매우 독창적인 상상력이 없으면 이런 변화가 불가능하다. 당대 최고의 화공이 정력을 소모하여 변화를 추구한 얼굴이라도 12 내지 13종밖에 나올 수 없는 사실을 고려하면, 인간 제조를 한 손에 떠맡은 신의 솜씨는 각별한 것이라고 경탄하지 않을 수 없다. 도저히 인간사회에서는 목격할 수 없는 한계의 기량이므로, 이를 전능적 기량이라고 해도 지장이 없을 것이다. 인간은 이 점 때문에 크게 신을 두려워하는 듯하다. 인간의 관찰 방식으로 보자면 극히 '황공무지로소이다'일 것이다.

그러나 고양이 관점에서 보자면, 이 사실이 오히려 신의 무능력을 증명한다는 해석이 가능하다. 아주 무능하지는 않아도 인간 이상의 능력은 결코 없다고 판정할 수 있다.

신이 인간의 수만큼 많은 얼굴을 제조했다고 하나, 애초부터 속셈이 있어 그 정도 변화를 나타낸 것인지, 아니면 고양이건 뭐건 같은 얼굴로 만들자고 생각하여 시작했으나 도저히 잘 안 돼 만들어진 것이 계속 잘못되어 이렇게 난잡한 상태에 빠진 것인지 모른다.

그들 안면의 구조는 신에게 성공의 기념으로 보임과 동시에 실패의 흔적으로도 판단되어야 하지 않을까? 전능하다고 할 수 있으나, 무능하다고도 평할 수 있다.

그들 인간의 눈은 평면에 나란히 두 개가 있어 좌우를 동시에 볼 수가 없으며 사물의 반쪽 면밖에 못 보는 것은 가련한 일이다. 하지만 이런 단순한 사실은 그들 사회에 밤낮 끊임없이 일어나고 있는데 인간 자신이 이런 시선의 한계성을 절감한 나머지 신에게 홀려 있으니 깨달음을 얻을 수가 없다.

제작할 때 변화를 나타내는 것이 어렵듯 철두철미한 모방을 하는 것 또한 어렵다. 라파엘로〔성모상을 많이 그린 이탈리아 화가 라파엘로 산치오〕에게 조금도 다르지 않은 성모상을 두 장 그리라고 주문하는 것은 전혀 닮지 않은 성모 마리아를 한 쌍의 족자로 만들라고 요구하는 것과 같으므로, 라파엘로에게는 큰 고통일 것이다. 아니, 똑같은 것을 두 장 그리는 편이 더 어려울지도 모른다.

고보 대사〔헤이안 초기의 승려 구카이〕에게 어제 쓴 필법으로 자신의 이름 구카이空海를 써달라고 하는 것은 완전히 서체를 바꾸어 써달라는 것보다 그를 더 괴롭게 하는 일일 것이다.

인간이 사용하는 언어는 어디까지나 모방주의로 전습된다. 그들 인간이 어머니에게서, 유모에게서, 타인에게서 실용상의 언어를 배울 때는 단지 들은 대로 반복하는 것 말고는 조금도 야심을 가질 필요가 없다. 가능한 모든 능력을 동원해 사람 흉내를 내는 것이다.

이처럼 사람 흉내에서부터 성립한 언어가 10년, 20년이 지나는 가운데 발음에 자연히 변화가 생기는 것은 그들에게 완전한 모방의 능력이 없음을 증명한다. 순수한 모방은 이처럼 극히 어렵다.

따라서 신이 그들 인간을 구별 못 하도록 모두 틀로 찍은 가면처럼 만들었다면 더욱 신의 전능을 표명할 수 있는 것이다. 동시에 오늘처럼 제각각이 세상에 얼굴을 드러내어 눈이 어지러울 정도로 변화를 생기게 한 것은 오히려 그 무능력을 헤아려 알 수 있는 증거이기도 하다.

나는 무슨 필요가 있어 이런 논설을 하였는지 잊어버렸다. 근본을 망각하는 것은 인간에게도 있을 수 있는 일이므로, 고양이에게는 당연하다고 너그러이 봐주기 바란다. 어쨌든 나는 침실 문을 열어 문턱 위로 스윽 나타난 도둑을 흘끗 보았을 때, 이와 같은 감상이 자연히 솟아났다. 왜 솟아났을까? '왜'라는 질문이 나왔으니 다시 한 번 곰곰 생각해봐야겠다. 그러니까 이유는 이러하다.

내 눈앞에 슬그머니 나타난 도둑의 얼굴을 보면, 그 얼굴에…… 평소 신의 제작에 있어서 그 모양새가 어쩌면 무능의 결과가 아닐까 의심하던 것을 일시에 부정하기에 충분한 특징이 있었기 때문이다. 특징이라 함은 다른 것이 아니라 그의 눈과 눈썹이 내 친애하는 호남 미즈시마 간게쓰 군과 쌍둥이처럼 닮았다는 사실이다.

물론 내 많은 지기 중에는 도둑이 없지만, 그 행위의 난폭한 점에서 평소 상상하여 은밀히 머릿속에 그리던 얼굴이 없지는 않다. 좌우로 퍼진 코에 동전 크기의 눈을 붙인 까까머리일 것이라고 나는 제멋대로 생각했으나, 막상 보니까 생각했던 것과는 천지차이다. 상상은 결코 과도하게 할 것이 못 된다.

이 도둑은 키가 크고 얼굴이 약간 검으며 한일자 눈썹을 가진, 패기 있고 멋진 도둑이다. 나이는 26 내지 27세로 보이니 이 또한 간게쓰 군과 비슷하다. 신도 이런 비슷한 얼굴을 두 개 제조할 수 있는 솜씨가 있다면 결코 무능하다고 평가할 수 없다. 아니, 실제로 간게쓰 군 자신이 정신이상으로 심야에 뛰쳐나온 것은 아닐까 할 정도로 아주 흡사하다. 단지 코밑에 거무스름한 수염이 돋아나지 않았으므로 다른 사람이라고 판단했다.

간게쓰 군은 남자답게 생긴 호남아로, 메이테이가 활동우표라고 별명 붙인 가네다 도미코 양을 충분히 흡수하고도 남을 정도로 공들인 제작물이다. 그러나 이 도둑도 인상을 관찰하면 그 여자에 대한 인력상 작용에서 결코 간게쓰 군에 한발도 뒤지지 않는다. 혹시 가네다의 딸이 간게쓰 군의 눈과 입술에 미혹되었다면, 같은 정도의 뜨거움으로 이 도둑에게도 홀리지 않으면 예의가 아니다. 예의는 어쨌든 간에 논리가 맞지 않는다.

그녀는 재기 있게 머리가 빨리 돌아가는 여자이므로 이를 남들이 설명해주지 않아도 알 것이다. 그렇다면 간게쓰 군 대신에 이 도둑을 보내도 필시 온몸의 사랑을 바쳐 금실 좋게 살 것이 틀림없다. 만일 간게쓰 군이 메이테이의 설법에 마음이 움직여 그 소중한 인연을 깬다고 해도, 이 도둑이 건재하는 동안은 괜찮다. 미래 사건의 발전을 여기까지 예상하자 도미코 양의 장래에 대한 내 걱정이 사라졌다. 이 도둑이 세상에 존재하는 것은 도미코 양의 삶을 행복하게 하는 일대 요건이다.

도둑은 겨드랑이에 뭔가 끼고 있다. 자세히 보니 아까 아저씨가 서재에 팽개쳐둔 헌 모포다. 줄무늬 무명 윗도리에 남색 띠를 매고, 무릎 아래로 흰 정강이를 드러내고 이제 한 다리를 들어 방 안으로 들여놓는다.

아까부터 빨간 책에 손가락이 물린 꿈을 꾸던 아저씨는 이때 몸을 털썩하고 뒤척이면서 "간게쓰다!" 하고 큰 소리를 냈다. 도둑은 모포를 떨어뜨리고 내디딘 발을 급히 뺀다. 창호지를 통해 가늘고 긴 정강이가 두 개 선 채로 살며시 움직이는 것이 보인다. 아저씨는 "으음, 쩝쩝" 하면서 빨간 책을 밀치고 가려움증 환자처럼 팔을 벅벅 긁는다. 그러고는 조용해져 베개에서 벗어난 채 자버린다.

'간게쓰다'라고 소리친 것은 자기도 모르게 내뱉은 잠꼬대인 듯하다. 도둑은 잠시 마루에 선 채 방 안 동정을 살피다가 주인 부부가 숙면하는 것을 보고 다시 한 발을 방 안으로 들여놓는다. 이번에는 '간게쓰다'라는 소리가 나지 않는다. 이윽고 남은 한 발도 내디딘다.

등불이 환하게 비치던 방은 도둑 그림자에 의해 둘로 갈라지고, 그림자는 고리짝과 내 머리 위를 지나 저쪽 벽까지 까만 형체를 드리운다. 돌아보니 도둑의 얼굴 그림자가 벽의 높이 3분의 2인 지점에서 흐릿하게 움직이고 있다. 호남자도 그림자로 보면 머리 여덟 개 괴물과 같아 정말로 이상한 모습이다.

도둑은 아줌마의 자는 얼굴을 위에서 내려다보고 뭐 때문인지 히죽 웃었다. 웃는 모습까지 간게쓰 군의 복사판인 것에는 나도 놀랐다.

아줌마 머리맡에는 가로세로 10센티미터에 길이 50센티미터 정도의 상자가 소중하게 놓여 있다. 이것은 히젠(오카야마 현 남동부 지역) 지방 가라쓰가 고향인 다타라 산페이 군이 요전에 귀성했을 때 선물로 가져온 참마다.

참마를 머리맡에 놓고 자는 것은 보기 드문 일인데, 우리 아줌마는 국 끓일 때 쓰는 백설탕을 옷장에 보관할 정도로 장소의 적합 또는 부적합이라는 관념이 부족한 여자다. 그러므로 아줌마는 참마는 말할 것도 없이 단무지가 침실에 있어도 아무렇지 않을 것이다.

그러나 신이 아닌 도둑은 그런 여자인 줄 알 리가 없다. 이렇게까지 정중하게 몸 가까이 모시고 있으니 필시 소중한 물건일 것이라고 감정하는 것도 무리는 아니다. 도둑은 살짝 참마 상자를 들어 보더니 그 묵직함이 기대한 대로인지 굉장히 만족한 표정이다. 도둑이, 아니 이렇게 멋진 남자가 참마를 훔친다고 생각하니 갑자기 웃음이 나오려고 했다. 그러나 함부로 소리를 지르면 위험하므로 꾹 참았다.

이윽고 도둑은 참마 상자를 정성스럽게 헌 모포로 싸기 시작했다. 뭔가 묶을 끈 같은 것을 찾는지 주위를 돌아보는데, 다행히 아저씨가 자기 전에 풀어놓은 허리띠가 보인다. 도둑은 참마 상자를 이 허리띠로 단단히 묶고 휙 둘러멘다. 그다지 여자가 좋아할 모습이 아니다.

그리고 아이들 겉옷 두 벌을 아저씨의 메리야스 속바지 안에 집어넣는다. 그러자 가랑이 부분이 둥글게 부풀어 구렁이가 개구리를 삼킨 모양 같다. 아니, 출산을 앞둔 구렁이 같다는 쪽이 더 적합한 표현일 듯하다. 어쨌든 희한한 모습이 되었다. 거짓말이라고 생각하면 시험해봐도 좋다.

도둑은 메리야스 속바지를 목에 둘둘 감았다. 그다음에는 어떻게 하는지 지켜보니, 아저씨의 명주 윗도리를 큰 보자기처럼 펼치고서 아줌마의 허리띠와 아저씨의 하오리와 내의와 기타 모든 잡동사니를 몽땅 집어넣고 감싼다. 그 숙련되고 요령 좋은 솜씨에 감동했다.

그리고 아줌마의 오비아게(허리띠 고정 끈)와 시고키(올려 매는 띠)를 연결하여 보자기를 묶어 한쪽 손에 든다. 더 가져갈 것은 없는지 주위를 돌아보다가 아저씨 머리맡에 담뱃갑이 있는 것을 발견하고 그것도 소맷자락에 집어넣는다. 그리고 담배 하나를 꺼내 램프에 대고 불을 붙인다. 맛난 듯 깊게 빨고 내뱉은 연기가 우윳빛 등잔을 휘감고 아직 사라지기 전에, 도둑의 발소리는 마루를 타고 서서히 멀어져 들리지 않게 되었다. 주인 부부는 여전히 숙면 중이다. 인간들은 참 멍청하기도 하다.

나는 다시 잠깐 휴식할 필요가 있다. 쉴 새 없이 떠들면 몸이 견디지 못한다. 푹 자고 눈을 뜨니 봄날의 하늘이 화창하게 밝았다. 부엌 입구에서 주인 부부가 순사와 대담을 나누고 있다.

"그럼 이리로 들어와서 침실 쪽으로 갔군요. 댁들은 수면 중이라 전혀 눈치를 채지 못했나요?"

"예."

아저씨는 조금 겸연쩍은 듯하다.

"그래서 도난당한 것은 몇 시쯤입니까?"

순사는 무리한 질문을 한다. 시간을 알 정도라면 도둑맞을 리도 없지 않은가. 거기에 생각이 미치지 못한 주인 부부는 이 질문을 받고 서로 상담을 한다.

"몇 시쯤이지?"

"글쎄요."

아줌마는 곰곰이 생각한다. 생각해보면 알 수 있겠다고 생각한 듯하다.

"당신은 어제 몇 시에 잤죠?"

"내가 잔 것은 당신보다 뒤지."

"그럼 내가 잔 것은 당신보다 앞이네요."

"눈을 뜬 것은 몇 시였지?"

"7시 반이죠."

"그럼 도둑이 들어온 것은 몇 시쯤이 되나?"

"글쎄 한밤중이겠죠."

"한밤중이란 건 뻔히 알지. 몇 시쯤이 될까?"

"확실한 시각은 잘 생각해봐야 알겠네요."

아줌마는 계속 생각을 해볼 작정이다. 순사는 단지 형식적으로 물었으므로, 언제 들어왔는지는 전혀 고민하지 않는다. 거짓말이라도 좋으니 대충 대답해주면 좋겠거니 생각하고 있는데, 주인 부부가 종잡을 수 없는 문답을 하고 있으니 다소 속이 타는 듯, "그럼 도난 시각은 불명이네요."

그러자 아저씨는 여느 때와 같은 말투로 대답한다.

"뭐, 그렇군요."

순사는 웃지도 않고, "자, 그럼 '메이지 38년(1905년) 몇 월 며칠 문단속을 하고 잤으나 도적이 모처의 창문을 열고 모처로 들어와 물건을 몇 점 훔쳐갔으므로 위와 같이 고소를 하게 되었다'라는 서류를 제출하세요. 신고가 아니라 고소입니다. 누구 앞이라고 쓸 필요는 없습니다."

"물건은 일일이 다 적습니까?"

"예. 하오리 몇 벌, 금액 얼마 하는 식으로 표를 만들어 내세요. ……에? 아뇨, 들어가봤자 소용없어요, 도둑맞은 후니까."

순사는 태연하게 말을 하고 돌아간다.

아저씨는 붓과 벼루를 방 한가운데 가져다놓고 부인을 불러서 마치 싸움이라도 하는 말투로 얘기한다.

"지금부터 절도 고소장을 쓸 테니까, 도둑맞은 것을 하나하나 말해. 싹 다 말해."

"어머 세상에, 싹 다 말해라니, 그렇게 강압적으로 해서 누가 말하겠어요?"

아줌마는 가는 띠를 두른 채 털썩 자리에 앉는다.

"그 꼴은 뭐야? 여관집 하녀 팔푼이 같군. 왜 허리띠를 매지 않았나?"

"이 꼴이 싫으면 사줘요. 여관집 하녀건 말건 도둑맞으면 할 수 없잖아요?"

"허리띠까지 가져갔는가? 못된 놈이네. 그럼 허리띠부터 쓰도록 하지. 허리띠는 어떤 띤가?"

"어떤 띠라뇨, 허리띠가 몇 개나 되던가요? 검은 공단에 치리멘(바탕이 쪼글쪼글한 비단)을 댄 띠예요."

"검은 공단에 치리멘을 댄 띠 하나…… 가격은 얼마 정도지?"

"6엔 정도겠죠."

"아주 비싼 띠를 매었군. 앞으로는 1엔 50전 정도 띠로 해."

"그런 띠가 있나요? 그러니까 당신이 야박하다는 거예요. 마누라는 아무리 추잡한 꼴을 하고 있어도 자기만 좋으면 상관없다는 거죠?"

"아아, 알았어. 그만해. 그리고 또 뭐지?"

"명주직 하오리요. 그건 가와노의 고모님 유품으로 받은 건데, 같은 명주직이래도 요즘 명주직과는 질이 달라요."

"그런 설명은 듣지 않아도 돼. 가격이 얼마지?"

"15엔."

"15엔짜리 하오리를 입다니, 분수에 넘치는군."

"상관없잖아요. 당신이 사준 것도 아니면서."

"다음은 뭐지?"

"검은 버선이 한 켤레."

"당신 것인가?"

"당신 거예요. 값이 27전."

"그리고?"

"참마 한 상자."

"참마까지 가져갔나? 삶아 먹을 생각인가, 갈아서 즙으로 먹을 생각인가?"

"어떻게 먹을지는 모르죠. 도둑한테 물어봐야죠."

"얼마 하지?"

"참마 가격은 모르겠네요."

"그러면 12엔 50전 정도로 해두지."

"참 답답한 소리 하시네요. 아무리 가라쓰에서 캐 왔다고 해도 참마가 12엔 50전이나 한다는 게 말이 돼요?"

"당신이 모른다고 했잖아."

"모르죠. 모르지만 12엔 50전은 터무니없어요."

"모르지만 12엔 50전은 터무니없다니, 그게 뭔 말이야? 전혀 논리가 맞지 않아. 그러니까 당신을 오탄친 팔라이올로고스(오탄친은 멍청이라는 뜻으로, 동로마 최후의 황제 콘스탄티누스 팔라이올로고스의 패러디)라고 하는 거야."

"뭐라고요?"

"오탄친 팔라이올로고스야."

"뭐예요, 오탄친 팔라이올로고스라는 건?"

"뭐든 상관없어. 그리고 다음은…… 내 옷은 전혀 안 나오잖아?"

"다음은 뭐라도 좋아요. 오탄친 팔라이올로고스가 무슨 의미예요?"

"의미고 뭐고 없어."

"가르쳐줘도 되잖아요. 당신은 정말 나를 무시하는군요. 제가 영어를 모른다고 영어로 욕을 한 거죠?"

"어리석은 말 말고 얼른 다른 거나 불러. 빨리 고소하지 않으면 물건을 돌려받지 못해."

"어차피 지금 고소해봤자 늦었어요. 그것보다 오탄친 팔라이올로고스에 대해 말해요."

"성가신 마누라군. 의미고 뭐고 없다고 하는데."

"그럼 다음 물건도 없어요."

"고집불통이로군. 그럼 마음대로 해. 나는 이제 고소장을 써주지 않을 테니."

"저도 물건 수를 세어주지 않겠어요. 고소는 당신이 하는 거니까, 나는 안 써줘도 괜찮아요."

"그럼 그만두지."

아저씨는 여느 때처럼 휙 일어나서 서재로 들어간다. 아줌마는 거실로 물러나 반짇고리 앞에 앉는다. 두 사람 모두 10분 정도 아무 말도 하지 않고 잠자코 문짝만 노려보고 있다.

그때 참마의 기증자인 다타라 산페이 군이 위세 좋게 현관문을 열고 들어왔다. 다타라 산페이 군은 예전에 이 집에서 기거하던 서생이었으나 지금은 법과대학을 졸업하고 어떤 회사의 광산부에서 일하고 있다. 이자도 실업가의 새싹으로 스즈키 도주로 군의 후진이다. 산페이 군은 과거의 인연으로 가끔 옛날 은사의 집을 방문하여 일요일에는 종일 놀고 돌아갈 정도로 이 가족과는 격의 없게 지내는 사이다.

"사모님, 좋은 날씹니더" 하고 가라쓰 사투리 같은 말을 섞으며 부인 앞에 양복바지 차림으로 한쪽 무릎을 세우고 앉는다.

"어머, 다타라 씨."

"선생님은 어디 나가셨습니꺼?"

"아뇨, 서재에 계세요."

"사모님, 선생님처럼 공부하몬 몸에 안 좋습니더. 황금의 일요일 아닙니꺼?"

"제게 말해도 소용없으니, 다타라 씨가 선생님에게 그렇게 말씀해주세요."

"그렇긴 하지만도……" 하고 말을 하다 만 산페이는 방 안을 둘러보고 아줌마에게 묻는다.

"오늘은 가시나들이 뵈지 않네요."

바로 그때 옆방에서 돈코와 슨코가 달려온다.

"다타라 아저씨, 오늘은 초밥 가져왔어?"

언니 돈코가 지난날의 약속을 기억해내고 산페이 군의 얼굴을 보자마자 재촉한다.

다타라 군은 머리를 긁적이며 고백한다.

"잘도 기억하고 있데이. 요다음에 꼭 가오마. 마, 오늘은 까묵었데이."

"몰라, 몰라" 하고 언니가 말하자 동생도 금세 흉내를 내서 "몰라, 몰라" 하고 따라 한다. 아줌마는 이제 기분이 좀 풀려서 웃는 얼굴이다.

"초밥은 못 가왔지만, 참마를 드렸제. 아가씨들은 묵어봤나?"

"참마가 뭐야?" 언니가 묻자 동생이 이번에도 또 따라서 "참마가 뭐야?" 하고 산페이 군에게 묻는다.

"아직 몬 묵었나? 빨리 어무이한테 삶아달라 케라. 가라쓰 참마는 도쿄 것과는 달라서 맛있데이."

산페이 군이 고향 자랑을 하자 아줌마는 이윽고 생각이 나서, "다타라 씨, 요전에는 친절하게도 선물을 주셔서 고마웠어요."

"어떻습니꺼? 묵어보셨나요? 부러지지 않게 상자를 준비해 단디 넣어 왔으니 성하지요?"

"그런데 모처럼 주신 참마를 엊저녁에 도둑맞았지 뭐예요."

"도둑이요? 등신 같은 놈 아인가요. 그리 참마를 좋아하는 사내가 있습디꺼?"

산페이 군은 매우 놀란다.

"엄마, 어제 도둑이 들어왔어?" 하고 언니가 묻자, "응" 하고 부인이 대답한다.

"도둑이 들어와서…… 그래서…… 도둑이 들어와서…… 어떤 얼굴을 하고 들어왔어?"

이번에는 동생이 묻는다. 이 기이한 질문에는 부인도 뭐라 대답해야 좋을지 몰라, "무서운 얼굴을 하고 들어왔지"라고 대답한 뒤에 다타라 군 쪽을 쳐다본다.

"무서운 얼굴이라는 게 다타라 아저씨 같은 얼굴이야?"

언니가 미안한 생각도 없이 다시 묻는다.

"뭐니, 그런 버릇없는 말이."

"하하하, 내 얼굴이 그리 무섭나? 큰일 났데이" 하며 머리를 긁는다. 다타라 군의 뒤통수에는 지름 3센티미터 정도 되는 원형의 탈모 자국이 있다. 1개월 전부터 생기기 시작해 병원에 다니고 있으나 쉽게 나을 것 같지 않다. 이 원형탈모증을 제일 먼저 발견한 것은 언니 돈코다.

"어머! 다타라 아저씨 머리가 엄마처럼 반짝거려요."

"버릇없는 말 하지 말라고 하는데도."

"엄마, 엊저녁 도둑 머리도 반짝거렸어?"

이건 동생의 질문이다. 아줌마와 다타라 군은 웃음을 터뜨렸으나, 너무 아이들이 귀찮게 해 대화를 제대로 할 수가 없으므로 아줌마는 아이들을 내쫓는다.

"자, 자, 너희는 좀 뜰로 나가 놀아라. 조금 있다가 엄마가 맛있는 과자 줄 테니."

그리고 아줌마는 심각한 표정으로 다타라 군에게 묻는다.

"다타라 씨 머리가 어떻게 됐어요?"

"벌레 먹었습니더. 좀체 낫지 않데요. 사모님도 있습니꺼?"

"망측해라, 벌레 먹었다니. 여자는 늘 잡아당기며 머리를 묶으니까 좀 벗겨지죠."

"탈모는 모두 박테리아가 원인입니더."

"저는 박테리아 때문이 아니에요."

"그건 사모님 생각이십니더."

"어쨌든 박테리아는 아니에요. 그런데 참, 영어로 대머리를 뭐라 하죠?"

"대머리는 볼드bald라든가 합니더."

"아뇨, 그게 아니에요. 더 기다란 이름이 있지요?"

"선생님에게 물으면 금방 알지 않겠습니꺼?"

"선생님은 좀체 가르쳐주지 않으니 다타라 씨에게 묻는 거예요."

"저는 볼드밖에 모르는데, 긴 것은 무엇입니꺼?"

"오탄친 팔라이올로고스라고 해요. 오탄친이라는 게 벗겨졌다는 의미고, 팔라이올로고스가 머리겠죠?"

"그럴지도 모르겠습니더. 좀 이따 선생님 서재로 가서 웹스터 사전을 찾아 조사해드리도록 하겠습니더. 그런데 선생님도 꽤 별난 데가 있네요, 이 좋은 날씨에 집에 가만히 계시고. 저러시면 위장병이 우찌 낫겠습니꺼. 우에노에 꽃놀이라도 가시도록 권해주시죠."

"다타라 씨가 데리고 가주세요. 선생님은 여자가 말하는 것을 결코 듣지 않는 분이니까."

"요즘도 잼을 드시나요?"

"예, 변함없으시네요."

"지난번에 선생님이 불평을 하십디더. '마누라가 나보고 잼을 너무 많이 먹는다고 하는데, 나는 그렇게 먹지 않았어. 뭔가 착오겠지'라고 말하시므로, 그럼 '알라들이랑 사모님도 같이 먹는 게 틀림없겠죠' 하고 대답했죠."

"다타라 씨도 짓궂으시네요. 어째서 그런 말씀을 하시는 거예요?"

"사모님도 드신 듯한 얼굴을 하고 계시잖습니꺼?"

"얼굴을 봐서 그런 것을 어떻게 알아요?"

"알지요…… 그럼 사모님은 조금도 드시지 않았습니꺼?"

"조금이야 먹었죠. 먹으면 어때요? 우리 집 건데요."

"하하하, 그렇다고 생각했습니더. 근데 참, 도둑맞은 건 큰 재난이네요. 참마만 가져갔습니꺼?"

"참마만이라면 난처하지 않겠는데, 입는 옷가지도 몽땅 털어갔어요."

"당장 큰일입니더. 또 돈을 빌려야 하는 긴가요? 이 고양이가 개라면 좋았을 텐데 아쉽게 되었습니더. 사모님, 개는 큰 놈으로 꼭 한 마리 기르세요. 고양이는 도움이 안 됩니더, 밥만 처묵고. 근데 쥐라도 잡능기요?"

"쥐는 한 마리도 잡은 적이 없어요. 정말 뺀질거리고 뻔뻔한 고양이예요."

"아니, 그럼 전혀 쓸모가 없잖습니꺼? 빨리 버리도록 하시죠. 제가 가져가서 삶아 먹을까요?"

"어머, 다타라 씨는 고양이를 드세요?"

"먹죠. 고양이 고기가 됩다 맛있습니더."

"대단한 호걸이시네."

하등 서생 중에 고양이를 먹는 야만인이 있다는 말은 예전에 들은 적이 있으나, 평소 나를 귀여워해주어 고맙게 생각하던 다타라 군이 이 부류에 속한다는 것은 지금껏 꿈에도 생각지 못했다.

더욱이 다타라 군은 과거의 서생도 아니라 졸업 후 곧바로 당당한 법학사로 대大 무쓰이六井〔미쓰이三井의 패러디〕물산의 직원이 된 사람이므로 나의 경악은 보통이 아니었다.

사람을 보면 도둑이라고 생각하라는 격언은 간게쓰를 닮은 도둑의 행위에 의해 이미 증거가 수립되었으나, 사람을 보면 고양이 먹는 놈이라고 생각하라는 것은 나도 다타라 군 덕분에 비로소 체감한 진리다.

세상을 살다 보면 진리를 깨닫게 된다. 진리를 깨닫는 것은 좋으나, 나날이 위험한 일이 닥쳐와 매일 방심할 수 없게 된다. 교활해지는 것도 비굴해지는 것도, 표리부동한 호신복을 입는 것도 모두 진리를 알게 된 결과로서 진리를 아는 것은 나이를 먹은 죄다. 노인 중에 변변한 자가 없는 것은 이런 이치 때문인 것이다.

나 같은 것도 어쩌면 조만간에 다타라 군의 냄비 속에서 양파와 함께 성불하는 편이 나을지도 모른다고 생각하며 구석에 숨어 있으니, 아까 아줌마와 싸우고 일단 서재로 퇴각한 아저씨가 다타라 군의 목소리를 듣고 어슬렁어슬렁 거실로 나온다.

"선생님, 도둑맞으셨다면서요? 참 어리석은 일입니다."

첫말부터 한 방 먹인다.

"들어오는 놈이 어리석지."

아저씨는 어디까지나 현자임을 자임한다.

"들어오는 쪽도 어리석지만 도둑맞은 쪽도 그리 현명하지 못하지 않습니까?"

"아무것도 도둑맞을 게 없는 다타라 씨 같은 사람이 가장 현명하죠."

부인이 이번에는 남편 편을 든다.

"그런데 정말 어리석은 것은 이 고양이입니다. 도대체 무슨 생각을 하고 있을까요? 쥐도 못 잡지, 도둑이 들어와도 모른 체하지…… 선생님, 이 고양이를 내게 안 주실랑가요? 이리 놔두면 아무 쓸모가 없지 않습니까?"

"줘도 상관없지만 뭐하게?"

"팍팍 삶아 묵을라고요."

아저씨가 맹렬한 이 한 마디를 듣고 '후훗' 하고 으스스한 위장병적인 웃음을 흘리고 별다른 대답을 해주지 않으므로 다타라 군도 다시 달라고 말하지 않은 것은 내게 바람 이상의 행복이다. 아저씨는 이윽고 화두를 바꾸어, "고양이는 아무래도 상관없지만, 입던 옷을 도둑맞아 추워 못 견디겠군" 하고 크게 소침한 모습이다. 과연 추울 터이다. 어제까지는 솜옷을 두 벌이나 겹쳐 입었는데 오늘은 겹옷에 반소매 셔츠만으로 아침부터 운동도 하지 않고 앉아만 있으므로, 혈액은 모두 위를 위해서만 일하고 손발 쪽으로는 전혀 순회하지 않는다.

"선생님, 교사만 하고 계시면 도저히 안 됩니더. 단 한 번만 도둑을 맞아도 곧 곤란해지죠. 한번 지금부터 생각을 바꾸어 실업가가 되시지 않겠습니꺼?"

"선생님은 실업가를 싫어하니 그런 말은 해봤자 소용없어요."

부인이 옆에서 다타라 군에게 대답한다. 부인은 물론 실업가가 되어주기를 바란다.

"선생님은 학교 졸업한 지 몇 년이 되셨능교?"

"올해로 9년째일걸요."

아줌마는 아저씨를 돌아본다. 아저씨는 맞다고도 틀리다고도 말하지 않는다.

"9년이 지나도 월급은 오르지 않고, 아무리 공부해도 남들은 평가해주지 않으니, 군자는 홀로 적막하도다."

다타라 군이 아줌마를 위해 중학 시절에 배운 시를 낭송하고, 아줌마는 무슨 말인지 잘 몰라 대답을 하지 않는다.

"교사는 물론 싫지만 실업가는 더 싫어."

아저씨는 무엇이 좋은지 마음속에서 생각하는 듯하다.

"남편은 뭐든 싫어하시니……."

"싫어하지 않는 것은 사모님뿐인가요?"

다타라 군은 성격에 어울리지 않게 농담을 한다.

"마누라가 제일 싫지."

아저씨의 대답은 극히 간명하다. 아줌마는 옆을 향해 모른 체 했으나 다시 아저씨 쪽을 보고 한 방 세게 먹일 셈으로 말한다.

"살아 있는 것도 싫겠죠."

"그다지 좋아하지는 않지."

아저씨는 뜻밖에 태연스레 대답한다. 이래서는 도리가 없다.

"선생님요, 좀 활기차게 산책이라도 하시지 않으면 몸이 나빠집니더. 그리고 실업가가 되시죠. 돈 따위 버는 거 아주 간단합니더."

"조금도 벌지 못했으면서 뭔 말이야?"

"아이고, 선생님요, 겨우 작년에 회사에 들어갔다 아닌교. 그래도 선생님보다 저축이 많습니더."

"얼마나 저축했죠?"

아줌마는 진지하게 묻는다.

"벌써 50엔이나 됩니더."

"도대체 다타라 씨 월급이 얼마나 되는데요?"

이것도 아줌마의 질문이다.

"30엔입니더. 그중 매월 5엔씩 회사 쪽에서 맡아서 저축해주는데 꼭 필요할 때는 줍니더. ……사모님요, 용돈으로 전철회사 주식을 조금씩 사시지 않겠습니꺼? 앞으로 3, 4개월 지나면 두 배가 됩니더. 조금만 돈이 있으면 금세 두 배, 세 배가 됩니더."

"그런 돈이 있으면 도둑맞아도 곤란하지 않죠."

"그러니까 실업가가 되어야 한다고 말하는 겁니더. 선생님도 법과를 공부해서 회사나 은행에 들어가셨다면, 지금쯤 한 달에 3, 4백 엔은 받으실 텐데, 아쉽게 되었습니더. ……선생님, 스즈키 도주로라는 공학사를 아십니꺼?"

"응, 어제 왔었지."

"그랑가요? 저번에 어느 연회에서 만났을 때 선생님 이야기를 하니, '그런가, 자네가 구샤미 군 집에서 하숙했던가? 나는 구샤미 군과 옛날에 절에서 함께 자취를 한 적이 있지. 다음에 가면 안부인사 전하게, 나도 조만간에 찾아갈 테니' 하고 말했습니더."

"최근 도쿄에 왔다고 하지?"

"예, 지금까지 규슈 탄광에 있었는데 이번에 도쿄 근무로 발령을 받았습니더. 꽤 사교술이 좋습니더. 저한테도 친근하게 대해줍데예. ……선생님요, 그 사람 월급이 얼만지 아시능교?"

"몰라."

"월급이 250엔이고 연말에 배당금이 붙으니, 글쎄 평균 450엔이 됩니다. 그런 사람도 그리 많이 받는데, 선생님은 영어 교사만 10년에 쥐꼬리만큼 받으니 참으로 말이 되지 않습니더."

"정말 말이 되지 않는군."

아저씨 같은 초연주의 사람도 금전 관념은 보통 사람과 다를 바가 없다. 아니 곤궁한 만큼 남보다 더 돈이 필요할지도 모른다. 다타라 군은 충분히 실업가의 이익을 선전하여 이제 더 할 말이 없으므로 묻는다.

"사모님, 선생님 댁에 미즈시마 간게쓰라는 사람이 오능교?"

"예, 자주 오죠."

"어떤 인물입니까?"

"아주 학문이 깊은 분이라 하네요."

"호남자인가요?"

"호호호, 다타라 씨 정도겠죠."

"그런가요? 저 정도 사람입니까?"

다타라 군은 진지한 모습이다.

"어떻게 간게쓰 이름을 아나?"

아저씨가 물었다.

"저번에 어떤 사람한테 부탁을 받았심더. 그런 걸 물을 만큼 가치가 있는 인물인교?"

다타라 군은 듣기도 전부터 벌써 간게쓰 이상으로 고자세를 한다.

"자네보다 훨씬 훌륭한 사람이야."

"그랑교? 저보다 훌륭합니까?"

웃지도 화내지도 않는다. 이것이 다타라 군의 특색이다.

"조만간에 박사가 됩니까?"

"지금 논문을 쓰고 있다고 하네."

"역시 바보군요. 박사논문 같은 걸 쓰다니, 말이 통하는 인물이라고 생각했는데요."

"여전히 대단한 자존심이군요."

아줌마가 웃으면서 말한다.

"박사가 되면 누구네 딸을 얻는다는 둥 만다는 둥 말이 있으니, 그런 바보가 있습니꺼? 여자를 얻으려고 박사가 되다니요, 그런 인물에게 주는 것보다 나한테 주는 쪽이 더 낫다고 말해 주었습니더."

"누구에게?"

"제게 미즈시마에 관해 물어봐달라고 부탁한 남자입니다."

"스즈키 아닌가?"

"아뇨, 그분은 아직 그런 말을 할 수 없죠. 그쪽은 아주 높은 분이니까요."

"다타라 씨는 우리 집에서는 아주 우쭐대도 스즈키 씨 같은 사람 앞에서는 작아지시네요?"

"예. 그렇게 하지 않으면 위험합니다."

"다타라 군, 산책이나 할까?"

돌연 아저씨가 말한다. 아저씨는 아까부터 겹옷 하나로는 너무 추운 탓에 운동이라도 하면 따뜻해지리라는 생각에서 이런 전례가 없는 제안을 한 것이다. 이래도 좋고 저래도 좋은 다타라 군은 물론 주저할 이유가 없다.

"가입시다. 우에노로 가시겠습니꺼? 이모자카에 가서 경단을 드실랑가요? 선생님, 거기 경단을 드신 적이 있습니꺼? 사모님, 한번 가서 드셔보시죠. 살살 녹고요, 값도 쌉디더. 술도 팔대요" 하고 평소처럼 두서없는 수다를 떠는데, 아저씨는 벌써 모자를 쓰고 마루 아래로 내려간다.

나는 좀 쉬어야겠다.

아저씨와 다타라 군이 우에노 공원에서 어떤 행동을 하고 이모자카에서 경단을 몇 접시 먹는지는 엿볼 필요도 없고, 미행할 의욕도 없으므로 과감히 포기하고 잠시 휴식을 취해야겠다.

휴식은 만물의 하늘이 요구한 당연한 권리다. 이 세상에 생식의 의무를 가지고 움직이는 자는 생식의 의무를 다하기 위해 휴식을 취해야 한다. 만약 신이 있어, 너는 일하기 위해 태어났으며 잠자기 위해 태어난 것이 아니라고 한다면, 나는 말씀대로 일하기 위해 태어났으므로 일하기 위해 휴식을 요구하노라 대답할 것이다.

마치 기계에 불평을 불어넣은 듯 무뚝뚝한 아저씨도 가끔 일요일이 아닌 날에도 자신만의 휴식을 취하지 않는가. 다감다한多感多恨하여 종일 심신을 혹사하는 나 같은 자는 아무리 고양이라고 해도 아저씨 이상으로 휴식이 필요한 것은 당연하다. 다만 아까 다타라 군이 나를 휴식 말고는 아무런 능력도 없는 사치품처럼 매도한 것은 좀 마음에 걸린다.

어쨌든 오직 보이는 형태에 따라 움직이는 속인은 오감의 자극 말고 아무런 활동도 없으므로, 남을 평가할 때도 형태 이외의 것은 잘 모른다. 무엇이든 팔이라도 걷어붙이고 땀을 흘려야 일한다고 생각한다.

달마라는 스님은 발이 썩을 때까지 좌선했다는데, 벽 틈에서 담쟁이가 기어들어와 대사의 눈을 덮어도 꼼짝하지 않고 누워 있었다고 해도 죽은 것이 아니다. 머릿속은 항상 활동하여 확연무성廓然無聖〔드넓게 트였으니 성스런 것이 없다는 말로, 최고의 진리는 성속의 분별이 없다는 뜻〕 같은 별스런 이론을 깊이 생각한 것이다.

유학에도 정좌 공부라는 게 있다고 한다. 이것도 방 안에 한가롭게 앉아서 수행하는 것이 아니다. 머릿속 활력은 남보다 활발히 타오른다. 단지 외견상으로는 지극히 침착하고 정숙한 모습이므로, 천하 범인의 눈은 이러한 지식의 거장들을 혼수상태에 빠진 범인으로 간주하여 소용없는 존재라거나 밥벌레라며 헛된 비방을 한다.

무릇 범인은 모두 형태만 보고 마음을 보지 못하는 불구의 시각을 가지고 태어난 자인데, 그중에서도 다타라 산페이 군 같은 자는 형태를 보고 마음을 보지 않는 최하등 인물이므로, 산페이 군이 나를 쓰레기로 생각하는 것도 당연하나, 원망스러운 것은 조금이라도 고금의 서적을 읽고 다소나마 사물의 진상을 아는 아저씨까지 천박한 산페이 군의 허튼소리에 동의하여 고양이 냄비에 이의를 제기할 기미가 보이지 않았다는 점이다.

그러나 한 발 물러나 생각해보면, 이렇게까지 그들이 나를 경멸하는 것도 무리는 아니다. 고상한 소리는 속인 귀에 들리지 않으며, 좋은 시에는 감명하는 이 적다는 비유도 오랜 옛날부터 있는 말이다.

형체 외의 활동을 보지 못하는 자를 향해 자신의 영혼을 보라고 강요하는 것은 스님에게 머리를 묶으라고 강요하는 것과 같으며, 참치에게 연설을 하라고 말하는 것과 같으며, 전철에게 탈선을 요구하는 것과 같고, 아저씨에게 사직을 권고하는 것과 같으며, 산페이에게 돈 생각 하지 말라고 말하는 것과 같다. 필시 무리한 주문에 지나지 않는다.

고양이도 사회적 동물이다. 사회적 동물인 이상 아무리 높은 위치에 자신이 올라 있어도 어느 정도는 사회와 조화를 이루며 가야 한다. 아저씨나 아줌마, 그리고 하녀 오상, 산페이가 나를 제대로 평가해주지 않는 것은 유감스럽지만 할 수 없다고 생각한다.

하지만 눈이 깨지 못한 결과로 껍질을 벗겨 샤미센 장수에게 팔아버리고 몸을 잘라 다타라 군 밥상에 올리는 것 같은 무분별한 취급을 한다면 황당하고 심각한 처사다. 머리로 활동해야 할 천명을 받아 이 세상에 출현한 고양이라면 매우 소중한 신체가 아닐 수 없다. 부자는 추락하지 않도록 몸조심하라는 속담도 있듯, 기꺼이 남보다 뛰어남을 자랑하며 함부로 위험을 추구하는 것은 단지 자신에게 재앙이 될 뿐 아니라 하늘의 뜻에도 크게 어긋난다.

맹호도 동물원에 들어가면 똥돼지 옆에 자리를 차지하고, 기러기도 새장에 잡혀 있으면 보통 닭과 함께 도마에 오르는 운명이 된다. 범인과 교제하는 한 아래로 내려가 보통 고양이로 변해야 하며, 보통 고양이가 되려면 쥐를 잡아야 한다. ……그래서 나는 결국 쥐를 잡기로 했다.

얼마 전부터 일본은 러시아와 대전쟁을 벌이고 있다 한다. 나는 일본 고양이니까 물론 일본 편이다. 가능하다면 혼성 고양이 여단을 조직하여 러시아 병사를 할퀴어주고 싶다고 생각할 정도다. 이렇게 원기 왕성한 나이므로 쥐 한두 마리쯤 잡겠다는 의지만 있다면 눈 감고도 쉽게 잡을 수 있다.

옛날 어떤 사람이 당시 유명한 선승에게 어떻게 하면 깨달음을 얻을 수 있느냐고 물으니, '고양이가 쥐를 노리듯이 하라'고 대답했다고 한다. '고양이가 쥐를 노리듯이'란 그렇게만 하면 틀리지는 않는다는 의미다.

암탉이 울면, 즉 여자가 똑똑하면 집안이 망한다는 말이 있는데, 고양이가 똑똑하다고 쥐를 못 잡는다는 격언은 아직 없다. 그렇다면 현명함을 자부하는 나 같은 고양이도 쥐를 잡지 못할 리 없다. 못 잡기는커녕 결코 놓칠 리 없다. 지금까지 잡지 않은 것은 어디까지나 잡고 싶지 않아서다.

봄날의 해는 어제처럼 저물고, 간간이 부는 바람에 날린 꽃보라가 부엌 창문 틈으로 날아들어 물통 안에 둥둥 떠서 희끄무레한 등불에 하얗게 빛난다.

오늘 밤이야말로 대수훈을 세워 온 집안을 놀라게 하자고 결심한 나는, 미리 전장을 돌아보고 지형을 터득해둘 필요가 있다. 전투선은 물론 그리 넓을 리가 없다. 다다미로 치면 네 장이나 되려나. 그 한 장을 구획 지어 절반은 개수대고, 나머지 절반은 술 장수나 채소 장수가 들락거리는 봉당이다.

부뚜막에는 가난한 집 부엌에 어울리지 않게 놋쇠 그릇이 반짝이고, 그 뒤로 두 자 정도 널빤지 위에 내 밥통이 놓여 있다. 거실과 가까운 곳에는 공기와 접시를 넣는 여섯 자짜리 찬장이 그러잖아도 좁은 부엌을 더 좁게 하면서, 옆으로 밀고 나온 선반과 거의 같은 높이에 서 있다.

그 밑에 절구가 입을 벌리고 놓여 있고, 절구 안에는 작은 통 바닥이 내 쪽을 향하고 있다. 강판과 절굿공이가 나란히 걸린 옆에는 뜬숯항아리만이 초연하게 놓여 있다. 시커멓게 그슬린 서까래가 교차한 한가운데서 내려온 하나의 갈고리 끝에 평평한 큰 소쿠리가 걸려 있다. 그 소쿠리가 때때로 바람에 흔들려 유유히 움직인다. 소쿠리를 왜 걸어두었는지 이 집에 처음 왔을 때는 전혀 몰랐으나, 고양이 손이 닿지 않도록 일부러 음식물을 여기에 넣어둔 것이라는 사실을 나중에 알고 난 뒤로는 인간이 얼마나 심술궂은지 절실히 느끼지 않을 수 없었다.

이제부터 작전 계획이다. 어디서 쥐와 전쟁할 것이냐? 물론 쥐가 나오는 곳이다. 아무리 내게 편리한 지형이라고 해도 혼자서 기다리면 전혀 전쟁이 되지 않는다. 쥐의 출구를 연구할 필요가 있다. 어느 방면에서 올 것인지 생각하며 부엌 한가운데 서서 사방을 둘러본다. 왠지 도고(러일전쟁 때 연합함대 사령관으로 활약한 해군대장 도고 헤이하치로) 대장과 같은 기분이 든다.

하녀는 아까 목욕탕에 가서 아직 돌아오지 않았다. 아이들은 아까부터 잠들어 있다. 아저씨는 이모자카의 경단을 먹고 돌아와 역시나 서재에 처박혀 있다. 아줌마는…… 아줌마는 무엇을 하는지 모른다. 아마 꾸벅꾸벅 졸면서 참마 꿈이라도 꾸고 있을 것이다.

때때로 인력거가 집 앞을 지나가지만, 지나가고 나면 한층 적막하다. 내 결심과 의지, 그리고 부엌의 광경, 사방의 적막 등 전체적인 느낌이 모두 비장하다. 아무래도 꼭 고양이 가운데 도고 대장이라는 느낌이다.

이러한 경지에 들어가면 누구나 두려운 가운데 일종의 유쾌함을 느낄 텐데, 나는 이 유쾌함의 바닥에 하나의 큰 걱정이 드리워져 있는 것을 발견했다. 쥐와 전쟁을 하는 것은 각오한 터라 몇 마리가 와도 무섭지 않으나, 쥐가 나오는 방향이 명확하지 않다는 게 좀 찜찜하다.

주도면밀한 관찰로 얻은 자료를 종합해보면, 쥐가 도망가는 길은 세 방향이 있다. 그들이 만약 시궁쥐라면 토관을 따라 개수대에서 부뚜막 뒤편으로 돌아갈 것이 틀림없다. 그때는 뜬숯 항아리 뒤에 숨어 돌아가는 길을 차단한다.

어쩌면 도랑으로 물이 빠지는 구멍에서 욕탕을 우회하여 부엌으로 갑자기 튀어나올지도 모른다. 그러면 솥뚜껑 위에 진을 치고 있다가 나타나면 위에서 덮쳐 단번에 잡으면 된다.

다시 주위를 돌아보니 찬장 문 오른쪽 아래 구석에 반달형으로 갉힌 구멍이 보인다. 그들의 출입로일 가능성이 있다. 코를 대고 냄새를 맡아보니 약간 쥐 냄새가 난다. 만약 여기에서 돌격해 온다면 기둥을 방패로 해서 지나가게 하고 옆에서 확 발톱을 갈긴다.

또 어쩌면 천장에서 내려올지 모른다는 생각에 위를 바라보니, 시커멓게 그을린 천장이 등불에 반짝이며 지옥을 뒤집어서 매단 것 같아 내 솜씨로는 좀체 올라갈 수도 내려갈 수도 없다. 설마 저런 높은 곳에서 떨어져 내려올 수는 없을 것으로 생각해 이 방면은 경계를 해제하기로 한다.

그래도 세 방향에서 공격을 받을 우려가 있다. 한 방향이라면 한 눈을 감고도 퇴치할 수 있다. 두 방향이라면 어쨌든 힘은 들겠지만 퇴치할 자신이 있다. 그러나 세 방향이 되면 아무리 본능적으로 쥐를 잡을 것으로 예기되는 나도 도리가 없다.

그렇다고 해서 차부 집 검둥이 자식의 원조를 부탁하는 것도 내 위신이 깎이는 일이다. 어떻게 하면 좋을지 아무리 생각해도 좋은 지혜가 나오지 않을 때는, 그런 일은 일어날 염려가 없다고 간주하는 것이 가장 안심을 얻는 지름길이다. 또 방법이 없는 것은 일어나지 않는다고 생각하고 싶어진다.

세상을 한번 바라보라. 어제 시집온 신부도 오늘 죽을지 모르잖는가. 그러나 신랑은 '천세만세 살아보세' 하며 걱정스러운 얼굴은 하지 않는다. 걱정하지 않는 것은 걱정할 가치가 없기 때문이 아니다. 아무리 걱정해봤자 도리가 없기 때문이다.

내 경우도 삼면 공격은 반드시 일어나지 않으리라 단언할 만한 논거는 없으나, 일어나지 않는다고 생각해야 편리하게 안심을 얻을 수 있다. 안심은 만물에 필요하다. 나도 안심을 욕망한다. 따라서 삼면 공격은 일어나지 않는다고 단정한다.

그래도 여전히 걱정이 없어지지 않아, 왜 그럴까 곰곰이 생각해본 결과 겨우 알 듯하다. 세 가지 계략 중 무엇을 선택하는 것이 최상책이냐는 문제에 대하여 스스로 명료한 답변을 얻기 어렵기 때문에 일어난 걱정이다.

찬장에서 적이 나올 경우, 나는 이에 응할 책략이 있다. 욕탕에서 나타날 때는 이에 대한 계략이 있다. 또 개수대에서 기어올라올 때는 이를 억제할 방안도 있으나, 그중에 어느 하나를 정해야 한다면 매우 곤혹스럽다.

도고 대장은 발틱함대가 쓰시마 해협을 지날지, 쓰가루 해협으로 나올지, 아니면 멀리 소야 해협(라페루즈 해협)으로 돌아갈지 매우 걱정하셨다고 하는데, 지금 내가 막상 이런 처지에 빠지니 실로 그의 곤혹스런 상황이 이해된다. 나는 전체 상황에서 도고 각하와 비슷할 뿐 아니라 이 각별한 지위에서도 도고 각하와 고민을 함께하는 자다.

내가 이렇게 생각에 빠져서 책략을 궁리하고 있는데, 돌연 장지문이 열리고 오상의 얼굴이 스윽 나타났다. 얼굴만 나타난다는 것은 손발이 없다는 말이 아니다. 밤눈에 다른 부분은 잘 보이지 않지만, 얼굴만은 현저하게 강한 빛을 띠고 확연하게 눈에 띄기 때문이다.

오상은 평소의 붉은 뺨을 더욱 붉게 하고 목욕탕에서 돌아오자마자 어젯밤 도둑 건도 있어서인지 일찍이 부엌문을 잠근다. 서재에서 "내 지팡이를 머리맡에 꺼내둬"라는 아저씨의 말이 들린다. 무엇 때문에 머리맡에 지팡이를 놔두는지 나는 모르겠다. 설마 자기가 손오공이라며 여의봉이라도 휘두를 망상은 품지 않겠지. 어제는 참마, 오늘은 지팡이, 내일은 뭐가 될 것인가.

밤은 아직 깊지 않아 쥐는 여간해서 나올 것 같지 않다. 나는 대전투에 앞서 잠시 휴식을 취해야 한다.

이 집 부엌에는 공기창이 없다. 방이라면 난간 같은 곳이 폭 한자 정도 뚫려서 여름과 겨울에 공기창을 대신한다. 아낌없이 떨어지는 벚꽃을 흩날리며 불어오는 바람에 놀라 눈을 뜨니, 으스름달이 어느새 나타났는지 부뚜막의 그림자가 비스듬히 널판때기 위에 드리워져 있다. 잠을 자다 놓치지 않을까 두세 번 귀를 흔들어 집 안 모습을 살피니, 조용하게 어젯밤과 다름없이 벽시계 소리만 들린다. 이제 쥐가 나올 때다. 어디로 나올 것인가?

찬장 안에서 달그락거리는 소리가 난다. 접시 테두리를 발로 누르고 뭔가 꺼내려고 하는 듯하다. 여기로 나오겠군, 하고 구멍 옆에 웅크리고 기다린다. 어지간히 나올 기색이 없다. 접시 소리는 이윽고 멈췄으나, 이번에는 사발인가 뭔가에 달라붙은 듯하다. 때때로 둔중하게 덜그럭거리는 소리가 난다. 게다가 찬장 문을 사이에 두고 바로 저쪽에서 난다. 내 코끝과의 거리로 치면 10센티미터 정도도 떨어지지 않았다. 때때로 조르르 구멍 안까지 발소리가 다가왔다가 다시 멀어져 한 마리도 얼굴을 비치는 놈이 없다.

찬장 문 반대편에서 현재 적이 폭행을 왕성하게 저지르고 있는데 나는 가만히 구멍 출구에서 기다려야 하니, 꽤 참을성이 필요한 일이다. 쥐는 사발 안에서 열심히 무도회를 하고 있다. 적어도 내가 들어갈 만큼 오상이 찬장 문을 열어두었다면 좋았을 텐데, 참 답답한 시골뜨기다.

이번에는 부뚜막 그림자에서 내 밥그릇이 딸그락거린다. 적은 이 방면으로도 왔구나, 하고 살금살금 다가가니 물통 뒤로 꼬리를 살짝 보이다가 개수대 밑으로 숨어버린다. 잠시 후 욕탕에서 양치컵이 쇠 대야에 쨍강 부딪힌다. 이번에는 후방이군, 하고 돌아보는 순간 15센티미터 정도의 큰 놈이 휙 하고 치약을 떨어뜨리며 마루 밑으로 달려간다. 놓칠쏘냐, 따라서 뛰어내리니 이미 모습은 보이지 않는다. 쥐를 잡는 것은 생각보다 어려운 일이다. 나는 선천적으로 쥐를 잡는 능력이 없는 것인가!

내가 욕탕을 돌아가자 적은 찬장에서 뛰쳐나오고, 찬장을 경계하자 개수대에서 뛰어오르고, 부엌 한가운데 진을 치자 세 방면 다 조금씩 소란스러워진다. 얄밉다고 해야 하나, 비겁하다고 해야 하나, 도저히 그들은 군자의 적이 못 된다.

나는 열대여섯 번에 걸쳐 여기저기로 온 힘을 다하여 동분서주해보았으나 한 번도 성공하지 못했다. 유감스럽지만 이러한 소인을 적으로 해서는 제아무리 도고 대장이라도 어찌할 책략이 없다.

처음에는 용기도 있고 적개심도 있으며 비장함 같은 숭고한 미감도 있었으나, 지금은 귀찮고 시시하고 졸리고 지쳐서 부엌 한가운데 앉아 움직이지 않는다. 그러나 움직이지 않아도 팔방 노려보고 있으면 적은 소인이므로 대단한 짓은 할 수 없다. 적이라고 생각한 놈이 의외로 쩨쩨한 녀석이라 전쟁이 명예라는 느낌이 사라지고 밉다는 생각만 남는다. 밉다는 생각이 지나가면 긴장이 빠져 멍해진다. 멍해진 다음에는 마음대로 해라, 어차피 대단한 짓은 못할 테니, 하며 경멸한 나머지 졸리기 시작한다. 이상의 경로를 거쳐 결국 잠이 왔다. 나는 자겠다. 휴식은 적중에 있어도 필요하다.

옆으로 비스듬히 처마를 향해 열린 창을 통해 강한 바람이 다시 꽃보라를 흩날리며 나를 휩싸는 듯싶더니, 선반 입구에서 바람을 가르며 탄환처럼 튀어나온 놈이 내가 미처 피할 틈도 없이 왼쪽 귀를 물어뜯는다. 이놈에 이어 검은 물체가 뒤로 돌아가는가 싶더니 내 꼬리에 매달린다.

순식간에 일어난 사건이다. 나는 아무런 목적도 없이 기계적으로 뛰어오른다. 온몸의 힘을 털구멍에 집중하여 이 괴물을 떨쳐내려고 한다. 귀를 물고 늘어진 놈은 중심을 잃고 털썩 내 옆얼굴에 닿는다. 고무관처럼 부드러운 꼬리 끝이 불쑥 내 입으로 들어온다. 내가 꽉 꼬리를 물고 좌우로 흔들자, 꼬리만 앞니 사이에 남고 몸은 신문지로 바른 벽에 부딪혀 널판때기 위로 떨어진다. 일어나는 놈에게 여유를 주지 않고 덤비니, 차인

공처럼 내 코끝을 스쳐서 선반 위로 올라가 테두리에 발을 움츠리고 선다.

놈은 선반 위에서 나를 내려다본다. 나는 바닥에서 놈을 올려본다. 거리는 1미터 50센티미터. 달빛이 큰 폭의 띠를 공중에 친 것처럼 비스듬히 내리비친다. 나는 앞발에 힘을 주고 선반 위로 뛰어오르려 시도한다. 앞발은 무난히 선반 끝에 닿았으나 뒷발은 공중에서 허우적댄다. 꼬리에는 아까의 검은 놈이 죽어도 놓치지 않겠다는 기세로 물고 매달려 있다.

나는 위험하다. 앞발을 바꾸어 더 깊이 걸치려고 한다. 발을 바꿀 때마다 꼬리의 무게로 더 밑으로 처진다. 1센티미터만 미끄러져도 떨어진다.

나는 더욱 위험하다. 선반 판자를 발톱으로 북북 긁어대는 소리가 들린다. 이래서는 틀렸다고 생각해 왼쪽 앞발을 바꾸는 찰나 발톱이 걸리지 않아 나는 오른 발톱 하나로 선반에 매달리게 되었다.

나와 꼬리에 매달린 놈의 무게로 내 몸이 빙글빙글 돈다. 이때까지 몸을 움직이지 않고 노려보기만 하던 선반 위의 괴물이 때는 지금이라는 듯 내 이마를 향해 육탄 돌격하듯 뛰어내린다. 내 발톱은 최후의 보루를 잃는다. 세 덩어리가 하나 되어 달빛을 가르며 밑으로 떨어진다. 다음 단에 올려놓은 사발과 사발 안의 통과 빈 잼 깡통과 뜬숯항아리가 한 덩어리가 되어 반은 물독 안으로, 반은 널판때기 위로 떨어져 구른다. 모든 것이 심야에 요란한 소리를 내니 죽을힘을 다하던 내 혼조차 얼어붙었다.

"도둑이야!"

아저씨는 고함을 치며 침실에서 튀어나왔다. 한 손에 등불을 들고 한 손에는 지팡이를 든 채 졸린 눈이 아니라 신분에 어울리는 형형한 빛을 발한다. 나는 밥그릇 옆에 얌전히 웅크리고 있었다. 두 마리 괴물은 찬장 안으로 모습을 감추었다.

"뭐냐, 누구야? 큰 소리를 낸 놈은?"

아저씨는 하릴없이 화를 내며 상대방도 없는데 묻는다.

달이 서쪽으로 기울어짐에 따라 흰 달빛의 폭은 점점 가늘어졌다.

6

이렇게 더워서는 고양이라도 도리가 없다. 가죽을 벗고, 살을 벗고 뼈만으로 시원하게 보내고 싶다고 영국의 시드니 스미스(목사 겸 저술가로, 풍자와 기지가 넘치는 평론을 씀)라든가 하는 사람이 괴로워했다는 이야기가 있는데, 설령 뼈만이 되지 않더라도 좋으니 적어도 이 담회색 반점 섞인 털옷만은 좀 빨아 말리든가 당분간 전당포에라도 맡기고 싶은 마음이다.

인간의 관점에서 고양이 따위는 1년 내내 같은 얼굴을 하고 춘하추동 단벌로 지내서 지극히 단순하고 무사하게 돈이 들지 않는 생애를 보낸다고 생각할지도 모르나, 아무리 고양이라도 더위와 추위의 느낌은 있다.

때로는 등목 한번 받고 싶기는 하지만, 이 털옷 위로 물을 끼얹었다가는 말리기도 쉽지 않으므로 땀 냄새를 견디며 이 나이가 되기까지 목욕탕 문을 들어선 적이 없다. 때로는 부채라도 써볼까 하는 생각도 없지 않으나, 부채를 쥐는 것이 불가능하니 그럴 수도 없다.

이런 생각을 하면 인간이 사치스럽게 보인다. 날것으로 먹어야 당연한 것을 일부러 삶거나 굽거나 식초에 절이고 된장을 발라보면서 기꺼이 쓸데없는 수고를 하며 서로 기뻐한다.

옷도 그렇다. 고양이처럼 1년 내내 같은 것을 입고 지내라는 것은 불완전하게 태어난 그들에게 좀 무리일지 모르나, 그렇게 잡다한 것을 피부 위에 걸치고 살지 않아도 되지 않을까.

양을 괴롭히거나 누에 신세를 지거나 목화밭의 자비까지 받기에 이르렀으니, 사치는 무능의 결과라고 단언해도 좋을 정도다. 의식衣食은 일단 너그러이 용서하기로 하고, 생존에 직접 이해관계가 없는 것까지 이런 식으로 밀고 나가는 것은 도저히 이해가 되지 않는다.

첫째로 머리털이란 자연히 나는 것이므로 놔두는 편이 가장 간편하여 자신에게 도움도 되리라 생각하는데, 그들은 쓸데없는 고안을 하여 여러 잡다한 모양을 만들어 자랑한다. 스님이라고 자칭하는 자는 언제 봐도 머리를 새파랗게 깎고 있다. 더우면 그 위에 양산을 쓴다. 추우면 두건을 쓴다. 그러면서 뭐 때문에 푸르스름하게 깎는지 원래 의도를 알 수 없게 한다.

그런가 하면 빗인가 하는 무의미한 톱 같은 도구를 사용해 머리털을 좌우로 등분하고 기뻐하는 자도 있다. 등분하지 않으면 7 대 3 비율로 두개골 위에 인위적인 구획을 만든다. 그중에는 이 구획이 가마를 통과하여 뒤까지 비어져 나오는 경우도 있다. 마치 위조된 파초 잎 같다. 그다음에는 정수리를 평평하게 깎고 좌우는 똑바로 곧게 깎아버린다. 둥근 머리에 사각 틀을 끼고 있으니, 정원사가 손본 삼목 울타리를 스케치한 것으로 보인다. 그 밖에 5푼, 3푼, 1푼 깎기도 있다고 하는데 결국에는 머리 안까지 파고들어 마이너스 1푼, 마이너스 3푼 깎기라는 신기한 것도 유행할지 모르겠다.

어쨌든 이리 고달픈 인생에 멋을 부려 무엇에 쓰려는지 모르겠다. 우선, 다리가 네 개인데 두 개밖에 사용하지 않는 것부터가 사치스럽다. 네 개로 걸으면 그만큼 빨리 갈 터인데, 항상 두 개로 걷고 나머지 두 개는 대구포처럼 멍하니 매단 모습은 참으로 꼴불견이다.

이를 보면 인간은 고양이보다 매우 한가한 자로, 심심한 탓인지 이와 같은 장난을 고안하여 즐기는 것으로 판단된다. 단지 이상한 것은 이 한가한 동물이 툭하면 바쁘다 바빠, 하며 떠벌리고 다닐 뿐 아니라 얼굴빛도 자못 바쁜 듯 자칫하면 다망多忙이라는 놈에 물어뜯겨 죽지나 않을까 생각될 정도로 곰상스럽게 군다.

그들 중 어떤 이는 때때로 나를 보며 고양이 팔자가 아주 편하겠다고 말하지만, 편한 게 좋다면 그렇게 하면 되지 않는가. 바쁘게 살라고 아무도 부탁하지 않았다. 제멋대로 소화하지 못할 일을 산더미처럼 쌓아놓고 괴롭다고 하는 것은 스스로 불을 확확 피워놓고 덥다고 하는 것과 같다.

고양이도 머리 깎는 방법을 스무 종류나 고안해내는 날에는 지금처럼 이렇게 편안하게 지낼 수 없다. 편안하고 싶으면 나처럼 여름에도 털옷을 입고 지내는 수련을 하는 게 좋다. 말은 이렇게 하지만 사실 나도 좀 덥기는 하다. 털옷은 솔직히 너무 덥다.

이래서는 내 전매특허인 낮잠도 제대로 못 잔다. 뭔가 재밌는 일은 없을까? 오랫동안 인간사회 관찰을 게을리하였으니 오늘은 오랜만에 그들이 들떠서 아등바등하는 모습을 볼까 생각하는데, 불행히도 아저씨는 고양이처럼 게으른 성격이라 볼 것이 없다.

낮잠은 내게 뒤지지 않을 정도로 자고, 특히 여름방학이 시작되고 나서는 뭐 하나 인간다운 일을 하지 않으므로 아무리 관찰을 해도 전혀 볼거리가 없다.

이럴 때 메이테이라도 온다면 위약성 피부도 조금이나마 반응을 나타내 잠시라도 고양이를 멀리할 것이다. 이제 메이테이 선생이 올 때도 되었는데 생각하고 있는데, 누군지 모르지만 욕실에서 물을 좍좍 끼얹는 사람이 있다. 물을 끼얹는 소리뿐 아니라 때때로 큰 소리로 장단을 넣고 있다.

"어, 좋다!"

"아주 시원하군."

"한 바가지 더."

온 집 안에 들리게 소리를 낸다. 아저씨 집에 와서 이렇게 큰 소리를 내고 무례한 행동을 하는 자는 메이테이가 틀림없다.

결국 왔구나! 이것으로 오늘 반나절은 시간을 보낼 수 있다고 생각할 때, 몸을 닦고서 옷을 입은 메이테이 선생이 여느 때처럼 방까지 척척 올라와서, "제수씨, 구샤미 군은 어디 갔습니까?" 하고 큰 소리로 물으며 모자를 방바닥에 던져놓는다.

옆방에서 반짇고리 옆에 엎어져서 기분 좋게 자던 아줌마는 왁왁 뭔가 고막을 때리는 소리에 깜짝 놀라 잠이 덜 깬 눈을 억지로 크게 뜨고 방을 나오니, 메이테이가 삼베옷을 입고 저 좋은 곳에 제멋대로 앉아서 계속 부채를 부치고 있다.

아줌마는 약간 당황한 듯 콧등에 땀을 보인 채 인사한다.

"어머, 오셨어요? 오셨는지 전혀 몰랐네요."

"아뇨, 지금 막 왔습니다. 지금 욕실에서 오상에게 물을 끼얹어 달라고 해서 겨우 죽다 살아난 듯합니다. 너무 덥지 않습니까?"

"요 며칠 동안 그냥 가만히 있어도 땀이 날 정도로 몹시 덥네요. 그래도 변함없으신 듯하네요."

아줌마는 아직도 콧등의 땀을 닦지 않는다.

"예, 감사합니다. 뭐, 더위 따위로 영향을 받지는 않지요. 그런데 요즘 더위는 특별하네요. 아무래도 몸이 축축 처지는데요."

"저도 원래 낮잠은 자지 않는데요, 이렇게 더워서야……."

"주무셨나요? 좋죠. 낮에 자고 밤에 자고 그처럼 팔자 좋은 것도 없죠" 하고 여전히 태평스런 말을 늘어놔봤으나, 그것만으로는 부족하다는 듯, "저는 말이죠, 잠이 잘 안 오는 체질이라서요. 구샤미 군처럼 찾아올 때마다 자는 사람을 보면 부럽습니다요. 하긴 위병에는 더위가 좋지 않으니까요. 건강한 사람도 오늘 같은 더위에는 어깨 위로 머리를 들고 다니기 힘들죠. 그렇다고 해서 머리를 잡아 뺄 수도 없으니까요."

메이테이 군, 어느새 머리 처치에 곤란해한다.

"제수씨는 머리 위에 얹은 것이 또 하나 있으니 앉아 계시기 힘들겠죠. 올린 머리 무게만으로도 눕고 싶어지죠?" 하고 말하자, 아줌마는 지금까지 잤다는 것이 흐트러진 머리 모양으로 발각되었다고 생각하여 머리를 매만지며 말한다.

"호호호, 말씀이 짓궂으시네요."

메이테이는 그런 것에는 개의치 않고 묘한 말을 늘어놓는다.

"제수씨, 어제는 말이죠, 지붕 위에다 달걀 프라이를 해보았습니다."

"프라이를 어떻게 했는데요?"

"지붕 기와가 너무 뜨거워져서 그냥 놔두기 아까워서 말이죠. 버터를 녹이고 계란을 깨서 놓았죠."

"어머나, 세상에."

"그런데 아무래도 햇빛은 기대만큼 세지 않더라고요. 기다려도 반숙이 되지 않아서 밑으로 내려와 신문을 읽고 있는데 손님이 와서 깜박 잊어버렸다가, 오늘 아침 문득 생각이 나서 이젠 됐겠지 하고 올라가봤죠."

"어떻게 되었나요?"

"반숙은커녕 완전히 다 풀어져버렸습니다."

"아이고, 세상에."

아줌마는 미간을 찡그리면서 감탄사를 던진다.

"그런데 입추 전에는 그렇게 시원하더니 지금 더워지는 게 이상하네요."

"정말 그렇죠. 여태껏 여름옷으로는 좀 쌀쌀하기도 했는데 엇그제부터 갑자기 더워졌어요."

"게는 옆으로 기어가지만 올해 날씨는 뒷걸음치네요. 세상이란 때로 이성에 위배되어 도행倒行하는 경우도 있다는 걸 말해주는지도 모르죠."

"무슨 말이죠, 그건?"

"아뇨, 아무 말도 아닙니다. 아무래도 날씨가 뒷걸음치는 것은 마치 헤라클레스의 소 같군요."

흥이 난 듯한 메이테이의 입에서 드디어 기묘한 말이 튀어나오자, 아니나 다를까 아줌마는 어안이 벙벙하다. 그러나 좀 전의 '도행 어쩌고'에 다소 질렸으므로 이번에는 그저 "아, 예" 하고 말했을 뿐 다시 묻지 않는다. 다시 질문이 나오지 않자 메이테이는 모처럼 말을 꺼낸 보람이 없다.

"제수씨, 헤라클레스의 소를 아십니까?"

"그런 소는 몰라요."

"모르시나요? 좀 설명해드릴까요?" 하고 말하자, 아줌마도 그럴 것 없다고 말하기는 어려우므로 "예" 하고 대답한다.

"옛날에 헤라클레스가 소를 끌고 왔습니다."

"헤라클레스라는 자는 소치기라도 되나요?"

"소치기는 아닙니다. 소치기도 갈빗집 주인도 아닙니다. 그때 그리스에는 아직 고깃집이 하나도 없었으니까요."

"어머, 그리스 이야기인가요? 그렇다면 그리 말씀하셨어야죠."

아줌마는 그리스라는 나라 이름은 알고 있다.

"헤라클레스라고 했으니까요."

"헤라클레스라면 그리스인인가요?"

"예, 헤라클레스는 그리스의 영웅이죠."

"그러면 그렇지, 모르는 게 당연해요. 그래서 그 남자가 어쨌다는 거죠?"

"그 남자가 제수씨처럼 졸려서 쿨쿨 자고 있는데……."

"어머, 심술궂으시기는."

"자는 사이에 헤파이스토스의 아들이 왔죠."

"헤파이스토스는 누구죠?"

"헤파이스토스는 대장장이입니다. 이 대장장이의 아들이 그 소를 훔쳤어요. 그런데 말이죠, 소꼬리를 잡고 낑낑 끌어서 가버렸으니 헤라클레스가 눈을 뜨고 '소야, 소야' 하고 찾아다녀도 보이지 않는 거예요. 보일 턱이 없죠. 앞으로 걷게 해서 데려간 것이 아니고, 뒤로 걷게 해서 데리고 갔으니까요. 대장장이 아들로서는 꽤 머리를 쓴 거죠."

메이테이 선생은 이미 날씨 이야기를 잊었다.

"그런데 구샤미 군은 어떻게 된 겁니까? 오늘도 낮잠인가요? 낮잠도 중국인의 시에 나오면 풍류가 있지만, 구샤미 군같이 일과처럼 하는 것은 좀 속되게 보이죠. 뭐 때문에 저렇게 매일 조금씩 죽어보자는 걸까요? 제수씨, 좀 수고스럽지만 깨워주시죠."

메이테이가 재촉하자 아줌마도 동감한 듯, "예, 정말로 저러면 곤란하죠. 우선 몸만 나빠질 뿐이니. 지금 막 밥을 먹었는데도."

아줌마가 일어나려고 하자 메이테이 선생은, "제수씨, 밥이라 하셨나요? 저는 아직 밥을 먹지 않았는데요?" 태연한 얼굴을 하고 묻지도 않은 말을 떠든다.

"어머, 식사 땐데 전혀 몰랐네요. 그럼 아무것도 없지만 오차즈케〔밥에 찻물을 부은 것〕라도?"

"아뇨, 오차즈케 같은 거 안 먹어도 됩니다."

"그래도 어차피 입에 맞는 맛있는 음식은 없는걸요."

아줌마는 약간 볼멘소리를 한다. 메이테이는 눈치가 빠른 사람이라, "아뇨, 오차즈케도 누룽지도 다 황송합니다. 지금 오는 길에 맛있는 것을 주문했으니까, 그걸 여기서 먹으려고요."

도저히 보통 사람이라면 할 수 없는 말이다. 아줌마는 단지 한 마디, "어머!" 했는데 그 '어머'에는 놀람의 '어머'와 기분 나쁨의 '어머'와 귀찮은 일 하지 않게 되어 잘됐다는 '어머'가 섞여 있다.

그때 아저씨가 평소와 달리 너무 시끄러우므로 잠들기 시작한 잠이 거꾸로 당겨진 듯한 기분으로 비틀거리며 서재에서 나온다.

"여전히 시끄러운 친구로군. 모처럼 기분 좋게 자려던 참인데 말이야" 하고 하품 섞인 뿌루퉁한 얼굴을 한다.

"어이, 깼는가? 봉황의 잠을 깨워서 미안하이. 그러나 때로는 괜찮겠지. 자, 앉게."

어느 쪽이 손님인지 모를 인사를 한다. 아저씨는 말없이 자리에 앉아 담뱃갑에서 담배를 하나 꺼내 빼끔빼끔 피기 시작했으나, 문득 건너편 구석에 뒹구는 메이테이의 모자를 발견하고 말한다.

"자네, 모자 샀는가?"

"어떤가?"

메이테이는 자랑스럽게 아저씨와 아줌마 앞으로 모자를 내민다.

"어머, 멋지네요. 아주 올이 곱고 부드럽네요."

아줌마는 자꾸 쓰다듬는다.

"제수씨, 이 모자는 보배입니다. 무슨 말이건 잘 들으니까요" 하고 주먹을 쥐고 파나마모자 옆을 푹 찌르니, 과연 뜻대로 주먹 정도 구멍이 생겼다. 아줌마가 "어머나!" 하고 놀라는데, 이번에는 주먹을 안쪽을 푹 올려 찌르니 모자 머리가 폭 뾰족해진다. 다음에는 모자를 들고 차양과 차양을 양쪽에서 구겨본다. 구겨진 모자는 홍두깨로 늘인 메밀국수 가락처럼 편편해진다. 그것을 한쪽 끝부터 멍석을 말듯이 착착 만다.

"어떻습니까? 이것 보세요" 하고 말아논 모자를 보란 듯이 품속에 넣는다.

"요상하네요."

아줌마가 마술사의 솜씨라도 보는 듯 감탄하자, 메이테이도 마술사라도 된 양 오른쪽 품속에 넣은 모자를 일부러 왼쪽 소맷부리로 끄집어내어, "어디도 상한 곳은 없습니다" 하고 원래대로 고쳐놓고 집게손가락 끝에 모자를 올려 빙글빙글 돌린다. 이제 그만인가 생각하니 마지막으로 휙 뒤로 던져 그 위에 털썩 주저앉는다.

"어이, 괜찮은가?"

아저씨가 걱정스러운 얼굴을 하고 묻는다. 아줌마는 물론 걱정이 되는 듯, "모처럼 좋은 모자를 혹시나 망가뜨리면 큰일이니 적당히 하시는 게 좋겠죠" 하고 주의를 준다. 자신만만한 사람은 모자 주인뿐, "그런데 망가지지 않으니 희한하죠."

구겨진 모자를 엉덩이 밑에서 꺼내 그대로 머리에 얹자 희한하게도 머리 모양으로 곧 회복된다.

"정말 튼튼한 모자로군요. 어떻게 했기에?"

아줌마가 더욱 놀란다.

"뭐, 어떻게 한 게 아닙니다. 원래 이런 모자입니다."

메이테이는 모자를 쓴 채 아줌마에게 대답한다.

"당신도 저런 모자를 사시면 좋겠네요."

잠시 후 아줌마는 아저씨에게 권한다.

"하지만 구샤미 군은 좋은 밀짚모자를 갖고 있지 않습니까?"

"그런데 메이테이 씨, 저번에 딸아이가 그걸 밟아버려서요."

"아이고, 그것참, 아깝군요."

"그러니 이번에 메이테이 씨처럼 튼튼하고 멋진 모자를 사면 좋으리라 생각해요. 이것으로 사세요, 예, 여보?"

아줌마는 파나마모자가 얼마나 비싼지도 모르고 권한다.

메이테이 군이 이번에는 오른쪽 소맷부리에서 빨간 케이스에 든 가위를 꺼내서 아줌마에게 보여준다.

"제수씨, 모자는 이 정도로 하고 이 가위를 보시죠. 이게 또 굉장한 놈인데요, 이걸 열네 가지 용도로 사용할 수 있습니다."

이 가위가 나오지 않았다면 아저씨는 아줌마 때문에 파나마 고문을 당할 처지였으나 다행히 아줌마가 여자로서 갖고 태어난 호기심 때문에 이 액운을 면할 수 있었는데, 이것은 메이테이의 임기응변 덕분이라기보다는 그저 운이 좋았을 뿐이라고 나는 간파했다.

"그 가위가 어떻게 열네 가지로 사용될 수 있나요?"

아줌마가 묻자마자 메이테이 군은 대단히 자랑스러운 어조로, "지금 하나하나 설명할 테니 들어보세요. 준비되었나요? 여기 초승달처럼 들어간 곳이 있죠? 여기에 잎담배를 넣어 툭 자릅니다. 그리고 이 밑 부분이 보이죠? 이것으로 철사를 툭툭 자릅니다. 다음에 평평하게 종이 위에 누이면 금을 긋는 자로 쓸 수 있죠. 또 날 뒤편에는 눈금이 있어 길이를 잴 수도 있습니다.

이쪽 겉에는 줄이 붙어 있으니 이것으로 손톱을 다듬고요. 아시겠습니까? 이 끝을 나사못 머리에 꽂고 꽉꽉 돌리면 쇠망치로도 사용할 수 있습니다. 힘껏 밀어 넣고 비틀면 못질한 상자가 대부분 쉽게 뚜껑이 열립니다.

참, 이쪽 날 끝은 송곳으로 되어 있습니다. 이 부분은 잘못 쓴 글자를 긁어내는 곳이고, 뿔뿔이 떼면 나이프가 됩니다. 마지막으로 자, 제수씨, 가장 마지막이 매우 흥미롭습니다. 여기에 파리 눈알만 한 구슬이 있죠? 좀 들여다보시죠."

"싫어요. 또 속이시려고……."

"그렇게 믿음이 없으면 곤란한데요. 하지만 속는 셈 치고 좀 들여다보시죠. 에? 싫습니까? 조금만 보시라니까."

메이테이는 가위를 아줌마에게 건넨다. 아줌마는 불안한 듯 가위를 들고, 그 파리 눈알 부분에 자기의 눈을 갖다 대고 계속 들여다본다.

"어떤가요?"

"뭔가 새카맣네요."

"새카맣지는 않은데, 좀 더 문 쪽을 향해 그렇게 가위를 눕히지 말고, 예, 그렇게, 그리 하면 보일 겁니다."

"어머나, 사진이네요. 어떻게 이토록 작은 사진을 붙여놓을 수 있나요?"

"그것이 재미있다는 겁니다."

아줌마와 메이테이는 계속 문답을 주고받는다. 좀 전부터 잠자코 있던 아저씨가 이때 갑자기 사진이 보고 싶어진 듯, "어이, 나도 좀 보여주지" 하고 말하자, 아줌마는 가위를 얼굴에 갖다 댄 채, "정말 예쁘네요. 나체 미인이에요" 하며 좀체 눈을 떼지 않는다.

"어이, 좀 보여달라고 했잖아."

"좀 기다려요. 아름다운 머리네요. 허리까지 내려오고. 좀 누운 자세인데 아주 키가 큰 미인이군요."

"어이, 보여달라고 했으면 대충 하고 보여줘야지."

아저씨는 아주 성급하게 아줌마에게 대든다.

"자, 오랫동안 기다렸습니다. 마음껏 보세요."

아줌마가 가위를 아저씨에게 건넬 때, 오상이 부엌에서 손님이 주문한 음식이라며 메밀국수 두 그릇을 방으로 가져온다.

"제수씨, 이게 제 도시락입니다. 실례지만 여기서 후다닥 먹도록 하겠습니다" 하고 정중하게 고개를 숙인다. 진지한 것 같기도 하고 놀리는 것 같기도 한 동작이므로 아줌마도 어찌 응대할지 모르겠다는 듯 가볍게 "자, 드시죠"라고 대답을 하고 쳐다본다.

아저씨는 이윽고 사진에서 눈을 떼고 말한다.

"자네, 이 더위에 메밀은 독이야."

"뭐, 괜찮네. 좋아하는 음식은 탈이 잘 나지 않아" 하며 메이테이는 뚜껑을 연다.

"오호, 면발이 좋군. 불은 메밀국수와 얼빠진 사람은 난 싫네" 하고 메이테이는 양념을 육수에 넣어 마구 휘젓는다.

"자네, 그렇게 고추냉이를 많이 넣으면 매워."

아저씨는 걱정스러운 듯 주의를 준다.

"메밀은 국물과 고추냉이 맛이지. 자네는 메밀을 싫어하지?"

"나는 우동이 좋아."

"우동은 마부나 먹는 음식이네. 메밀 맛을 모르는 사람처럼 불쌍한 건 없네" 하고 말하면서 메이테이는 젓가락을 푹 찔러 넣어, 되도록 많이 높게 들어 올린다.

"제수씨, 메밀을 먹는 방법이 여러 가지 있는데요, 맛을 모르는 사람은 면을 육수에 푹 담갔다가 입속에서 우걱우걱 씹어 먹죠. 그래서는 메밀 맛이 없습니다. 어쨌든 이렇게, 한 번에 들어 올려서요……" 하고 젓가락을 들자, 긴 면발이 줄줄이 30센티미터 정도 공중으로 올라간다. 메이테이 선생도 이제 됐겠지 생각해 아래를 보니, 아직 열두세 가닥의 꼬리가 대발에 달라붙어 있다.

"이거 참 기다랗군. 어떻습니까, 제수씨, 이리 기다란 걸 본 적이 있나요?"

아줌마의 동의를 구한다. 아줌마는 "참 기네요" 하고 자못 놀란 듯한 대답을 한다.

"이 긴 놈에 육수를 3분의 1 적셔서 한입에 삼켜버리는 거야. 씹으면 아니 되네. 씹으면 메밀 맛이 없어져. 미끌미끌하게 목구멍으로 미끄러져 들어가는 느낌이 최고야" 하고 과감하게 젓가락을 높이 올리니 메밀은 이윽고 바닥을 떠나 위로 올라간다. 왼손에 든 육수 공기 안에 젓가락을 조금씩 내려 꼬리 끝부터 담그니, 아르키메데스의 원리에 따라 메밀이 담긴 분량만큼 육수 높이가 올라간다.

그런데 처음부터 국물이 80퍼센트 정도 들어 있던 공기는 메이테이의 젓가락에 걸린 메밀의 4분의 1도 담기지 않았는데 벌써 육수로 가득 차버렸다. 메이테이의 젓가락은 공기 위로 15센티미터 정도에 딱 멈춘 채 한동안 움직이지 않는다. 움직이지 않는 것도 무리는 아니다. 조금이라도 내리면 국물이 넘칠 뿐이다.

메이테이도 이 상태에서 좀 주저하는 모습이었으나, 곧 뛰는 토끼와 같은 기세로 후다닥 입을 젓가락 쪽으로 대는가 싶더니, 쮸쮸 소리가 나고 목울대가 한두 번 상하로 힘차게 움직이자 젓가락의 메밀국수는 어느새 사라져버렸다.

잠시 후 메이테이 군의 양쪽 눈에서 눈물 같은 것이 한두 줄기 양 볼 위로 흘러내렸다. 고추냉이가 매웠는지, 아니면 면을 삼키는 게 힘들었는지는 아직 확연치 않다.

"놀랍군. 단번에 삼켜버리다니" 하고 아저씨가 경탄하자, "멋지네요" 하고 아줌마도 메이테이의 솜씨를 격찬한다.

메이테이는 아무 말 없이 젓가락을 놓은 뒤에 가슴을 두세 번 두드리고, "제수씨, 메밀국수는 대개 세 입 반이나 네 입에 다 먹어요. 그보다 더 오래 먹으면 맛이 없어집니다" 하고 손수건으로 입을 닦고 잠시 숨을 돌린다.

그때 간게쓰 군이 무슨 생각인지 이 더운 날에 고생스럽게도 겨울모자를 쓰고 양쪽 발은 먼지투성이가 되어 들어왔다.

"야아, 호남자가 오셨군. 난 식사 중이니 좀 실례하네."

메이테이는 많은 사람 앞에서 기죽지 않고 메밀국수를 마저 먹는다. 이번에는 아까처럼 화려한 시범을 보이지 않고, 손수건을 사용하여 중도에 숨을 돌리는 꼴불견도 없이 메밀 두 판을 간단히 먹어치웠다.

"간게쓰 군, 박사논문은 곧 탈고되는가?"

아저씨가 묻자, 메이테이도 뒤를 이어 말한다.

"가네다 따님이 애타게 기다리니 빨리빨리 제출하게."

간게쓰 군은 여느 때처럼 어쩐지 으스스한 웃음을 흘리고, "기다리게 하는 게 죄송스러워 가급적 빨리 제출하여 안심시키고 싶으나, 어쨌든 주제가 주제인지라 아주 뼈 빠지게 고생스런 연구가 필요하니까요" 하고 농담 같은 말을 진지한 표정으로 말한다.

"그렇지. 주제가 주제인 만큼 코부인이 콧김 부는 대로 되는 게 아니겠지. 하긴 코부인의 코라면 콧김을 잘 살필 만한 가치는 있지만 말이야."

메이테이도 간게쓰식으로 대답을 한다. 비교적 진지한 것은 아저씨뿐이다.

"자네 논문 주제가 뭐라 했던가?"

"'개구리 안구의 전동電動 작용에 대한 자외선의 영향'이라는 것입니다."

"거참 기발하군. 과연 간게쓰 선생이야. 개구리 안구는 기발해. 어떤가, 구샤미 군, 논문 탈고 전에 그 제목만이라도 가네다 댁에 통지해주는 것은?"

아저씨가 메이테이 말에는 대꾸하지 않고, 간게쓰 군에게 묻는다.

"자네, 그게 뼈 빠지게 고생스런 연구라는 것인가?"

"예, 꽤 복잡한 주제입니다. 우선 개구리 안구의 렌즈 구조가 그리 간단한 것이 아니니까요. 그래서 여러모로 실험도 해야 합니다만, 일단 동그란 유리알을 만들고 나서 하려고 합니다."

"유리알 같은 거 유리 가게에 가면 간단히 살 수 있지 않나?"

"아이고, 천만에요."

간게쓰 선생, 다소 몸을 뒤로 젖힌다.

"원래 원이라든가 직선은 기하학적인 것으로, 그 정의에 맞는 이상적인 원과 직선은 현실 세계에 없습니다."

"없다면 그만두면 되잖나?" 하고 메이테이가 말한다.

"그래서 우선 실험상 지장이 없을 정도의 유리알을 만들어볼 생각으로요, 얼마 전부터 만들기 시작했습니다."

"그래서 만들었나?" 하고 아저씨가 그런 거 간단하지 않느냐는 듯 묻는다.

"그게 쉽게 만들어지겠습니까?" 하고 간게쓰 군이 말했으나, 이래서는 좀 말이 모순된다는 생각이 들었는지, "몹시 어렵습니다. 조금씩 깎다가 한쪽 반지름이 좀 길다고 생각해 약간 깎으면 이번에는 저쪽이 길어지고, 그놈을 고생해서 겨우 갈아 없애면 전체 형태가 타원형이 되고, 다시 간신히 이 타원형을 고치면 이번에는 지름에 오차가 생깁니다.

처음에는 사과 정도 되던 크기가 점점 작아져서 딸기가 됩니다. 그래도 끈기 있게 하면 콩알만 해집니다. 콩알 정도가 되어도 여전히 완전한 원은 되지 않습니다. 저도 꽤 열심히 갈았습니다만…… 이번 정월부터 유리알을 큰 거 작은 거 합해 여섯 개를 갈아 없앴습니다."

거짓말인지 참말인지 종잡을 수 없는 말을 술술 뱉어낸다.

"어디서 그렇게 갈고 있는가?"

"물론 학교 실험실입니다. 아침부터 갈기 시작해서 점심때 좀 쉬고 나서 어두워질 때까지 갈고 있습니다만, 꽤 힘든 작업입니다."

"그럼 자네가 요즘 바쁘다 바빠, 하며 매주 일요일에도 학교에 나간 것은 구슬을 갈기 위함이군."

"요즘은 아침부터 밤까지 구슬만 갈고 있습니다."

"박사가 유리공예가로 변장한 셈이군. 하지만 그 열성을 알려주면 제아무리 코부인이라도 다소는 고마워할 걸세. 실은 저번에 내가 용무가 있어 도서관에 갔다가 문을 나서려고 할 때 우연히 로바이 군을 만났지.

그 친구가 졸업 후 도서관에 온다는 게 아주 이상하다고 생각해 '열심히 공부하는군' 하고 말하니, 그 친구는 묘한 얼굴을 하고 '뭐, 책을 읽으러 온 게 아니야. 지금 요 앞을 지나가다가 소변이 보고 싶어서 들렀네' 하여 크게 웃었는데, 로바이 군과 자네는 대학을 잘못 사용하는 정반대의 좋은 예로서 위인전에 꼭 넣고 싶네."

메이테이 군은 여느 때처럼 장황한 주석을 붙인다. 아저씨는 조금 진지해져 묻는다.

"자네, 그렇게 매일 구슬만 가는 것도 좋지만, 도대체 언제쯤 완성할 예정인가?"

"글쎄요, 이 상태로는 10년 정도 걸릴 것 같습니다."

간게쓰 군은 아저씨보다 더 태연스럽게 보인다.

"10년이면…… 좀 더 빨리하면 안 되겠나?"

"10년이면 빠른 편입니다. 어쩌면 20년이 걸릴지도 모릅니다."

"그것참, 큰일이군. 그럼 박사가 되기 어려운 게 아닌가?"

"예, 하루라도 빨리 완성해 안심시키고 싶습니다만 어쨌든 구슬이 만들어져야 정작 중요한 실험이 시작되니까요……."

간게쓰 군은 잠시 말을 끊었다가, "뭐, 그렇게 걱정하실 것은 없습니다. 가네다 댁도 제가 유리알만 가는 것을 잘 알고 있습니다. 실은 2, 3일 전에 갔을 때도 자세히 말해주고 왔습니다" 하고 의기양양한 얼굴로 말한다. 그러자 지금까지 세 사람의 담화 내용에 대해서는 잘 모르지만 귀를 기울이던 아줌마가, "근데 가네다 댁 가족 모두 지난달부터 오이소大磯 별장에 가 있지 않나요?" 하고 의아스럽다는 듯이 묻는다. 간게쓰 군도 이 말에는 다소 주춤하는 모습이었으나, "그것참, 이상하네요. 어떻게 된 걸까요?" 하고 시치미를 뗀다. 이럴 때 소중한 존재는 메이테이 군으로, 이야기가 끊어졌을 때, 난처해졌을 때, 졸릴 때, 곤란할 때, 어떤 때라도 반드시 옆에서 튀어나온다.

"지난달 오이소에 갔는데도 2, 3일 전 도쿄에서 만났다는 것은 신비적이라 좋군. 소위 텔레파시야. 사모의 정이 절실할 때는 흔히 그런 현상이 일어나지. 좀 들으면 꿈과 같지만 꿈이라 해도 현실보다 확실한 꿈이야. 목석같은 구샤미 군에게 시집온 제수씨처럼 평생 사랑이 무엇인지 모르는 분은 의심하는 것도 당연하지만……."

"어머, 무슨 근거로 그런 말을 하시나요? 사람 무시하시네요" 하고 아줌마는 도중에 불쑥 메이테이를 칼질한다.

"자네도 사랑의 번민 따위는 해본 적이 없는 듯한데."

아저씨도 정면에서 칼을 빼 들고 부인을 돕는다.

"그거야 내 염문은 아무리 있어도 모두 75일 이상 지난 것이므로 자네 기억에는 남지 않았을지도 모르지만, 실은 이래 봬도 실연의 결과로 이 나이가 될 때까지 독신으로 사는 거야" 하고 주위 얼굴들을 공평하게 돌아본다.

"호호호, 재미있네요" 하고 말한 것은 아줌마고, 아저씨는 "사람 놀리는군" 하고 정원 쪽을 바라본다. 단지 간게쓰 군이 "모쪼록 회고담을 참고로 듣고 싶사오니……" 하고 여전히 싱글싱글 웃는다.

"나도 꽤 신비적이므로 일본의 괴담을 저술하신 고故 고이즈미 야쿠모〔일본에 귀화한 영국 소설가 라프카디오 헌의 귀화명〕 선생에게 이야기하면 아주 잘 들어주셨을 텐데, 아쉽게도 선생님은 영면하셨으니 사실 이야기할 의욕도 없으나, 모처럼이니 실토하도록 하지. 그 대신 마지막까지 근청해주어야 하네" 하고 다짐을 받고 이윽고 본론에 들어간다.

"회고하자면 지금으로부터, 에에, 그러니까 몇 년 전이었더라…… 에이, 귀찮으니 대충 15년 전이라고 해두지."

"농담하는군."

아저씨는 흥하고 콧방귀를 뀐다.

"아주 기억력이 나쁘시네요."

아줌마가 놀린다. 간게쓰 군만은 약속을 지켜 한마디도 하지 않고 빨리 다음 말을 듣고 싶다는 모습이다.

"그러니까 어느 해 겨울의 일인데, 내가 에치고〔오늘날의 니가타현〕 간바라 군 다케노코다니를 지나 다코쓰보 언덕에 이르러, 이윽고 아이즈〔오늘날의 후쿠시마 서부〕 지역으로 나오려던 때였지."

"묘한 곳이로군" 하고 아저씨가 다시 방해를 한다.

"잠자코 들어요, 재미있으니" 하고 아줌마가 제지한다.

"그런데 날은 저물고 길은 모르겠고 배는 고프고, 도리가 없어 언덕 한가운데 있는 외딴집 문을 두드려 여차여차한 사정이니 모쪼록 재워달라고 청했는데, '그러시지요. 자, 들어오세요' 하고 촛불을 내 얼굴에 갖다 댄 여자의 얼굴을 보고 나는 가슴이 떨렸지. 나는 그때부터 사랑이라는 묘한 마력을 절실하게 자각했어."

"어머, 세상에. 그런 산중에도 예쁜 여자가 있나요?"

"산이라도 바다라도 있을 수 있죠. 제수씨, 그 여자를 한번 보여 드리고 싶을 정도입니다. 귀한 집 규수처럼 올린 머리를 하고 있었습니다."

"에?" 하고 아줌마는 어안이 벙벙해진다.

"들어가 보니 너른 방 한가운데 커다란 이로리(방 한가운데 네모나게 파서 만든 난방장치)가 있었는데, 그 주위에 처녀와 처녀의 할아버지, 할머니, 그리고 나까지 그렇게 네 명이 둘러앉았죠. '무척 배가 고프시죠?' 하고 묻기에, 나는 아무거나 괜찮으니 어서 내달라고 부탁했습니다.

그러자 할아버지가 '진귀한 손님이니 뱀밥이라도 지어서 드리지' 하는 겁니다. 자, 이제부터는 이윽고 실연을 당하기 시작하는 단계이니 잘 들으세요."

"선생님, 열심히 듣기는 듣겠습니다만, 아무리 에치고가 산골이라도 겨울에 뱀은 없겠지요?"

"음, 그거 좋은 질문이네. 그러나 이런 시적인 이야기에서 그렇게 이치에만 구애받으면 아니 되니까. 이즈미 교카(19세기 소설가로, 환상과 낭만의 세계를 그린 작품이 많음)의 소설에는 눈 속에서 게가 기어 나오지 않는가?" 하니, 간게쓰 군은 "그렇군요" 하고 다시 근청하는 태도로 돌아간다.

"그때 나는 별스런 것을 즐겨 먹어서 메뚜기나 달팽이나 개구리 등은 질리도록 먹었을 정도이므로, '뱀밥은 희한하군요. 당장 먹어보죠' 하고 할아버지에게 대답했지. 할아버지는 이로리 위에 냄비를 걸고, 그 안에 쌀을 넣고 끓이기 시작했네.

이상한 것은 그 냄비 뚜껑에 크고 작은 구멍이 열 개쯤 뚫려 있어. 그 구멍에서 김이 팍팍 나기에, 시골에서 만든 것치곤 잘도 만들었군 하고 보고 있으니, 할아버지가 불쑥 일어나서 어딘가로 나갔다가 잠시 후에 커다란 소쿠리를 겨드랑이에 끼고 돌아왔어. 아무렇지도 않게 소쿠리를 이로리 옆에 두었는데, 그

안을 들여다보니…… 있더라고. 기다란 놈이, 추워서 그런지 서로 몸을 칭칭 감고 뭉쳐 있는 거야."

"이제 그런 이야기는 그만해요. 징그러워요."

아줌마는 인상을 찌푸린다.

"그러나 이것이 실연의 절대적 원인이 되었으니 그만둘 수는 없죠. 할아버지는 이윽고 왼손에 냄비 뚜껑을 들고 오른손으로 뭉쳐진 긴 놈들을 아무렇게나 잡아서 냄비 안에 쏙 집어넣고 뚜껑을 닫았으나, 강심장인 나도 그때만큼은 '헉!' 하고 숨이 막혔네."

"이제 그만해요. 징그럽다고요."

아줌마는 이맛살을 찌푸린다.

"얼마 안 있으면 실연이 찾아오니까 조금만 참아주세요. 그리고 1분 정도 지났나, 뚜껑 구멍으로 뱀 머리가 하나 불쑥 튀어나와 깜짝 놀랐습니다. 야, 나왔구나 생각하는데, 옆 구멍에서도 또 쑥 하고 대가리를 내밀어요. '또 나왔군' 하고 말하는 중에 저기에서도 나오고 여기에서도 나와요. 이윽고 온 냄비가 뱀 대가리로 가득 찼습니다요."

"왜 그렇게 머리를 내밀지?"

"냄비 안이 뜨거우니 괴로워서 나오려는 게지. 이윽고 할아버지가 '이제 다 됐겠지, 당겨라'든가 뭐라고 말하자, 할머니는 '아아' 대답하고 딸은 '예' 하고 대답하더니, 각자가 뱀 대가리를 잡고 쑥 당겨. 살은 냄비 안에 남으나 뼈만 깨끗하게 떨어져서, 머리를 당김과 동시에 기다란 뼈가 재미있게 빠져나오지."

"뱀 뼈 빼기네요."

간게쓰 군이 웃으면서 묻자, "완전 뼈 빼기지, 멋지게 잘하더라고. 그리고 뚜껑을 열고 주걱으로 밥과 살을 마구 휘젓더니

'자, 드시죠' 하더라고."

"먹었나?"

아저씨가 냉담하게 묻자, 아줌마는 찌푸린 얼굴로, "이제 그만해요. 메스꺼워서 밥이고 뭐고 못 먹겠어요" 하고 불만을 터뜨린다.

"제수씨는 뱀밥을 드신 적이 없으니 그런 말을 하시지만 한 번 먹어보세요. 그 맛은 평생 잊지 못할 겁니다."

"아이, 징그러워. 누가 그걸 먹어요?"

"그래서 배불리 식사를 하고 추위도 잊고 처녀 얼굴도 마음껏 봤으므로 이제 미련은 없다고 생각하고 있는데, '이젠 주무시죠' 하기에, 여행의 피곤도 있으므로 권유받은 대로 벌렁 자리에 누워서 미안하지만 전후를 망각하고 자버렸지."

"그리고 어떻게 되었나요?"

이번에는 아줌마가 재촉한다.

"그리고 다음 날 아침이 되어 눈을 뜨자마자 실연이 찾아왔죠."

"어떻게 되셨는데요?"

"아뇨, 별로 어떻게 된 것도 없습니다. 아침에 일어나 담배를 피우면서 뒤쪽 창을 내다보는데, 저쪽 우물가에서 대머리가 세수를 하고 있어요."

"할아버지? 할머니?"

아저씨가 묻는다.

"그게 말이죠, 나도 식별이 잘 되지 않아 잠시 보고 있는데 그 대머리가 이쪽을 돌아보는 거예요. 순간 전 놀랐죠. 그 대머리는 내가 첫사랑을 느낀 어젯밤의 그 처녀였던 것이에요."

"아니, 처녀가 머리를 올리고 있었다고 아까 말했잖아요?"

"전날 밤에는 그랬죠. 그것도 훌륭한 머리 모양으로. 그런데 다음 날 아침에는 완전 대머리예요."

"사람 놀리는군."

아저씨는 여느 때처럼 천장 쪽으로 시선을 돌린다.

"나도 이상한 생각에 내심 좀 무서워져서 다시 멀리서나마 모습을 살피는데, 대머리가 이윽고 얼굴을 다 씻고 옆의 돌 위에 놓아둔 가발을 대충 뒤집어쓴 뒤에 태연한 얼굴로 집으로 들어오니, '아, 그랬군' 알았죠. '그랬군' 생각은 했지만, 그때부터 이윽고 실연의 덧없는 운명을 한탄하는 몸이 되어버렸습니다."

"시시한 실연도 다 있군. 그렇지, 간게쓰 군? 그래서 실연해도 이렇게 쾌활하고 원기가 좋군."

아저씨가 간게쓰 군을 보고 메이테이 군의 실연을 평하자, 간게쓰 군은, "그러나 그 처녀가 완전 대머리가 아니고 경사스럽게 도쿄에 데리고 돌아왔다면, 선생님은 더욱 원기가 났을지도 모릅니다. 어쨌든 모처럼 만난 처녀가 대머리였던 것은 천추의 한이네요. 그런데 그렇게 젊은 처녀가 어찌 머리털이 빠져버렸을까요?"

"나도 그것에 관해서는 곰곰이 생각해보았는데, 틀림없이 뱀밥을 너무 많이 먹은 탓일 거야. 뱀밥이라는 것은 머리로 피가 오르게 하거든."

"그런데 메이테이 씨는 어디도 아무렇지 않게 괜찮으시네요."

"저는 대머리가 되지 않고 끝났으나, 대신 그때부터 이렇게 근시가 되었죠" 하고 금테 안경을 벗어 손수건으로 정성껏 닦는다.

잠시 후 아저씨는 생각난 듯, "도대체 뭐가 신비적인가?" 하고 확인을 위해 물어본다.

"그 가발은 어디서 샀을까? 주운 것일까? 아무리 생각해도 아직 모르니까, 그게 신비스럽다는 말이야" 하고 메이테이 군은 다시 안경을 원래대로 코 위에 걸친다.

"마치 만담가의 이야기를 듣는 듯하네요."

이 말은 아줌마의 비평이었다.

메이테이의 수다도 이것으로 일단락을 고했으므로 이제 끝인가 싶었는데, 이 선생은 재갈이라도 물리지 않으면 도저히 입을 다물지 못하는 성격인 듯 다시 다음과 같은 말을 이어갔다.

"내 실연도 괴로운 경험이지만 그때 대머리인지 모르고 결혼했으면 평생 한이 되었을 테니, 잘 생각하지 않으면 위험해. 결혼 같은 것은 막상 하는 순간이 되어 엉뚱한 곳에서 숨겨진 흠이 발견될 수가 있으니까, 간게쓰 군도 동경하거나 실망하거나 혼자 씨름하지 말고 차분한 마음으로 구슬을 가는 게 나을 거야" 하고 훈계 비슷한 말을 하자, 간게쓰 군은, "예, 될 수 있으면 구슬만 갈고 싶으나 저쪽에서 그렇게 놔두지 않으니까 아주 난처합니다" 하고 자못 난처하다는 표정을 지어 보인다.

"그렇지. 자네는 상대방이 난리를 치는 경우인데, 개중에는 우스운 사람도 있어. 아까 말한 도서관에 소변을 보러 온 로바이 군의 경우는 매우 웃기지."

"어떤 짓을 했는데?"

아저씨는 흥이 나서 듣는다.

"이런 이야기야. 로바이 군이 옛날에 시즈오카의 여관에 머문 적이 있어. 단지 하룻밤 말이야. 그런데 그날 밤 처음 본 여관 하녀에게 결혼하자고 했다고 하네. 나도 꽤 별나지만 아직 그 정도까지 진화하지 않았지. 하긴 그때 그 여관에는 나쓰라는 유명한 미인이 있었는데, 로바이 군의 방을 담당한 하녀가 마침 나쓰였으니 무리도 아니지."

"무리가 아닌 정도가 아니라 자네가 그 뭐뭐라는 언덕 집에 머문 경우와 비슷하지 않나?"

"조금 비슷하지. 실은 나와 로바이는 그렇게 차이가 없으니까. 어쨌든 나쓰 씨에게 결혼을 신청하고 대답을 기다리는 중에 갑자기 수박이 먹고 싶어졌다는데."

"뭐라고?"

아저씨가 의아스런 얼굴을 한다. 아저씨뿐이 아니다. 아줌마도 간게쓰 군도 똑같이 고개를 갸우뚱하고 생각에 빠져 있다. 메이테이는 아랑곳하지 않고 계속 이야기를 진행한다.

"나쓰 씨를 불러 시즈오카에 수박은 없는가 물으니, 시즈오카에도 수박은 얼마든지 있다며 접시에 수박을 가득 담아 왔지. 그래서 로바이 군은 먹었다고 해. 그 많은 수박을 다 먹고, 나쓰 씨의 대답을 기다리고 있는데, 대답을 듣기 전에 갑자기 배가 아프기 시작했어.

'으으' 하고 신음했으나 아무 효과가 없어서 다시 나쓰 씨를 불러 이번에는 시즈오카에 의사는 없는가 물으니, 나쓰 씨가 또 시즈오카에도 의사는 얼마든지 있다고 하기에 덴치 겐코天地玄黃〔천자문 맨 앞 네 자〕라든가 하는 천자문을 도용한 듯한 이름의 의사를 데려왔지.

다음 날 아침이 되어 덕분에 복통도 사라져 고맙다는 생각으로 떠나기 15분 전에 나쓰 씨를 불러 어제 신청한 결혼 사건의 승낙 여부를 물으니, 나쓰 씨는 웃으면서 '시즈오카에는 수박도 있고 의사도 있으나, 하룻밤에 만든 신부는 없습니다' 하고 나가버리고 다시는 얼굴을 비치지 않았다고 해. 그래서 로바이 군도 나처럼 실연을 당해서, 도서관에는 소변 용무가 아니면 오지 않게 되었다던가. 생각하면 여자는 참으로 죄 많은 존재야."

그러자 아저씨는 평소와 달리 그 말을 곧바로 이어받아, "정말로 그렇다네. 저번에 뮈세(19세기 프랑스의 낭만파 시인 알프레드 드 뮈세)의 각본을 읽으니, 거기 나온 인물이 로마 시인의 글을 인용하며 이런 말을 했지. '날개보다 가벼운 것은 먼지다. 먼지보다 가벼운 것은 바람이다. 바람보다 가벼운 것은 여자다. 여자보다 가벼운 것은 무無다.' 참으로 멋진 말 아닌가? 여자는 구제 불능일세" 하고 묘한 부분에서 힘주어 강조한다.

그러나 이 말을 들은 아줌마는 그냥 넘어가지 않는다.

"여자가 가벼워서 안 된다고 하시지만 남자가 무거운 것도 좋은 것은 아니죠."

"무겁다니, 무슨 말이야?"

"무거운 게 무겁다는 거죠. 당신 같은 거요."

"내가 왜 무거워?"

"당신이 무겁잖아요."

묘한 토론이 시작된다. 메이테이는 재미있다는 듯이 듣다가 이윽고 입을 열고, "그렇게 흥분해서 서로 공격하는 것이 부부의 참모습인가? 아무래도 옛날에는 부부라는 것이 요즘보다 더 무의미했을지도 모르겠군."

메이테이는 놀림인지 칭찬인지 모를 애매한 말을 했다. 그리고 이제 그만두어도 좋을 텐데, 다시 아까의 장단으로 이어서 다음과 같이 말했다.

"옛날에는 남편에게 말대답 같은 거 하는 여자는 한 사람도 없었다고 하는데, 그렇다면 벙어리를 마누라로 두는 것과 같으니 나는 전혀 기쁘지 않네. 역시 제수씨처럼 '당신이 무겁잖아요'라든가 하는 말을 듣고 싶군. 이왕 마누라를 얻었으면, 때로는 싸움 한두 번 해야 심심하지 않을 테니까.

우리 모친의 경우, 아버지 앞에서는 '네'와 '예'밖에 말하지 못했지. 그리고 20년이나 같이 살면서 절 말고는 외출한 적이 없다고 하니까 얼마나 딱한가. 하긴 그 덕분에 선조 대대의 계명戒名은 모두 암기하고 계시네.

남녀 간의 교제도 그렇지. 내가 어릴 때는 간게쓰 군처럼 마음에 둔 처녀와 합주를 하거나 텔레파시로 만나는 것이 도저히 불가능했거든."

"참으로 딱하군요."

간게쓰 군이 머리를 숙인다.

"정말 딱했지. 게다가 그때의 처녀가 반드시 요즘 처녀보다 품행이 좋았다고는 할 수 없지. 제수씨, 요즘에 여학생이 타락했다는 둥 시끄럽게 말하지만 옛날은 이보다 더 심했죠."

"그랬나요?"

아줌마는 진지하다.

"그렇고말고요. 허풍이 아닙니다. 확실히 증거가 있으니까 빼도 박도 못하죠. 구샤미 군, 자네도 기억할지 모르지만 우리 나이 대여섯 살 때까지는 계집애를 호박처럼 바구니에 넣어서 멜대로 메고 팔러 다녔잖아. 그렇지, 구샤미 군?"

"나는 그런 기억이 없는데."

"자네 고향은 어땠는지 모르지만 시즈오카에서는 확실히 그랬지."

"설마 그랬을까요."

아줌마가 작은 소리로 말하자, "정말인가요?" 하고 간게쓰 군이 믿을 수 없다는 표정으로 묻는다.

"정말이지. 실제로 우리 아버지가 값을 매긴 적이 있네. 그때 나는 아마 여섯 살이었을걸. 아버지와 같이 아부라마치에서 도리초로 산책을 나섰는데, 저쪽에서 큰 소리로 '계집이오, 계집이오……' 하며 걸어오더라고. 우리가 막 2번지 모퉁이에 이르렀을 때 이세겐이라는 포목점 앞에서 그 남자와 딱 마주쳤지.

이세겐이라는 가게는 문짝만 20미터 가까이 되고 창고가 다섯 개나 있는 시즈오카 제일의 포목점이야. 다음에 가게 되면 들러보게. 지금도 여전히 남아 있지. 멋진 건물이야. 지배인이 진베라고 하는데, 항상 '어머니가 3일 전에 돌아가셨습니다'라는 얼굴로 계산대에 앉아 있어. 진베 군 옆에는 하쓰라고 하는 스물네댓쯤 되는 점원이 앉아 있는데, 이 하쓰가 또 운쇼 율사라는 고승에게 귀의하여 21일간 메밀 육수만 마시고 지낸 듯한 핼쑥한 얼굴을 하고 있어. 하쓰의 옆에는 조돈이라고 하는 점원이 어제 화재로 집이 무너져 갈 곳이 없다는 듯 수심에 잠겨 주판에 몸을 기울이고 있지. 조돈 옆에는……."

"아니, 자네는 포목점 이야기를 하는 건가, 사람 장수 이야기를 하는 건가?"

"그렇지, 그래. 사람 장수 이야기를 하고 있었지. 실은 이세겐에 관해서도 굉장한 기담이 있지만, 그것은 나중에 하기로 하고 오늘은 사람 장수만 이야기하지."

"사람 장수도 같이 그만두는 게 낫겠네."

"아무래도 이 얘기는 20세기 오늘과 메이지 초기〔1868년 무렵〕 무렵 여자들의 품성 비교에 큰 참고가 되는 재료이니, 그렇게 쉽게 그만둘 수는 없지. 그래서 내가 아버지와 이세겐 앞까지 왔는데 그 사람 장수가 아버지를 보고, '나리, 계집 떨이는 어떻습니까? 싸게 깎아드릴 테니 사주시죠' 하면서 멜대를 내리고 땀을 닦는 거야.

보니까 바구니 안에 앞에 하나 뒤에 하나, 둘 다 두세 살쯤 돼 보이는 계집애들이 들어 있어. 아버지가 이 남자한테 '싸면 사겠지만, 이것뿐인가?' 물으니, '아이고, 어쩌다 오늘은 모두 다 팔려서 딱 둘만 남았습니다. 아무거나 좋으니 가져가시죠' 하고 마치 호박을 들듯이 계집을 양손으로 들고 아버지 코앞에 내미는 거야. 아버지는 통통 머리를 두들겨보고, '허허, 소리가 크군' 하고 말했지.

이윽고 담판이 시작되어 마구 깎은 결과, 아버지가 '사기는 사겠지만 품질은 확실한가?' 물으니, '예, 예, 앞에 담긴 것은 계속 보고 있었으니까 문제없지만, 뒤 바구니에 담긴 것은 보이지 않아서 어쩌면 금이 갔을지도 모릅니다. 뒤쪽을 하신다면 품질은 보증 못하는 대신에 가격을 깎아드립니다'라고 해.

나는 이 문답을 지금껏 기억하는데, 그때 어린 마음에도 여자라는 것은 역시 조심해야 한다고 생각했지. 그렇지만 메이지 38년(1905년)의 오늘날에는 이런 바보스러운 행동을 하며 계집애를 팔러 다니는 사람도 안 보이고, 뒤쪽은 위험하다고 하는 말도 들리지 않는 듯하네. 그러니 내 생각으로는 역시 서양 문명 덕분에 여자의 품행도 매우 진보했을 것 같은데, 어떤가, 간게쓰 군?"

간게쓰 군은 대답을 하기 전에 우선 큰기침을 한 번 하고 나서 차분하게 낮은 소리로 이렇게 말했다.

"요즘 여자는 학교 등하교 때나 합주회 또는 자선회나 야유회에서, '날 좀 사줘요, 싫어요?' 하며 스스로 자기를 팔러 다니니까, 그런 채소 장수 떨거지를 고용하여 '계집 사세요' 하며 상스런 위탁판매를 할 필요가 없지요.

인간에게 독립심이 발달하면 자연히 이런 식으로 되는 겁니다. 노인은 노파심에서 이러쿵저러쿵 말하지만 실제로 이것이 문명의 추세이므로 저는 크게 기뻐할 현상이라고 경하의 뜻을 표하고 싶습니다. 사는 쪽 역시 머리통을 두드려 물건이 확실한지 묻는 촌놈은 한 사람도 없으니까 그 점은 안심해도 좋고요. 또 이 복잡한 세상에서 그런 수고를 하자면 끝이 없으니까 50세가 되고 60세가 되도록 남편을 갖는 것도 시집을 가는 것도 불가능하죠."

간게쓰 군은 20세기 청년답게 시대의 사조를 개진하고, 담배 연기를 후우 메이테이 선생의 얼굴 쪽으로 불어댔다. 메이테이는 담배 연기 정도로 물러날 사람이 아니다.

"자네 말대로 요즘의 여학생과 처녀들은 뼈와 살과 가죽까지 자존심으로 가득 차 있으므로, 뭐든 남자에게 지지 않는 점이 경탄할 만하지. 우리 이웃집 여학생을 예로 들면, 아주 훌륭해. 바지를 입고 철봉에 매달리니, 대단하지. 나는 2층 창에서 그들의 체조를 목격할 때마다 고대 그리스의 여자를 떠올리지."

"또 그리스인가?"

아저씨가 냉소하듯이 내뱉자, "아무래도 미적 느낌이 드는 것은 대개 그리스에서 원천을 발하고 있으므로 할 수 없지. 미학자와 그리스는 도저히 떼려야 뗄 수 없는 관계야. 특히 얼굴이 까맣게 탄 여학생이 일심불란 체조하는 걸 보면, 나는 항상 아그노디케의 일화를 떠올리지" 하고 박식을 자랑하듯 떠들어댄다.

"또 어려운 이름이 나오네요."

간게쓰 군은 여전히 싱글벙글한다.

"아그노디케는 훌륭한 여자지. 나는 실로 감동했어. 당시 아테네의 법률은 여자의 산파업을 금했지. 불편한 일이야. 아그노디케도 당연히 그 불편을 느꼈겠지."

"뭐야? 아그노 뭐라고 하는 게?"

"여자야, 여자 이름이지. 그 여자가 곰곰이 생각하길, '아무래도 여자가 산파를 못하는 것은 한심하다, 극히 불편하다. 어떻게 해서든 산파가 되고 싶다. 산파가 되는 공부는 없는가' 하고 3일 밤낮 팔짱을 끼고 골똘히 생각에 잠겼지. 사흘째 되는 날 새벽에 옆집에서 아기가 '응애' 하고 우는 소리가 들리는 순간 '그렇군!' 하고 크게 깨달아, 곧바로 긴 머리를 자르고 남자 옷을 입고 헤로필로스 선생의 강의를 들으러 갔지.

끝까지 강의를 다 들어 이젠 충분하다고 생각될 때 산파를 개업했어. 제수씨, 그런데 아주 장사가 잘되었어요. 여기서도 '응애' 하고 태어나고 저기서도 '응애' 하고 태어나는데 그걸 모두 아그노디케 손으로 받았으니 아주 큰돈을 벌었답니다. 그런데 인간만사 새옹지마라, 결국 발각되어 국법을 어겼다는 죄로 중형에 처해지게 되었어요."

"마치 만담을 듣는 것 같네요."

"아주 재밌죠? 그런데 아테네 여성들이 모두 서명하여 탄원서를 제출하자, 당시의 통치자도 냉정히 대응할 수 없어 결국 그녀는 무죄방면. 그 후로는 여자도 산파업을 할 수 있다는 포고령까지 나와 경사스럽게 결착이 되었습니다."

"정말 아시는 게 많네요. 놀랐어요."

"예, 웬만한 것은 다 알죠. 모르는 것은 내가 바보라는 것 정도입니다. 그러나 그것도 어렴풋이나마 압니다."

"호호호, 그것도 재미있네요" 하고 아줌마가 큰 소리로 거침

없이 웃고 있을 때, 대문 초인종이 처음 달았을 때와 변함없는 소리로 울린다.

"어머, 또 손님이네" 하고 아줌마는 밖으로 나간다. 아줌마가 나가고 대신 방에 들어온 자는 누군가 쳐다보니, 여러분도 잘 아시는 오치 도후 군이다.

여기에 도후 군까지 오면, 아저씨 집에 출입하는 괴짜들이 모두 망라되었다고 할 순 없지만 내 무료함을 달래기에 충분한 머릿수는 모였다고 할 수 있다. 이래도 부족하다고 하면 불경스럽다.

운 나쁘게 다른 집에서 길러졌다면, 일평생 인간 중에 이러한 선생들이 있다는 것을 전혀 모른 채 죽었을 것이다. 다행히도 구샤미 선생 댁 고양이가 되어 아침저녁으로 귀인 앞에 거할 수 있으니 선생은 물론 메이테이, 간게쓰, 도후 등 이 넓은 도쿄에서도 보기 어려운 일기당천 호걸들의 거동을 앉아서 바라보는 것이 내게는 다시없는 영광이다. 덕분에 이 더운 날 털옷으로 덮여 있는 괴로움도 잊고 재미있게 반나절을 지낼 수 있는 것은 지극히 감사하다.

사람들이 이쯤 모이면 예사롭게 끝나지 않는다. 뭔가 큰 사건이 벌어질 것을 기대하며 장지문 아래서 삼가 바라본다.

"오랜만에 찾아뵙습니다" 하고 인사를 하는 도후 군 머리칼을 보니 요전처럼 여전히 깨끗하게 반짝인다. 머리만으로 평하면 왠지 삼류 배우처럼 보이나, 하얗고 두터운 하카마를 고생스럽게도 점잔 빼고 입은 모습은 최후의 검객 사카키바라 겐키치의 수제자처럼 보인다. 따라서 도후 군 신체에서 보통 사람다운 부분은 어깨에서 허리 사이뿐이다.

"어이, 날도 더운데 외출을 했군. 자, 이쪽에 앉게."

메이테이 선생은 자기 집인 양 말한다.

"선생님, 오랫동안 뵙지 못했습니다."

"그렇지. 아마 지난봄 낭독회 때 보고 못 봤지? 낭독회는 요즘 여전히 잘되나? 그 후 여자 역은 하지 않았나? 그 연기는 참 좋았지. 나도 큰 박수를 보냈다네. 자네, 그걸 알았나?"

"예, 덕분에 크게 용기를 얻어서 끝까지 잘해냈습니다."

"이번에는 언제 행사가 있나?"

아저씨가 말을 건다.

"7, 8월은 쉬고 9월에 한번 성대하게 할 생각입니다. 뭔가 재미있는 작품은 없을까요?"

"글쎄……."

아저씨는 건성으로 대답한다.

"도후 군, 내 창작을 한번 해보지 않겠나?"

이번에는 간게쓰 군이 상대한다.

"자네 창작이라면 재미있겠군. 도대체 어떤 건데?"

"각본이 있지."

간게쓰 군이 최대한 강력하게 밀고 나오자, 역시나 세 명은 좀 놀란 듯 동시에 간게쓰 군 얼굴을 쳐다본다.

"각본까지 있다니 훌륭하군. 희극인가, 비극인가?"

도후 군이 진도를 나가자, 간게쓰 군은 더욱 태연한 얼굴을 하고, "뭐, 희극도 비극도 아니지. 요즘은 구극이라든가 신극이라든가 하며 난리니 나도 새 유파를 하나 만들어봤네. 배극俳劇이라고 하는 걸."

"배극이란 게 뭔데?"

"하이쿠 취향의 연극이라는 것을 줄여서 두 글자로 했지."

그러자 아저씨와 메이테이도 좀 이해가 되지 않는 듯 잠자코 다음 말을 기다린다.

"그래서 그 내용은?" 하고 물은 것은 역시 도후 군이다.

"하이쿠가 근간이 되므로, 너무 길어 피곤한 것은 좋지 않다고 생각해 1막짜리로 했지."

"그래?"

"우선 무대 설정부터 말하자면, 역시 극히 간단한 것이 좋아. 무대 한가운데 커다란 버드나무를 하나 심어놓고, 그 버드나무에서 가지 하나를 오른쪽으로 뻗게 하고 그 가지에 까마귀를 한 마리 앉힌다네."

"까마귀가 가만히 있어주면 좋겠지만……."

아저씨가 혼잣말하듯 걱정한다.

"뭐, 어렵지 않습니다. 끈으로 까마귀 다리를 가지에 매어놓습니다. 그렇게 하고 그 밑에 큰 대야를 놓고요. 미인이 몸을 옆으로 하고 수건으로 몸을 닦고 있습니다."

"그거 좀 퇴폐적이군. 누가 그 여자를 맡겠는가?"

메이테이가 묻는다.

"뭐, 이것도 쉽게 수배 가능하죠. 미술학교 모델을 쓰는 겁니다."

"그거, 경찰이 뭐라고 할 텐데."

아저씨는 다시 걱정한다.

"하지만 입장료만 받지 않으면 괜찮지 않겠습니까? 그런 것을 일일이 간섭한다면 학교에서 누드화 사생도 못하죠."

"그러나 그건 연습 때문이니까 단지 보는 것이랑 좀 다르지."

"선생님들, 그런 말씀들을 하시면 일본은 아직 멀었습니다. 회화나 연극이나 다 같은 예술입니다."

간게쓰 군은 기염을 토한다.

"자, 토론은 그만하고, 그리고 어떻게 하지?"

도후 군은 어쩌면 무대에 올릴 수도 있다는 듯 줄거리를 듣고 싶어 한다.

"거기에 객석에서 무대로 연결된 복도로 하이쿠 시인 다카하마 교시가 지팡이를 들고, 하얀 모자에 얇은 비단 윗도리, 걷어 붙인 아랫도리에 구두를 신은 차림으로 나오지. 옷차림은 육군 납품업자 같지만 시인이므로 가급적 유유하게 머릿속으로는 하이쿠 짓기에 여념이 없는 모습이어야 해.

그리고 교시가 복도 끝에 이르러 이윽고 본무대에 올라섰을 때 문득 생각에 잠긴 눈을 들어 앞을 보니, 커다란 버드나무가 있고 버드나무 그늘에서 살결이 흰 여자가 목욕을 하고 있어. 헉! 하고 놀라 위를 보니 기다란 버드나무 가지에 까마귀가 한 마리 앉아 목욕하는 여자를 내려다보고 있지.

교시 선생은 불쑥 시가 떠오르는 감흥에 젖은 몸짓을 50초쯤 하고, '목욕하는 / 여자에 홀려버린 / 까마귀로다' 하고 큰 소리로 하이쿠를 낭송하는 것을 신호로, 딱따기를 치며 막을 내리는 거야.

어떤가, 이 내용은? 마음에 드는가? 자네는 여자 역을 하기보다 교시가 되는 게 훨씬 낫겠지?"

도후 군은 뭔가 좀 부족하다는 듯한 표정으로, "너무 싱거운 거 같군. 좀 더 이야기를 가미한 사건이 필요한 듯하이" 하고 진지하게 대답한다. 지금까지 비교적 조용하게 있던 메이테이는 그렇게 언제까지나 입을 다물고 있을 사람이 아니다.

"단지 그것뿐이라면 배극은 시시하군. 우에다 빈(시인이자 평론가 겸 영불문학가)의 설에 따르면 배미俳味(하이카이적인 멋으로, 소탈하고 익살스러우며 탈속한 멋)나 골계라는 것은 소극적으로 망국의 소리라고 하는데, 과연 우에다 군답게 멋신 말이야. 그렇게 시시한 연극을 해보게, 우에다 군에게 비웃음만 살 거야.

일단 연극인지 촌극인지 너무 소극적이라 뭐가 뭔지 모르잖는가. 실례지만 간게쓰 군은 역시 실험실에서 구슬이나 가는 편이 낫겠네. 배극 같은 거 백 편, 2백 편을 만들어도 망국의 소리라면 틀렸어."

간게쓰 군은 다소 화가 치민 듯, 어느 쪽이든 상관없는데 굳이 변명을 한다.

"그렇게 소극적인가요? 저는 꽤 적극적이라 생각하는데요. 교시가 말이죠. 교시 선생이 '여자에 홀려버린 까마귀로다' 하고 까마귀를 여자에게 홀리게 한 것이 매우 적극적이라고 생각합니다."

"그건 새로운 학설이군. 부디 설명을 해주게."

"이학사인 제가 생각건대 까마귀가 여자에게 홀린다고 말하는 것은 불합리하죠."

"그렇고말고."

"그 불합리한 말을 마구 내뱉어도 전혀 무리하게 들리지 않습니다."

"그럴까?"

아저씨가 의아스런 말투로 끼어들었으나 간게쓰는 전혀 개의치 않는다.

"왜 무리하게 들리지 않는가 하면요, 심리적으로 설명하면 잘 이해가 될 것입니다. 홀리든가 홀리지 않든가 하는 것은 시인에게 존재하는 감정으로, 까마귀와는 관계없는 행위입니다. 그런데 까마귀가 홀렸다고 느끼는 것은, 즉 까마귀가 이렇다 저렇다 말할 것 없이 필경 자기가 홀린 것이죠. 교시 자신이 아름다운 여자가 목욕하는 것을 보고 앗 하는 순간 홀린 것이 틀림없습니다.

자기가 홀린 눈으로 까마귀가 가지 위에 움직이지 않고 아래를 내려다보는 모습을 보았으므로 '하하하, 저 녀석도 나처럼 홀렸군' 하고 착각을 한 것입니다. 착각은 틀림없으나, 그것이 문학적이며 적극적인 점입니다. 자기만의 느낌을 사전 양해도 없이 까마귀에게 확장시켜 시치미 떼는 것은 매우 적극적인 것 아닌가요? 어떻습니까, 선생님?"

"오호, 훌륭한 논리군. 교시에게 말해주면 반드시 놀랄 것일세. 설명만으로는 적극적이나, 실제 그 연극을 했을 때 관객은 확실히 소극적이 될걸. 그렇지, 도후 군?"

"예, 아무래도 너무 소극적인 것 같습니다" 하고 도후 군은 진지한 얼굴로 대답한다.

아저씨는 담화의 국면을 좀 전환해보려는 듯 도후 군에게 묻는다.

"어떤가, 도후 군, 요즘 걸작은 없는가?"

"없죠. 별로 이렇다 하게 보여드릴 만한 것이 나오지 않습니다만, 조만간에 시집을 내볼 생각입니다. 원고를 마침 갖고 왔으니 비평을 부탁드릴까 합니다" 하고 품에서 보라색 비단보를 꺼내 그 안에서 50, 60매 정도 되는 원고지를 아저씨 앞에 꺼내놓는다. 아저씨는 짐짓 점잔을 빼는 표정으로 "그럼 볼까?" 하고 원고를 쳐다보았다.

세상 사람과 달리 가냘프게 보이는
도미코 양에게 바침.

첫 페이지에 이렇게 두 줄이 쓰여 있다. 아저씨는 좀 신비스런 표정으로 한동안 첫 페이지를 잠자코 바라보는데, 메이테이가 옆에서 끼어든다.

"뭐야? 신체시인가? 야아, '바침'인가? 도후 군, 과감히 도미코 양에게 바친 것은 훌륭하군" 하고 칭찬한다. 아저씨는 더욱 이상하다는 듯이 묻는다.

"도후 군, 이 도미코라는 사람은 정말로 존재하는 여자인가?"

"예, 요전에 메이테이 선생님과 같이 낭독회에 초대한 처녀 가운데 한 사람입니다. 바로 요 근처에 살고 있습니다. 실은 시집을 보이려고 생각해 지금 막 들렀다가 왔습니다만, 지난달부터 오이소에 피서 가서 집에 없더군요" 하고 진지하게 말한다.

"구샤미 군, 이게 바로 20세기네. 그런 얼굴 하지 말고 빨리 걸작을 낭독하지. 그런데 도후 군, 바치는 방법이 좀 안 좋군. 이 '가냘프게'라는 단어는 도대체 무슨 의미라고 생각하나?"

"연약하고 섬약하다는 뜻이라 생각합니다."

"과연 그렇게도 받아들일 수 있으나 본래 의미를 말하면 '위험스럽게'라는 뜻이네. 그러니 나라면 이렇게는 쓰지 않지."

"어떻게 쓰면 가장 시적일까요?"

"나라면 이렇지. '세상 사람과 달리 가냘프게 보이는 도미코 양 코밑에 바친다'라고 말이야. 불과 석 자지만 '코밑에'가 있는 것과 없는 것은 매우 느낌이 다르지."

"과연 그렇군요."

도후 군은 이해하기 어렵지만 억지로 이해한 척한다. 아저씨는 입을 다물고 첫 페이지를 넘겨 이제 1장을 읽기 시작한다.

나른하게 풍기는 향기는 당신의

영혼인가, 사모의 연기는 가득 깔리고
오오 나의 오오 나의 쓰디쓴 이 삶에
달콤하게 얻은 뜨거운 키스

"이건 좀 이해하기 어렵군."

아저씨는 탄식하면서 메이테이에게 시집을 건넨다.

"이건 너무 과감하군" 하고 메이테이는 간게쓰에게 건넨다.

"오호, 과연……" 하고 간게쓰 군은 시집을 도후 군에게 돌려준다.

"선생님이 잘 모르시는 것은 당연하죠. 10년 전 시 세계와 오늘의 시 세계는 몰라볼 정도로 달라졌으니까요. 요즘 시는 드러누워 읽거나 정거장에서 읽어서는 도저히 이해가 되지 않으므로, 지은이조차 질문을 받으면 대답이 궁해지는 경우가 흔히 있습니다.

오로지 영감으로 시를 쓰므로 시인은 다른 것에는 전혀 책임이 없습니다. 주석이나 해석은 연구자가 하는 것이지 시인은 전혀 신경 쓰지 않습니다. 지난번에도 제 친구 소세키(소세키 자신의 이름을 패러디)라는 자가 〈하룻밤〉(1905년 발표)이라는 단편을 썼습니다만, 누가 읽어도 몽롱하여 종잡을 수 없어서 그를 만나 무슨 말인지 일일이 규명하여보았으나, 그 자신도 그런 것은 모른다고 하며 상대를 안 해줍디다. 참으로 그런 점이 시인의 특질이라고 생각합니다."

아저씨가 "시인인지는 모르지만 꽤 이상한 사람이군"이라고 말하자, 메이테이가 "바보지" 하고 간단히 소세키 군에 대한 판정을 내린다. 도후 군은 이것만으로는 아직 설명이 부족한 듯, "소세키는 우리 친구들 사이에서도 별난 사람입니다만, 제 시도 모쪼록 다소나마 그런 마음으로 읽어주시기 바랍니다. 특히 주의를 부탁드리는데 '쓰디쓴' 이 삶과, '달콤한' 키스를 대비시킨 부분은 제 고심의 결과입니다."

"꽤 고심을 한 흔적이 보이네."

"'달콤한'과 '쓰디쓴'을 대조한 부분은 매운 고춧가루처럼 짜릿하군. 완전히 도후 군만의 독특의 기량으로 탄복의 극치야" 하고 순진한 도후 군을 혼란스럽게 하고는 좋아한다.

아저씨는 무슨 생각을 했는지 불쑥 일어나 서재 쪽으로 가서 종이를 한 장 갖고 온다.

"도후 군의 작품도 봤고, 이번에는 내가 짧은 글을 읽을 테니 여러분의 비평을 바라네" 하고 좀 진지한 태도다.

"천연거사의 묘비명이라면 벌써 두세 번 들었네."

"허허, 입 다물게. 도후 군, 결코 잘 쓴 것은 아니지만 그저 재미를 위해 들어보게."

"경청하겠습니다."

"간게쓰 군도 이 기회에 함께 들어보게."

"그럼요, 당연히 듣지요. 긴 글은 아니지요?"

"겨우 60자 정도야."

구샤미 선생, 이윽고 자작의 명문을 읽기 시작한다.

대화혼大和魂(일본 민족 고유의 용맹스런 정신을 일컫는 말로, '야마토다마시' 라고 함)! 하고 외치며 일본인이 폐병 환자 같은 기침을 했다.

"독자를 사로잡는 서두입니다" 하고 간게쓰 군이 칭찬한다.

대화혼! 하고 신문기자가 말한다. 대화혼! 하고 소매치기가 말한다. 대화혼이 일약 바다를 건넜다. 영국에서 대화혼의 연설을 한다. 독일에서 대화혼의 연극을 한다.

"오호, 이것은 천연거사 이상의 작품이다."
이번에는 메이테이 선생이 몸을 뒤로 젖혀 보인다.

도고 대장이 대화혼을 갖고 있다. 생선집 긴씨도 대화혼을 갖고 있다. 사기꾼, 투기꾼, 살인자도 대화혼을 갖고 있다.

"선생님, 그 부분에 '간게쓰도 갖고 있다'를 붙여주시죠."

대화혼은 어떤 것인가 물으니, 대화혼이지 대답하고 지나갔다. 10미터 정도 가서 에헴 하는 소리가 들렸다.

"그 문장은 아주 멋지네. 자네는 꽤 문학성이 있군. 그리고 다음 구는?"

삼각인 것이 대화혼인가, 사각인 것이 대화혼인가. 대화혼은 단어 그대로 혼이다. 혼이므로 항상 비실비실하다.

"선생님, 아주 재미있습니다만, 대화혼이 너무 많지 않습니까?" 하고 도후 군이 주의를 준다. "동감일세" 하고 말한 자는 물론 메이테이다.

입에 담지 않는 이 아무도 없으나 누구도 본 것은 아니다. 모두가 들은 적은 있으나 아무도 만난 자가 없다. 대화혼 그것은 도깨비 같은 것인가?

아저씨는 이렇게 말을 맺으며 긴 여운을 주고 싶었으나, 그 대단한 명문이 너무 짧기도 하고 또 뭘 말하려는지 알 수가 없으므로 세 명은 아직 뒤가 이어지는 줄 알고 기다리고 있다. 아무리 기다려도 말이 나오지 않자, 마침내 간게쓰가, "그걸로 끝인가요?" 하고 묻는다.

아저씨는 가볍게 "응" 하고 대답한다. '응'은 너무 성의 없는 대답이다. 이상하게도 메이테이가 이 명문에 대하여 평소처럼 그다지 수다를 떨지 않았으나 이윽고 돌아앉아서 "자네도 단편을 한 권으로 묶어 누군가에게 바치는 게 어떤가?" 하고 묻는다.

아저씨가 아무렇지도 않게 "자네에게 바칠까?" 하고 되묻자, 메이테이는 "질색이네" 하고 대답한 뒤에 아까 아줌마에게 보이며 자랑하던 가위로 똑똑 소리 내며 손톱을 깎는다. 간게쓰 군은 도후 군에게 "자네는 가네다 따님을 아나?" 하고 묻는다.

"지난봄 낭독회에 초대한 다음부터 친해졌고 그 뒤로 계속 교제하고 있네. 나는 그 처녀 앞에 서면 왠지 일종의 감흥에 사로잡혀 시를 짓고 노래를 불러도 흥이 난다네. 이 시집 안에 사랑 시가 많은 것은 오로지 그 이성 친구에게서 영감을 받았기 때문이라고 생각해. 그래서 나는 그 처녀에게 절실하게 감사의 뜻을 표하려고 이번 기회에 내 시집을 바치기로 했던 거야. 예부터 여자가 있어야 훌륭한 시가 나온다고 하지 않는가."

"그럴까?"

간게쓰 군은 머릿속에서 웃으면서 대답했다. 아무리 수다쟁이들의 모임이라도 그리 길게는 계속되지 않는 듯 담화의 불길은 서서히 꺼져갔다. 나도 그들의 변화 없는 잡담을 종일 들어야 하는 의무가 없으므로 뜰로 사마귀를 찾으러 나갔다.

서쪽으로 저무는 해의 빛이 벽오동 잎사귀 사이로 간간이 비치고, 나뭇가지에는 쓰르라미가 매달려 큰 소리로 운다. 밤에는 어쩌면 비가 한바탕 내릴 것 같다.

7

나는 최근에야 운동을 시작했다. 고양이 주제에 운동이라니 건방지다고 매도하는 자들에게 말하건대, 그런 인간도 최근까지 운동이 뭔지 이해하지 못하고 먹고 자는 것을 천직처럼 여기지 않았던가. 조용하고 침착한 사람을 귀인이라고 칭하며, 팔짱을 끼고 방석에 앉아 썩어가는 엉덩이를 떼지 않는 것을 명예라고 거드름 부리며 살던 것을 기억할 터이다.

운동을 해라, 우유를 먹어라, 냉수욕을 해라, 바다로 들어가라, 여름이 되면 산속에 들어가 당분간 안개를 먹어라 하며 쓸데없는 주문을 연발하게 된 것은 서양에서 우리 일본으로 전염된 최근의 병으로, 그것 또한 페스트, 폐병, 신경쇠약과 같은 부류라고 알고 있을 정도다.

물론 작년에 태어난 나도 올해 겨우 만 1세니 인간이 이런 병에 걸리기 시작한 당시의 모습은 기억하지 못할뿐더러 그때는 내가 속세의 바람 속에 떠돌지 않았음이 틀림없으나, 고양이의 1년은 인간의 10년에 맞먹는다고 해도 좋다. 내 수명이 인간보다 두세 배나 짧은데도 단시일에 고양이 한 마리로 충분히 성장한 사실로 미루어 짐작하면, 인간의 세월과 고양이의 세월을 같은 비율로 계산하는 것은 매우 어리석다.

무엇보다 1년 몇 개월이 안 된 내가 이 정도 견식을 가진 것으로도 알 수 있을 것이다. 아저씨의 셋째 딸은 이제 세 살이라고 하지만, 지식의 발달에서 보면 참으로 둔한 아이다. 우는 것과 밤에 오줌 싸는 것, 젖을 먹는 것 말고 달리 아무것도 모른다. 세상을 걱정하고 시대에 분노하는 나와 비교하면 참으로 철이 없다.

그러므로 내가 운동, 해수욕, 요양의 역사를 사방 한 치에 정리해 넣어도 전혀 놀랄 것이 없다. 요까짓 것에 놀라는 이가 있다면, 그것은 인간이라고 하는, 다리 두 개 부족한 얼간이가 틀림없다. 인간은 옛날부터 얼간이다. 그러므로 요즘에서야 운동의 효능을 떠들어대거나 해수욕의 이점을 지껄이며 대발명인 양 생각한다.

나는 태어나기 전부터 그 정도는 훤히 알고 있었다. 우선 바닷물이 왜 약이 되는지 말하자면, 해변으로 가기만 하면 금세 알게 된다. 그렇게 넓은 곳에 물고기가 몇 마리나 있는지 모르지만, 단 한 마리 물고기도 병에 걸려 병원에 간 적이 없다. 모두 건강하게 헤엄친다.

병에 걸리면 몸을 움직일 수 없게 된다. 죽으면 반드시 물 위로 뜬다. 그러므로 물고기의 죽음을 '떠오른다'고 하고, 새의 죽음을 '떨어진다'고 하며, 인간의 사멸을 '죽는다'고 한다.

인도양을 횡단해본 사람에게, '자네, 물고기가 죽은 것을 본 적이 있는가?' 하고 물어보라. 아무도 본 적이 없다고 할 것이다. 그것은 당연한 대답이다. 아무리 왕복해봐야 한 마리라도 호흡을 거두어(아니, 호흡을 거둔 게 아니라 물고기니까 '물이 갔다'고 해야 할 것이다) 파도 위에 뜬 것을 본 사람이 없기 때문이다.

넓디넓은 망망대해를 밤낮으로 배를 타고 다니며 찾아보아도 옛날부터 한 마리 물고기도 떠 있지 않다는 점에서 추론하면, 물고기는 매우 건강한 것이 틀림없다는 단정을 곧 내릴 수가 있다.

그렇다면 왜 물고기는 그렇게 건강한 것인가? 이것 또한 인간에게 대답을 기대할 수 없지만, 대답은 간단하다. 어디까지나 바닷물을 먹고 시종 해수욕을 하기 때문이다. 해수욕의 효능은 확실히 물고기에게 현저하게 나타난다. 물고기에게 현저하게 나타나므로 인간에게도 그럴 수밖에 없다.

1750년이 되어서야 겨우 닥터 리처드 러셀(영국의 의학자)이 '브라이튼 바다에 들어가면 404가지 병 즉시 쾌유'라는 거창한 광고를 냈다고 하니, 그리 단순한 사실을 어떻게 그제야 깨달았는지 참으로 늦기도 하다.

고양이지만 때가 되면 가마쿠라 해변으로 나갈 생각이다. 다만 지금은 안 된다. 모든 일에는 시기가 있다. 유신 전에는 일본인이 해수욕의 효능을 맛보지 못하고 죽은 것처럼, 요즘 고양이는 아직 나체로 바다로 들어갈 기회를 만나지 못했다.

서두르면 일을 그르친다. 요즘처럼 쓰키지 운하에 빠진 고양이가 살아서 무사히 귀가하지 못하는 한 함부로 뛰어들 수도 없다. 진화의 법칙으로 우리 고양이의 기능이 광란의 노도에 대하여 적당한 저항력을 가질 때까지는, 다시 말해 고양이가 죽었다는 말 대신에 고양이가 떠올랐다는 말이 일반적으로 사용될 때까지는 쉽사리 해수욕을 할 수 없다.

해수욕은 나중에 실행하는 것으로 하고, 먼저 운동만 하기로 했다. 아무래도 20세기의 오늘날 운동을 하지 않는 것은 빈민 같아서 듣기 민망하다. 운동을 하지 않는다는 것은 운동을 할 수 없기 때문이다. 운동할 시간이 없기 때문이다. 여유가 없다고 놀림받는다.

옛날에는 운동하는 사람이 하인이라고 비웃음을 받은 것처럼, 지금은 운동하지 않는 사람이 하류라고 간주된다. 우리의 평가는 때와 장소에 따라 내 눈알처럼 수시로 변화한다. 내 눈알은 단지 작아지거나 커질 뿐이나, 인간의 품평은 완전히 거꾸로 뒤집히기도 한다. 뒤집혀도 상관없다.

사물에는 양면이 있고 양 끝이 있다. 동일 사물의 양 끝을 두드려 흑백의 변화를 일으키는 것이 인간의 융통성이다. 방촌方寸(마음)을 거꾸로 하면 촌방寸方(속셈)이 된다는 점에 애교스러움이 있다. 고개를 숙여 가랑이 사이로 풍경을 거꾸로 보면 또한 각별한 운치가 있다. 셰익스피어도 천년만년 셰익스피어로는 재미없다. 때로는 가랑이 사이로 〈햄릿〉을 보고, '자네, 이거 엉망이군' 하고 말하는 사람이 나타나야 문학계도 진보하는 것이다.

그러므로 운동을 나쁘게 말하던 무리가 갑자기 운동이 하고 싶어져서, 여자까지 라켓을 들고 거리를 돌아다녀도 전혀 이상하지 않다. 단지 고양이가 운동하는 것을 잘난 체한다고 웃지만 않았으면 좋겠다. 그럼 우리 운동은 어떠한 종류의 운동인지 궁금해하는 사람이 있을지 모르므로 일단 설명하고자 한다.

잘 알다시피 나는 불행하게도 도구를 사용할 수가 없다. 그러므로 볼이나 배트도 다루기가 곤란하다. 다음으로는 돈이 없으므로 살 수도 없다. 이 두 가지 원인에서 우리가 고른 운동은 돈 한 푼 들지 않고 도구도 필요 없는 종류다.

그렇다면 어슬렁어슬렁 걸어다니거나 생선 토막을 물고 뛰는 모습을 생각할지 모르나, 그저 네 다리를 역학적으로 운동시켜 지구의 인력에 따라 대지를 왔다 갔다 하는 것은 너무 단조로워 재미가 없다.

아무리 운동이라는 이름이 붙어도 아저씨가 가끔 기계적으로 실행하는 글자 그대로의 '운동'은 아무래도 운동의 신성함을 더럽히는 것이라 생각한다. 물론 단순한 운동이라도 어떤 자극이 주어지면 좋다. 가쓰오부시 경쟁이나 연어 찾기 등은 중요한 대상물이 있기 때문에 열띠게 하는 것으로, 이 자극이 없으면 따분하고 지겨운 것이 되어버린다. 현상금이라는 흥분제가 없는 경우에는 뭔가 멋진 기예라도 부리는 운동을 하고 싶다.

나는 여러모로 생각했다. 부엌 처마에서 지붕으로 뛰어오르거나 지붕 꼭대기 기와 위에 네 다리로 서는 것이 있겠고, 빨래장대를 타고 오르는 기예도 있겠지만 이것은 도저히 성공하지 못한다. 대나무가 미끌미끌해서 발톱이 걸리지 않기 때문이다. 또 뒤에서 갑자기 아이에게 달려드는 것은 굉장히 흥미로운 운동 가운데 하나지만, 잘못하면 크게 혼나므로 기껏해야 한 달에 세 번밖에 시도하지 못한다. 종이 봉지를 머리에 뒤집어쓰는 것은 괴로울 뿐 아주 재미가 없는 기예다. 특히 사람이 해주지 않으면 성공하지 못하므로 틀렸다. 다음에는 책 표지를 발톱으로 긁는 것이 있는데, 아저씨에게 발각되면 필시 두들겨맞을 위험이 있을뿐더러 비교적 발끝의 기술에 불과하여 온몸의 근육을 움직이지 못한다. 이것들은 이른바 구식 운동이라 할 수 있다.

신식 중에는 꽤 고상한 것이 있다. 우선 사마귀 잡기. 사마귀 잡기는 쥐잡기만큼 힘들지도 않고 위험하지도 않다. 한여름부터 초가을에 걸쳐 하는 유희로서는 최상이다.

방법을 말하자면, 우선 뜰로 나가서 사마귀 한 마리를 찾아낸다. 날씨가 좋으면 한두 마리 발견하는 것은 문제도 아니다. 발견한 사마귀 군 옆으로 휙 바람을 가르고 달려간다. 그러면 사마귀는 '앗!' 하는 자세를 취하고 머리를 든다. 사마귀는 꽤 무모한 놈이라 상대의 역량을 모를 때는 무조건 대들려고 하니 웃긴다.

머리에 오른쪽 앞발을 살짝 갖다 댄다. 치켜든 머리는 약하기 때문에 그냥 옆으로 꺾인다. 이때 사마귀 군 표정이 매우 흥미롭다. '어?' 하고 놀라는 모습이다. 그 순간 한 걸음 훌쩍 뛰어 사마귀 군의 뒤로 돌아가 이번에는 사마귀 군의 날개를 가볍게 할퀸다.

평소 소중하게 접혀 있는 날개를 세게 할퀴면 툭 벗겨져 안에서 엷은 한지 같은 속옷이 드러난다. 여름에도 고생스럽게 두겹을 입고 있으니 별스럽다. 이때 사마귀 군의 긴 머리는 반드시 뒤를 바라본다. 때로 몸을 돌리기도 하지만 대부분은 머리만 돌린다.

내가 손대기를 기다리는 듯하다. 그쪽이 계속 이런 자세로 있으면 운동이 되지 않으므로, 잠시 후 또 한 방 먹인다. 이만큼 손댔을 때 생각 있는 사마귀라면 반드시 도망간다. 죽기 살기로 달려드는 것은 매우 무식한 야만적 사마귀다.

만약 상대가 야만적 행동으로 나온다면, 달려오는 것을 겨냥하여 심하게 갈겨준다. 대개는 1미터 가까이 날아간다. 그러나 적이 얌전하게 뒤로 후퇴하면 나는 불쌍한 생각이 들어서 새처럼 빠르게 정원의 나무를 두세 번 돌고 돌아온다. 사마귀는 아직 30센티미터도 도망가지 못한다. 이제 내 역량을 알았으니 저항할 용기는 없다. 단지 우왕좌왕 도망칠 뿐이다. 그러나 나도 우왕좌왕 쫓아가므로 사마귀 군은 결국 괴로운 나머지 날개를 흔들고 큰 비약을 시도한다.

원래 사마귀의 날개는 머리와 조화를 이루어 아주 좁고 길게 생겼으나 오로지 장식용에 불과하다고 하니, 인간의 영어나 불어나 독어처럼 전혀 실용성이 없다. 그러므로 무용의 물건을 이용하여 일대 비약을 시도해봤자 그리 효과가 있을 리 없다. 말은 비약이지만, 사실은 지면 위를 질질 끌고 걷는 것에 불과하다. 이렇게 되면 다소 불쌍한 감은 있으나 운동을 위한 것이므로 할 수 없다.

미안하지만 곧바로 앞쪽으로 달려간다. 사마귀 군은 타성으로 급회전이 불가능하므로 할 수 없이 전진해온다. 그놈의 코를 갈긴다. 이때 사마귀 군은 날개를 편 채로 쓰러진다. 그 위에 앞발을 올려 지그시 누르고 잠시 한숨을 돌린다. 그리고 다시 놔준다. 놔주고는 다시 누른다. 제갈공명의 칠종칠금七縱七擒〔일곱 번 놔주고 일곱 번 잡는 것〕 군략으로 공격한다.

30분가량 이를 반복하여 꼼짝을 하지 못할 때 입으로 물어 흔들어본다. 그리고 다시 뱉는다. 이번에는 지면 위에 드러누운 채 움직이지 않으므로 한 발로 쿡 찌를 때 그 기세로 튀어오르는 것을 다시 누른다. 이것도 귀찮아지면 마지막 수단으로 우적우적 먹어치운다. 말이 나온 김에 사마귀를 먹은 적이 없는 사람에게 말해두지만, 사마귀는 그리 맛있는 곤충이 아니다. 그리고 자양분도 뜻밖에 적은 듯하다.

사마귀 잡기에 이어 매미 잡기라는 운동을 한다. 단지 매미라고 했지만 다 똑같지는 않다. 인간에게도 주정뱅이, 뺀질이, 수다쟁이 등 여러 종류가 있듯 매미에도 기름매미, 참매미, 저녁매미 등이 있다. 기름매미는 질겨서 좋지 않다. 참매미는 건방져서 곤란하다. 잡아서 재미나는 것은 저녁매미다. 이놈은 늦여름이 되어야 나온다. 옷 틈으로 가을바람이 사정없이 피부에 닿아 콜록 감기에 걸리기 쉬운 시절에 왕성히 꼬리를 흔들면서

운다. 잘도 우는 놈이다. 내가 보기에는 우는 것과 고양이에게 잡히는 것 말고 달리 할 일이 없다고 생각될 정도다. 초가을에는 이놈을 잡는다. 이것을 가리켜 매미 잡기 운동이라 한다.

여기서 여러분에게 말해두는데, 적어도 매미라는 이름이 붙은 이상 땅 위에 있어서는 아니 된다. 땅에 떨어진 놈한테는 반드시 개미가 달라붙는다. 내가 잡는 것은 이 개미 영역에 나뒹구는 녀석이 아니다. 높은 나뭇가지에 앉아 맴맴 우는 무리를 잡는 것이다.

이것도 말이 나온 김에 박학한 인간에게 묻고 싶은데, 매미가 맴맴메에 하고 우는 것인지, 메에맴맴 하고 우는 것인지 알고 싶다. 해석에 따라 매미 연구에 적지 않은 영향이 있다고 생각한다. 인간이 고양이보다 뛰어난 것은 이런 점에 있고, 인간 스스로 자랑할 것 또한 그와 같은 점에 있으므로 지금 즉답이 불가능하다면 잘 생각해보기 바란다.

물론 매미 잡기 운동에는 아무 지장이 없다. 단지 우는 소리를 목표로 하여 나무에 올라가, 매미가 정신없이 우는 것을 다짜고짜 잡을 뿐이다.

이것은 아주 간단해 보이지만 꽤 힘든 운동이다. 나는 다리가 네 개이므로 땅 위를 걷는 일에서는 다른 동물에 뒤떨어지지 않는다고 감히 자부한다. 적어도 두 개와 네 개의 수학적 지식으로 판단해봐도 인간에게는 지지 않는다.

그러나 나무 타기에서는 나보다 잘 타는 놈들이 있다. 아예 나무에 사는 원숭이는 별도로 하더라도 원숭이의 후예인 인간 중에도 무시할 수 없는 녀석들이 있다.

애초부터 인력을 거스른 무리한 일이므로 못해도 별로 창피하지 않지만, 매미 잡기 운동을 할 때는 적지 않은 불편을 준다.

다행히 발톱이라는 유리한 도구가 있어 어떻게든 오르기는 하지만, 겉에서 보는 것만큼 편하지는 않다.

그뿐만 아니라 매미는 나는 곤충이다. 사마귀 군과 달리 한번 날아가면 그것으로 끝이라, 나무를 잘 타도 자칫하면 다 놓쳐버리는 비운에 맞닥뜨릴 수 있다.

마지막으로 가끔은 매미에게 오줌세례를 받을 위험이 있다. 쏟아지는 오줌이 내 눈을 노릴 때가 많다. 도망가도 좋으니 모쪼록 오줌만은 갈기지 말았으면 한다.

날기 직전에 오줌을 싸는 것은 도대체 어떤 심리적 상태에서 영향을 받은 생리적 현상일까? 고통스러운 나머지 그러는 것일까? 아니면 적이 불시에 나타났으니 잠시 도망갈 여유를 만들려는 방편일지도 모른다.

그렇다면 그것은 오징어가 먹물을 뿜고, 건달이 괴상한 문신을 보이고, 아저씨가 라틴어를 우물거리는 부류에 들어갈 사항이다. 이것도 매미학에서 뺄 수 없는 연구 과제다. 충분히 연구하면 이것만으로도 확실히 박사논문의 가치는 있다.

이상은 여담이므로 이 정도로 하고 다시 본제로 돌아간다.

매미가 가장 집중하는 곳은 (집중이 이상하면 집합도 좋으나, 집합은 진부하니 역시 집중으로 한다) 벽오동이다. 한자로 '碧梧桐'이라 쓴다. 벽오동에는 잎이 아주 많다. 게다가 그 잎은 모두 부채 정도 크기이므로 잎이 많이 자라면 가지가 전혀 보이지 않을 정도로 우거진다.

이것이 매미 잡기 운동에 큰 방해가 된다. '목소리는 나도 모습은 보이지 않는다'는 말은 일찌감치 나를 위해 만든 것이 아닌지 의심스러울 정도다. 나는 도리가 없으니 그저 소리를 더듬어간다. 아래에서 2미터 정도 지점에서 오동나무는 대개 두 갈래로 갈라지므로, 여기서 숨을 돌리고 이파리 속에서 매미의 소재지를 탐색한다. 당연히 여기까지 오는 중에 삭삭 소리를 내고 날아가는 재빠른 놈들도 있다. 한 마리가 날면 끝장이다. 흉내를 낸다는 점에서 매미는 인간에게 뒤떨어지지 않을 정도로 멍청하다. 뒤를 이어 계속 날아간다.

간신히 두 갈래 가지에 도착했을 때 나무 전체가 적막하게 아무 소리도 들리지 않는 경우가 있다. 저번에는 여기까지 올라와서 사방을 둘러보고 귀를 쫑긋 세워봐도 매미 자취가 없기에, 다시 오는 것도 귀찮아서 잠시 쉬려고 가지 위에 진을 치고 제2의 기회를 기다리다가, 어느새 졸려서 결국 꿈속을 돌아다녔다. 그러다 '아차!' 하고 눈을 뜨니 나는 꿈속을 떠나 정원의 돌바닥 위에 떨어져 있지 않았던가.

그렇지만 대개 오를 때마다 한 마리는 잡아온다. 단지 재미없는 것은 나무 위에서 입에 물고 있어야 한다는 점이다. 그러므로 밑으로 가져와 뱉으면 대개 죽어 있다. 아무리 놀려도 할퀴어도 반응이 없다.

매미 잡기의 묘미는 가만히 몰래 다가가서 저녁매미가 열심히 꽁지를 폈다 오므렸다 하는 것을 왁 하고 앞발로 누르는 때에 있다. 이때 저녁매미는 비명을 올리고 엷게 투명한 날개를 종횡무진으로 흔든다. 흔들리는 날개의 빠른 속도와 아름다운 모습은 이루 말할 수 없는데, 실로 매미 세계의 일대 장관이다. 나는 저녁매미를 잡을 때마다 늘 이 예술적 연예를 보게 된다. 그것도 심드렁해지면 미안하지만 입 안에 넣어버린다. 어떤 매미는 입 안에서도 연예를 계속한다.

매미 잡기 다음으로 하는 운동은 소나무 미끄럼 타기다. 이것도 길게 쓸 필요는 없으므로 조금만 설명하기로 한다. 소나무 미끄럼 타기라고 하면 소나무에서 미끄러지는 것으로 생각할지 모르나, 그게 아니라 이 또한 나무 타기의 일종이다. 매미 잡기는 매미를 잡기 위해 오르지만 소나무 미끄럼 타기는 단지 오르는 것을 목적으로 오른다. 이것이 둘의 차이다.

소나무는 상록수로 표면이 매우 거칠다. 따라서 소나무 줄기처럼 잘 미끄러지지 않는 것은 없다. 즉 발톱을 걸기가 그만큼 좋은 것은 없다. 그런 줄기로 단숨에 달려 오른다. 달려 올라갔다가 달려 내려온다.

달려 내려오는 방법에는 두 가지가 있다. 하나는 몸을 거꾸로 하여 땅으로 머리를 향하고 내려간다. 또 하나는 오른 자세를 흩트리지 않고 꼬리를 밑으로 하고 내려간다.

인간에게 묻건대, 어느 쪽이 힘든지 아는가? 인간의 얕은 소견으로는 어차피 내려가는 것이니 아래 방향으로 뛰어 내려가는 것이 편하다 생각할 것이다. 그러나 잘못된 생각이다. 그대들은 장수 요시쓰네(미나모토노 가마쿠라 막부를 연 요리토모의 동생으로, 형을 도와 공을 세웠으나 나중에 정적으로 몰려 자살함)가 급경사 절벽을 말을 타고 내려가 적을 공격했다는 것만 알고, 요시쓰네도 아래를 향해 내려갔으니 고양이도 아래를 향해 가는 것이 당연하다고 생각할 것이다.

그것은 날 경멸하는 것이다. 고양이 발톱이 어느 쪽으로 뻗어 있다고 생각하는가? 모두 뒤쪽으로 굽어 있다. 그러므로 쇠갈고리같이 물건을 걸어 당길 수가 있으나, 그 반대로 밀어낼 힘은 없다.

지금 내가 소나무를 기세 좋게 달려 올라갔다고 치자. 그러면 나는 원래 지상의 동물이니 자연스런 경향으로 말하자면 오랫동안 소나무 꼭대기에 머무는 것이 허용되지 않음이 틀림없다.

그냥 가만있으면 반드시 떨어진다. 그러나 가만있는다고 곧 떨어지는 것은 아니다. 어떤 수단으로 이러한 자연의 경향을 어느 정도 완화해야 한다. 즉 내려가는 것이다.

떨어지는 것과 내려가는 것은 아주 다른 듯하나, 사실 생각만큼은 아니다. 떨어지는 것을 늦추어 내려가는 것이므로, 내려가는 것을 빨리하면 떨어지는 것이 된다. 떨어지는 것과 내려가는 것은 대동소이하다. 나는 소나무 위에서 떨어지는 것이 싫으니 떨어지는 것을 늦추어 내려가야 한다. 즉 가진 도구를 써서 떨어지는 속도에 저항해야 한다. 내 발톱은 아까 말한 대로 뒤로 굽었으므로, 만약 머리를 위로 하여 발톱을 세우면 발톱의 힘이 모두 떨어지는 기세에 저항하는 데 이용될 수 있다. 따라서 떨어지는 것이 변하여 내려가는 것이 된다. 실로 알기 쉬운 이치다.

그런데 다시 몸을 거꾸로 하여 요시쓰네의 절벽 넘기처럼 소나무 넘기를 해보라. 발톱이 있어도 도움이 되지 않는다. 줄줄 미끄러져 나의 체중을 지탱할 것은 전혀 없다. 모처럼 내려가려고 의도한 것이 변화하여 떨어지는 것이 된다. 이처럼 절벽이나 소나무를 타고 내려가는 것은 어렵다. 고양이 중에도 이 기술이 가능한 자는 아마 나뿐일 것이다. 그러므로 나는 이 운동을 가리켜 소나무 미끄럼 타기라고 한다.

끝으로 울타리 돌기에 관해 한마디 하겠다.

아저씨 집의 정원은 사방이 대나무 울타리로 둘러싸여 있다. 마루와 평행한 한쪽은 15미터 정도다. 좌우는 쌍방 모두 7미터쯤에 불과하다. 지금 내가 말한 울타리 돌기라는 운동은 이 울타리 위에서 떨어지지 않고 한 바퀴 도는 것이다. 이 또한 실수할 때도 좀 있지만, 잘만 하면 하나의 위락이 된다. 특히 곳곳에 통나무 기둥이 서 있으므로 그 넓은 기둥 위에서 잠시 편하게 쉴 수가 있다.

오늘은 컨디션이 좋아서 아침부터 낮까지 세 번 돌아보았는데 할 때마다 더 잘되었다. 잘될 때마다 더 재미있어진다. 이윽고 네 번 반복하였으나 네 번째에서 반 정도 돌았을 때 옆집 지붕에서 까마귀 세 마리가 날아와서 2미터쯤 앞에 열을 지어 앉았다. 이놈들은 무례하게도 남의 운동을 방해한다. 더군다나 어디 사는지도 모르는 처음 보는 까마귀 놈들이 남의 집 울타리에 함부로 앉아 있다는 생각에 내 앞길에서 비켜나라고 소리를 질렀다.

맨 앞의 까마귀 놈은 나를 보고 기분 나쁘게 웃는다. 다음 놈은 이 집 뜰을 바라본다. 세 번째 놈은 부리를 울타리의 대나무에 비비고 있다. 뭔가 먹고 온 게 틀림없다. 난 대답을 기다리기 위해 그들에게 3분 동안 시간을 주고 울타리 위에 서 있었다.

까마귀는 벽창호라고 하던데 과연 벽창호다. 내가 아무리 기다려도 대답도 하지 않고 날아가지도 않는다. 나는 할 수 없어서 천천히 걷기 시작했다. 그러자 맨 앞의 벽창호가 슬쩍 날개를 폈다. 이제야 나의 위광을 두려워하여 도망치나 보다 생각했는데, 글쎄 오른쪽에서 왼쪽으로 자세를 바꾸었을 뿐이다.

이 자식이! 땅이라면 가만 놔두지 않겠지만, 어찌하랴, 그렇지 않아도 힘든 길 한가운데서 벽창호를 상대할 여유가 없다. 그렇다고 해서 멈춰 선 채 세 마리가 퇴각하기를 기다리는 것도 싫다. 우선 그렇게 기다리고 있으면 다리를 지탱할 수가 없다. 상대는 날개가 있는 몸이므로 이런 곳에 잘 앉아 있다. 따라서 마음만 먹으면 언제까지라도 머물 수가 있다.

나는 오늘 벌써 네 번째 돌기라 그렇지 않아도 충분히 지쳤다. 더군다나 외줄 타기처럼 힘든 기예 겸 운동을 하는 것이다. 아무런 장애물이 없어도 떨어지지 않는다는 보증이 없는데, 이런 시커먼 장애물이 셋이나 앞길을 막고 있으니 쉽지 않은 난제다. 최악의 경우에는 운동을 그만두고 울타리를 내려오는 수밖에 없다.

귀찮지만 아예 그렇게 할까? 적은 다수이며, 또 내게는 익숙하지 않은 상대다. 부리가 별스럽게 튀어나와 왠지 괴물 같다. 어차피 질 좋은 놈이 아닌 것은 뻔하다. 퇴각이 안전하리라. 너무 깊이 들어가 만일 떨어지기라도 한다면 더욱 치욕스럽다고 생각하는데, 왼쪽의 까마귀가 '이 바보야!' 하고 말했다. 다음 놈도 따라서 '바보야' 하고 말했다. 마지막 놈은 수고스럽게도 '바보야, 바보야' 하고 두 번이나 외쳤다.

아무리 온화한 나라도 그냥 넘어갈 수 없는 일이다. 우선 우리 집에서 까마귀들에게 모욕을 당했다는 것은 내 이름을 더럽히는 일이다. 이름이 아직 없어서 관계없다고 한다면 체면에 관계된다. 결코 퇴각은 불가하다. 속담에서도 오합지졸烏合之卒이라고 하니까 세 마리라 해도 의외로 약할지 모른다. 한번 해보자고 마음을 굳게 먹고, 천천히 걷기 시작했다.

까마귀는 아랑곳없이 무언가 서로 떠드는 모습이다. 더욱 화가 치민다. 울타리 폭이 10센티미터만 더 넓었어도 당장에 혼내주었을 텐데, 유감스럽지만 아무리 화가 난다 해도 살금살금 조심해서 나아갈 수밖에 없다.

까마귀들 앞에서 15센티미터쯤 되는 거리까지 다가가 이제 마지막 한 발을 디디려고 하는데, 벽창호들은 약속이나 한 듯 동시에 날개를 치고 4, 5미터를 날아올랐다. 그 바람이 돌연 내 얼굴에 불어닥쳤을 때, '앗!' 하고 발을 헛디뎌 땅으로 꽈당 떨어졌다.

'이것 참 낭패로군' 하고 울타리 밑에서 올려다보니, 세 마리 모두 원래 자리에 앉아 부리를 나란히 하고 내 얼굴을 내려다본다. 뻔뻔한 놈들이다. 노려보았으나 전혀 꿈쩍도 하지 않는다. 등을 높이 세우고 으르렁했으나 아무 효과도 없다. 속인이 영묘한 상징시를 알지 못하듯, 내가 드러내는 분노의 기호도 그들에게 전혀 반응을 일으키지 않는다.

생각해보면 무리도 아니다. 나는 지금까지 그들을 고양이로서 취급했다. 그것이 잘못이다. 고양이라면 이 정도에 확실히 반응이 오지만 운 나쁘게도 상대는 까마귀다. 까마귀에게는 어쩔 도리가 없다.

실업가가 구샤미 아저씨를 압도하려고 안달하는 것, 쇼군 요리토모가 사이교(12세기의 승려로, 단카의 대가)에게 은제 고양이를 주었지만 쳐다보지도 않았던 것, 사이고 다카모리(사쓰마 출신의 정치가)의 동상에 까마귀가 똥을 싸는 것과 같은 이치다.

상황을 보아하니 민첩한 나도 도저히 안 되겠다는 판단이 섰으므로 아예 깨끗하게 단념하고 마루 쪽으로 물러났다.

벌써 저녁 식사 시간이다. 운동도 좋지만 도를 넘으면 좋지 않은데, 몸 전체가 왠지 힘이 없어 노곤한 느낌이다. 그뿐만 아니라 아직 가을의 초입이므로 운동 중에 햇빛을 받은 털옷은 서쪽 해를 한껏 흡수한 듯 뜨거워서 견딜 수가 없다.

털구멍에서 솟는 땀이 흘러버리면 좋을 텐데 털뿌리에 기름처럼 달라붙는다. 등이 근질근질하다. 땀으로 근질근질한 것과 벼룩이 기어 다녀 근질근질한 것은 확연히 구별된다. 입이 닿는 곳은 깨물 수 있고 발이 닿는 범위는 긁을 수도 있으나, 척추 한가운데라면 내 힘이 미치는 곳이 아니다. 이런 때는 인간을 찾아내서 무턱대고 몸을 갖다 대고 문지르든가 소나무 껍질로 충분히 마사지를 하든가 해야지, 둘 중 하나를 선택하지 못하면 불쾌하여 잠도 제대로 못 잔다.

인간은 어리석으므로 고양이를 달랠 때 내는 간지러운 소리, 그런데 그 소리는 인간이 내게 내는 소리이므로 나를 기준으로 생각하면 고양이 달래는 소리가 아니라 달램을 받는 소리인데, 어쨌든 내가 그 간지러운 소리를 내며 무릎 쪽으로 다가가면 대개 내가 자기를 좋아한다고 오해하여 내가 하는 대로 몸을 맡기거나 때론 머리까지 쓰다듬어준다.

그런데 요즘에는 내 털 안에 벼룩이라는 기생충이 번식한 관계로 다가갈 때마다 목덜미가 잡혀 저쪽으로 내팽개쳐진다. 너무 작아 눈에 들어올까 말까 하여 잡을 가치도 없는 벌레 때문에 정나미가 떨어진 듯하다.

'손을 뒤집으면 비요, 손을 엎으면 구름飜手爲雲覆手雨'이라는 두보의 시처럼 이렇듯 사람의 마음은 변하기 쉽다.

기껏 벼룩 1, 2천 마리로 잘도 이렇게 변덕스런 행동이 가능하단 말인가. 인간 세계에서 행해지는 사랑의 법칙 제1조에는 이렇게 쓰여 있다고 한다.

"자기 이익이 되는 동안에는 마땅히 남을 사랑해야 한다."

사람이 나를 대하는 태도가 표변하였으므로 아무리 가려워도 사람의 힘을 빌리는 것은 불가하다. 그러므로 두 번째 방법인 송피마찰법 외에는 도리가 없다. 그럼 좀 긁고 올까 하고 다시 마루를 내려가기 시작했으나, 아니 이것도 수지가 맞지 않는 우책이라는 생각이 떠올랐다.

왜냐하면 다름이 아니라 소나무에는 송진이 있기 때문이다. 송진은 매우 집착심이 강한 놈으로 만약 한번 털끝에 붙으면 천둥이 쳐도, 발틱함대가 전멸해도 결코 떨어지지 않는다. 그뿐만 아니라 다섯 가닥의 털에 달라붙자마자 열 가닥으로 퍼져간다. 열 가닥이 당했다고 느끼는 순간 이미 서른 가닥이 엉켜버린다.

나는 담백淡白을 사랑하는 다인茶人 같은 고양이다. 이처럼 끈질긴, 악독한, 찝쩍거리는, 집념 강한 놈은 끔찍이 싫다. 설령 천하에 다시없는 미모의 고양이라도 싫다. 하물며 송진은 말할 것도 없다. 차부 집 검둥이 두 눈에서 북풍을 맞아 흐르는 눈곱과 쌍벽을 이루는 주제에 내 담회색 털옷을 망치는 것은 괘씸하다. 놈은 잠시 반성해볼 일이다. 그런데도 그놈은 전혀 생각하는 기색이 없다. 껍질에 등을 대자마자 그놈은 반드시 쩍하고 달라붙을 것이 틀림없다. 이런 무분별한 얼간이를 상대하는 것은 내 체면에 관계될 뿐 아니라, 나아가 내 가문에 관계된다. 아무리 근질근질해도 참는 수밖에 도리가 없다.

그러나 이 두 방법이 모두 실행 불가능하니 몹시 불안하다. 지금 연구를 해놓지 않으면 결국 근질근질, 끈적끈적의 결과로 병에 걸릴지도 모른다.

뭔가 방법이 없을까 하고 뒷발을 접고 생각하다 문득 떠오른 것이 하나 있다. 우리 아저씨는 때때로 수건과 비누를 들고 홀연히 어디론가 외출을 한다. 30, 40분 후에 돌아온 모습을 보면 그의 몽롱한 안색이 조금은 활기를 띠어 화사하다. 아저씨처럼 지저분한 남자에게 이 정도 영향을 준다면 내게는 분명 좀 더 효과가 있을 것이다.

나는 원래 잘생겼으니 이보다 더 미남이 될 필요는 없지만, 만약 병에 걸려 1년 몇 개월 만에 요절하게 된다면 천하의 모든 이에게 면목이 없다.

들어보니 이것도 인간이 시간 보내기로 고안해낸 대중탕이라고 한다. 어차피 인간이 만들었으니 대단한 것은 아니겠지만, 때가 때인지라 시험 삼아 들어가보는 것도 좋으리라. 들어가보고 효험이 없으면 그만두면 된다. 그러나 자기를 위해 만든 대중탕에 다른 종족인 고양이를 넣어줄 만한 도량이 인간에게 있을 것인가? 이것이 의문이다. 아저씨가 태연히 들어갈 정도의 곳이니 설마 나를 거절할 리는 없겠지만, 만일 거절을 당하면 체면 깎이는 일이다. 일단 분위기를 살피러 가는 게 최상이다. 본 뒤에 이 정도면 괜찮다고 느껴진다면 수건을 물고 뛰어들어가 보자고 생각해 목욕탕으로 향했다.

골목 왼쪽으로 들어서니 건너편에 대나무처럼 높은 굴뚝이 우뚝 서서 끝에서 엷은 연기를 뿜고 있다. 바로 대중탕이다.

나는 슬며시 뒷문으로 몰래 들어갔다. 뒷문으로 들어가는 것은 비겁하다거나 미련하다고 하지만, 그것은 정문이 아니면 들어가지 못하는 자가 반 질투심에 떠드는 푸념이다. 옛날부터 지혜로운 사람은 늘 뒷문으로 불의의 습격을 하였다. 신사 양성법 제2권 제1장 5쪽에 그렇게 나와 있다고 한다. 그다음 쪽에는 "뒷문은 신사의 유서遺書이며 그 자신이 덕을 얻는 문"이라고 쓰여 있을 정도다. 나는 20세기 고양이므로 이 정도 교양은 있다. 너무 경멸해서는 아니 된다.

자, 이제 슬쩍 들어가 보니 왼쪽에 소나무를 잘라 20센티미터 정도로 만든 것이 산처럼 쌓여 있고, 그 옆에는 석탄이 언덕처럼 쌓여 있다. 왜 소나무 장작이 산과 같고 석탄이 언덕과 같은지 묻는 사람이 있을지 모르나, 별 의미 없이 단지 산과 언덕이라는 단어를 달리 사용해보았을 뿐이다.

인간도 쌀을 먹고 새를 먹고 생선을 먹고 고기를 먹는 등 이것저것 나쁜 것을 먹은 결과, 이윽고 석탄까지 먹을 정도로 타락한 것(당시 석탄을 둘러싼 부정 사건이 있었음)은 불쌍하다.

맞은편에 2미터 정도의 입구가 열려 있고, 안을 들여다보니 텅텅 비어 조용하다. 건너편에서 뭔가 계속 사람 소리가 들린다. 소위 대중탕은 이런 소리가 나는 곳이 틀림없다고 단정했으므로, 소나무 장작과 석탄 사이로 난 계곡을 지나 왼쪽으로 돌아가서 전진하자 오른쪽에 유리창이 있고 그 밖에는 둥근 물통이 삼각형, 즉 피라미드처럼 쌓여 있다.

둥근 것이 삼각으로 쌓인 것은 전혀 원한 바가 아닐 것이라고 난 은밀히 물통들의 마음을 헤아렸다. 물통 남쪽에는 15미터 정도의 널빤지가 나와 있어 마치 나를 맞이하는 것처럼 보인다. 널빤지 높이는 지면에서 약 1미터이므로 뛰어오르기에는 안성맞춤이다. 하나, 둘, 셋 하고 획 몸을 날리니 소위 대중탕은 바로 코앞, 눈 밑, 얼굴 앞에 펼쳐져 있다.

천하에 무엇이 아무리 재미있다고 해도 아직 먹지 않은 것을 먹고, 아직 보지 않은 것을 보는 일만큼 유쾌한 것은 없다. 여러분도 우리 아저씨처럼 한 주에 세 번 정도 이 대중탕 세계에서 30분 내지 40분을 지내보았다면 좋을 터이나, 혹시 나처럼 대중탕이라는 것을 본 적이 없다면 빨리 가보도록 하라. 부모의 임종은 보지 못해도 좋으나 이것만큼은 반드시 구경하는 것이 좋다. 세계가 넓다고 해도 이런 가관은 어디에도 없으리라.

가관이라고? 무엇이 가관인지에 대해 내 입에 올리기 꺼려질 정도의 가관이다. 유리창 안에 우글우글 떠드는 인간은 모두 나체다. 대만의 원주민이다. 20세기의 아담이다.

무릇 의상의 역사를 풀어보자면 (얘기가 길므로 이것은 토이펠스드뢰크(토머스 칼라일의 자전적 저서인 《의상철학》에 나오는 인물)에게 양보하고 긴 말은 하지 않겠다) 복장을 갖춘 것이 인간이고 복장이 없으면 인간이 아니다.

18세기경 영국의 바스Bath 온천장에서 리처드 내시(1705년 광천도시 바스의 관리를 맡아 유행과 사교의 도시로 만든, 영국의 도박사)가 엄중한 규칙을 제정했을 때는 욕탕 내에서 남녀 모두 어깨에서 발까지 옷으로 감추었을 정도다.

지금부터 60년 전 영국의 한 도시에서 미술학교를 설립했다. 미술학교이므로 나체화나 나체상의 모사품 또는 모형을 구매하여 여기저기에 진열한 것은 좋았으나, 막상 개교식을 거행하는 단계에 당국 관계자를 비롯하여 학교 직원이 매우 난처해진 적이 있다.

개교식을 할 때는 마을의 숙녀를 초대해야 한다. 그런데 당시 귀부인들의 생각에 따르면 인간은 복장의 동물이다. 가죽을 뒤집어쓴 원숭이 새끼는 아니다. 인간으로서 옷을 걸치지 않은 것은 코끼리에게 코가 없는 것과 같고, 학교에 학생이 없는 것과 같으며, 군인에게 용기가 없는 것과 같아 완전히 그 본질을 상실한다. 본질을 잃었다면 인간으로 인정되지 않는 금수다. 설령 모사 또는 모형이라고 해도 금수 같은 인간과 함께하는 것은 귀부인의 품위를 해치는 것이다. 그러므로 여자들은 출석을 거부한다고 했다.

그래서 직원들은 말이 통하지 않는 여자들이라고 생각했으나, 어쨌든 여자는 동서양을 막론하고 일종의 장식품이다. 방앗간 일도 제대로 못하고 지원병도 될 수 없으나, 개교식에는 뺄 수 없는 화장 도구다. 그러기에 할 수 없이 포목점에 가서 검은 천을 사다가 그 금수 인간들에게 모두 옷을 입혔다. 실례가 있어서는 아니 되므로 세심하게 얼굴에도 천을 씌웠다. 이렇게 해서 아무 지장 없이 식을 마쳤다는 이야기가 있다.

이 정도로 의복은 인간에게 소중한 것이다. 최근에는 나체화 운운하며 줄곧 나체를 주장하는 선생도 있으나, 그것은 잘못되었다. 태어나서 지금까지 하루도 나체가 된 적이 없는 우리가 보건대 아무래도 잘못되었다.

나체는 그리스나 로마의 유풍이 르네상스 시대의 음란한 풍속 때문에 유행하기 시작한 것으로, 일상적으로 나체를 익숙하게 보아온 그리스인이나 로마인은 도덕상의 이해관계가 있다고 전혀 생각지도 않았을 것이다. 그러나 북유럽은 추운 지방이다. 일본도 나체로 길 한복판에 서 있기 힘든 정도이니 독일이나 이탈리아에서 발가벗고 있으면 얼어 죽는다.

죽으면 안 되니까 옷을 입는다. 모두가 옷을 입으면 인간은 복장의 동물이 된다. 한번 복장의 동물이 되고 나서 돌연 나체 동물을 만나면 인간이라 인정하지 않고 짐승이라 생각한다. 그러므로 유럽인, 특히 북방 유럽인은 나체화나 나체상을 금수로 취급해도 당연하다. 고양이보다 열등한 짐승으로 인정해도 된다. 아름답다고? 아름다워도 그저 아름다운 짐승이라고 간주하는 것이다.

이렇게 말하면 서양 여자의 예복을 보았는지 묻는 자도 있을지 모르겠으나, 고양이므로 서양 여자의 예복을 본 적은 없다. 들은 바로 그녀들은 가슴을 드러내고 어깨를 드러내며 팔을 드러낸 채 이를 예복이라 칭한다고 한다. 괴이한 일이다.

14세기까지는 그녀들의 차림새가 그렇게 웃기지는 않았다. 역시 보통 인간이 입는 것을 입었다. 그것이 왜 이렇게 하등한 곡예사풍으로 바뀌었는지는 귀찮으니 말하지 않겠다. 아는 사람은 안다. 모르는 사람은 모르는 얼굴을 하고 있으면 된다.

역사는 어찌 되었든, 그녀들은 그런 이상한 옷차림으로 밤만 되면 득의양양하게 뽐내지만, 내심 다소 인간다운 점도 있는 듯 해가 뜨면 어깨를 움츠리고 가슴을 감추고 팔을 감싼다. 여기저기를 모두 감춰버릴 뿐 아니라 손톱 하나라도 남에게 보이는 것을 매우 수치스럽게 생각한다.

이런 점을 보더라도 그녀들의 예복이라는 것은 일종의 엉뚱한 작용에 의해 바보끼리의 대화로 성립된 것이라는 점을 알 수 있다. 그것이 분하다면 대낮에도 어깨와 가슴과 팔을 내놓고 있어보라.

나체주의자도 그와 같다. 그렇게 나체가 좋다면 딸을 나체로 만들고, 더불어 자신도 나체가 되어 우에노 공원을 산책해보라. 못한다고? 못하는 것이 아니다. 서양인이 하지 않으니 자신도 하지 않는 것이리라. 실제로 그렇게 매우 불합리한 예복을 입고 우쭐거리며 제국호텔 같은 곳에 외출하지 않는가.

그 까닭을 물으면 아무것도 아니다. 단지 서양인이 입으니 입을 뿐이다. 서양인은 강하므로 바보스럽지만 무리하게라도 흉내를 내지 않으면 참을 수 없는 것이다.

'긴 것은 피하거라. 강한 것에는 굽히거라. 무거운 것에는 눌리거라.'

이렇게 '거라, 거라'만 하다 보면 멋이 없지 않은가. 멋이 없어도 어쩔 수 없다면 용서할 테니, 너무 일본인을 훌륭하다고 생각해서는 아니 된다. 학문도 그와 같으나 이것은 복장과 관계가 없으므로 이하 생략하자.

옷은 이처럼 인간에게도 소중한 것이다. 인간이 옷인가, 옷이 인간인가 할 정도로 중요한 조건이다. 인간의 역사는 살의 역사가 아니고, 뼈의 역사가 아니며, 피의 역사도 아니라, 단지 옷의 역사라고 말하고 싶다.

그러므로 옷을 입지 않은 인간을 보면 인간다운 느낌이 들지 않는다. 마치 괴물을 만난 듯하다. 괴물이라도 전체가 뜻을 같이하여 괴물이 되면 이른바 괴물은 사라져버릴 터이니 괜찮으나, 그래서는 인간 자신이 크게 난처해질 뿐이다.

먼 옛날에 자연은 인간을 평등하게 제조하여 세상에 내놓았다. 그러므로 어떤 인간이라도 태어날 때는 반드시 벌거숭이다. 만약 인간의 본성이 평등에 만족한다면 그냥 벌거숭이인 채로 성장해도 자연스러울 것이다. 그렇지만 벌거숭이 중에 한 사람이 말하길, 이렇게 누구나 같아서는 공부하는 보람이 없다. 뼈를 깎는 결과가 보이지 않는다. 어떻게 해서든 '나는 나다, 누가 보더라도 나다'라는 점을 돋보이게 하고 싶다. 무언가 남이 보고 '앗!' 하고 놀랄 만한 것을 몸에 걸치고 싶다. 무언가 좋은 게 없을까 10년간 생각하여 이윽고 사루마타(팬티 같은 일본옷)를 발명하여 입고, '어때, 놀랍지?' 하고 뻐기며 주위를 걸었다. 이것이 오늘날 차부의 선조다(당시 인력거꾼은 사루마타를 입고 인력거를 끌었음). 간단한 사루마타를 발명하는 데 10년의 긴 세월을 낭비한 것은 다소 이상한 감도 있으나, 그것은 오늘부터 고대로 거슬러 올라가 무지몽매한 상태에서 간신히 낸 결론이므로 그 당시로서는 이만큼 대발명도 없었다.

데카르트는 "나는 생각한다. 고로 나는 존재한다"라며 삼척동자도 다 아는 진리를 생각해내는 데 십 몇 년이 걸렸다고 한다. 무엇이든 생각해낼 때는 뼈를 깎는 고생이므로 사루마타를 발명하는 데 10년을 보냈다고 해도 인력거꾼의 지혜로서는 매우 훌륭하다고 할 수 있다.

이윽고 사루마타가 나오자 세상에서 활개치는 것은 차부뿐이다. 차부가 사루마타를 입고 천하의 대로를 내 것인 양 활보하는 것이 아니꼽다고 생각하여, 지기 싫어하는 괴물이 6년간 연구하여 하오리라는 무용지물을 발명했다. 그러자 사루마타 세력은 돌연 쇠퇴하고 하오리 전성시대가 되었다. 채소 장수, 한의사, 옷감 장수는 모두 이 대발명가의 후손이다.

사루마타 시대, 하오리 시대 다음에 온 것이 하카마 시대다. '이게 뭐야, 하오리 주제에' 하며 짜증을 낸 괴물이 고안한 것으로, 옛날의 무사나 지금의 관리는 모두 이 종족이다.

이처럼 괴물들이 앞을 다투어 다름을 자랑하고 새로움을 경쟁하여 결국에는 제비 꼬리를 본뜬 연미복이라는 기형까지 출현했는데, 한 발 물러나 그 유래를 생각하면 모든 것이 무리하게 엉터리로 우연히 산만하게 일어난 것은 결코 아니다. 하나같이 이기고 싶다, 이겨야 한다는 용맹심이 뭉쳐져 다양한 신형이 나온 것으로, '나는 네가 아니야' 하고 떠들며 걷는 대신에 뒤집어쓰고 다니는 것이다.

그러고 보니 이런 심리에 일대 발견이 있다. 그것은 다름 아니라 자연이 진공을 싫어하듯 인간은 평등을 싫어한다는 것이다. 이미 평등을 싫어해 어쩔 수 없이 의복을 골육처럼 휘감고 다니는 오늘날, 본질의 일부분인 이 의복을 내팽개치고 애초의 평등 시대로 돌아가자는 것은 광인의 수작에 불과하다. 광인이라 불리는 것을 감수한다 해도 돌아가는 것은 도저히 불가능하다. 개화인이 볼 때 그렇게 돌아간 무리는 괴물로 보인다. 설령 세계 몇억의 인구를 괴물의 영역으로 끌어당겨 '이 정도면 평등하겠지' 하며 모두가 괴물이니 부끄러워할 것 없다고 안심해도 역시 허사다.

세계가 괴물이 된 다음 날부터 다시 괴물 간의 경쟁이 시작된다. 옷을 입고 경쟁이 불가능하다면 괴물 차림으로 경쟁을 한다. 벌거숭이는 벌거숭이인 채로 끝까지 차별화를 추구한다. 이 점에서 보아도 의복은 도저히 벗을 수 없는 것이 되어버렸다.

그런데 지금 내가 바라보는 인간의 한 무리는 벗어서 아니 되는 사루마타도 하오리도 하카마도 모두 선반 위에 올려놓고, 거리낌 없이 원시의 광태를 대중 앞에 노출한 채 태연히 담소를 나누고 있다. 내가 아까 일대 가관이라고 한 장면은 바로 이것이다. 나는 문명인인 여러분을 위해 여기에 삼가 그 전반을 소개하는 영광을 갖는다.

왠지 뒤죽박죽 혼란스러워 무엇부터 소개해야 좋을지 모르겠다. 괴물이 하는 일에는 규율이 없으므로 질서 있는 증명을 하는 것이 힘들다.

우선 욕조부터 이야기하자. 욕조인지 뭔지 모르겠지만, 아마 욕조라는 것이라고 생각할 뿐이다. 폭 1미터 정도에 길이는 거의 3미터나 되는데, 둘로 구분해서 하나는 흰색 탕이다. 잘 모르지만 약탕이라고 한다던데, 석회를 녹인 듯한 탁한 색이다. 하지만 단지 탁하기만 한 것이 아니다. 기름기가 있고 둔중하게 탁하다. 잘 들어보니, 썩은 것처럼 보이는 것도 이상한 일이 아니다. 1주일에 한 번밖에 물을 갈지 않는다니 말이다.

그 옆은 보통 일반탕이라고 하는데 이 또한 투명하다거나 선명하다고는 맹세코 말할 수 없다. 색깔을 보니 마치 거리의 방화수통에 담긴 오래된 빗물을 휘저어놓은 듯하다.

이제 괴물에 대한 설명이다. 꽤 표현이 힘들다. 방화수통 쪽에 젊은이 두 사람이 우뚝 서 있다. 선 채로 마주 보고 상대방 배에 물을 좍좍 끼얹고 있다. 재미있는 장난이다. 둘 다 피부가 검게 탄 점에서는 빈틈없이 발달해 있다. 이 괴물들은 꽤 건장하군, 하고 보고 있자니 이윽고 한 사람이 수건으로 가슴께를 닦으면서 묻는다.

"김金씨, 아무래도 여기가 아픈데 왜 그럴까?"

"거기는 위야. 위가 아프면 죽을 수도 있으니 조심해야지."

김씨는 심각하게 충고를 한다.

"아니, 이 왼쪽인데?" 하고 왼편 폐 쪽을 가리킨다.

"거기가 위장이야. 왼쪽이 위고 오른쪽이 폐라고."

"그런가? 난 또 위장은 여기라고 생각했지" 하고 이번에는 엉덩이 언저리를 두드려 보이자, 김씨는 "그건 산증〔생식기와 고환이 붓고 아픈 병증〕이군" 하고 말했다.

그때 스물대여섯 살에 약간의 수염을 기른 사내가 풍덩 하고 탕에 뛰어들었다. 그러자 몸에 칠해놓은 비누가 때와 함께 떠오른다. 철분이 있는 물처럼 반짝반짝 빛난다. 그 옆에서는 머리가 벗겨진 영감이 스포츠형 머리의 사내를 붙잡고 무슨 말인지 지껄인다. 둘 다 머리만 물 위에 내밀고 있다.

"나처럼 나이 먹으면 다 틀렸네. 나이 들어 둔해지면 젊은이에게 못 당하지. 하지만 탕만큼은 아주 뜨거워도 내가 거뜬히 견뎌내지."

"영감님은 정정하십니다. 그렇게 힘이 좋으시니 다행입죠."

"힘도 없어. 그저 병이 없을 뿐이네. 사람은 나쁜 짓만 하지 않으면 120살까지 사는 거니까."

"에에? 그렇게 오래 삽니까?"

"살고말고. 120살까지는 보증하지. 메이지유신 전에 우시고메에 마가리부치라는 무사가 있었는데, 그 집 하인이 130살이었어."

"그 사람, 꽤 오래 살았네요."

"그려. 너무 오래 살아서 결국 자기 나이를 잊어버렸지. 백 살까지는 기억했다는데 그 뒤로 나이를 잊어버렸다고 해. 그래서 내가 알고 지내던 때가 130살이었는데, 그때도 죽지 않았었지. 그 후 어떻게 되었는지 모르네. 어쩌면 아직 살아 있을지도 모르지" 하고 말하면서 영감은 욕조에서 일어난다. 수염이 난 사내는 운모雲母 같은 것을 자기 주위에 뿌리면서 혼자 싱글싱글 웃는다. 교대로 탕에 뛰어든 이는 보통의 괴물과 달리 등에 문신이 새겨져 있다. 도요토미 히데요시의 부하로 검술이 뛰어났던 이와미 주타로가 큰 칼을 뽑아 들고 이무기를 퇴치하는 장면 같은데, 아쉽게도 미완성이라 이무기는 어디에도 보이지 않는다. 따라서 주타로 선생은 다소 맥 빠진 표정이다.

주타로는 뛰어들면서, "아주 미지근하군" 하고 말했다.

그러자 또 한 사람이 따라 들어오더니, "이거 참…… 좀 더 뜨거워야 하는데" 하고 얼굴을 찡그리면서 뜨거운 것을 애써 견디는 듯도 하였으나, 이와미 주타로 선생과 얼굴이 마주치자, "아이고, 십장님" 하고 인사를 한다. 주타로는 "어어" 하고 말하고, 다시 "다미民는 어디 갔어?" 하고 묻는다.

"어디긴요, 워낙 도박을 좋아하잖아."

"도박뿐이 아니지……."

"그렇던가요? 그 자식도 속을 알 수 없는 놈이니까, 평판이 좋지 않죠. 어쨌든 신용이 없어서요, 목수가 그러면 안 되는데요."

"그렇지. 다미도 시건방지고 거만하지. 그러니까 신용을 얻지 못하지."

"맞습죠. 그래도 자기가 기술이 좋다고 생각하니…… 결국 자기 손해죠."

"이 동네도 옛날 장인들이 다 죽어서, 지금은 통桶장이 모토와 기와장이 두목과 십장 정도니까. 우리야 여기 출신이지만 다미는 어디서 굴러왔는지도 모르는 놈이야."

"그래요, 그런데도 많이 큰 거죠."

"응, 어쨌든 사람들이 다 싫어해서 말이야, 같이 안 놀려고 하지" 하고 철두철미하게 다미를 공격한다.

방화수통 사람들 이야기는 이 정도로 하고, 흰 탕 쪽을 보니 이곳에는 사람이 너무 많아 탕 안에 사람들이 들어가 있다기보다는 사람들 속에 물이 차 있다고 해야 할 정도다. 게다가 그들은 굉장히 유유자적 시간 가는 줄 모르는 듯 아까부터 들어오는 자는 있으나 나가는 자는 하나도 없다.

이렇게 많은 사람이 들어가는데 물은 1주일에 한 번만 간다니, 탕이 더러워지는 건 당연하다고 머리를 절레절레 흔들며 욕조 안을 잘 살펴보는데, 구샤미 선생이 왼쪽 구석에 처박혀서 얼굴을 벌겋게 한 채 옴짝달싹 못하고 있다. 가련하게도 누군가 길을 터주어야 할 텐데 아무도 움직이려 하지 않고 아저씨도 나오려는 기색이 보이지 않는다. 그저 벌건 얼굴로 가만히 앉아 있을 뿐이다.

참으로 가상하다. 2전 5리의 목욕 요금을 최대한 뽑아내자는 정신에서 그렇게 벌겋게 달아오르도록 앉아 있는 것이겠지만, 빨리 나오지 않으면 현기증이 날 텐데, 하고 나는 창문 선반에서 지켜보며 적잖이 걱정했다.

그러자 아저씨 옆으로 한 사람 건너에 있는 남자가 인상을 찡그리면서, "이거 효과가 좀 과한 듯하군. 어째 등 쪽에서 뜨거운 게 짜릿짜릿 끓어오르는걸" 하고 큰 소리로 옆에 앉은 괴물들에게 동감을 구한다.

"뭐, 이 정도가 적당하죠. 약탕은 이쯤 돼야 효험이 있어요. 우리 고향에서는 이보다 두 배나 뜨거운 탕에 들어가는걸요" 하고 자랑스럽게 설명하는 자가 있다.

"도대체 이 탕은 무엇에 효험이 있나요?" 하고 수건을 접어 울퉁불퉁한 머리를 가린 남자가 일동에게 물어본다.

"여러모로 잘 듣죠. 뭐든지 좋다고 하니까요. 대단하죠" 하고 말한 자는, 빼빼 말라 오이 같은 빛깔과 모습을 한 얼굴이다. 그렇게 효험이 좋은 탕이라면 좀 더 살이 붙었을 텐데 말이다.

"막 약을 넣었을 때보다 사흘이나 나흘째가 아주 좋다고 합니다. 오늘쯤이죠" 하고 박식함을 자랑하듯 떠드는 자를 보니 뚱뚱한 사내다. 아마 물에 뜬 때가 몇 겹이나 달라붙어 생긴 살일 것이다.

"마셔도 효과가 있을까요?" 하고 어디선지 모르지만 옥타브 높은 소리를 내는 자가 있다.

"몸이 냉할 때 한 잔 마시고 자면 희한하게도 소변 마려워 일어나는 게 없어진다니까요. 한번 마셔보시죠" 하고 말한 대답은 어느 얼굴에서 나온 소린지 모르겠다.

욕조 쪽은 이 정도로 하고 탕 밖을 바라보니, 추해서 도저히 그림이 되지 못할 아담들이 죽 늘어서서 제멋대로의 자세로 몸을 씻고 있다. 그중에서 가장 놀랄 만한 것은 드러누워서 높다란 들창을 바라보는 아담과, 배를 깔고 엎드려 수채 안을 들여다보는 아담이다. 이들은 꽤 한가한 아담으로 보인다.

저쪽에는 중머리를 한 사람이 벽을 향해 앉아 있고, 그 뒤에서 어린 중머리가 어깨를 두드리고 있다. 사제 관계상 어린 중머리가 때밀이를 대신하는 것이리라.

진짜 때밀이도 있다. 감기에 걸린 듯 이렇게 더운데도 조끼를 입고 물통으로 손님 어깨에 물을 붓는다. 오른손에는 때수건을 끼고 있다.

이쪽에서는 물통을 세 개나 차지한 욕심쟁이 사내가 옆 사람에게 비누를 쓰라고 말하면서 계속 말이 길다. 왜 그럴까 들어보니 이런 말을 하고 있다.

"총은 외국에서 건너온 거지. 옛날에는 칼싸움뿐이었어. 외국은 비겁하니까, 그래서 그런 게 생긴 거야. 아무래도 중국은 아닌 거 같아. 역시 외국인 거 같아. 와토나이〔지카마쓰 몬자에몬의 《고쿠센야 전투》에 나오는 인물〕 때도 없었지. 와토나이는 세이와 겐지〔세이와 천황에서 나온 씨족〕야.

듣건대 요시쓰네가 홋카이도에서 만주로 건너갔을 때〔요시쓰네가 죽지 않고 만주로 건너가 칭기즈 칸이 되었다는 속설이 있음〕, 홋카이도 사람으로 매우 학식이 높은 사람이 동행했다는군. 그래서 그 요시쓰네의 아들이 명나라를 공격하니, 명나라는 곤란하여 3대 쇼군에게 사람을 보내 3천 명의 군사를 빌려달라고 했지. 하지만 3대 쇼군은 그 사신을 붙잡고 돌려보내지 않았지. 뭐라고 했더라, 글쎄 아무개라는 사신이야. 그래서 그 사신을 2년간 억류해놓고 결국 나가사키에서 창녀와 결혼시켰지. 그 여자한테 생긴 아이가 와토나이야. 그 후 고향으로 돌아가보니 명나라는 이미 망해버렸지……."

무슨 말을 하는지 도대체 모르겠다.

그 뒤로는 스물대여섯의 우울하게 생긴 한 남자가 멍하니 가랑이를 탕물로 찜질한다. 종기인가 뭔가로 아파하는 듯하다.

그 옆에 나이가 17, 18세로 이 자식 저 자식 하며 험한 말을 지껄이는 자는 이 동네의 학생이다.

다시 그 옆에는 이상하게 생긴 등이 보인다. 엉덩이 가운데에서 대나무를 꽂은 듯 등뼈 마디가 역력하게 드러나 있다. 그리고 그 좌우에 장기판을 닮은 뜸 자국이 네 개씩 나란히 있다. 그 뜸 자국이 벌겋게 곪아서 주위에 고름이 생긴 것도 있다.

이렇게 하나하나 써가니 쓸 것이 너무 많아 도저히 내 솜씨로는 일부분도 제대로 형용하기 어렵다. 이것 참 귀찮은 일을 시작했다고 후회하고 있는데, 입구 쪽에 연노랑 무명옷을 입은 일흔 살 정도의 대머리 영감이 스윽 나타났다. 대머리는 공손하게 나체 괴물들에게 꾸벅 고개를 숙이고 인사말을 한다.

"예이…… 여러분, 모두 다 매일 찾아주셔서 고맙구먼요. 오늘 날씨가 좀 싸늘하니 천천히 탕에 들어갔다 나왔다 하시면서 편히 지내시다 돌아가십죠. 어이, 지배인, 탕 온도를 잘 봐드리게."

"예이…… 그럽죠" 하고 지배인은 대답한다.

와토나이는 "애교가 많군. 그렇게 하지 않으면 장사가 되지 않지" 하고 크게 영감을 칭찬한다.

나는 돌연 이 이상하게 생긴 영감이 나타나 좀 놀랐으므로 이쪽 설명은 잠시 제쳐놓고 잠시 영감을 집중하여 관찰하기로 했다.

영감은 지금 막 탕에서 나온 네 살 정도의 남자 아이를 보고, "얘야, 이리 온" 하고 손을 내민다. 아이는 짓밟힌 찹쌀떡처럼 생긴 영감을 보고 놀랐는지, '악!' 하고 비명을 지르고 울기 시작한다. 영감은 좀 뜻밖이라는 표정으로, "아니, 왜 우니? 뭐, 할아버지가 무서워? 허허, 이것 참" 하고 혀를 찬다. 도리가 없으니 곧바로 창끝을 아이 아버지 쪽으로 돌린다.

"야아, 겐 씨군요. 오늘은 좀 춥네요. 어젯밤에 요 앞 가게에 든 도둑은 얼마나 바보 같은 놈인지요. 대문 밑을 사각으로 잘

라놓고 말이죠, 아무것도 가져가지 않고 그냥 돌아갔다죠. 아마 순사나 방범이 나타났었나 보죠" 하고 크게 도둑의 무모함을 비웃고, 이번에는 또 다른 사람을 붙잡고, "어이, 춥지? 자네는 젊으니 그리 못 느낄걸" 하며 노인이랍시고 단지 혼자서 추워하고 있다.

잠시 영감에게 정신을 빼앗겨 다른 괴물은 완전히 잊었을 뿐 아니라 고통스럽게 웅크리고 앉아 있던 아저씨조차 기억 속에서 사라진 즈음 돌연 저쪽에서 큰 소리를 내는 자가 있다. 쳐다보니 틀림없는 구샤미 선생이다. 아저씨 목소리가 유달리 크고 탁하여 듣기 괴로운 것은 오늘 처음 있는 일이 아니나, 장소가 장소이니만큼 나는 적잖이 놀랐다.

열탕 안에서 몸을 담그고 장시간 견디고 있었기 때문에 흥분한 게 틀림없다고 순간적으로 나는 판단했다. 단지 병을 고치기 위한 것이니 책할 수도 없다. 하지만 그는 흥분하면서도 충분히 본심을 유지하는 사람인데, 무엇 때문에 큰 소리를 냈을까? 말하면 금방 알 수 있다. 그는 상대할 가치도 없는 건방진 학생을 상대로 어른스럽지 못하게 싸움을 시작한 것이다.

"더 물러나. 내 물통에 물이 들어가잖아" 하고 소리치는 이는 물론 아저씨다.

사물은 보기 나름이므로 아저씨의 성난 소리를 단지 흥분의 결과로 판단할 필요는 없다. 만 명 중에 한 사람 정도는 다카야마 히코쿠로(에도 후기의 사상가)가 산적을 꾸짖는 모습과 비슷하다고 해석해줄지도 모른다. 본인 자신도 그런 생각으로 한 행위인지 모르나, 상대가 산적을 자임하지 않은 바에야 예기한 결과는 나오지 않는 게 당연하다.

학생은 뒤를 돌아보고, "저는 아까부터 여기 있었어요" 하고 순순히 대답했다.

이것은 예사로운 대답이며, 어쨌거나 그 자리에서 물러나지 않겠다는 의사표시가 아저씨 바람에 반할 뿐 학생의 태도나 말이 산적으로 매도될 정도가 아니라는 것은 아무리 흥분한 아저씨라도 알 것이다.

그러나 아저씨의 고함은 학생의 자리 그 자체가 불만스러워 나온 게 아니다. 아까부터 학생에 어울리지 않게 매우 시건방지고 젠체하는 말만 늘어놓았으니, 계속 그 말이 귀에 들린 아저씨는 매우 화가 난 것으로 보인다. 그러므로 상대가 얌전하게 대답을 해도 잠자코 물러나려 하지 않는다.

"뭐야, 이 바보 자식. 남의 물통에 더러운 물을 팍팍 튀기는 놈이 어디 있어" 하고 소리치고 아저씨는 자리를 떴다.

나도 이 자식을 다소 밉게 생각하고 있었으므로 이때 마음속으로 쾌재를 불렀으나, 학교 선생인 아저씨의 언동으로는 점잖지 못하다고 생각했다. 이렇게 늘 아저씨는 너무 완고해서 문제다. 다 타버린 석탄과 같이 파삭파삭하고 매우 딱딱하다.

옛날 한니발이 알프스 산맥을 넘을 때, 길 한복판에 커다란 바위가 있어서 아무래도 군대가 통행하는 데 방해가 되었다. 그래서 한니발은 이 바위에 초를 붓고 불을 질러 부드럽게 한 뒤에 톱으로 바위를 어묵처럼 자르고 나서 지나갔다고 한다.

아저씨처럼 이렇게 효험 좋은 약탕에 삶길 정도로 들어가 있어도 전혀 효험을 못 보는 남자는 역시 초를 부어 화형에 처해야 한다고 생각한다. 그렇지 않으면 이런 학생이 몇백 명 나오고 몇십 년 지나도 아저씨의 완고한 성격은 고쳐지지 않을 것이다.

욕조 안에 앉아 있는 자, 욕조 밖에 뒹구는 자는 문명 인간에 필요한 복장을 벗어던진 괴물의 단체이므로, 당연히 보통의 법과 도덕으로는 규율할 수 없다. 무엇을 해도 괜찮다. 폐 안에 위가 진을 치고, 와토나이가 세이와 겐지가 되고, 다미가 신용 없어도 상관없다.

그러나 일단 욕탕을 나와 탈의장으로 오면 더는 괴물이 아니다. 보통 인류가 생식하는 사바세계에 나온 것이다. 문명에 필요한 옷을 입는다. 따라서 인간다운 행동을 해야 한다.

지금 아저씨가 밟은 곳은 문턱이다. 욕탕과 탈의장 경계에 있는 문턱 위로, 본인은 앞으로 교언영색으로 처신해야 할 속세의 세계로 다시 돌아오기 직전에 서 있다. 그 직전에도 이렇게 고집을 부리므로, 이 고집은 본인에게 굳게 달라붙은 병이 틀림없다.

병이라면 쉽게 고칠 수 없을 것이다. 이 병을 고치는 방법은 내 생각에 단 하나뿐이다. 교장에게 의뢰하여 퇴직시키는 것이다. 아저씨는 융통성이 없는 성격이므로 퇴직을 당하면 필시 길거리의 노숙자가 될 것이다. 노숙자로 길거리를 헤매다가 결국 길에서 객사할 것이 틀림없다.

바꾸어 말하면, 퇴직은 아저씨에게 죽음의 원인이 된다. 아저씨는 기꺼이 병을 앓고 기뻐하지만 죽는 것은 아주 싫어한다. 죽지 않을 정도로 병이라는 일종의 사치를 하고 싶어 한다. 그러므로 그렇게 병을 앓고 있을 때 죽이겠다고 위협하면, 겁 많은 아저씨이므로 벌벌 떨 것이 틀림없다. 벌벌 떨 때, 병은 깨끗하게 떨어질 것으로 생각한다. 그래도 떨어지지 않으면 그뿐이지 뭐.

아무리 바보라 해도, 병이 있어도 주인은 주인이다. 밥을 준 임금의 은혜를 소중히 해야 한다는 시인도 있듯, 고양이도 아저씨를 생각지 않는 것은 아니다.

가슴 가득 차오르는 안타까운 생각으로 욕탕 안 관찰을 게을리 하고 있는데, 돌연 흰 탕 쪽에서 사람들이 크게 떠드는 소리가 들린다. 싸움이라도 났나 돌아보니, 좁은 출입구〔물이 식지 않도록 욕조와 씻는 곳 사이에 만들었는데, 위가 막혀 있고 아래만 뚫려 있어 엎드려서 드나들었음〕에 한 치 여지도 없을 정도로 괴물들이 달라붙은 채 털 있는 정강이와 털 없는 허벅지가 뒤섞여 움직이고 있다.

마침 초가을의 해가 거의 저물려는 때, 목욕탕은 천장까지 수증기가 가득 차 있다. 괴물들이 왁작거리는 모습이 그 사이로 몽롱하게 보인다. '앗 뜨거, 앗 뜨거' 하는 소리가 내 귀를 뚫고 좌우로 빠지려는 듯 머릿속에서 뒤섞인다.

그 소리에는 노란 것, 파란 것, 붉은 것, 검은 것도 있으나 서로 뒤섞이기 시작하여 뭐라고 이름을 붙이기 어려운 음향으로 욕탕 안에 가득 찼다. 단지 혼잡과 혼란을 형용하기에 적합한 소리일 뿐 그 밖에는 아무런 도움도 되지 않는 소리다. 나는 망연히 이 광경에 빨려든 듯 멈춰 서 있었다.

이윽고 와와 하는 소리가 혼란의 극도에 달하고 더는 한 발짝도 못 나간다는 극한까지 팽창한 때, 돌연 엉망으로 뒤섞인 무리 가운데서 한 거한이 스윽 일어났다. 그의 키를 보니 다른 사람보다 확실히 10센티미터 이상은 크다. 그뿐만 아니라 얼굴에 수염이 난 것인지 수염 안에 얼굴이 동거하는 것인지 모를 불그레한 낯을 거만하게 들고, 대낮에 깨진 종을 치는 소리로 외친다.

"찬물 좀 채워라, 채워. 뜨겁다, 뜨거워."

이 소리와 이 얼굴만이 분분하게 밀치락달치락하는 군중 위에 높이 걸출하여 그 순간에는 욕탕 전체에 이 남자 한 사람밖에 없다고 생각될 정도다. 초인이다. 니체가 말하는 초인이다. 악마 중에 대왕이다. 괴물의 두목이다.

그렇게 생각하며 보고 있는데, 욕조 뒤에서 "예이" 하고 대답하는 자가 있다. '어?' 하고 다시 그쪽으로 눈을 돌리자, 암담하여 사물도 분간되지 않는 가운데 조끼 차림을 한 때밀이가 석탄 한 덩이를 화덕 안으로 던져 넣는 것이 보인다.

화덕 안에 석탄 덩어리가 탁탁 타오를 때 때밀이의 얼굴 반쪽이 환해진다. 동시에 때밀이 뒤에 있는 벽이 어둠 속에서 타오르는 듯 빛난다.

나는 좀 무서워져서 후다닥 창에서 뛰어내려 집으로 돌아왔다. 돌아오면서도 생각했다. 하오리를 벗고, 사루마타를 벗고, 하카마를 벗어 평등해지려고 노력하는 벌거숭이 가운데는 또 벌거숭이 호걸이 나와 다른 군소 무리를 압도해버린다. 평등은 아무리 벌거벗어도 얻어지지 않는 것인가.

돌아와보니 천하는 태평하여, 아저씨는 대중탕에서 돌아온 얼굴을 반짝이며 저녁을 먹고 있다. 내가 마루에서 올라오는 것을 보고 아저씨는 말한다.

"태평스런 고양이로군. 어디를 쏘다니다 돌아온 거야?"

상 위를 보니 돈도 없는 집에 두세 가지 반찬이 놓여 있다. 그 중에 생선구이가 하나 있다. 뭐라 하는 생선인지 모르나, 아마 어제쯤 시나가와 앞바다에서 잡힌 것이 틀림없다.

앞에서 생선은 건강하다고 설명한 적이 있는데, 아무리 건강해도 이렇게 잡혀서 구워지거나 조려지면 어이가 없다. 다병이라도 얼마 남지 않은 여생을 마치는 것이 훨씬 낫다.

이런 생각을 하며 상 옆에 앉아 틈만 있으면 무엇이라도 얻어먹을까 하고 보는 둥 마는 둥하며 시치미를 뗐다. 이런 가장법을 모르는 자는 도저히 맛있는 생선을 먹지 못할 테니 아예 체념하는 게 낫다.

아저씨는 생선에 젓가락을 대보고는 맛없다는 표정으로 젓가락을 놓았다. 맞은편에 앉아 있는 아줌마도 마찬가지로 말없이 아저씨가 젓가락을 오르락내리락 운동하는 모습과 양턱을 열고 닫는 모습을 열심히 지켜본다.

"어이, 고양이 머리를 좀 때려보지" 하고 아저씨는 돌연 아줌마에게 요구한다.

"때려서 뭐 하게요?"

"뭐 하긴, 좀 때려봐."

"이렇게 말인가요?" 하고 아줌마는 손바닥으로 내 머리를 살짝 때린다. 전혀 아프지 않다.

"소리가 나지 않잖아."

"그래요?"

"한 번 더 때려봐."

"몇 번 해봐도 같잖아요" 하고 아줌마는 다시 손바닥으로 톡 하고 때린다. 역시 아무렇지도 않으니 가만히 있었다. 그러나 도대체 무엇 때문인지, 지혜로운 나도 전혀 이해가 되지 않는다. 이해된다면 무슨 방법이든 있겠지만, 단지 때려보라는 말뿐이니 때리는 아줌마도 난처하지만 맞는 나도 난처하다. 아저씨는 세 번까지 생각대로 되지 않으므로 다소 애가 타는 듯, "어이, 소리가 나게 갈겨보라니까."

"소리를 내서 뭐 하시게요?"

아줌마는 귀찮은 표정으로 물으면서 다시 짝하고 때렸다. 이렇게 상대방의 목적도 모르면서 소리만 내서 만족시킬 수는 없다. 아저씨는 이처럼 둔한 사람이니 답답하다. 소리를 내기 위함이라면, 그렇다고 빨리 말하면 두 번 세 번 쓸데없이 수고하지 않아도 되고, 나도 한 번에 끝날 것을 괜히 두세 번이나 반복할 필요가 없을 것이다.

단지 때려보라는 명령은, 때리는 그 자체가 목적이지 다른 목적이 있을 수 없다. 때리는 것은 상대방의 문제, 우는 것은 내 쪽의 문제다. 우는 것을 처음부터 예상해놓고 단지 때리라는 명령 속에 제멋대로 우는 것도 포함되었다고 생각하는 것은 극히 실례다.

타인의 인격을 중시해야 하는데 고양이를 바보 취급하는 것이다. 아저씨가 뱀이나 전갈처럼 싫어하는 가네다 군이라면 할 법한 짓이나, 순수함을 자랑하는 아저씨로서는 매우 비열한 일이다.

그러나 실은 아저씨가 그리 쩨쩨한 사람은 아니다. 그러므로 아저씨의 이 명령은 극히 교활한 생각에서 나온 것이 아니다. 즉 지혜가 부족하여 솟아난 장구벌레 같은 생각이라고 나는 판단한다.

밥을 먹으면 당연히 배가 부르다. 찌르면 피가 나오는 게 당연하다. 죽이면 죽는 것이 당연하다. 그러므로 때리면 우는 것이 당연하다는 속단을 했을 것이다. 그러나 그것은 안타깝게도 좀 논리가 맞지 않는다.

그런 식으로 나가면, 강에 떨어지면 반드시 죽는다. 튀김을 먹으면 반드시 설사한다는 말이 된다. 월급을 받으면 반드시 출근한다는 말이 된다. 책을 읽으면 반드시 훌륭해진다는 말이 된다. 반드시 그렇게 되어서는 좀 곤란한 사람이 생긴다.

때리면 반드시 울어야 한다면 나는 좀 황당하다. 절의 종같이 간주되면 고양이로 태어난 보람이 없다. 우선 마음속으로 이렇게 아저씨를 납작하게 누르고 나서 아저씨가 원하는 대로 '야옹' 하고 울어주었다.

그러자 아저씨는 아줌마에게 다시 질문을 한다.

"지금 울었군. 야옹 소리는 감탄사인지 부사인지 아는가?"

아줌마는 너무나 돌연한 질문에 아무 말도 나오지 않는다. 사실은 나도 이 질문은 목욕탕에서의 열기가 아직 식지 않은 탓이라고 생각될 정도다.

원래 아저씨는 동네에서 유명한 기인으로, 실제로 어떤 사람은 확실히 정신병이라고 단언할 정도다. 그런데 아저씨의 자신감은 너무 높아, 자신은 정신병이 아니며 세상 놈들이 정신병이라고 강력히 주장한다.

이웃 사람들이 아저씨를 개라고 부르면, 아저씨는 공평을 유지하기 위해 필요하다며 그들을 돼지라고 부를 것이다. 실제로 아저씨는 끝내 공평을 유지할 셈인 듯하다. 딱한 노릇이다.

사람이 그러하니 아줌마에게 이런 기괴한 질문도 한다. 아저씨에게는 작은 사건인지 모르나, 듣는 쪽에서 보자면 정신병에 가까운 사람이 할 만한 질문이다. 그러므로 아줌마는 몽롱한 기분으로 뭐라 대답하지 않는다. 나는 물론 아무런 대답을 할 수가 없다. 그러자 아저씨는 곧장 큰 소리로, "어이" 하고 불렀다. 아줌마는 깜짝 놀라, "예?" 하고 대답했다.

"그 '예'는 감탄사인가 부사인가, 어느 쪽이야?"

"어느 쪽일까요? 그런 바보스러운 건 아무래도 좋지 않아요?"

"좋다니, 이것이 실제 국어학자의 두뇌를 지배하는 큰 문제야."

"어머, 고양이 울음소리가 말인가요? 그렇지만 고양이 울음소리는 일본어가 아니잖아요."
"그러니까 말이야, 그게 어려운 문제야. 비교연구라고 하지."
"그래요?"
아줌마는 영리하니 이런 바보스러운 문제에는 관계하지 않는다.
"그래서 어느 쪽인지 알았나요?"
"중요한 문제이니 그리 금세 알 리가 없지" 하고 생선을 우적우적 먹는다. 그리고 그 옆에 있는 돼지고기와 감자조림을 먹는다.
"이거 돼지고긴가?"
"예, 돼지예요."
"흠."
대경멸의 어투로 삼킨다.
"술을 한 잔 더 마셔야겠는걸" 하고 아저씨는 잔을 내민다.
"오늘 밤은 꽤 드시네요. 이제 웬만큼 벌게졌어요."
"마셔야지. 당신, 세계에서 가장 긴 글자를 아는가?"
"에에, 간파쿠다이조다이진關白太正大臣이죠?"
"그건 이름이지. 가장 긴 단어를 아는가?"
"단어라는 건 꼬부랑글자 말인가요?"
"응."
"몰라요. 술은 이제 됐죠? 밥 좀 드세요."
"아니, 좀 더 마실 거야. 가장 긴 글자를 가르쳐줄까?"
"예, 그러시고 밥 드세요."
"Archaiomelesidonophrunicherata라는 글자야."
"엉터리죠?"
"엉터리라니, 그리스어야."

"무슨 자에요, 일본어로 하면?"

"의미는 몰라. 단지 철자만 알지. 길게 쓰면 20센티미터 정도 되지."

남들 같으면 술상에서나 할 말을 맨 정신으로 말하는 점이 굉장히 기이하다. 하긴 오늘따라 술을 마구 마신다. 평소라면 작은 잔 두 잔인데 벌써 네 잔째다. 두 잔이라도 충분히 붉어질 것을 배나 마셨으므로 얼굴이 불쏘시개처럼 달아올라 자못 괴로운 듯하다. 그래도 아직 그치지 않는다.

"한 잔 더" 하고 내민다. 아줌마는 너무 과하다 생각했는지, "이제 그만 드셔도 되잖아요. 괴로워질 뿐이에요" 하고 얼굴을 찡그린다.

"뭐, 괴로워도 앞으로 좀 연습을 해야지. 오마치 게이게쓰(다이쇼 시대의 평론가)가 마시라고 했어."

"게이게쓰는 누구예요?"

그 유명한 게이게쓰도 아줌마에게는 전혀 가치가 없다.

"게이게쓰는 현재 일류 비평가지. 그자가 마시라고 하니 좋은 게 틀림없어."

"바보 같은 말. 게이게쓰인지 메이게쓰인지 괴로워하며 술을 마시라고 하다니, 쓸데없는 말을 하네요."

"술만이 아니야. 교제를 하고, 색色을 즐기고, 여행을 하라고 했어."

"더욱 나쁘지 않은가요? 그런 사람이 일류 비평가라고요? 정말 질렸네요. 처자가 있는 남자에게 바람을 피라고 하다니……."

"바람도 좋지. 게이게쓰가 추천하지 않아도 돈만 있으면 할지 모르지."

"없어서 다행이네요. 바람나면 큰일 날걸요."

"큰일 난다면 안 할 테니, 그 대신 좀 더 남편을 잘 모시라고. 그리고 저녁에 맛있는 것도 많이 차려주고."

"이게 제일 잘 차린 거예요."

"그런가? 그럼 색을 즐기는 것은 나중에 돈이 생기면 하고 오늘 밤 술은 그만해야지" 하고 밥주발을 내민다. 밥에 찻물을 부어 세 공기나 먹은 듯하다. 나는 그날 밤 돼지고기 세 점과 소금구이 생선 대가리를 얻어먹었다.

8

울타리 돌기라는 운동을 설명할 때 아저씨 집의 정원을 둘러 친 대나무 울타리에 관해 좀 얘기했는데, 이 대울타리 밖이 곧 이웃집, 즉 사이좋은 이웃사촌 아무개 집이라고 생각하면 오해다. 집세는 싸지만 그곳은 구샤미 선생 집에 속한다. 사람들은 요 짱이나 지로 짱처럼 친한 사이에는 '짱'으로 부르는데, 구샤미 댁도 '짱'이 붙은 이웃과 얇은 담 하나를 사이에 두고 친밀하게 지내는 풍경을 생각하면 그건 오해다.

담 밖에는 10여 미터 폭의 빈터가 있고, 빈터가 끝나는 곳에 울창한 노송나무가 대여섯 그루 나란히 서 있다. 마루에서 보니 건너편은 무성한 숲이라, 여기에 사는 아저씨는 들판의 초가에서 무명의 고양이를 친구로 삼고 세월을 보내는 강호처사江湖處士 같은 느낌이다.

단지 노송나무 가지가 아주 빽빽하지는 않아 그 사이로 군계관群鷄館이라고 이름만 멋진 싸구려 하숙집의 초라한 지붕이 버젓이 내 눈에 들어오므로, 아까 말처럼 선생을 강호처사로 상상하기 아주 어려운 것은 물론이다.

그러나 이 하숙집이 군계관이라면 선생의 거소는 확실히 와룡굴 정도의 가치는 있다. 이름에는 세금이 붙지 않으니 서로 멋지게 보이는 이름을 마음대로 붙이게 놔두기로 하고, 어쨌든 폭 10여 미터의 빈터가 대울타리를 따라 동서로 약 20여 미터

뻗고, 그 후 곧 갈고리 모양으로 꺾여 와룡굴 북쪽 면을 둘러싸고 있다.

이 북쪽 면이 소동의 근원이다. 원래는 빈터를 다 가면 다시 빈터가 나온다는 표현으로 뻐겨도 좋을 만큼 너른 빈터가 집 양쪽을 감싸고 있으나, 와룡굴 주인은 물론 굴 안의 영험스런 고양이인 나도 이 빈터 때문에 애를 먹고 있다.

남쪽에 노송나무가 자리를 차지한 것처럼 북쪽에는 오동나무가 일고여덟 그루 나란히 서 있다. 지름이 30센티미터 정도나 되니 게다 장수를 데려오면 좋은 값에 팔 수 있을 것이나, 세 들어 사는 처지로는 아무리 생각해도 실행이 불가능하다. 아저씨도 불쌍하다. 요전번에 학교 사환이 와서 가지를 하나 꺾어 갔는데, 그다음에 왔을 때는 새 오동나무 게다를 신고 요전번의 가지로 만들었다며 묻지도 않은 말을 떠벌렸다. 얄미운 놈이다.

오동나무는 있지만 나와 주인 가족에게는 한 푼도 되지 않는 오동나무다. '구슬을 품어 죄를 만든다'는 고어가 있다는데, 이 집의 경우 오동나무를 길러도 돈이 되지 않으니, 이른바 가진 보물이 썩고 있는 것이다. 어리석은 자는 아저씨가 아니고 나도 아니며, 집주인인 덴베이다. '게다 장수는 언제쯤 오려나?' 하고 오동나무가 재촉하는데도 모른 체하고 집세만 받으러 온다. 나는 별로 덴베이 씨에게 유감이 없으므로 그에 대한 욕은 이쯤만 하고 본론으로 돌아가서 이 빈터가 소동의 근원이라는 진담을 소개하는데, 결코 아저씨에게 말해서는 아니 된다. 우리끼리 이야기다.

애초에 이 빈터 문제에서 가장 불편한 점은 담이 없다는 것이다. 바람은 부는 대로 빠져나가고, 뒷길과 샛길도 있는 통행이 자유로운 빈터이다. '이다'라고 하면 거짓말이 되니 좋지 않다. 사실은 '였다'이다. 이야기가 과거로 거슬러 올라가야 원인을 알 수 있다. 원인을 모르면 의사라도 처방이 곤란하다. 그러므로 이곳으로 이사를 왔을 당시부터 천천히 이야기하기로 한다.

바람이 쑥쑥 빠져나가는 것도 여름에는 시원해서 기분이 좋다. 경계가 소홀하다고 해서 돈이 없는 곳에 도둑이 들 리 없다. 그러므로 아저씨 집에 있는 모든 담, 벽, 또는 말뚝, 가시나무 울타리 같은 것은 전혀 필요 없는 것들이다.

그러나 이것은 빈터 저쪽에 거주하는 인간 혹은 동물의 종류에 따라 결정되는 문제라고 생각한다. 따라서 이 문제를 결정하기 위해서는 당연히 건너편에 진을 친 군자의 성질을 밝혀야 한다.

인간인지 동물인지 알기도 전에 군자라고 칭하는 것은 매우 서두른 감이 있으나, 대충 군자라 해도 잘못은 없다. 양상군자梁上君子라고 하여 도둑도 군자라고 불리는 세상이다. 단, 이 경우의 군자는 결코 경찰에 신세를 질 군자가 아니다. 경찰에게 신세를 지지 않는 대신 숫자로 때우려는 자들로 보인다. 우글우글하다.

낙운관落雲館이라 칭하는 사립 중학교다. 8백 명의 군자를 더 훌륭한 군자로 양성하기 위해 매월 2엔의 수업료를 받는 학교다. 이름이 낙운관이므로 풍류스런 군자만 있으리라고 생각하면 애초부터 오해다.

그렇게 믿을 수 없는 것은, 군계관에 닭이 없으며 와룡굴에 고양이가 있는 것과 같다. 학사라든가 선생 중에 구샤미 아저씨같이 별난 사람이 있는 것을 안 이상, 낙운관의 군자가 풍류인만이 아니라는 건 알 터이다. 그래도 모르겠으면 사흘만 아저씨 집에 와 지내보기 바란다.

아까 말한 대로 이곳에 이사 올 당시에는 빈터에 담이 없었다. 그래서 낙운관 군자들은 차부 집 검둥이처럼 어슬렁거리며 오동나무 숲에 들어와서 잡담을 나누거나, 도시락을 먹거나, 풀 위에 드러눕거나 하며 여러 가지 짓거리를 하였다.

그 후에는 도시락의 시체, 즉 대나무 껍질, 헌 신문, 또는 헌 조리나 헌 게다처럼 '헌'이라는 이름이 붙은 것을 대개 여기에 버린 듯하다. 무관심한 아저씨는 의외로 태평하게 별로 항의도 하지 않고 지냈는데, 몰랐거나 알아도 꾸짖지 않을 생각이었는지 모른다.

그런데 그 군자들은 학교에서 교육을 받음에 따라 점점 군자다워진 듯 점차 북쪽에서 남쪽 방면으로 잠식해 들어왔다. 잠식이라는 말이 군자에게 어울리지 않으면 그만두어도 좋지만, 달리 적당한 말이 없다.

그들은 수초를 따라 거주지를 옮기는 사막의 주민처럼, 오동나무를 떠나 노송나무 쪽으로 전진해 왔다. 노송나무가 있는 곳은 방의 정면이다. 아주 대담한 군자가 아니면 감히 할 수 없는 행동이다.

이틀 후 그들의 대담성은 다시 하나의 '대'를 추가하여 대대담성이 되었다. 교육의 효과처럼 무서운 것은 없다. 그들은 단지 방 정면으로 쳐들어올 뿐 아니라 정면에서 노래를 부르기 시작했다. 무슨 노래인지 잊어버렸으나 결코 31문자(5·7·5·7·7의 5구절 31음의 와카)류가 아니라 더 요란하고 더 속된 노래였다.

놀란 것은 아저씨만이 아니다. 나까지도 그들 군자의 재주와 기예에 감탄하여 불현듯 귀를 기울일 정도였다. 그러나 독자도 알고 있겠지만 탄복이라는 것과 훼방이라는 것은 때로 양립할 수가 있다. 이들 두 가지가 이때 의도치 않게 합쳐져 하나가 된 것은 지금 생각해봐도 거듭 유감이다. 아저씨도 유감스러웠겠지만 견딜 수 없어 서재에서 뛰쳐나와서, "여기는 자네들이 들어올 곳이 아니니 나가게"라고 말하고 두세 번 쫓아낸 것 같다.

그런데 교육을 받은 군자이므로 이 정도로 얌전히 말을 들을 리가 없다. 쫓아내면 곧 다시 들어온다. 들어오면 요란하게 노래를 부른다. 고성으로 담화를 한다. 게다가 군자의 담화이므로 특색이 있어, '새끼야'나 '자식아'라고 한다. 그런 어휘는 과거에 하인이나 가마꾼, 때밀이의 전문 영역에 속했다고 하나, 20세기가 되고 나서 교육받은 군자가 배우는 유일한 언어가 되었다고 한다. 대중에게 경멸받던 운동이 오늘날 이렇게 환영받게 된 것과 같은 현상이라고 설명한 사람도 있다.

아저씨는 또 서재에서 뛰어나와 이런 군자 언어에 가장 능숙한 한 학생을 붙들고 왜 여기에 들어왔느냐고 힐문하니, 군자는 어느새 '새끼야, 자식아'라는 고상한 말을 잊고, "여기가 학교 식물원이라고 생각했습니다" 하고 매우 천박한 말로 대답했다. 아저씨는 앞으로 조심하라고 훈계하고 방면해줬다. 방면해준다는 말이 거북이 새끼를 방생한다는 말처럼 웃기게 들리지만, 실제로 그는 군자의 소매를 잡고 담판한 후 놓아준 것이다.

이 정도 엄하게 말했으니 이젠 됐겠지 하고 아저씨는 생각했다고 한다. 그런데 실제는 여와씨(중국 고대 전설의 여성. 황토로 사람을 만드는 등의 작업을 하였으나 막판에 예기치 않게 실패함) 시대부터 결과는 기대와 다르게 나타나듯 아저씨는 또 실패했다.

이번에는 북쪽에서 집 안을 횡단하여 정문으로 빠져나가고, 정문을 덜컹 열어젖혀 손님인가 생각하면 오동나무 숲에서 웃음소리가 들린다.

형세는 더욱 불온하다. 교육의 효과는 더욱더 현저해져간다. 가련한 아저씨는 이놈들을 손봐야겠다 작정한 후 서재에 틀어박혀 공손하게 쓴 편지 한 장을 낙운관 교장에게 보내 단속을 간청했다. 교장도 정중한 회신을 아저씨에게 보내, 담을 만들 테니 기다려달라고 했다.

얼마 후 두세 명의 목수가 와서 약 반나절 만에 아저씨 집과 낙운관 경계에 높이 1미터 정도의 대나무 울타리를 만들었다. 이것으로 이제는 안심이라고 아저씨는 기뻐했다. 아저씨는 어리석은 사람이다. 이 정도로 군자들의 거동이 바뀔 리 없다.

본디 사람을 놀리는 것은 재미있는 일이다. 나와 같은 고양이조차 때로는 이 집 아이들을 놀리며 즐길 정도니까 낙운관 군자들이 아둔한 구샤미 선생을 놀리는 것은 지극히 당연한 일로, 여기에 불만인 것은 아마 놀림을 받는 당사자뿐이리라.

놀린다는 심리를 해부하면 두 가지 요소가 있다. 첫째, 놀림을 받는 당사자가 태연하게 있어서는 아니 된다. 둘째, 놀리는 쪽이 세력이나 숫자에서 상대보다 강해야 한다.

최근 아저씨가 동물원에서 돌아와 놀라운 장면을 봤다며 이야기한 적이 있다. 들어보니 낙타와 강아지의 싸움을 보았다고 한다. 강아지가 낙타 주위를 질풍처럼 회전하며 짖어대는데, 낙타는 아무것도 눈치채지 못하고 의연하게 등에 혹을 달고 우뚝 선 채로 있었다고 한다. 아무리 짖어도 발광해도 상대를 해주지 않으니 결국에는 개도 질려버려 그만두었다는 것이다.

실로 낙타는 무신경하다고 웃었으나, 그것이 이 경우에 적합한 예다. 아무리 놀리는 자가 잘해도 상대가 낙타라면 성립되지 않는다. 그렇다고 해서 사자와 호랑이처럼 그쪽이 너무 강해도 안 된다. 놀리기 시작하자마자 갈가리 찢겨버린다. 놀리면 이빨을 드러내고 화를 낸다.

화를 낸다 해도 이쪽을 어떻게 할 수 없다는 안심이 들 때 유쾌함은 매우 큰 것이다. 왜 이런 것이 재미있느냐고 하면 그 이유로는 여러 가지가 있다.

우선 심심풀이로 적합하다. 심심할 때는 하다못해 수염 수라도 세어보고 싶어진다. 옛날에 감옥에 갇힌 한 죄수는 무료한 나머지 벽에 삼각형을 거듭 그리며 긴 세월을 보냈다는 말이 있다.

세상에 권태만큼 참기 어려운 것은 없다. 무언가 활기를 자극할 사건이 없으면 사는 것이 괴롭다. 놀린다는 행위도 자극을 찾아 노는 일종의 오락이다. 단, 상대방을 다소 화나게 하거나, 애타게 하거나, 난처하게 해야 자극이 되므로 옛날부터 남을 놀리는 오락에 빠진 자는 남의 마음을 모르는 바보 수령처럼 매우 심심한 자, 아니면 자기 위안 이외에는 생각할 틈이 없을 정도로 머리 발달이 유치하며 넘치는 원기를 발산할 방법이 궁한 소년이 대부분이다.

다음으로는 자기의 우세한 점을 실제로 증명하기에 가장 간단한 방법이다. 사람을 죽이거나 사람에게 상처를 입히거나 사람을 함정에 빠뜨리거나 해도 자기의 우세한 점을 증명할 수 있으나, 이런 일들은 죽이거나 상처 주거나 함정에 빠뜨리는 것이 목적일 때 쓰는 수단으로, 자기가 우세하다는 것은 이 수단을 수행하고 나서 필연의 결과로 나타나는 현상에 불과하다.

그러므로 한편으로는 자기 세력을 드러내고 싶어서, 하지만 그리 사람에게 해를 끼치고 싶지 않은 경우에 놀린다는 형태가 가장 좋은 방법이 된다. 다소 남에게 상처를 주어야 자기의 훌륭한 점이 사실상 증명된다. 사실이 되어 나타나지 않으면 머릿속으로 안심하고 있어도 의외로 쾌락은 적다.

인간은 자기를 믿는 존재다. 아니, 믿기 어려울 때도 믿고 싶어 한다. 그러므로 자기는 이만큼 믿을 수 있는 자다, 이래야 안심이다 하는 것을 남에 대하여 실지로 응용해보아야 마음이 편해진다. 게다가 도리를 모르는 속물과 그다지 자기를 믿을 정도도 못 되고 안정이 없는 자는 모든 기회를 이용하여 이런 증명을 하려고 한다.

유도하는 사람이 때때로 사람을 던져보고 싶어지는 것과 같다. 유도의 괴이한 점은 단 한 번이라도 좋으니 모쪼록 자기보다 약한 자를 만나고 싶다는 것이다. 초심자라도 괜찮으니 던지고 싶다는 지극히 위험한 생각을 품고 동네를 걷는 것도 이 때문이다.

그 밖에도 이유는 여러 가지가 있으나 너무 길어지므로 생략하기로 한다. 듣고 싶으면 가쓰오부시라도 하나 갖고 와서 배우도록 하라. 언제든지 가르쳐주겠다. 이상의 말을 참고로 하여 추론해볼 때, 내 생각에는 동물원 원숭이와 학교 선생이 놀리기에 가장 적당하다.

학교 선생을 동물원 원숭이와 비교하면 과분하다. 원숭이가 과분한 것이 아니라 교사가 과분하다. 그러나 많이 닮았으므로 어쩔 수 없다. 잘 알다시피 동물원 원숭이는 쇠줄로 묶여 있다. 아무리 이를 드러내도, 깍깍 난리를 쳐도 할퀼 염려는 없다. 교사는 쇠줄로 묶여 있지 않은 대신에 월급으로 묶여 있다. 아무리 놀려도 괜찮다. 사직하고 학생을 때릴 리가 없다. 사직할 용기가 있는 자라면 처음부터 선생질을 하며 학생 뒷바라지를 하지는 않았을 터이다.

아저씨는 선생이다. 낙운관의 선생은 아니나, 역시 선생이 틀림없다. 놀리기에는 지극히 적당하고, 지극히 싼값이고, 지극히 무사한 남자다.

낙운관 학생은 소년이다. 놀리는 것은 자기 코를 높이는 것이며, 교육의 효과로서 지당하게 요구하는 당연한 권리로 알고 있다. 그뿐만 아니라 10분간의 휴식 시간에 놀리는 일이라도 하지 않으면 활기에 가득 찬 오체와 두뇌가 처치 곤란한 무리다.

이러한 조건이 갖춰지면 아저씨는 놀림받는 게 자연스럽고 학생은 놀리는 게 당연하다. 누구에게 물어보아도 전혀 무리가 없다. 이것에 대해 화내는 아저씨는 촌스러움의 극치, 얼간이의 극한일 것이다. 이제부터 낙운관 학생이 어떻게 아저씨를 놀렸는지, 이에 대하여 아저씨가 얼마나 촌스럽게 대응했는지를 하나하나 써서 알려드리고자 한다.

여러분은 대나무 울타리가 어떠한 것인지 잘 알 것이다. 바람이 잘 통하는 간편한 울타리다. 나 같은 고양이는 울타리의 엉성한 대나무 격자 사이로 자유자재로 왕래할 수 있다. 울타리가 있어도 없어도 내게는 똑같다.

그러나 낙운관의 교장은 고양이를 위해서가 아니라 자기가 양성하는 군자들이 들어가지 않도록 일부러 일꾼을 불러서 대울타리를 만들게 한 것이다. 과연 아무리 통풍이 잘되어도 사람은 기어들어가기 어려울 듯하다.

이 대나무로 조합한 12센티미터 사각형 구멍을 빠져나간다는 것은 청국의 기인 장세존〔당시 일본에 체류함〕, 그 사람이라도 어려울 것이다. 그러므로 인간에게는 충분히 울타리의 효과를 다하는 것임에 틀림없다. 아저씨가 완성된 울타리를 보고, 이 정도면 괜찮겠지 하며 기뻐한 것도 무리는 아니다.

그러나 아저씨의 논리에는 커다란 구멍이 있다. 이 담보다도 큰 구멍이 있다. 탄주지어呑舟之魚〔배를 삼킬 만한 큰 물고기〕도 지나갈 만큼 큰 구멍이 있다. 그는 담이란 넘으면 안 되는 것이라는 가정에서 출발했다. 하물며 학교 학생인 이상, 아무리 조악한 담이라도 담이라는 이름이 붙고 경계선 구획만 확연하면 결코 난입할 염려는 없다고 가정했다.

다음에 그는 그 가정을 잠시 무너뜨리고, '좋아, 난입할 놈이 있어도 괜찮다'고 단정했다. 대나무 사각 구멍으로 들어오는 것은 아무리 작은 아이라도 도저히 가능할 리 없으므로 난입할 염려는 결코 없다고 속단해버렸다.

과연 그들이 고양이가 아닌 한 이 사각 구멍을 뚫고 들어오지는 않을 것이다. 하고 싶어도 불가능할 것이다. 하지만 타고 넘는 것, 뛰어넘는 것은 아무런 문제가 아니다. 오히려 운동이 되어 더 재미있다.

담이 생긴 이튿날부터, 담이 생기기 전과 다름없이 그들은 북쪽 빈터에 쑥쑥 뛰어든다. 단, 객실 정면으로 더 들어오지는 않는다. 만약 발각되어 쫓겨날 경우 도망가려면 약간의 틈이 필요하니 미리 도망갈 시간을 계산에 넣고 잡힐 위험이 없는 곳에서 이리저리 오가며 적에게 대비하는 것이다.

그들이 무엇을 하는지, 동쪽 별채에 있는 아저씨는 물론 보지 못한다. 북쪽 빈터에서 그들이 이리저리 떠도는 상태는 쪽문을 열고 반대 방향에서 모퉁이로 돌아서 보든가, 아니면 변소 창에서 담 너머로 바라보는 수밖에 방법이 없다.

창에서는 어디에 무엇이 있는지 일목요연하게 볼 수가 있으나, 적을 몇 명 발견한다 해도 잡을 수는 없다. 단지 창문 안에서 소리를 칠 뿐이다. 만약 쪽문에서 우회하여 적지를 치려고 하면, 발소리가 들려서 붙잡기 전에 후다닥 저쪽으로 내려가버린다.

물개가 해바라기를 하는 곳에 밀렵선이 온 것과 같다. 아저씨는 물론 변소에서 망을 보지 않는다. 또 소리가 나면 쪽문을 열고 곧 뛰어나갈 마음도 없다. 만약 그런 일을 하려면 교사를 사직하고 그 방면 전문가가 되지 않는 한 따라갈 수 없다.

아저씨 쪽의 불리한 점을 말하자면, 서재에서는 적들의 소리만 들리지 모습이 보이지 않는다는 점과, 창에서는 모습이 보이지만 손을 쓸 수 없다는 점이다. 아저씨의 불리한 점을 간파한 적은 다음과 같은 군략을 꾀했다.

아저씨가 서재에 틀어박혀 있다는 정보를 입수했을 때는 가급적 큰 소리를 내서 와와 떠든다. 그중에는 잘 들으라는 듯이 아저씨를 놀리는 말이 있다. 게다가 그 소리의 출처를 아주 불분명하게 한다. 잠시 들으면 담 안에서 떠드는 것인지 건너편에서 날뛰는 것인지 판단하기가 어렵다.

만약 아저씨가 나오면 도망가든가, 또는 처음부터 저쪽으로 가서 모르는 체한다. 또 아저씨가 변소로 (나는 최근 계속 변소, 변소 하고 더러운 단어를 사용하는 것을 특별한 영광이라고도 생각지 않는다. 실은 매우 귀찮지만 이 전쟁을 기술하는 데 필요하므로 어쩔 수 없다) 행차하였다고 판단될 때는 반드시 오동나무 부근을 배회하며 일부러 아저씨 눈에 띄도록 한다. 아저씨가 만약 변소에서 사방에 울리는 큰 소리를 지르면 적은 당황하는 기색도 없이 유유히 근거지로 퇴각한다.

적들이 이 군략을 사용하면 아저씨는 매우 난처하다. 확실히 들어왔다고 생각하여 지팡이를 들고 나가면 적막하게 아무도 없다. 없는가 생각하여 창으로 내다보면 반드시 한두 명 들어와 있다. 아저씨는 뒤뜰로 돌아가보거나 변소에서 엿보고 변소에서 엿보거나 뒤뜰로 돌아가보며, 몇 번이나 말해도 같은 말이나 몇 번이나 말해도 같은 일을 반복한다.

'명령을 받들다 지친다'는 것은 이런 일을 두고 하는 말이다. 교사가 직업인지 전쟁이 본업인지 좀 헷갈릴 정도로 흥분했다. 이 흥분이 정점에 달했을 때 다음 사건이 일어난 것이다.

사건은 대개 흥분에서 발생한다. 흥분이라는 것은 역상逆上, 즉 거꾸로 치솟는 것을 말한다. 이 점에 관해서는 갈레누스〔마르쿠스 아우렐리우스 황제의 어의〕도, 파라켈수스〔스위스의 의학자 겸 연금술사 필리푸스 파라켈수스〕도, 고루하고 완고한 편작〔중국 고대의 명의〕도 이의를 제기하지 않는다.

단지 어디로 치솟는지가 문제다. 또 무엇이 거꾸로 치솟는지가 논의의 대상이다. 예부터 유럽인에게 전해오는 설에 의하면, 우리 몸 안에는 네 가지 액이 순환한다고 한다. 우선 노액怒液이라는 놈이 있다. 이것이 거꾸로 오르면 화가 난다. 둘째로 둔액鈍液이라 일컫는 놈이 있다. 이것이 거꾸로 오르면 신경이 둔해진다. 다음으로 우액憂液, 이것은 인간을 우울하게 만든다. 마지막으로 혈액은 사지를 왕성하게 한다.

그 후 인문이 발달함에 따라 둔액, 노액, 우액은 어느새 사라지고 지금에 이르러서는 혈액만이 옛날처럼 순환하고 있다는 이야기다. 그러므로 혹시 흥분하는 자가 있다면 혈액의 역상 말고 다른 게 없다고 생각한다.

그렇지만 혈액 분량은 개인마다 다르다. 성분에 따라 다소 증감은 있으나, 대개 한 사람당 약 10리터다. 경우에 따라 이 10리터가 거꾸로 오르면 오른 곳만 매우 활발하게 활동하고, 그 밖의 부분은 결핍을 느껴 차가워진다.

파출소 방화 사건〔1905년 9월 5일 러일강화의 포츠머스 조약 내용에 불만을 가진 국민 반대 집회 후 도쿄 전역 파출소를 방화하는 폭동이 발생함) 당시, 순사가 모두 경찰서에 모여 시내에는 한 사람도 없던 것과 같다. 그것도 의학상으로 진단하면 경찰의 흥분이라 할 수 있다.

그래서 이 흥분을 치유하려면 혈액을 종전처럼 체내 각 부분에 평균적으로 배부해야 한다. 그렇게 하려면 거꾸로 치오른 놈을 밑으로 내려보내야 한다. 그 방법에는 여러 가지 있다.

지금은 고인이 되었으나 아저씨의 아버지는 젖은 수건을 머리에 대고 난로를 쬐었다고 한다. 머리를 차갑게 하고 다리를 따뜻하게 하는 것은 장수 비결로, 《상한론》(중국 의학의 고전)에도 나온 바와 같이 젖은 수건은 장수법에서 하루도 뺄 수 없는 것이다.

그렇지 않으면 스님들이 주로 쓰는 수단을 시도해보는 것이 좋으리라. 정해진 주거 없이 노숙자처럼 이리저리 떠도는 중은 반드시 수하석상樹下石上, 곧 나무 아래 돌 위를 숙소로 해야 한다고 되어 있다. 그것은 난행과 고행을 위한 것이 아니다. 기를 내리기 위해 육조六祖(중국 선종의 6대 조사祖師인 에노를 말함)가 쌀을 찧으면서 생각해낸 비법이다.

시험 삼아 돌 위에 앉아보라. 엉덩이가 차가워지는 것은 당연하다. 엉덩이가 차가워지고 흥분이 가라앉으니 이 또한 자연의 순리로 전혀 의심할 여지가 없다.

이렇게 여러 방법을 사용해 흥분을 가라앉히는 방법은 대략 연구되었으나, 아직 흥분을 일으키는 좋은 방법이 고안되지 않은 것은 유감이다.

언뜻 생각하면 흥분은 손해만 있고 득이 없는 현상이나, 그렇게만 속단해서는 아니 되는 경우가 있다. 직업에 따라 흥분은 매우 소중한 것으로, 흥분하지 않으면 아무것도 못할 수 있다.

그중에서 가장 홍분을 중요시하는 이는 시인이다. 시인에게 홍분이 필요한 것은 기선에 석탄을 뺄 수 없는 것과 마찬가지로, 공급이 하루라도 끊어지면 그들은 그저 밥을 먹는 것 말고 달리 아무런 능력도 없는 범인이 되어버린다.

당연히 흥분은 광기狂氣의 또 다른 이름이다. 사실 일에 미쳐야, 흥분해야 가업이 일어나는 게 당연한데, 세상 눈이 있으므로 그들끼리 '흥분'을 부를 때 '흥분'이라는 이름을 사용하지 않는다. 그들끼리 서로 의논하여 정해진 것이 바로 '인스퍼레이션inspiration'(영감)이라는 멋들어진 단어로, 그들은 이 말로 점잖게 부른다.

이 말은 그들이 세상을 기만하기 위해서 제조한 이름으로 실제로는 '흥분'이다. 플라톤은 그들을 편들어 이런 유의 흥분을 '신성한 광기'라고 했으나, 아무리 신성해도 광기로는 남이 상대를 해주지 않는다. 역시 인스퍼레이션이라는 새로 발명된 약 같은 이름을 붙여두는 편이 그들을 위해 좋으리라 생각한다.

그러나 어묵의 재료가 참마이듯, 관음상이 한 치 8푼 고목이듯, 오리고기 국수의 재료가 까마귀이듯, 하숙집 쇠고기 전골이 말고기이듯 인스퍼레이션도 실은 흥분이다.

흥분하면 임시로 미치광이가 된다. 정신병원에 입원하지 않아도 되는 것은 단지 임시 미치광이기 때문이다. 그런데 이 임시 미치광이는 제조하기 어렵다. 일평생 미치광이는 오히려 생기기 쉬우나, 붓을 들고 종이를 향하는 순간만 미치게 되는 것은 아무리 능력 있는 신이라도 매우 어려운 듯 좀체 잘 만들어주지 않는다. 신이 만들어주지 않으니 자력으로 만들어야 한다. 그래서 옛날부터 지금까지 흥분술은 흥분제거술과 더불어 학자의 두뇌를 심히 괴롭혀왔다.

어떤 사람은 인스퍼레이션을 얻으려고 매일 떫은 감을 열두 개씩 먹었다. 즉 떫은 감을 먹으면 변비가 되는데, 변비가 되면 흥분이 반드시 일어난다는 이론에서다. 또 어떤 사람은 술병을 들고 목욕탕에 뛰어들었다. 탕 안에서 술을 마시면 흥분하는 게 당연하다고 생각한 것이다. 그 사람은 이 방법으로 성공하지 못할 경우 포도주 탕을 끓여 들어가면 단번에 효능이 있다고 굳게 믿었다. 그러나 돈이 없어서 끝내 실행하지 못하고 죽어버린 것은 안쓰럽다.

마지막으로 옛사람을 흉내내면 인스퍼레이션이 일어난다고 생각한 자가 있다. 누군가의 태도나 동작을 흉내 내면 심적 상태도 그 사람을 닮는다는 학설을 응용한 것이다. 취한 사람처럼 횡설수설했던 말을 하고 또 하면 어느새 취한 사람의 마음이 된다. 좌선을 하며 선향 하나가 다 탈 때까지 참고 있으면 어딘지 모르게 스님 같은 기분이 될 수 있다. 그러므로 옛날부터 인스퍼레이션을 받은 유명 대가의 작품을 흉내 내면 반드시 흥분할 것이다.

듣건대 빅토르 위고는 요트에 드러누워 어떻게 글을 쓸까 생각했다고 하므로, 배를 타고 파란 하늘을 바라보고 있으면 반드시 흥분이 보장될 것이다. 《보물섬》의 작가 스티븐슨은 배를 깔고 엎드려 소설을 썼다고 하므로, 엎드려서 붓을 들면 필시 피가 거꾸로 올라온다.

이렇게 여러 사람이 여러 가지 방법을 시도했으나 아직 아무도 성공하지 못했다. 우선 오늘날에는 인위적 흥분이 불가능한 것으로 되어 있다. 유감스럽지만 도리가 없다. 곧바로 인스퍼레이션을 마음대로 일으킬 수 있는 시기가 도래할 것은 의심할 여지가 없으니, 나는 인문학 발전을 위해 이 시기가 하루라도 빨리 오기를 갈망하는 바다. 흥분에 대한 설명은 이 정도로 충분하리라 생각하므로 이제 사건 설명에 들어간다.

모든 대사건의 앞에는 반드시 소사건이 일어난다. 대사건만 말하고 소사건을 말하지 않는 것은 예부터 역사가가 항상 빠지기 쉬운 폐해다. 아저씨의 흥분도 소사건을 만날 때마다 한층 격심해져서 이윽고 대사건을 일으킨 것으로 보이므로, 어느 정도 그 발달을 순서대로 말해야 아저씨가 얼마나 흥분했는지 알 수 있다.

사정을 알지 못하면 아저씨의 흥분이 그저 헛된 공명으로 돌아가버릴 테니, 세상은 설마 그 정도는 아니었겠지 하며 낮추어볼지도 모른다. 모처럼 흥분해도 남한테 장한 흥분이라고 인정받지 못한다면 맥 빠지는 일이다.

앞으로 서술하는 사건은 대소에 관계없이 아저씨에게 명예스러운 것은 아니다. 사건 그 자체가 불명예라면 적어도 흥분 모습이나마 어엿한 멋진 흥분으로 결코 남에게 뒤떨어지지 않았다는 것을 분명히 밝혀두고 싶다. 아저씨는 남에게 내세워 자랑할 만한 것을 가지고 있지 않다. 흥분이라도 자랑하지 않으면 달리 수고스럽게 써줄 재료가 없다.

낙운관에 무리 지은 적군은 요즘 들어 일종의 덤덤탄(맞으면 내부에서 파열되어 상처를 크게 하는 특수 소총탄)을 발명하여, 10분간 휴식 시간이나 방과 후에 왕성히 북쪽 빈터에 포화를 퍼붓는다.

덤덤탄은 통칭 볼ball이라고 하며, 큰 방망이 같은 걸 들고 임의로 때려 맞추어 발사하는 방식이다. 아무리 덤덤이라도 낙운관 운동장에서 발사하는 것이므로, 서재에 처박혀 있는 아저씨를 명중시킬 염려는 없다.

적들도 탄도가 너무 먼 것을 자각 못하지는 않겠지만, 그것이

전략이다. 뤼순 전투에서도 해군이 간접사격으로 위대한 공을 세웠다고 하니, 빈터에 굴러떨어지는 볼이라도 상당한 효과를 얻는다. 하물며 한 발을 보낼 때마다 총 전력을 합쳐서 '와아!' 하고 위협의 함성을 지르니 놀라지 않을 수 없다. 아저씨는 깜짝깜짝 놀란 결과 손발을 지나는 혈관이 수축한다. 번민 끝에 주위를 맴도는 피가 거꾸로 치솟을 터이다.

적의 계략은 꽤 교묘한 듯하다. 옛날 그리스에 아이스킬로스(기원전 6세기의 비극작가)라는 작가가 있었다고 한다. 이 남자는 학자 및 작가의 공통된 머리를 가졌다. 내가 소위 '학자 및 작가의 공통된 머리'라고 하는 것은 대머리다. 왜 머리가 빠지는가 하면 머리의 영양부족으로 머리털이 생장할 정도의 활기가 없기 때문이 틀림없다.

학자와 작가는 머리를 가장 많이 쓰는 자로, 대개는 매우 가난하다. 그러므로 학자와 작가의 머리는 모두 영양부족으로 벗겨진다. 그럼 아이스킬로스도 작가이므로 자연히 대머리가 되어야 한다. 그는 맨들맨들한 금귤 머리를 가졌다.

그런데 어느 날 일어난 일이다. 아이스킬로스가 예의 머리(머리에는 외출용이나 평상용이 없으므로 예의 머리라고 한다)를 흔들거리면서 햇빛을 받으며 거리를 걷고 있었다. 이것이 큰 사건의 근원이었다.

대머리가 햇빛을 받아서 멀리서 보면 매우 빛난다. 높은 나무에는 바람이 닿고, 빛나는 머리에도 뭔가 닿아야 한다. 이때 그의 머리 위에 한 마리 독수리가 날고 있었는데, 보아하니 어딘가에서 잡은 거북이 한 마리를 발톱에 움켜쥐고 있다.

거북이나 자라는 맛있는 게 틀림없으나, 그리스 시대부터 딱딱한 등을 갖고 있다. 아무리 진미라도 등껍데기가 있으니 어찌할 도리가 없다. 껍질째 새우구이는 있으나 거북이구이는 지금까지도 없을 정도이니, 당시에도 당연히 없었을 것이다.

그 대단한 독수리도 너무 오래 움켜쥐고 있었는지, 저 멀리 반짝 빛나는 것이 보이자 독수리는 마침 잘됐다고 생각했다. 저 빛나는 것 위로 거북이를 떨어뜨리면 등이 바로 깨질 것이다. 깨진 뒤에 땅에 내려와 내용물만 먹으면 간단하다. 그래, 그래 하고 겨냥을 하면서 거북이를 높은 곳에서 인사말도 없이 머리 위로 떨어뜨렸다. 그런데 작가의 머리가 거북이 등보다 부드러워 대머리는 산산이 깨져버렸으니, 그 유명한 아이스킬로스는 여기서 무참한 최후를 맞았다.

그것은 그렇다 치고, 이해하기 어려운 것은 독수리의 생각이다. 그 머리가 작가의 머리임을 알고 떨어뜨렸는지, 아니면 바위로 잘못 알고 떨어뜨렸는지 판명되는 결과에 따라 낙운관의 적과 이 독수리를 비교할 수도 있고 또 할 수도 없게 된다.

그러나 아무리 작아도 서재라고 일컫는 한 방을 차지하고 낮잠도 자긴 하지만 어려운 책 위에 얼굴을 갖다 대는 이상, 학자나 작가와 동류라고 봐야 한다. 그렇다면 아저씨 머리가 벗겨지지 않은 것은 아직 벗겨질 자격이 없기 때문이지만, 조만간에 벗겨질 운명이 머리 위에 떨어지기 시작할 것이다.

그렇다면 낙운관 학생이 아저씨 머리를 노리고 덤덤탄을 집중하여 쏘는 것은 전술 중에서도 가장 시의적절한 것으로 볼 수 있다. 만약 적이 이 행동을 2주일 동안 계속한다면, 아저씨의 머리는 공포와 번민 때문에 반드시 영양부족을 호소하며 금귤이나 주전자, 청동항아리처럼 변화할 것이다.

또 2주간 포격을 받으면 금귤은 깨질 것이 뻔하다. 주전자는 줄줄 샐 것이다. 청동 항아리는 당연히 갈라질 것이다. 이렇게 뻔한 결과를 예기치 못하고 끝끝내 적과 전투를 계속하려고 고심하는 것은 단지 본인 구샤미 선생뿐이다.

어느 날 오후, 나는 여느 때처럼 마루로 나가 낮잠을 자며 호랑이가 된 꿈을 꾸고 있었다. 아저씨에게 닭고기를 가져오라고 말하자, 아저씨가 '예이……' 하고 굽실거리면서 닭고기를 가져왔다.

그때 메이테이가 왔으므로 그에게 '기러기가 먹고 싶군. 간나베(우에노 공원에 있던 새요릿집)에 가서 사 와'라고 말하자, 무절임과 전병을 함께 먹으면 기러기 맛과 똑같다고 평소대로 허풍을 떨기에 입을 크게 벌려 '어흥!' 하고 겁을 주니, 메이테이는 하얗게 질려서 '우에노 공원의 간나베는 폐업했는데 어떻게 할까요?' 한다. '그럼 소고기도 괜찮으니 빨리 니시카와 상점에 가서 로스를 한 근 사 오게. 어서 사 오지 않으면 너부터 잡아먹겠어' 하고 말하자, 메이테이는 옷자락을 걷어붙이고 달려갔다.

나는 커다란 호랑이 몸이 되었으므로 툇마루를 거의 다 차지하고 드러누워 메이테이가 돌아오기를 기다리는데, 갑자기 온 집 안을 울리는 큰 소리가 나서 모처럼 주문한 소고기도 먹지 못하고 꿈에서 깨어 현실의 나로 돌아왔다.

그때 지금까지 굽실거리며 내 앞에서 고개를 조아리고 있던 아저씨가 갑자기 변소에서 뛰어나와 내 옆구리를 아플 정도로 걷어차서 '앗!' 하고 놀라는 사이에, 아저씨는 곧바로 게다를 신고 쪽문으로 나가 낙운관 쪽으로 달려갔다.

나는 호랑이에서 갑자기 고양이로 줄어들었으므로 왠지 겸연쩍기도 하고 우습기도 했지만, 아저씨의 시퍼런 서슬과 옆구리를 차인 아픔으로 호랑이에 관한 것은 곧 잊어버렸다. 동시에 '아저씨가 드디어 전장에 출마하여 적과 싸우는군, 재미있겠다' 하고 아픔을 참고 다음 장면을 기대하며 뒷문으로 나갔다.

아저씨가 '도둑이야' 하고 외치는 소리가 들려서 쳐다보니, 학생모를 쓴 18, 19세가량 된 건장한 놈 하나가 대나무 울타리 저편으로 넘어가고 있다. '야아, 한 발 늦었군' 하고 생각하는 가운데 학생모는 달리는 자세를 취하고 근거지 쪽으로 번개처럼 뛰어간다. 아저씨는 '도둑이야' 소리친 것이 크게 효과를 봤으므로 다시 '도둑이야'를 외치면서 쫓아간다.

그러나 적을 따라잡기 위해서는 아저씨도 담을 넘어야 한다. 너무 깊이 들어가면 아저씨도 도둑이 될 터이다. 앞에 말한 대로 아저씨는 훌륭한 흥분가다. 이러한 기세를 타고 도둑을 뒤쫓는 이상 자신이 '도둑'이 되어도 따라갈 셈인 양 돌아갈 기색도 없이 담 밑까지 전진한다. 이제 한 발만 더 디디면 도둑의 영역으로 들어가게 될 순간, 적군 중에서 초라하게 엷은 수염을 기른 장교가 뚜벅뚜벅 걸어온다. 두 사람은 담을 경계로 무언가 담판을 한다. 들어보니 이런 시시한 논쟁이다.

"저 애는 우리 학교 학생입니다."

"학생이 왜 남의 집에 침입하는 거요?"

"아니, 볼이 넘어갔으니까요."

"미리 양해를 구하고 가지러 와야죠."

"앞으로 주의하겠습니다."

"그럼 그러시오."

용쟁호투의 장관이 벌어질 것이라고 예상했던 교섭이 이처럼 산문적 담판으로 아무 일 없이 금세 끝났다. 아저씨의 맹렬함은 단지 의욕뿐이다. 막상 닥치면 항상 이런 식으로 끝난다. 마치 내가 호랑이 꿈에서 갑자기 고양이로 돌아온 양상이다.

이 사건이 바로 내가 소사건이라고 말한 것이다. 소사건을 기술하였으니 이제 순서대로 대사건을 말하겠다.

아저씨는 방문을 열고 엎드려서 뭔가 생각을 한다. 필시 적에 대한 방어책을 연구하고 있을 것이다. 낙운관은 수업 중인 듯 운동장은 아주 조용하다. 단지 한 교실에서 윤리 강의를 하고 있는 소리가 귀에 또렷이 들려온다. 낭랑한 음성으로 꽤 유창하게 말하는 것을 들으니 어제 적중에 나타나 담판을 지은 장교인 듯하다.

"……하여 공중도덕이라는 것은 중요한 것으로, 서양에 가보면 프랑스나 독일, 영국 등 어느 나라를 가봐도 공중도덕이 존재한다. 또 아무리 천한 사람이라도 공중도덕을 중시한다. 그러나 슬프게도 우리 일본은 아직 이 점에서 외국과 어깨를 나란히 할 수 없다. 그래서 공중도덕이라고 하면 뭔가 새롭게 외국에서 수입한 것처럼 생각하는 학생도 있겠지만, 그건 큰 오해다.

옛날 사람도 '공자의 도는 충서忠恕〔성실과 배려〕 하나로 일관한다'라고 말한 바 있다. 서恕라는 것이 곧 공중도덕의 원천이다.

나도 사람이니 때로는 큰 소리로 노래를 부르고 싶어질 때가 있다. 그러나 내가 공부하고 있을 때 옆 교실 학생이 고성방가하는 것을 들으면 아무래도 독서를 못하는 게 내 성격이다.

그래서 내가 《당시선》〔중국 당나라 때 시인 127명의 시를 모아 엮은 책〕 같은 걸 큰 소리로 읊으면 기분이 개운해지리라 생각할 때조차, 혹시 나처럼 불쾌해하는 사람이 이웃집에 살고 있어서 나도 모르는 사이에 그 사람을 방해하게 되면 미안하니, 그런 때는 항상 자제를 한다. 그러므로 여러분도 가급적 공중도덕을 지켜서 혹시나 남에게 폐가 될 일은 결코 하면 안 돼……."

아저씨는 귀를 기울이고 강의를 근청하다가 이 부분에 이르러 빙긋 웃었다. 이 '빙긋'의 의미를 설명할 필요가 있다. 독설가가 이것을 읽으면 '빙긋' 안에 냉소적 요소가 섞여 있다고 생각할 것이다. 그러나 아저씨는 결코 그렇게 질 나쁜 사람이 아니다. 나쁘다는 말보다는 그리 지혜가 발달한 사람이 아니라고 할 수 있다. 아저씨는 매우 기뻐서 웃은 것이다. 윤리 선생이 이렇게 통절한 훈계를 했으니 앞으로는 영구히 덤덤탄의 난사를 면할 것이 틀림없다. 당분간 머리도 벗겨지지 않을 것이다.

흥분은 단번에 고쳐지지 않지만 때가 되면 점차 나아질 것이다. 젖은 수건을 머리에 두르고 난로를 쬐지 않아도, 수하석상을 침소로 하지 않아도 되리라 판단했으므로 아저씨는 빙긋 웃은 것이다.

20세기 오늘날에도 자기는 빌린 돈을 반드시 갚는 사람이라고 굳게 믿는 아저씨가 강의를 심각하게 들은 것은 당연하다.

이윽고 시간이 다 된 듯 강의는 뚝 그쳤다. 다른 교실의 수업도 모두 동시에 끝났다. 그러자 지금까지 실내에 억류되었던 수많은 학생이 돌격 함성을 지르며 건물 밖으로 뛰어나왔다. 그 기세는 마치 2미터나 되는 커다란 벌집을 때려 떨어뜨린 듯하다. 붕붕, 왁왁 하고 창에서, 문에서, 아니 구멍이 뚫린 곳이라면 가차 없이 제멋대로 튀어나왔다. 이것이 대사건의 발단이다.

우선 벌들 진용부터 설명한다. 이런 전쟁에 진용 같은 게 있느냐고 무시하는 것은 큰 잘못이다. 보통 사람들은 전쟁이라고 하면 사허(랴오닝 성)나 펑톈, 또는 뤼순 지역 말고는 전쟁이 없다고 생각한다.

좀 시적인 야만인은 트로이 전쟁 때 아킬레스가 적장 헥토르의 시체를 끌고 트로이 성벽을 세 번 돌았다거나, 장비가 장판교 위에서 1장 8척(5.6미터) 창을 꼬나들고 조조의 백만 군사를 노려보아 퇴각시켰다거나 하는 허풍스런 사실만 연상한다.

연상은 본인 마음이지만, 다른 전쟁은 없었다고 생각하는 것은 적절하지 못하다. 그 옛날 몽매의 시대에 그런 바보스러운 전쟁이 있었는지는 모르지만, 태평스런 오늘날 대일본국 수도 중심에서 그런 야만적 행동은 있을 수 없는 기적에 속한다. 아무리 소동이 심해도 기껏해야 파출소 방화 사건 정도다.

그에 비해 와룡굴 주인인 구샤미 선생과 낙운관 8백 건아의 전쟁은, 일단 도쿄 시가 만들어진 이래 발생한 대전쟁의 하나로 가르쳐야 마땅하다.

좌구명〔중국 춘추시대 노나라의 학자로, 《춘추좌씨전》을 저술함〕이 언릉 전투를 기술할 때도 먼저 진용부터 설명하였다. 예부터 서술에 능한 자는 모두 이런 필법을 사용하는 것이 통칙으로 되어 있다. 그러므로 내가 벌떼의 진용부터 말하는 것도 무리는 아니다.

그래서 우선 벌들의 진용이 어떠한가 보자. 울타리 바깥쪽에 종렬 형태로 일개 부대가 있다. 이것은 아저씨를 전투선 내로 유인하는 직무를 띤 자들로 보인다.

"항복 안 할래?"

"못하지, 못해."

"틀렸다, 틀렸어."

"안 나올래?"

"함락되지 않나?"

"함락 안 될 리 없지."

"짖어봐라."

"멍멍."

"멍멍."

"멍멍멍멍."

그리고 다음에는 종대가 모두 일시에 함성을 올린다. 종대에서 조금 오른쪽으로 떨어져서 운동장 방면에는 포대가 고지를 차지하고 진지를 펴고 있다. 와룡굴을 마주 보고 한 장교가 큰 방망이를 들고 자세를 잡고 있다. 이를 상대로 10여 미터 간격을 두고 또 한 사람이 와룡굴에 등을 보이고 서 있고, 방망이 뒤에는 또 한 사람이 와룡굴을 바라보고 우뚝 서 있다. 이렇게 일직선으로 나란히 마주한 이들이 포수砲手다.

어떤 사람의 설에 따르면, 이것은 베이스볼 연습이지 결코 전투준비는 아니라고 한다. 나는 베이스볼이 무엇인지 모르는 문맹이다. 그러나 듣자 하니 베이스볼은 미국에서 수입된 놀이로, 오늘날 중학교 이상의 학교에서 행해지는 운동 중에 가장 유행하는 것이라 한다.

미국은 희한한 것만 생각해내는 나라인데, 포대라고 오해하기도 쉬우며 또 이웃에 폐를 끼치는 놀이를 일본인에게 가르쳐 주었으니 참 친절하기도 하다. 또 미국인은 이것을 진짜로 일종의 운동 놀이로 알고 있다.

그러나 순수한 놀이라도 이처럼 사방을 놀라게 하기에 충분한 능력을 갖춘 이상, 사용하기에 따라서는 포격용으로도 충분히 활용할 수 있다. 내 눈으로 관찰한 바로는 그들이 운동술을 이용해 포화 효과를 거두기를 기도한다고 생각할 수밖에 없다.

사물은 말하기 나름이다. 자선이란 이름을 빌려 사기를 치고 인스피레이션이라 일컫는 흥분을 기뻐하는 자가 있는 한, 베이스볼이라는 놀이를 가지고 전쟁을 하지 않는다고 단언 못한다. 그 어떤 사람의 설은 세상 일반의 베이스볼에 대한 것이다. 여기서 내가 기술하는 베이스볼은 지금같이 특별한 경우에 하는 베이스볼, 즉 성을 공략하는 포술이다.

지금부터 덤덤탄을 발사하는 방법을 소개한다. 직선으로 포진된 포열 중의 한 사람이 덤덤탄을 오른손에 쥐고 방망이 소유자에게 던진다. 덤덤탄이 무엇으로 제조되었는지 국외자는 모른다. 딱딱하고 둥근 돌덩이 같은 것을 가죽으로 싸서 봉합한 것이다.

앞에 말한 대로 이 탄환이 포수 한 사람의 손을 떠나 바람을 가르고 날아가면, 저쪽 편에 선 사람이 방망이를 휙 들어 올려 이것을 친다. 때로는 헛방망이질에 탄환이 빗나가는 수도 있으나, 대개는 '딱!' 하고 큰 소리를 내며 날아간다. 그 기세는 매우 맹렬하다. 신경성 위장병인 아저씨의 머리를 능히 깰 정도다.

포수는 이것만으로 소임을 다했으나, 그의 주위에는 구경꾼 겸 지원병이 구름처럼 모여 있다. '딱!' 하고 방망이가 탄환을 때리자마자 와아, 짝짝짝 하고 소리를 지르고 손뼉을 치면서 "아깝다", "맞았겠지?", "이래도 효과 없어?", "무섭지?", "항복이냐?" 한다.

이것만이라면 그래도 다행이나, 맞고 날아간 탄환은 세 번에 한 번 꼴로 반드시 와룡굴 저택 안으로 떨어진다. 이것이 굴러 들어가야 공격 목적이 달성되는 것이다.

덤덤탄은 근래 여러 곳에서 제조하나 꽤 고가이므로 아무리 전쟁이라도 그렇게 충분한 공급을 바랄 수는 없다. 대개 한 부대의 포수에 하나 혹은 두 개꼴이다. '딱!' 하고 소리가 날 때마다 이 귀중한 탄환을 소비할 수는 없다. 그래서 그들은 볼보이라고 하는 부대를 두고 낙탄을 주워 오게 한다.

떨어진 장소가 좋으면 줍는 데 고생스럽지 않으나, 초원이라든가 남의 집으로 날아가면 회수가 그리 간단하지 않다. 그러므로 평소라면 가급적 고생을 피하기 위해 줍기 쉬운 장소로 때릴 터인데 이번에는 반대다.

목적이 유희가 아니라 전쟁에 있으므로 일부러 덤덤탄을 아저씨 집으로 날려 보낸다. 집 안에 떨어진 이상 집 안으로 들어가 주워야 한다. 집 안에 들어가는 가장 간단한 방법은 울타리를 넘는 것이다. 울타리 안에서 소동을 일으키면 아저씨가 화를 내지 않을 수 없다. 아니면 투구를 벗고 항복해야 한다. 고심한 나머지 머리가 점점 벗겨지는 것이다.

지금도 적군이 쏜 탄환 하나는 조준한 대로 정확히 새로 세워진 격자 울타리를 넘어 오동나무 이파리를 흔들어 떨어뜨리고 제2의 성벽, 즉 대울타리에 명중했다. 꽤 큰 소리다.

뉴턴은 운동 제1법칙에서 "외부의 힘이 가해지지 않을 경우 한 번 움직이기 시작한 물체는 균일한 속도로 직선으로 움직인다"고 하였다. 만약 이 법칙에 의해서만 물체의 운동이 지배된다면 아저씨의 머리는 이때 아이스킬로스와 같은 운명을 맞았을 것이다.

다행히도 뉴턴은 제1법칙을 정함과 동시에 제2법칙도 만들어주었으므로, 아저씨의 머리는 위험 속에서도 목숨을 건졌다. 운동의 제2법칙에서 말하길, "운동의 변화는 가해진 힘에 비례하며 그 힘은 작용하는 직선 방향에서 생긴다"는 것이다.

무슨 말인지 좀 알기 어려우나 덤덤탄이 대나무 울타리를 통과하여 방문을 찢고 아저씨 머리를 파괴하지 않는 것은 틀림없이 뉴턴 덕분이다.

잠시 후 예상대로 적이 집 안으로 넘어온 듯 "여긴가?", "좀 더 왼쪽인가?" 하며 막대기를 들고 풀밭을 휘젓고 돌아다니는 소리가 난다. 적이 아저씨 집 안에 들어와 덤덤탄을 주울 때는 일부러 큰 소리를 낸다. 몰래 들어와 살짝 줍는 것만으로는 중요한 목적이 달성되지 않는다. 덤덤탄도 소중하지만 아저씨를 놀리는 것은 덤덤탄 이상으로 중요한 임무다.

이번에는 멀리서 보아도 탄의 소재지가 확연하다. 대나무 울타리에 맞는 소리도 들었다. 맞은 부위도 안다. 굴러떨어진 곳도 알 것이다. 그러므로 살짝 주워 가려고 생각하면 얼마든지 그렇게 할 수 있다.

라이프니츠의 정의에 따르면 "공간은 가능한 동재현상同在現象〔공간·면·선이 부분적으로 합성되는 것이 아니라 동시에 실재하고 있음을 이르는 말〕의 질서"다. '가나다라'는 항상 체계적 질서에 따라 순차적으로 나타난다. 강가 버드나무 아래에는 반드시 미꾸라지가 있다. 박쥐와 저녁달은 함께 붙어 다닌다.

울타리와 볼은 어울리지 않는 듯하다. 그러나 날마다 볼을 남의 집 안에 쳐넣는 사람의 눈에 비친 공간은 분명히 익숙한 질서의 배열이다. 한눈에 보면 곧 안다. 그런데도 이렇게 소란을 떠는 것은 필시 아저씨에게 전쟁을 거는 책략이 아니고 무엇이겠는가.

이렇게 되면 아무리 소극적인 아저씨라도 응전하지 않을 수 없다. 아까 방 안에서 윤리 강의를 듣고 싱글벙글 웃던 아저씨는 분연히 일어섰다. 맹렬한 기세로 뛰어나갔다.

급거 적군 한 명을 생포했다. 아저씨로서는 대전과다. 대전과는 틀림없지만 가만히 보니 14, 15세의 소년이다. 수염 난 아저씨의 적으로는 좀 어울리지 않는다. 그래도 아저씨는 그 정도로 충분하다고 생각한 듯하다.

사과하는 소년을 억지로 붙들고 마루 앞으로 끌고 왔다. 여기서 잠시 적의 책략에 관해 한마디 할 필요가 있다. 아저씨의 어제 행동을 본 적은, 그 기세라면 오늘도 반드시 직접 출마할 것이 틀림없다고 판단한다.

그때 만일 상급생이 미처 도망가지 못해 잡혀버리면 일이 귀찮아진다. 1학년이나 2학년 소년을 볼보이로 보내 위험을 피하는 게 가장 좋다. 아저씨가 소년을 붙들고 이 말 저 말을 늘어놔 봤자 낙운관의 명예에는 별 지장이 없다. 어른스럽지 못하게 어린이를 상대하는 아저씨의 치욕이 될 뿐이다.

적의 생각은 이러했다. 그것은 보통 인간의 생각으로 지극히 당연하다. 단지 적은 상대가 보통 인간이 아니라는 것을 계산 못 했을 뿐이다. 아저씨에게 이런 상식이 있었다면 어제도 뛰쳐나오지 않았을 것이다.

흥분이라는 놈은 보통 인간을 보통 인간 이상으로 끌어올리고, 상식이 있는 자에게 비상식을 요구한다. 여자인지, 아이인지, 말인지 구별이 되는 흥분 상태라면 아직 남에게 자랑하기에는 부족한 수준이다. 아저씨처럼, 상대가 안 되는 중학교 1학년을 생포하여 전쟁 인질로 삼을 정도가 돼야 흥분가 반열에 올라간다.

불쌍한 것은 포로다. 그저 상급생 명령에 따라 볼을 줍는 잡병 역할을 하다가 운 나쁘게 비상식의 적장이며 흥분의 천재에게 쫓기어 월담할 틈도 없이 뜰에서 붙잡혔다.

이렇게 되면 적군도 가만히 자기편의 치욕을 보고 있을 수 없다. 서로 앞을 다투어 울타리를 넘어와서 쪽문을 통해 뜰 안으로 난입한다.

열두 명쯤 되는 학생들이 아저씨 앞에 죽 늘어섰다. 대개는 상의도, 조끼도 입지 않았다. 흰 셔츠의 소매를 걷어붙이고 팔짱을 낀 자도 있다. 색이 바랜 면 플란넬을 등에만 걸친 자도 있다. 그런가 하면 두터운 흰 무명에 가슴 한가운데 검은색으로 영어 문자를 수놓은 멋쟁이도 있다.

모두가 일기당천의 맹장으로 보인다. 마치 산속에서 훈련된 무사들이 이곳으로 내려온 것처럼 모두가 검게 탄 얼굴에 근육은 다부지게 발달하였다. 중학교에 집어넣어 학문을 시키기에는 아까운 자들이다. 어부나 선장이 되면 필시 국가에 도움이 되리라고 생각될 정도다.

그들은 약속이나 한 듯 모두 맨발에 바짓자락을 높이 걷어붙여 마치 근처의 화재라도 진압하러 온 행색이다. 그들은 아저씨 앞에 늘어선 채 묵묵히 한마디도 하지 않는다. 아저씨도 입을 열지 않는다. 잠시 쌍방이 눈싸움을 하는데 살기까지 도는 듯하다.

"너희는 도둑놈이냐?"

아저씨는 심문했다. 대기염이다. 어금니를 꽉 문 울화통이 불꽃이 되어 콧구멍으로 빠지니 몹시 화나 보인다. 에치고(사자춤으로 유명함) 사자의 코는 인간이 화났을 때의 모양을 본떠 만든 것이리라. 그렇지 않고서야 그토록 무섭게 생길 리 없다.

"아뇨, 도둑이 아닙니다. 낙운관 학생입니다."

"거짓말 마. 낙운관 학생이 무단으로 남의 집에 침입하나?"

"하지만 보시는 대로 분명히 학교 모표가 붙은 모자를 쓰고 있습니다."

"가짜지. 낙운관 학생이라면 왜 함부로 침입했나?"

"볼이 날아들었으니까요."

"왜 볼을 날렸지?"

"그저 날아간 겁니다."

"건방진 놈들이군."

"앞으로 주의할 테니 한 번만 봐주시죠."

"어디 사는 개뼈다귀인지도 모르는 놈이 월담을 하여 남의 집에 침입했는데 그리 간단히 용서가 될 줄 알았나?"

"그래도 낙운관 학생이 틀림없으니까요."

"낙운관 학생이면 몇 학년이야?"

"3학년입니다."

"정말이야?"

"예."

아저씨는 안쪽을 돌아보고 하녀를 부른다. 사이타마 출신 하녀 오상이 문을 열고 "예?" 하며 얼굴을 내민다.

"낙운관에 가서 아무나 데려와라."

"누구를 데려올까요?"

"아무나 괜찮으니 데려와라."

하녀는 "예" 하고 대답했으나 정원 광경이 너무 이상하고, 심부름의 의도가 막연하며, 아까부터 사건 전개 상황이 우스꽝스러우므로 서지도 앉지도 못하고 싱글싱글 웃고 있다.

아저씨는 나름 대전쟁을 치렀다고 생각했다. 흥분적 민완敏腕〔일을 척척 처리할 수 있는 수완〕을 크게 발휘한 셈이다. 그런데 자신의 심부름꾼으로 당연히 편을 들어야 할 하녀가 진지한 태도로 임하지 않을뿐더러 명령을 듣고도 싱글싱글 웃고 있다. 더욱 흥분하지 않을 수 없다.

"아무나 상관없으니 불러오라고 하잖아! 무슨 말인지 몰라? 교장이건 간사이건 교감이라도……."

"저, 교장 선생님을……?"

하녀는 교장이라는 말밖에 모른다.

"교장이건 간사건 교감이건 아무나 불러오라고."

"모두 안 계시면 사환이라도 괜찮을까요?"

"바보야, 사환이 뭘 알겠어!"

그러자 하녀도 더는 뭐라고 물을 수 없어 일단 "예" 하고 나간다. 지시 내용은 여전히 이해가 되지 않는다. 나는 하녀가 사환을 데려오지는 않을까 내심 걱정하고 있는데, 생각지도 않게 윤리 선생이 정문으로 들어왔다. 윤리 선생이 다가서기를 기다린 아저씨는 곧 담판에 들어갔다.

"방금 저택 안으로 이 도당이 난입해서……" 하고 마치 시대극 〈주신구라〉의 47인 무사가 주군의 복수를 위해 쳐들어간 이야기를 상기시키는 듯한 말투로 시작하여, "정말로 귀 학교의 학생이 맞소이까?" 하고 다소 냉소적으로 말을 마쳤다.

윤리 선생은 별로 놀란 기색도 없이 태연하게 뜰에 나란히 서 있는 용사들을 한번 죽 돌아보고, 눈을 다시 아저씨 쪽으로 돌리고는 다음과 같이 대답했다.

"그러하오이다. 모두 우리 학교 학생이외다. 이런 일이 없도록 평소 훈계를 해두었으나…… 참으로 유감천만으로…… 왜 자네들은 담을 넘었는가?"

역시 학생은 어디 가도 학생이다. 윤리 선생에게 할 말이 없다는 듯 아무 말도 못한다. 얌전하게 정원 한구석에 모여 있어 마치 양떼가 폭설에 갇힌 모습이다.

"볼이 넘어오는 것은 그럴 수 있다고 생각하오. 학교 옆에 살고 있으니 때때로 볼도 날아올 것이외다. 그러나…… 행동이 너무 난폭하외다. 설령 담을 넘더라도 아무도 모르게 슬며시 주워 간다면 그래도 용서의 여지가 있겠소만……."

"당연하신 말씀이외다. 앞으로 주의하겠습니다. 학생들이 많아 일일이 감독하기도 어렵고…… 앞으로 주의해라. 만약 볼이 넘어오면 정문으로 와서 미리 양해를 구하고 주워 가야 해. 알겠나? ……학생이 너무 많은 탓에 본의 아니게 폐를 끼쳐서 죄송하외다. 하지만 운동은 교육상 필요하니 이를 금할 수는 없지요. 앞으로도 폐를 끼칠 일이 생기겠지만, 모쪼록 양해해주시길 부탁합니다. 그 대신 앞으로는 반드시 정문으로 와서 말씀을 드리고 주워 가도록 하겠습니다."

"그리 이해해주시니 고맙소이다. 볼은 아무리 넘어와도 괜찮소이다. 정문으로 와서 말 한마디만 하면 되겠소. 그럼 학생들을 인계할 테니 데려가시죠. 이거, 일부러 여기까지 오시게 해서 죄송하외다" 하고 아저씨는 늘 그렇듯 용두사미의 인사를 한다. 윤리 선생은 용사들을 데리고 정문에서 낙운관으로 퇴각한다.

내가 대사건이라 말한 것은 이 일로 일단 낙착이 되었다. 이게 왜 대사건인가 웃는다면 웃어도 좋다. 아니라고 생각한다면 그리 생각해도 좋다. 나는 아저씨의 대사건을 묘사했지, 일반인의 대사건을 기록한 것이 아니다.

결국 용두사미가 되었다고 욕하는 자가 있다면, 이 또한 아저씨의 특색임을 기억해주기 바란다. 아저씨가 코미디 재료가 되는 이유가 바로 이 특색 때문이라는 것도 기억해주기 바란다.

14, 15세 소년을 상대하는 게 바보스럽다고 한다면 나도 그 말에 동의한다. 그래서 평론가 오마치 게이게쓰는 아저씨가 아직 치기를 면치 못했다고 평했다.

나는 이미 소사건을 서술하고 지금 다시 대사건을 서술했으므로, 이제는 대사건 후에 일어난 여파를 묘사함으로써 전편의 완결을 볼 생각이다.

내가 쓰는 내용이 입에서 대충 나오는 대로라고 생각하는 독자도 있을지 모르나, 나는 결코 그렇게 경솔한 고양이가 아니다. 일자일구一字一句 속에 우주의 대철학을 포함한 것은 물론, 그 일자일구가 층층이 연속되면 수미상응首尾相應하고 전후상조前後相照하여, 그저 잡담이라고 생각하며 읽던 것이 돌연 표변하여 심오한 법어法語가 되므로, 결코 드러눕거나 앉아서 발을 뻗고 다섯 줄씩 한 번에 읽는 무례를 연출해서는 아니 된다.

유종원〔중국 당나라의 문인〕은 한유〔중국 당나라의 문학가 겸 사상가〕의 글을 읽을 때마다 장미꽃 물로 손을 씻었다고 하니, 내 글 역시 적어도 자비로 잡지〔이 글이 연재된 잡지《호토토기스》〕를 사서 읽어야지 남의 책을 빌려 읽는 일은 없었으면 한다.

앞으로 말하는 내용은 내가 '여파'라고 칭했지만, 여파라면 어차피 사소한 내용이 뻔하니 읽지 않아도 좋으리라 생각했다가는 크게 후회할 것이다. 반드시 끝까지 정독하기 바란다.

대사건 다음 날, 나는 잠시 산책이 하고 싶어져 밖으로 나갔다. 그러자 건너편 골목으로 굽어지는 모퉁이에서 가네다와 스즈키가 서서 이야기를 하고 있다. 가네다 군이 없을 때 스즈키 군이 집에 찾아왔다가 그냥 돌아가던 길에 마침 인력거를 타고 돌아온 가네다 군과 마주친 것이다.

요즘은 가네다 댁에도 재미있는 일이 없으므로 거의 그쪽으로 발이 가지 않았으나, 이렇게 오랜만에 보니 반갑게 느껴졌다. 스즈키도 오랜만이므로 멀리서나마 얼굴을 볼 영광을 갖고자 한다.

이렇게 결심하고 어슬렁어슬렁 두 사람이 있는 곳으로 다가가니 자연히 두 사람의 담화가 귀에 들어온다. 이것은 내 죄가 아니다. 말을 한 그쪽에 죄가 있다. 가네다 군은 탐정까지 고용해 우리 아저씨의 동정을 살피는 음흉한 사람이므로, 내가 우연히 그의 담화를 들었다고 해서 누가 화낼 리는 없다. 만약 화를 내는 사람이 있다면 그는 공평이라는 의미를 모르는 자다.

어쨌든 나는 두 사람의 담화를 들었다. 듣고 싶어 들은 게 아니다. 듣고 싶지 않은데도 담화가 내 귀로 들어왔다.

"지금 막 댁에 찾아갔던 참인데, 마침 잘 만났습니다."

스즈키는 정중하게 머리를 숙인다.

"자네, 왔는가. 실은 나도 자네를 좀 보려고 생각했지. 마침 잘됐군."

"헤헤, 그것참, 잘되었군요. 근데 무슨 용무시죠?"

"아니, 뭐, 대단한 건 아니고, 아무래도 상관없지만 자네만이 할 수 있을 것 같아서 말이야."

"제가 할 수 있는 건 뭐든지 하죠. 어떤 일인데요?"

"음, 그러니까……" 하고 생각에 잠긴다.

"뭣하시면 형편 좋으실 때 다시 찾아뵙도록 하죠. 언제가 좋을까요?"

"아니, 그리 대단한 일도 아니야. 그럼 마침 만났으니 부탁을 할까?"

"예, 꺼리지 마시고……."

"그 별종 말이야, 자네 옛 친구, 구샤미라든가 하는 이."

"예, 구샤미가 뭐 어쨌는데요?"

"아냐, 어쨌다는 게 아니고. 그 사건 이후 좀 찜찜해."

"당연하시죠. 구샤미는 아주 건방져서요. 자신의 사회적 지위를 좀 생각하면 좋을 텐데요. 완전 독불장군이니까요."

"그거야. 돈에 머리를 숙이지 않고 '실업가 따위'라든가 하며 이런저런 시건방진 말을 하니까. 그럼 실업가 솜씨를 한번 보여줄까 생각해서 요전부터 꽤 골탕을 먹여주고 있지만, 아직도 버티고 있어. 대단한 고집통이야. 놀랐어."

"아무래도 손익이나 이해타산이라는 관념이 결핍된 놈이니까 오기로 버티는 것이겠지요. 옛날부터 그런 성격이라 자기에게 손해가 된다는 것도 눈치채지 못해 다루기 힘들지요."

"아하하하. 정말로 다루기 힘드네. 이리저리 수단과 방법을 바꿔보다가 결국에는 학교 학생들까지 이용했어."

"그거 묘안입니다. 효과가 있었나요?"

"이번에는 놈도 한 방 먹은 거 같아. 이제 조만간에 함락되고 말 걸."

"그거 잘됐군요. 아무리 뻐겨도 다수에게는 열세니까요."

"그렇고말고. 혼자서는 도리가 없어. 그래서 꽤 흐늘흐늘해졌다고 생각하는데, 어떤 상태인지 자네가 가서 한번 살펴보아주었으면 하네."

"아, 그래요. 뭐, 어렵지 않습니다. 곧 가서 살펴보죠. 결과는 돌아가는 길에 보고하도록 하고요. 재미있군요. 그 완고한 놈이 의기소침해진 모습은 좋은 구경거리입니다."

"그럼 돌아오는 길에 들러주게. 기다리겠네."

"그럼 다녀오죠."

어? 이번에도 또 책략이다. 과연 실업가 세력은 대단하다. 타버린 석탄처럼 완고한 아저씨를 흥분시키는 것도, 고민의 결과로 아저씨의 머리가 벗겨져 파리가 미끄러지게 하는 것도, 그 머리가 아이스킬로스와 같은 운명으로 빠지게 하는 것도 모두 실업가 세력이다.

지구가 지축을 중심으로 회전하는 것은 어떤 작용에선지 모르지만, 세상을 움직이는 것은 확실히 돈이다. 돈의 위력을 잘 알고, 돈의 위광을 자유롭게 발휘하는 것은 실업가들뿐이다. 태양이 무사히 동쪽에서 떠서 무사히 서쪽으로 지는 것도 모두 실업가 덕분이다.

지금까지 세상 물정 모르는 가난한 학자 집에서 키워져 실업가의 공덕을 몰랐던 것은 나로서도 불찰이다. 완고하고 무지한 아저씨도 이번에는 조금 깨달아야 할 것이다. 끝까지 완고와 무지로 일관할 생각이라면 위험하다. 아저씨의 가장 귀중한 목숨이 위험하다.

그가 스즈키 군을 만나 어떤 반응을 보일지 모른다. 반응 정도에 따라 그가 깨닫는 정도도 자연히 드러난다. 우물쭈물할 시간이 없다. 아저씨가 매우 걱정스럽다. 빨리 스즈키 군을 추월하여 먼저 귀가한다.

스즈키 군은 역시 능수능란하다. 오늘은 가네다에 대한 말을 한마디도 꺼내지 않고 그저 무난한 세상 이야기를 재미있다는 듯 말한다.

"자네, 좀 안색이 나쁘군. 무슨 일이 있는가?"

"별다른 일 없네."

"그래도 창백하네. 주의하지 않으면 큰일 나. 날씨가 좋지 않으니까 말이야. 밤에는 푹 잘 자나?"

"응."

"무슨 근심이라도 있나? 내가 할 수 있는 일이라면 뭐든 도와줌세. 걱정하지 말고 말하게."

"근심이라니 무슨?"

"아니, 없으면 다행이지만 혹시라도 있으면 말하라는 거지. 근심이 가장 몸에 좋지 않아. 세상은 웃으며 재미있게 사는 것이 최고야. 아무래도 자네는 너무 침울한 듯하네."

"웃는 것도 독이야. 마구 웃으면 죽는 수가 있지."

"농담하지 말게. 웃으면 복이 온다네."

"옛날 그리스에 크리시포스(그리스의 철학자로 스토아 철학을 체계화함)라는 사람이 있었는데, 자네는 모를걸?"

"몰라. 그자가 뭘 했는데?"

"그자가 너무 웃어서 죽었다네."

"에? 그것참, 희한하군. 그렇지만 옛날이니 그럴 수도……."

"옛날이나 지금이나 뭐가 바뀌었겠나. 당나귀가 은사발에 담긴 무화과를 먹는 것을 보고 웃음을 참지 못하고 마구 웃었어. 그런데 아무래도 웃음이 멈춰지지 않는 거야. 결국 웃다가 죽었다네."

"하하하, 그러나 그렇게 무한정 웃지 않아도 되지. 조금만 웃고, 적당하게, 그렇게 하면 딱 좋지."

스즈키 군이 계속 아저씨의 동정을 살피고 있는데 대문이 덜커덩하고 열린다. 손님인가 보니 그렇지는 않다.

"볼이 넘어왔으니까 좀 가져갈게요."

하녀는 부엌에서 "예" 하고 대답한다. 학생은 뒤쪽으로 간다. 스즈키는 의아스런 얼굴로 뭐냐고 묻는다.

"뒤쪽의 학생이 볼을 뜰로 넘겨버렸네."

"뒤쪽의 학생? 뒤에 학생이 있는가?"

"낙운관이라는 학교가 있네."

"아, 그래? 학교가 있군. 꽤 시끄럽겠네."

"얼마나 시끄러운지 모르네. 제대로 책을 볼 수도 없어. 내가 문부대신이라면 곧바로 폐쇄를 명할 걸세."

"하하하, 아주 화가 많이 났군. 뭔가 신경 거슬리는 게 있는가?"

"아주 많네. 아침부터 밤까지 온통 신경 거슬리는 것뿐이야."

"그렇게 신경 거슬리면 이사 가면 되지 않나?"

"누가 이사를 해? 쓸데없는 말."

"내게 화내봤자 소용없네. 뭐, 애들이잖아. 마음대로 놀라고 내버려두지 그래."

"자네는 괜찮을지 몰라도 나는 싫네. 어제는 교사를 불러서 담판을 했지."

"그것참, 재미있군. 사과하던가?"

"응."

이때 다시 문이 열리고, "잠깐, 볼이 들어갔으니 주워 가겠습니다" 하는 소리가 들린다.

"자주 오는군. 또 볼이네, 자네."

"그래, 정문으로 오라고 했지."

"아, 그래서 저렇게 오는 거군. 그렇군, 알았네."

"뭘 알았다는 건가?"

"볼을 가지러 오는 원인 말일세."

"오늘 벌써 열여섯 번째야."

"자네, 귀찮지 않은가? 오지 말도록 하면 되지 않는가?"

"오지 않도록 해봤자 오니까 도리가 없네."

"도리가 없다면 할 수 없지만, 그렇게 완고하게 대하지 않아도 좋지 않은가. 사람이 모나면 세상에서 굴러가는 게 힘들어져 손해지. 둥근 것은 데굴데굴 어디라도 고생 없이 갈 수 있지만, 네모난 것은 굴러가는 게 힘들 뿐 아니라 굴러갈 때마다 모서리가 닳아서 아프지. 어차피 혼자 사는 세상이 아니니 그렇게 자기 생각대로 남들이 움직여주지 않는단 말이야.

그 뭐냐, 아무래도 돈이 있는 사람에게 각을 세우면 손해지. 단지 속만 썩고 몸만 나빠진다네. 남들이 칭찬해주는 것도 아니네. 상대는 태평하기만 하지. 앉아서 사람을 부리기만 하면 되니까. 다세多勢에는 무세無勢. 어차피 당할 수 없는 것은 뻔해. 완고도 좋지만 끝까지 고집만 부리면 자기 공부에 지장이 되고 매일 업무에 방해를 받으니, 결국에는 고생만 하고 얻는 게 없는 헛수고라네."

"실례합니다. 지금 볼이 좀 들어가서요. 뒤뜰로 가서 가져가도 됩니까?"

"보게, 또 왔군" 하고 스즈키 군은 웃는다.

"놀리지 말게."

아저씨는 얼굴이 벌게졌다.

스즈키 군은 이제 대충 방문 목적을 달성했다고 생각했는지, "그럼 실례하네. 나중에 우리 집에도 들르게" 하고 돌아갔다.

스즈키가 나가고 나서 대신 들어온 자가 아마키 의사다. 흥분가가 스스로 흥분가라고 칭하는 경우는 예부터 예가 적다. 이 사람 좀 이상하다고 깨달았을 때는 이미 흥분의 고개를 넘은 상태다.

아저씨의 흥분은 어제의 대사건 때 최고조에 달하였고, 담판도 용두사미이기는 하지만 어쨌든 결론이 났으므로, 그날 밤 서재에서 곰곰이 생각해보니 좀 이상하다는 생각이 들었다. 낙운관이 이상한 것인지, 자신이 이상한 것인지 의심의 여지는 있으나 어쨌든 이상한 것은 틀림없다. 아무리 중학교 옆에 산다고 해도 이렇게 1년 내내 신경질을 낸다는 것은 좀 이상하다는 생각이 들었다. 이상하다면 어떻게든 해야 한다. 어떻게 한다고 해도 달리 방법이 없다. 역시 의사의 약이라도 먹고 신경질의 근원에 뇌물이라도 주어 위로하는 수밖에 없다.

이런 생각에 평소 단골인 아마키 선생을 불러 진찰을 받아보려는 것이었다. 현명한지 어리석은지는 별도의 문제로 하고, 어쨌든 자신의 흥분을 눈치챈 것만큼은 갸륵하고 기특하다고 할 수 있다. 아마키 선생은 평소처럼 웃는 얼굴로 차분하게 "어떻습니까?" 하고 말한다. 의사는 대개 "어떻습니까?" 하고 말하기 마련이다. "어떻습니까?" 하고 말하지 않는 의사는 아무래도 신용할 마음이 나지 않는다.

"선생님, 아무래도 죽을병에 걸린 듯합니다."

"에? 무슨 그런 당치도 않은 말씀을."

"도대체 의사의 약은 효과가 있나요?"

아마키 선생은 놀랐지만 그래도 워낙 온후한 사람이므로 별로 노한 기색도 없이 부드럽게 대답했다.

"효과가 없는 것은 없습니다."

"제 위장병은 아무리 약을 먹어도 차도가 없습니다."

"결코 그럴 리 없습니다."

"그럴 리 없을까요? 조금 좋아졌나요?" 하고 자기 위의 상태를 남에게 물어본다.

"그리 금방 낫는 게 아닙니다. 차차 효과가 나타나죠. 지금도 처음보다 많이 좋아졌습니다."

"그럴까요?"

"여전히 짜증이 잘 나나요?"

"잘 나다마다요. 꿈에서까지 짜증이 납니다."

"운동이라도 좀 하시면 어떨까요?"

"운동하면 더 짜증이 납니다."

아마키 선생도 질린 표정으로 "어디 한번 볼까요?" 하고 진찰을 시작한다.

진찰이 끝나기를 참고 기다리지 못한 아저씨가 돌연 큰 소리를 내어 묻는다.

"선생님, 저번에 최면술에 관한 책을 읽으니, 최면술을 응용하면 손버릇이 나쁜 거랑 다른 여러 병을 고칠 수가 있다고 합니다만, 정말인가요?"

"에에, 그런 요법도 있습니다."

"지금도 합니까?"

"예."

"최면술을 거는 것은 어려운가요?"

"뭐, 그리 어렵지 않습니다. 저도 할 수 있습니다."

"선생님도 할 수 있습니까?"

"예. 한번 해볼까요? 이론상 누구라도 걸리기 마련입니다. 괜찮으시다면 제가 한번 걸어볼까요?"

"거참, 재미있겠군요. 한번 걸어보시죠. 저도 예전부터 걸리고 싶었습니다. 그런데 걸린 상태로 깨어나지 못하면 어쩌죠?"

"걱정하실 필요 없습니다. 그럼 해보죠."

곧바로 합의가 되어 아저씨는 이윽고 최면술에 걸리게 되었다. 나는 지금까지 이런 것을 본 적이 없으므로 내심 기뻐서 방구석에 앉아 결과를 지켜보기로 했다.

선생은 우선 아저씨의 눈부터 걸기 시작했다. 그 방법을 보니, 양 눈의 윗눈꺼풀을 위에서 밑으로 쓰다듬고, 아저씨가 이미 눈을 감았는데도 계속 같은 방향으로 반복한다. 잠시 후 선생은 아저씨에게 물었다.

"이렇게 해서 눈꺼풀을 쓰다듬고 있으면 점점 눈이 무거워지죠?"

"과연 무거워지네요."

선생은 계속 같은 방식으로 쓸어내리기를 반복하며 말한다.

"점점 무거워집니다. 괜찮습니까?"

아저씨는 그런 기분이 되었는지 아무 말도 하지 않고 잠자코 있다. 같은 마찰법은 다시 3, 4분 반복된다. 마지막으로 아마키 선생은 말한다.

"자, 이제 눈을 뜰 수가 없습니다."

가련하게도 아저씨는 결국 장님이 되어버렸다.

"이제 못 뜹니까?"

"예. 이제 못 뜹니다."

아저씨는 묵묵히 눈을 감고 있다. 나는 아저씨가 이제 장님이 된 줄 알았다. 잠시 후 선생은 말한다.

"한번 떠보세요. 도저히 뜰 수 없으니."

"그렇습니까?" 하고 말하자마자 아저씨는 보통처럼 두 눈을 뜨고 말았다.

아저씨는 싱글싱글 웃으면서 말한다.

"걸리지 않았네요."

아마키 선생도 같이 웃으면서 말한다.

"에에, 걸리지 않았네요."

최면술은 결국 실패로 끝났다. 아마키 선생도 돌아갔다.

그다음에 손님이 또 왔다. 아저씨 집에 이렇게 손님이 많이 온 적은 없다. 교제가 적은 아저씨 집에서는 마치 거짓말 같다. 그러나 온 것은 틀림없다. 게다가 진객이 왔다. 내가 이 진객을 한마디로 기술하는 것은 단지 진객이기 때문이 아니다. 나는 아까 말한 대로 대사건의 여파를 묘사하고 있다. 이 진객은 이 여파를 묘사하는 데 뺄 수 없는 재료다.

이름이 뭔지는 모른다. 단지 얼굴이 길고 염소수염이 난 40세 전후의 남자다. 메이테이를 미학자라고 한다면, 나는 이자를 철학자라고 부를 생각이다. 왜 그런가 하면 메이테이처럼 마구 떠벌리지 않으며, 가만히 아저씨와 대화할 때의 모습이 철학자처럼 보이기 때문이다. 이자도 옛날의 동창인 듯 두 사람 다 지극히 격의 없는 말투다.

"응, 메이테이든가, 그 자식은 연못의 금붕어처럼 뻐끔뻐끔 입만 떠 있지. 요전번에 친구를 데리고 일면식도 없는 귀족의 집 앞을 지나갈 때 잠깐 들러 차라도 한잔하고 가자며 끌어당겼다고 하는데, 정말 못 말리는 놈이야."

"그래서 어떻게 되었는데?"

"어떻게 되었는지 물어보지 않았는데, 그렇지 뭐, 타고난 기인이지. 그 대신 아무 생각도 없는 금붕어야. 스즈키 말인가? 그 녀석도 찾아오는가? 어허. 그 녀석, 깊이는 없지만 속세적으로는 영리한 남자야. 금시계를 차고 다니는 부류지. 그렇지만 깊이가 없으니 안정감이 없어 틀렸어. 원만, 원만이라 말하지만 원만의 의미도 몰라. 메이테이가 금붕어라면 그 녀석은 짚으로 묶은 곤약이야. 그저 맨들맨들 달달 떨 뿐이야."

아저씨는 이 기발한 비유를 듣고 크게 감동한 듯 오랜만에 하하하 웃었다.

"그럼 자네는 뭔가?"

"나 말인가? 나는 글쎄, 뭐 자연산 참마쯤이라 할까? 오래 묵어서 진흙 속에 묻혀 있는 것 말이야."

"자네는 시종 태연하고 편안한 듯하네. 부러우이."

"뭐, 그저 보통 사람과 같아지려고 할 뿐이야. 부러움 살 만한 정도는 아니네. 단지 다행히도 남을 부러워할 마음은 생기지 않으니 그것만으로 족하네."

"재정은 요즘 풍족한가?"

"뭐, 늘 같아. 근근이 살고 있지. 그런데 먹고는 지내니까 괜찮네. 걱정할 것 없네."

"나는 불쾌한 기분이 계속되고 짜증이 잘 나네. 어디를 바라봐도 불만투성이야."

"불만도 좋지. 불만이 생겨도 그냥 놔두면 기분이 다시 좋아질 걸세. 사람은 가지각색이니 자기 마음처럼 남이 움직여주질 않아. 젓가락은 남들처럼 쥐어야 밥을 먹지만, 자기 빵은 자기 마음대로 자르는 것이 가장 좋지. 잘하는 양복점에서 옷을 맞추면 처음 입어도 몸에 착 맞지만, 못하는 양복점에서 맞추면 당분간 참을 수밖에 없네.

그러나 세상은 참 묘한 것으로, 입고 있으면 양복이 내 몸에 맞춰지니까. 지금 세상에 맞도록 부모가 잘 낳아준다면 그것은 행운이야. 그러나 잘못 태어났다면 세상에 맞지 않은 상태로 참고 지내든가, 세상이 내게 맞출 때까지 참는 수밖에 방법이 없지."

"그러나 나는 아무리 세월이 가도 맞지 않을 듯하네. 암울하네."

"너무 안 맞는 양복을 무리하게 입으면 옷이 터지네. 싸움을 하거나 자살을 하거나 소동이 일어나지. 그러나 자네는 단지 재미가 없다고 할 뿐 자살은 물론 하지 않을 테고 싸움도 한 적이 없지. 뭐, 그 정도면 괜찮은 편이지."

"그런데 매일 싸움만 하고 있네. 상대가 나오지 않아도 화를 내고 있으면 싸움이지?"

"그런가? 1인 싸움이로군. 재미있군. 얼마든지 해도 괜찮아."

"그게 지겹네."

"그렇다면 그만두고."

"자네 앞이라 말하지만 자기 마음이 그렇게 자유롭게 되는 게 아니잖아."

"도대체 뭐가 그렇게 불만인가?"

아저씨는 여기에서 낙운관 사건을 비롯해 새카만 너구리, 핀스케 등 모든 불만을 들어 줄줄 철학자 앞에서 늘어놓았다. 철학자 선생은 잠자코 듣고 있었으나, 잠시 후 입을 열고 이렇게 아저씨에게 말했다.

"핀스케인가 뭔가가 무슨 말을 하든 모르는 체하면 되지 않는가? 어차피 하찮으니까. 중학교 학생 따위 신경 쓸 가치가 있는가? 뭐, 방해가 된다고? 하지만 담판을 해도 싸움을 해도 방해는 없어지지 않잖아. 나는 그 점에서 서양인보다 옛날 일본인이 훨씬 훌륭하다고 생각하네. 서양인의 방식은 적극적, 적극적이라고 해서 요즘 꽤 유행하지만, 그것은 큰 결점을 지녔어.

첫째로 적극적이라고 해도 그건 한계가 없는 말이야. 언제까지나 적극적으로 해나간다고 해도 만족이라는 영역이라든가 완전이라는 경지에 이를 수 있는 게 아니야. 저쪽에 노송나무가 있지? 그것이 눈에 거슬린다고 없애버려. 그러면 다시 저쪽의 하숙집이 또 방해가 되지. 하숙집을 철거하면 그다음 집이 눈에 거슬려. 어디까지 가도 끝이 없는 이야기야. 서양인의 수법은 다 이래.

나폴레옹이라도 알렉산더라도 이겨서 만족한 자는 한 사람도 없다네. 남이 마음에 들지 않아서 싸움하고, 상대가 굴복하지 않는다고 법정에 소송 걸고, 법정에서 이겨 그것으로 끝이라고 생각하는 것은 오해야.

마음의 안정은 죽을 때까지 안달해도 얻어지지 않아. 왕정이 잘못되었으니 대의정치를 하지. 대의정치가 잘 안 되니 다시 뭔가 하고 싶어져. 강이 건방지다고 다리를 놓고, 산이 맘에 들지 않는다고 터널을 파. 교통이 불편하니 철도를 깔아. 그래도 영구히 만족을 얻는 것이 아니야.

그렇다고 해서 인간이 끝내 적극적으로 자기 의지를 일관하는 것은 불가능하지. 서양 문명은 적극적이고 진취적인지 모르지만, 그것은 불만족스럽게 일생을 사는 사람이 만든 문명이야.

일본 문명은 자기 이외의 상태를 변화시켜 만족을 구하는 것이 아니야. 서양과 크게 다른 점은, 근본적으로 주위 환경은 움직이지 않는다는 큰 가정에서 발달한다는 것이지. 부모 자식 관계가 재미없다고 해서 유럽인처럼 이 관계를 개량하여 안정을 찾으려고 하는 것이 아니야. 부모 자식 관계는 원래부터 그대로 도저히 움직일 수가 없는 것으로 치고, 그 관계 아래서 안심을 구하는 수단을 강구하는 데 있지.

부부와 군신의 관계도 그와 같고, 양반과 상민의 구별도 그대로, 자연 그 자체를 보는 것도 그대로. 산이 있어 이웃 마을로 가지 못하니 산을 부순다는 생각을 일으키는 대신, 이웃 마을에 가지 않아도 괜찮다고 생각을 해. 산을 넘지 않아도 만족스럽다는 마음을 키우는 것이지.

그러니 자네, 생각해보게. 선가禪家에서도 유가儒家에서도 근본적인 문제로 이를 말하지. 아무리 자기가 훌륭해도 세상은 도저히 뜻대로 되는 것이 아니네. 석양을 되돌리는 것도, 강을 거꾸로 흐르게 하는 것도 불가능해.

단지 가능한 것은 자기 마음만이니까. 마음만 자유롭게 하는 수련을 하면, 낙운관 학생이 아무리 날뛰어도 태연하지 않겠는가? 너구리라도 개의치 않고 있을 수 있지. 핀스케 따위가 어리석은 말을 하면 '이 바보' 하며 태연하게 있으면 되는 거야.

듣건대 옛날 스님은 남의 칼을 맞았을 때도 '전광석화에 봄바람을 베는구나'라든가 하는 멋진 말을 했다지. 마음의 수련이 쌓여 소극消極의 극한에 달하면 이런 기민한 작용이 가능한 것이 아닐까? 나 같은 거 그런 어려운 말은 모르나, 어쨌든 서양인풍의 적극주의만이 좋다고 생각하는 것은 좀 틀렸다고 보네.

실제로 자네가 아무리 적극주의로 움직인다고 해도 학생이 자네를 놀리러 오는 것을 어찌할 수 없지 않은가? 자네 권력으로 그 학교를 폐쇄하든가, 아니면 그쪽이 경찰에 고소할 만큼 나쁜 짓을 하면 몰라도, 그렇지 않은 이상 아무리 적극적으로 해도 이길 수가 없어.

만약 적극적으로 나간다고 하면 돈 문제가 되지. 다세多勢에는 무세無勢의 문제가 돼. 말을 바꾸면 자네가 부자에게 머리를 숙여야 한다는 말이지. 다수에 기댄 아이를 두려워해야 한다는 말이 돼. 자네 같은 가난한 사람이, 게다가 혼자서 적극적으로 싸움을 하려는 것이 애초부터 자네 불만의 씨앗이야. 어떤가, 이해가 되나?"

아저씨는 알았는지 몰랐는지 대답 없이 묵묵히 들을 뿐이다.

마침내 진객이 돌아가고 나서 아저씨는 서재로 들어가 책도 읽지 않고 무언가 생각에 빠졌다.

스즈키 군은 돈과 대중을 따르라고 아저씨에게 가르쳤다. 아마키 선생은 최면술로 신경을 안정시키라고 조언했다. 마지막의 진객은 소극적 수양으로 평안을 얻으라고 설법한 것이다. 어느 쪽을 선택할지는 아저씨 마음이다. 단지 이대로는 있지 않을 것이 틀림없다.

9

아저씨는 곰보 얼굴이다. 메이지유신 전에는 곰보가 꽤 많았다고 한다. 영일동맹(1902년에 영국과 일본이 맺은 동맹)의 현재 시점에서 볼 때 이런 얼굴은 좀 시대에 뒤떨어진 감이 있다. 의학상 통계에서 정밀하게 산출된 결론으로는 곰보가 인구 증가와 반비례하여 가까운 장래에는 아예 그 흔적이 없어질 것이라고 하는데, 그것은 나 같은 고양이도 전혀 의심할 여지가 없을 정도의 명론이다.

현재 지구에 곰보 얼굴을 가진 인간이 몇 명쯤 있을지 모르나, 내가 교제하는 범위에서 타산해보면 고양이 중에는 한 마리도 없다. 사람 중에는 단지 한 사람이 있는데, 불쌍하게도 바로 아저씨다.

나는 아저씨 얼굴을 볼 때마다 생각한다. 어떤 인과응보로 이렇게 묘한 얼굴을 하고 넉살 좋게도 20세기의 공기를 호흡하는 것일까. 옛날에는 좀 폼을 잡았을지도 모르지만 모든 곰보가 상부 팔뚝으로 퇴각 명령을 받아 주사 자국만 남긴 지금, 의연하게 콧등과 볼 위에 진을 치고 완고하게 움직이지 않는 것은 자랑이 되지 못할 뿐 아니라 오히려 곰보의 체면에 관계된 문제다. 가능하다면 조만간에 없애버리면 좋을 듯하다.

곰보 자신도 마음이 불안할 것이 틀림없다. 그렇지 않다면 세력이 부진한 지금, 맹세코 지는 해를 중천으로 만회시키려고 분발하는 마음에서 그렇게 으스대며 얼굴 전체를 점령하고 있는지도 모른다.

그러면 이 곰보는 결코 경멸의 뜻으로 볼 것이 아니다. 도도한 세상의 흐름에 대항하는 만고불변한 구멍의 집합체로, 크게 우리의 존경을 받을 만한 요철凹凸이라 해도 좋다. 단지 좀 추하게 보이는 것이 결점이다.

아저씨가 어릴 때 우시고메의 야마부시초에 아사다 소하쿠라는 유명 한의사가 있었는데, 이 노인이 환자 집을 방문할 때는 반드시 가마를 타고 느릿느릿 찾아왔다고 한다. 그런데 소하쿠 옹이 죽고 나서 양자가 대를 잇자, 가마가 곧 인력거로 바뀌었다. 그러므로 양자가 죽어서 다시 또 양자가 뒤를 이으면, 갈근탕이 안티피린(최초의 해열 진통제)으로 변할지도 모른다.

가마를 타고 도쿄 시내를 누비고 다니는 것은 소하쿠 옹 당시에도 그다지 꼴 보기 좋은 것은 아니었다. 이런 행동을 하며 태연하게 있었던 것은 구습을 버리지 못한 자와 기차에 적재되는 돼지, 그리고 소하쿠 옹뿐이었다.

아저씨의 곰보도 자랑할 만한 것이 되지 못하는 점에서는 소하쿠 옹의 가마와 같아 옆에서 보면 불쌍할 정도지만, 한의사 못지않게 완고한 아저씨는 의연하게 황성 옛터의 곰보를 천하에 드러내고 매일 등교하여 영어를 가르치고 있다.

이처럼 지난 세기의 기념을 만면에 각인하고 교단에 선 그는, 학생 앞에서 수업 이외의 대단한 훈계를 하고 있음이 틀림없다. 그는 'I am a boy, you are a girl'을 반복하는 것보다 '곰보가 안면에 미치는 영향'이라는 대주제를 어렵지 않게 해석하여 무언 속에 그 답안을 학생에게 주고 있다.

만약 아저씨 같은 사람이 교사로서 존재하지 않게 된다면 학생들은 이 문제를 연구하려고 도서관 혹은 박물관으로 달려가서 우리가 미라로 이집트인을 상상하는 것 이상의 노력을 투자해야만 한다. 이 점에서 보면 아저씨의 곰보도 부지불식간에 묘한 선행을 베풀고 있다.

물론 아저씨가 선행을 베풀려고 얼굴 가득 천연두를 심어놓은 것은 아니다. 그래도 종두를 맞기는 했다. 불행하게도 팔뚝에 심었다고 생각한 것이 어느새 얼굴로 전염되었던 것이다. 그때는 아이라서 지금처럼 멋도 뭐도 모르므로 "가려워, 가려워" 하면서 마구 얼굴을 긁어댔다고 한다. 마치 화산이 터져 용암이 얼굴 위로 흐른 듯, 부모가 만들어준 얼굴을 망쳐버리고 말았다.

아저씨는 때때로 아줌마에게 천연두를 앓기 전에는 옥 같은 피부의 남자였다고 말한다. 아사쿠사의 절에 갔을 때는 서양인이 자기를 되돌아볼 정도로 예뻤다고 자랑하기도 한다. 과연 그럴지도 모른다. 단지 증인이 하나도 없는 것이 유감이다.

아무리 선행이 되고 훈계가 되어도 보기 싫은 것은 역시 보기 싫으므로, 철이 든 뒤로 아저씨는 곰보에 관해 크게 걱정하기 시작하여 모든 수단을 동원해 추한 모습을 없애보려고 했다.

그러나 소하쿠 옹의 가마와 달리 싫어졌다고 해서 떨쳐버릴 수 있는 것이 아니니, 여전히 얼굴에 역력히 남아 있는 것이다. 이 '역력歷歷'이 다소 마음에 걸리는 듯, 아저씨는 거리를 걸을 때마다 곰보 얼굴을 세면서 걷는다고 한다. 오늘 몇 사람의 곰보를 만났는데, 그 사람은 남자인지 여자인지, 장소는 백화점 앞인지 우에노 공원인지 일일이 일기에 적어놓는다. 그는 곰보에 관한 지식에서는 결코 누구에게도 지지 않는다고 확신한다. 요전번에 서양에서 돌아온 친구가 찾아왔을 때는, "여보게, 서양인 중에 곰보가 있는가?" 하고 물어봤을 정도다. 그러자 그 친구가, "글쎄……" 하고 머리를 갸웃거리면서 골똘히 생각하더니, "거의 없는 듯하네" 하고 말하자, 아저씨는 "거의 없어도 조금은 있는가?" 다시 심각하게 물었다. 친구는 무심한 얼굴로, "있어도 거지든가 막노동꾼이지. 교육을 받은 사람 중에는 없는 듯하네" 하고 대답하니, 아저씨는 "그런가? 일본과는 좀 다르군" 하고 말했다.

철학자의 의견에 따라 낙운관과의 싸움을 체념한 아저씨는 그 후 서재에 틀어박혀 계속 뭔가 생각했다. 그의 충고를 받아들여 정좌 중에 영험한 정신을 소극적으로 수양할 생각인지 모르나, 원래가 소심한 사람이므로 그렇게 우울하게 처박혀 있어서는 변변한 결과가 나올 리 없다.

그보다 영문서적이라도 전당포에 맡기고 기생에게 소리라도 배우는 게 훨씬 나으리라는 생각이 들었으나, 아저씨처럼 편협한 남자는 도저히 고양이의 충고를 들을 가능성이 없으므로 마음대로 하게 놔두는 게 낫다고 생각해 대엿새는 근처에 가지도 않고 지냈다.

오늘은 그 후로 꼭 7일째다. 선가에서는 7일 만에 크게 깨달음을 얻겠다며 굉장한 기세로 결가부좌를 하는 이도 있다. 그래서 우리 아저씨도 뭔가 얻었겠지, 죽느냐 사느냐 뭔가 정리되었겠지 생각하여 천천히 마루에서 서재 입구까지 다가가 실내 동정을 정찰하기에 이르렀다.

서재는 6조 크기 남향으로 햇볕이 잘 드는 곳에 커다란 책상이 놓여 있다. 단지 큰 책상이라고 하면 모를 것이다. 길이 1미터 80센티미터에 폭 1미터 15센티미터로 이에 필적할 것이 없을 정도로 커다란 책상이다. 물론 기성품은 아니다. 근처 목공

소에 주문하여 침대 겸 책상으로 만든 희대의 물건이다.

무엇 때문에 이렇게 큰 책상을 만들었고, 또 무엇 때문에 그 위에서 자고 싶다는 생각이 났는지는 본인에게 물어보지 않았으므로 전혀 알 수 없다. 극히 한때의 즉흥적인 생각으로 이러한 물건을 들여놓았는지도 모르며, 혹 어쩌면 우리가 일종의 정신병자에게 종종 발견하듯 아무 연관도 없는 두 개의 관념을 연상하여 책상과 침대를 멋대로 연결한 것인지도 모른다.

어쨌든 기발한 생각이다. 단지 기발하기만 하고 도움이 되지 않는 것이 결점이다. 나는 과거 아저씨가 책상 위에서 낮잠을 자면서 몸을 뒤척이다가 바닥에 굴러떨어진 것을 본 적이 있다. 그 후 이 책상은 결코 침대로는 사용되지 않았다.

책상 앞에는 얇은 모슬린 방석이 있는데, 한 부분에는 담뱃불로 타서 생긴 구멍이 서너 개 있다. 안에 보이는 솜은 약간 검다.

이 방석 위에 등을 보이고 앉아 있는 사람이 아저씨다. 쥐색으로 더러워진 허리띠를 옭아매었는데 띠 좌우가 발바닥에 늘어져 있다. 이 허리띠에 달라붙었다가 갑자기 머리를 얻어맞은 게 최근 일이다. 함부로 다가갈 띠가 아니다.

'하수下手의 장고長考'라는 비유도 있다고 생각하며 뒤에서 들여다보니, 책상 위에 아주 반짝이는 것이 하나 있다. 나는 문득 연달아 두세 번 눈을 깜박였으나, 이놈은 좀 이상하다고 생각해 눈부심을 참고 가만히 빛나는 것을 노려보았다. 그러자 이 빛은 책상 위에서 움직이는 거울에서 나온다는 것을 깨달았다.

그런데 아저씨는 무엇 때문에 서재에서 거울을 들고 있는 것일까? 거울이라 하면 목욕탕에 있어야 한다. 실제로 나는 오늘 아침 목욕탕에서 이 거울을 보았다. '이 거울'이라고 말한 것은 아저씨 집에는 이것 말고 다른 거울이 없기 때문이다. 아저씨는 매일 아침 세수를 한 후 머리를 가를 때도 이 거울을 사용한다.

아저씨 같은 남자가 머리를 가르는가 묻는 사람도 있을지 모른다. 실제 그는 다른 일에 무관심하지만 머리에는 관심이 많다. 내가 이 집에 오고 지금까지 아저씨는 아무리 더운 날에도 머리를 짧게 자른 적이 없다. 반드시 6센티미터 정도의 길이로 하여, 그것을 정성스럽게 왼쪽으로 넘기는 데 그치지 않고 오른쪽 끝을 살짝 추켜올려 멋을 부린다.

이것도 정신병 징후인지 모른다. 이런 멋을 부린 가르마는 이 책상과 전혀 조화를 이루지 못한다고 생각하지만, 굳이 타인에게 해를 끼칠 정도의 것은 아니므로 아무도 뭐라고 하지 않는다. 본인도 흐뭇해한다.

멋쟁이 가르마는 그렇다 치고, 왜 그렇게 머리를 길게 하는지 생각하면 실은 이런 사정이 있다. 그의 곰보는 단지 그의 얼굴뿐 아니라 아주 옛날에 정수리까지 침식했다고 한다. 그러므로 만약 보통 사람처럼 짧은 머리를 하면 몇십 개의 곰보 자국이 드러난다.

아무리 쓰다듬어도 문질러도 없어지지 않는다. 황량한 들판에 반딧불을 풀어놓은 듯하여 풍류인지도 모르나, 아줌마의 마음에 들지 않는 것은 당연하다. 머리털만 길게 기르면 보이지 않는데 기꺼이 자기 잘못을 드러낼 필요는 없다. 될 수 있다면 얼굴까지 머리를 길러 얼굴의 곰보까지 은밀히 덮고 싶을 정도이므로, 그냥 자라는 머리털을 돈까지 들여 깎아서 "나는 두개골 위까지 천연두에 걸렸다"고 떠들 필요는 없으리라.

이것이 아저씨가 머리를 기르는 이유이고, 머리를 기르는 것은 그가 머리를 가르는 원인이 되며, 머리를 가르는 것은 거울을 보는 이유이고, 그 거울이 목욕탕에 있는 까닭이며, 그리하여 그 거울이 하나밖에 없다는 사실이다.

목욕탕에 있어야 할 거울이, 게다가 하나밖에 없는 거울이 서재에 와 있으므로 거울이 몽유병에 걸려 나왔거나 아니면 주인이 목욕탕에서 가져온 것이 틀림없다. 가져왔다고 하면 뭐 때문에 가져왔을까? 어쩌면 이른바 그 적극적 수양에 필요한 도구인지도 모른다.

옛날에 어느 학자가 아무개라는 고명한 스님을 찾아갔는데, 스님은 웃통을 벗고 기와를 닦고 있었다.

"무엇을 만들고 계신가요?" 하고 질문하니, "지금 거울을 만들려고 열심히 닦는 참이네"라고 대답했다. 그 말을 듣고 학자는 놀라서, "아무리 고승이라도 기와를 닦아 거울로 만드는 것은 불가능하지요"라고 말하니, 스님은 껄껄 웃으면서, "그런가? 그럼 그만두어야지. 아무리 책을 읽어도 도를 깨치지 못하는 것도 이와 같지 않겠는가" 하고 큰 깨우침을 주었다고 하므로, 아저씨도 그런 이야기를 어디서 듣고 목욕탕에서 거울을 가져와서 의기양양하게 얼굴에 비추고 있는지도 모른다. 아무래도 아저씨 머리가 좀 이상해졌다는 생각을 하며 가만히 안을 들여다보았다.

아무것도 모르는 아저씨는 매우 열심히 하나밖에 없는 거울을 들여다보고 있다. 원래 거울이라는 것은 좀 음산한 물건이다. 심야에 촛불을 켜고 넓은 방 안에서 혼자 거울을 들여다보려면 매우 큰 용기가 필요하다고 한다.

이 집 딸이 처음으로 거울을 내 얼굴 앞에 갖다 댔을 때, 나는 깜짝 놀라서 집을 세 바퀴나 뛰어서 돌았을 정도다. 아무리 대낮이라고 해도 아저씨처럼 이렇게 열심히 바라보면 본인도 자기 얼굴이 무서워질 것이 틀림없다. 그냥 보고만 있어도 그다지 기분이 좋은 얼굴이 아닌데 말이다. 잠시 후 아저씨는 혼잣말을 한다.

"정말 추잡한 얼굴이군."

자기의 추함을 자백하는 것은 꽤 존경스럽다. 행동은 확실히 미치광이 수작이나, 말하는 것은 진실이다. 여기서 한 발 더 나아가면 자신의 추악한 점이 무서워진다. 인간은 자기 몸이 두려운 악당이라는 사실을 철두철미하게 느낀 사람이 아니면 달인이라 할 수 없다. 달인이 아니면 도저히 해탈은 불가하다. 아저씨도 여기까지 나아간 김에 '아아, 무섭군' 하고 말할 듯하나, 그 말까지는 나오지 않는다.

"정말 추잡한 얼굴이군" 하고 말한 후, 무슨 생각이 났는지 쑤욱 볼을 부풀렸다. 그리고 부풀린 볼을 손바닥으로 두세 번 두드려본다. 무슨 주문인지 모른다. 이때 나는 이 얼굴이 누군가와 닮았다는 생각이 들었다. 곰곰이 생각해보니 하녀 오상의 얼굴이다.

이참에 오상의 얼굴을 좀 소개하자면, 그야말로 한껏 부풀린 얼굴이다. 요전번에 어떤 사람이 신사에서 복어 등燈을 선물로 주었는데, 꼭 그 복어 등처럼 부풀려졌다. 너무 부풀린 정도가 잔혹하므로 두 눈은 어디 갔는지 보이지 않는다.

복어가 부푼 모양은 골고루 둥글게 부풀어 있으나, 오상은 원래 체격이 다각성多角性으로 그 골격대로 살이 부풀었으니 마치 붓기 때문에 괴로워하는 육각 시계와 같다. 오상이 들으면 매우 화를 낼 테니 이 정도로 하고 다시 아저씨 쪽으로 돌아가는데, 이처럼 최대한의 공기로 볼을 부풀린 그는 앞에 말한 대로 손바닥으로 볼을 두드리면서 또 혼잣말을 한다.

"이만큼 피부가 긴장하면 곰보도 눈에 띄지 않겠지."

이번에는 얼굴을 옆으로 돌리고 햇빛을 받는 반쪽 얼굴을 거울에 비추어본다.

"이렇게 보니 아주 눈에 띄네. 역시 정면으로 해를 마주하는 게 평평하게 보이는군. 기괴한 놈이야" 하고 아주 감동한 모습이다.

그 후 오른팔을 쭉 내밀어서 가급적 거울을 멀리하고 가만히 지켜본다.

"이쯤 떨어지면 그렇지도 않군. 역시 너무 가까우면 안 돼. 얼굴만이 아니라 뭐든 그렇지" 하고 깨달은 듯한 말을 한다. 다음에 거울을 갑자기 옆으로 누인다. 그리고 코를 중심으로 하여 눈과 이마와 눈썹을 한 번에 가운데로 찌그려 모았다. 보기에도 불유쾌한 용모가 되었다고 생각하는데, "아니, 이것은 틀렸어" 하고 본인도 그렇다는 듯 금세 그만둔다.

"왜 이렇게 독살스런 얼굴이지?" 하고 다소 의심스러운 모습으로 거울을 눈에서 10센티미터 앞까지 갖다 댄다. 오른손 집게손가락으로 콧방울을 어루만지고, 그 손가락을 책상 위에 있는 습자지 위에 세게 찍는다. 흡수된 콧기름이 둥글게 종이 위에 찍혔다. 참 기예도 여러 가지다.

그리고 아저씨는 콧기름을 묻힌 손가락을 옮겨서 쓱 오른눈의 아래눈썹을 까뒤집어, 흔히 말하는 '메롱'을 멋지게 해 보였다. 곰보를 연구하는 것인지 거울과 눈싸움을 하는 것인지 모르겠다. 변덕스런 아저씨이므로 보는 중에 여러 가지가 하고 싶어진 듯하다.

그뿐이 아니다. 만약 선의로써 좋게 해석하자면, 아저씨는 깨달음의 방편으로 이처럼 거울을 상대로 여러 행위를 연출하는지도 모른다.

무릇 인간의 연구라는 것은 자기를 연구하는 것이다. 천지, 산천, 일월, 성신星辰〔별〕이라는 것도 모두 자기의 다른 이름에 지나지 않는다. 자기를 두고 타他를 연구해야 할 이유는 누구에게도 발견할 수 없다.

만약 인간이 자기 밖으로 뛰쳐나갈 수 있다면 뛰쳐나가는 순간에 자기는 없어져버린다. 게다가 자기 연구는 자기 말고 아무도 해주는 자가 없다. 아무리 해주고 싶어도 누가 해주길 바라도, 그것은 불가능한 일이다. 그러므로 예부터 호걸은 모두 자력으로 호걸이 되었다.

남 덕분에 자기를 알 정도라면 남에게 자기 대신 소고기를 먹여도 부드러운지 질긴지 판단이 되지 않겠는가. 아침에 법法을 듣고, 저녁에 도道를 듣고, 등불 아래에서 책을 보는 것은 모두 스스로 깨달음을 얻으려는 마음을 불러일으키는 수단에 지나지 않는다.

남이 설명하는 법 안에, 남이 변론하는 도 안에, 혹은 다섯 수레가 넘는 책 속에 자기가 존재할 까닭이 없다. 있다면 자기의 유령이다. 당연히 어떤 경우에는 유령이 아예 영이 없는 것보다 훌륭할지 모른다. 그림자를 좇다 보면 본체와 마주칠 수도 있다. 그림자라는 것은 대개 본체에서 벗어나지 못하는 것이다.

이런 의미에서 아저씨가 거울을 만지작거리고 있다면 꽤 괜찮은 사람이다. 에픽테토스를 대충 공부한 지식으로 학자인 체하는 이들보다 훨씬 낫다고 생각한다.

거울은 자만의 제조기인 동시에 자만의 소화기다. 만약 허영심을 가지고 대할 때는 어리석은 이를 이처럼 선동하는 도구도 없다. 옛날부터 깨닫지도 못했으면서 깨달았다고 자만함으로써 자기를 해하고 타인에게 상처 준 역사의 3분의 2는 확실히 거울의 짓이다.

프랑스혁명 당시 호기심 많은 의사(단두대를 발명한 길로틴을 가리킴)가 개량 교수기를 발명하여 엄청난 죄를 지은 것처럼, 처음 거울을 만든 사람도 필시 후회 때문에 꿈자리가 편치 않았을 것이다.

그러나 자기에게 정이 떨어졌을 때, 자아가 위축되었을 때는 거울을 보는 것만큼 약이 되는 것도 없다. 미와 추가 명백하다. 이런 얼굴로 인간입네 하고 거드름 피우며 오늘까지 살아왔다고 깨달을 것이다.

그런 생각이 들 때가 인간 생애 중 가장 고마운 시기다. 스스로 자기의 어리석음을 인지하는 것만큼 훌륭하게 보이는 것은 없다. 이를 자각한 바보 앞에서 잘난 척하는 모든 족속은 머리를 깊이 숙여야 한다. 그들이 의기양양하게 자각한 바보를 경멸하고 조소한다 해도, 오히려 그렇게 흥분한 모습이야말로 바보 앞에 황송하여 머리를 숙인 꼴에 불과하다.

아저씨는 거울을 보고 자기의 어리석음을 깨달을 정도의 현자는 아니다. 그러나 자기 얼굴에 새겨진 마마 자국은 냉정하게 볼 수 있는 사람이다. 얼굴의 못남을 스스로 인정하는 것은 마음의 천박함을 터득하는 계제도 된다. 믿음직한 사람이다. 이것도 철학자에게서 배운 결과인지 모른다.

이렇게 생각하면서 모습을 살펴보고 있는데, 아무것도 눈치채지 못한 아저씨는 한껏 눈꺼풀을 까뒤집고는 "꽤 충혈되었군. 역시 만성결막염이야" 하면서 집게손가락으로 꾹꾹 충혈된 눈꺼풀을 문지르기 시작했다.

필시 가렵겠지만, 그렇지 않아도 저렇게 벌게진 것을 마구 문지르니 도리가 없다. 머지않아 소금에 절인 도미 눈알처럼 썩어

문드러질 게 틀림없다.

이윽고 눈을 뜨고 거울을 바라보는데, 아니나 다를까, 북쪽 지방 겨울 하늘처럼 잔뜩 흐려 있다. 당연히 평소에 그다지 맑은 눈은 아니었다. 과대한 형용사를 사용하자면, 혼돈하여 검은자와 흰자가 확실히 구별되지 않을 정도로 애매모호하다.

아저씨의 정신이 몽롱하여 종잡을 수 없는 것처럼, 눈도 애매모호하게 오랫동안 눈구멍 안에 떠 있을 뿐이다. 이것은 태독 때문이라고도 하며 마마의 여파라고도 해석되는데, 어릴 때는 버드나무 벌레와 빨간 개구리도 많이 먹었다고 하나 그런 모친의 정성도 보람 없이 오늘날까지 태어난 당시와 다름없이 흐리멍덩하다.

내가 은밀히 생각하기에 이 상태는 결코 태독이나 마마 때문이 아니다. 그의 눈이 이렇게 혼탁한 지경에서 방황하는 것은, 그의 두뇌가 불투명 물질로 구성되어 그 작용이 암담함과 몽롱함의 극에 달해 있기 때문이다. 그것이 자연히 형체로 나타나 죄 없는 어머니에게 쓸데없는 걱정을 끼쳤을 것이다.

연기가 나니 불이 있음을 알고, 눈이 흐리니 그 어리석음을 증명한다. 그렇듯 그의 눈은 그 마음의 상징으로, 그의 마음이 엽전처럼 구멍이 뚫려 있어서 그의 눈도 엽전처럼 크기는 하지만 통용되지 않는 게 틀림없다.

이번에는 수염을 비꼬기 시작한다. 원래부터 예의가 없는 수염이라 제멋대로의 자세로 나 있다. 아무리 개인주의가 유행하는 세상이라지만, 이렇게 제멋대로 자라면 수염 주인의 고생이 대단하리라 생각된다.

아저씨도 이것에 대해서는 생각하는 바가 있어 요즘은 심하게 훈련을 시켜서 되도록이면 계통적으로 안배되도록 노력했다. 그 노력은 헛되지 않아 최근에 겨우 조금씩 보조가 맞춰지게 되었다. 지금까지는 수염이 나 있었으나, 요즘은 수염을 기른다고 자랑할 정도가 되었다.

열심의 정도는 성공 정도에 따라 고무되는 것이므로, 자기 수염이 전도유망하다고 생각한 아저씨는 아침저녁으로 틈만 나면 반드시 수염을 향해 격려의 채찍을 가한다. 그의 야망은 독일 황제 폐하(빌헬름 2세)처럼 향상 의지가 왕성한 수염을 기르는 것이다. 그러므로 털구멍이 옆방향일지라도 아래 방향일지라도 전혀 개의치 않고 움켜잡아 윗방향으로 당겨 올린다.

수염도 필시 괴로울 것이다. 소유자인 아저씨조차 가끔 아플 때가 있다. 그러나 그것이 훈련이다. 싫든 좋든 거꾸로 쓸어 올린다. 문외한에게는 답답한 행동으로 보이나, 당사자는 열심이다. 교육자가 마음껏 학생의 본성을 교정해놓고 내 수완을 보라고 자랑하는 모습이라 전혀 비난할 이유는 없다.

아저씨가 혼신의 열성으로 수염을 조련하고 있는데, 부엌에서 다각성의 오상이 "편지가 왔습니다" 하고 여느 때처럼 붉은 손을 쑥 서재 안으로 내밀었다. 오른손에 수염을 잡고, 왼손에 거울을 잡은 아저씨는 그대로 입구 쪽을 돌아봤다. 팔자수염 꼬리에 물구나무서기를 시킨 듯한 수염을 보자마자 다각성은 서둘러 부엌으로 돌아가 호호호 하고 솥뚜껑에 몸을 기대고 웃었다.

아저씨는 태연한 사람이다. 천천히 거울을 내리고 편지를 들었다. 첫 편지는 인쇄된 것으로 무언가 엄숙한 글자가 늘어져 있다. 읽어보니 다음과 같다.

귀하의 행운을 기원합니다.

돌이켜보니 러일전쟁은 연전연승 기세를 타고 있습니다. 평화를 회복하고 충성심 강하고 용기 있게 정의를 지키려는 뜻이 강한 우리는 이제 만세삼창 소리 속에 개선을 노래하니 국민의 환희가 이보다 클 수 없습니다.

선전을 포고하는 천황의 어명이 나오자마자 정의를 위해 용기를 나라에 바친 용사는 머나먼 만주에서 한서寒暑의 고난을 견디며 오로지 전투에 종사하였습니다. 목숨을 나라에 바친 그 지성은 오랫동안 기억되고 잊히지 않을 것입니다.

이렇게 군대의 귀국이 이번 달로 거의 종료되는바, 본회는 오는 25일을 기하여 본 구 내 1천여 출정 장교와 하사관 및 사병에 대하여 본 구민 전체를 대표하여 일대 개선 축하회를 개최하며 아울러 군인 가족을 위로하기 위해 열성으로써 감사의 뜻을 표하고자 합니다.

이에 여러분의 협찬을 얻어 이 성대한 식전을 거행하고자 하오니 모쪼록 찬동하시어 의연금 기부를 부탁하는 바입니다.

보낸 이는 어느 귀족이다. 아저씨는 잠자코 읽은 후에 곧바로 봉투에 도로 넣고 모르는 체한다. 의연금은 아마 내지 않을 듯하다. 요전번에 동북 지방 흉작 의연금으로 2엔인가 3엔인가를 낸 후, 만나는 사람에게마다 의연금을 뺏겼다고 떠들고 다닐 정도다.

의연금이란 내는 것이지 뺏기는 것이 아닌 게 당연하다. 도둑맞은 것도 아닌데 뺏겼다는 표현은 온당치 않다. 그런데도 도난이라도 당한 것처럼 생각하는 아저씨가 아무리 군대를 환영한다고 해서, 아무리 귀족의 권유라고 해서, 억지로 강하게 압박해온다면 몰라도 인쇄된 편지 정도에 금전을 낼 인간으로 생각되지는 않는다.

아저씨 처지에서 본다면 군대를 환영하기 전에 먼저 자기를 환영하고 싶은 것이다. 자기를 환영한 다음에야 다른 것도 환영할 마음이 생기는 것으로, 자기가 생계에 지장이 있는 동안에는 환영을 귀족에게 맡겨둘 생각 같다. 아저씨는 두 번째 편지를 들고 "야, 이것도 인쇄로군" 하고 읽기 시작한다.

귀하와 가정의 건강과 행복을 기원합니다.

본교는 아시다시피 재작년 이래 두세 명의 야심가 때문에 방해를 받아 일시적으로 그 피해가 극에 달하였지만, 이것도 모두 불초 신사쿠의 부덕에 기인한다고 생각하고 깊이 스스로 반성하여 와신상담 고행한 결과, 이윽고 지금 독자적인 힘으로 제 이상에 적합한 교사 신축비를 얻는 길을 강구한바, 별책《재봉비술강요》라 명명한 서적을 출판하게 되었습니다.

본서는 제가 오랜 세월 고심해 연구해온 공예상의 원리원칙에 맞추어 진실로 살을 찢고 피를 짜내는 심정으로 저술한 것입니다. 따라서 본서를 일반 가정에서 제본 실비에 약간의 이윤을 붙여 구입해 주시면, 이 분야의 발전에 일조하는 동시에 약간의 이윤을 축적하여 교사 건축비에 충당할 생각입니다.

대단히 황송하옵니다만 본교 건축비를 기부하신다는 생각으로 《재봉비술강요》 1부를 구독하시어 귀부인에게라도 건네주시기를 엎드려 바라옵나이다.

대일본여자재봉고등대학원

교장 누이다 신사쿠縫田針作 구배九拜

아저씨는 이 정중한 편지를 냉정하게 말아서 쓰레기통에 툭 던져 넣었다. 신사쿠 선생의 아홉 번의 절九拜도, 와신상담도 아무런 도움이 되지 않은 것은 안타깝다.

세 번째 편지로 넘어간다. 세 번째 편지는 매우 색다른 광채를 발하고 있다. 봉투가 홍백 가로줄 무늬로 이발관 간판처럼 화려한 가운데 '진노 구샤미珍野 苦沙彌 선생'이라고 예서체로 굵게 쓰여 있다. 속은 어떤 내용일지 모르지만 겉만큼은 굉장히 훌륭하다.

만약 내가 천지를 다룬다면 한입으로 시장西江(중국 광둥성의 대하)의 물을 다 먹어치울 것이고, 만약 천지가 나를 다룬다면 나는 곧 길가의 먼지일 뿐이다. 모름지기 말할지어다. 천지와 나는 무슨 관계가 있는가.

……처음 해삼을 먹어보는 사람은 그 담력을 존경해야 할 것이고 처음으로 복어를 먹는 남자는 그 용기를 중시하여야 한다. 해삼을 먹을 수 있는 자는 친란親鸞(가마쿠라 시대의 승려로, 정토진종의 개조)의 재래이며, 복어를 먹을 수 있는 자는 니치렌日蓮(니치렌종의 개조)의 분신이다. 구샤미 선생 같은 이는 단지 호박고지에 초된장을 알 뿐. 호박고지에 초된장을 먹으며 천하의 선비라 자부하는 자는 나 아직 보지 못하였도다…….

친구도 그대를 배반할 수 있다. 부모도 너를 냉대할 수 있다. 애인도 너를 차버릴 수 있다. 부귀는 원래부터 기대기 어려운 것이다. 명예는 하루아침에 사라져버린다. 네 머릿속 비장한 학문에는 곰팡이가 필 것이다. 자네, 무엇을 믿으려고 하는가. 세상천지 무엇에 기대려고 하는가.

신? 신은 인간이 괴로운 나머지 날조한 토우일 뿐. 인간의 산똥이 응결된 악취 나는 시체일 뿐. 기대지 말아야 할 것에 기대어 편하다고 한다. 안타깝도다. 취한 자가 무분별하게 괴이한 말을 내뱉으며 휘청휘청 묘지로 향한다. 몸의 기름이 다하면 번뇌의 등불은 스스로 꺼진다. 업業이 다하면 무엇이나 스러진다. 구샤미 선생, 부디 차라도 드시게…….

남을 모독하는 자를 두려워할 것 없도다. 남을 모독하는 자가, 남이 자기를 모독한다고 세상에 분노하는 것은 어인 일인가. 부귀영달을 누리는 자는 남을 모독하면서 거만을 떤다. 하지만 남이 자기를 모독하면 불끈 화를 내어 얼굴을 붉힌다. 멋대로 붉어지라지. 바보 자식…….

내가 사람을 사람으로 존중하는데도 남이 나를 나로 존중하지 않을 때, 불평가는 발작적으로 하늘에서 내려온다. 이 발작적 활동을 가리켜 혁명이라 한다. 혁명은 불평가의 소이가 아니다. 부귀영달을 누리는 자가 스스로 야기하는 것이다.

조선에 인삼이 많으니, 구샤미 선생, 기회가 되면 한번 드셔보지 않겠나.

스가모巣鴨에서

덴도 고헤이天道公平 재배再拜

신사쿠 군은 구배였으나, 이 남자는 단지 재배뿐이다. 기부금 의뢰가 아닌 만큼 절 일곱 번만치 더 건방지다.

기부금 의뢰는 아니지만 그 대신 굉장히 알기 어려운 내용이다. 어느 잡지에 투고해도 버려질 가치는 충분히 있으므로, 두뇌의 불투명으로 괴로워하는 아저씨가 필시 이 편지를 갈기갈기 찢어버릴 것이라고 생각했는데 뜻밖에도 읽고 또 읽는다.

이런 편지에 의미가 있다고 생각하여 끝까지 그 의미를 파악하려는 생각인지도 모른다. 무릇 하늘과 땅 사이에 모르는 것은 많지만 세상에 의미 없는 것은 하나도 없다. 어떤 어려운 문장이라도 해석하려고 하면 용이하게 해석이 가능하다. 인간은 바보라고 하건 영리하다고 하건, 둘 다 맞는 말이다.

그뿐만이 아니다. 인간은 개라고 해도 돼지라고 해도 별로 괴로워할 명제가 아니다. 산은 낮다고 해도 상관없고 우주는 좁다고 해도 지장 없다. 까마귀가 희고 양귀비가 추녀이고 구샤미 선생이 군자라도 통하지 않는 것이 아니다.

그러므로 이런 무의미한 편지라도 무언가 이론만 붙이면 어떻게든 의미는 통한다. 특히 아저씨처럼 모르는 영어를 무리하게 억지로 갖다 붙이며 설명해온 사람은 더욱 의미를 붙이고 싶어 한다.

"날씨가 나쁜데도 왜 굿모닝입니까?" 하는 학생의 질문을 받고 7일간 생각하거나, "콜럼버스라는 이름은 일본어로 뭐라고 합니까?"라는 질문을 받고 3일 밤낮 걸려 답을 궁리할 정도의 사람에게는, 호박고지의 초된장이 천하의 선비가 되건 조선 인삼을 먹고 혁명을 일으키건 나름의 의미는 곳곳에서 솟아나오는 것이다.

아저씨는 잠시 후에 이 난해한 어구를 굿모닝 질문 같은 것으로 이해한 듯 칭찬을 한다.

"꽤 의미심장하네. 철학을 깊이 연구한 사람이 틀림없어. 훌륭한 견식이군."

이 한마디에서도 아저씨의 어리석은 점은 잘 알 수 있으나, 뒤집어 생각해보면 다소 당연한 점도 있다. 아저씨는 무엇이든 모르는 것을 두려워하는 버릇이 있다. 이것은 필시 아저씨에게만 한정되는 일이 아니리라. 모르는 것에는 함부로 무시할 수 없는 무언가가 잠복해 있으므로 측량할 수 없는 부분에 대해서는 무언가 고상하다는 마음이 생기게 마련이다.

그러므로 속인은 모르는 것을 아는 것처럼 떠벌리고, 학자는 아는 것을 잘 모르도록 강의한다. 대학 강의에서도 모르는 것을 떠드는 사람은 평판이 좋고 아는 것을 설명하는 자는 인기가 없는 것을 보면 잘 알 수 있다.

아저씨가 이 편지에 감탄한 것도 의미가 명료하기 때문이 아니다. 그 주된 의미가 어디에 존재하는지 좀체 파악하기 어렵기 때문이다. 갑자기 해삼이 튀어나오고 생뚱맞게 산똥이 등장하기 때문이다.

그러므로 아저씨가 이 글을 존경하는 유일한 이유는, 도가道家에서 《도덕경》을 존경하고, 유가儒家에서 《역경》을 존경하며, 선가禪家에서 《임제록》을 존경하는 것과 마찬가지로 그 내용을 전혀 모르기 때문이다.

단, 전혀 모른다 하면 마음이 편치 않으니 제멋대로 주석을 붙여서 아는 체한다. 모르는 것을 알았다 치고 존경하는 것은 예부터 유쾌한 일이다.

아저씨는 공손하게 해서체 명필을 말아서 책상에 놓은 채 팔짱을 끼고 명상에 잠겼다.

그때 "계십니까?" 하고 현관에서 큰 소리가 들렸다. 목소리는 메이테이 같으나, 메이테이답지 않게 안으로 들어오지 않고 계속 밖에서 부르고만 있다.

아저씨는 아까부터 서재 안에서 그 소리를 듣고 있었으나, 팔짱을 낀 채 조금도 움직이려 하지 않는다. 손님을 맞이하러 나가는 것은 주인 역할이 아니라는 주의인지, 이 집 주인은 결코 서재에서 응답을 한 적이 없다. 하녀는 아까 세탁비누를 사러 나갔다. 아줌마는 화장실에 있다. 그러니 나갈 사람은 나밖에 없다. 나도 나가는 것은 싫다.

그러자 손님은 신발을 벗고 마루로 뛰어올라 장지문을 활짝 열고 척척 들어왔다. 주인도 별나지만 손님도 별나다. 방 쪽으로 갔는가 했는데 장지문을 두세 번 열고 닫더니 이번에는 서재 쪽으로 온다.

"어이, 뭐 하는 건가? 손님이 왔잖아."

"어, 자넨가?"

"어, 자넨가라니. 여기 있었으면 뭐라든 대답을 해야지. 마치 빈집 같지 않은가?"

"응, 좀 생각할 게 있어서 말일세."

"생각 중이라도 들어오라는 말은 할 수 있잖나?"

"할 수도 있겠지."

"여전히 뻔뻔하군."

"아까부터 정신 수양 중이라네."

"별나군. 정신을 수양하다 대답이 불가능해진 날에 손님이 오면 곤란하겠군. 그렇게 빠져 있으면 곤란하지. 실은 나 혼자 온 게 아니네. 대단한 손님을 모시고 왔지. 좀 나와서 만나보게."

"누구를 데려왔는가?"

"누구면 어떤가. 나와서 만나주게. 꼭 자네를 만나고 싶다고 하니까."

"누군데?"

"누구면 어떤가. 일어서게."

아저씨는 팔짱을 낀 채 스윽 일어나면서 "또 사람을 속이려고 그러지?" 하고, 마루로 나와 아무런 기대도 없이 거실로 들어왔다.

그런데 여섯 자 도코노마를 정면으로 바라보며 한 노인이 숙연하게 단정한 자세로 앉아 있는 게 아닌가. 아저씨는 깜짝 놀라 엉겁결에 품에서 양손을 빼고 문 옆에 주저앉았다. 이래서는 노인과 같은 서향이므로 서로 인사를 할 도리가 없다. 구식 노인은 예의범절이 까다롭다.

"자, 저쪽으로 앉으시죠" 하고 손님은 도코노마를 가리키며 주인이 그 앞에 앉아야 한다는 듯 아저씨에게 권한다. 아저씨는 2, 3년 전까지는 방 안 어디에 앉아도 상관없다고 알고 있었으나, 언젠가 누군가에게서 도코노마에 대한 강의를 들은 뒤로 도코노마는 상단의 자리가 변한 것으로 막부의 사신이 앉는 곳이라고 깨달은 이후에는 결코 그쪽에는 가까이 가지 않는 사람이다. 특히 일면식도 없는 연장자가 앉아 있으므로 더욱 상좌에는 가지 못한다. 인사조차 제대로 치르지 못한다. 일단 머리를 숙이고, "자, 저쪽으로 앉으시죠" 하고 상대방이 말한 대로 반복했다.

"아뇨, 그럼 예의가 아니니, 자, 저쪽으로."

"아닙니다. 그러시면…… 모쪼록 저쪽으로" 하고 아저씨는 적당히 상대방의 말을 흉내 낸다.

"허어, 너무 겸손하시군요. 오히려 제가 황송하오이다. 모쪼록 꺼리지 마시고, 어서."

"겸손하시군요. 황송하니…… 모쪼록."

아저씨는 얼굴이 발개져서 우물우물 말을 더듬는다. 정신수양도 별로 효과가 없는 듯하다. 메이테이 군은 뒤에 서서 웃으며 보고 있다가, 이제 끼어들어야 할 때라고 생각한 듯 뒤에서 아저씨의 엉덩이를 밀면서, "나가게. 그렇게 문에 붙어 있으면 내가 앉을 자리가 없네. 어려워하지 말고 앞으로 나가게" 하고 무리하게 끼어든다. 아저씨는 어쩔 수 없이 앞쪽으로 밀고 나왔다.

“구샤미 군, 이분이 자주 말했던 시즈오카의 백부님이시네. 백부님, 이 사람이 구샤미 군입니다.”

“아, 예. 처음 뵙소이다. 매번 메이테이가 찾아와 폐를 끼치고 있다고 하여 언젠가 찾아뵙고 고견을 청하고자 생각하던 참에, 다행히 금일은 근처를 통행하게 되어 인사 겸 방문하였사오니 모쪼록 얼굴이라도 익히시고 금후 잘 부탁드리고자……” 하고 옛날식 말을 막힘없이 늘어놓는다. 아저씨는 평소 교제가 적고 말이 없는 사람인 데다가 이런 구식 노인과는 거의 만난 적이 없으므로 처음부터 어색한 분위기에 쩔쩔매고 있는데, 거기에 유창하게 흘러나오는 말까지 접하게 되니 조선 인삼도 이발관 간판 같은 봉투도 싹 잊어버리고 단지 괴로운 나머지 이상한 대답을 한다.

“저도, 에…… 저도…… 좀 찾아뵈려고 생각하던 참에…… 모쪼록 잘 부탁합니……” 하고 말을 마친 뒤에 바닥에 조아린 머리를 살짝 들다가, 노인이 아직도 고개를 숙이고 있는 걸 보고 ‘앗!’ 하고 죄송스런 생각에 다시 머리를 바닥에 붙였다.

노인은 적당한 시간을 가늠한 후 머리를 들고, “저도 원래는 이쪽에 가옥이 있어서 오랫동안 쇼군 슬하에서 살았습니다만, 막부 와해 때 저쪽으로 간 뒤로 전혀 나오지 않았죠. 지금 와보니 방향도 모를 정도라, 메이테이가 데리고 다니지 않으면 용무를 볼 수 없소이다. 상전벽해라고 하니, 에도 입성 이래 3백 년이나 그저 쇼군 가의……” 하고 말하기 시작하자, 메이테이 선생은 ‘아이고, 이거 또 말이 길어지는군’ 생각하여, “백부님, 쇼군 가가 고마울지 모르지만 메이지 시대도 괜찮습니다. 옛날에 적십자 같은 것은 없었잖아요."

"그건 없었지. 적십자라고 칭하는 것은 전혀 없었지. 특히 황족의 얼굴을 뵌다는 것은 메이지 시대가 아니면 불가능한 일이야. 나도 오래 산 덕분에 이렇게 오늘 총회에도 출석하고 왕자 전하의 연설도 들었으니, 오늘 죽어도 여한이 없다."

"오랜만에 도쿄 구경을 하신 것만으로 큰 행운입니다. 구샤미 군, 백부님은 말이야, 이번에 적십자 총회가 있어서 일부러 시즈오카에서 도쿄로 올라오셨지. 오늘 함께 우에노로 외출했다가 돌아오는 길일세. 그래서 이렇게 지난번 내가 시로키야에 주문한 프록코트를 입고 계시네."

과연 프록코트를 입고 있다. 프록코트는 입고 있으나 전혀 몸에 맞지 않는다. 소매가 너무 길고, 목깃이 툭 벌어지고, 등에 주름이 지고, 겨드랑이는 위로 당겨졌다. 아무리 잘못 만들어졌다고 해도 이렇게까지 공을 들여 모양을 엉망으로 만들 수는 없다.

게다가 흰 셔츠와 흰 목깃이 뿔뿔이 떨어져서 턱을 쳐들면 그 사이로 울대뼈가 보인다. 무엇보다 검은 넥타이가 넥타이에 속한 것인지 목깃에 속한 것인지 셔츠에 속한 것인지 분명하지 않다.

프록코트는 그래도 참을 만하나 흰머리의 상투는 매우 기괴한 모습이다. 평판 자자한 쇠부채는 어떤가 하고 쳐다보니 무릎 옆에 단정히 놓여 있다.

아저씨는 이때 잠시 본심으로 돌아가서, 정신 수양의 결과를 마음껏 노인의 복장에 응용해보다 좀 놀랐다. 설마 메이테이가 말한 정도는 아닐 거라고 생각하였으나 만나보니 말 이상이다.

만약 자기의 곰보가 역사적 연구의 재료가 된다고 하면, 노인의 상투와 쇠부채는 확실히 그 이상의 가치가 있다. 이저씨는 어떻게 해서든 이 쇠부채의 유래를 듣고 싶었으나 차마 솔직하게 질문할 수는 없고, 그렇다고 해서 말을 안 하는 것도 실례가 된다고 생각하여, "꽤 사람이 많이 나왔지요?" 하고 극히 평범한 질문을 했다.

"와, 사람들이 엄청나게 와서 그 사람들 모두 나를 빤히 바라보니 아무래도 요즘 사람들은 호기심이 많아진 듯하오이다. 옛날에는 그렇지 않았으나……."

"에에, 그러하옵죠. 옛날에는 그렇지 아니하였습죠?" 하고 노인 같은 말을 한다. 이것은 필시 아저씨가 아는 체를 하기 때문이 아니다. 단지 몽롱한 두뇌에서 적당히 흘러나오는 언어라고 보는 게 맞다.

"게다가 말이오, 모두 이 투구망치를 쳐다보니까."

"그 쇠부채는 꽤 무겁지 않습니까?"

"구샤미 군, 좀 들어보게. 꽤 무거워. 백부님, 줘보시죠."

노인은 묵직하다는 느낌으로 들어서, "실례하오만" 하고 아저씨에게 건네준다.

교토의 곤카이코묘지에서 참배인들이 렌쇼〔가마쿠라 초기의 무장〕가 남긴 칼을 정중히 받드는 듯한 모습으로 구샤미 선생은 잠시 들고 있다가, "과연" 하고 말하고 노인에게 돌려주었다.

"모두가 쇠부채라고 하지만, 이것은 투구망치라고 하여 쇠부채와는 전혀 다른 물건으로……."

"에에? 그것으로 뭘 했다는 거죠?"

"투구를 깨는 거지. 그렇게 해서 적의 눈이 어질어질해질 때 쳐부쉈지. 구스노키 마사시게〔남북조 시대의 무장〕 시대부터 이용한 듯하여……."

"백부님, 그럼 마사시게의 투구망치인가요?"

"아니, 이것은 누구 것인지 몰라. 그러나 시대는 오래되었지. 겐무建武 시대(1334~1338년)에 만들어진 것인지도 몰라."

"겐무 시대 것일지는 모르나, 간게쓰 군은 완전 황당한 꼴을 당했지. 구샤미 군, 오늘 돌아오는 길에 대학을 지나던 참에 마침 좋은 기회라 생각해 이과대 건물에 들러 물리 실험실을 구경했는데, 이 투구망치가 쇠로 된 것이라서 자력성 기계가 망가지는 바람에 큰 난리가 났지."

"아니, 그럴 리가 없어. 이것은 겐무 시대의 쇠로 성질이 좋은 쇠니까 결코 그런 염려는 없어."

"아무리 성질이 좋은 쇠라도 소용없어요. 실제로 간게쓰가 그렇게 말했으니 어쩔 수 없어요."

"간게쓰라는 자는 그 유리 구슬을 갈던 사람인가? 한창 젊은 나이에 안됐군. 뭔가 달리 할 일도 많을 듯한데."

"불쌍하게도 그것도 연구라고. 그 구슬을 다 갈면 훌륭한 학자가 될 수 있으니까요."

"구슬을 다 갈아서 훌륭한 학자가 될 수 있다면 누구라도 가능하지. 나도 할 수 있고말고. 유리 가게 주인도 가능하지. 그런 일을 하는 자를 중국에서는 옥인玉人이라고 하는데 극히 신분이 낮은 사람이야" 하고 말하면서 아저씨 쪽을 향해 계속 동의를 구한다.

"그렇군요" 하고 아저씨는 황송해한다.

"지금 세상의 학문은 모두 형이하학적으로, 그럴듯하지만 막상 닥치면 조금도 도움이 되지 않소. 그와 달리 옛날에는 무사가 모두 목숨을 건 직업이라 막상 닥쳤을 때 낭패를 보지 않도록 마음 수양을 했다오. 잘 아시겠지만 구슬을 갈거나 철사를 엮는 정도의 쉬운 일은 아니었소."

"그렇군요" 하고 여전히 황송해한다.

"백부님, 마음 수양이라는 건 구슬을 가는 대신 팔짱을 끼고 앉아 있어야 하는 것이죠?"

"그리 알고 있으니 답답하군. 결코 그렇게 쉬운 일이 아니야. 맹자는 구방심求放心(흐트러진 마음을 추스른다는 뜻)이라 하셨을 정도야. 소강절(중국 북송의 학자)은 심요방心要放(마음을 사물에 머무르지 않고 놓아주는 것이 필요하다는 뜻)이라고 설한 적도 있어. 또 불가에서는 중봉화상이라는 자가 구불퇴전具不退轉(중도에 뒷걸음치지 않는 변치 않는 마음을 가지라는 뜻)이라는 것을 가르쳤지. 그냥 쉽게는 안 돼."

"도저히 무슨 말인지 모르겠네요. 도대체 어떻게 하면 좋은가요?"

"자네는 다쿠안 선사의 《부동지신묘록》이라는 것을 읽은 적이 있는가?"

"아니, 들은 적도 없는데요."

"마음을 어디에 두어야 하는가. 적의 움직임에 마음을 두면 적의 움직임에 마음을 빼앗긴다. 적의 칼에 마음을 두면 적의 칼에 마음을 빼앗긴다. 적을 베려는 생각에 마음을 두면 적을 베려는 생각에 마음을 빼앗긴다. 내 칼에 마음을 두면 내 칼에 마음을 빼앗긴다. 내가 베이지 않으려는 생각에 마음을 두면 베이지 않으려는 생각에 마음을 빼앗긴다. 적의 자세에 마음을 두면 적의 자세에 마음을 빼앗긴다. 그처럼 마음은 어디에도 두어서는 아니 된다고 하지."

"잘도 잊지 않고 암송하시네요. 백부님도 꽤 기억력이 좋으십니다. 아주 기네요. 구샤미 군은 알겠는가?"

"과연" 하고 이번에도 '과연'으로 마치고 말았다.

"뭐, 그런 것이겠죠. 마음을 어디에 둘 것인가. 적의 움직임에 마음을 두면 적의 움직임에 마음을 빼앗긴다. 적의 칼에 마음을 두면……."

"백부님, 구샤미 군도 그런 거는 잘 알고 있어요. 요즘 매일 서재에서 정신 수양만 하고 있으니까요. 손님이 와도 마중 나오지 않을 정도로 마음을 놓고 있으므로 괜찮습니다."

"아, 그것참, 기특하시오. 너도 같이 하면 좋을 텐데."

"헤헤헤, 그럴 시간은 없습니다요. 백부님은 편히 지내시니까 하기 어렵지 않겠지만, 남들도 놀고 있다고 생각하시는 건가요?"

"실제 놀고 있지 않는가?"

"망중한忙中閑이 아니라 한중망閑中忙입니다."

"그렇게, 덜렁거리니 수양을 해야 한다는 거야. 망중한이라는 말은 있지만 한중망이라는 건 들은 바가 없어. 그렇죠, 구샤미 선생?"

"에에, 전혀 들은 바가 없는 것 같습니다."

"하하하, 그렇다면 졌습니다. 그런데 백부님, 오랜만에 도쿄의 장어라도 드셔야죠? 지쿠요테이에서 사드리죠. 전차로 가면 금방입니다."

"장어도 좋지만 오늘은 지금부터 스이하라를 만날 약속이 있으니, 나는 이제 실례해야겠다."

"아, 스기하라杉原요? 그 할아버지도 건강하시죠?"

"스기하라가 아니라 스이하라다. 너도 꽤 틀린 말만 해서 곤란해. 남의 이름을 잘못 기억하는 것은 실례야. 주의하거라."

"그래도 스기하라라고 쓰지 않던가요?"

"스기하라라고 쓰고 스이하라라고 읽는다."

"희한하군요."

"뭐, 희한할 것도 없어. 관습음이라고 옛날부터 있는 거야. 메미즈目見ず〔지렁이〕라 쓰고 미미즈라고 읽지. 그것이 관습음이야. 가에루かえる〔개구리〕를 가이루라고 읽는 것도 같은 거야."

"에? 몰랐네요."

"개구리를 패대기치면 뒤집어지지〔'뒤집어지다'를 '가에루'라고 함〕. 그것을 관습음으로 가이루라고 한다. 스키가기透垣〔울타리〕를 스이가이, 구키타치茎立〔무청〕를 구구다치. 모두 같은 거야. 스이하라를 스기하라라고 말하는 것은 천박하지. 주의하지 않으면 남에게 놀림을 받아."

"그럼, 그 스이하라에게 지금부터 가십니까? 곤란한데요."

"뭐, 싫다면 너는 안 가도 된다. 나 혼자 갈 테니."

"혼자서 가실 수 있나요?"

"걸어가기에는 좀 멀다. 인력거를 불러주면 타고 가지."

아저씨는 분부대로 하겠다는 듯 곧바로 하녀를 차부 집으로 보냈다. 노인은 오랜 시간에 걸쳐 구식 인사를 하고 상투머리에 중산모를 쓰고 돌아갔다. 메이테이는 집에 남았다.

"저분이 자네 백부님인가?"

"저분이 내 백부네."

"과연" 하고 다시 방석에 앉은 채 팔짱을 끼고 생각에 빠진다.

"하하하, 호걸이시지? 나도 저런 백부님이 계셔서 행복하네. 어디를 모시고 가도 저 모양이야. 자네, 놀랐지?"

메이테이 군은 오늘도 아저씨를 놀라게 했다는 생각에 무척 기뻐한다.

"뭐, 그리 놀라지는 않았어."

"이걸로 놀라지 않았다면 담력이 좋은 거네."

"그런데 백부님은 꽤 훌륭한 면이 있는 듯하네. 정신 수양을 주장하시는 점은 크게 존경할 만해."

"존경할 만한가? 자네도 이제 환갑 나이가 되면 백부님처럼 시대에 뒤떨어질지 몰라. 주의하게. 차례가 돌아와 시대에 뒤떨어진 당번이 된다는 거, 좋지만은 않네."

"자네는 계속 시대에 뒤떨어지는 것을 걱정하지만, 때와 경우에 따라 시대에 뒤떨어진 쪽이 훌륭하기도 하지. 첫째로 지금의 학문이라는 건 앞으로만 나갈 뿐 어디까지 가도 한계가 없어. 도저히 만족을 얻을 수가 없어. 그런 점에서 동양식 학문은 소극적이지만 깊은 맛이 있어. 마음 그 자체를 수양하니까."

아까 철학자에게 들은 말을 자기 말처럼 한다.

"대단한 철학이군. 왠지 야기 도쿠센 군의 말과 비슷하네."

야기 도쿠센이라는 이름을 듣고 아저씨는 깜짝 놀랐다. 실은 아까 와룡굴을 방문하여 아저씨를 설복시키고 유유히 떠나간 철학자라는 자가 바로 야기 도쿠센이고, 지금 아저씨가 점잔을 빼고 설명하는 이론은 모두 그의 말을 빌린 것이었다. 그런데 모르리라 생각했던 메이테이가 이 선생의 이름을 간발의 차도 없이 꺼냄으로써 아저씨가 하룻밤에 만든 가짜 코를 납작하게 만들었다.

"자네, 도쿠센의 설說을 들은 적이 있는가?"

아저씨는 위험하다고 생각해 넌지시 확인을 해본다.

"듣다마다. 그 친구의 설은 10년 전 학교 때부터 지금껏 전혀 바뀌지 않았지."

"진리는 그리 간단히 바뀌는 게 아니니까 바뀌지 않는 것이 더 믿음직스럽지."

"뭐, 자네 같은 팬이 있으니 도쿠센도 그것으로 견디는 거네. 첫째로 야기라는 성부터가 그럴듯하지. 수염이 마치 염소〔일본어로 '야기'라고 발음함〕 같으니까. 게다가 그 친구도 기숙사 시대부터 변함없는 모습으로 수염을 달고 있어.

도쿠센이라는 이름도 기발하지. 옛날에 내 집에 묵었을 때 바로 그 소극적 수양이라는 이론을 떠들었지. 아무리 시간이 지나도 같은 말을 계속 반복하며 그칠 생각을 하지 않아서, 내가 '자네, 이제 자야지' 하니까 '자네는 태평하군. 아니야, 나는 졸리지 않네' 하며 태연한 얼굴로 여전히 소극론을 떠드니 난처해져서 말이야.

할 수 없어서 '자네는 졸리지 않겠지만 나는 아주 졸리니 모쪼록 자주게' 하고 부탁까지 하며 재운 것까지는 좋았는데, 그날 밤에 쥐가 나와 도쿠센 군의 귓불을 물어뜯어서 말이야, 밤중에 난리가 났지.

그 친구는 깨달았다는 듯한 말을 하지만 목숨은 꽤 아까웠는지 걱정이 태산이더라고. '쥐독이 온몸으로 퍼지면 큰일이야, 자네가 어떻게 좀 해주게' 하며 나한테 졸라대는데 아주 질렸다네. 그래서 할 수 없이 부엌에 가서 종이 쪼가리에 밥알을 붙여서 대충 속여 넘겼지."

"어떻게?"

"그게 외제 고약인데, 최근 독일 명의가 발명한 것으로 인도인이 독사에 물렸을 때 사용하면 즉효가 있다고 하니 그것만 붙여두면 괜찮다고 했지."

"자네는 그때부터 사람 속이기 박사였군."

"……그러자 도쿠센 군은, 그가 또 호인 아닌가, '그렇군' 하며 안심하고 푹 잠이 들어버렸던 것이야. 아침에 일어나서 보니

고약 밑에 실밥이 매달려 염소수염에 엉킨 모습이 참 웃겼지."

"그런데 그때보다 꽤 훌륭해진 듯하네."

"자네 최근에 만났는가?"

"1주일 전에 와서 오랫동안 떠들다 갔지."

"어쩐지 도쿠센 풍의 소극설을 떠든다 했어."

"실은 그때 크게 감동해서, 나도 열심히 분발하여 수양을 하자고 생각한 거야."

"분발은 좋지만 말이야, 남이 하는 말을 그냥 받아들이는 것은 바보지. 도대체 자네는 남 말을 뭐든 순진하게 받아들이니 틀렸어. 도쿠센도 말은 훌륭하지만, 막상 닥치면 다 똑같아. 자네, 9년 전의 대지진 기억하지? 그때 기숙사 2층에서 뛰어내려 다친 사람은 도쿠센 군뿐이었다니까."

"그 행동에 대해서 그 친구는 꽤 변명이 많았지."

"그렇다니까. 본인 말을 들으면 아주 그럴듯하지. '선禪의 창끝은 날카로우니 순간적으로 재빨리 사물에 대응할 수 있다. 다른 사람들은 지진이라고 당황했지만 나는 2층 창에서 의연히 뛰어내렸으니, 그게 다 수양의 결과가 아니겠는가'라며 기쁘다고 말했지. 다리를 절룩거리면서 말이야. 지기 싫어하는 친구야. 하여튼 선禪이니 불佛이니 하며 떠드는 무리처럼 수상한 사람들은 없어."

"그런가?"

구샤미 선생은 다소 약해진다.

"요전에 왔을 때 뭐라고 선종 스님의 잠꼬대 같은 말을 했지?"

"응, '전광영리電光影裏('빛이 번쩍하는 사이에'라는 뜻)에 춘풍을 베다'라든가 하는 구句를 가르쳐주고 갔네."

"그 전광 말이야, 그 말을 10년 전부터 입에 달고 다니니 웃기는군. 무각無覺 선사〔전광영리를 말한 것은 무학無學 선사〕의 전광이라 하면 기숙사 안에서 모르는 사람이 없을 정도였지. 게다가 도쿠센은 때때로 서둘다가 거꾸로 '춘풍영리에 전광을 베다'라고 하니 재미있네. 다음에 시험해보게. 그쪽에서 침착하게 말할 때 일부러 꼬치꼬치 대들어봐. 그러면 곧 당황해서 이상한 말이 튀어나올 걸세."

"자네 같은 악동을 만나면 못 당하겠군."

"어느 쪽이 악동인지 몰라. 나는 선승입네, 깨달았네 하고 떠드는 자는 아주 질색이야. 우리 집 근처에 난조인이라는 절이 있는데, 그곳에 80세가량 되는 노인이 있어. 요전에 소나기가 많이 왔을 때 그 절에 번개가 떨어져서 정원에 있던 소나무가 쪼개졌지. 노인은 태연하게 아무렇지도 않다고 하는데 알고 보니 완전 귀머거리야. 그렇다면 태연한 것도 당연하지. 대개 그런 것이야. 도쿠센도 혼자 깨달았으면 됐지, 걸핏하면 남을 유혹하려 드니까 나빠. 실제로 도쿠센 때문에 지금 두 명이 미친놈 소릴 듣고 있다니까."

"누군데?"

"누구긴. 하나는 리노 도젠이야. 도쿠센 때문에 선학에 빠져서 가마쿠라의 절로 출가하더니, 결국 그곳에서 정신병자가 되어버렸어. 엔가쿠지 절 앞에 철도 건널목이 있지? 그 건널목으로 뛰어들어 레일 위에서 좌선을 했다네. 저쪽에서 오는 기차를 멈추게 하겠다고 기염을 토했지. 다행히 기차가 서주었기에 목숨 하나는 건졌지만, 이번에는 불에 뛰어들어도 타지 않고 물에 빠져도 죽지 않는 금강불괴金剛不壞의 몸이라며 절 안 연못에 들어가 허우적댔던 것이야."

"죽었나?"

"그때도 다행히 스님이 지나가다가 구해주었지만, 나중에 도쿄에 돌아온 후 결국 복막염으로 죽어버렸어. 죽은 것은 복막염 때문이지만 복막염에 걸린 원인은 승당에서 보리밥과 시래기만 먹은 탓이니까, 결국 간접적으로 도쿠센이 죽인 거나 마찬가지지."

"너무 빠지는 것도 선악이 있군."

아저씨는 기분이 찜찜하다는 표정을 짓는다.

"정말이야. 도쿠센에게 당한 자가 동창 중에 또 하나 있어."

"위험하군. 누구야?"

"다치마치 로바이 군이야. 그 친구도 완전히 도쿠센에게 넘어가서, 장어가 하늘로 올라간다는 등의 말만 하다가 결국 진짜가 되어버렸지."

"진짜라니, 무슨 말인가?"

"결국 장어가 하늘로 올라가고, 돼지가 신선이 되어버렸어."

"무슨 말이야, 그건?"

"야기가 도쿠센獨仙이라면 다치마치는 돈선豚仙이야. 그토록 게걸스럽게 식탐을 부리는 자도 없었어. 식탐과 선승의 악심이 동시에 발하였으니 못 말리지. 처음에는 우리도 몰랐는데, 지금 생각해보면 이상한 말만 늘어놓았지. 내 집에 와서 '자네, 저 소나무에 돈가스가 날아오지 않는가, 우리 고향에서는 어묵이 널빤지를 타고 헤엄치네' 하고 계속 이상한 말만 내뱉었지.

그냥 떠들 때는 괜찮았지만, '여보게, 집 밖 수채에 금돼지를 캐러 가세'라고 졸라대는 통에 나도 완전히 손들었네. 그 후 이삼일 지나서 결국 돈선이 되어 스가모 정신병원에 수용되어버렸지. 원래 돼지는 광인이 되기 힘든데, 병원까지 가게 된 건 다

도쿠센 때문이야. 도쿠센의 힘도 대단하네."

"그래? 지금까지 스가모에 있는가?"

"있다뿐인가, 혼자 잘나서 대기염을 토하고 있지. 요즘은 다치마치 로바이라는 이름이 시시하다며 스스로 텐도 고헤이天道公平라 칭하고 천도天道의 화신을 자처하고 있지. 섬뜩할 정도야. 한번 찾아가보게."

"덴도 고헤이?"

"그래, 덴도 고헤이야. 미치광이 주제에 멋진 이름을 붙였지. 때때로 고헤이孔平라고 쓸 때도 있어. 그리고 글쎄 세상 사람들이 헤매고 있으니 반드시 자기가 구해줘야 한다면서 친구든 누구든 마구 편지를 보내는 거야. 나도 네다섯 통 받았는데, 그중에는 꽤 두꺼운 편지도 있어서 추가 요금을 두 번 정도 물었지."

"그럼 내게 온 것도 로바이가 보낸 것이네?"

"자네한테도 왔는가? 그거 묘하군. 역시 붉은 봉투였지?"

"응, 한가운데가 붉고 좌우가 흰색이야. 색다른 봉투지."

"그건 일부러 중국에서 수입한 것이라 하네. '하늘의 도는 희다, 땅의 도는 희다, 사람은 중간에 있어 붉다'라는 돈선의 격언을 나타낸다고 하네……."

"꽤 의미심장한 봉투로군."

"미치광이라서 그런지 아주 공을 들였지. 그리고 미치광이가 되어도 식탐만은 여전히 남아 있는 듯, 매번 음식에 관한 내용이 꼭 쓰여 있으니까 묘해. 자네한테도 무슨 음식에 대해 썼을 걸?"

"응, 해삼이 있었지."

"로바이는 해삼을 좋아하니까 당연하지. 그리고 또?"

"그리고 복어랑 조선 인삼인가가 쓰여 있었네."

"복어와 조선 인삼의 조합은 훌륭하군. 아마 복어를 먹고 탈이 나면 조선 인삼을 달여 마시라는 말이겠지."

"그런 말은 아닌 듯한데."

"그런 말이 아니래도 상관없어. 어차피 미치광이니까. 그것뿐이던가?"

"또 있어. '구샤미 선생, 차라도 드시게'라는 글이 있어."

"아하하하, '차라도 드시게'는 아주 심하군. 그것으로 크게 자네를 한 방 먹인 셈이네. 멋지군. 덴도 고헤이 군 만세!"

메이테이 선생은 재미있다며 크게 웃기 시작했다.

아저씨는 적지 않은 존경심으로 반복하여 읽은 편지의 발송인이 금박 입힌 광인이라는 것을 알고 나자 최근의 열심과 고심이 왠지 헛수고인 양 느껴져 화가 치밀기도 하고, 또 정신병자의 글을 그렇게 고생하며 감상하였다고 생각하니 창피하기도 하며, 마지막으로 광인의 작품에 이렇게 감동하니 자기도 다소 머리가 이상하지 않은가 하는 의심도 생겨서, 분노와 수치와 걱정이 뒤섞인 상태에서 어딘가 침착하지 못한 표정으로 앉아 있다.

그때 현관문이 거칠게 열리고 두 사람 정도의 구두 소리가 무겁게 들리는가 싶더니, "잠깐 실례합니다" 하고 큰 소리가 들린다.

아저씨 엉덩이가 무거운 것에 반해 메이테이는 매우 가벼운 사람이므로, 하녀가 나가는 것을 기다리지도 않고 "들어오쇼"라고 말하고 현관으로 후다닥 달려나간다.

남의 집에 안내도 받지 않고 쑥쑥 들어오는 것은 불쾌하기도 하지만, 남의 집에 들어오고 나서는 서생처럼 손님 안내에 열중하니 매우 편리하다. 아무리 메이테이라도 손님이 틀림없다. 손님이 현관으로 출장 나가는데 주인인 구샤미 선생이 방에 앉아서 움직이지 않을 수는 없다. 보통 사람이라면 뒤를 쫓아 나갈 터이나, 그렇게 하지 않는 것이 바로 구샤미 선생이다. 태연하게 방석에 궁둥이를 붙이고 있다. 단지 붙이고 있는 것과 붙어 있는 것은 대충 비슷한 뜻이지만, 실제로는 매우 다르다.

현관으로 뛰어나간 메이테이는 뭔가 계속 말하고 떠들다가, 이윽고 안쪽을 향해 큰 소리로 말한다.

"어어, 주인장, 고생스럽지만 좀 나와보게. 자네가 아니면 대응이 안 돼."

아저씨는 할 수 없이 팔짱을 낀 채 어슬렁어슬렁 나온다. 쳐다보니 메이테이 군은 명함을 한 장 쥔 채 쭈그리고 앉아 있다. 매우 기품이 없는 자세다.

그 명함에는 '경시청 형사순사 요시다 도라조'라고 쓰여 있다. 도라조 군과 나란히 서 있는 자는 스물예닐곱 된 키가 크고 멋지게 생긴 남자다. 묘하게 이 남자도 아저씨처럼 팔짱을 낀 채로 아무 말 없이 서 있다. 왠지 어디서 본 듯한 얼굴이라는 생각이 들어 잘 관찰하니 본 듯한 정도가 아니다. 얼마 전 심야에 내방하여 참마를 가져간 도둑이다. 아니, 이번에는 대낮에 뻔뻔하게 현관으로 들어왔단 말인가?

"어이, 이분은 형사님인데 요전번의 도둑을 잡았으니 자네에게 출두하라는 말을 하러 일부러 오셨네."

아저씨는 그제야 형사가 찾아온 이유를 알았는지 머리를 숙이고 도둑을 향해 정중하게 인사를 했다. 도둑이 도라조 군보다 인물이 훌륭하므로 도둑을 형사라고 잘못 생각한 것이리라.

도둑도 놀란 게 틀림없으나 설마 '내가 도둑입니다'라고 말할 수도 없으니, 그저 입을 다물고 서 있다. 여전히 팔짱을 낀 채다. 당연히 수갑이 채워졌을 터이니 팔을 꺼내려고 해도 꺼낼 수가 없다.

보통 사람이라면 이 모습으로 대충 알 터이나 우리 아저씨는 요즘 사람에 어울리지 않게 관리나 경찰에게 아주 황송해하는 습관이 있다. 관의 위광이라면 아주 무서운 줄 안다. 물론 이론상으로 경찰은 국민이 세금을 내어 당번을 고용한 것과 같음을 알고 있으나, 실제 상황이 되면 매우 굽실거린다.

아저씨의 부친은 그 옛날 변두리 마을의 촌장이었으므로 상전에게 꾸벅꾸벅 고개를 숙이며 살던 습관이 있었는데 그게 원인이 되어 이처럼 자식에게 이어졌는지도 모른다. 정말로 가련하지 않을 수 없다.

형사는 이 모습을 보고 빙긋이 웃으면서 말했다.

"내일 오전 9시까지 니혼즈쓰미 분서로 와주세요. 도난품은 뭐, 뭐라고 했지요?"

"도난품은……" 하고 말을 시작했으나 공교롭게도 거의 잊어버렸다. 기억하는 것이라곤 다타라 산페이의 참마뿐이다. 참마 같은 것은 아무래도 상관없다고 생각했으나, "도난품은……"이라고 말하기 시작하고 다음이 나오지 않으면 아무래도 멍청이 같아 체면이 말이 아니다. 남이 도둑맞은 거라면 몰라도 자기가 도둑맞았으면서도 분명한 대답을 못하는 것은 팔푼이라고 생각한 듯, "도난품은, 참마 한 상자"라고 과감히 잘라 말했다.

도둑은 이때 아주 우습다는 듯 고개를 아래로 숙여 옷깃 속으로 턱을 집어 넣었다. 메이테이는 "아하하하" 웃으며 말한다.

"참마가 꽤나 아까웠나 보군."

형사만 의외로 진지하다.

"참마는 나오지 않은 듯한데 다른 물건은 거의 다 찾은 것 같군요. 어쨌거나 와서 보시면 아실 겁니다. 그리고 건네드리려면 수령증이 필요하니 잊지 말고 도장을 가져오세요. 9시까지 오셔야 합니다. 니혼즈쓰미 분서입니다. 아사쿠사 경찰서 관내의 니혼즈쓰미 분서예요. 그럼 실례합니다" 하고 혼자서 말하고 돌아간다. 도둑도 따라서 문을 나선다. 손을 뺄 수 없으니 문을 닫지 못해 열어둔 채 가버렸다. 황송해하면서도 불만스러운 듯 아저씨는 부루퉁한 얼굴로 쾅당하고 문을 닫았다.

"아하하하, 자네는 형사를 대단히 존경하는군. 누구에게나 그렇게 공손한 태도로 대하면 좋을 텐데, 형사한테만 정중하니 문제야."

"그래도 일부러 찾아와서 알려주지 않았나."

"알려주러 왔다고 해도 그쪽은 업무야. 적당히 대해도 충분하네."

"하지만 보통 일이 아니잖아."

"물론 보통 일은 아니야. 탐정이라는 아주 지저분한 일이지. 보통 일보다 하급이야."

"자네, 그런 말을 하면 잡혀가서 크게 당하네."

"하하하, 그럼 형사 욕은 그만두지. 하지만 자네가 형사를 존경하는 것은 그렇다 치고, 도둑까지 존경하니 놀라지 않을 수 없네."

"누가 도둑을 존경했는가?"

"자네가 그랬지."

"내가 도둑과 친하단 말인가?"

"자네가 도둑에게 인사를 했잖아."

"언제?"

"조금 전에 고개를 숙이고 절을 했잖아?"

"바보 같은 말, 그건 형사라고 생각해서 그랬지."

"형사가 그런 행색을 하나?"

"형사니까 일부러 그런 차림을 할 수도 있지."

"고집불통이군."

"자네야말로 고집불통이야."

"첫째, 형사가 남의 집에 와서 그렇게 팔짱을 끼고 서 있는 게 맞는가?"

"형사라고 팔짱을 끼지 않는다고는 할 수 없지."

"그렇게 끝내 억지를 부리면 어쩔 수 없지만, 자네가 인사를 할 때 그 녀석은 계속 그대로 서 있었잖아."

"형사니까 그럴 수 있지."

"끝내 자신만만이군. 아무리 말해도 듣지를 않는군."

"자네 말을 왜 들어? 자네는 말로만 도둑, 도둑 하고 떠들지 도둑이 들어오는 것을 본 것도 아니잖아. 혼자 생각하고 혼자 고집을 부리는 거야."

메이테이도 여기에 이르러 도저히 구제할 수 없는 사람이라고 단념한 듯 평소와 달리 입을 다물어버렸다. 아저씨는 오랜만에 메이테이를 꺾었다고 생각한 듯 아주 기분이 좋다.

메이테이 쪽에서 볼 때 아저씨의 가치는 고집을 부린 만큼 하락한 셈이나, 아저씨로서는 고집을 부린 만큼 메이테이보다 훌륭해진 것이다.

세상에는 이처럼 엉뚱한 일도 가끔 있다. 고집을 끝까지 부려서 이겼다고 생각할 때, 본인의 인물 시세는 크게 하락한다. 이상하게도 완고한 본인은 죽을 때까지 자기가 면목을 세웠다고 생각하므로 이후로 남이 경멸하여 상대해주지 않으리라고는 꿈에도 깨닫지 못한다. 행복하다 생각한다. 이런 행복을 돼지의 행복이라고 말하던가.

"어쨌든 내일 갈 생각인가?"

"가고말고. 9시까지 오라고 하니 8시에는 나가야지."

"학교는 어떻게 하고?"

"쉬지. 그까짓 학교."

'그까짓'이라고 말한 것은 멋져 보였다.

"대단한 기세로군. 쉬어도 되는가?"

"되고말고. 우리 학교는 월급이니까 공제될 염려가 없지. 괜찮아" 하고 솔직하게 실토해버렸다. 나름대로 잔머리를 굴리긴 했지만 아저씨는 참으로 단순한 사람이다.

"자네, 가는 것은 좋은데 길은 알고 있나?"

"모르네. 인력거 타고 가면 되겠지 뭐."

아저씨가 툭툭 받아친다.

"시즈오카 백부님에게 뒤지지 않을 도쿄 통通이니 황송하군."

"마음껏 황송하게."

"하하하, 니혼즈쓰미 분서라는 곳은 말이야, 자네, 보통 지역이 아니네. 요시와라야."

"뭐라고?"

"요시와라라고."

"유곽이 있는 요시와라 말인가?"

"그렇지. 요시와라는 도쿄에 한 군데밖에 없어. 어때, 가보고 싶나?"

메이테이 군은 다시 아저씨를 놀리기 시작한다.

아저씨는 요시와라라는 말을 듣고, '그것참' 하며 좀 주저하는 모습이었으나, 곧 생각을 돌려, "요시와라건 유곽이건, 일단

간다고 말했으니 반드시 가야지!" 하고 별것도 아닌 일에 대담성을 발휘한다. 어리석은 사람은 이런 때 곧잘 고집을 부린다.

"재미있을 거야. 잘 보고 오게." 메이테이는 간단히 말했다.

일대 파란을 일으킨 형사 건은 이것으로 일단락이 되었다. 메이테이는 그 후로도 계속 수다를 떨다가 저녁 무렵에 너무 늦으면 백부님에게 야단맞는다며 서둘러 돌아갔다.

메이테이가 돌아가고, 아저씨는 대충 저녁을 때운 뒤에 서재로 돌아와 다시 팔짱을 끼고 다음과 같이 생각하기 시작했다.

내가 감동하여 깊이 배우려고 한 야기 도쿠센 군도 메이테이의 말에 따르면 별로 배울 것이 없는 인간인 듯하다. 뿐만 아니라 그가 주장하는 학설은 왠지 비상식적이라서 메이테이가 말한 대로 다소 정신병적 계통에 속한 듯하다. 게다가 그는 분명하게 두 사람의 광인 부하를 거느리고 있다. 매우 위험하다. 함부로 다가가면 같은 계통 안으로 끌려갈 듯하다. 내가 글을 보고 경탄한 나머지 그야말로 대견식을 가진 위인이 틀림없다고 생각한 덴도 고헤이, 즉 실명으로 다치마치 로바이는 분명히 정신병자로 지금 스가모 병원에 기거하고 있지 않나.

메이테이 말이 침소봉대된 허언이라고 해도, 그가 정신병원에서 이름을 떨치며 천도의 주재자라고 자처하는 것은 분명한 사실일 것이다. 어쩌면 나도 좀 이상해졌는지도 모른다. 유유상종이라고 하니, 광인의 설에 감동하는 이상, 적어도 그 글에 동정을 표하는 이상 나 또한 광인에 가까운 사람일 것이다.

그래, 같은 틀로 찍어서 나오진 않았다 해도 처마를 나란히 하고 광인 옆에 산다면 경계의 벽 하나를 뚫고 언젠가 같은 방 안에서 무릎을 맞대고 담소할 가능성도 없지 않다. 그럼 큰일이다.

곰곰이 생각해보니 요즘 들어 내 뇌의 작용이 나도 놀랄 정도로 기기묘묘하다. 뇌액에 미세한 화학적 변화가 일어났는지 어땠는지 모르지만, 어쨌든 의지가 움직여 나타난 행위와 말에는 묘하게도 중용을 잃은 점이 많다.

혀 위와 겨드랑이 밑은 변함없는데 이뿌리에서는 미친 냄새가 나고 근육에 미친 끼가 있는 것을 어이하리. 이거 큰일이다. 어쩌면 이미 중환자가 되었는지도 모른다. 다행히도 남에게 상처를 주거나 세상에 방해가 되는 짓을 하지 않았으니, 아직 동네에서 쫓겨나지 않고 도쿄 시민으로서 존재하고 있는 것이 아닌가.

이건 소극이나 적극이라는 단계가 아니다. 우선 맥박부터 검사해야 한다. 그러나 맥에는 이상이 없는 듯하다. 머리는 좀 열이 있던가. 이것도 별로 흥분의 기미는 아니다. 그러나 아무래도 걱정이다.

이렇게 나와 광인을 비교하여 유사한 점만 헤아리고 있으면 아무래도 광인의 영역을 벗어날 수는 없을 듯하다. 이것은 방법이 잘못되었다. 광인을 표준으로 하여 나를 그곳에 갖다 붙이고 해석하니 이런 결론이 난 것이다. 만약 건강한 사람을 표준으로 하여 그 옆에 나를 두고 비교해본다면 반대의 결과가 나올지도 모른다. 그러려면 우선 가까운 것부터 시작해야 한다.

첫째로 오늘 온 프록코트를 입은 백부님은 어떨까? 마음을 어디에 두어야 하는가…… 그 말도 좀 미심쩍다.

둘째로 간게쓰는 어떨까? 아침부터 밤까지 도시락을 지참하고 구슬만 갈고 있다. 이것도 같은 부류다.

셋째로…… 메이테이? 그놈은 사람 놀리는 것을 천직으로 생각한다. 완전 양성陽性 미치광이가 틀림없다.

넷째는…… 가네다 부인? 그 악독한 근성은 온통 상식에서 벗어나 있다. 완전한 미치광이다.

다섯째는 가네다 군 차례다. 가네다 군을 만난 적은 없지만, 일단 그런 이상한 부인을 공손히 받들며 금실 좋게 살고 있으니 비범한 인간으로 봐도 지장은 없을 것이다. 비범함은 광기의 또 다른 이름이므로 일단 이자도 동류라고 봐도 좋다.

그리고…… 아직 많이 있다. 낙운관 군자들이다. 나이로 보면 아직 새싹이지만 날뛰는 점에서는 당대 최고의 호걸이다.

이렇게 헤아려보니 대개가 동류인 듯하다. 뜻밖에 마음이 편해졌다. 어쩌면 사회는 모두 미치광이의 집합인지도 모른다. 미치광이가 집합하여 서로 칼을 겨루고 다투고 욕하고 뺏으며, 그 전체가 단체로서 세포처럼 해체하고 결합하거나 결합하고 해체하면서 살아가는 것을 사회라고 하는지 모른다.

그중에서도 다소 이치를 알고 분별 있는 자는 오히려 방해가 되니, 정신병원이라는 것을 만들어 그곳에 가두고 나오지 못하게 하는 것인지도 모른다. 그렇다면 정신병원에 유폐된 자는 보통 사람이고, 병원 밖에서 날뛰는 자는 오히려 미치광이다.

미치광이도 고립되었을 때는 어디까지나 미치광이로 취급되어 버리나, 단체가 되어 세력을 이루면 건전한 인간이 되어버리는 것인지도 모른다. 큰 미치광이가 금력과 위력을 남용하여 여러 작은 미치광이들을 부려서 난폭한 짓을 하고, 남에게 훌륭한 남자라고 칭찬받는 예도 적지 않다. 뭐가 뭔지 모르겠군.

이상은 아저씨가 오늘 밤 형형한 등불 아래에서 심사숙고할 때의 심적 작용을 그대로 묘사한 것이다. 그의 두뇌가 불투명한 것은 여기에도 현저히 나타나 있다. 그는 카이저를 닮은 팔자수염을 길렀는데도 광인과 범인의 구별조차 할 수 없을 정도의 바보다.

뿐만 아니라 그는 모처럼 이 문제를 제공하여 자기 사고력에 호소하고는 결국 아무런 결론도 내지 못하고 그만두었다. 항상 그는 철저하게 생각하는 뇌력이 부족하다. 결론이 애매하여 그의 콧구멍에서 분출되는 담배 연기처럼 종잡을 수 없다는 것이 그의 논리의 유일한 특색으로 기억해야 할 사실이다.

나는 고양이다. 고양이 주제에 어떻게 주인아저씨의 심중을 이렇게 정밀하게 기술할 수 있는지 의심하는 자가 있을지 모르나, 이 정도는 고양이에게 아무것도 아니다. 나는 이래 봬도 독심술을 할 수 있다. 언제 체득했느냐는 식의 쓸데없는 질문은 하지 말아달라. 어쨌든 할 수 있다.

인간의 무릎에 올라가 자는 동안, 나는 내 부드러운 털옷을 슬쩍 인간의 배에 갖다 댄다. 그러면 한 줄기 전기가 일어나 배 속의 경위가 또렷이 내 마음의 눈에 비친다. 요전번에는 아저씨가 부드럽게 내 머리를 쓰다듬으면서 돌연 '이 고양이 가죽을 벗겨 조끼를 만들면 따뜻하겠군' 하고 당치도 않은 생각을 모락모락 피우는 것을 즉시 알아채고는 간담이 서늘해진 적도 있다. 무서운 일이다.

그날 밤 아저씨 머릿속에 일어난 이상의 생각도 그런 식으로 다행히 여러분에게 보도할 수 있게 된 것을 나의 대단한 영예로 생각하는 바다. 단, 아저씨는 '뭐가 뭔지 모르겠군'까지 생각하고 그다음에는 쿨쿨 잠들어버렸다. 내일이 되면 무엇을 어디까지 생각했는지 모두 잊어버릴 것이 틀림없다.

앞으로 혹시 아저씨가 미치광이에 관해 생각할 경우가 생긴다면, 다시 한번 처음부터 시작해야 할 것이다. 그럴 경우에 과연 어떤 경로를 통해 어떤 식으로 '뭐가 뭔지 모르겠군' 하며 끝날지는 잘 모르겠다. 하지만 몇 번을 다시 생각해도 몇 개의 경로를 거쳐도 결국에는 '뭐가 뭔지 모르겠군'으로 끝날 것은 확실하다.

10

"여보, 벌써 7시예요."

거실에서 아줌마가 말했다. 아저씨는 잠은 깼지만 일어나지 않고 저쪽으로 돌아누운 채 대답도 하지 않는다. 대답을 하지 않는 것은 이 남자의 버릇이다. 꼭 뭔가 말을 해야 할 때는 '응'이라고 한다.

'응'도 쉽사리 나오는 게 아니다. 사람이 대답하기 귀찮을 정도로 게을러지면 그것도 나름 개성적인 면은 있으나, 이런 사람은 대개 여자의 호감을 산 적이 없다. 지금 같이 사는 아줌마조차 그리 존경하지 않는 듯하니, 다른 사람의 경우는 미루어 짐작해보아도 뻔하다.

부모 형제에게 무시당하는데 생판 모르는 유곽 여자에게 인기가 있을 리 없다. 마누라에게도 인기가 없는 아저씨가 세상의 일반 숙녀에게 인기 있을 리 없다. 이성에게 인기가 없는 아저씨를 지금 일부러 폭로할 필요는 없으나, 본인은 뜻밖의 오해를 하여 사주팔자 때문에 부인에게 사랑받지 못하는 것이라는 논리를 붙이며 여전히 현실을 자각하지 못하니, 자각을 하는 데 조금이나마 도움이 되었으면 하는 친절한 마음으로 덧붙이는 것뿐이다.

시간이 되었다고 주의를 주어도 상대방이 그 주의를 무시하는 이상, '응'이라는 대답조차 하지 않는 이상, 잘못은 남편에게 있지 아내에게 있지 않다고 판단한 아줌마는 늦어도 자기는 모르겠다는 자세로 빗자루와 먼지떨이를 들고 서재 쪽으로 가버렸다. 이윽고 아줌마는 탁탁 온 서재를 터는 소리를 내며 평소처럼 청소를 시작했다.

도대체 청소의 목적이 운동에 있는지 유희에 있는지, 청소 역할을 맡지 않은 나는 알 바 없으니 모르는 체하고 있으면 지장이 없을 듯하지만, 잠시 아줌마의 청소법에 관해 말하자면 매우 무의미한 것이라고 할 수 있다.

무엇이 무의미하냐 하면, 아줌마는 단지 청소를 위한 청소를 하기 때문이다. 먼지떨이를 방문에 전체적으로 한 번 대고 빗자루로 일단 방바닥을 지나간다. 그것으로 청소는 완성됐다고 해석한다. 청소의 원인 및 결과에 관해서는 조금도 책임지지 않는다. 그러므로 깨끗한 곳은 매일 깨끗하나, 쓰레기가 있는 곳이나 먼지가 쌓인 곳은 항상 쓰레기가 있고 먼지가 쌓인다.

고삭희양告朔餼羊〔매월 초 양을 바치는 관습으로, 공자는 형식과 실질이 모두 없어지는 것보다 형식이라도 남는 것이 낫다고 했음〕이라는 고사도 있으므로, 그래도 하지 않는 것보다는 나을지도 모른다.

그러나 해도 별로 아저씨에게 도움은 되지 않는다. 도움이 되지 않는 일을 매일 고생스럽게도 하는 것이 아줌마의 훌륭한 점이다. 아줌마와 청소는 다년간의 습관으로 기계적 연상을 형성해 굳건하게 결부되어 있는데도 청소의 내용은 아줌마가 아직 태어나기 이전처럼, 먼지떨이와 빗자루가 발명되지 않은 옛날처럼 전혀 나아지지 않았다. 생각건대 이 양자의 관계는 형식논리학의 어떤 명제처럼 내용 여하에 관계없이 형식적으로 결합된 것이리라.

나는 아저씨와는 달리 늘 아침에 일찍 일어나는 편이므로 벌써 배가 고팠다. 아직 집안 식구도 상을 마주하기 전이므로 고양이 처지에 아침 식사를 얻어먹을 수 없으니, 그것이 고양이의 딱한 운명이라, 국 냄새가 내 밥그릇에서 모락모락 맛있게 피어오르는 걸 상상하니 참을 수가 없었다.

헛된 것을 헛되다고 알면서도 기대할 때는 단지 그 기대만을 머릿속에 그리며 움직이지 않고 가만있는 것이 상책이지만, 그게 쉬운 일이 아니라 마음의 기대와 실제가 합치될지 말지 꼭 시도해보고 싶어진다. 시도해보면 실망할 것이 뻔하지만, 최후의 실망을 스스로 사실로 받아들일 때까지는 인정할 수 없다.

나는 참을 수 없어 부엌으로 기어 들어갔다. 우선 부뚜막 구석에 있는 내 밥그릇 안을 들여다보니, 역시나 엊저녁에 다 핥아먹어 텅텅 빈 그릇에 창을 통해 들어온 초가을 햇빛이 조용히 신비롭게 비치고 있다.

오상은 이미 다 지은 밥을 나무통에 옮기고 이제 풍로에 올린 냄비 안을 휘젓고 있다. 솥 주위에는 끓어올라 흘러넘친 밥물의 흔적이 버석버석 몇 줄기나 달라붙어 어떤 것은 닥종이를 붙인 듯 보인다.

이제 밥도 국도 다 되었으니 그만 주어도 될 텐데 하고 생각했다. 이런 때에 예의를 차리는 것은 소용없다. 설령 내가 원하는 대로 되지 않아도 어차피 손해는 아니므로, 과감히 아침밥을 재촉해야겠다. 아무리 식객 처지지만 배고픈 것은 똑같다. 그렇게 생각한 나는 야옹야옹 하며 아첨하는 듯 호소하는 듯, 혹은 원망하는 듯 울어보았다.

오상은 전혀 돌아볼 기색이 없다. 천성적으로 다각형이라 인정이 없는 것은 옛날부터 알고 있었지만, 잘 울어서 동정을 불러일으키는 것이 내 수완이다. 이번에는 야공야공 울어보았다.

그 울음소리는 내가 듣기에도 비장한 느낌을 띠어 타향살이 나그네의 애절한 슬픔을 자아내기에 족하다고 믿었다.

오상은 무뚝뚝하게 전혀 돌아보지 않는다. 이 여자는 귀머거리인지도 모른다. 귀머거리가 하녀로 일할 리는 없으나, 어쩌면 고양이 소리만 듣지 못하는 귀머거리일 것이다.

세상에는 색맹이라는 것이 있어서 자신은 완전한 시력을 갖추었다고 생각하나 의사 관점에서는 병신이라고 하는데, 오상은 성맹聲盲일 것이다. 성맹도 병신이 틀림없다.

병신인 주제에 엄청 건방지다. 또 밤중에는 내가 아무리 용무가 있으니 열어달라고 말해도 결코 열어준 적이 없다. 때로 밖으로 나가게 해주었다고 생각하면 이번에는 아무래도 안에 들어오지 못하게 한다. 여름에도 밤이슬은 몸에 좋지 않다. 하물며 서리는 더욱 그러한데, 처마 밑에서 밤을 새며 일출을 기다리는 것은 얼마나 괴로운지 도저히 상상할 수 없을 정도다.

요전번에 문이 잠겨 들어가지 못한 날에는, 들개의 공격을 받아 큰 위험에 처해 간신히 창고 지붕으로 뛰어올라 밤새도록 떨면서 지낸 적도 있다. 이러한 일들은 모두 오상의 몰인정에서 배태된 불편이다. 이런 자를 상대로 하여 울어봤자 반응이 나올 리는 없으나, 배가 고프면 뭐든 못하리, 아무 짓이라도 할 마음이 된다.

야호옹야호옹 하고 세 번째에는 주의를 환기하려고 특히 복잡한 울음소리를 내보았다. 나로서는 베토벤의 심포니에도 뒤떨어지지 않는 미묘한 음이라고 확신하나, 오상에게는 아무 영향을 미치지 못한 듯하다.

오상은 돌연 무릎을 꿇고 널빤지를 하나 들춰 그곳에서 기다란 참숯 하나를 끄집어내었다. 그리고 참숯을 풍로 모서리에 탁탁 두드리니, 긴 것이 세 개 정도로 쪼개지면서 근처는 숯가루로 새카매졌다.

어느 정도 국 안에도 들어간 듯하다. 오상은 그런 것에 신경 쓰는 여자가 결코 아니다. 곧바로 쪼개진 숯 세 개를 냄비 아래 풍로에 집어넣었다. 도저히 고양이의 심포니에는 귀를 기울여 줄 것 같지 않다. 할 수 없어 홀연히 거실 쪽으로 돌아가려고 목욕탕 옆을 지나가는데, 여기에는 여자 아이 세 명이 세수를 하는 중이라 꽤나 번잡스럽다.

세수를 한다고는 하지만, 위의 두 아이는 유치원생이고 셋째는 언니 꽁무니를 쫓아가기도 힘든 어린 아기이므로 제대로 얼굴을 씻고 단장을 할 리가 없다.

가장 작은 아이가 양동이 안에서 젖은 걸레를 끄집어내어 계속 얼굴을 문지르고 있다. 걸레로 얼굴을 씻는 것은 필시 기분이 찜찜하겠지만, 지진으로 흔들릴 때마다 재미있다고 하는 아이니 이 정도 짓은 놀랄 일도 아니다. 어쩌면 야기 도쿠센 군보다 더 도통했는지도 모른다.

역시 장녀는 장녀라 스스로 가장 언니라고 생각하므로, 깜짝 놀라 양치컵을 와당탕 바닥에 내던지고, "아기야, 그건 걸레야" 하고 걸레를 떼내려고 한다. 아기도 꽤 고집불통이라 쉽사리 언니 말을 들으려고 하지 않는다.

"싫어, 바부" 하고 말하면서 걸레를 도로 잡아당긴다. 이 '바부'라는 단어는 어떤 의미이며 어떤 어원이 있는 말인지 아무도 아는 이가 없다. 단지 이 아기가 성질을 부릴 때 종종 사용될 뿐이다.

걸레는 이때 언니 손과 아기 손에 의해 좌우로 당겨지므로 물을 머금은 한가운데에서 뚝뚝 물방울이 가차 없이 아기 다리에 떨어진다. 발만이라면 봐줄 만하나 무릎 부위가 흠뻑 젖는다. 아기는 이래 봬도 겐로쿠〔무늬가 화려한 여성 옷. 원래는 겐로쿠 시대(1688~1704년)에 유행한 크고 화려한 무늬 옷〕를 입고 있다. 언니는 중간 크기 무늬가 있는 옷이라면 뭐든 겐로쿠라고 한다. 도대체 누구에게 배웠는지 모르겠다.

"아기야, 겐로쿠가 젖으니까 그만둬, 응?" 하고 언니가 유식한 말을 한다. 그렇지만 이 언니는 바로 요전까지 겐로쿠를 쓰고로쿠〔두 개의 주사위로 하는 놀이〕로 잘못 알던 '지식인'이다.

겐로쿠라는 말이 나온 김에 덧붙이지만, 이 아이의 단어 오용은 아주 심해서 때때로 사람을 놀라게 한다. 화재로 기노코〔버섯이라는 뜻. 원래는 불꽃이라는 뜻의 히노코나가 맞는 말〕가 날아오거나 오차노미소〔차의 된장국이라는 뜻. 원래는 지명 오차노미즈가 맞는 말〕 여학교에 간다고 말하는가 하면, 에비스〔7복신의 하나〕와 다이도코로〔부엌이라는 뜻. 7복신의 하나인 다이고쿠텐과 혼동〕를 나란히 열거하기도 한다. 또 어떤 때는 "나는 와라다나〔초가집〕의 아이가 아니야"라고 하는데, 잘 물어보면 우라다나〔뒷골목 집〕와 와라다나를 혼동한 것이다.

아저씨는 이런 잘못을 들을 때마다 웃고 있으나, 자기가 학교에 나가 영어를 가르칠 때도 이보다 웃긴 오류를 진지하게 학생에게 들려주고 있을 것이다.

아기는, 자신은 아기라고 하지 않고 항상 앙아라고 하지만, 겐로쿠가 젖은 것을 보고, "겐도코가 차가"라고 말하고 울기 시작했다. 겐로쿠가 젖어 감기에라도 걸리면 큰일이니 오상이 부엌에서 뛰어와서 걸레를 들어내고 옷을 닦아준다.

이 소동의 와중에 비교적 조용한 아이는 둘째 슨코 양이다. 슨코 양은 저쪽으로 등을 돌린 채 선반에서 굴러떨어진 분갑을 열고 계속 화장을 하고 있다. 분을 묻힌 손가락으로 코 위를 문지르니 세로로 흰 줄이 생겨서 코의 모습이 약간 분명해졌다. 다음에 손가락을 옮겨 볼 위를 문지르니 그곳에 또 하얀 원이 생겼다. 이만큼 화장이 정돈된 즈음 하녀가 들어와서 아기 옷을 닦는 김에 슨코의 얼굴도 닦아버렸다. 슨코는 다소 불만스런 표정이다.

나는 이 광경을 옆에서 본 뒤에 거실에서 아저씨 침실로 와서 이제 일어나셨나 하고 살며시 들여다보니, 아저씨 머리는 어디에도 보이지 않는다. 그 대신 250밀리미터 정도 되는 두툼한 발 하나가 이불 자락에서 벗어나 있다. 머리가 드러나 있으면 아줌마가 깨울까 봐 그게 싫어서 머리를 처박고 숨은 것이리라. 거북이 같은 사람이다. 그곳에 서재 청소를 마친 아줌마가 다시 먼지떨이와 빗자루를 들고 온다. 아까처럼 문 입구에서, "아직 안 일어났나요?" 하고 말을 건 채 잠시 서서 머리가 나오지 않은 이불을 쳐다본다. 이번에도 대답이 없다. 아줌마는 방문에서 두 걸음 정도 나아가 빗자루로 툭 건드리면서, "아직인가요, 당신?" 하고 거듭 대답을 기다린다.

이때 아저씨는 이미 눈을 뜨고 있다. 잠이 깼으니 아줌마의 습격에 대비하려고 미리 이불 속으로 머리를 감춘 것이다. 머리만 내밀지 않으면 봐줄 수도 있으리라는 헛된 기대를 하고 누워 있었는데, 웬만해서는 용서해줄 것 같지 않다.

아줌마의 첫 번째 소리는 문지방 위라 적어도 2미터 간격이 있으니 일단 안심이라고 생각했는데, 툭하고 건드린 빗자루가 벌써 1미터 거리로 다가온 것에는 좀 놀랐다. 뿐만 아니라 두 번째의 "아직인가요, 당신?"이 거리나 음량에서 전보다 배 이상의 기세로 이불 안까지 들렸으므로, 이젠 틀렸다는 각오를 하고 작은 소리로 "응" 하고 대답했다.

"9시까지 가셔야 하잖아요. 빨리 서둘지 않으면 늦어요."

"그리 말하지 않아도 금방 일어나" 하고 이불 소매를 통해 대답한 것은 가관이다. 항상 이런 식으로 일어나겠지 안심하면 다시 기어들곤 하니 아줌마는 방심할 수 없다고 생각해, "자, 일어나세요" 하고 재촉한다.

일어난다고 대답했는데도 또다시 일어나라고 몰아세우는 것은 화가 나는 일이다. 아저씨처럼 제멋대로인 사람은 더욱 화가 난다. 이에 이르러 아저씨는 지금껏 머리부터 뒤집어쓴 이불을 단번에 걷어치웠다. 보니까 커다란 두 눈을 모두 뜨고 있다.

"뭐가 그리 시끄러워. 일어난다고 했잖아."

"말만 하고 일어나지 않잖아요."

"누가 언제 그런 거짓말을 했어?"

"항상 그렇죠."

"웃기지 마."

"누가 웃긴지 모르겠네요."

아줌마가 화가 나서 빗자루를 짚고 머리맡에 있는 모습은 씩씩했다.

이때 뒷집 차부네의 아이 얏 짱이 갑자기 큰 소리를 내고 "앙……" 하고 울기 시작했다. 얏 짱은 아저씨가 화만 내면 반드시 울음을 터뜨리도록 차부 집 아줌마에게서 명령을 받은 것이다.

차부 집 아줌마는 아저씨가 화를 낼 때마다 얏 짱을 울려서 용돈이나 벌지 모르지만, 얏 짱이야말로 고역이다. 그런 어머니를 두었기에 아침부터 밤까지 계속 울어야 한다.

그런 사정을 헤아려 아저씨가 다소 화내는 것을 자제한다면 얏 짱의 수명도 조금은 늘어날 텐데, 아무리 가네다 군에게 부탁을 받았다고 해도 이런 어리석은 짓을 하는 것은 덴도 고헤이 군보다도 심각한 상태라고 판단해도 좋으리라.

화를 낼 때마다 울어야 한다면 그래도 여유가 있지만, 가네다 군이 근처 부랑자를 고용하여 시커먼 너구리라고 놀릴 때마다 얏 짱은 울어야 한다. 아저씨가 화를 낼지 안 낼지 아직 확실치 않아도 반드시 화낼 것이라고 예상하여 미리 앞서 얏 짱을 울린다. 그러면 아저씨가 얏 짱인지, 얏 짱이 아저씨인지 확실치 않게 된다.

아저씨를 놀리는 데 힘은 들지 않는다. 그저 살짝 얏 짱을 나무라면 아무런 수고 없이 아저씨의 뺨을 때린 셈이 된다.

옛날 서양에서 범죄자를 처벌할 때 본인이 국경 밖으로 도망가 잡지 못할 경우에는 인형을 만들어 사람 대신 화형을 했다고 하는데, 그들 중에도 서양 고사에 통달한 군사軍師가 있는 듯 멋진 계략을 만든 것이다.

낙운관이 그렇고, 얏 짱의 어머니가 그렇고, 힘없는 아저씨에게는 필시 난적이리라. 그 밖에도 난적은 여럿 있다. 어쩌면 온 동네 사람이 모두 난적일지 모르나, 단지 지금은 관계가 없으므로 차차 시간 나는 대로 소개하고자 한다.

얏 짱의 울음소리를 들은 아저씨는 아침부터 매우 신경질이 난 듯 곧바로 벌떡 이불 위로 일어나 앉았다. 이렇게 되면 정신수양이고 야기 도쿠센이고 아무것도 필요 없어진다.

이불 위에 앉아서 양손으로 박박 두피가 벗겨질 정도로 머릿속을 긁는다. 1개월이나 쌓인 비듬은 주저 없이 목덜미와 잠옷 위로 떨어진다. 대단한 장관이다.

수염은 어떤가 보면 이것 또한 놀랄 만하게 쑥 뻗쳐 있다. 주인이 화내고 있는데 수염만 침착하면 미안하다는 것인지, 하나하나 성질을 부리고 제멋대로 사방팔방 맹렬한 기세로 돌진하고 있다. 대단한 구경거리다.

어제는 거울에 대한 체면도 있으므로 점잖게 독일 황제 폐하 흉내를 내어 정렬하였으나 하룻밤 자면 훈련이고 뭐고 효과가 없어진다. 곧바로 본래 면목으로 돌아가 각자의 길을 가는 것이다. 마치 아저씨가 하룻밤 동안 쌓은 정신 수양이 다음 날이 되면 닦인 듯 깨끗하게 사라져 타고난 멧돼지 본성이 곧바로 전면을 드러내는 것과 같다.

이런 난폭한 수염을 가진 난폭한 사람이 잘도 지금까지 잘리지 않고 교사로 일해왔다고 생각하니, 비로소 일본이 넓다는 것을 알게 된다. 넓으니까 가네다 군과 가네다 군의 개들이 인간으로서 통용되고 있으리라. 그들이 인간으로서 통용되는 동안에는 아저씨도 면직될 이유가 없다고 확신하는 듯하다. 막상 닥치면 스가모 정신병원으로 엽서를 보내 덴도 고헤이 군에게 물어보면 곧 알 것이다.

이때 아저씨는 어제 설명한 혼돈스러운 태곳적 눈을 최대한 크게 뜨고 건너편 선반을 뚫어지게 바라보았는데, 높이 1.8미터를 가로로 나누어 위아래에 각각 두 개의 문을 단 것이다.

아래 선반은 이불 끝과 닿을 정도 거리에 있으므로 일어나 앉은 아저씨가 눈만 뜨면 자연스레 이쪽으로 시선이 가게 되어 있다.

무늬가 있는 겉종이가 군데군데 뚫려 요란스런 속지가 보인다. 속지에는 여러 가지가 있다. 어떤 것은 인쇄판이고 어떤 것은 육필이다. 어떤 것은 뒤집혀 있고 어떤 것은 거꾸로다.

아저씨는 이 속지를 바라보자마자 무엇이 쓰여 있는지 읽고 싫어졌다. 지금까지 차부 집 아줌마라도 붙잡아 콧방망이를 소나무에 문질러주고 싶을 정도로 화가 났던 아저씨가 돌연 이 폐지를 읽어보고 싶어진 것은 이상하지만, 이런 양성 신경질쟁이에게는 드물지 않은 일이다. 아이가 울 때 모나카 하나만 갖다 대면 금세 웃는 것과 같다.

아저씨가 옛날 어느 절에 하숙하던 시절, 옆방에 비구니가 대여섯 명 있었다. 비구니는 원래 심술궂은 여자 중에서도 가장 심술궂은 부류인데, 그녀들은 아저씨의 성질을 간파한 듯 냄비를 두드리면서 "울다가 웃으면 엉덩이에 뿔이 난다"고 박자를 맞추며 노래했다고 한다.

아저씨가 비구니를 아주 싫어하게 된 것은 이때부터라고 하는데, 비구니를 싫어했지만 그녀들의 말이 맞다. 아저씨는 울거나 웃거나 기뻐하거나 슬퍼하는 감정이 남들보다 배 이상이지만 그 어느 것도 오래간 적이 없다. 좋게 말하면 집착이 없고 항상 상황에 마음이 적응한다고 하겠지만, 이것을 속어로 번역하여 쉽게 말하자면 깊이가 없고 경박하고 고집만 센 변덕쟁이라고 할 수 있다.

이미 그런 사람이니, 싸울 듯한 기세로 욱하고 일어난 아저씨가 갑자기 마음을 바꾸어 선반의 속지를 읽게 된 것도 당연한 일이다.

가장 먼저 눈에 들어온 것은 거꾸로 붙인 이토 히로부미의 초상이다. 위를 보니 메이지 11년 9월 28일로 되어 있다. 한국통감 이토는 그때도 포고령 꽁무니를 쫓아다녔나 보다.

이 위인은 그때 무엇을 하였을까? 잘 보이지 않는 것을 읽어보니 대장경大藏卿〔재무장관〕이라 되어 있다. 과연 훌륭한 사람이다. 아무리 거꾸로 붙어 있어도 대장경이다. 조금 왼쪽을 보니 이번에는 대장경이 옆으로 누워 낮잠을 자고 있다. 당연하지. 거꾸로는 그리 오래 있을 수 없다.

아래쪽에 커다란 인쇄체로 '너는'이라는 두 글자만 보인다. 그다음을 보고 싶으나 노출되어 있지 않다. 다음 줄에는 '빨리'라는 두 자만 보인다. 역시나 읽고 싶으나 그것만 보일 뿐 더는 단서가 없다.

만약 아저씨가 경시청 탐정이라면 남의 것이라도 상관없이 잡아 뜯었을 것이다. 탐정 중에는 고등교육을 받은 자가 없으므로 사실을 적발하기 위해서는 뭐든지 한다. 그것은 유감스러운 일이다. 바라건대 좀 자제를 해주었으면 한다. 자제하지 않은 과도한 수사로 적발된 사실은 인정하지 말았으면 좋겠다.

듣건대 그들은 근거 없는 사실로 양민에게 죄를 씌우는 일도 있다고 한다. 양민이 돈을 내어 고용한 자가 고용주에게 죄를 씌운다면 이것 또한 대단한 미치광이다.

다시 눈을 돌려 한가운데를 보자 오이타 현이 공중회전을 하고 있다. 이토 히로부미도 거꾸로 서 있을 정도니, 오이타 현이 공중회전을 하는 것은 당연하다. 아저씨는 여기까지 읽은 뒤에 양 주먹을 쥐고 높게 천장을 향해 뻗었다. 하품 준비 자세다.

이 하품도 고래의 포효처럼 굉장히 이상한 것으로, 그것이 일단락을 고하자 아저씨는 천천히 옷을 갈아입고 세수를 하러 목욕탕으로 갔다.

아줌마는 기다렸다는 듯이 서둘러 이불을 둘둘 개고 여느 때처럼 청소를 시작한다. 청소가 여느 때와 같은 것처럼 아저씨의 세수도 10년을 하루같이 똑같다.

저번에 소개했듯 의연하게 '악악, 왝왝'을 반복한다. 이윽고 머리 가르마를 타고 수건을 어깨에 걸치고 거실로 납시어 초연하게 화로 옆에 자리를 잡는다.

화로라 하면 느티나무 무늬목 상자에 재 넣는 입구가 구리로 되어 있고, 감은 머리를 한 여자가 한쪽 무릎을 세우고 기다란 담뱃대로 테두리를 두드리는 모습을 상상하는 독자도 있을 것이나, 우리 구샤미 선생의 화로는 결코 그런 멋진 것이 아니다.

보통 사람은 무엇으로 만들었는지 알 수도 없을 정도로 고아한 것이다. 화로는 잘 닦아서 반짝반짝 빛나게 관리해야 하는데, 이 물건은 느티나무인지 벚나무인지 오동나무인지 애초부터 불분명한데다 거의 닦은 적도 없이 시커멓게 생겨서 내세울 것이 거의 없다.

이런 것을 어디서 사 왔는가 하면, 결코 산 기억은 없다. 그렇다면 그냥 받은 것인가 했더니 준 사람도 없다고 한다. 그렇다면 훔친 물건인지 규명해보았더니 그 부분은 좀 애매하다.

옛날에 친척 가운데 노인이 있었는데 그가 죽었을 때 당분간 보관해달라고 부탁을 받은 적이 있다. 그런데 그 후 한 가정을 이루어 노인 집을 떠날 때 자기 것처럼 사용하던 화로를 아무 생각 없이 그냥 가져와버렸다고 한다.

좀 질이 나쁜 듯하다. 생각하면 질이 나쁜 듯하나, 이런 일은 세상에 왕왕 있다고 생각한다. 은행가도 매일 남의 돈을 맡으니 남의 돈이 자기 돈처럼 보인다고 한다. 공무원은 국민의 심부름꾼이다. 용무를 대신 시키기 위해 어떤 권한을 위탁한 대리인 같은 자다. 그런데 위임받은 권력을 등에 업고 매일 사무를 처리하고 있으면, 그 권력이 자기 소유이며 국민은 거기에 대해 아무런 말도 할 이유가 없다고 착각한다.

이런 사람이 세상에 가득한 이상 화로 사건으로 아저씨에게 도둑 근성이 있다고 단정할 수는 없다. 만약 아저씨에게 도둑

근성이 있다고 하면, 천하 사람들 모두에게 도둑 근성이 있다.

화로 옆에 진을 치고 식탁을 앞에 둔 아저씨의 3면에는 아까 걸레로 얼굴을 닦던 아기와 '오차노미소' 학교에 간다는 돈코, 그리고 분갑에 손가락을 쑤셔 넣은 슨코가 이미 모여 앉아 아침밥을 먹고 있다.

아저씨는 일단 세 딸의 얼굴을 번갈아 바라보았다. 돈코의 얼굴은 칼자루 보호대처럼 윤곽이 둥글다. 슨코도 핏줄이 같은 동생이라 다소 언니 모습을 닮아 쟁반처럼 둥글다. 단지 아기만 혼자 색다르게 얼굴이 길게 생겼다.

단 세로가 길면 세상에 그런 얼굴이 적지 않으나, 이 아기는 옆으로 길다. 아무리 유행이 쉽게 변한다 해도 옆으로 긴 얼굴이 유행할 수는 없을 것이다. 아저씨는 자기 자식이지만 걱정이 될 때가 있다.

그래도 성장은 할 것이다. 아니 성장하는 건 문제가 아니다. 우후죽순의 기세로 자란다. 아저씨는 또 많이 컸구나 생각할 때마다 뒤에서 누가 쫓아오는 것 같은 느낌이 들어 불안하다.

아무리 삭막한 아저씨라도 세 자식이 딸이라는 것 정도는 알고 있다. 딸인 이상 어떻게든 시집을 보내야 하는 것도 알고 있다. 알고는 있지만 시집보낼 수완이 없다는 것도 자각하고 있다. 그래서 자기 자식이면서도 어떻게 해야 할지 난처하다. 난처할 정도면 아예 만들지 않았으면 좋았을 테지만, 그게 인간이다. 인간의 정의를 말하자면 달리 아무것도 필요 없다. 단지 쓸데없는 것을 만들어내서 스스로 고생하는 자라고 하면, 그것으로 충분하다.

과연 아이들은 대단하다. 이렇게 아버지가 궁한 처지에 있는 줄은 꿈에도 모르고 즐겁게 밥을 먹는다. 그런데 못 말리는 것은 아기다. 아기는 올해 세 살이므로 아줌마가 일부러 식사 때는 세 살에 맞는 작은 젓가락과 밥공기를 주는데, 아기는 결코 말을 듣지 않는다. 반드시 언니 밥공기를 뺏고 언니 젓가락을 빼앗아서, 자기가 다루기 힘든 것을 억지로 해보려고 한다.

세상을 바라보면 무능무재의 소인일수록 몹시 설치며 주제넘은 관직에 오르려고 하는데, 그러한 성질은 모름지기 유아기부터 싹을 틔운 것이다. 그 원인이 되는 것이 이처럼 뿌리 깊으므로 교육과 훈계로 없앨 수 없음을 깨닫고 일찍이 체념하는 게 좋다.

아기는 옆에서 뺏은 위대한 밥그릇과 장대한 젓가락을 전유하고 마음껏 난폭한 행동을 한다. 제대로 사용도 못하는 걸 계속 사용하려고 하므로 자연히 행동이 거칠어지지 않을 수 없다.

아기는 우선 두 젓가락의 아래를 한꺼번에 쥐고 밥공기를 푹 찔렀다. 밥공기 안에는 밥이 8할 정도 담겨 있고 그 위에 된장국이 가득 차 있다. 젓가락 힘이 밥공기에 전달되자마자 갑자기 습격을 받아 지금까지 간신히 균형을 유지하던 것이 30도 정도 기울어진다. 동시에 된장국은 가차 없이 줄줄 가슴 언저리에 흐르기 시작한다.

아기는 그 정도로 항복할 리가 없다. 아기는 폭군이다. 이번에는 푹 찌른 젓가락을 힘껏 위로 올렸다. 동시에 작은 입을 밥공기 테두리에 대고 튀어오른 밥알을 한껏 입 안에 수납한다.

입에 들어가지 못하고 흘러버린 밥알은 누런 국물과 조화를 이루어 콧등과 볼과 턱에 얏 소리를 지르며 달라붙었다. 달라붙지 못하고 바닥에 흩어진 것은 헤아릴 수도 없다.

꽤 무분별한 식사법이다. 나는 삼가 유명한 가네다 군 및 천하의 세력가에게 충고한다. 그대들이 타인을 다루는 것은 아기가 난폭하게 밥공기와 젓가락을 다루는 것과 같아서 입에 뛰어드는 밥알은 극히 적다. 필연적 기세로 뛰어드는 것이 아니라 당황하여 뛰어드는 것이다. 모쪼록 재고를 바란다. 세상 물정에 밝은 민완가에게도 어울리지 않는 짓이다.

언니 돈코는 자기 젓가락과 밥공기를 아기에게 약탈당하고 어울리지 않게 작은 것을 들고 아까부터 참고 있었으나, 원래가 너무 작은 것이므로 밥을 가득 담았어도 단 세 입에 다 먹어버린다. 따라서 빈번하게 밥통 쪽으로 손이 간다. 벌써 네 공기를 먹고 이번이 다섯 공기째다.

돈코는 밥통 뚜껑을 열고 큰 주걱을 든 채 잠시 바라본다. 먹을까 말까 주저하는 듯하다가 결국 결심한 듯 누룽지가 없는 곳을 가늠하며 주걱에 밥을 얹는 데는 무난히 성공했으나, 그것을 뒤집어 그릇에 넣으니 그릇에 미처 들어가지 못한 밥은 덩어리째 바닥에 굴러떨어졌다. 돈코는 놀라는 기색도 없이 떨어진 밥을 정성스럽게 줍기 시작했다. 주워서 무엇을 하는가 보니, 모두 밥통 안에 도로 넣어버렸다. 좀 지저분하다.

아기가 일대 활약을 시도하여 젓가락으로 밥을 튀겨 올린 때는 마침 돈코가 밥을 다 담은 참이다. 역시 언니는 언니인지 아기 얼굴이 너무도 지저분한 것을 보지 못하겠다는 듯, "어머, 아기야, 난리 났네. 얼굴이 밥알투성이야" 하며 곧 아기 얼굴 청소에 임한다.

우선 콧등에 기거하던 것을 제거한다. 제거하여 버리는 게 아니라, 웬걸, 곧 자기 입속에 넣어버리니 놀랍다. 그리고 뺨에 붙은 밥알에 덤벼든다. 여기에는 꽤 무리를 지어 숫자로 치면 양 뺨을 합해 약 20알은 될 것이다. 언니는 열심히 한 알씩 떼어 먹고는, 이윽고 동생 얼굴에 있는 놈을 하나도 남기지 않고 먹어치웠다.

그때 이제껏 얌전히 단무지를 씹던 슨코가 갑자기 가득한 된장국 안에서 고구마 조각을 건져 기세 좋게 입 안에 넣었다. 여러분도 알겠지만 입에 넣었을 때 국에 든 고구마처럼 뜨거운 것도 없다. 어른도 주의하지 않으면 화상 입은 느낌이다. 하물며 슨코처럼 고구마에 경험이 적은 자는 물론 낭패할 터이다.

슨코는 '왁' 하면서 입 안 고구마를 식탁 위에 뱉어냈다. 그 두세 조각이 어떻게 굴렀는지 아기 앞까지 미끄러져 와서 마침 적당한 거리에서 멈췄다. 아기는 고구마를 아주 좋아한다. 아주 좋아하는 고구마가 눈앞에 날아왔으므로 곧 젓가락을 내던지고 손으로 잡아 우걱우걱 먹어버렸다.

아까부터 이 꼬락서니를 목격하던 아저씨는 한마디도 하지 않고 오로지 자기 밥과 국을 먹었으며, 이때는 이미 이쑤시개로 이를 쑤시는 중이었다. 아저씨는 딸의 교육에 관해 절대적 방임주의를 고집하는 듯하다. 장래에 세 딸이 여학생이 되어 셋다 약속이나 한 듯 정부를 만들어 가출한다 해도, 여전히 자기 밥을 먹고 자기 국을 마시고 태연하게 지켜보리라.

아저씨가 무능한 사람이기는 하다. 그러나 지금 세상에 유능하다는 사람을 보면, 거짓말로 사람을 낚고, 눈 감은 사람 코 베어가고, 허세를 부려 사람을 위협하고, 사람을 꾀어 구렁텅이에 빠뜨리는 사람뿐이다. 중학생 같은 애송이도 이를 흉내 내어 이렇게 해야 행세를 한다고 잘못 알고 있으니, 원래는 얼굴을 붉히며 부끄러워해야 당연한 것을 득의양양하게 이행하며 미래의 신사라고 생각하고 있다. 이런 자는 유능한 사람이라 할 수 없다. 무뢰한이라고 해야 한다.

나도 일본 고양이니까 다소 애국심이 있다. 이런 사람을 볼 때마다 때려주고 싶어진다. 이런 자가 한 사람이라도 늘어나면 나라는 그만큼 쇠퇴한다. 이런 학생이 있으면 학교의 치욕이요, 이런 국민이 있으면 나라의 치욕이다. 치욕인데도 세상에서 빈둥거리고 있는 것은 납득하기 어렵다.

일본인은 고양이 정도의 기개도 없는 듯하다. 한심한 일이다. 이런 놈팡이들에 비하면 아저씨는 훨씬 나은 인간이라고 할 수 있다. 패기가 없으나 훨씬 월등하다. 무능한 것이 월등한 것이다. 약삭빠르지 않은 것이 월등한 것이다.

이렇게 무능하게 빈약한 식사를 그럭저럭 무난히 마친 아저씨는 이윽고 양복을 입고 인력거를 타고 니혼즈쓰미 경찰서에 출두하기에 이르렀다.

대문을 나서서 인력거꾼에게 니혼즈쓰미라는 곳을 아는가 물으니, 인력거꾼은 헤헤헤 웃었다. "유곽이 있는 요시와라 부근의 니혼즈쓰미 말일세" 하고 다시 확인을 시켜주는 걸 보니 웃음이 나왔다.

아저씨가 드물게도 인력거로 외출한 뒤에 아줌마는 여느 때처럼 식사를 마치고, "자, 학교에 가야지. 늦겠다" 하고 재촉했다. 그러자, 아이들은 태평스럽게, "오늘은 노는 날이에요" 하고 학교 갈 준비를 할 기색이 없다. "노는 날은 무슨 노는 날이야. 어서 준비해라" 하고 꾸지람하자, "어제 선생님이 노는 날이라고 했어요" 하고 언니는 움직이려고 하지 않는다.

아줌마도 이쯤 되어 다소 이상하다고 생각했는지 선반에서 달력을 꺼내 들춰보니 분명히 휴일을 나타내는 붉은 글자다. 아저씨는 휴일인지도 모르고 학교에 결근계를 보낸 것이리라. 아줌마도 모르고 우체통에 넣었을 것이다. 단지 메이테이가 실제 몰랐는지 알고도 모른 체했는지 그 점은 다소 의문이다. 이런 사실을 알고 깜짝 놀란 아줌마는 "그럼 모두 얌전히 놀아라" 하고 여느 때처럼 반짇고리를 꺼내 일에 착수한다.

그 후 30분간은 가내 평온하여 내 관심을 끌 만한 사건도 별로 일어나지 않았으나, 돌연 희한한 손님이 찾아왔다. 17, 18세 된 여학생이다. 굽이 높은 구두를 신고 보라색 하카마를 질질 끌고 머리를 주판알처럼 부풀린 여학생은 부엌 문으로 기척도 없이 올라왔다.

이 여자는 아저씨의 조카다. 학교 학생이라는데, 때때로 일요일에 와서 종종 삼촌과 싸움을 하고 돌아가는 유키에라든가 하는 이름이 예쁜 아가씨다. 당연히 얼굴은 이름만 못하고, 거리에 나가 2, 3백 미터 걸으면 흔히 만날 수 있는 인상이다.

"숙모님, 안녕하세요?"

유키에는 거실로 성큼성큼 들어와서 반짇고리 옆에 엉덩이를 내렸다.

"어머, 이리 일찍 웬일이야?"

"오늘은 대제일大祭日〔황실의 대제일〕이니까 오전 중에 잠깐 뵈려고 8시 반에 집을 나와 서둘러 왔어요."

"그래? 무슨 용무라도?"

"아뇨, 그냥 오랫동안 찾아뵙지 못해서 잠시 들른 거예요."

"잠시가 아니라도 좋으니 천천히 놀다 가거라. 곧 삼촌도 돌아올 테니."

"삼촌은 벌써 어디로 나가셨어요? 별일이 다 있네요."

"응, 오늘은 희한한 곳에 갔지. ……경찰서에 갔단다. 희한한 일이지?"

"어머, 웬일로요?"

"지난봄에 들었던 도둑이 잡혔다나 봐."

"그래서 확인하러 나오라는 거예요? 귀찮은 일이네요."

"아니, 물건을 돌려준다니까. 도둑맞은 물건이 나왔으니 가져가라고 해서, 어제 순사가 일부러 찾아왔었어."

"그럼 그렇지. 삼촌이 이렇게 일찍 나가실 리가 없죠. 평소라면 지금 주무실 시각이잖아요."

"삼촌 같은 잠꾸러기는 없으니까…… 그리고 깨우면 마구 화를 내. 오늘 아침에도 7시까지 꼭 깨우라고 해서 깨웠잖니. 그런데 이불 속으로 들어가서 대답도 하지 않는 거야. 걱정이 돼서 두 번째 깨우니까, 이불 소매를 통해 뭐라고 하는 거야. 정말 어이가 없어서."

"왜 그렇게 주무실까요? 필시 신경쇠약일 거예요."

"뭔지 모르지."

"정말로 화를 잘 내시는 분이에요. 그래도 잘도 학교에 근무하시네요."

"글쎄 학교에서는 점잖다고 하더라고."

"그럼 더 나쁘네요. 마치 곤약 염라대왕〔밖에서는 곤약처럼 부드럽고 집에서는 무서운 염라대왕 같다는 뜻〕 같잖아요."

"왜?"

"왜긴요, 곤약 염라대왕이에요. 그렇지 않아요?"

"단지 화만 내는 게 아니야. 남이 오른쪽이라 하면 왼쪽으로, 왼쪽이라 하면 오른쪽으로 하면서 뭐든지 남이 하는 말을 듣는 일이 없어. 그야말로 고집불통이지."

"청개구리죠. 삼촌은 그게 취미인 거예요. 그러니 뭔가 시키려고 할 때 반대말을 하면 내가 생각하는 대로 돼요. 요전번에 양산을 사주셨을 때도 내가 일부러 전혀 필요 없다고 말하니까 필요 없을 리가 있느냐며 곧 사주시던걸요."

"호호호, 머리 좋네. 나도 앞으로 그리해야지."

"그렇게 하세요. 안 그러면 손해 봐요."

"요전에 보험회사 사람이 와서 꼭 들라고 권하는 거야. 여러 가지 설명을 하며, 이런 이익이 있고 저런 이익이 있다고 글쎄 한 시간이나 이야기를 했는데, 끝내 들지 않았지. 저축도 없는데 이렇게 아이가 셋이나 되니 보험이라도 들어주면 나도 안심이 되겠는데, 그런 덴 조금도 신경 쓰지 않는걸."

"그렇죠, 나중에 혹시나 무슨 일이 생길지도 모르는데 당연히 불안하시죠."

17, 18세 아가씨답지 않게 아줌마 같은 말을 한다.

"그 대화를 뒤에서 듣고 있으면 정말 재밌어. 물론 보험의 필요성은 인정하지. 필요한 것이니까 회사도 존재할 테고. 그렇지만 죽지 않는데 보험에 들 필요가 없지 않느냐고 고집을 부리는 거야."

"삼촌이요?"

"그래. 그래서 보험회사 사람이 '죽지 않으면 물론 보험회사가 필요 없죠. 그러나 인간의 생명이라는 것은 질긴 듯하지만 약해서 모르는 사이에 언제 위험이 닥칠지 모릅니다'라고 하자, 삼촌은 '괜찮아, 나는 죽지 않기로 결심했으니까'라며 참 황당한 말을 하잖아."

"결심했어도 죽잖아요. 나도 꼭 합격하고 싶었는데 결국 낙제하고 만걸요."

"보험회사 사람도 그렇게 말하더라고. '수명은 자기 마음대로 되지 않습니다. 마음먹은 대로 장수할 수 있다면 죽는 사람은 하나도 없겠지요'라고."

"보험회사 사람 말이 지당하죠."

"지당하고말고. 근데 그걸 모르는 거야. '아니, 결코 죽지 않아, 맹세코 죽지 않는다고' 하며 우기는 거야."

"별나네요."

"별나고말고, 아주 별나지. 보험금을 낼 정도라면 은행에 저금하는 게 훨씬 낫다며 버티는 거야."

"저금이 있어요?"

"있기는 뭐가 있어. 자기가 죽은 뒤의 일은 조금도 신경 쓰지 않아."

"정말로 걱정이네요. 왜 그럴까요? 여기에 오시는 손님 중에도 삼촌 같은 분은 한 사람도 없을 거예요."

"있을 리가 있나. 별종이지."

"스즈키 씨에게 부탁해서 충고 좀 해주시라고 하면 좋겠네요. 그런 온화한 분이라면 아주 부탁하기도 편할 텐데요."

"그런데 스즈키 씨는 우리 집에서 평판이 나빠."

"모든 게 반대네요. 그럼 그분은 평판이 좋죠? 그러니까 그 침착하신……."

"야기 씨?"

"예."

"야기 씨한테는 아주 질려버렸지. 어제 메이테이 씨가 와서 야기 씨 욕을 해댔으니 그리 효과는 없을걸."

"그래도 괜찮지 않아요, 그렇게 침착하신 분이라면? 요전에 우리 학교에서 연설을 하셨어요."

"야기 씨가?"

"예."

"야기 씨는 유키에네 학교 선생님인가?"

"아뇨, 선생님은 아닌데요, 숙덕부인회淑德婦人會 행사 때 초대해서 연설을 들었어요."

"재미있던가?"

"글쎄요, 그렇게 재미있지는 않았어요. 그렇지만 그 선생님 얼굴이 길잖아요. 게다가 산신령처럼 수염을 기르고 있으니까 모두 감탄하면서 들었어요."

"어떤 이야기였는데?"

아줌마가 묻기 시작했을 때 마루 쪽에서 유키에의 말소리를 듣고 세 아이가 우당탕하고 거실로 난입했다. 지금까지는 울타리 밖 빈터에 나가 놀고 있었으리라.

"어머, 유키에 언니가 왔다" 하고 두 언니는 기쁜 듯이 큰 소리를 낸다. 아줌마는, "그렇게 시끄럽게 하지 말고 모두 가만히 앉아 있어라. 유키에가 지금 재미있는 이야기를 하는 중이니까."

아줌마는 바느질감을 구석으로 치워놓는다.

"유키에 언니, 무슨 이야기? 나는 이야기가 아주 좋아" 하고 말한 것은 돈코이고, "또 가치가치야마〔일본의 옛날이야기의 하나〕 이야기야?" 하고 물은 아이는 슨코다.

"아기도 이야기" 하고 말한 셋째는 언니들 사이에서 무릎을 앞쪽으로 내민다. 단, 이것은 이야기를 듣겠다는 게 아니라 아기가 이야기를 하신다는 의미다.

"어머, 또 아기 이야기가 나온다" 하고 언니가 웃자, 아줌마는 "아기는 나중에 해라. 유키에 이야기가 끝나고 나서" 하고 달래본다. 아기는 말을 잘 들으려 하지 않는다.

"싫어, 싫어" 하고 큰 소리를 낸다.

"응, 응, 그래, 좋아. 아기부터 해라. 무슨 이야기?" 하고 유키에는 양보한다.

"아가야, 아가야, 어디로 가느냐."

"재미있네. 그리고?"

"나는 논에 벼 베러 간다."

"이야기도 잘 아네."

"네가 오만 방해가 된다."

"아니, '오만'이 아니라 '오면'이지" 하고 돈코가 끼어든다. 아기는 여전히 "바부" 하고 일갈하여 곧바로 언니를 물리친다. 그러나 중간에 말이 끊어졌으므로 다음을 잊어버려 뒤가 나오지 않는다.

"아기야, 그것뿐이야?" 하고 유키에가 묻는다.

"그러니까 다음은, 방귀는 싫어. 뿡뿡해서."

"호호호, 망측한 소리. 누가 그런 말을 가르쳐줬니?"

"오상이."

"나쁜 오상이군. 그런 말을 가르치다니."

아줌마는 쓴웃음을 지었으나, "자, 이번에는 유키에 차례다. 아기는 얌전히 듣고 있거라" 하고 말하자, 대단한 폭군도 납득한 듯 그것만으로 당분간은 침묵했다.

"야기 선생의 연설은 이런 거였어요" 하고 유키에가 이윽고 입을 열었다.

"옛날에 어느 사거리 한가운데 큰 돌부처가 있었다고 해요. 그런데 그곳은 말과 수레가 지나다니는 아주 복잡한 장소라 방해가 되었고, 어쩔 수 없이 동네 사람들이 모여 회의를 한 끝에 아무래도 이 돌부처를 구석으로 치워야겠다고 결정했대요."

"그거 정말 있던 이야기야?"

"글쎄요, 거기에 대해서는 뭐라고 하시지 않아서요. 그래서 모두가 어떻게 할지 의논하는데 동네에서 가장 힘센 남자가

'어렵지 않습니다. 제가 꼭 치우죠' 하고, 혼자서 사거리로 가서 웃통을 벗어젖히고 땀을 흘리며 들어보았지만 꿈쩍도 하지 않았어요."

"아주 무거운 돌부처구나."

"예, 그래서 그 남자는 힘이 다 빠져 집에 돌아가 자버리고, 동네 사람들은 다시 의논을 했어요. 그러자 이번에는 동네에서 가장 똑똑한 남자가 자기한테 맡겨주면 한번 해보겠다고 나섰어요. 그는 무거운 상자 안에 떡을 가득 담아 부처 앞에 가져간 뒤에 '여기까지 오세요' 하면서 떡을 보였는데, 부처도 식탐이 나서 떡에게 낚이리라 생각했지만 조금도 움직이지 않았다고 해요.

똑똑한 남자는 이래서는 안 되겠다고 생각했지요. 그래서 이번에는 호리병에 술을 넣어 한 손에 호리병을 들고 또 한 손에 잔을 들고 다시 부처 앞에 가서 '자, 마시고 싶지 않으신가? 마시고 싶으면 여기까지 오시죠' 하면서 세 시간가량 놀렸는데 여전히 움직이지 않았다고 해요."

"유키에 언니, 부처님은 배가 안 고파?" 하고 돈코가 묻자, "떡이 먹고 싶어" 하고 슨코가 말했다.

"똑똑한 사람은 두 번 다 실패하자 이번에는 가짜 돈을 많이 만들어서 '자, 욕심나죠? 가지러 오세요' 하고 지폐를 내밀고 당기고 해보았으나, 이것도 아무 도움이 되지 않았다고 해요. 아주 완고한 부처님이지요."

"그러네, 좀 삼촌을 닮았어."

"예, 꼭 삼촌이에요. 결국 똑똑한 사람도 정나미가 떨어져서 그만둬버렸어요. 그다음에는 큰 나팔을 부는 사람이 '내가 꼭 치워드릴 테니 안심하세요' 하고 별일 아니라는 듯 나섰다고 해요."

"나팔 부는 사람은 어떻게 했지?"

"그게 재밌어요. 처음에는 순사 옷을 입고 가짜 수염을 붙이고 부처 앞에 와서, '야, 야, 움직이지 않으면 신상에 좋지 않아. 경찰에서 가만두지 않아' 하고 위협했어요. 요즘 세상에는 경찰 목소리를 내도 아무도 듣지 않지만요."

"정말이지. 그래서 부처님은 움직였나?"

"움직일 리가 있어요? 꼭 삼촌이라니까요."

"그래도 삼촌은 경찰한테는 꼼짝 못하는데."

"어머, 그래요? 그런 무서운 얼굴을 하고도요? 그럼 그리 무서울 것도 없네요. 그래도 부처님은 움직이지 않았다고 해요. 태연하게 있었대요. 그래서 나팔수는 아주 화가 나서 순사 옷을 벗고 가짜 수염은 쓰레기통에 던져버린 뒤에 이번에는 부자 복장을 하고 나왔다고 해요. 지금 세상으로 말하면 이와사키 남작(미쓰비시의 2대 사장 이와사키 야노스케) 같은 얼굴로요. 웃기죠?"

"이와사키 같은 얼굴이 어떤 얼굴이지?"

"그냥 커다란 얼굴이죠. 그렇게 아무것도 하지 않고 또 아무 말도 하지 않고 큰 담배를 피우면서 부처님 주위를 걸었어요."

"그게 뭐 하는 건데?"

"연기로 부처님 얼을 빼는 거예요."

"마치 만담가의 이야기 같네. 그래서 얼이 빠졌어?"

"안 됐어요. 상대가 돌인걸요. 속임수도 대충 하면 좋을 텐데, 이번에는 전하로 변신하여 왔다고 하니 바보스럽죠."

"어, 그때도 전하가 있었나?"

"있었죠. 야기 선생님은 그렇게 말했어요. 확실히 전하로 변장했다고요. 황송하지만 변장하고 왔다고. 근데 불경스럽지 않나요? 허풍쟁이 주제에."

"전하라니, 어느 전하지?"

"어느 전하라니요, 어느 전하라도 불경스럽죠."

"그렇지."

"전하라도 효과는 없었지요. 나팔수도 도리가 없으니까 '도저히 내 능력으로는 저 부처님을 어찌할 수가 없어요' 하고 항복을 했답니다."

"그것참, 고소하네."

"예, 그 참에 징역이라도 보내면 좋았을걸요. 어쨌든 동네 사람들은 심히 염려하면서 다시 회의를 열었습니다만 더는 맡겠다는 사람이 없어서 난처해졌다고 합니다."

"그것으로 끝?"

"아직 남았어요. 맨 마지막에 차부와 백수를 많이 고용하여 부처님 주위를 왁자지껄하게 떠들며 돌았습니다. 부처님을 괴롭혀서 그냥 앉아 있을 수 없게 만들면 된다고 생각해서 주야 교대로 난리를 쳤다고 하네요."

"그것참, 고생이 많았네."

"그래도 아무 반응이 없는 거예요. 부처님도 꽤 완강하죠."

"그래서 어떻게 되었어?"

돈코가 열심히 묻는다.

"아무리 매일 왁자지껄해도 효험이 없어 모두 지쳐버렸는데, 차부와 백수들은 며칠이 지나도 어차피 일당제니까 기꺼이 떠들고 있었다고 해요."

"유키에 언니, 일당이 뭐야?" 하고 슨코가 질문한다.

"일당이라는 것은 말이야, 돈을 뜻하는 말이야."

"돈을 받아서 뭐 하는데?"

"돈을 받아서 말이야…… 호호호, 슨코가 대단하구나. 숙모님, 그래서 매일 밤낮으로 난리를 치고 있었는데요, 그때 동네에 바보 다케竹라고 아무도 모르고 아무도 상대하지 않는 바보가 있었다고 해요. 그 바보가 이 난리를 보고 '너희는 왜 그렇게 난리야? 몇 년을 한다고 부처님이 꼼짝이나 하겠어? 불쌍하군' 하고 말했대요."

"바보 주제에 말도 잘하네."

"아주 비범한 바보예요. 바보 다케가 한 말을 들은 사람들은 뭐든 시도는 좋은 거니까 어차피 안 되겠지만 그냥 한번 시켜 보자며 다케한테 해보라고 부탁했대요 그러자 다케는 곧바로 알겠다고 하고, 그런 번잡한 난리는 그만두고 조용히 하라며 차부와 백수들을 물러나게 한 뒤에 표연히 부처님 앞에 나섰어요."

"유키에 언니, '표연'이라는 게 바보 다케의 친구야?"

돈코가 중요한 부분에서 기발한 질문을 하는 바람에 아줌마와 유키에는 왁하고 웃었다.

"아니, 친구가 아니야."

"그럼 뭐?"

"표연은 말이야…… 뭐라고 설명하지?"

"표연이라는 것은 설명할 수가 없어?"

"그게 아니라, 표연이라는 것은 말이야……."

"응."

"그래, 다타라 산페이 씨를 알지?"

"응, 참마를 갖다주었지."

"다타라 씨를 본 느낌 같은 거야."

"다타라 씨가 표연해?"

"응, 대충 그래. 그래서 바보 다케가 부처님 앞에 와서 팔짱을 끼고 '부처님, 동네 사람들이 당신보고 움직여달라고 하니 움직여주세요' 하고 말하니, 부처님은 곧바로 '그래? 그렇다면 진작에 그렇게 말할 일이지' 하고 천천히 움직이기 시작했다고 합니다."

"묘한 부처님이네."

"그다음이 연설이에요."

"아직 남았어?"

"예, 그리고 야기 선생님이 '오늘은 부인회 모임입니다만, 내가 이런 이야기를 일부러 한 것은 생각이 좀 있어서입니다'라며 연설을 시작했어요. 이렇게 말하면 실례가 될지 모르나, 여자는 어쨌든 사물을 접할 때 정면에서 지름길을 통해 가지 않고 오히려 멀리 돌아서 번잡한 수단을 취하는 폐단이 있다. 당연히 이것은 여자한테만 해당되는 얘기가 아니다. 메이지 시대에는 남자도 문명의 폐단으로 다소 여성적이 되어 종종 쓸데없이 수단과 노력을 낭비하며 이것이 최선책이다, 신사가 해야 할 방책이다, 라고 오해하는 자가 많은 듯한데, 이들은 개화의 바람에 변형된 기형아다. 달리 논할 가치가 없다.

단지 여자들은 되도록 지금 말한 옛날이야기를 기억했다가 상황이 닥치면 모쪼록 바보 다케처럼 정직한 생각으로 일을 처리해주었으면 한다. 여러분이 바보 다케가 되면 부부 사이, 고부 사이에 일어나는 갈등의 3분의 1은 확실하게 줄어들 것이다. 인간은 잔꾀가 많으면 많을수록 그 잔꾀가 빌미가 되어 불행을 일으키는데, 많은 여자가 보통 남자보다 불행한 것은 오로지 이 잔꾀가 너무 많기 때문이다. 모쪼록 바보 다케가 되어 달라, 라고 하는 거예요."

"에, 그래서 유키에는 바보 다케가 될 생각이야?"
"싫어요, 바보 다케라니요. 그런 사람은 되고 싶지 않아요. 가네다 도미코는 여자에 대한 실례라고 아주 화를 냈어요."
"가네다 도미코라니, 저 건너 골목에 사는?"
"예, 그 하이칼라요."
"그 아가씨도 유키에랑 같은 학교야?"
"아뇨, 그냥 부인회 행사라니까 방청하러 온 거예요. 정말로 하이칼라예요. 아주 놀랐어요."
"아주 미모가 뛰어나다고 하던데."
"보통이에요. 으스댈 정도는 아니지요. 그렇게 화장하면 보통 사람도 그 정도는 돼요."
"그럼 유키에가 그 여자처럼 화장하면 두 배는 예뻐지겠네."
"아이, 몰라요. 한데 그 여자는 정말 너무 심하게 치장한 얼굴이에요. 아무리 돈이 많다지만……."
"심하게 치장해도 돈이 있는 편이 좋지 않나?"
"그야 그렇지만, 그 여자야말로 바보 다케가 되는 편이 좋을 거예요. 아주 거만하거든요. 요전에도 아무개라는 시인이 자기한테 신체시집을 바쳤다면서 모두에게 나발을 불고 다녔다니까요."
"도후 씨겠지."
"어머, 그분이 바쳤어요? 정말 별난 사람을 좋아하네요."
"그래도 도후 씨는 아주 진지해. 자기가 그러는 걸 당연하다고 생각하는걸."
"그런 사람이 있으니까 그 여자 콧대만 높아지죠. 참, 또 하나 재미있는 일이 있어요. 요전에 누군가 그 여자 집에 연애편지를 보낸 자가 있다고 하던데."

"어머, 망측해라. 누굴까, 그런 짓을 한 사람이?"

"누군지 모른대요."

"이름이 없었나?"

"이름은 분명히 쓰여 있었지만 모르는 사람이라고 해요. 그리고 편지가 아주 길어서 1.5미터를 넘었대요. 이것저것 이상한 말도 적혀 있었다고 하고요. 당신을 사랑하는 것은 마치 종교인이 신을 동경하는 것과 같다는 둥, 당신을 위해서라면 제단에 바쳐지는 작은 양이 되어 도살되더라도 더할 나위 없는 최고의 명예라는 둥, 심장 모양이 삼각형인데 그 중심에 바람총으로 쏜 큐피드의 화살이 완전히 적중해 꽂혔다는 둥……."

"그거 진짜야?"

"그렇대요. 실제로 제 친구 중에 그 편지를 본 애가 세 명이나 있는걸요."

"이상한 여자네, 그런 것을 남들에게 보이고. 간게쓰 씨에게 시집가려고 하는 여자가 그런 일이 세상에 알려지면 난처할 텐데."

"난처하기는커녕 오히려 우쭐거리는걸요. 이번에 간게쓰 씨가 오실 때 알려드리면 좋을 거예요. 간게쓰 씨는 전혀 모르시죠?"

"글쎄다, 그 사람은 학교에 가서 구슬만 갈고 있으니 아마 모를 테지."

"간게쓰 씨는 정말로 그 여자랑 결혼할 생각일까요? 불쌍해라."

"왜? 돈도 많으니 필요할 때 힘이 되고 좋지 않니?"

"숙모는 늘 돈, 돈 해서 품위가 없어요. 돈보다 사랑이 소중하지 않아요? 사랑이 없으면 부부 관계는 성립하지 않아요."

"그래, 그럼 유키에는 어떤 사람에게 시집가고 싶은데?"
"그걸 어떻게 알아요. 아직 아무도 없는걸요."
유키에와 그녀의 숙모가 결혼 사건에 관해 활기찬 대화를 열띠게 벌이는데, 아까부터 무슨 말인지는 잘 모르지만 근청하던 돈코가 돌연 입을 열고 "나도 시집가고 싶어" 하고 말했다.
이 무모한 희망에 대해서는 청춘의 기운이 남아돌아 크게 동정을 해야 할 유키에도 어이없다는 표정이었으나, 아줌마는 비교적 태연한 모습으로 "어디로 가고 싶은데?" 하고 웃으면서 물어보았다.
"나는 말이야, 정말로, 야스쿠니 신사에 시집가고 싶은데, 스이도 교를 건너는 게 싫어서 어떻게 할지 생각 중이야."
아줌마와 유키에가 이 명답을 듣고 황당한 나머지 뭐라고 대꾸할 용기도 없어 왁 웃어버렸을 때 둘째딸 슨코가 언니를 향해서 이렇게 물었다.
"언니도 야스쿠니야? 나도 아주 좋아. 같이 야스쿠니에 시집가자. 응? 싫어? 싫어도 좋아. 나 혼자 인력거 타고 싹 가버려야지."
"아기도 갈래."
결국 아기까지 야스쿠니에 시집가게 되었다. 이렇게 세 딸이 한꺼번에 야스쿠니에 시집갈 수 있다면 아저씨도 자못 편할 것이다.
그때 인력거가 덜컹덜컹 소리를 내며 집 앞에 멈추더니 곧 위세 좋게 '도착이요……' 하는 차부의 소리가 들렸다. 아저씨가 니혼즈쓰미 분서에서 돌아온 듯하다. 차부가 내민 커다란 보따리를 하녀에게 받게 하고, 아저씨는 유유히 거실로 들어왔다.
"어, 왔나?"

유키에에게 인사를 하면서 그 유명한 화로 옆에 툭하고 손에 든 호리병 같은 것을 내던졌다. 호리병 같다고 한 것은 물론 순수한 호리병이 아니며, 또 꽃병 같지도 않다. 단지 어떤 이상한 모양의 도기이므로 할 수 없이 잠시 그렇게 말한 것이다.

"이상하게 생긴 호리병이네요. 그런 걸 경찰서에서 받아 오신 거예요?"

유키에가 쓰러진 호리병을 일으키면서 삼촌에게 물어본다. 삼촌은 유키에의 얼굴을 보며 "어때, 멋진 모양이지?" 하고 자랑한다.

"멋진 모양이라고요? 이게요? 별로 멋지지 않은데요. 기름병 같은 걸 왜 갖고 오셨어요?"

"기름병이라니, 그런 풍류 없는 말을 하면 곤란해."

"그럼 뭔데요?"

"꽃병이야."

"꽃병이라 하기에는 입이 너무 작고 배가 많이 불렀는데요."

"그게 멋이라는 거야. 너도 풍류가 없구나. 숙모랑 다를 바가 없어. 한심하다" 하고 혼자서 기름병을 장지문 쪽을 향하게 하고 바라본다.

"어차피 풍류가 없어도 기름병을 경찰서에서 받아 오는 행동 같은 건 하지 않아요. 그렇죠, 숙모?"

숙모는 그 말에 대답할 여유가 없다. 보따리를 풀고 혈안이 되어 도난품을 조사하고 있다.

"어머, 놀라워라. 도둑도 진보했나 봐. 모두 빨아서 다리기까지 한 것 같아. 좀 봐요, 여보."

"누가 경찰서에서 기름병을 받아 오냐. 기다리기 지루해서 여기저기 산책하다가 발견한 거지. 넌 모르겠지만 이래 봬도 진품이야."

"너무 진품 같네요. 도대체 삼촌은 어디를 산책하신 거예요?"

"어디라니, 니혼즈쓰미 지역이지. 요시와라에도 들어가봤다. 꽤 번화한 곳이더군. 입구의 철대문을 본 적이 있나? 없지?"

"누가 그걸 봐요. 천박한 여자들이 있는 요시와라에 갈 이유가 어디 있어요. 삼촌은 교사 신분으로 자주 그런 곳에 가시나 봐요. 정말 놀랍네. 그렇죠, 숙모?"

"응, 그래. 아무래도 물건이 부족한 듯하네. 돌려준 건 이게 다예요?"

"돌아오지 않은 건 참마뿐이야. 9시에 출두하라 해놓고 11시까지 기다리게 하는 법이 어디 있어. 이러니까 일본 경찰은 틀렸다는 거야."

"일본 경찰이 틀렸다고 요시와라를 산책하시면 되나요? 그런 사실이 알려지면 면직되죠. 그렇죠, 숙모?"

"응, 그렇겠지. 여보, 제 허리띠 한쪽이 없어요. 뭔가 부족하다 싶더니."

"허리띠 한쪽 정도는 포기해야지. 나는 세 시간이나 기다려서 소중한 시간을 반나절이나 헛되이 보냈어" 하고 아저씨는 평상복으로 갈아입고 태연하게 화로에 기대어 기름병을 바라본다. 아줌마도 할 수 없다고 체념하고, 돌아온 물건을 그대로 장에 넣고 자리로 돌아온다.

"숙모, 이 기름병이 진품이라고 하는데요, 좀 지저분하지 않나요?"

"그것을 요시와라에서 사 왔다고요? 세상에."

"뭐가 세상에야, 알지도 못하면서."

"그래도 그런 도자기는 요시와라에 가지 않아도 아무 데서나 살 수 있잖아요."

"그렇지 않아. 흔히 구할 수 있는 물건이 아니야."

"삼촌은 정말 돌부처예요."

"나이도 어린 게 또 건방진 말을 하는구나. 아무래도 요즘 여학생은 입이 거칠어서 글러먹었어. 《온나다이카쿠》(에도 시대의 여자 수신서)라도 읽어야 해."

"삼촌은 보험을 싫어하시죠? 여학생과 보험 중에 어느 게 더 싫으세요?"

"보험이 싫지는 않아. 그것은 필요한 거야. 미래를 생각하는 자는 모두 들지. 여학생은 쓸데없는 존재야."

"쓸데없는 존재라도 상관없어요. 보험은 들지도 않았으면서."

"다음 달부터 들 생각이다."

"정말요?"

"그렇고말고."

"그만두세요, 보험 같은 거. 대신 그 부금으로 뭔가 하는 게 나아요. 그렇죠, 숙모님?"

숙모는 싱긋이 웃는다. 아저씨는 정색하고, "너도 백 살, 2백 살이나 살 거라고 생각해서 그런 태평한 말을 하지만, 좀 더 이성이 발달해봐라. 보험의 필요를 느끼는 게 당연해. 다음 달부터 꼭 들 거다."

"그래요, 그럼 할 수 없죠. 그렇지만 지난번처럼 양산을 사주실 돈이 있다면 보험에 드는 게 나을지도 몰라요. 내가 필요 없다고 하는 걸 억지로 사주셨으니까요."

"그렇게 필요 없었나?"

"예, 양산 같은 거 원하지 않아요."

"그러면 돌려주면 되잖아. 마침 돈코가 갖고 싶어 하니 그걸 여기 갖다놔라. 오늘 갖고 왔니?"

"어머, 그건 너무 심하시네요. 모처럼 사주신 걸 돌려달라니."

"필요 없다고 하니까 돌려달라는 거지. 전혀 심하지 않다."

"그래도."

"뭐가 그래도야?"

"그래도 너무해요."

"어리석구나. 같은 말만 자꾸 하고."

"삼촌도 같은 말만 계속하잖아요."

"네가 같은 말을 계속하니까 할 수 없잖아. 분명히 필요 없다고 해놓고."

"그렇게는 말했지만요. 필요 없는 것은 필요 없는 것이지만요, 돌려주는 것은 싫어요."

"놀랍다. 벽창호에다가 고집불통이니 도리가 없구나. 너희 학교에서 윤리학은 안 가르치니?"

"상관없어요. 어차피 무식하니까 무슨 말이든 하세요. 남의 물건을 돌려달라고 하다니, 남이라도 그런 야박한 말은 하지 않아요. 바보 다케 흉내라도 내세요."

"무슨 흉내를 내라고?"

"좀 정직하고 담백하시라고 하는 말이에요."

"너, 머리도 나쁜 주제에 고집도 세구나. 그러니까 낙제를 하지."

"낙제했어도 삼촌보고 학비 달라고 안 해요."

유키에는 말이 여기에 이르러 감정을 참을 수 없게 된 듯 한 줄기 눈물을 보라색 하카마 위로 떨어뜨렸다. 아저씨는 어안이 벙벙해서 그 눈물이 어떤 심리 작용에 기인한 것인지를 연구하는 듯 하카마 위와 고개 숙인 유키에의 얼굴을 바라보았다.

그때 오상이 부엌에서 나와 문지방 너머로 빨간 손을 모으고 말한다.

"손님이 오셨습니다."

"누가 왔는데?"

"학교 학생이라고 합니다."

오상은 유키에의 우는 얼굴을 곁눈으로 보면서 대답했다. 아저씨는 거실로 나간다.

나도 취재 겸 인간 연구를 위해 아저씨 뒤를 따라 살며시 마루로 옮겨 갔다. 인간을 연구하려면 뭔가 분쟁이 있을 때를 선택해야 소득이 있다. 평상시에는 보통 사람이 그저 그런 사람들이니, 봐도 들어도 긴장이 없을 정도로 평범하다.

그러나 막상 뭔가 일이 닥치면 이 평범함이 갑자기 영묘한 신비적 작용을 일으키며 뭉게뭉게 피어올라 기이한 것, 이상한 것, 묘한 것, 특이한 것, 즉 한마디로 말하면 고양이가 보아 크게 공부가 될 만한 사건이 도처에서 으스대며 튀어나온다.

유키에의 눈물 같은 것은 바로 그런 현상의 하나다. 이처럼 불가사의하고 예측 불가한 마음을 가진 유키에도 아줌마와 이야기를 하는 동안에는 그렇게 보이지 않았다. 그러나 아저씨가 돌아와서 기름병을 내던지자마자 곧바로 죽은 용에 소화용 증기 펌프를 뿌린 듯 돌연 그 깊은 곳에서 알 수 없는 교묘한, 미묘한, 기묘한, 영묘한, 타고난 성질을 아낌없이 드러내버렸다.

그러나 그 성질은 천하의 여성에게 공통된 성질이다. 단지 아쉽게도 쉽사리 나타나지 않는다. 아니, 나타나기는 종일 끊임없이 나타나지만 이렇게 현저하게, 극히, 명확하게, 거침없이 나타나지는 않는다.

다행히도 아저씨처럼 내 털을 걸핏하면 거꾸로 쓰다듬으려는 비뚤어진 괴짜가 있어 이처럼 웃긴 장면도 볼 수가 있는 것이리라. 아저씨 뒤만 쫓아다니면, 어디를 가든 무대의 배우가 재미있는 연극을 보여줄 것이다. 재밌는 남자를 주인으로 모시게 되어 짧은 고양이의 삶이지만 꽤 많은 경험이 가능하다. 고마운 일이다. 이번 손님은 누굴까?

보아하니 나이는 17, 18세, 유키에와 엇비슷한 또래의 학생이다. 큰 머리를 속이 보일 정도로 바싹 깎고 둥근 코를 한가운데 붙인 얼굴로 방구석에 쪼그리고 앉아 있다. 별로 이렇다고 할 만한 특징이 없으나 두개골만은 굉장히 크다. 머리를 박박 깎았지만 워낙 큰 머리이므로 아저씨처럼 길게 기르면 필시 사람들 눈을 끌게 될 것이다.

이런 머리는 학문에 재능이 없다는 것이 예전부터 생각해온 아저씨의 지론이다. 사실 그럴지도 모르지만, 어쨌든 바라보면 나폴레옹처럼 굉장한 장관이다. 옷은 여느 학생처럼 감색 바탕에 흰 무늬가 있는 겹옷의 소매를 짧게 걷어 멋을 부리고, 속에는 셔츠나 속옷도 안 입은 듯하다.

속옷 없는 겹옷과 맨발은 세련되었다고 하지만, 이 남자의 경우는 매우 괴로운 느낌이 든다. 특히 다다미 위에 도둑 같은 엄지발가락 자국을 세 군데나 역력히 찍어 남긴 것은 모두 맨발의 책임이 틀림없다.

그는 네 번째 흔적 위에 황송하다는 듯이 단정하게 앉아 있다. 어쨌든 황송해야 할 사람이 얌전하게 앉아 있는 것은 별로 마음에 둘 일도 아니지만, 까까머리 난폭자가 깡똥한 옷을 입고 황송하게 앉아 있는 모습은 왠지 어색하다.

길 가다가 선생님을 만나도 인사 안 하는 것을 자랑으로 생각하는 학생이 30분이라도 남들처럼 앉아 기다리자면 필시 고생스러울 것이다. 그런데 그런 학생이 천성적으로 공손 겸허한 군자나 성덕의 장자인 양 앉아 있으므로 본인의 고통에 상관없이 옆에서 보면 아주 웃긴다. 교실이나 운동장에서 그렇게 날뛰는 자가 어째서 이렇게 자기를 속박하는 힘을 발휘하는지 생각하면, 가련하기도 하지만 웃기기도 하다.

이렇게 한 사람씩 상대를 하면 아무리 우둔한 아저씨라지만 학생에 대하여 어느 정도 무게가 있어 보인다. 아저씨도 필시 우쭐댈 것이다. 티끌 모아 태산이라는 말이 있듯, 미미한 학생 한 사람도 다수가 집합하면 무시할 수 없는 단체가 되어 배척운동과 스트라이크를 일으킬지 모른다. 이것은 마치 겁쟁이가 술을 먹고 대담해지는 현상과 같다. 수를 믿고 떠들어대는 것은 사람 숫자에 취해서 제정신을 잃어버린 것이라고 인정해도 지장은 없으리라.

그러므로 이처럼 황송해한다고 하기보다 오히려 초라하게 스스로 장지문에 바싹 붙어 있을 정도의 학생은, 아무리 노후하다고는 하나 선생이라는 이름이 붙은 아저씨를 조금이라도 경멸할 수가 없다. 바보 취급을 할 수가 없다.

아저씨가 방석을 앞으로 밀면서 "자, 앉게" 하자, 까까머리는 굳은 몸으로 "예" 하고 움직이지 않는다. 눈앞에 낡은 방석이 "앉으세요"라는 말도 없이 놓여 있는 뒤에 살아 있는 대두가 우두커니 앉아 있는 것은 묘한 장면이다.

방석은 앉기 위한 것이지 쳐다보기 위해 아줌마가 사온 것이 아니다. 방석에 사람이 앉지 않으면 방석의 명예가 훼손되는 것으로, 이를 권한 아저씨 또한 어느 정도 체면이 깎이는 일이 된다. 아저씨 위신을 깎으면서까지 방석과 눈싸움을 하는 까까

머리 군은 결코 방석 그 자체가 싫은 것이 아니다.

사실을 말하자면, 정식으로 꿇어 앉은 것은 태어나서 할아버지 제사 때 말곤 거의 없으므로 아까부터 이미 발이 저리기 시작하여 다소 발끝은 곤란을 호소하고 있다. 그런데도 앉지 않는다. 방석이 하릴없이 기다리고 있는데도 앉지 않는다.

아저씨가 "자, 앉게"라고 말하는데도 앉지 않는다. 참 답답한 까까중이다. 그렇게 얌전히 사양할 거라면 많은 사람 앞에서 좀 더 사양하면 좋았을 텐데, 학교에서도 좀 더 얌전히 지내면 좋았을 텐데, 하숙집에서도 좀 더 조신하게 지내면 좋았을 텐데 말이다. 쓸데없는 데서 사양하고, 해야 할 때는 겸손하지 않은, 아니 크게 난폭한 행동을 한다. 질이 나쁜 까까중이다.

그때 뒤의 장지문을 스윽 열고 유키에가 차를 한 잔 공손하게 학생 앞에 놓았다. 평소라면 '새비지 티'가 나왔다고 놀릴 것이나, 그렇잖아도 아저씨 한 사람 앞에서 어쩔 줄 몰라 하고 있는데 묘령의 여성이 학교에서 배운 예의법과 능숙한 손놀림으로 찻잔을 내밀자 학생은 크게 고민하는 모습이었다.

유키에는 장지문을 닫을 때 뒤에서 빙긋이 웃었다. 그러고 보니 유키에는 동년배라도 꽤 훌륭하다. 학생에 비하면 훨씬 담이 크다. 특히 아까 분해서 뚝뚝 눈물을 흘린 뒤라 빙긋 웃는 얼굴이 더욱 돋보였다.

유키에가 나가고 나서 두 사람은 입을 다물고 잠시 말을 참고 있었으나, 이래서는 수행을 하는 것 같다고 느낀 아저씨가 결국 입을 열었다.

"자네, 이름이 뭐라 했지?"

"후루이……."

"후루이? 후루이 뭐지? 이름은?"

"후루이 부에몬古井武右衛門."

"후루이 부에몬. 과연, 아주 긴 이름이야. 요즘 이름이 아니군 그래. 4학년이지?"

"아뇨."

"3학년?"

"아뇨, 2학년입니다."

"갑반인가?"

"을반입니다."

"을반이라면 내가 담임이지. 그렇군" 하고 아저씨는 감동한다. 사실 대두는 입학 당시부터 아저씨 눈에 띄었기 때문에 결코 잊었을 리가 없다. 뿐만 아니라 때때로 꿈에도 나타날 정도로 감동한 머리다.

그러나 태평스런 아저씨는 머리와 고풍스러운 이름을 연결하고, 연결된 것을 다시 2학년 을반으로 연결하는 것이 불가능했던 것이다. 그러므로 꿈에서 볼 정도로 감동한 머리가 자기 반 학생이라는 말을 듣고서야 그렇구나 하고 속으로 감동한 것이다.

그러나 큰 머리와 낡은 이름을 가진, 게다가 자기가 담임하는 학생이 무엇 때문에 지금 왔는지 전혀 추측할 수 없다. 원래 인기가 없는 아저씨이므로 학교 학생은 정월이건 연말이건 거의 찾아온 적이 없다. 찾아온 것은 후루이 부에몬이 처음이라고 할 정도의 진객이므로 내방 목적을 알지 못해 아저씨도 매우 난처한 듯하다.

이렇게 재미없는 사람 집에 그냥 놀러 올 리도 없을 것이고, 또 사직 권고라면 좀 더 의기양양하게 앉아 있을 것이며, 그렇다고 부에몬 군이 일신상 용무와 상담이 있을 리가 없으니 이리저리 생각해봐도 아저씨는 알 수가 없다. 부에몬 군의 모습을 보니 어쩌면 본인도 무엇 때문에 여기까지 왔는지 확실히 알지 못하는 듯하다. 도리가 없으니 아저씨가 마침내 대놓고 물었다.

"자네, 놀러 왔는가?"

"그렇지 않습니다."

"그럼 용무가 있나?"

"예."

"학교 일인가?"

"예, 좀 드릴 말씀이 있어서……."

"음, 무슨 일이지? 자, 말해보게."

부에몬 군은 고개를 숙인 채 아무 말도 하지 않는다. 원래 부에몬 군은 중학교 2학년치고는 꽤 말을 잘하는 편으로, 머리가 큰 데 비해 뇌력은 발달하지 않았으나 떠드는 일에서는 반에서도 뛰어난 편이다. 실제로 요전번에 콜럼버스를 일본어로 뭐라고 하는지 물어 아저씨를 매우 곤란케 한 자가 바로 부에몬 군이다. 그렇게 뛰어난 학생이 아저씨 앞에서 벙어리처럼 우물우물하는 것은 뭔가 사연이 있는 듯하다. 단지 겸손일 뿐이라고는 도저히 생각되지 않는다. 아저씨도 조금 이상하게 생각했다.

"말할 게 있으면 어서 말해보게."

"좀 하기 어려운 말이라서……."

"하기 어렵다고?"

아저씨는 부에몬 군의 얼굴을 보았으나, 상대는 계속 고개를 숙이고 있으므로 무슨 일인지 감이 잡히지 않는다. 할 수 없이 어조를 바꾸어 온화하게 말했다.

"무슨 말이든 좋아. 듣는 사람도 없어. 나도 남에게 말하지 않겠네."

"말해도 좋겠습니까?"

부에몬 군은 여전히 망설인다.

"좋지."

아저씨는 멋대로 판단한다.

"그럼 말하겠습니다만" 하고 말을 꺼내며 까까머리를 벌떡 들고 아저씨 쪽을 약간 눈부신 듯이 바라보았다. 그 눈은 삼각형이다. 아저씨는 볼을 불룩이 하여 담배 연기를 뿜으면서 잠시 옆을 바라보았다.

"실은 난처한 일이 생겨서……."

"뭐가?"

"뭔가가 아주 난처하여 찾아뵈었습니다."

"그러니까 뭐가 난처한가?"

"그런 짓을 할 생각은 없었는데 하마다가 빌려달라고 하기에."

"하마다라 함은 하마다 헤이스케인가?"

"예."

"하마다에게 하숙비라도 빌려주었나?"

"그런 걸 빌려준 게 아닙니다."

"그럼 무엇을 빌려주었나?"

"이름을 빌려주었습니다."

"하마다가 자네 이름을 빌려 뭘 했는데?"

"연애편지를 보냈습니다."

"무엇을 보냈다고?"

"근데 전 이름은 그만두고 우편함에 넣는 일을 맡겠다고 했습니다."

"무슨 말인지 모르겠군. 도대체 누가 뭘 했다는 거지?"
"연애편지를 보냈습니다."
"연애편지를 보냈다고? 누구에게?"
"그러니까 말하기 어렵다고 하는 것입니다."
"그럼 자네가 어느 여자에게 연애편지를 보냈는가?"
"아뇨, 제가 아닙니다."
"하마다가 보냈는가?"
"하마다도 아닙니다."
"그럼 누가 보냈는가?"
"누군지 모릅니다."
"도통 무슨 말인지 모르겠군. 그럼 아무도 보내지 않았나?"
"이름만은 제 이름입니다."
"이름만은 자네 이름이라니, 무슨 말인지 알 수가 없잖나. 더 조리 있게 말해보게. 당최 연애편지를 받은 당사자는 누군가?"
"가네다라고, 건너편 골목에 있는 여자입니다."
"가네다라는 실업가 말인가?"
"예."
"그럼 이름만 빌려주었다는 것은 뭔 말이지?"
"그 여자가 하이칼라이고 건방지니 연애편지를 보냈던 것입니다. 하마다가 이름이 없으면 안 된다고 해서, 그럼 네 이름을 쓰라고 하니까 자기 이름은 시시하고 후루이 부에몬이 더 멋지다고 하기에 결국 제 이름을 빌려주었던 것입니다."
"그래서 자네는 그 여자를 알고 있나? 교제라도 했는가?"
"교제고 뭐고 아무것도 없습니다. 얼굴도 본 적이 없습니다."
"황당하군, 얼굴도 모르는 사람에게 연애편지를 보내다니. 도대체 어떤 생각으로 그런 짓을 했나?"

"그냥 다들 그 여자가 건방지고 잘난 체한다고 해서 놀려주려고 했던 것입니다."

"더 황당하군. 그럼 자네 이름을 분명하게 써서 보낸 거로군."

"예. 글은 하마다가 썼습니다. 제가 이름을 빌려주고, 엔도가 밤에 그 집까지 가서 우체통에 넣고 왔습니다."

"그럼 세 명이 공동으로 한 일이네."

"예. 그렇지만 나중에 생각하니 만약 들켜서 퇴학이라도 당하면 큰일이라는 걱정에 2, 3일간 잠도 못 자서 머리가 멍해졌습니다."

"그것참, 엉뚱한 사고를 또 저질렀군. 그래서 분메이중학 2학년 후루이 부에몬이라고 썼는가?"

"아뇨, 학교 이름은 쓰지 않았습니다."

"학교 이름을 쓰지 않은 것은 잘했군. 학교 이름이 나왔더라면 그야말로 분메이중학의 명예에 관계되지."

"어떻게 될까요? 퇴학당하나요?"

"글쎄다."

"선생님, 제 아버지는 아주 엄하신 분이고, 게다가 어머니는 계모니 만약 퇴학이라도 당하면 곤란합니다. 정말로 퇴학당할까요?"

"그러니까 함부로 행동하지 말았어야지."

"그럴 마음은 없었는데 어쩌다가 저질러버렸습니다. 퇴학당하지 않도록 어떻게 안 되겠습니까?"

부에몬 군은 울먹이는 소리로 계속 애원한다. 장지문 뒤에서는 아까부터 아줌마와 유키에가 쿡쿡 웃고 있다. 아저씨는 끝내 거드름을 피우며 '글쎄다'를 반복한다. 꽤 재미있다.

내가 재미있다고 하니까, 무엇이 그리 재미있느냐고 묻는 사람이 있을지 모른다. 묻는 것은 당연하다. 인간이나 동물이나 자기를 아는 것이 인생의 큰일이다. 인간이 자신을 알 수 있다면 인간은 고양이보다 존경을 받아도 좋다. 그때는 나도 이런 글을 쓰는 것이 미안해질 테니 당장에 그만둘 생각이다.

그러나 스스로 자기의 코 높이를 알 수 없는 것처럼 자기가 어떤 사람인지 알기 어려울 것이다. 그러니까 평소 경멸하는 고양이를 향해 그런 질문을 던지는 것이리라.

인간은 건방지기는 하나 역시 어딘가 부족하다. 만물의 영장이니 뭐니 하며 어디서나 우쭐대고 돌아다니지만 요까짓 사실도 이해 못한다. 그런데도 완전 태연자약에 이른 모습을 보면 큰 소리로 웃고 싶어진다.

인간은 만물의 영장임을 등에 짊어지고 자기 코가 어디에 있는지 알려달라고 난리다. 그렇다면 만물의 영장 직에서 물러나야 하지 않나. 그러나 왜 그런지 죽어도 놓으려고 하지 않는다. 이렇게 공공연하게 모순을 저지르며 태연하게 있을 수 있으니, 그걸 애교로 봐야 하는가. 애교로 봐달라고 하는 대신 바보로 만족해야 한다.

내가 이때 부에몬 군과 아저씨, 아줌마 및 유키에 양을 보고 재미있다고 하는 것은 단지 외부의 사건에 딱 마주쳐서 그 마주침의 파동이 묘한 곳으로 전달되었기 때문이 아니다. 실은 그 마주침의 메아리가 인간 마음에 개개별별의 음색을 일으키기 때문이다.

첫째로 아저씨는 이 사건에 대하여 오히려 냉담하다. 부에몬 군의 아버지가 아무리 엄하고, 어머니가 아무리 의붓자식으로 대한다 해도 그리 놀라지 않는다. 놀랄 리가 없다. 부에몬 군이 퇴학당하는 것은 자기가 면직되는 것과 크게 다른 의미다.

천 명에 가까운 학생이 모두 퇴학당한다면 교사도 의식주가 궁해질지 모르나, 후루이 부에몬 군 혼자의 운명이 어떻게 바뀌든 아저씨의 생계와는 거의 관계가 없다. 관계가 적은 문제에는 동정도 자연히 적을 터이다.

생면부지의 남을 위해 눈썹을 찡그리거나 코를 풀거나 탄식을 하는 것은 결코 자연적인 일이 아니다. 인간이 그렇게 정 깊고 동정심 있는 동물이라고는 도저히 생각할 수가 없다. 단지 세상에 태어난 의무로 가끔 교제를 위해 눈물을 보이거나 안쓰럽다는 얼굴을 보일 뿐이다.

말하자면 가식적 표정으로, 실로 아주 힘이 드는 예술이다. 가식에 능숙한 자는 예술적 양심이 강한 사람으로 불리며 세상에서 매우 소중하게 대접받는다. 그러므로 남에게 소중히 대접받는 인간처럼 괴이한 자도 없다. 시험해보면 금세 안다.

이 점에서 아저씨는 오히려 서툰 부류에 속한다고 볼 수 있다. 서투르니 대접받지 못한다. 대접받지 못하므로 내부의 냉담함을 달리 숨길 것도 없이 밖으로 드러낸다. 그가 부에몬 군에 대하여 "글쎄다"를 반복하는 것도 내부의 모습을 잘 보여준다.

여러분은 냉담하다고 해서 결코 아저씨처럼 착한 사람을 미워해서는 아니 된다. 냉담함은 인간 본래의 성질로, 그 성질을 숨기려고 힘쓰지 않는 자가 정직한 사람이다. 만약 여러분이 이런 때 냉담함 이상을 바란다면, 그것이야말로 인간을 과대평가한 것이다.

정직마저 바닥이 난 세상에 그것 이상을 기대하는 것은 무료한 주문이다. 바킨(에도 문학 후기의 작가)의 권선징악형 소설 속 주인공들이 이 동네로 이사해 오지 않는 한 이루어질 수 없는 일이기 때문이다.

아저씨는 일단 이 정도로 하고 이번에는 거실에서 웃는 여자들 이야기를 하겠는데, 그녀들은 아저씨의 냉담함보다 한 걸음 더 저쪽으로 넘어가 웃음의 영역에 뛰어들어 기뻐한다.

이 여자들에게는 부에몬 군이 고민하는 연애편지 사건이 부처님의 복음처럼 고맙게 생각된다. 이유는 없고 단지 고맙다. 굳이 해부하자면 부에몬 군이 난처한 것이 고마운 것이다. 여러분, 여자에게 물어보시라. "당신은 남이 궁지에 빠진 모습을 보고 재미있다며 웃습니까?" 하고.

질문을 받은 사람은 이런 질문을 던진 자를 바보라고 할 것이다. 바보라고 하지 않았다면, 일부러 이런 질문을 던져 숙녀의 품위를 모독했다고 할 것이다. 모욕했다고 생각하는 것은 사실일지 모르나, 남이 난처해하는 모습에 대해 웃는 것도 사실이다.

"앞으로 내 품위를 모독하는 짓을 스스로 하여 보여드릴 테니 뭐라고 하면 싫어요" 하고 미리 말하고 행동하는 것과 같다. "나는 도둑질을 한다. 그러나 결코 부도덕이라 하면 안 된다. 만약 부도덕하다고 한다면 내 얼굴에 진흙을 바르는 것이다. 나를 모욕하는 것이다" 라고 주장하는 것과 같다.

여자는 아주 영리하다. 생각에 조리가 서 있다. 적어도 인간으로 태어난 이상 밟히거나 차이거나 모욕당하거나, 게다가 사람이 돌아보지 않을 때도 태연하게 버틸 각오가 필요할 뿐 아니라 얼굴에 침을 맞고 똥을 뒤집어쓰고 큰 소리로 비웃음을 당하는 것을 기쁘게 생각해야 한다. 그렇지 않으면 이렇게 영리한 여자라는 이름의 존재와 교제하는 것이 불가능하다.

부에몬 군도 어쩌다가 황당한 잘못을 저지르고 크게 황송해하는 듯하지만, 그렇게 황송해하는 모습을 보며 뒤에서 웃는 것은 실례가 아닌가 생각할지 모른다. 그러나 그것은 나이 어린 치기稚氣라는 것으로, 남이 실례를 했을 때 화내는 것을 여자들은 속이 좁다고 말한다 하니까 그런 말을 듣기 싫다면 얌전히 있는 게 좋다.

마지막으로 부에몬 군의 심정을 잠시 소개한다. 이 사람은 걱정의 화신이다. 그의 위대한 두뇌는 나폴레옹의 그것이 공명심으로 충만한 것처럼 걱정으로 가득 차 터지려고 한다. 때때로 둥근 코가 꿈틀꿈틀 움직이는 것은 걱정이 안면신경에 전해져 반사작용처럼 무의식으로 활동하기 때문이다.

그는 큰 대포알을 삼킨 듯 뱃속에 어찌할 수 없는 덩어리를 품고 최근 2, 3일 동안 어찌할 바를 몰랐다. 절박한 나머지 달리 출구도 없고 하여 담임이라 칭한 선생님에게 오면 어쨌든 도와줄 것이라는 생각에 싫어하는 사람 집에 커다란 머리를 숙이러 온 것이다.

그는 평소 학교에서 아저씨를 놀리거나 동급생을 선동하여 아저씨를 궁지에 빠뜨리거나 한 것은 완전히 잊었다. 아무리 놀리고 난처하게 했더라도 적어도 담임이라는 사람이니 걱정해줄 것이 틀림없다고 믿고 있는 모양이다.

꽤 단순한 사람이다. 담임은 아저씨가 원해서 얻은 직책이 아니다. 교장의 명으로 어쩔 수 없이 맡은 것이다. 말하자면 메이테이 백부님의 중산모 같은 것이다. 단지 이름뿐이다. 단지 이름뿐으로는 어떻게 할 수도 없다. 이름이 막상 필요한 때 도움이 된다면, 유키에의 경우 그 아름다운 이름만 가지고도 중매가 들어올 것이다.

부에몬 군은 자신이 제멋대로 굴어도 타인은 자신에게 반드시 친절해야 한다는 식의 인간을 과대평가한 가정에서 출발하고 있다. 비웃음을 당하리라고는 생각지도 못했을 것이다.

부에몬 군은 담임 집에 와서 필시 인간에 관한 하나의 진리를 발견했을 것이다. 그는 이 진리를 깨달은 덕분에 장래에는 더욱 진정한 인간이 될 것이다. 타인의 걱정에는 냉담히 대하게 되리라. 타인이 난처할 때는 커다란 소리로 웃으리라. 이렇게 하여 천하는 미래의 부에몬 군으로 가득할 것이다. 가네다 군과 가네다 부인으로 가득할 것이다.

나는 진심으로 부에몬 군을 위해 조금이라도 빨리 자각하여 참 인간이 될 것을 희망한다. 그렇지 않으면 아무리 걱정해도, 아무리 후회해도, 아무리 선善으로 가는 마음이 절실해도 도저히 가네다 군처럼 성공할 수 없을 것이다. 아니, 사회는 머지않아 그를 인간의 거주지 밖으로 방출할 것이다. 분메이중학 퇴학쯤은 아무것도 아니다.

이렇게 재미있다고 생각하는데, 현관문이 덜커덩 열리고 한 얼굴이 반 정도 스윽 보였다.

"선생님."

아저씨는 부에몬 군에게 '글쎄다'를 반복하던 참에 현관에서 누가 선생님이라고 부르므로 누굴까 하고 그쪽을 보았다. 장지문 뒤로 반쯤 드러난 얼굴은 바로 간게쓰 군이다.

"어이, 들어오게" 하고 아저씨는 앉은 채 말했다.

"손님이 계십니까?" 간게쓰 군은 역시 얼굴을 반만 보이고 대답한다.

"아니, 괜찮네. 들어오게."

"실은 선생님을 좀 모시러 왔습니다만."

"어디 가는데? 또 아카사카인가? 그쪽은 이제 싫네. 전에는 억지로 끌려갔지만 다리가 엄청 아프더군."

"오늘은 힘들지 않습니다. 오랜만에 한번 나가시죠."

"어디로 나간다고 하나. 일단 올라오게."

"우에노 동물원에 가서 호랑이 울음소리를 들으려고 합니다."

"뭐 대단한 거 보러 간다고. 그것보다 일단 올라오게."

간게쓰 군은 도저히 멀리서는 담판이 이루어지지 않는다고 생각했는지, 구두를 벗고 천천히 올라왔다. 여느 때처럼 엉덩이에 기운 자국이 있는 쥐색 바지를 입고 있으나, 세월 때문이거나 엉덩이가 무거워서 해진 것이 아니다. 본인의 설명에 따르면, 최근 자전거를 타기 시작하면서 비교적 많은 마찰을 주었기 때문이다.

미래의 부인으로 주목된 여자에게 편지를 보낸 사랑의 적인 줄은 꿈에도 모르고, "어이" 하고 부에몬 군에게 가볍게 인사를 한 뒤에 마루 가까운 곳에 자리를 잡았다.

"호랑이 울음소리를 들어본들 무슨 재미가 있겠는가."

"지금은 아니고요. 이제부터 여기저기 산책하다가 밤 11시경에 우에노로 갑니다."

"그래?"

"그때 가면 공원 안에 있는 노목老木이 조용하게 으스스하겠죠?"

"글쎄다, 낮보다 조금은 쓸쓸하겠지."

"그래서 가급적 수목이 우거진, 낮에도 사람이 다니지 않는 곳을 택해 걸으면 어느새 먼지 가득한 도시에 사는 마음이 사라져 산속에 들어온 기분이 되겠지요."

"그런 기분이 되어 뭐 하려고?"

"그런 기분이 되어 잠시 우두커니 서 있으면 곧 동물원 안에서 호랑이가 웁니다."

"멋지게 우는가?"

"멋지게 웁니다. 울음소리는 낮에도 이과대학 건물까지 들릴 정도니까 심야 적막한 가운데 주위에 사람도 없어 소름이 끼치고 잡귀 냄새가 코를 찌를 때……."

"잡귀 냄새가 코를 찌른다니?"

"그렇게 표현하지 않습니까? 무서울 때요."

"그런가? 별로 들어보지 못한 거 같은데. 그래서?"

"호랑이가 우에노의 삼나무 잎을 모두 흔들어 떨어뜨릴 기세로 울지요. 굉장합니다."

"그건 굉장하겠군."

"어떻습니까? 모험하러 나가시지 않겠습니까? 아주 유쾌한 경험이 되실 겁니다. 아무래도 호랑이 울음소리는 한밤중에 들어야 제대로 들었다고 할 수 있죠."

"글쎄다."

아저씨는 부에몬 군의 애원에 냉담한 것처럼, 간게쓰 군의 탐험에도 냉담하다.

이때까지 잠자코 호랑이 이야기를 부러운 듯이 듣던 부에몬은 아저씨의 "글쎄다"로 불현듯 자기 문제가 생각난 듯 다시 묻는다.

"선생님, 저는 걱정인데 어떻게 하면 좋을까요?"

간게쓰 군은 의아한 얼굴로 커다란 머리를 돌아보았다. 나는 생각한 바가 있어 잠시 실례하고 거실로 나갔다.

거실에는 아줌마가 쿡쿡 웃으면서 찻잔에 엽차를 가득 붓고 쟁반에 올려놓고 말한다.

"유키에, 미안하지만 이거 좀 갖다줄래?"

"저 싫어요."

"왜?"

아줌마는 좀 놀랐는지 웃음을 딱 멈춘다.

"왜라뇨?"

유키에는 즉석에서 시치미를 뗀 듯한 얼굴을 하고, 옆에 있는 《요미우리신문》 위로 몸을 굽혀 읽기 시작한다. 아줌마는 한번 더 협상을 시작한다.

"이상하네. 간게쓰 씨야, 꺼릴 것 없잖아."

"그래도 저는 싫은걸요."

《요미우리신문》에서 눈을 떼지 않는다. 이때는 신문을 한 글자라도 읽는 게 아니지만, 읽지 않고 있다는 걸 들키면 또 울어버릴 것이다.

"조금도 부끄러워할 것 없잖아."

이번에는 아줌마가 웃으면서 일부러 쟁반을 《요미우리신문》 위에 밀어놓는다. 유키에가 "어머, 숙모도 참" 하고 신문을 쟁반 밑에서 빼려고 하는데, 신문이 걸리는 바람에 엽차가 쏟아져 다다미 사이로 흘러든다.

"거 봐라." 아줌마가 말하자, 유키에는 "어머, 큰일났네" 하고 부엌으로 달려갔다. 걸레라도 가져올 생각이겠지. 나는 이 코미디가 좀 재미있다.

간게쓰 군은 그것도 모르고 방에서 이상한 말을 하고 있다.

"선생님, 장지문을 새로 발랐네요. 누가 발랐습니까?"

"여자가 했지. 잘 발랐지?"

"예, 꽤 잘했네요. 종종 찾아오는 그 아가씨가 발랐나요?"

"응, 그 애도 도와줬지. 이 정도 장지문을 잘 바르면 시집갈 자격은 있다고 빼기던데."

"아, 예. 과연."

간게쓰 군은 장지문을 열심히 바라본다.

"이쪽은 평평한데, 오른쪽 끝은 종이가 남아 주름이 생겼네요."

"거기가 막 새로 시작한 부분이라 당연히 경험이 없을 때 바른 곳이지."

"그렇군요. 역시 좀 솜씨가 떨어지네요. 저 표면은 초월곡선으로 도저히 보통 함수로는 나타낼 수 없습니다" 하고 이학사답게 어려운 말을 하자, 아저씨는 "글쎄다" 하고 대충 대답을 한다.

이대로는 언제까지 탄원해도 도저히 전망이 없다고 판단한 부에몬 군은 돌연 위대한 두개골을 바닥에 붙이고 말 없는 가운데 은근히 결별의 뜻을 표했다.

아저씨는 "돌아가게?" 하고 말했다. 부에몬 군은 쓸쓸하게 게다를 끌고 문을 나섰다. 불쌍하게도 그냥 놔두면 유서를 남기고 폭포로 뛰어들지도 모른다. 근원을 규명하자면 가네다네 딸의 하이칼라와 거만에서 비롯된 일이다. 만약 부에몬 군이 죽는다면 유령이 되어 따님을 죽여주면 좋겠다. 그런 여자가 세상에서 한둘쯤 사라진다 해도 남자는 조금도 난처하지 않다. 간게쓰 군은 더욱 여자다운 여자를 얻는 게 낫다.

"선생님, 저 애는 학생입니까?"

"응."

"아주 큰 머리네요. 공부는 좀 합니까?"

"머리 크기에 비해서는 못하지만, 때때로 묘한 질문을 하지. 요전번에도 콜럼버스를 일본어로 번역해달라고 해서 아주 난처했지."

"너무 머리가 크니까 그런 희한한 질문을 하는 거겠죠. 선생님은 뭐라고 대답하셨는데요?"

"응? 뭐, 적당히 대충 번역했지."

"그래도 번역을 하긴 하셨군요. 대단하십니다."

"아이들은 뭐든 번역해주지 않으면 믿지를 않으니까."

"선생님도 훌륭한 정치가가 되셨네요. 그런데 아까 모습은 아주 기가 죽어서, 선생님을 난처하게 만드는 아이처럼 보이지 않던데요."

"오늘은 좀 풀이 죽었지. 바보 같은 놈이야."

"왜 그런데요? 슬쩍 보기에도 아주 불쌍했습니다. 도대체 무슨 일입니까?"

"어리석은 짓이지. 가네다네 딸에게 연서를 보냈어."

"에? 저 대두가요? 요즘 학생은 대단하군요. 아주 놀랍네요."

"자네도 걱정이겠지만……."

"뭐, 전혀 걱정 같은 거 없습니다. 오히려 재미있군요. 아무리 연서가 날아든다 해도 괜찮습니다."

"그렇게 자네가 안심한다면 상관없으나……."

"상관없고말고요. 저는 전혀 신경 안 씁니다. 그런데 그 대두가 연서를 썼다는 말은 좀 놀랍습니다."

"그냥 장난으로 한 거지. 그 여자가 하이칼라고 건방지니까 놀려주려고 세 명이 공동으로……."

"세 명이 하나의 편지를 가네다네 딸에게 보냈나요? 더욱 기담이네요. 서양요리 1인분을 세 명이 먹는 것과 같지 않습니까?"

"그런데 역할을 분담했지. 한 사람이 글을 쓰고, 한 사람이 우체통에 집어넣고, 한 사람이 이름을 빌려주고. 그래서 지금 온 애가 이름을 빌려준 놈인데, 이놈이 가장 바보야. 게다가 그 여자 얼굴을 본 적도 없다고 하잖아. 어쩌다 그런 황당한 짓을 저질렀을까?"

"근래 들어 가장 큰 사건이군요. 걸작입니다. 아무래도 그 대두가 여자에게 편지를 보냈다는 게 웃기지 않습니까?"

"뜻밖의 사고가 나지 않았으면 하네."

"나면 어떤가요, 상대가 가네다인데요, 뭐."

"그래도 자네가 장가들지도 모르는 여자잖아."

"장가들지도 모르니까 괜찮다는 겁니다."

"자네는 관계없다고 해도……."

"가네다도 신경 안 쓸 겁니다. 괜찮습니다."

"그렇다면 다행이지만, 본인이 뒤늦게 갑자기 양심의 가책을 받고는 두려운 마음에 아주 기가 죽어 내게 상담하러 왔던 거야."

"아, 그래서 그렇게 풀이 죽어 있었군요. 소심한 애로 보였습니다. 선생님은 뭐라고 말씀하셨는데요?"

"본인은 퇴학당할 것이라고, 그 점을 가장 걱정하지."

"왜 퇴학이 됩니까?"

"그렇게 나쁜 부도덕한 짓을 했으니까."

"부도덕이라고 할 정도는 아니잖습니까? 상관없습니다. 가네다는 오히려 명예라고 생각하고 필시 떠들고 다닐 겁니다."

"설마."

"어쨌든 불쌍하군요. 그런 일이 나쁜 짓이라고는 해도 그렇게 걱정시키면 어린 학생을 한 명 죽이게 됩니다. 그 아이, 머리는 크지만 인상은 그렇게 나쁘지 않더군요. 코도 벌렁벌렁거려 귀여웠습니다."

"자네도 메이테이처럼 꽤 태평한 말을 하는군."

"이게 시대의 사조입니다. 선생님은 너무 고풍스러워서 뭐든 어렵게 해석하십니다."

"그런데 어리석지 않은가? 알지도 못하는 사람에게 장난으로 연서를 보내다니, 전혀 상식이 없지 않은가?"

"장난에는 대개 상식이 결여되어 있습니다. 구해주시죠. 덕을 쌓으세요. 저대로는 폭포에 자살하러 가겠습니다."

"그럴까?"

"그렇게 하세요. 더 큰, 더 분별 있는 위인들에게 그 정도는 아무것도 아닙니다. 나쁜 장난을 하고 모르는 체하죠. 저런 아이를 퇴학시킬 정도라면 그런 놈들을 싹쓸이해 추방해야 공평합니다."

"그도 그렇군."

"그런데 어떻습니까, 우에노의 호랑이 울음소리를 들으러 가시는 것은?"

"호랑이 말인가?"

"예, 들으러 가시죠. 실은 2, 3일 내로 고향에 갈 일이 생겨서요, 당분간 어디에도 같이 못 가니까요. 오늘은 꼭 함께 산책을 해야겠다고 생각하고 왔습니다."

"그래, 고향에 가나? 무슨 일이라도 있는가?"

"예, 좀 볼일이 있어서요. 어쨌든 나가시죠."

"그래, 그럼 나갈까?"

"자, 가시죠. 오늘은 제가 저녁을 대접하겠습니다. 그리고 운동을 겸해 우에노까지 걸어가면 시간이 딱 맞습니다" 하고 계속 재촉하므로 아저씨도 이윽고 나갈 마음이 생겨 함께 밖으로 나갔다. 그 뒤로 아줌마와 유키에가 거리낌 없는 소리로 깔깔깔 웃었다.

11

도코노마 앞 바둑판을 사이에 두고 메이테이 군과 도쿠센 군이 마주 앉아 있다.

"그냥은 두지 않지. 지는 쪽이 뭔가 사야 해. 좋지?"

메이테이 군이 다짐을 두자, 도쿠센 군은 예전처럼 염소수염을 잡아당기면서 이렇게 말했다.

"그런 것을 하면 모처럼의 고상한 유희가 세속의 것으로 타락하지. 도박 같은 승부에 마음을 빼앗기면 재미없어. 승패를 도외시하고 흰 구름이 자연히 봉우리를 나와 유유히 흘러가는 기분으로 한 판을 마치는 것이야말로 바둑의 진정한 맛이야."

"또 시작이군. 선인仙人을 상대하려니 아주 힘드네. 《선인열전》에 나오는 인물이군."

"줄 없는 현금을 타는 것이지."

"선 없는 전화를 거는 거네."

"어쨌든 두자고."

"자네가 백을 잡지."

"아무 쪽이든 상관없어."

"과연 선인이라 통이 크군. 자네가 백이라면 자연히 내가 흑이네. 자, 두게. 어디든지 공격해봐."

"흑부터 두는 것이 법칙이야."

"그렇군. 그렇다면 겸손하게 정석으로 이 근방부터 시작하지."

"정석에 그런 것은 없어."

"없어도 상관없어. 새로 발명된 정석이네."

나의 세상이 좁아 바둑판이라는 것은 근래에 처음 보았으나, 생각하면 생각할수록 묘하게 생겼다. 넓지도 않은 사각 판에 좁은 사각 선을 긋고 눈이 어지러울 정도로 복잡하게 흑백의 돌을 늘어놓는다.

그리고 이겼다 졌다, 죽었다 살았다 하고 식은땀을 흘리며 떠든다. 겨우 사방 30센티미터 면적이다. 고양이 앞발로 한 번만 휘저으면 다 흐트러진다. 모아서 묶으면 초암草庵이 되고 풀면 원래의 들판이 된다. 쓸데없는 장난이다. 팔짱을 끼고 바둑판을 바라보는 편이 훨씬 편하다.

그것도 최초의 30, 40수는 돌의 포석으로 별로 어지럽진 않으나, 막상 천하의 구분이라는 순간에 바라보면 아주 불쌍한 모습이다. 백과 흑이 판에서 굴러떨어질 듯 엉켜서 서로 밀치락달치락한다. 답답하다고 옆 놈에게 물러나라고 할 수도 없고 방해가 된다고 앞 놈에게 퇴거를 명할 권리도 없이, 운명이라 단념한 채 가만히 움직이지도 못하고 앉아 있는 것 말고 달리 어찌할 수도 없다.

바둑을 발명한 것은 인간으로, 인간의 기호가 국면에 나타난다고 할 때 답답한 바둑돌의 운명은 옹졸한 인간의 성질을 대표한다고 말할 수 있다. 인간의 성질을 바둑돌의 운명으로 미루어 짐작하자면, 인간이란 광대한 세계를 나름대로 축소하여 자기가 디디고 선 두 발 외에는 도저히 들어가지 못하도록 잔꾀를 부려 자신의 영역에 줄을 치고 경계 짓기를 좋아한다고 단언할 수 있다. 한마디로 인간은 억지로 고통을 추구하는 동물이라고 평해도 좋을 것이다.

태평스런 메이테이 군과 선승 같은 도쿠센 군은 어떤 생각인지 오늘 벽장에서 오래된 바둑판을 꺼내 이 답답한 장난을 시작한 것이다. 과연 두 사람이 모였으니 처음에는 각자 임의의 행동을 하여 바둑판 위로 흰 돌과 검은 돌이 자유자재로 날아다녔으나, 바둑판 넓이에는 한계가 있어 가로세로 눈금은 한 수 둘 때마다 채워져가므로 아무리 태평스럽고 아무리 선승 같은 사람이라 해도 답답해지는 것은 당연하다.

"메이테이 군, 자네 바둑은 거칠군. 그런 곳에 들어오는 법이 어디 있나?"

"선승의 바둑에는 그런 법이 없을지 몰라도 혼인보本因坊〔바둑의 한 유파〕 방식이야. 있으니까 할 수 없어."

"그러나 죽을 뿐일세."

"죽는 걸 두려워하지 않네. 이렇게 한번 가볼까?"

"그리 왔사옵니까? 좋아. 남풍이 불어와 궁전이 서늘하군. 이렇게 이어주면 괜찮지."

"어? 이어주다니, 역시 잘 두는군. 설마 이으리라곤 생각지 못했네. 자, 이렇게 하면 어떻게 할 텐가?"

"이렇게 저렇게 할 것도 없네. 칼은 하늘의 뜻에 따르지. 에이, 귀찮다. 과감히 잘라버려."

"야, 큰일이로군. 그곳이 잘리면 죽어버리네. 어이, 야단났군. 잠깐만."

"그러니까 아까부터 말했잖아. 이런 곳에 들어오는 게 아니라고 말이야."

"들어가서 실례했네. 이 돌을 좀 물려주게."

"그것도 무르는가?"

"하는 김에 그 옆 것도 물러줘보게."

"뻔뻔하군. 어이!"

"'Do you see the boy'인가?(앞의 말 원어 '즈즈시이제 오이'와 비슷한 발음으로 당시 초급 영어 교과서에 자주 나오던 문구) 뭘 그러는가. 자네와 나 사이 아닌가. 그렇게 쌀쌀맞게 굴지 말고 물러주게. 죽느냐 사느냐 하는 판국이야. 드디어 최후 결전이 벌어질 참이라고."

"내 알 바 아니네."

"몰라도 좋으니 좀 물러주게."

"자네 아까부터 여섯 번이나 무르지 않았나."

"기억력도 좋군. 다음 판에서는 내가 두 배 이상 물러주도록 하겠네. 그러니 좀 물러주라고 하지 않나. 자네도 꽤 고집불통이군. 좌선 같은 걸 하면 좀 더 부드러워져야지."

"그러나 이 돌이 죽지 않으면 내가 질 것 같은데……."

"자네는 처음부터 져도 상관없다는 주의 아니었나?"

"나는 져도 상관없지만 자네를 이기게 하고 싶진 않네."

"엉뚱한 깨달음이야. 여전히 '춘풍영리에 전광을 베다'로군."

"춘풍영리가 아니라 전광영리일세. 거꾸로야."

"하하하, 이제 대충 거꾸로 되어도 모를 때라고 생각했지. 역시 확실한 구석이 있군. 그럼 할 수 없이 포기할까?"

"생사사대生死事大 무상신속無常迅速(생사가 가장 큰 일이며 세월은 덧없이 빨리 지나간다는 뜻)이네. 포기하게."

"아…멘" 하고 메이테이가 이번에는 전혀 관계없는 방면으로 딱하고 돌을 놓는다.

도코노마 앞에서 메이테이 군과 도쿠센 군이 열심히 승부를 겨루고 있고, 방 입구에는 간게쓰 군과 도후 군이 나란히 있으며, 그 옆에 주인아저씨가 누렇게 뜬 얼굴로 앉아 있다. 간게쓰 군 앞에 가쓰오부시가 세 개, 다다미 위에 정연히 배열된 것은 기이한 장면이다.

가쓰오부시의 출처는 간게쓰 군의 품속이고, 벌거숭이지만 꺼내었을 때는 손바닥에 느껴질 만큼 온기가 있었다. 아저씨와 도후 군이 묘한 눈으로 가쓰오부시에 시선을 쏟고 있었다. 간게쓰 군은 이윽고 입을 열었다.

"실은 사나흘 전에 고향에서 돌아왔습니다만, 여러 가지로 일이 많아서 여기저기 뛰어다니느라 그동안 찾아뵙지 못했습니다."

"뭐, 그리 서둘러 올 필요는 없지."

아저씨는 평소처럼 무뚝뚝한 말을 한다.

"서둘러 오지 않아도 좋지만 이 선물을 빨리 드리고 싶어 안달이 나서요."

"가쓰오부시가 아닌가?"

"예, 고향의 특산물입니다."

"특산물이라니, 도쿄에도 그런 것은 있을 텐데."

아저씨는 가장 큰 놈을 하나 들고 코끝으로 가져가 냄새를 맡아 본다.

"맡아봐도 가쓰오부시의 품질을 모르시지요?"

"좀 큰 것이 좋은 것이겠지."

"그냥 한번 드셔보세요."

"먹는 것은 어차피 먹지만, 이놈은 왠지 끝이 좀 잘린 것 같은데."

"그래서 빨리 가져오려고 안달했다는 겁니다."

"왜?"

"왜냐하면요, 그건 쥐가 먹은 겁니다."

"그거 위험하군. 잘못 먹으면 페스트에 걸려."

"괜찮습니다. 그 정도 뜯어먹어도 해는 없습니다."

"도대체 어디서 뜯어먹었나?"

"배 안에서요."

"배 안? 어떻게?"

"담을 곳이 마땅치 않아 바이올린과 같이 자루 안에 넣어서 배를 탔는데, 그날 밤에 당했습니다. 가쓰오부시만이라면 다행이지만, 소중한 바이올린 몸통을 가쓰오부시로 잘못 알고 좀 갉아먹었습니다."

"덜렁이 쥐로군. 배 안에 살고 있으면 물건 보는 눈이 없어지나 보지."

아저씨는 아무도 몰라주는 말을 하고 의연하게 가쓰오부시를 바라본다.

"뭐, 쥐니까 어디에 산다 해도 덜렁대겠지요. 그러니 하숙집에 가져와서도 또 당할 것 같아서요, 위험하니 밤에는 침상 안에 넣고 잤습니다."

"좀 지저분한 것 같네."

"그러니까 먹을 때는 좀 씻으셔야죠."

"조금만 씻어서 깨끗해질 성싶지 않은데."

"그럼 잿물이라도 부어서 북북 닦으면 되겠죠."

"바이올린도 안고 잤는가?"

"바이올린은 너무 커서 안고 잘 수가 없었습니다만" 하고 말하자, 건너편에서 메이테이 선생이 큰 소리로 이쪽 담화에 끼어든다.

"뭐라고? 바이올린을 안고 잤다고? 그거 풍류가 있구먼. '가는 봄이로다 / 무거운 비파를 안은 / 이 내 마음'이라는 하이쿠도 있는데, 그것은 먼 옛날 일이야. 메이지 시대의 수재는 바이올린을 안고 자야 옛사람을 능가하지. '솜이불 속에 / 긴 밤 지키는 / 바이올린아'는 어떤가? 도후 군, 신체시로는 어떤 표현이 되나?"

도후 군은 진지하게 대답한다.

"신체시는 하이쿠와 달리 그렇게 금방 만들어지지 않습니다. 그러나 완성된 후에는 좀 더 영혼의 심연에 접한 기묘한 소리가 납니다."

"그런가? 영혼은 향을 피워 맞이하는 것이라 생각하는데, 역시 신체시의 힘으로도 불러들일 수 있는가?"

메이테이는 아직 바둑 둘 생각도 하지 않고 농담을 한다.

"그런 쓸데없는 말만 하고 있으면 또 진다네."

아저씨는 메이테이에게 주의를 준다. 메이테이는 태연하게 다시 말을 잇는다.

"이기고 싶어도 지고 싶어도 상대가 솥 안의 문어같이 손도 발도 내지 못하니, 나도 무료하여 할 수 없이 바이올린에 끼어든 거지."

그러자 상대인 도쿠센 군은 약간 격한 어조로 내뱉는다.

"이번에는 자네 차례야. 내가 기다리고 있잖아."

"어? 벌써 두었나?"

"두고말고. 아까 두었지."

"어디에?"

"이 백을 사선으로 뻗었어."

"그렇군, '이 흰 돌이 / 사선으로 뻗어서 / 나는 졌도다'인가. 그렇다면 '나는 어쩌지 / 어떻게 할까 하다 / 날은 저물다'로군. 아무래도 좋은 수가 없네. 자네가 한 번 더 두게 해줄 테니 마음대로 둬보게."

"세상에 그런 바둑이 어디 있나?"

"그런 바둑이 없다면 그리 해보지. 그럼 이 귀퉁이로 좀 돌아가 볼까? 간게쓰 군, 자네 바이올린은 너무 싸니까 쥐가 무시하고 갉아먹었지. 분발하여 좀 더 좋은 것을 사게. 내가 이탈리아에서 3백 년 전 고물을 구해줄까?"

"모쪼록 부탁합니다. 구해주시는 김에 지불도 해주시고요."

"그렇게 오래된 것이 쓸모가 있을까?"

아무것도 모르는 아저씨는 메이테이 군을 공격한다.

"자네는 인간 고물과 바이올린 고물을 동일시하는군. 인간 고물 중에서는 가네다 아무개 같은 자가 아직 유행할 정도지만 바이올린은 오래될수록 좋은 거야. 자, 도쿠센 군, 제발 빨리 두게. 가을 해는 일찍 저무니까 말이야."

"자네같이 성질 급한 사람과 바둑을 두는 게 괴롭네. 생각할 여유도 없어. 할 수 없으니 여기에 한 점 두어 집을 만들어야겠군."

"어어, 살려줬군그래. 아쉽네. 그곳에 둘 생각이 안 나게 수다를 떨며 방해를 했는데 실패로군."

"당연하지. 자네는 두는 게 아니라 속이는 것이로군."

"그게 혼인보식, 가네다식, 현대 신사식일세. 어이, 구샤미 선생, 과연 도쿠센 군은 가마쿠라에서 도를 닦아서인지 흔들림이 없군. 대단히 존경스럽네. 바둑은 못 두지만 배짱은 좋아."

"그러니 자네같이 배짱 없는 사람은 흉내 좀 내는 게 좋을 걸세."

아저씨가 등을 돌린 채 대답하자마자 메이테이 군은 커다랗고 붉은 혀를 날름 내밀었다. 도쿠센 군은 전혀 신경 쓰지 않는 듯, "자, 자네 차례야" 하고 다시 상대를 독촉했다.

"바이올린은 언제부터 시작했는가? 나도 좀 배우려고 생각했지만 아주 어렵다고 하던데" 하고 도후 군이 간게쓰 군에게 묻는다.

"응, 기본 정도는 누구나 쉽게 할 수 있지."

"같은 예술이니, 시에 취미가 있는 자는 역시 음악 쪽에도 빨리 숙달되지 않을까 나는 생각하는데, 어떤가?"

"그럴걸. 자네라면 필시 잘할 거야."

"자네는 언제부터 시작했는가?"

"고등학교 때부터야. 선생님, 제가 바이올린을 배우게 된 사정을 얘기한 적이 있던가요?"

"아니, 들은 바 없네."

"고등학교 때 선생님을 만나서 하기 시작했나?" 하고 도후 군이 다시 묻는다.

"아니, 선생님도 없이 혼자서 했지."

"대단한 천재로군."

"독학했다고 천재는 아니겠지."

간게쓰 군은 뚱해진 듯하다. 천재라는 말을 듣고 기분 나빠하는 사람은 간게쓰 군뿐일 것이다.

"그래, 아무래도 상관없네만, 어떤 식으로 독학했는지 좀 들려주게. 참고로 할 테니."

"그러지, 뭐. 선생님, 얘기할까요?"

"그래, 해보게."

"지금은 젊은이가 바이올린 가방을 들고 거리를 걸어 다니는 모습을 흔히 봅니다만, 그때는 고등학생 중에 서양 음악을 한 자가 거의 없었습니다. 특히 제가 다니던 학교는 시골에서도 시골이었으므로, 학교 학생으로 바이올린을 켜는 사람은 한 명도 없었습니다."

"왠지 재미있는 이야기가 저쪽에서 시작된 듯하군. 도쿠센 군, 적당히 끝낼까?"

"아직 정리되지 않은 곳이 두세 군데 있네."

"있어도 좋아. 별로 안 되는 거, 자네에게 진상하겠네."

"그렇게 말한다고 받을 수는 없지."

"선학자에 어울리지 않게 꼼꼼한 남자로군. 그럼 단숨에 해치우지. 간게쓰 군, 아주 재미있을 것 같은데. 그 고등학교 말이지? 학생이 맨발로 등교하는……."

"그런 말 한 적 없는데요?"

"모두 맨발로 교련 시간에 우향우 좌향좌를 해서 발바닥이 아주 두터워졌다고 하지 않았나?"

"설마요. 누가 그런 말을 했지요?"

"누구면 어때. 그리고 도시락은 커다란 주먹밥을 하나 귤처럼 허리에 차고 와서 그것을 먹었다고 하잖아. 먹는다기보다는 오히려 물어뜯는 거지. 그러면 주먹밥 가운데에서 매실장아찌가 하나 튀어나온다고 해. 이 매실장아찌가 튀어나오기를 기대하며 소금기도 없는 주위를 일심불란하게 먹어치우며 돌진한다고 하는데, 과연 원기 왕성한 학생들이야. 도쿠센 군, 자네 마음에 들 만한 이야기야."

"소박강건素朴剛健, 믿음직한 기풍이군."

"또 하나 믿음직한 게 있어. 그곳에는 대竹재떨이가 없다고 하네. 내 친구가 그곳에 근무할 때, 대재떨이를 사러 나갔는데 좀체 찾을 수가 없었어. 이상하다고 생각해서 물어보니, 재떨이는 아무나 집 뒤 숲에 가서 잘라 오면 되니 사고팔 필요가 없다고 태연히 대답했다고 하더라고. 이것도 소박강건한 기풍을 나타내는 미담이겠지. 그렇지, 도쿠센 군?"

"음, 그건 좋은데 여기 공배 하나 메워야겠네."

"좋아, 공배, 공배, 공배라. 자 이것으로 다 끝났군. ……나는 그 이야기를 듣고 실로 놀랐지. 그런 곳에서 자네가 바이올린을 독학했다니 우러러보이는군. 군중 속 고독이라고, 간게쓰 군은 실로 메이지의 굴원(중국 전국시대의 정치가이자 최고의 시인)이야."

"굴원은 싫습니다."

"그럼 금세기의 베르테르(괴테의 작품인 《젊은 베르테르의 슬픔》의 주인공)야. 뭐? 돌을 메워 계산을 하자고? 아주 꼼꼼한 성격이군. 계산해보지 않아도 내가 진 게 분명해."

"하지만 매듭을 지어야지."

"그럼 자네가 해주게. 나는 계산에 신경 쓸 때가 아니야. 일대의 재인 베르테르 군이 바이올린을 배우기 시작한 일화를 듣지 않으면 조상에게 미안하니, 실례하네" 하고 메이테이는 자리를 떠나 간게쓰 군 쪽으로 온다. 도쿠센 군은 열심히 흰 돌을 들어 백의 공배를 메우고, 검은 돌을 들고서는 흑의 공배를 메우며 계속 입으로 계산한다. 간게쓰 군은 이야기를 계속한다.

"우리 고향은 지방색이 강했어요, 고향 사람들은 아주 완고해서 조금이라도 유약한 자가 있으면 타향 학생에게 체면이 안 선다며 마구 엄중한 제재를 가하므로 꽤 번거로웠습니다."

"자네 고향 학생은 정말로 답답하지. 감색 무지 하카마 같은 걸 입고 말이야. 우선 그것부터가 이상하네. 그리고 바닷바람 탓인지 아주 얼굴이 검지. 남자야 그래도 낫지만 여자가 그러면 필시 곤란할 것이야."

메이테이 한 사람이 들어오니 중요한 이야기가 어딘가로 엇

나가 버린다.

"여자도 똑같이 까맣습니다."

"그래서 시집이나 가겠나?"

"고향 사람들이 다 까만 얼굴이니 할 수 없죠."

"팔자로군. 그렇지, 구샤미 군?"

"검은 편이 좋을 거야. 어설프게 희면 거울을 볼 때마다 자만심이 생겨서 안 돼. 여자라는 것은 다루기 힘든 물건이니까."

아저씨는 탄식의 한숨을 내쉬었다.

"그래도 지역 전체가 다 검으면 검은 쪽으로 자만하지 않겠어요?"

도후 군이 당연한 질문을 던졌다.

"어쨌든 여자는 아무 필요 없는 존재야" 하고 아저씨가 말하자, "그런 말을 하면 제수씨가 나중에 기분 나빠할 걸세" 하고 웃으면서 메이테이가 주의를 준다.

"뭐, 괜찮네."

"지금 안 계시나?"

"아이들 데리고 아까 나갔어."

"어쩐지 조용하다 했어. 어디 가셨는데?"

"어딘지 몰라. 마음대로 나가 돌아다니지."

"그리고 마음대로 돌아오는가?"

"그렇지, 뭐. 자네는 독신이라 좋겠네."

그러자 도후 군은 좀 불만스런 얼굴을 한다. 간게쓰 군은 싱글싱글 웃는다. 메이테이 군은, "아내를 두면 모두가 그런 마음이 되지. 그렇지, 도쿠센 군? 자네도 마누라 등쌀에 괴롭지?"

"어어, 좀 기다려. 사륙4*6 24, 25, 26, 27. 좁은 줄 알았더니 46집이나 되는군. 좀 더 크게 이긴 줄 알았는데, 계산해보니 겨우 18집 차이야. 근데 뭐라고?"

"자네도 마누라 등쌀에 괴롭지 않느냐고 물었네."

"아하하하, 별로 그렇지도 않아. 내 마누라는 나를 사랑하니까."

"그것참, 실례했군. 역시 도쿠센 군이야."

"도쿠센 선생님뿐만이 아닙니다. 그런 예는 아주 많습니다."

간게쓰 군이 천하의 부인을 대신하여 변호에 나섰다. 그러자 도후 군이, "나도 자네 말에 동의하네. 내 생각에 인간이 절대 영역에 들어가려면 단지 두 길이 있을 뿐인데, 그 두 길이라는 것은 예술과 사랑이야. 부부의 사랑은 그 하나를 대표하는 것이므로, 인간이 반드시 결혼해서 이 행복을 완수하지 않으면 천의天意에 어긋나는 것이 된다고 생각해. 그런데 어떻게 생각하십니까, 선생님?" 하고 진지한 표정으로 메이테이 군 쪽으로 돌아앉아 말했다.

"명언이네. 나 같은 사람은 도저히 절대 영역에 들어가지 못할 듯하네."

"마누라를 얻으면 더욱 못 들어가겠지."

아저씨는 무뚝뚝한 얼굴로 말했다.

"어쨌든 우리 미혼 청년은 예술의 향기를 맡아 향상의 길을 개척해야 인생의 의의를 알 수 있으므로, 우선 처음에는 바이올린이라도 배우자고 생각해 간게쓰 군에게 아까부터 경험담을 듣는 참입니다."

"그래, 그래. 베르테르 군의 바이올린 이야기를 경청하던 중이었지. 자, 이야기하게. 이제 방해는 없으니."

메이테이 군이 이윽고 창끝을 거두자, 도쿠센 군이, "향상의 길은 바이올린 같은 것으로 열리는 게 아니야. 그런 유희삼매

경에 빠져 우주의 진리를 깨닫기는 어려워. 진리를 알기 위해서는 역시 벼랑에서 손을 떼고 기절했다가 다시 소생할 정도의 기백이 없으면 아니 되네" 하고 거드름을 피우며 도후 군에게 훈계 비슷한 설교를 한 것은 좋았으나, 도후 군은 선종의 'ㅅ'자도 모르는 남자이므로 전혀 감동한 모습도 없이, "아, 예, 그럴지도 모릅니다만, 역시 예술은 인간 갈망의 극치를 나타낸다고 생각하므로 아무래도 이것을 버릴 수는 없습니다."

"버릴 수가 없다면, 원하는 대로 내 바이올린담을 들려주도록 하지. 이제 말하는 내용 그대로 저도 바이올린 연습을 시작할 때까지는 아주 고생을 했습니다, 선생님."

"그렇겠지. 촌구석에 바이올린이 있을 리가 없지."

"아뇨, 있기는 합니다. 돈도 오래전부터 모았으므로 지장은 없으나 아무래도 살 수가 없었습니다."

"왜?"

"좁은 지역이니 사두면 곧 발각됩니다. 발각되면 곧 건방지다고 하며 제재가 들어옵니다."

"천재는 옛날부터 박해를 받았으니까" 하고 도후 군은 크게 동정을 표했다.

"또 천재인가? 제발 천재 지칭만은 삼가주게. 그래서 매일 산책을 하며 바이올린이 있는 가게 앞을 지날 때마다 '저걸 사면 얼마나 좋을까, 저것을 손에 든 기분은 어떨까, 아아, 갖고 싶다' 하고 생각지 않는 날이 하루도 없었습니다."

"그랬겠지" 하고 평한 것은 메이테이고, "묘한 것에 빠졌군" 하고 의아해한 것은 아저씨이며, "역시 자넨 천재로군" 하고 경탄한 것은 도후 군이다. 단지 도쿠센 군만이 초연하게 수염을 매만지고 있다.

"그런 곳에 어떻게 바이올린이 있는지 일단 의심이 갈지 모르지만, 생각해보면 당연한 일입니다. 왜냐하면 이 지방에도 여학교가 있는데, 여학교 학생은 수업으로 매일 바이올린을 연습하기 때문입니다. 물론 좋은 것은 아닙니다. 단지 바이올린이라는 이름이 간신히 붙은 정도의 것입니다. 그러므로 가게에서도 그리 소중하게 보관하지 않아서 두세 개를 함께 가게 앞에 걸어 놓았던 것입니다.

가끔 산책을 하며 그 앞을 지날 때에 그것이 바람을 맞거나 아이 손에 닿아서 소리가 나는 경우가 있습니다. 그 소리를 들으면 갑자기 심장이 찢어질 듯하여 어찌할 바를 모르게 됩니다."

"위험하군. 물 발작, 사람 발작 등 발작에도 여러 가지 종류가 있으나 자네 것은 바이올린이니, 바이올린 발작이야" 하고 메이테이 군이 놀리자, "아니, 그 정도로 감각이 예민하지 않으면 진정한 예술가가 못 됩니다. 아무래도 천재 기질이군" 하고 도후 군이 더욱 감탄한다.

"예, 실제로 그게 발작일지도 모릅니다만, 그래도 그 음색만은 기묘했습니다. 그 뒤로 오늘까지 꽤 연주를 했습니다만, 그때만큼 아름다운 음이 나온 적이 없습니다. 그걸 뭐라 형용하면 좋을까요? 도저히 말로 표현할 수 없습니다."

"임랑琳琅〔아름다운 구슬을 일컫는 말〕이 부딪쳐 나는 소린가?" 하고 어려운 말을 꺼낸 것은 도쿠센 군이었으나 아무도 응대하지 않으니 불쌍하다.

"제가 매일 가게 앞을 산책하면서 이 신비한 음을 세 번 들었습니다. 세 번째에는 무슨 일이 있어도 꼭 사야겠다고 결심했습니다. 설령 고향 사람들에게 문책을 당하더라도, 다른 지방 사람에게 경멸을 받더라도, 얻어맞고 기절하더라도, 조롱을 받더라도, 자칫 잘못하여 퇴학 처분을 받더라도 이것만은 꼭 사야겠다고 생각했습니다."

"그게 천재라는 거야. 천재니까 그런 생각을 하는 거지. 부럽군. 나도 어떻게 해서든 그 정도 맹렬한 느낌을 얻어보려고 노력하지만 아무래도 안 되네. 음악회에 가서 열심히 듣기도 하지만, 아무래도 그 정도로 감흥이 솟아나지 않아."

도후 군은 계속 부러워한다.

"솟아나지 않는 게 행복한 거야. 지금이야 태연하게 말하지만 그때의 고통은 도저히 상상할 수 있는 종류의 것이 아니었지. 그래서 선생님, 결국 분발하여 사버렸습니다."

"흠, 어떻게?"

"마침 11월의 천장절(11월 3일. 메이지 천황 생일) 전날 밤이었습니다. 하숙집 사람들은 모두 1박으로 온천에 가고 한 사람도 없었습니다. 저는 아프다면서 그날은 학교도 쉬고 자고 있었습니다. '오늘 밤에야말로 나가서 오랫동안 원하던 바이올린을 손에 넣어야지' 하고 침상에서 그 생각만 하였습니다."

"꾀병을 부려서 학교까지 쉬었다고?"

"예, 그렇습니다."

"과연 좀 천재답군."

메이테이 군도 다소 탄복한 모습이다.

"이불 속에서 머리를 내놓고 있으려니 저녁 시간이 기다려져서 견딜 수가 없었습니다. 할 수 없이 머리를 이불에 집어넣고 눈을 감고 기다려보았으나 역시 소용없었어요. 머리를 내놓으면 강렬한 가을 해가 장지문에 쨍쨍 비치니 속이 타더군요. 위쪽에 가늘고 긴 그림자가 때때로 가을바람에 흔들리는 것이 눈에 보였습니다."

"뭐지, 그 가늘고 긴 그림자는?"

"처마에 걸어놓은 곶감이었습니다."

"흠, 그리고?"

"할 수 없이 침상에서 나와 장지문을 열고 마루에 나가 곶감을 하나 빼서 먹었습니다."

"맛있었나?"

아저씨는 어린이 같은 질문을 한다.

"맛있습니다, 우리 고향의 감은. 도저히 도쿄에서는 그 맛을 못 봅니다."

"감은 됐고, 그리고 어떻게 되었나?"

이번에는 도후 군이 묻는다.

"그리고 다시 이불 속으로 들어가 눈을 감고 '빨리 해가 저물면 좋을 텐데' 하고 은밀히 부처님께 빌어보았지. 약 서너 시간이나 지났다고 생각될 즈음, '이제 됐겠지' 하고 머리를 빼보니 뜻밖에 강렬한 가을 해는 아직도 장지문을 쨍쨍 비추고 위쪽의 가늘고 긴 그림자가 흔들거리고 있어."

"그건 들었잖아."

"몇 번이나 그랬어. 그리고 침상에서 나와 장지문을 열고 곶감을 하나 먹고 다시 침상으로 들어가 '빨리 해가 저물면 좋을 텐데' 하고 은밀히 부처님께 기원했지."

"아직도 그 자리야?"

"아, 선생님, 그리 안달하지 마시고 들어보시죠. 그리고 약 서너 시간 이불 속에서 참다가 '이번에야말로 시간이 되었겠지' 하고 스윽 머리를 내밀어보니, 뜨거운 가을 해는 여전히 장지문에 가득 비추고 위쪽에는 가늘고 긴 그림자가 흔들거리고 있습니다."
"언제까지 가도 똑같은 말 아닌가?"
"그리고 침상에서 나와 장지문을 열고 마루에 나가 곶감을 하나 먹고……."
"또 곶감을 먹었나? 언제까지 가도 곶감만 빼먹고 도대체 끝이 없군."
"저도 애가 탔습니다."
"자네보다 듣는 사람이 더 애가 타네."
"선생님은 아무래도 성격이 급하시니 이야기하기가 곤란합니다."
"듣는 쪽도 좀 곤란하네."
도후 군도 크게 불만을 터뜨렸다.
"그럼 여러분이 곤란하시다니 할 수 없네요. 대충 하고 끝을 내도록 하죠. 요컨대 저는 곶감을 먹고 들어가고, 들어갔다가 먹고, 이윽고 처마에 걸어놓은 곶감을 다 먹어버렸습니다."
"다 먹었으니 날이 저물었겠지?"
"그런데 그렇지 않아서요, 내가 마지막 곶감을 먹고, '이제는 됐겠지' 하고 머리를 내밀어보니, 여전히 뜨거운 가을 해가 장지문에 가득 비추어……."
"나는 이제 못 견디겠네. 언제까지 가도 끝이 없어."
"이야기하는 저도 질립니다."
"그러나 그 정도 끈기가 있으면 대부분 사업은 성공하지. 가만있으면 내일 아침까지 가을 해가 쨍쨍할 테지. 도대체 언제쯤 바이올린을 살 생각인가?"
통이 큰 메이테이 군도 다소 견디기 어려워진 듯하다. 단지 도쿠센 군만은 태연하게 내일 아침까지라도, 모레 아침까지라도 아무리 가을 해가 쨍쨍해도 동요될 기색이 없다. 간게쓰 군도 몹시 침착하다.

"언제 살 생각이냐고 하시지만, 밤이 되기만 하면 곧 사러 나갈 생각입니다. 단지 유감스러운 것은 언제 머리를 내밀어도 가을 해가 쨍쨍 비치고 있으므로…… 아뇨, 그때 제가 느낀 고통을 말하자면 지금 여러분이 애타는 정도와 비교도 안 됩니다. 저는 마지막 곶감을 먹어도 아직 해가 지지 않은 것을 보고, 불현듯 뚝뚝 눈물을 흘렸습니다. 도후 군, 나는 실로 슬퍼서 울었던 거야."

"그랬겠지. 예술가는 본래 다정다감하니까. 운 것은 안됐지만, 이야기는 좀 빨리 진행했으면 하네."

사람 좋은 도후 군은 여전히 진지하게 우스꽝스러운 대답을 한다.

"진행시킬 마음은 굴뚝같으나 아무래도 해가 저물어주지 않으니 곤란하네."

"그래, 해가 저물지 않으면 듣는 상대도 곤란하니 그만두지."

아저씨가 이윽고 더 참을 수 없게 된 듯 말했다.

"그만두면 곤란합니다. 앞으로가 더욱 흥미진진하니까요."

"그럼 들을 테니 빨리 해가 저문 것으로 치면 좋겠네."

"그럼 좀 무리한 요구입니다만, 선생님 말씀이니 받아들여 지금 해가 저문 것으로 하지요."

"그것 잘됐네."

도쿠센 군이 태연스럽게 말을 꺼내는 바람에 일동은 돌연 크게 웃음을 터뜨렸다.

"이윽고 밤이 되었으므로 일단 안도의 숨을 쉬고 구라가게촌의 하숙을 나섰습니다. 저는 번잡한 곳을 싫어하는 성격이라서 일부러 편리한 시내를 피해 인적 드문 한적한 마을의 농가에 얼마 동안 와우암蝸牛庵〔초라한 집이라는 뜻〕을 지어 살았던 것입니다……."

"'인적이 드문'은 너무 거창하군" 하고 아저씨가 항의하자, "'와우암'도 거창하군. 도코노마 없는 4조 반 정도로 해두는 편이 사실적이고 재밌네" 하고 메이테이 군도 불만을 드러냈다. 도후 군만은 칭찬한다.

"사실이 어떻든 언어가 시적이라 느낌이 좋아."

도쿠센 군은 진지한 얼굴로 물었다.

"그런 곳에 살면서 학교에 다니기가 힘들었겠네. 몇 리 정도 떨어져 있었나?"

"학교까지는 불과 4, 5백 미터 거리입니다. 원래 학교 자체가 한촌이므로……."

"그럼 학생들은 그 근처에 대개 집이 있었겠지?"

도쿠센 군은 좀처럼 인정하지 않는다.

"예, 대개 농가에 하나둘은 반드시 있었습니다."

"그것이 '인적이 드문'인가?" 하고 아저씨는 드디어 정면 공격을 가한다.

"예, 학교가 없었더라면 아주 인적이 드뭅니다. ……그래서 그날 밤 복장을 말하자면, 수직 무명 솜옷 위에 금단추가 달린 제복 외투를 입고, 외투의 두건을 푹 뒤집어써서 되도록 남의 눈에 띄지 않도록 주의를 하였습니다.

때마침 감나무 낙엽이 지는 계절로, 집에서 난고 가도로 나올 때까지는 길에 나뭇잎이 가득 덮여 있었습니다. 한 발 걸을 때마다 바삭바삭하는 것이 마음에 걸렸습니다. 누군가 뒤를 쫓아올 것 같아 불안했습니다.

뒤돌아보면 도레이 사라는 절의 숲이 울창하게 어둠 속에서 거무스레 비치고 있습니다. 도레이 사는 마쓰다이라 가문의 위패를 모신 곳으로 고신 산의 기슭에 있어, 제 집과는 백 미터 정도밖에 떨어져 있지 않은 굉장히 그윽하고 조용한 사찰입니다. 숲 위로는 별이 가득한 밤하늘에 은하수가 나가세 천을 가로질러서 저 끝으로, 끝은 글쎄요, 일단 하와이 쪽으로 흘러가는 것으로 하죠……."

"하와이는 너무 심하군" 하고 메이테이가 말했다.

"결국 난고 가도를 2백 미터 걸어와서 다카노다이마치에서 시내로 들어가 고조마치를 지나 센고쿠마치를 돌아서, 구이시로초를 옆으로 보고, 도리초를 1번지, 2번지, 3번지의 순서로 지나서, 그리고 오와리초, 나고야초, 샤치호코초, 가마보코초……."

"그렇게 여러 마을을 지나지 않아도 되네. 요컨대 바이올린을 샀는가, 사지 않았는가?"

아저씨가 속이 타는 듯 묻는다.

"악기가 있는 가게는 가네젠, 즉 가네코 젠베의 가게이므로 아직 멀었습니다."

"멀어도 좋으니 빨리 사도록 하게."

"잘 알겠습니다. 그래서 가네젠에 와보니 가게에는 램프가 아주 쨍쨍……."

"또 쨍쨍인가. 자네의 쨍쨍은 한두 번에 끝나지 않으니 곤란해."

이번에는 메이테이가 예방선을 쳤다.

"아뇨, 이번 쨍쨍은 한 번에 끝나는 쨍쨍이니 별로 걱정하실 필요가 없습니다. 들여다보니 바이올린이 희미하게 가을 등불을 반사하여 움푹 팬 둥근 몸통은 차가운 빛을 발하고 있습니다. 팽팽히 당겨진 줄 일부만이 반짝반짝 하얗게 눈에 비칩니다……."

"꽤 멋진 묘사로군." 도후 군이 칭찬했다.

"'저거다, 바로 저 바이올린이다'라고 생각하자, 갑자기 가슴이 두근거리고 다리가 후들거립니다……."

"흐흥" 하고 도쿠센 군이 코로 웃었다.

"후다닥 달려가서 주머니에서 지갑을 빼고 5엔짜리 지폐 두 장을 꺼내서……."

"이윽고 샀는가?" 하고 아저씨가 묻는다.

"사려고 했습니다만, '가만있자, 지금이 중요한 순간이다. 분별없이 행동하면 실패한다' 며 아슬아슬한 순간에 그만두기로 생각을 고쳐먹었습니다."

"뭐야? 아직 사지 않았나? 바이올린 하나로 꽤 사람들을 끌고 다니는군."

"끌고 다닐 생각이 아닙니다만, 아무래도 아직 사지 않았으니 할 수 없습니다."

"왜?"

"왜냐고요? 아직 초저녁이라 사람들이 많이 지나다니고 있었거든요."

"상관할 것 없잖아. 사람들이 2백이나 3백 명 지나간다 해도 무슨 상관이야. 자네 참 이상한 사람일세" 하고 아저씨는 화를 낸다.

"보통 사람이라면 천이나 2천이라도 상관하지 않습니다만, 학교 학생이 팔을 걷어붙이고 커다란 지팡이를 들고 배회하고 있으니 쉽사리 손을 내밀 수 없었습니다. 그중에는 침전당沈澱黨

이라고, 항상 반에서 바닥을 기면서 우쭐대는 놈들이 있으니까요. 그런 애들은 유도를 잘했죠. 함부로 바이올린 같은 것에 손을 댈 수 없습니다. 어떤 보복을 당할지 모릅니다. 저도 바이올린을 원하는 건 틀림없지만 목숨은 아까우니까요. 바이올린을 켜고 살해당하기보다는 켜지 않고 사는 편이 낫죠."

"그럼 결국 사지 않고 그만두었다는 거지" 하고 아저씨가 확인을 한다.

"아뇨, 샀습니다."

"속 태우는 남자로군. 사려면 빨리 사게. 싫으면 그것으로 좋으니 빨리 끝장내면 좋을 듯하네."

"헤헤헤, 세상 일은 그리 제가 마음먹은 대로 결정되는 게 아니니까요" 하고 말하면서 간게쓰 군은 냉정하게 담배에 불을 붙이고 연기를 뿜었다.

아저씨는 지겨워진 듯 불쑥 일어나서 서재로 들어가는가 싶더니, 오래된 듯한 양서를 한 권 가져와서 털썩 엎드려 읽기 시작했다.

도쿠센 군은 어느새 도코노마 앞으로 물러나 혼자서 바둑돌을 늘어놓고 씨름을 하고 있다. 모처럼의 일화도 너무 길어지니까 청취자가 하나둘 줄어들어, 남은 자는 예술에 충실한 도후 군과 살면서 여태껏 긴 이야기에 질린 적이 없는 메이테이 군뿐이다.

긴 연기를 푸우 하고 세상에 거리낌 없이 내뿜은 간게쓰 군은 이윽고 아까와 같은 속도로 담화를 계속한다.

"도후 군, 나는 그때 이렇게 생각했지. '도저히 이른 저녁은 안 된다. 그렇다고 해서 한밤중에 오면 가게 주인은 자버리니 더욱 아니 된다. 아무래도 학교 학생이 산책을 끝내고 다 돌아가고, 그리고 가게 주인이 아직 잠들지 않은 때를 노려서 오지 않으면 모처럼의 계획은 물거품이 된다.' 그렇지만 그 시간을 딱 맞추는 것이 어려웠지."

"과연 그건 어려운 일이야."

"그래서 나는 그 시간을 한 10시경으로 정했지. 그래서 그때부터 10시경까지 어딘가에서 시간을 보내야 했어. 집에 돌아갔다가 다시 나오는 것은 힘들어. 친구 집에 놀러 가는 것은 왠지 찜찜해서 재미없고, 할 수 없어서 그 시간이 될 때까지 시내를 산책하기로 했어. 그런데 평소라면 왔다 갔다 하는 동안 금세 두 시간이나 세 시간이 지나갔는데, 그날 밤에는 시간이 너무 늦게 가서 '천추千秋의 한이란 바로 이런 것을 두고 하는 말이로군' 하고 절실히 느꼈지요" 하고 자못 감동한 모습으로 메이테이 선생 쪽을 의도적으로 바라본다.

"옛사람도 기다리는 몸의 고통을 시로 노래했으니까. 또 기다림을 받는 몸보다 기다리는 몸은 괴롭다고 하니, 처마에 매달린 바이올린도 괴로웠겠지만 탐정처럼 정처 없이 돌아다니는 자네는 더욱 괴로웠을 테지. 마치 얻어먹지 못한 초상집 개처럼. 집 없는 개처럼 불쌍한 건 없지."

"개는 좀 잔혹하네요. 개와 비교된 적은 아직 없었습니다."

"자네 이야기를 들으면, 나는 왠지 옛날 예술가의 전기를 읽는 기분이 들어 동정을 금할 수 없네. 개와 비교한 것은 선생님의 농담이니 괘념치 말고 이야기를 계속하게" 하고 도후 군이 위로한다. 위로받지 않아도 간게쓰 군은 물론 이야기를 계속할 작정이다.

"그리고 오카치마치에서 핫키마치를 지나, 료가에초에서 다카조마치로 나와, 현청縣廳 앞에서 마른 버드나무의 수를 세고

병원 옆에서 창의 등불을 세고, 곤야 교 위에서 담배를 두 대 피고, 그리고 시계를 보았지……."

"10시가 되었나?"

"아쉽게도 아직 되지 않았네. 곤야 교를 건너 강을 따라 동쪽으로 올라가다가 안마사를 세 명 만났네. 그리고 개가 계속 짖었습니다, 선생님……."

"가을 긴 밤에 강가에서 멀리 개 짖는 소리를 듣는 것은 좀 드라마틱하군. 자네가 도망자라는 설정이지."

"뭔가 나쁜 짓이라도 했단 말입니까?"

"앞으로 하려는 참이 아닌가."

"불쌍하게도 바이올린을 사는 것이 나쁜 짓이라면, 음악학교 학생은 모두 죄인이지요."

"남이 인정하지 않는 것을 하면 아무리 좋은 일을 해도 죄인이야. 그러니 세상에서는 자기도 모르게 죄인이 될 수 있네. 예수도 그런 세상에 태어나면 죄인이야. 호남자 간게쓰 군도 그런 곳에서 바이올린을 사면 죄인이지."

"그럼 일단 죄인이라고 해두죠. 죄인이 되는 건 상관없지만 아직 10시가 되지 않으니 난처했습니다."

"다시 한번 마을 이름을 늘어놓는 거야. 그것으로 부족하면 다시 가을 해가 쨍쨍하게 만들고. 그래도 부족하면 다시 곶감을 30개 정도 먹고 말이야. 끝까지 들을 테니 10시가 될 때까지 계속하게."

간게쓰는 빙긋이 웃었다.

"그렇게 앞서가시면 항복하는 수밖에 없군요. 그럼 건너뛰어서 10시가 되었다고 칩니다. 자, 약속한 10시가 되어 가게 앞에 와보니, 쌀쌀한 밤이라 그 번화한 료가에초에도 거의 인적이 끊어져, 저쪽에서 오는 게다 소리조차 쓸쓸하게 들렸습니다. 가게는 벌써 대문을 닫고 작은 문만 열어두고 있었습니다. 저는 웬지 개에 쫓기는 기분으로 문을 열고 들어가는데 좀 기분이 찜찜했습니다……."

이때 아저씨는 지저분한 책에서 잠시 눈을 떼고, "어이, 이제 바이올린을 샀는가?" 하고 물었다.

"이제부터 사려고 합니다" 도후 군이 대답하자, "아직 안 샀는가. 정말로 오래 걸리는군" 하고 혼잣말처럼 말하고 다시 책을 읽기 시작했다. 도쿠센 군은 묵묵히 백과 흑으로 바둑판을 거의 메워버렸다.

"과감히 뛰어 들어가 두건을 쓴 채 바이올린을 달라고 말하자, 난로 주위에 모여 이야기를 나누던 네다섯 명의 점원이 놀라서 모두가 내 얼굴을 쳐다보았습니다. 저는 무심코 오른손을 들어 두건을 쓱 앞쪽으로 당겼습니다.

'어이, 바이올린을 주게' 하고 두 번 말하자, 맨 앞에서 내 얼굴을 들여다보던 소년 점원이 '예' 하고 미덥지 않은 대답을 하고 일어나서 가게 앞에 걸린 것을 서너 개 한꺼번에 내려서 가져왔습니다. 얼마냐고 물으니 5엔 20전이라고 합니다……."

"어이, 그렇게 싼 바이올린이 있는가? 장난감 아닌가?"

"모두 같은 가격이냐고 물으니, '예, 모두 똑같습니다. 모두 정성스럽게 잘 만들었습니다' 하고 말하므로, 지갑에서 5엔 지폐와 은화를 20전 꺼내준 뒤에 준비한 보자기를 내밀고 바이올린을 쌌습니다.

그동안 가게 점원들은 이야기를 멈춘 채 가만히 내 얼굴을 보고 있었습니다. 얼굴을 두건으로 가렸으니 들킬 염려는 없지만 웬지 염려가 되어 1초라도 빨리 거리로 나오고 싶었습니다.

잠시 후 보따리를 외투 밑에 넣고 가게를 나오는데 점원들이 일제히 '감사합니다' 하고 큰 소리로 말해서 깜짝 놀랐습니다. 거리로 나와 잠시 주위를 둘러보니 다행히도 아무도 없는 듯하였으나, 백 미터 정도 저쪽에서 두세 명이 온 시내에 들릴 정도로 가락을 붙여 시를 읊으며 옵니다.

'이키, 큰일 났군' 하고 가게 모퉁이를 서쪽으로 꺾어서 수로 옆 야쿠오지 길로 나와 한노키무라에서 고신 산 기슭으로 나와 이윽고 하숙집으로 돌아왔습니다. 하숙집에 돌아오니 벌써 2시 10분 전이었습니다."

"밤새도록 걸어 다닌 셈이군" 하고 도후 군이 불쌍하다는 듯이 말하자, "간신히 끝났군. 아이고, 기나긴 여정의 주사위 놀이군" 하고 메이테이 군은 휴 한숨을 쉬었다.

"이제부터가 중요합니다. 지금까지는 단지 서막에 불과합니다."

"아직 남았나? 이거 쉽지 않은걸. 대부분의 사람은 자네를 만나면 끈기 때문에 져버리겠군."

"끈기야 어쨌든, 여기서 그만두면 부처를 만들고 혼을 넣지 않은 것과 같으니 좀 더 이야기하겠습니다."

"이야기하는 것은 물론 자네 마음이야. 듣는 것은 듣지."

"어떻습니까, 구샤미 선생님도 들으시는 게? 이제 바이올린을 사버렸습니다. 예, 선생님?"

"이번에는 바이올린을 파는 건가? 파는 건 듣지 않아도 되네."

"아직 파는 게 아닙니다."

"그럼 듣지 않아도 되네."

"아무래도 곤란하군. 도후 군, 도후 군뿐이네, 열심히 들어주는 사람은. 좀 긴장이 빠지지만 할 수 없지, 후딱 말해버리겠네."

"후딱 하지 않아도 좋으니 천천히 얘기하게. 아주 재밌네."

"바이올린은 오랜 염원으로 손에 넣었지만, 우선 무엇보다 곤란한 것은 놓는 장소였네. 내 방은 사람들이 꽤 놀러 오니, 아무 데나 걸어놓거나 세워놓으면 곧 발각되지. 구멍을 파고 묻으면 파내는 것이 힘들고."

"그렇군. 천장 위에라도 숨겼는가?" 하고 도후 군은 한가한 말을 한다.

"천장은 없어. 농가인걸."

"그거 난처하겠네. 어디에 두었나?"

"어디에 두었다고 생각하나?"

"모르지. 창문 안쪽인가?"

"아니."

"이불에 감싸서 벽장에 넣었나?"

"아니."

도후 군과 간게쓰 군이 바이올린을 숨긴 곳에 관해 이처럼 문답을 나누는 가운데 아저씨와 메이테이 군도 뭔가 계속 말을 나누고 있다.

"이거 뭐라 읽는가?" 하고 아저씨가 묻는다.

"뭐?"

"이 둘째 줄 말이야."

"뭐라고? Quid aliud est mulier nisi amitici inimica……('아내는 우정의 적이 아니면 무엇이겠는가'라는 뜻) 자네, 이건 라틴어가 아닌가?"

"라틴어라는 건 아는데, 뭐라는 말인가?"

"에? 자네는 평소 라틴어를 해독할 수 있다고 하지 않았나?"

메이테이 군은 위험하다고 간파하고 좀 뒤로 물러났다.

"물론 읽기는 하지. 읽기는 하지만 이게 무슨 뜻이야?"

"'읽기는 하지만 이게 무슨 뜻이야'는 심하군."

"대충이라도 좋으니 일단 영어로 번역해보게."

"'보게'는 심하군. 마치 졸병 같네."

"졸병이라도 좋으니 뭔 말이야?"

"뭐, 라틴어는 나중에 하고, 간게쓰 군의 이야기를 들어보지 않겠나? 지금 아주 중요한 대목이야. 이윽고 들킬 것인가 말 것인가, 위험천만인 지경에 와 있네. ……간게쓰 군, 그리고 어떻게 되었지?" 하고 메이테이 군은 갑자기 흥을 내며 다시 바이올린 패거리에 끼어든다. 아저씨는 가엽게도 소외되었다. 간게쓰 군은 이에 힘을 얻어 숨긴 곳을 설명한다.

"결국 오래된 고리짝에 숨겼습니다. 고향을 떠날 때 할머니가 주신 고리짝인데, 글쎄 할머니가 시집올 때 가져온 것이라고 합니다."

"그것참, 고물이네. 바이올린과는 좀 어울리지 않는 듯하군. 그렇지, 도후 군?"

"예, 좀 어울리지 않네요."

"천장 위라도 안 어울리지" 하고 간게쓰 군은 도후 선생을 공격했다.

"어울리지는 않으나 하이쿠는 되네. 안심하게. '쓸쓸한 가을 / 고리짝에 숨겼네 / 내 바이올린'은 어떤가, 자네들?"

"선생님, 오늘은 꽤 하이쿠가 잘 나오네요."

"오늘만 그런 것이 아니야. 항상 마음속에서 만들어지지. 하이쿠에 대한 나의 조예를 말하자면, 고故 마사오카 시키(근대 하이쿠의 개척자로, 소세키의 친구)도 혀를 내두르며 놀랐을 정도니까."

"선생님, 시키 씨와 교제하셨나요?"

순진한 도후 군은 진솔한 질문을 던진다.

"뭐, 교제는 하지 않아도 시종 무선통신으로 서로 속을 터놓고 지냈지" 하고 터무니없는 말을 하므로, 도후 선생은 어이가 없어서 입을 다물었다. 간게쓰 군은 웃으면서 다시 이야기를 진행한다.

"그래서 둘 곳은 생겼지만, 이번에는 꺼내기가 곤란해졌어. 단지 꺼내서 남의 눈을 피해 바라보는 것은 할 수 있으나, 바라보는 것만으로는 아무것도 되지 않아. 켜지 않으면 소용이 없어. 켜면 소리가 나. 소리가 나면 곧 들키고. 마침 무궁화 울타리 너머 남쪽에는 침전당 두목이 하숙하고 있으니까 위험하지."

도후 군이 안타깝다는 듯이 장단을 맞춘다.

"과연, 난처하겠군. 말보다 증거, 소리가 나니까. 다카쿠라 천황의 후궁이었던 고고노 쓰보네도 숨어 지내던 중 거문고를 켜다가 들켰으니까. 몰래 밥을 훔쳐 먹거나 위폐를 만들거나 하는 것은 그래도 형편이 나으나, 음악은 남에게 감출 수가 없으니까."

"소리만 나지 않으면 어떻게든 하겠지만……."

"잠깐. '소리만 나지 않으면'이라고 하는데, 소리가 나지 않아도 숨기지 못하는 게 있어. 옛날에 우리가 고이시카와의 절에서 자취할 때에 스즈키라는 친구가 있었는데, 이 스즈키가 미림味(찐 찹쌀과 쌀누룩을 섞어 빚어서 발효시켜 지게미를 짜낸 황색의 투명한 술)을 아주 좋아해서 맥주병에 미림을 사다가 혼자서 마시는 거야. 어느 날 스즈키가 산책하러 나간 뒤에, 관두면 좋았을 텐데 글쎄 구샤미 군이 좀 훔쳐서 마셨는데……."

"내가 스즈키의 미림을 마시기는. 마신 사람은 자네 아닌가?"

아저씨는 돌연 큰 소리를 냈다.

"어, 책을 읽고 있어서 괜찮으려니 생각했는데 역시 듣고 있었군. 방심할 수 없는 남자야. 귀도 밝고 코도 밝다는 것은 바로 자네를 두고 한 말이군. 과연 듣고 보니 나도 마신 게 맞네. 나도 마셨지만 발각이 난 것은 자네였지. 이보게들, 들어보게. 구샤미 선생은 원래 술을 못 마시네. 그런데 남의 미림이라고 열심히 마셨으니, 큰일 났지, 온 얼굴이 빨개져서. 아니, 정말 두 눈으로 볼 수 없는 모습이었어……."

"입 다물게. 라틴어도 못 읽는 주제에."

"하하하, 그래서 스즈키가 돌아와서 맥주병을 흔들어보니 반 이상 부족해. 아무래도 누가 마신 게 틀림없다고 여기고 둘러보니 구샤미 군이 방구석에 붉은 진흙으로 만든 인형처럼 굳어 있는데……."

세 명은 무심코 크게 웃음을 터뜨렸다. 아저씨도 책을 읽으면서 크크 웃었다. 그러나 도쿠센 군 혼자 세속의 기운에 너무 휘둘려서 다소 피로한 듯 바둑판에 엎어져서 어느새 쿨쿨 자고 있다.

"또 소리가 나지 않는데 들킨 게 있어. 내가 옛날에 우바코 온천에 가서 어떤 할아버지와 같은 방에 묵은 적이 있지. 도쿄에서 포목점을 한다든가 하는데, 어쨌든 같이 자는 것뿐이니까 옷감 장수건 헌옷 장수건 관계없으나 단지 곤란한 일이 하나 생겨버렸어.

그러니까 내가 우바코에 도착하고 나서 사흘째 되는 날 담배가 떨어져서 말이야. 여러분도 알겠지만, 그 우바코라는 곳은 산속 외딴집이라 단지 온천에 들어가고 밥을 먹는 것 말고는 달리 아무것도 할 수 없는 불편한 곳이야. 그런데 담배가 떨어졌으니 곤란하지. 뭐든 없으면 더욱 간절해지는 법이라, 담배가 없다는 사실을 알자마자 별로 그렇지 않았는데 갑자기 피우고 싶어져서 말이야.

심술궂게도 그 할아버지는 보자기 가득 담배를 준비하여 올라와 있었어. 할아버지가 그것을 조금씩 꺼내서는 남 앞에서 양반다리를 하고 '피우고 싶지?'라고 말하는 듯 퍽퍽 피우는 거야. 단지 피우기만 한다면 참을 수 있겠는데 연기를 둥글게 뿜어대거나, 세로로 뿜거나, 가로로 뿜거나, 또 코로 연기를 뿜어대거나 하면서 우쭐거리며 피우는 거야……."

"헤헤, 그런 괴로운 생각을 하지 말고 좀 달라고 하죠."

"그렇지만 달라고 하지 않았지. 나도 남자야."

"에? 달라고 하면 안 됩니까?"

"안 되는 건 아니겠지만, 달라고 하지 않았네."

"그래서 어떻게 되었습니까?"

"달라 하지 않고 훔쳤지."

"어어, 세상에."

"영감이 수건을 들고 온천으로 간 뒤에 '피우려면 지금이다' 생각해서 일심불란 연달아 피우고 '아아, 유쾌하다' 생각하는데, 곧 장지문이 드르륵 열려서 '어?' 하고 돌아보니 담배 주인이야."

"온천에는 들어가지 않았던 겁니까?"

"들어가려고 했는데 쌈지를 잊어버리고 온 게 생각나서 복도에서 돌아온 거야. 누가 훔쳐갈 것도 아닌데 우선 그것부터가 기분 나쁘지."

"뭐라고 말 못하겠네요. 담배를 훔쳐놓고서는."

"하하하, 영감도 꽤 보는 눈이 있어. 쌈지는 어쨌든, 영감이 문을 열자 이틀간 참다가 피운 담배 연기가 방 안에 가득하지 않았겠나. 나쁜 일은 천 리 간다는 말은 참 맞는 말일세. 곧바로 들키고 말았지."

"영감은 뭐라고 했나요?"

"과연 세월의 경륜인가, 아무 말도 하지 않고 담배를 대여섯 개 종이에 싸서 '실례지만 이런 싸구려라도 괜찮다면 피시죠' 하고 다시 온천으로 내려갔지."

"그런 것이 에도의 풍류라는 걸까요?"

"에도 풍류인지 포목점 풍류인지 모르지만, 그 뒤로 나는 영감과 아주 친해져서 2주간 즐겁게 머물다 돌아왔지."

"담배는 2주 동안 영감님 것을 얻어 피셨나요?"

"뭐, 그렇지."

"이제 바이올린은 끝났는가?"

아저씨가 잠시 책을 덮고 일어나면서 결국 항복을 했다.

"아직 멀었습니다. 이제부터가 재미있는 대목입니다. 막바지니까 들어주세요. 들어주시는 김에 바둑판 위에서 낮잠을 주무시는 선생님, 성함이 뭐라 하셨죠? 에? 도쿠센 선생님, 도쿠센 선생님도 들어주셨으면 합니다. 어때요? 저렇게 자다간 몸에 안 좋을 텐데요. 이제 깨워도 좋겠죠?"

"어이, 도쿠센 군, 일어나게. 재미있는 이야기가 있어. 일어나게. 그렇게 자면 몸에 좋지 않아. 마누라가 걱정한다고."

"에?" 하고 얼굴을 든 도쿠센 군의 염소수염을 타고 침이 한 줄기 길게 늘어져 달팽이가 기어간 흔적처럼 또렷이 반짝인다.

"아아, 잘 잤다. 산꼭대기 흰 구름은 나의 나른함과 닮았도다.

아아, 기분 좋게 잤군."

"잔 것은 모두가 인정하지만 이제 좀 일어나는 게 어떤가."

"이제 일어나도 좋지. 뭔가 재미있는 이야기가 있는가?"

"지금부터 드디어 바이올린을, 어떻게 한다고 했지, 구샤미 군?"

"어떻게 할 것인지 전혀 예상이 되지 않네."

"이제부터 드디어 켜는 참입니다."

"이제부터 드디어 바이올린을 켜는 참이야. 이쪽으로 와서 듣게나."

"아직 바이올린인가? 곤란하군."

"자네는 줄 없는 거문고를 연주하는 자이니 곤란하지 않지만, 간게쓰 군은 깡깡 이웃집에 들리니 매우 곤란해."

"그런가? 간게쓰 군, 이웃에 들리지 않도록 바이올린 켜는 법을 모르는가?"

"모릅니다. 그런 법이 있으면 듣고 싶습니다만."

"듣지 않아도 노지露地〔속계를 떠난 고요한 경지를 일컬음〕의 백우白牛〔한 점 오염 없는 청정한 소리는 뜻〕처럼 욕망을 버리면 금세 알 터인데" 하고 무슨 뜻인지 알 수 없는 말을 한다. 간게쓰 군은 도쿠센이 졸려서 그런 희한한 말을 하겠지 판단했으므로 굳이 상대하지 않고 화두를 진행한다.

"잠시 후에 하나의 묘책을 떠올렸습니다. 다음 날은 천장절이므로 아침부터 집에서 옷상자 뚜껑을 열어보고 닫아보면서 하루를 들뜬 기분으로 지냈습니다만, 이윽고 날이 저물어 고리짝 바닥에서 귀뚜라미가 울기 시작할 때 과감히 바이올린과 활을 꺼냈습니다."

"드디어 나왔군" 하고 도후 군이 말하자, "함부로 켜면 위험하지" 하고 메이테이 군이 주의를 주었다.

"우선 활을 들고 끝부터 아래까지 살펴보고……."

"풋내기 칼 장수 같군" 하고 메이테이가 놀렸다.

"실제로 그것이 나의 혼이라고 생각하자, 무사가 갈고 닦은 명검을 긴 밤의 등불 아래서 빼보는 듯한 기분이 들었습니다. 저는 활을 든 채 덜덜 떨었습니다."

"확실히 천재야" 하는 도후 군에 이어, "확실히 발작이야" 하고 메이테이 군이 덧붙였다. 아저씨는 "빨리 켰으면 하는데" 하고 말한다. 도쿠센 군은 황당하다는 표정이다.

"다행히도 활은 문제가 없습니다. 이번에는 바이올린을 등불 옆에 가져가 안팎으로 잘 살펴봤습니다. 약 5분간 고리짝 바닥에서는 계속 귀뚜라미가 울고 있다고 생각해주세요……."

"뭐든지 생각해줄 테니 안심하고 켜도록 하게."

"아직 켜지 않습니다. 다행히 바이올린도 흠이 없습니다. 이제 되었다고 생각해 불쑥 일어나……."

"어디로 나가는가?"

"아, 조금만 잠자코 계시죠. 그렇게 매번 방해하시면 이야기가 앞으로 나가지 못하니……."

"어이, 여러분, 입 다물게. 쉿!"

"떠드는 건 자네뿐이야."

"응, 그런가? 이거 참 실례. 근청! 근청!"

"바이올린을 옆구리에 끌어안고 조리를 신고 두세 걸음 집을 나섰으나, 아 참……!"

"야, 또 시작이군. 어디선가 정전停電되리라 생각했네."

"이제 돌아와봤자 곶감은 없어."

"여러 선생님이 방해를 해서 심히 유감입니다만, 도후 군 한 사람을 상대할 수밖에 없겠네요. 괜찮나, 도후 군? 두세 걸음 나갔으나 다시 돌아와, 고향을 떠날 때 3엔 20전에 산 붉은 모포를 머리부터 뒤집어쓰고 훅 등불을 끄니, 사방이 깜깜해져 이번에는 조리를 어디 벗어놓았는지 알 수 없게 되었네."

"도대체 어딜 가려고 하나?"

"참고 들어보게. 잠시 후 조리를 찾아서 밖으로 나서자 별과 달이 찬란한 밤에 감나무잎은 우수수, 빨간 모포에는 바이올린이다. 오른쪽으로 계속 가서 완만한 언덕길로 고신 산에 다가가니, 도레이 사의 종이 '뎅……' 하고 모포를 거쳐 귀를 통해 머릿속으로 울려 퍼졌어. 몇 시라고 생각하나, 자네?"

"모르겠는걸."

"9시야. 그리고 혼자 긴 가을밤 산길을 천 미터가량 올라 오다이라라는 곳에 이르렀는데, 원래 겁이 많던 내가 무서워서 견딜 수 없을 텐데 일심불란이 되니 이상하게도 전혀 무서운 생각이 들지 않았네. 단지 바이올린을 켜고 싶다는 마음만 가득하니 희한하지.

오다이라는 고신 산 남쪽인데, 날씨가 좋은 날에 올라가보면 적송 사이로 마을이 한눈에 보이는 최고 조망의 평지라네. 넓이는 백 평 정도던가, 한가운데 너른 바위가 있고, 북쪽으로 연못이 이어져 있고, 연못 주위에는 세 사람이 둘러쌀 정도의 큰 녹나무뿐이야.

산속이므로 사람이 사는 곳이라곤 장뇌樟腦(녹나무에서 추출하는 케톤의 일종)를 채취하는 오두막집 한 채가 있을 뿐, 연못 근방은 낮이라도 그리 기분이 좋은 장소가 아니지. 다행히 공병대가 훈련을 위해 길을 만들어놓았기에 오르는 데 고생스럽진 않아.

잠시 너른 바위 위로 올라가 모포를 깔고 어쨌든 그 위에 앉았어. 이렇게 추운 밤에 오른 것은 처음이므로 바위에 앉아 잠시 마음을 진정시키니 주위의 쓸쓸함이 점차 내 속으로 스며드는 듯하더군. 이런 때 사람의 마음을 흩트리는 것은 단지 무섭다는 느낌뿐이니, 이것만 빼면 남는 것은 하얗게 깨끗하고 쓸쓸한 느낌뿐이야.

20분 정도 망연하게 있으니 왠지 수정으로 만든 궁전 안에 오직 홀로 사는 듯한 기분이 들었어. 게다가 단 한 사람인 나의 몸이, 아니 몸뿐 아니라 마음도 혼도 모두 한천寒天인가 뭔가로 만들어진 듯 묘하게 투명해져 내가 수정 궁전 안에 있는지, 내 안에 수정 궁전이 있는지 알 수 없게 되었어……."

"엉뚱한 상황이 되어버렸군" 하고 메이테이 군이 정색하고 놀리니, 이어서 도쿠센 군이, "흥미로운 경지로군" 하고 좀 감동한 모습이다.

"만약 이 상태가 계속된다면, 나는 내일 아침까지 모처럼의 바이올린도 켜지 않고 너른 바위에 앉았을지도 모릅니다……."

"여우라도 있는 곳인가?" 하고 도후 군이 물었다.

"이러한 상황으로 자타 구별도 사라지고 살아 있는지 죽었는지 종잡을 수 없을 때, 돌연 뒤의 연못에서 '까악!' 하는 소리가 들렸습니다……."

"드디어 나왔군."

"그 소리가 멀리 메아리치며 태풍과 함께 산에 가득한 나뭇가지를 지나갔나 싶은 순간 퍼뜩 제정신으로 돌아왔습니다……."

"간신히 안심했네" 하고 메이테이 군이 가슴을 쓰다듬는 몸짓을 한다.

"대사일번건곤신大死一番乾坤新〔죽음의 직전까지 가야 새로운 경지가 열린다는 뜻)이로다" 하고 도쿠센 군은 눈을 깜박거렸다. 간게쓰 군은 무슨 말인지 모른다.

"정신을 차리고 주위를 둘러보니 고신 산이 온통 조용하여 낙숫물 소리조차 들리지 않았어. '이상하다, 지금 소리는 무슨 소리인가' 생각했지. '사람 소리치고는 너무 예리하고, 새소리치고는 너무 크고, 원숭이 소리치고는…… 이 근방에 설마 원숭이는 없겠지. 뭘까?' 하는 문제가 머릿속에서 일어나자, 이 문제를 해석하려고 지금까지 조용하던 것들이 복잡하게, 마치 영국의 코노트 왕자 방일 때 환영 인파가 보여준 광란처럼 뇌리를 뒤흔들어.

그러던 중에 온몸의 털구멍이 급히 열리더니 정강이 위에 뿌린 알코올처럼 용기, 담력, 분별, 침착이라 일컫는 손님이 슛슛 증발하여 사라지네. 심장이 늑골 밑에서 우스꽝스런 춤을 추기 시작하지. 양다리가 연줄처럼 윙윙 진동을 시작하네. 견딜 수 없어서 급히 모포를 머리부터 뒤집어쓰고 바이올린을 옆구리에 낀 채 비틀비틀 바위에서 내려와, 단숨에 산길을 뛰어 산기슭 집으로 돌아와 이불을 뒤집어쓰고 자버렸지. 지금 생각해봐도 그렇게 으스스한 기분을 느낀 적이 없네, 도후 군."

"그래서?"

"그래서 끝이야."

"바이올린은 켜지 않나?"

"켜고 싶어도 켜지 못하지 않았는가. '까악!' 인걸. 자네라도 필시 켜지 못했을 것이야."

"왠지 자네 이야기는 뭔가 빠진 듯하네."

"그래도 사실인걸. 어떻습니까, 선생님?"

간게쓰 군은 좌중을 돌아보고 아주 득의양양한 모습이다.

"하하하, 이거 아주 멋진 작품인걸. 거기까지 나아가는 데 꽤나 고심참담한 과정이 있었겠지. 나는 남자 샌드라 벨러니〔영국의 소설가 조지 메러디스의 소설《샌드라 벨러니》의 여주인공으로 음악의 천재임〕가 동방의 나라에 출현했는가 싶어 지금까지 진지하게 경청하고 있었지" 하고 말한 메이테이 군은 아무도 샌드라 벨러니에 대해 질문을 하지 않자 혼자 설명한다.

"샌드라 벨러니가 달빛 아래에서 하프를 켜고 이탈리아풍 노래를 숲속에서 부르는 장면은, 자네가 고신 산에 바이올린을 안고 오르는 것과 비슷하되 기교가 다르네. 아깝게도 샌드라는 달 속 선녀를 놀라게 하지만 자네는 연못의 너구리에게 놀랐으므로, 막판에 코미디와 숭고의 큰 차이를 보여주었네. 얼마나 유감이었겠는가."

"그리 유감은 없습니다" 하고 간게쓰 군은 의외로 태연하다.

"도대체 산 위에서 바이올린을 켠다는 둥 하이칼라 같은 행동을 하니까 놀랄 일을 당하지." 이번에는 아저씨가 혹평을 가하자, "호걸이 귀신굴에서 생계를 영위하는군. 미몽을 깨달음으로 착각하다니 안타까운 일이로다" 하고 도쿠센 군은 탄식했다. 도쿠센 군이 한 모든 말을 간게쓰 군이 이해한 기색은 전혀 보이지 않는다. 간게쓰 군뿐이 아니다. 아마 아무도 모를 것이다.

"그렇다고 치고, 간게쓰 군, 요즘도 여전히 학교에 가서 구슬만 갈고 있는가?"

메이테이 선생은 잠시 화두를 돌렸다.

"아뇨, 요전에 고향에 가느라 잠시 중지하고 있습니다. 구슬도 이제 질려서 사실 그만둘까 생각하고 있었습니다."

"그래도 구슬을 갈지 않으면 박사가 되지 못하잖아."

아저씨는 좀 인상을 찡그렸으나 본인은 의외로 태연하게 "박사 말입니까? 헤헤, 박사는 이제 되지 않아도 됩니다" 한다.

"그래도 결혼이 지연되면 서로 곤란하지 않겠나."

"결혼이라니, 누구 결혼 말이죠?"

"자네 말이야."

"제가 누구랑 결혼한단 말이죠?"

"가네다네 딸."

"예?"

"'예?'라니, 그런 약속이 있지 않았나?"

"약속 같은 거 없습니다. 그런 말을 떠벌리고 다니는 것은 그쪽 마음이죠."

"이거 참 황당하군. 그렇지, 메이테이? 자네도 그 건은 알고 있지?"

"그 건? 코 사건 말인가. 그 사건이라면 자네와 나만 아는 게 아니라 공공연한 비밀로 천하 일반에 널리 알려졌지. 실제로 《요로즈초호》 같은 곳에서는 '신랑 신부'라는 제목으로 두 사람의 사진을 게재하는 영예를 언제쯤 누리게 될지 계속 내게 물어올 정도야. 도후 군은 이미 〈원앙가〉라는 일대 장편을 지어서 3개월 전부터 기다리고 있으나, 간게쓰 군이 박사가 되지 않을 것 같으니 모처럼의 걸작도 소용이 없어질 듯하여 걱정이 태산 같다고 하네. 도후 군, 그렇지?"

"뭐, 걱정할 정도는 아니지만, 어쨌든 제 마음과 영혼을 담은 작품을 공개할 셈입니다."

"거 보게. 자네가 박사가 되지 않음으로써 사방팔방에 엉뚱한 영향이 미치네. 좀 정신 차리고 구슬을 갈아주게."

"헤헤헤, 여러 가지 걱정을 끼쳐서 죄송합니다만, 이제 박사는 되지 않아도 됩니다."

"왜?"

"왜라뇨? 저는 이미 버젓한 아내가 있습니다."

"뭐라고? 이거 참 놀랍군. 언제 비밀 결혼을 했나? 방심할 수 없는 세상이군. 구샤미 군, 지금 들은 대로 간게쓰 군은 이미 처자가 있다고 하네."

"아이는 아직입니다. 그렇죠, 결혼하고 1개월도 안 지난 사이에 아이가 생길 리 없죠."

"대체 언제 결혼했는가?"

아저씨는 예심판사와 같은 질문을 던진다.

"언제라뇨? 고향에 가니 짠하고 집에서 기다리고 있었습니다. 오늘 선생님 집에 가져온 가쓰오부시는 결혼 축하 선물로 친척한테서 받은 것입니다."

"딱 세 마리는 좀 쩨쩨하군."

"아뇨, 많이 있는데 일단 세 마리만 가져왔습니다."

"그럼 고향 여자네. 역시 피부가 까만가?"

"예, 새카맣습니다. 저에게는 딱 어울립니다."

"그래서 가네다 쪽은 어떻게 할 셈인가?"

"어떻게 할 생각도 없습니다."

"그건 좀 도리가 아니지 않나. 그렇지, 메이테이?"

"상관없네. 다른 사람에게 시집가면 되지. 어차피 부부라는 것은 어둠 속에서 박치기하는 거와 같아. 요컨대 박치기하지 않아도 될 것을 일부러 박치기시키는 것이므로 불필요한 짓이야. 이미 불필요한 것이라면 누구와 누구의 머리가 부딪쳐도 상관없지. 단지 불쌍한 것은 〈원앙가〉를 지은 도후 군인가."

"뭐, 〈원앙가〉는 형편에 따라 이쪽으로 돌려도 좋습니다. 가네다 댁 결혼식에는 다시 별도로 만들지요."

"과연 시인이라 자유자재로군."

"가네다 댁에 거절은 했는가?"

아저씨는 아직 가네다를 염려한다.

"아뇨, 거절할 이유가 없습니다. 제가 딸을 달라고 그쪽에 부탁한 적이 없으니 잠자코 있으면 그걸로 끝입니다. ……뭐, 잠자코 있으면 되죠. 지금은 탐정이 열 내지 스무 명이나 우글거리니 자초지종은 금세 다 알 겁니다."

탐정이라는 말을 들은 아저씨는 갑자기 쓴 얼굴로 "흠, 그렇다면 잠자코 있게" 하고 말을 건넸으나, 그래도 찜찜한 듯 다시 탐정에 관해 다음과 같은 말을 자못 대토론처럼 늘어놓았다.

"방심한 사이에 남의 주머니를 뒤지는 것이 소매치기고, 방심한 사이에 남의 흉중을 엿보는 것이 탐정이지. 모르는 사이에 창문을 열고 남의 물건을 훔치는 것이 도둑이고, 모르는 사이에 지껄이며 남의 마음을 읽는 것이 탐정이야. 칼을 다다미 위에 꽂고 억지로 금전을 착복하는 것이 강도고, 협박의 말을 늘어놓고 남의 의지를 강요하는 것이 탐정이야. 그러므로 탐정이라는 놈은 소매치기, 도둑, 강도의 일족으로 도저히 인간이라고 할 수가 없지. 그런 놈들이 하는 말을 들어주면 버릇이 나빠져. 결코 지지 말게."

"뭐, 괜찮습니다. 탐정 천 명이나 2천 명이 대오를 지어 습격한다고 해도 무섭지 않습니다. 이래 봬도 구슬 갈기의 명인, 이학사 미즈시마 간게쓰입니다."

"오오, 훌륭하네. 역시 신혼 학사라 원기 왕성하군. 그런데 구샤미 군, 탐정이 소매치기, 도둑, 강도와 동류라면 탐정을 부리는 가네다 군 같은 자는 어떤 유인가?"

"헤이안 시대의 대도大盜 구마사카 초한 같은 인간이지."

"구마사카? 좋은 표현이군. '하나로 보인 / 구마사카 둘로 동강 / 사라져갔네'라는 노래도 있는데, 고리채로 재산을 불린 건넛골목의 구마사카는 고집쟁이에 욕심쟁이니 아무리 동강을 내도 사라질 낌새가 없네. 그런 녀석에게 잡히면 불행일세. 평생의 저주일세. 간게쓰 군, 조심하게."

"뭐, 괜찮습니다. 이런 대사가 있지 않습니까? '아아, 무지한 도둑이여, 솜씨는 이미 알려졌도다. 그럼에도 쳐들어오다니 혼꾸멍을 내줄 테다'" 하고 간게쓰 군은 침착하게 기염을 토한다.

"탐정이라 하면, 20세기 인간은 대개 탐정처럼 되는 경향이 있는데, 그건 어떤 이유지?"

도쿠센 군은 도쿠센답게 시국 문제와는 관계없는 초연한 질문을 했다.

"물가가 비싼 탓이죠." 간게쓰 군이 대답했다.

"예술 취미를 모르기 때문이죠." 도후 군이 대답했다.

"인간에게 문명의 뿔이 나서 별사탕처럼 초조해하니까." 메이테이 군이 대답했다.

이번에는 아저씨 차례다. 아저씨는 무게 있는 어조로 이런 이론을 전개했다.

"그것은 내가 깊이 생각한 문제야. 내 해석에 따르면, 현대인의 탐정적 경향은 오로지 개인의 자각심이 너무 센 것이 원인이야. 내가 자각심이라 이름 붙인 것은 도쿠센 군이 말하는 견성성불見性成佛〔본성을 깨치면 누구나 부처가 된다는 뜻〕이라든가, 스스로 천지와 동일체라든가 하는 깨달음의 부류는 아니야……."

"어, 꽤 어려운 말이 나오는 거 같군. 구샤미 군, 자네가 그런 대이론을 혀끝에 올리는 이상 이렇게 말하는 메이테이도 외람

되지만 나중에 현대 문명에 대한 비판을 당당히 하겠네."

"제멋대로군. 말할 것도 없으면서."

"있어. 많이 있어. 자네는 저번에 형사를 신처럼 존경하더니 오늘은 또 탐정을 소매치기나 도둑에 비유하니 마치 모순의 괴물 같지만, 나는 시종일관 부모에게서 태어나기 이전부터 지금에 이르기까지 내 철학을 바꾼 적이 없는 사람이야."

"형사는 형사고 탐정은 탐정이지. 저번은 저번이고 오늘은 오늘이야. 자기 철학이 바뀌지 않았다는 것은 발전하지 못했다는 증거네. '어리석은 자는 바뀌지 못한다'라는 말은 바로 자네를 두고 한 거고……."

"그것참, 세게 나오는군. 탐정도 이렇게 정면으로 대들면 귀여운 구석이 있어."

"내가 탐정이라고?"

"탐정이 아니니까 정직해서 좋다는 거야. 싸움은 그만두지. 자, 대이론의 다음을 들어볼까?"

"현대인의 자각심이라는 것은, 자기와 타인 사이에 뚜렷한 이해의 골이 깊다는 점을 너무 잘 안다는 것이야. 그리고 자각심이라는 것은 문명이 진행됨에 따라 나날이 더 예민해지므로, 결국에는 인간의 일거수일투족을 부자연스럽게 만들지.

헨리(영국의 시인 윌리엄 어니스트 헨리)라는 사람이 스티븐슨(영국의 소설가 로버트 루이스 스티븐슨. 《보물섬》, 《지킬 박사와 하이드 씨》의 저자)을 평하길, 그는 거울이 걸린 방에 들어가 거울 앞을 지날 때마다 자기 모습을 꼭 비추어 볼 정도로 한시도 자기를 잊지 못하는 사람이라고 했는데, 이러한 평은 오늘날의 추세를 잘 표현하고 있지.

잘 때도 나요, 깨어도 나인, 이러한 내가 곳곳에 끈덕지게 뒤

따라 다니므로 인간의 행위와 언동이 인공적으로 좀스러워지고 스스로 옹색해지기만 하고 세상이 괴로워질 뿐이니 마치 맞선 보는 젊은 남녀 같은 마음으로 하루를 보내야 하지. 유유悠悠라든가 침착이라든가 하는 글자는 획이 있어도 의미가 없는 말이 되어버려.

이 점에서 현대인은 탐정적이고 도둑적이야. 탐정은 남의 눈을 피해 자기만 좋은 것을 취하는 장사이므로 자연히 자각심이 강해야 하지. 도둑도 잡힐까 들킬까 하는 걱정이 머리를 떠나지 않으므로 자연히 자각심이 강해질 수밖에 없어. 지금 사람은 어떻게 하면 내 이익이 되는지 손해가 되는지 자나 깨나 생각하니까 자연히 탐정이나 도둑처럼 자각심이 강해지지.

종일 두리번두리번, 살금살금, 무덤에 들어갈 때까지 잠시도 안심하지 못하는 것이 지금 사람들의 마음이야. 문명의 저주야. 궁지에 빠진 꼴이지."

"아주 흥미로운 해석이로군" 하고 도쿠센 군이 말했다. 이런 주제에는 웬만하면 물러나지 않는 사람이 도쿠센 군이다.

"구샤미 군의 설명은 본질을 잘 꿰고 있네. 옛날 사람은 나를 잊으라고 가르쳤던 것이야. 지금 사람은 자기를 잊지 말라고 가르치니 완전히 달라. 온종일 '나'라는 의식으로 가득 차 있지. 그러니 하루 종일 태평한 때가 없어. 항상 불지옥이야. 세상에 어떤 약도 나를 잊는 것보다 더 좋은 약은 없어. 깊은 밤 달빛 아래에서 무아무심의 경지에 든다는 것은 이런 경지를 두고 하는 말이지. 요즘 사람은 친절하지만 자연스러움이 결핍되었지.

영국 사람들이 '나이스nice'라는 말로 표현하는 행위도 사실은 자각심이 터질 지경의 것을 말하지. 영국의 왕이 인도에 놀러 가서 인도 왕족과 식탁을 함께하였을 때, 인도 왕족이 영국

왕 앞이라는 것을 깜박 잊고 그저 자국 방식대로 감자를 맨손으로 잡아 그릇에 옮기다가 얼굴을 붉히고 부끄러워하니까, 왕은 모른 체하고 역시 두 손가락으로 감자를 그릇에 옮겼다고 하네……."

"그것이 영국식 풍류인가요?" 간게쓰 군의 질문이었다.

"나는 이런 이야기를 들었지" 하고 아저씨가 뒤를 잇는다.

"역시 영국의 어느 병영에서 연대 사관이 많이 모여서 하사관 한 사람을 접대한 적이 있어. 접대가 끝나고 손 씻는 물을 유리그릇에 담아 냈더니, 하사관은 연회 경험이 없었는지 유리그릇의 물을 꿀꺽 마셔버렸어. 그러자 연대장이 하사관의 건강을 축하한다고 말하면서, 역시 그릇의 물을 단숨에 다 마셔버렸다고 하네. 그곳에 앉아 있던 사관들도 뒤질세라 물그릇을 들고 하사관의 건강을 축하했다는 이야기네."

"이런 이야기도 있다네."

잠자코 있지 못하는 성격인 메이테이 군이 말했다.

"칼라일이 처음 여왕을 알현하였을 때, 궁정 예법에 익숙지 않아서 '안녕하십니까?' 인사를 하고 털썩 의자에 앉았어. 그러자 여왕의 뒤에 서 있던 많은 시종과 궁녀가 쿡쿡 웃음을 터뜨렸지. 아니, 터뜨린 것은 아니고 터뜨리려고 했지. 그때 여왕이 뒤를 향해 뭔가 지시를 하자 많은 시종과 궁녀가 곧 모두 의자에 앉아서 칼라일은 체면이 깎이지 않았다고 하는데, 이렇게 세심한 친절도 있었어."

"칼라일이라면 모두 서 있어도 태연했을지 모릅니다" 하고 간게쓰 군이 단평을 시도했다.

"친절한 쪽의 자각심은 좋긴 하지만……."

이번에는 도쿠센 군이 말을 진행한다.

"자각심이 있으니 친절을 베푸는 것도 고생스럽지. 불쌍한 일이야. 문명이 진행됨에 따라 살벌한 분위기는 사라지고 개인과 개인의 교제가 온화해진다고들 하지만 큰 오해야. 이렇게 자각심이 강해서는 아무래도 온화해지기 힘들지.

그냥 쳐다보면 아주 조용하고 무사한 것 같지만 서로의 관계는 매우 괴로워. 마치 스모 선수들이 모래판 한가운데서 맞붙어 움직이지 않는 것과 같아. 옆에서 보면 지극히 평온하지만 본인들 배는 힘들어 움찔거리고 있지 않나."

"싸움도 옛날 싸움은 폭력으로 압박하는 것이니 오히려 죄가 없었으나, 최근에는 꽤 교묘해져서 더욱 자각심이 늘어났지. 그렇지 않은가, 메이테이 군?" 하고 차례가 메이테이 선생에게 돌아왔다.

"베이컨(영국의 철학자 프랜시스 베이컨)이 말하길, 자연의 힘에 굴복하는 것이 비로소 자연을 이기는 것이라고 했는데, 지금의 싸움은 바로 베이컨의 격언대로 이루어지니 이상하네. 꼭 유도와 같아. 적의 힘을 이용하여 적을 넘기는 것을 생각하면……."

"또는 수력발전 같은 것이죠. 물의 힘을 거스르지 않고 오히려 이를 전력으로 변화시켜 훌륭히 활용하는……" 하고 간게쓰 군이 말하자, 도쿠센 군이 곧 다음을 이었다.

"그러니 가난할 때는 가난에 묶이고, 부유할 때는 부유에 묶이고, 근심스러울 때는 근심에 묶이고, 기쁠 때는 기쁨에 묶이는 거야. 재인은 재주로 망하고 지자는 지혜에 패하니, 구샤미 군 같은 신경질쟁이는 신경질이 나면 당장 뛰쳐나가 적의 속임수에 걸리고……."

"오호라."

메이테이 군이 손뼉을 치자, 구샤미 선생이 빙긋이 웃으면서,

"그래도 그리 쉽사리 걸리지는 않아" 하고 대답하니, 모두가 한꺼번에 웃음을 터뜨렸다.

"그런데 가네다 같은 자는 무엇으로 망할까?"

"마누라는 코로 망하고, 남편은 악업으로 망하고, 하수인은 탐정으로 망하지."

"딸은?"

"딸은…… 딸은 본 적이 없어서 뭐라고 말할 수 없으나…… 일단 옷 때문에 망하든가 식탐으로 망하든가, 아니면 폭음으로 망하는 부류겠지. 설마 사랑으로 망하는 일은 없을 거야. 어쩌면 몰락한 늙은 여자 거지가 되어 망할지도 모르지."

"그건 좀 심한데요" 하고 신체시를 바쳤던 사람인 만큼 도후 군이 이의를 제기했다.

"그러니 '소유의 사심을 버리고 바른 마음이 되라'는 말이 중요하네. 그런 경지에 이르러야 인간은 괴로움에서 벗어나는 거야" 하고 도쿠센 군은 계속 혼자 깨달은 듯한 말을 한다.

"그렇게 뻐기는 게 아니야. 자네도 어쩌면 전광영리 때문에 거꾸러질지도 모르지."

"어쨌든 이 추세로 문명이 진보해간다면, 나는 사는 게 싫네" 하고 아저씨가 말을 꺼냈다.

"꺼릴 것 없으니 죽으면 되지" 하고 메이테이 군이 아저씨 말이 끝나자마자 잘라 말한다.

"죽는 것은 더욱 싫어" 하고 아저씨가 알 수 없는 고집을 부린다.

"태어날 때는 누구나 숙고하여 태어나는 것이 아니나, 죽을 때는 누구나 괴로워하는 것 같군요" 하고 간게쓰 군이 어색한 격언을 말한다.

"돈을 빌릴 때는 아무 생각 없이 빌리지만, 돌려줄 때는 모두가 걱정하는 것과 같은 이치지" 하고 이런 때 곧장 대답할 수 있는 자는 메이테이 군이다.

"빌린 돈을 돌려줄 생각을 하지 않는 게 행복한 것처럼, 죽는 것을 괴롭다고 생각지 않는 것이 행복한 거야" 하고 도쿠센 군은 초연하게 속세를 떠난 듯하다.

"자네처럼 말하면 곧 뻔뻔함이 깨달음이로군."

"그렇지. 선어禪語에 '쇠로 만든 소처럼 지렛대로 결코 움직일 수 없는 마음'이라는 말이 있지."

"그래서 자네는 그 표본이라는 건가?"

"그렇지는 않아. 그러나 죽음을 고통으로 여기게 된 것은 신경쇠약이라는 병이 발명된 뒤부터지."

"과연 자네는 어느 면으로 보든 신경쇠약 이전의 백성이로군."

메이테이와 도쿠센이 묘한 말을 주고받는 동안 아저씨는 간게쓰와 도후를 상대로 계속해서 문명에 대한 불평을 토로하고 있다.

"어떻게 하면 빌린 돈을 갚지 않고 끝낼지가 문제야."

"그런 문제는 없습니다. 빌린 것은 갚아야 하죠."

"그렇지 뭐. 하지만 토론이니까 잠자코 들어보게. 어떻게 하면 빌린 돈을 갚지 않고 지낼까가 문제인 것처럼, 어떻게 하면 죽지 않고 지낼까가 문제야. 아니 문제였지. 연금술은 이것이야. 모든 연금술은 실패했어. 인간은 아무래도 죽을 수밖에 없다는 것이 분명해졌어."

"연금술 이전부터 분명했죠."

"토론이니까 잠자코 듣게. 아무래도 죽을 수밖에 없다는 것이 분명해졌을 때 제2의 문제가 생겼어."

"예?"

"어차피 죽는다면, 어떻게 죽으면 좋을까? 이것이 제2의 문제야. 〈자살클럽〉(스티븐슨의 괴기 단편집 《신新 아라비안나이트》 중 한 편에 나옴)은 이 제2의 문제로 말미암아 생긴 것이지."

"그렇군요."

"죽는 것은 괴롭다, 그러나 죽을 수 없다면 더욱 괴롭다. 신경쇠약 국민에게는 살아 있는 것이 죽음보다 더 큰 고통이야. 따라서 죽음을 걱정하지. 죽는 것이 싫어서 고통으로 여기는 것이 아니라, 어떻게 죽는 것이 가장 좋을지 걱정하는 거야.

대부분의 사람은 지혜가 부족하니 자연 그대로 방치해두는 동안 세상이 괴롭혀 죽여주지. 그러나 특별한 사람은 세상에서 차차 괴롭힘을 당해 죽는 것으로 만족하지 않아. 반드시 죽는 법에 관해 여러 가지 연구한 끝에 참신한 명안을 내놓을 거야. 그러므로 미래 세상의 추세는 자살자가 증가하며, 자살자는 모두 독창적인 방법으로 이 세상을 떠날 것이 틀림없어."

"꽤 심각한 상황이 되는군."

"그리되지. 확실히 되네. 아서 존스(영국의 극작가)라는 사람이 쓴 각본에 계속 자살을 주장하는 철학자가 있었는데……."

"자살하였나요?"

"아쉽게도 자살하지는 않았지. 그러나 앞으로 천 년 후에는 모두 실행할 것이 틀림없어. 만 년 후에는 죽음이라고 하면 자살 말고는 달리 존재하지 않는다고 생각하게 돼."

"큰일이네요."

"꼭 그리되지. 그렇게 되면 자살에 대해서도 많은 연구가 축적되어 어엿한 과학으로 자리 잡지. 낙운관 같은 중학교에서 윤리 대신에 자살학을 정식 과목으로 가르치게 될걸."

"묘하군요. 청강하러 가고 싶을 정도네요. 메이테이 선생님, 들으셨나요, 구샤미 선생님의 명론을?"

"들었지. 그때가 되면 낙운관의 윤리 선생은 이렇게 말할걸. '여러분, 도덕이라는 야만의 유풍을 붙들고 있으면 아니 된다. 세계의 청년으로 그대들이 가장 주의해야 할 의무는 자살이다. 그러나 내가 원하는 바는, 이를 남에게 베풀 수도 있으니 자살에서 일보 전진하여 타살로 해도 좋다. 특히 가난한 괴짜 학자 구샤미 씨 같은 자는 살아 있는 것이 매우 고통스럽게 보이므로 일각이라도 빨리 죽여 보내는 것이 그대들 의무다. 당연히 옛날과 달리 오늘날은 개명 시대이므로 창이나 칼 또는 활 같은 것을 사용하는 비겁한 행동을 해서는 아니 된다. 단지 비아냥거림의 고상한 기술로 골탕을 먹여 죽이는 것이 본인을 위한 선행도 되며, 또 그대들의 명예도 되는 것이다…….'"

"과연 흥미로운 강의입니다."

"아직 흥미로운 게 남아 있어. 현대에선 경찰이 국민의 생명과 재산을 보호하는 것을 제1 목적으로 하지. 그런데 그 시대가 되면 순사가 개를 쳐 죽이는 곤봉을 들고 세상 사람들을 박살내며 돌아다니네……."

"왜죠?"

"왜라니. 지금 인간은 생명이 소중하니 경찰에서 보호하지만, 미래의 국민은 살아 있는 것이 고통이므로 순사가 때려죽여주는 자비를 베푸는 거지. 당연히 조금 머리 좋은 사람은 대개 자살을 해버리니, 순사에게 맞아 죽는 놈은 무척 패기가 없는 사람이거나 자살 능력이 없는 백치 또는 불구자뿐이지.

그래서 죽임을 당하고 싶은 인간은 문에다가 표찰을 해놓는 거야. 뭐, 그냥 '죽고 싶은 남자 있음' 또는 '……여자 있음'이라고 붙여놓으면 순사가 시간 날 때 찾아와서 곧 소원대로 처리해주지. 시체? 시체는 역시 순사가 수레를 끌고 돌아다니며 거두지. 또 재미있는 것은……."

"정말 선생님의 농담은 한계가 없네요" 하고 도후 군은 크게 감동한다. 그러자 도쿠센 군은 평소의 염소수염을 쓰다듬으면서 천천히 말하기 시작한다.

"농담이라고 하면 농담이겠지만, 예언이라고 하면 예언일지도 모르네. 진리에 철저하지 않은 자는 어쨌든 눈앞의 현실 세계에 속박되어 물거품 같은 꿈과 환상을 영구한 사실로 인정하고 싶어 하므로, 좀 동떨어진 말을 하면 금세 농담으로 치부해버리지."

"'참새가 어찌 봉황의 뜻을 알겠는가'라는 말이네요" 하고 간게쓰 군이 탄복하자, 도쿠센 군은 그렇다는 표정으로 이야기를 진행한다.

"옛날 스페인에 코르도바라는 곳이 있었는데……."

"지금도 있지 않은가?"

"있을지도 모르지. 옛날 지금의 문제는 어쨌든 간에, 그곳 풍습으론 성당에서 저녁 종이 울리면 온 동네 여자들이 나와서 강으로 들어가 수영을 했는데……〔프랑스 작가 P. 메리메의 소설《카르멘》에 나오는 장면〕"

"겨울에도 하나요?"

"그 점은 확실히 모르지만, 어쨌든 귀천과 노소의 구별 없이 강에 뛰어들어. 단, 남자는 한 사람도 섞이지 않지. 그냥 멀리서 보고 있어. 멀리서 보고 있으면 노을빛이 어슴푸레한 가운데 물결 위로 허연 몸이 움직이는 게 흐릿하게 눈에 들어와……."

"시적이네요. 신체시가 됩니다. 어디라고 했죠?" 하고 도후 군은 나체가 나오기만 하면 적극적이 된다.

"코르도바야. 그곳에서는 동네 젊은이가 여자와 함께 수영을 할 수 없는데, 그렇다고 멀리서 공공연하게 그 모습을 바라보는 것도 허용되지 않는 것이 서운해서 장난을 좀 쳤지……."

"에? 어떤 풍류인가?" 하고 '장난'이라는 말을 들은 메이테이 군이 크게 기뻐한다.

"성당 종지기에게 뇌물을 주어 일몰을 신호로 치는 종을 한 시간 전에 치게 했지. 그러자 여자들은 어리석은 동물이라 '어? 종이 울렸네' 하며 모두 강가로 모여서 속옷 차림으로 풍덩풍덩 물속으로 들어갔어. 들어가기는 했지만 평소와 달리 해가 지지 않아."

"'뜨거운 가을 해가 쨍쨍' 하지는 않았나?"

"다리 위를 보니 많은 남자가 서서 바라보고 있지. 부끄럽지만 어쩔 도리가 없어. 아주 얼굴을 붉혔다고 하네."

"그래서?"

"그래서 말이야, 인간은 단지 눈앞의 습관에 미혹되어 근본원리를 잊어버리므로 주의해야 한다는 거야."

"과연 그렇군. 훌륭한 설교군. 눈앞의 습관에 미혹된다는 이야기를 나도 하나 할까? 요전에 어느 잡지를 보니, 이런 사기꾼의 소설〔로버트 바의 단편 〈건망증 있는 사람들〉〕이 있더군.

내가 여기서 골동품 가게를 열었다 치고, 가게 앞에 대가의 그림과 명인의 도구류를 늘어놓았어. 물론 가짜가 아니야. 정직 정명, 거짓이 없는 상등품만 진열해놓았어. 상등품이니 모두 아주 비싸지. 그곳에 호기심 많은 손님이 찾아와서 이 모토노부〔일본의 화가 가노 모토노부〕의 그림은 얼마냐고 물어. 만약 6백 엔이면 6백 엔이라고 내가 말하지. 그 손님은 사고는 싶지만 6백 엔이면 수중에 마침 돈이 없으니 유감스럽지만 나중에 산다고 했어."

"그렇게 말할 걸 어떻게 아나?" 하고 아저씨는 여전히 진지한 말을 한다. 메이테이 군은 아랑곳하지 않는 얼굴로, "뭐, 소설인 걸. 말했다고 치지. 그래서 내가 지불은 나중에 해도 마음에 들면 갖고 가라고 말해. 손님은 그렇게는 할 수 없다며 주저하지. '그럼 월부로 하죠, 월부도 조금씩 길게요. 어차피 앞으로 단골이 되실 터이니. ……아니, 조금도 꺼릴 것 없습니다. 어떻습니까, 한 달에 10엔 정도면? 한 달에 5엔이라도 좋습니다' 하고 내가 아주 시원하게 말했지. 그리고 나와 손님 사이에 두세 번 문답이 오간 후 결국 모토노부의 그림을 6백 엔에 월부 10엔으로 팔았어."

"마치 월부 브리태니커 백과사전 같네요."

"브리태니커는 확실하지만 내 것은 굉장히 불확실하지. 앞으로 더 교묘한 사기에 걸리는 거야. 잘 들어보게. 월 10엔씩 6백 엔이면 몇 년이 걸려야 다 갚을 수 있겠나, 간게쓰 군?"

"물론 5년이겠죠."

"물론 5년. 그래서 5년의 세월은 길다고 생각하나, 짧다고 생각하나, 도쿠센 군?"

"생각하기에 따라 시간은 달리 느껴지지. 짧기도 하고 짧지 않기도 해."

"뭐야, 그게 뭔 개똥철학인가? 상식 없는 철학이군. 5년간 매월 10엔씩 지불하니까, 다시 말해 상대방은 60회 지불하면 되지. 그러나 그것이 습관의 무서운 점으로, 60회나 같은 일을 매월 반복하면 61회에도 여전히 10엔을 지불할 마음이 돼. 62회에도 10엔을 지불할 마음이 되고. 62회, 63회 하고 회를 거듭할 수록 아무래도 기일이 오면 10엔을 지불하지 않고는 마음이 편치 않게 돼. 인간은 영리한 듯하나 습관에 미혹되어 근본을 잊는다는 큰 약점이 있어. 그 약점을 이용해 내가 10엔씩 매월 이익을 보지."

"하하하, 설마요. 그럴 정도로 잊지는 않겠죠."

간게쓰 군이 웃자, 아저씨는 다소 진지하게, "아냐, 그럴 수도 있어. 나는 대학 때 빌린 학자금을 달수도 세지 않고 갚다가 결국 상대가 그만 달라고 한 적이 있어" 하고 자기의 치부를 인간 일반의 치부처럼 공언했다.

"그거 봐. 그런 사람이 실제로 여기 있으니까 확실한 거야. 그러니 내가 아까 말한 문명의 미래를 듣고 농담이라고 웃는 자는, 60회 월부를 평생 지불하고도 당연하다고 생각하는 무리지. 특히 간게쓰 군과 도후 군처럼 경험이 부족한 청년들은 우리가 하는 말을 잘 듣고 속지 않도록 주의하게."

"잘 알겠습니다. 월부는 반드시 60회까지만 하도록 하죠."

"아니, 농담 같지만 실제 참고가 되는 이야기야, 간게쓰 군" 하고 도쿠센 군은 간게쓰 군을 바라보았다.

"예를 들면 말이야, 지금 구샤미 군이나 메이테이 군이 자네가 무단으로 결혼한 것이 온당하지 않으므로 가네다라는 사람에게 사죄하라고 충고한다면, 자넨 어떻게 하겠나? 사죄할 생각인가?"

"사죄는 사양하고 싶네요. 그쪽이 사과한다면 몰라도 내 쪽에서 그럴 마음은 없습니다."

"경찰이 자네에게 사죄하라고 하면 어떻게 하겠는가?"

"더욱 사양하겠습니다."

"장관이라든가 귀족이라면 어떻게 하겠는가?"

"더더욱 사양합니다."

"그것 보게. 옛날과 지금의 인간은 그만큼 달라졌어. 옛날에는 상전의 위광이라면 뭐든지 가능했지. 이제는 상전의 위광으로도 불가능한 시대야. 지금 세상은 아무리 전하라도, 각하라도 어느 정도 이상으로 개인의 인격을 억압하는 것은 불가능한 세상이야. 심하게 말하면, 상대방한테 권력이 있으면 있을수록 눌리는 쪽에서는 불유쾌를 느끼고 반항하는 세상이야.

그러므로 지금 세상은 옛날과 달리 오히려 상전의 위광 때문에 불가능하다는 새로운 현상이 나타난 시대야. 옛날 사람이 보기에는 거의 생각할 수 없을 정도의 일이 도리로 통하는 세상이지. 세태와 인정의 변천이라는 것은 실로 이상해서 메이테이 군의 미래기未來記도 농담이라고 한다면 농담에 불과하지만, 그러한 동정을 설명했다고 한다면 꽤 음미할 만하지 않은가?"

"이렇게 나를 알아주는 친구가 있으니 미래기의 속편을 말하고 싶어지는군. 도쿠센 군의 말처럼 지금 세상에 상전의 위광을 등에 업거나 죽창 2, 3백 개를 믿고 강요하는 것은 마치 가마를 타고 무지막지하게 기차와 경쟁하려고 안달하는, 시대에 뒤떨어진 독불장군, 벽창호, 고리대금업자 정도니까 잠자코 지켜보기만 하면 되지만, 내 미래기는 그런 작은 문제가 아니야. 인간 전체의 운명에 관한 사회적 현상이니까.

곰곰이 현 문명의 경향을 달관하여 먼 미래의 추세를 점치자면 결혼은 불가능한 것이 돼. 놀라지 말지어다, 결혼의 불가능. 이유는 이렇지. 전에 말한 대로 지금은 개성 중심 세상이야. 일가를 남자가 대표하고, 하나의 군郡을 지방관이 대표하고, 하나의 현을 영주가 대표하던 시절에는 대표자 외의 인간에게 인격이 전혀 없었어. 있어도 인정되지 않았지.

그것이 싹 바뀌자, 모든 생존자가 전부 개성을 주장하기 시작하면서 누구나 '너는 너, 나는 나'라는 식으로 돼. 두 사람이 길에서 만나면 '네놈이 인간이라면 나도 인간이야'라고 마음속에서 싸움을 걸면서 지나치지.

그만큼 개인이 강해졌어. 개인이 평등하게 강해졌다는 것은 곧 개인이 평등하게 약해진 것이라 할 수 있지. 남이 나를 해치기 어렵게 되었다는 점에서 확실히 나는 강해졌으나, 함부로 남의 신상에 손을 댈 수 없게 되었단 점에서는 확실히 옛날보다 약해진 셈이지. 강해진 것은 기쁘지만 약해진 것은 누구나 기쁘지 않으니, 남에게 조금이라도 당하지 않겠다고 강한 점을 끝내 고수하는 동시에 남을 조금이라도 해치려고 남의 약한 부분은 억지로 확대하려 하지.

이렇게 되면 사람과 사람 사이에 공간이 없어져서 살아 있는 것이 구차해져. 가급적 자기를 긴장시켜야 하니 그 긴장이 터질 정도로 부풀어 괴로워하면서 생존하게 돼. 괴로우니까 여러 방법으로 개인과 개인 사이에서 여유를 추구하지.

이처럼 인간이 자업자득으로 괴로워하고, 괴로운 나머지 고안한 첫째 방안은 부모와 자식이 별거하는 제도야. 일본도 산속에 들어가보게. 모든 가족이 한 처마 밑에 우글우글해. 주장할 개성도 없고 있어도 주장하지 않으므로 그것으로 그만이지만, 문명 도시의 인간은 설령 부모 자식 간이라도 서로 최대한 자기 멋대로 하지 않으면 손해이므로 자연히 양쪽의 안전을 유지하려면 별거를 해야지.

유럽은 문명이 진보되었으므로 일본보다 빨리 이 제도가 행해지고 있어. 어쩌다 부모 자식이 동거하는 경우가 있어도 아들이 아버지한테 이자 붙는 돈을 빌리거나 타인처럼 하숙비를 내지. 부모가 아들의 개성을 인정하고 존경을 표하기에 이런 미풍이 성립되는 거야.

이런 풍속은 빨리 일본에도 수입되어야 해. 친척은 이미 멀어졌고, 부모 자식은 요즘 멀어지는 것을 간신히 참는 상황이지만, 개성 발전에 따라 이에 대한 존경심은 무제한으로 늘어나므로 조만간 헤어져야 마음이 편해지지.

그러나 부모 형제가 헤어지는 요즘, 더는 헤어질 사람이 없으니까 최후의 방안으로 부부가 헤어지게 되지. 요즘 사람의 생각으로는 함께 있으니까 부부라고 여겨. 그것은 큰 오해야. 같이 있으려면 같이 있기에 충분할 만큼 개성이 맞아야 해.

옛날에는 불평이 없었지. 이체동심異體同心이라든가 하며, 눈에는 부부 두 명으로 보이나 마음은 1인분이었으니까. 그래서 해로동혈偕老同穴이니 해서 죽어도 함께 묻히는데, 그건 야만스런 짓이지.

지금은 그렇게는 되지 않아. 남편은 어디까지나 남편이고 아내는 끝내 아내니까. 그 아내가 여학교에서 확고부동한 개성을 연마하여 서양머리를 하고 몰려오므로 도저히 남편 생각대로 될 리가 없어. 또 남편 생각대로 움직이는 아내라면 아내가 아닌 인형이니까.

현명한 여자일수록 개성은 굉장하게 발달하지. 발달할수록 남편과 맞지 않게 돼. 맞지 않으면 자연히 남편과 충돌하고. 따라서 현처라는 이름이 붙는 한 아침부터 밤까지 남편과 충돌하게 돼.

좋은 현상이긴 하지만, 현명한 여자를 얻을수록 쌍방 모두 고통의 정도가 늘어나. 물과 기름처럼 부부 사이에는 뚜렷한 칸

막이가 있고 그것도 안정되어 칸막이가 수평선을 유지하면 그래도 다행이지만, 물과 기름은 쌍방에서 작용하므로 집안은 대지진처럼 오르락내리락하지. 따라서 부부가 같이 사는 것은 서로에게 손해라는 사실이 점차 모든 인간에게 알려지지……."

"그래서 부부가 헤어지는 겁니까? 걱정스럽군요" 하고 간게쓰 군이 말했다.

"헤어지지. 반드시 헤어져. 천하의 부부는 모두 헤어져. 지금까지는 함께 있는 것이 부부였으나, 앞으로는 세상 사람들이 동거하는 자는 부부 자격이 없다고 말하게 되지."

"그러면 저는 자격이 없는 사람들 속에 편입되는 것이네요" 하고 간게쓰 군은 아내 자랑을 주책없이 늘어놓았다.

"메이지 시대에 태어나 다행이야. 나는 미래를 논할 정도로 두뇌가 시대보다 한두 걸음 앞서 가 있으니 현재 독신으로 있는 거야. 남들은 실연의 결과라는 둥 떠들지만, 근시안적인 사람이 보는 바는 실로 가련할 정도로 천박해.

그것은 어쨌든, 미래기의 속편을 이야기하면 이렇지. 그때 한 사람의 철학자가 하늘에서 내려와 놀라운 진리를 외쳐. 그가 말하길, 인간은 개성의 동물이다. 개성을 멸하면 인간을 멸하는 결과가 된다. 적어도 인간의 의의를 완수하려면 어떤 값을 치르더라도 개성을 유지하는 동시에 발달시켜야 한다.

악습에 속박되어 억지로 결혼을 집행하는 것은 인간 자연의 경향에 반한 야만 풍습으로, 개성이 발달하지 않은 몽매한 시대에는 그랬을지 모르지만, 문명이 발달한 현대에도 여전히 이 폐습에 빠져 나태하게 자기를 돌아보지 않는 것은 심히 그릇된 생각이다.

고도로 개화된 오늘날, 두 개성이 보통 이상으로 친밀하게 연결될 이유가 있을 리 없다. 이렇게 분명한 이유가 있는데도 교육받지 못한 청년 남녀가 한때의 열정에 휩싸여 함부로 결혼식을 올리는 것은 심한 패덕과 불륜 행위다. 나는 인도人道를 위해, 문명을 위해, 그들 청년 남녀의 개성을 보호하기 위해 힘을 다해 야만 풍습에 저항해야 한다……."

"선생님, 저는 그 설에는 완전히 반대합니다" 하고 도후 군은 이때 과감한 어조로 탁하고 손바닥으로 무릎을 쳤다.

"세상에 무엇이 소중하냐고 묻는다면, 저는 사랑과 미美만큼 소중한 것은 없다고 생각합니다. 우리를 위로하고, 우리를 완전하게 하고, 우리를 행복하게 하는 것은 모두 이 두 가지 덕분입니다. 우리의 정서를 우아하고 아름답게 하며, 품성을 고결하게 하고, 감정을 세련되게 하는 것도 모두 이 두 가지 덕목 덕분입니다.

그러므로 우리는 어느 시대 어디서 태어나도 이 두 가지를 잊을 수가 없습니다. 이 두 가지가 현실 세계에 나타나면, 사랑은 부부 관계가 됩니다. 아름다움은 시, 음악의 형식으로 갈라집니다. 그러므로 적어도 인류가 지구 표면에 존재하는 한 부부와 예술은 결코 사라지지 않으리라 생각합니다."

"그렇다면 다행이지만, 지금 철학자가 말한 대로 확실히 사라져버리니 도리가 없어서 체념해야지. 뭐, 예술? 예술도 부부와 같은 운명에 처하겠지. 개성의 발전이라는 것은 개성의 자유라는 의미겠지? 개성의 자유라는 의미는 '나는 나, 남은 남'이라는 의미야.

예술 따위가 존재 가능할 리가 없지. 예술이 번창하는 것은 예술가와 그것을 향유하는 사람 사이에 개성의 일치가 이루어지기 때문이지. 자네가 아무리 시인이라고 힘껏 버텨도 자네 시를 읽고 재미있다고 하는 자가 한 사람도 없으면, 자네 시도 안타깝지만 자네 말고 읽는 사람이 없을걸. 〈원앙가〉를 몇 편이나 지어도 소용없지. 다행히 현대 메이지 시대에 태어났으므로 천하가 모두 읽는 것이겠지만……."

"아뇨, 그 정도는 아닙니다."

"지금 그 정도는 아니라고 하지만, 인문이 발달한 미래, 즉 대철학자가 나타나 비결혼론을 주장할 때는 아무도 읽을 사람이 없어. 아니, 자네 것이라 안 읽는다는 게 아니야. 사람 개개인이 각자 특별한 개성을 지니고 있으므로, 남이 지은 시 따위는 아무 재미가 없어져.

실제로 지금도 영국 같은 나라에서는 이런 경향이 확실히 나타나고 있어. 현재 영국의 소설가 중에 가장 개성이 뚜렷한 작품으로 등장한 메러디스를 보게. 제임스 조이스〔아일랜드 작가로, 《율리시스》의 저자〕를 보게. 읽는 이는 극히 적지 않은가? 적은 게 당연하지. 그런 작품은 그런 개성이 있는 사람이 아니면 읽어도 재미있지 않으니까 할 수 없어.

이런 경향이 점차 발달하여 결혼이 부도덕이 될 때는 예술도 완전히 멸망하지. 안 그런가? 자네가 쓴 것은 내가 알 수 없게 돼. 내가 쓴 것을 자네가 모르게 된 날에는 자네와 나 사이에 예술도 개똥도 없지 않겠는가?"

"그건 그렇겠지만 저는 아무래도 직관적으로 그리 생각되지 않습니다."

"자네가 직관적으로 그리 생각되지 않는다면, 나는 곡관적曲觀的으로 그리 생각할 뿐이야."

"곡관적인지도 모르지만……" 하고 이번에는 도쿠센 군이 끼어든다.

"어쨌든 인간에게 개성의 자유를 허용할수록 서로의 사이가 난처해질 게 틀림없어. 니체가 초인超人이라든가 하는 말을 들고 나온 것도 오로지 이 난처함을 버릴 곳이 없어서 할 수 없이 그런 철학으로 변형한 것이지.

얼핏 보면 그것이 그 남자의 이상 같지만, 그것은 이상이 아닌 불평이야. 개성이 발전한 19세기에 몸이 움츠러들어 옆 사람에게는 마음 둘 곳 없이 함부로 뒤척이지도 못하니까 그 사람이 다소 자포자기가 되어 그런 행패를 부린 것이지.

그 글을 읽으면 장쾌하다기보다는 오히려 불쌍하다는 생각이 들어. 그 소리는 용맹정진의 소리가 아니라, 아무래도 원한과 통분의 소리야. 그것도 당연하지. 옛날에는 위대한 사람 하나가 있으면 천하가 다 그 깃발 아래 모이므로 유쾌하기도 했을 거야.

이런 유쾌함이 실제로 존재한다면 니체처럼 붓과 종이의 힘으로 책에 나타낼 필요가 없어. 그러므로 호메로스도 〈체비 체이스〉(영국의 가장 오래된 민요)도 마찬가지로 초인적인 성격을 묘사했는데 느낌이 전혀 달라. 쾌활하지. 유쾌하게 쓰였어. 유쾌한 사실이 있고, 이 유쾌한 사실을 종이에 옮겨 썼으니까, 쓴맛이 있을 리가 없어.

니체의 시대는 그렇지 않았지. 영웅 따위는 한 사람도 나오지 않았어. 나온다 해도 아무도 영웅으로 세우지 않았지. 옛날에는 공자가 단 한 사람이었으므로 영향력이 컸지만, 지금은 공자가 많이 있어. 어쩌면 천하가 모두 공자인지도 몰라. 그러므로 '내가 공자야' 하고 뻐겨도 아무도 듣질 않아. 들어주지 않으니 불평이야. 불평이 가득하니 초인 따위를 책에서만 떠들지.

나는 자유를 원해서 자유를 얻었네. 그런데 자유를 얻었지만 자유가 가져다준 불편함으로 난처해. 그러므로 서양 문명 따위는 좋은 듯해도 틀려먹은 거야. 이에 반해 동양에서는 옛날부터 마음 수양을 했어. 그쪽이 바르지.

보게. 개성 발전의 결과 모두 신경쇠약을 일으켜 어찌할 수가 없게 되었을 때 '덕이 있는 왕의 백성은 배가 부르다'는 말의 가치를 비로소 발견하니 말이야. 무위로 돌아간다는 말을 무시할 수 없다는 것을 깨달으니 말이야. 그러나 깨달아도 그때는 이미 소용없어. 알코올중독이 되고 난 후 '아아, 술을 안 먹는 게 좋았을걸' 하고 생각하는 것과 같지."

"선생님은 매우 염세적인 말씀을 하십니다만, 저는 묘하네요. 아무리 이야기를 들어도 전혀 느끼지 못합니다. 왜 그럴까요?" 하고 간게쓰 군이 말한다.

"그건 막 아내를 얻었으니까." 메이테이 군이 곧 해석했다.

그러자 아저씨가 돌연 이런 말을 했다.

"마누라를 얻어서 '여자란 좋은 거로군!' 하고 생각하면 큰 잘못이야. 참고로 내가 재미있는 걸 읽어주지. 잘 들어보게" 하고 조금 전에 서재에서 가져온 오래된 책을 들고, "이건 옛날 책이지만, 이 시대에도 여자가 나쁘다는 것을 역력히 알고 있어" 하고 말하자, 간게쓰 군이, "좀 놀랍네요. 도대체 언제 책입니까?" 하고 묻는다.

"토머스 내시(영국의 소설가 겸 극작가)라고, 16세기 저서야."

"더욱 놀랍군요. 그때 이미 자기 마누라 욕을 한 자가 있나요?"

"여러 가지 여자에 대한 욕이 있지만 그중에는 필시 자네 처도 들어 있을 테니 들어보게."

"예, 듣지요. 고맙습니다."

"우선 예부터 현명한 이들의 여성관을 소개하겠다고 쓰여 있네. 준비되었나? 듣고 있나?"

"모두 듣고 있네. 독신인 나까지 듣고 있어."

"아리스토텔레스가 말하길, 여자는 어차피 밥벌레니 처를 얻으려면 큰 처보다 작은 처를 얻어야 한다. 큰 밥벌레보다 작은 밥벌레가 재난이 적다……."

"간게쓰 군의 부인은 큰가, 작은가?"

"큰 밥벌레에 속합니다."

"하하하, 그거 참 재미있는 책이군. 자, 다음을 읽게."

"어느 인간이 묻는다. 무엇이 최대의 기적인가? 현자가 대답하길, 그것은 정조 있는 아내……."

"현자란 누구인가?"

"이름은 쓰여 있지 않아."

"버림받은 현자가 틀림없어."

"다음에는 디오게네스가 나오지. 어떤 사람은 묻는다. 처를 어느 때에 얻어야 하는가? 디오게네스가 대답하길, 청년은 아직 멀었고 노년은 이미 늦다, 라고 쓰여 있어."

"그 선생, 나무통에서 살았다며?"

"피타고라스가 말하길, 천하에 무서운 것이 셋 있으니, 그것은 곧 불, 물, 여자."

"그리스의 철학자가 의외로 멍청한 말을 했군. 내 생각에는 천하에 무서운 것이 없어. 불에 들어가 타지 않고, 물에 들어가 빠지지 않으며……."

여기서 도쿠센 군은 좀 말이 막힌다.

"'여자를 만나 녹지 않고'겠지?"

메이테이 선생이 지원사격에 나선다. 아저씨는 술술 다음을 읽는다.

"소크라테스는 부녀자를 제어하는 것이 인간 최대의 난사라고 했다. 데모스테네스가 말하길, 사람이 만약 적을 괴롭히려 한다면 자기 여자를 적에게 주는 것보다 좋은 방법은 없다. 왜냐하면 가정 풍파로 밤낮으로 그를 고달프게 하여 다시는 일어나지 못하게 할 수 있기 때문이라고.

세네카는 부녀와 무학無學을 세계의 2대 재앙이라고 하였고, 마르쿠스 아우렐리우스는 여자가 제어하기 어렵다는 점에서 선박과 비슷하다고 하였으며, 플라우투스는 여자가 치장을 하는 버릇으로 천성의 추함을 덮는 것은 어리석은 책략에 따른 것이라 하였다.

발레리우스는 예전에 친구 아무개에게 책을 보내서 말하길, 천하에 여자가 몰래 하지 못하는 것은 아무것도 없다, 바라건대 천신이시여, 동정을 베푸시어 남자를 그녀들의 술수에 빠뜨리지 말아달라고.

그가 또 말하길, 여자란 무엇인가, 우애의 적이 아닌가, 피할 수 없는 괴로움이 아닌가, 필연적인 재해가 아닌가, 자연의 유혹이 아닌가, 꿀과 비슷한 독이 아닌가, 만약 여자를 버리는 것이 부덕하다면 그들을 버리지 않는 것은 더욱 나쁜 짓이라 해야 한다……."

"이제 충분합니다, 선생님. 어리석은 마누라 욕을 그 정도 들었으면 충분합니다."

"아직 네다섯 페이지 있으니, 이참에 들어보는 게 어떤가?"

"이제 대충 하지. 제수씨가 돌아오실 시간인데."

메이테이 선생이 놀리기 시작하자, 거실 쪽에서, "기요야, 기요야" 하고 주인아줌마가 하녀를 부르는 소리가 들린다.

"이거 큰일 났군. 제수씨 계시잖아, 자네."

"허허허."

아저씨는 웃으면서, "상관없잖아" 하고 말했다.

"제수씨, 제수씨, 언제 돌아오셨나요?"

거실에서는 조용히 대답이 없다.

"제수씨, 지금 한 이야기를 들으셨나요?"

여전히 대답이 없다.

"지금 이야기는 말입니다, 남편의 생각이 아닙니다. 16세기 내시의 설이니까 안심하세요."

"몰라요."

아줌마는 멀리서 간단한 대답을 했다. 간게쓰 군은 쿡쿡 웃었다.

"저도 몰라서 실례했습니다. 하하하."

메이테이 군이 거리낌 없이 웃자, 문이 거칠게 열리면서 "여보세요"나 "실례합니다"라는 소리도 없이 큰 발소리가 들리는가 싶더니, 다시 방문이 난폭하게 열리고 다타라 산페이 군의 얼굴이 그 사이로 나타났다.

오늘은 산페이 군이 평소와 달리 새하얀 와이셔츠에 새로 맞춘 프록코트를 입어 이미 어느 정도 의외의 모습인 데다가, 오른손에 무겁게 든 맥주 네 병 꾸러미를 가쓰오부시 옆에 놓는 동시에 인사도 없이 털썩 자리에 앉고, 또 책상다리로 앉는 모습이 멋진 무사 같았다.

"선생님, 위병은 요즘 괜찮습니까? 요새 집에만 계시니까 안 됩니다."

"나빠졌다고 말하지 않았잖아."

"말씀은 안 하셨지만요 안색이 좋지 않습니다. 선생님, 얼굴이 누렇습니다. 요즘은 낚시가 좋습니다. 시나가와에서 배를 한 척 빌려서…… 저는 요전 일요일에 갔습니다."

"뭐가 잡히는가?"

"아무것도 잡히지 않습니다."

"잡히지 않아도 재미있는가?"

"호연지기를 기르는 것이죠. 어떻습니까, 여러분, 낚시하러 간 적이 있습니까? 낚시는 재미있습니다. 큰 바다 위를 작은 배를 타고 돌아다니니까요" 하고 이 사람 저 사람 가릴 것 없이 무작정 말을 건다.

"나는 작은 바다 위를 큰 배를 타고 돌아다니고 싶군."

메이테이 군이 상대를 해준다.

"어차피 잡으려면 고래나 인어라도 잡아야 재미있죠" 하고 간게쓰 군이 대답했다.

"그런 것이 잡힐 리 있습니까? 문학자는 상식이 없네요……."

"저는 문학자가 아닙니다."

"아, 그런가요. 뭐 하시는 분이죠? 저 같은 비즈니스맨은 상식이 가장 소중하니까요. 선생님, 저는 근래 꽤 상식이 늘었습니다. 아무래도 그런 곳에 있으면 환경이 환경이다 보니 자연히 그렇게 되어버리데요."

"어떻게 된단 말인가?"

"담배도 그렇습니다. 아사히나 시키시마를 피우면 폼이 나지 않습니다" 하고 말하면서, 필터 부분에 금박을 입힌 이집트 담배를 꺼내 뻑뻑 피우기 시작했다.

"그런 사치를 할 돈이 있는가?"

"돈은 없지만 조만간에 어떻게 될 겁니다. 이 담배를 피우고 있으면 신용이 달라집니다."

"간게쓰 군이 구슬을 가는 것보다 편한 신용이라 좋군. 고생할 필요가 없어. 편리한 신용이군."

메이테이가 간게쓰에게 말하자, 간게쓰가 아무 대답도 하지 않는 사이에, 산페이 군은, "당신이 간게쓰 씨인가요? 박사는 결국 되지 않습니까? 당신이 박사가 되지 않으니 제가 얻기로 했습니다."

"박사를 말입니까?"

"아뇨, 가네다 댁의 따님 말입니다. 참말로 가련하게 생각돼서요. 그런데 그쪽에서 제발 데려가달라고 부탁을 하니 결국 얻기로 했습니다. 그런데 간게쓰 씨에게는 실례를 한 것 같아 좀 걱정입니다."

"모쪼록 걱정하지 마시고" 하고 간게쓰 군이 말하자, 아저씨가 "얻고 싶으면 얻으면 좋겠지" 하고 애매한 대답을 한다.

"그거 축하할 일이군. 그러니 어떤 여자를 얻어도 걱정할 것은 없지. 누가 얻든지, 아까 내가 말한 대로 척하니 이렇게 훌륭한 신사 사위가 생기지 않는가. 도후 군, 신체시의 재료가 생겼네. 당장 착수하게나."

메이테이 군이 여느 때처럼 기세가 오르자, 산페이 군은 "당신이 도후 씨인가요? 결혼 때 뭔가 지어주시지 않겠습니까? 인쇄해서 여러분에게 뿌리겠습니다. 잡지에도 내도록 하죠."

"예, 뭔가 만들어드리죠. 언제쯤 필요합니까?"

"언제라도 좋습니다. 지금까지 만든 것 중에서도 좋습니다. 그 대신 피로연 때 초대하여 접대하겠습니다. 샴페인을 드리죠. 샴페인을 마신 적이 있나요? 샴페인은 맛있습니다. ……선생님, 피로연 때 악단을 부를 생각입니다만 도후 군의 시를 노래로 연주하는 게 어떨까요?"

"마음대로 하게."

"선생님이 악보를 만들어주시겠습니꺼?"

"이 사람아, 내가 어떻게."

"누구든 이 중에 음악이 가능한 분은 없습니까?"

"낙제 후보자 간게쓰 군은 바이올린의 명수라네. 잘 부탁해 보게. 그러나 샴페인 정도로는 해주지 않을 사람이야."

"샴페인도 한 병에 4엔이나 5엔짜리가 아닙니더. 제가 대접하는 것은 그렇게 싼 것이 아닙니더. 간게쓰 씨, 하나 만들어주시지 않겠습니꺼?"

"예, 만들죠. 한 병에 20전 하는 샴페인이라도 짓겠습니다. 뭐하다면 그냥이라도 해드리죠."

"그냥은 안 됩니더. 보답은 합지요. 샴페인이 싫으시면 이런 보답은 어떤가요?" 하고 말하면서 윗옷 품 안에서 일고여덟 장의 사진을 꺼내 팔락팔락 다다미 위에 떨어뜨린다.

반신이 있다. 전신이 있다. 서 있는 모습이 있다. 앉은 모습이 있다. 하카마를 입은 것이 있다. 소맷자락이 긴 정장 차림이 있다. 올린 머리 모양이 있다. 모두 묘령의 여자들뿐이다.

"선생님, 후보자가 이만큼 있습니더. 간게쓰 씨와 도후 씨, 이 중에서 누군가를 보답으로 소개해드려도 좋습니더. 이 사람은 어떤가요?" 하고 한 장을 간게쓰 군에게 들이댄다.

"좋군요. 꼭 소개해주시죠."

"이 여자도 좋습니꺼?" 하고 다시 한 장을 내민다.

"그것도 좋네요. 꼭 소개해주세요."

"누구 말이죠?"

"누구라도 좋습니다."

"꽤 정이 많군요. 선생님, 이 여자는 박사의 조카입니더."

"그런가."

"이 여자는 성격이 아주 좋습니더. 나이도 젊고요. 열일곱 살입니다. ……그리고 지참금이 천 엔 있습니더. ……이쪽은 도지사 딸입니더" 하고 혼자서 말한다.

"그 여자들을 모두 얻을 수는 없나요?"

"모두 말입니꺼? 욕심이 지나치시군요. 당신은 일부다처주의입니꺼?"

"다처주의는 아닙니다만, 육식론자입니다."

"뭐든 좋으니까, 그런 것은 빨리 치우는 게 좋겠어" 하고 아저씨가 꾸짖듯이 내뱉었으므로, 산페이 군은 "그럼 아무도 필요 없능기죠?" 하고 다짐을 하면서 사진을 한 장 한 장 주머니에 집어넣었다.

"뭐야, 저 맥주는?"

"선물입니더. 미리 축하할 겸 모퉁이 술집에서 사 왔습니더. 하나 드셔보실랑가요."

아저씨는 손뼉을 쳐서 하녀를 부르더니 병마개를 따게 한다. 아저씨, 메이테이, 도쿠센, 간게쓰, 도후, 이렇게 다섯 명은 공손히 컵을 들고 산페이 군의 결혼을 축하했다. 산페이 군은 기쁜 모습으로, "여기 계신 여러분을 피로연에 초대하고 싶은데 모두 나와주시겠습니꺼?" 하고 말한다.

"나는 싫네" 하고 아저씨는 곧 대답한다.

"왜 그러십니꺼? 제 일생 단 한 번의 큰 경사입니더. 나와주시지 않겠습니꺼? 좀 인정이 없으시네요."

"인정이 없는 건 아니지만 나는 나가지 않네."

"옷이 없으신가요? 하오리와 하카마 정도는 어떻게 준비하죠. 선생님도 사람들 속에 좀 섞이시는 게 좋을 겁니더. 유명한

분을 소개해드리죠.”

“전혀 필요 없어.”

“위병이 낫지 않습니더.”

“낫지 않아도 괜찮아.”

“그렇게 고집을 부리시니까 할 수 없네요. 선생님은 어떻습니꺼? 나와주겠습니꺼?”

“나는, 꼭 가지. 가능하면 중매인의 영예를 얻고 싶을 정도야. ‘샴페인은 / 삼삼3*3은 구 아홉 잔 / 봄날의 저녁’ ……뭐? 중매인이 스즈키라고? 대충 그럴 거라고 생각했지. 그건 유감이지만 할 수 없지. 중매인이 두 사람이면 너무 많을 테니. 그럼 보통 손님으로 꼭 출석하지.”

“선생님은 어떻습니꺼?”

“나 말인가? 일간풍월한생계一竿風月閑生計요, 인조백빈홍료간人釣白蘋紅蓼間이라〔흰 수초와 붉은 여뀌꽃 사이로 낚싯대를 드리우고 조용한 풍류 생활을 보낸다는 뜻. 소세키의 창작〕.”

“그게 뭐죠? 당시선唐詩選입니꺼?”

“뭔지 모르겠네.”

“모른다고요? 곤란하네요. 간게쓰 씨는 나와주실 겁니꺼? 지금까지의 관계도 있으니까요.”

“꼭 나가도록 하죠. 내가 지은 곡을 악단이 연주하는 것을 못 듣는다면 유감이니까요.”

“그렇고말고요. 그럼 당신은 어떤가요, 도후 씨?”

“그러죠. 나가서 두 사람 앞에서 신체시를 낭독하고 싶습니다.”

“그건 유쾌하군요. 선생님, 저는 태어나서 이렇게 유쾌한 적이 없었습니더. 그러니 한 잔 더 마시겠습니더.” 산페이 군은 자기가 사온 맥주를 혼자서 꿀꺽꿀꺽 마시고는 얼굴이 새빨개졌다.

짧은 가을 해는 이윽고 저물어, 담배꽁초가 가득한 화로 안을 보니 불은 이미 꺼져 있다. 과연 무사태평한 그들도 좀 흥이 깨진 듯, "아주 늦었군. 이제 돌아갈까?" 하고 도쿠센 군이 먼저 일어난다. 이어서 "저도 갑니다" 하고 하나둘 현관을 나선다. 주연이 끝난 자리처럼 방은 쓸쓸해졌다.

아저씨는 저녁밥을 먹고 서재로 들어갔다. 아줌마는 으스스한 홑옷의 옷깃을 여미고 바랜 평상복을 꿰맨다. 아이들은 베개를 나란히 하고 자고 있다. 하녀는 목욕탕에 갔다.

태연하게 보이는 사람들도 마음속을 두드려보면 어딘가 슬픈 소리가 난다. 깨달은 듯해도 도쿠센 군의 두 발은 여전히 지면 밖을 벗어나지 않는다. 태연할지는 모르나 메이테이 군의 세상도 그림에 그린 세상이 아니다. 간게쓰 군은 구슬 갈기를 그만두고 결국 고향에서 부인을 데려왔다. 이것이 순리다.

그러나 순리가 오래 계속되면 분명 심심할 것이다. 도후 군도 앞으로 10년이 지나면 함부로 신체시를 바치는 일이 잘못임을 깨달을 것이다. 산페이 군은 물에 사는 사람인지 산에 사는 사람인지 좀 감정이 어렵다. 평생 샴페인을 대접하는 것을 자랑스럽게 생각할 수 있으면 그것으로 좋다. 스즈키 씨는 계속 잘 굴러갈 것이다. 구르면 진흙이 묻는다. 진흙이 묻어도 못 구르는 사람보다는 낫다.

고양이로 태어나서 사람 세상에 살기 시작한 지 벌써 2년이 넘었다. 나로서는 이 정도 견식가는 달리 없으리라 생각했는데, 얼마 전에 무르(독일 작가 에른스트 호프만의 소설 《수고양이 무르의 인생관》의 주인공)라고 하는 보지도 듣지도 못한 동족이 돌연 대기염을 토하는 바람에 좀 놀랐다. 잘 들어보니 실은 백 년 전에 죽었다고 하는데, 뜻밖의 호기심에서 일부러 유령이 되어 나를 놀라게 하려고 멀리 저승에서 출장 왔다고 한다.

이 고양이는 자기 어머니를 찾아갈 때 인사로 생선 한 마리를 물고 나갔다가 도중에 결국 참지 못하고 자기가 먹어버렸을 정도로 불효자인데, 재기도 웬만한 인간에게 뒤지지 않을 정도라 언젠가 시를 지어 주인을 놀라게 한 적도 있다고 한다. 이런 호걸이 이미 1세기 전에 출현했다면, 나 같은 변변치 못한 것은 일찌이 사직을 하고 무위자연의 이상향으로 돌아가도 좋았을 것이다.

아저씨는 언젠가 위병으로 죽을 것이다. 가네다 씨도 이미 욕심 때문에 죽을 운명이다. 가을 나뭇잎은 거의 다 떨어졌다. 죽는 것이 만물의 운명이고 살아 있어도 그리 도움이 되지 않으니, 빨리 죽는 것이 현명할지도 모른다.

여러 선생의 설에 따르면, 인간의 운명은 자살로 귀착된다고 한다. 방심하면 고양이도 그런 난처한 세상에 태어나게 된다. 무서운 일이다. 왠지 마음이 울적해졌다. 산페이 군의 맥주라도 마시고 좀 힘을 내봐야지.

부엌으로 갔다. 덜걱거리는 문이 조금 열린 사이로 가을바람이 불어온 듯 램프는 어느새 꺼져 있으나, 창에는 달그림자가 비친다. 컵 세 개가 쟁반에 나란히 놓여 있고, 두 잔에 차색의 물이 반 정도 담겨 있다. 유리잔에 담기면 따뜻한 물이라도 찬 느낌이 든다.

하물며 추운 밤 달그림자에 비쳐 조용한 뜬숯항아리와 나란히 있는 액체이므로, 입술을 대기 전부터 이미 차가워져 마시고 싶지도 않다. 그러나 모든 게 시도다. 산페이는 저걸 마시고 새빨개져서 후텁지근한 숨을 쉬었다. 고양이라도 마시면 유쾌해질 것이다.

어차피 언제 죽을지 모르는 목숨이다. 뭐든지 목숨이 있을 때 해 두어야 한다. 죽고 나서 '아아, 유감이다' 하고 무덤 속에서 후회해도 소용없다. 과감히 마셔보자고 기세 좋게 혀를 넣어 철썩철썩 먹어보다가 놀랐다. 왠지 혀끝이 바늘로 찔린 듯 짜릿해졌다.

인간은 무슨 취흥으로 이렇게 썩은 것을 마시는지 모르나, 고양이는 아무래도 못 마시겠다. 아무래도 고양이와 맥주는 궁합이 맞질 않는다. 이거 큰일 났다 싶어 한번 내민 혀를 도로 집어넣었다가 다시 생각을 고쳐먹었다.

인간은 입버릇처럼 양약이 입에 쓰다고 하며 감기에 걸리면 얼굴을 찌푸리고 이상한 것을 먹는다. 먹으면 낫는 것인지 낫기 때문에 먹는 것인지 지금까지 의문이었으나 마침 좋은 기회다. 이 문제를 맥주로 해결해보자.

마셔서 배 안까지 쓰리면 그것뿐이고, 만약 산페이처럼 전후를 잊을 정도로 유쾌해지면 공전의 수확일 테니 다른 고양이에게 알려주어도 좋다. 자, 어떻게 될 것인가. 운을 하늘에 맡기고 해치우자고 결심해 다시 혀를 내밀었다. 눈을 뜨면 마시기 어려우니 눈을 꽉 감고 다시 철썩철썩 핥아먹기 시작했다.

참고 또 참아 이윽고 맥주 한 잔을 다 마셨을 때 이상한 현상이 일어났다. 처음에는 혀가 찌릿찌릿하고 입 안이 외부에서 압박하는 듯 괴로웠으나, 계속 마시니 점차 편해져서 한 잔을 다 마셨을 때는 별로 힘들지 않게 되었다. 이제 괜찮다고 두 잔째는 어려움 없이 해치웠다. 이왕 마신 김에 쟁반에 흘린 것도 깨끗이 다 핥아서 배 속에 넣었다.

그리고 잠시, 내 몸의 동정을 살피려고 가만히 앉아 있었다.

점차 몸이 따뜻해진다. 눈가가 달아오른다. 귀가 뜨겁다. 노래를 부르고 싶어진다. 〈고양이야, 고양이야〉 노래에 맞춰 춤추고 싶어진다.

아저씨도 메이테이도 도쿠센도 엿이나 먹으라는 기분이 된다. 가네다도 발로 할퀴고 싶어진다. 아줌마 코를 물어뜯고 싶어진다. 이것저것 하고 싶어진다. 마지막으로 비틀비틀 서고 싶어진다. 일어나면 비틀비틀 걷고 싶어진다. 이것 참 재미있네 하고 밖으로 나가고 싶어진다. 나오면 달님에게 '안녕'하고 인사하고 싶어진다. 아주 유쾌하다.

도연陶然(거나하게 취함을 일컫는 말)이라 함은 바로 이런 것을 말한다고 생각하면서, 정처 없이 여기저기를 산책하는 건지 아닌지 잘 모르는 기분으로 힘없는 다리를 적당히 옮겨가자, 왠지 자꾸 졸리다. 자고 있는지 걷고 있는지 모르겠다.

눈을 뜨려고 생각해도 눈꺼풀이 엄청 무겁다. 될 대로 되라지. 바다건 산이건 놀라지 않겠다고 앞발을 쑥 앞으로 내밀었더니, 순간 풍덩 소리가 나서 '앗!' 하는 사이에, 당했다. 어떻게 당했는지 생각할 겨를도 없다. 단지 '당했구나'라는 생각이 들자마자 모든 것이 엉망진창이 되었다.

정신을 차리자 물에 떠 있다. 괴로워서 발톱으로 마구 긁었으나 긁히는 것은 물뿐이고 긁으면 곧 잠겨버린다. 할 수 없어서 뒷발로 뛰어올라 앞발로 긁으니 벅벅 하는 소리가 나서 약간 걸리는 게 있다.

머리를 들고 여기가 어딘지 돌아보니, 나는 큰 항아리 안에 떨어져 있다. 이 항아리엔 여름까지 규조라는 수초가 무성했으나, 까마귀 군이 와서 규조를 다 먹은 뒤에 몸을 씻었다. 몸을 씻으면 물이 줄고, 줄면 까마귀는 더 오지 않게 된다. 요즘은 꽤 줄어서 까마귀가 보이지 않는다고 생각했으나, 나 자신이 까마귀 대신 이런 곳에서 목욕하리라고는 상상도 하지 못했다.

물에서 항아리 아가리까지 20여 센티미터다. 발을 뻗어도 닿지 않는다. 뛰어올라도 나올 수가 없다. 태평하게 있으면 가라앉을 뿐이다. 버둥거리면 벅벅 하고 항아리에 발톱이 닿을 뿐, 닿는 순간에는 좀 뜨는 것 같지만 발톱이 미끄러지면 곧바로 쑤욱 잠긴다.

잠기면 괴로우니 곧 벅벅 긁는다. 그러던 중에 몸이 지친다. 마음이 초조하지만 발은 말을 잘 듣지 않는다. 이윽고 물에 잠기기 위해 항아리를 긁는 것인지, 긁기 위해 물에 잠기는 것인지 나도 분간할 수 없게 되었다.

이때 나는 괴로워하면서도 이렇게 생각했다. 이런 고통을 당하는 것은 곧 어디까지나 항아리 위로 오르고 싶다는 바람 때문이다. 오르고 싶은 것은 간절하나 오를 수 없는 것은 뻔히 안다. 내 발은 짧으니 아무리 수면에서 몸을 띄워 한껏 앞발을 뻗어봐도 항아리 아가리에 발톱이 걸릴 리가 없다. 항아리 아가리에 발톱이 걸릴 리가 없다면 아무리 긁어도, 애태워도, 백 년 동안 분골쇄신粉骨碎身해도 나올 수가 없다. 나올 수 없음을 뻔히 알면서도 나오려고 하는 것은 무리다. 무리를 강제하려고 하니 괴로운 것이다. 쓸데없다. 스스로 구하여 괴로워하고, 스스로 좋아서 고문을 당하는 것은 바보스럽다.

"이제 그만두자. 마음대로 되라지. 아등바등은 이것으로 끝이다."

이제 앞발도 뒷발도 머리도 꼬리도 자연의 힘에 맡기고 저항하지 않기로 했다.

점차 편해진다. 괴로운지 기쁜지 잘 모르겠다. 물 안에 있는지 방 안에 있는지도 분명치 않다. 어디에 어떻게 있어도 상관없다. 단지 편하다. 아니, 편함 그 자체도 느낄 수 없다. 해와 달을 떨어뜨리고 천지를 분쇄하여 불가사의한 태평 속으로 들어간다.

나는 죽는다. 죽어 태평을 얻는다. 태평은 죽어야 얻을 수 있다. 나무아미타불, 나무아미타불, 모든 것이 고맙고 기쁘도다.

작품 해설

고양이를 통해 본 일본의 근대

메이지 유신(1868) 전해에 태어난 나쓰메 소세키는 일본이 봉건시대에서 근대로 넘어가는 격심한 변혁기에 살았고, 그 자신 또한 문학으로 일본의 근대화를 이끈 대표적인 작가이다. 일본에서는 천 엔 지폐(1984~2004)에 초상이 실렸을 정도로, 그가 현대 일본인의 정신에 끼친 영향력은 매우 크다.

도쿄제국대학 영문과 교수로 재직하면서 하이쿠 잡지《호토토기스》에 발표한 이 작품은, 원래 1회(1905년 1월)로 끝낼 예정이었으나 많은 독자의 호평으로 11회(1906년 8월)까지 연재되었다. 따라서 이 책은 그의 첫 번째 장편이 되었고, 결국 소세키로 하여금 국립대 교수직을 버리고《아사히신문》전속 작가로 나서는 계기가 되었다고 볼 수 있다.

이 작품이 당시에 얼마나 인기가 있었는지 동시대 작가 모리 오가이는 그의 작품에서 이렇게 쓸 정도였다. "……그러던 중에 나쓰메 긴노스케가 소설을 쓰기 시작했다. 가나이는 큰 흥미를 느끼고 읽었다. 그러자 자신도 한번 써보겠다는 충동이 일어났다. 그런데 얼마 후 나쓰메의 《나는 고양이로소이다》를 흉내 내어, 《나도 고양이로소이다》라는 작품이 나오고 《나는 개이외다》라는 작품도 나왔다. 가나이는 이를 보고 불쾌해져서 결국 아무것도 쓰지 않았다."(《이타 섹스아리스》, 1909)

당대부터 지금까지 많은 아류작을 탄생시키며, 영화와 드라마로도 만들어져 일본 문화에 큰 영향을 끼친 이 작품이, 백여 년이 지난 지금도 우리나라 독자까지 끌어당기는 매력은 어디서 온 것일까. 물론, 전편에 유머러스하게 표현된 한바탕 지적 유희가 이 책의 가장 큰 장점이겠지만, 끝으로 갈수록 점차 피력되는 국가와 개인, 근대 문명 등에 대한 깊은 통찰력이야말로 이 책을 '고전'의 반열에 끌어올린 원동력이 되었다고 본다.

소세키를 통해 본 '근대'

산업이 아닌 정치·문화적 관점에서 '근대'는 나라의 주인이 전제군주가 아닌 국민임을 천명하는 '개인의 발견'을 의미한다. 19세기 말의 세계적인 변화 속에서 우리나라에도 근대의 맹아는 싹텄지만 불행하게도 우리는 자주적으로 근대의 꽃을 피우지 못한 채, 곧바로 이어진 일제강점기, 6·25전쟁, 독재의 억압 속에서 산업의 근대화에 치중해야만 했다.

대중가요 금지곡과 월북작가의 해금 등이 이루어진 1980년대 후반부터 우리나라에서는 비로소 '자주적인 근대'가 시작되었다고 역자는 생각한다. 개인이 자신의 생각을 마음껏 말할 수 있는 시대, 즉 문화적 '근대'가 뒤늦게 찾아온 것이다. 그렇다면 우리의 근대는 어떻게 시작됐고 지금은 어떤 양태이며 앞으로의 진행 방향은 어떠할지는, 이웃 나라 일본의 근대화가 많은 시사점을 던져준다고 할 수 있는데, 우리가 소세키를 깊이 읽어야 하는 이유는 바로 여기에도 존재한다.

고양이를 통해 본 '일본의 근대'

영국 유학을 통해 서양을 체험하고 돌아와 일본의 근대화를 몸으로 겪으며 살아간 소세키의 작품에서는 근대성에 대한 많은 고민을 엿보게 된다. 이 책에는 다음과 같은 글이 나온다.

> 입에 담지 않는 이 아무도 없으나 누구도 본 것은 아니다. 모두가 들은 적은 있으나 아무도 만난 자가 없다. 대화혼 그것은 도깨비 같은 것인가?

대화혼大和魂은 당시 군국주의 일본이 국민에게 돌격정신을 가지라고 고무하는 구호와 같은 것이었다. 이에 소세키는 여기저기서 대화혼을 떠들고 있는데 도깨비인지 뭔지 모르겠다며 비난한다. 그리고 도둑 사건 때 순사에 굽실거리는 구샤미를 묘사하면서, 관리나 "경찰은 국민이 세금을 내어 당번을 고용"한 것과 같다고 주장한다. 또, 러일전쟁에 승리하고 개선한 장병들 환영회를 개최한다며 의연금을 요구해온 엽서를 구샤미는 간단히 무시해버린다.

당시 국민개병제로 청일전쟁과 러일전쟁을 치르던 일본에서 어떻게 이런 소설이 제재를 받지 않았을까. 역사적으로, 일본 정부가 개인을 철저히 억압한 것은 군국주의로 치달은 1930년대부터 1945년 패전까지의 15년 정도로 본다. 그 이전, 일본에서는 1910년 전후에 '다이쇼大正 데모크라시'라고 불리는 민주주의, 자유주의 운동이 일어나, 당시에는 반정부적인 판사와 변호사가 버젓이 활동했고, 예술가와 문학가는 비교적 정치에서 자유로웠다. 따라서 백여 년 전에 이미 이 책과 같은 '근대적' 작품이 나올 수 있었던 사실에 우리는 부러움과 동시에 소세키를 읽어야 할 필요성을 느끼게 된다.

또한 이 책에서는 국가에 대한 개인의 모습뿐 아니라, 지금도 진행되고 있는 경제적·사회적·생활적 근대인의 고뇌를 엿볼 수 있다. 소세키는 근대에 드러난 자본주의를 주목한다. 대기업에 취직해서 많은 월급을 받는 동급생 스즈키, 이미 몇 개 회사를 운영하는 큰 부자로 박사 사위를 얻으려고 음모와 술수를 마다하지 않는 가네다 등에 대해 소세키는 냉소적 시선을 보낸다. 실제로 그는 국가에서 수여하는 문학박사 학위를 거부하여 '전근대적' 가치에 대한 자신의 의지를 행동으로 보인 바 있다.

《나의 개인주의》라는 소세키의 강연집이 있는데, 여기서 말하는 '개인'은 바로 국가에 대한 개인, 근대의 개인을 의미한다. 나아가 그는 서양식 근대화가 아닌 동양적 근대화를 주장하기에 이른다. 이 책에서도 "나는 자유를 원해서 자유를 얻었네. 그런데 자유를 얻었지만 자유가 가져다준 불편함으로 난처해. 그러므로 서양 문명 따위는 좋은 듯해도 틀려먹은 거야. 이에 반해 동양에서는 옛날부터 마음 수양을 했어. 그쪽이 바르지" 하며 동양적 근대화의 방향을 제시하기도 한다. 특히, 개인의 발견에 따른 가족의 붕괴, 부부의 이혼에 이르는 과정을 서양 유학 때 이미 목격한 소세키는 서양을 극복하고 동서를 융합할 방향을 모색했다.

그의 기대와 달리 일본적 혹은 동양적 근대화라는 것은 지금 딱히 그 모습을 찾기 힘들지만, 근래 들어 서양이 동양의 정신에 주목하기 시작하면서 동양적 근대화, 아니 세계의 미래를 이끌 정신을 모색하는 것은 우리 동양 지식인의 어깨에 달린 것이 아닐까 생각한다. 이렇게 소세키가 던진 화두는 지금도 유효하니, 전반적으로 유쾌한 마음으로 읽어가는 가운데 이런 생각도 하게 만드는 것이 바로 이 책의 매력이라 할 수 있다.

마지막으로, 작중 인물의 모델로 추정되는 실존 인물 두 명에 대한 연구 결과를 소개한다.

—— **미즈시마 간게쓰**水島寒月

소세키의 제자로 물리학자, 수필가, 하이쿠 시인이었던 데라다 도라히코寺田寅彦(1878~1935)가 모델이라고 한다. 1896년 구마모토 제5고등학교에 입학하여 당시 영어 교사였던 소세키와 만나게 되어 사제의 연을 맺었다. 1899년 도쿄제국대학 이과대학에 입학한 후 실험물리학과를 수석 졸업했다. 대학원에 진학하고 1904년 도쿄대 강사로 부임, 1908년 이학박사를 취득했다. 1909년 조교수가 되었고 3월에 지구물리학 연구를 위해 베를린으로 유학을 떠났다. 1916년에 교수가 되었으며 1928년 제국학사원 회원이 되었고 1935년 57세로 병사했다.

그는 이과 출신이면서도 문학에 조예가 깊어 과학과 문학을 조화시킨 수필을 다수 남겼다. 문과와 이과의 융합을 시도했다는 관점에서 높은 평가를 받는다. 제자 중에서도 최고참에 속했기에 과학과 서양 음악에 관해서는 오히려 소세키가 배운 바가 많았다고 전한다. 〈나쓰메 소세키 선생의 추억〉(1932)이라는 수필에서는 〈목매기의 역학〉이라는 논문을 학교에서 보고 소세키에게 전했다는 일화를 소개했다.

―― **메이테이**迷亭

도쿄대 교수로 미학의 개척자라고 불리는 오쓰카 야스지大塚保治(1868~1931)인 것으로 추정된다. 1891년 도쿄제대 철학과를 졸업하고 1896년부터 4년간 유럽에서 유학을 했으며, 1900년 도쿄대 교수가 되어 최초로 미학을 강의했다. 1925년 제국학사원 회원이 되고 1929년 정년퇴직했다.

자신의 저술을 남기지 않았으나 사후에 제자들이《오쓰카 박사 강의집》을 출간했다. 오쓰카는 회상문에서 소세키를 대학원 재학시 기숙사에서 알게 되었다고 밝혔다. 한편, 그의 처 쿠스오코는 재색을 겸비한 문인으로 소세키에게서 소설 작법을 배운 후 소세키의 추천으로 도쿄《아사히신문》에 소설을 연재했다고 전해지는데, 소세키도 쿠스오코에게 마음이 있었으나 친우 오쓰카가 적극적으로 나서는 바람에 양보했고, 소세키와 쿠스오코가 서로 흠모하는 사이였다는 것이 소세키의 작품 곳곳에 엿보인다고 말한 비평가도 있다.

옮긴이 김영식

나쓰메 소세키 연보

1867년 2월 9일 도쿄 신주쿠 출생으로 본명은 긴노스케. 출생 후 곧 양자로 입양.

1874년 아사쿠사의 도다 소학교 입학.

1875년 생가로 돌아옴. 이치가야 소학교로 전학.

1878년 〈마사시게론正成論〉을 쓰고 친구와 잡지 발간.

1879년 도쿄부립 제1중학교 입학.

1881년 모친 별세. 제1중학교 중퇴 후 니쇼 학사에 입학하여 한문학 수학.

1883년 세이리쓰 학사에 입학하여 영문학 수학.

1886년 제1고등중학교 재학 중에 복막염으로 유급을 반복하나 수석으로 졸업.

1888년 나쓰메 가로 복적. 제1고등중학교 본과에 진학하여 영문학 전공.

1889년 마사오카 시키와 친교, 그의 문학에 영향 받음. '소세키'라는 필명 처음 사용.

1890년 도쿄제국대학 영문학과 입학.

1893년 도쿄제국대학 영문학과 졸업 후 동 대학원에 입학하여 적을 둔 채 도쿄고등사범학교 영어 교사로 부임.

1895년 마쓰야마중학교의 교사로 부임.

1896년 구마모토 제5고등학교에 부임. 나카네 교코와 결혼.

1900년 문부성 장학금으로 영국 유학.

1903년 도쿄제국대학 제1고등학교 교사로 부임. 도쿄제국대학 영문과 교수 겸임.

1904년 메이지대학 강사 겸임.

1905년 《나는 고양이로소이다》 발표.

1906년 《도련님》《풀베개》 발표.

1907년 교수직 사임. 아사히신문사에 입사해 전업 작가로 활동.

1908년 《아사히신문》에 《산시로》 연재.

1909년 《아사히신문》에 《그 후》 연재.

1910년 위궤양으로 투병.

1911년 문부성으로부터 문학박사 학위 수여를 통지받았으나 거절.

1912년 《아사히신문》에 《행인》 연재.

1914년 《마음》 발표.

1915년 《아사히신문》에 《한눈팔기》 연재.

1916년 《명암》 연재 중 위궤양 악화로 사망.

옮긴이 김영식

작가·번역가. 중앙대학교 일문과를 졸업했다. 2002년 계간리토피아 신인상(수필)을 받았고 블로그 '일본문학취미'는 2003년 문예진흥원 우수문학 사이트로 선정되었다. 역서로는 미나미 지키사이의《노스승과 소년》《왜 이렇게 살기 힘들까》, 아쿠타가와 류노스케의《라쇼몽》, 나쓰메 소세키의《그 후》《나는 고양이로소이다》, 모리 오가이의《기러기》, 나카지마 아쓰시의《산월기》, 구니키다 돗포의《무사시노 외》, 다카하마 교시의《조선》등이 있고 저서로는《그와 나 사이를 걷다-망우리 사잇길에서 읽는 인문학》(문화체육관광부 우수교양도서)가 있다. 그 외에 산림청장상, 리토피아문학상, 서울스토리텔러 대상 등을 수상했다.

블로그: blog.naver.com/japanliter

나쓰메 소세키 선집

나는 고양이로소이다

1판 1쇄 발행 2019년 5월 10일
1판 5쇄 발행 2024년 9월 30일

지은이 나쓰메 소세키 | 옮긴이 김영식
펴낸곳 (주)문예출판사 | 펴낸이 전준배
출판등록 2004. 02. 11. 제 2013-000357호 (1966. 12. 2. 제 1-134호)
주소 04001 서울시 마포구 월드컵북로 21
전화 393-5681 | 팩스 393-5685
홈페이지 www.moonye.com | 블로그 blog.naver.com/imoonye
페이스북 www.facebook.com/moonyepublishing | 이메일 info@moonye.com

ISBN 978-89-310-1149-4 03830

◦ 잘못 만든 책은 구입하신 서점에서 바꿔드립니다.

문예출판사® 상표등록 제 40-0833187호, 제 41-0200044호